KB119177

세계관으로서의 상징주의 1

나남
nanam

한국연구재단 학술명저번역총서
서양편 394

세계관으로서의 상징주의 1

2019년 12월 31일 발행
2019년 12월 31일 1쇄

지은이   안드레이 벨르이
옮긴이   이현숙 · 이명현
발행자   趙相浩
발행처   (주) 나남
주소   10881 경기도 파주시 회동길 193
전화   (031) 955-4601 (代)
FAX   (031) 955-4555
등록   제 1-71호 (1979. 5. 12)
홈페이지   http://www.nanam.net
전자우편   post@nanam.net
인쇄인   유성근 (삼화인쇄주식회사)

ISBN 978-89-300-8920-3
ISBN 978-89-300-8215-0 (세트)

책값은 뒤표지에 있습니다.

'한국연구재단 학술명저번역총서'는 우리 시대 기초학문의 부흥을 위해
한국연구재단과 (주)나남이 공동으로 펼치는 서양명저 번역간행사업입니다.

세계관으로서의 상징주의 1

안드레이 벨르이 지음 | 이현숙 · 이명현 옮김

나남
nanam

Символизм как миропонимание

Андрей Белый

nanam

러시아 상징주의와 21세기 인문학의 과제

러시아 상징주의는 19세기 말에서 20세기 초 러시아 사회를 풍미했던 문예사조이다. 러시아 상징주의는 유럽의 상징주의 운동과 그 흐름을 같이하지만, 문학과 창작의 경향에 국한되었던 유럽의 상징주의와 달리 종교와 철학, 문학과 예술을 아우르는 총체적인 인문학적 사조로 나타난다.

러시아 상징주의의 발생은 19세기 말 유럽 문명의 사상적 위기와 이에 수반되는 문화적 불안에 근거한다. 19세기 유럽은 과학과 기술, 산업에서 비약적인 발전을 경험했고, 이는 인간이 여태까지 꿈꿀 수 없었던 환경에 대한 지배력을 부여했다. 그러나 과학과 기술의 발전은 동시에 많은 결함을 노출하며 그 불확실성을 폭로하고 있었다. 무엇보다 이성과 합리에 근거한 과학 문명은 그 자체로 존재론적이고 가치론적인 문제를 내포하고 있었다. 과학 문명의 청사진은 인간의 의식 속에 발생하는 공허(пустота)를 채우지 못했고, 지식의 불완전성에 대한 자각은 참된 인식에 도달하는 새로운 길을 모색하게 만들었다.

러시아 상징주의는 이 새로운 길의 하나로 제시되었다. 러시아 상징주의는 1892년 메레시콥스키(Д. С. Мережковский)의 논문 "현대 러시아 문학의 쇠퇴의 원인과 새로운 흐름에 관하여"(О причинах упадка и о новых течениях современной русской литературы)와 함께 탄생한 것으로 간주된다. 러시아 인텔리겐치아의 새로운 흐름으로 정의되는 이 논문에는 당시 러시아 사회를 지배하고 있던 유물론과 실증주의적 사고에 대한 거부감이 표명되어 있는데, 이는 러시아 상징주의사상의 이론적 출발점이 된다.

실증주의가 세계를 인식 가능한 것으로 상정하고 인간의 의식으로 이에 도달하려 했다면, 러시아 상징주의자들은 세계를 결코 인식될 수 없는 것으로 간주했다. 세계는 아직 '인식되지 않은 것'(непознанное)이 아니라 결코 '인식될 수 없는 것'(познаваемое)이다. 우주에는 협소한 이성적 사고로는 포착할 수 없는 보다 넓은 영역이 있다. 러시아 상징주의자들은 이 인식 불가능한 세계의 본질에 다가가는 것은 오직 창조의 길을 통해서만 가능하다고 생각했다. 과학적 세계관이 오차들의 총합 위에 구축되었다면, 인간에게 이데아로 향하는 길을 비추는 것은 바로 초이성적인 '창조의 광선'이라는 것이다. 이렇게 러시아 상징주의자들은 세계의 이상적 본질에 다가가는 방법으로, 즉 '현실에서 초현실로'(a realibus ad realiora) 향하는 유일한 길로 상징주의를 구상했다.

이때 러시아 상징주의자들은 인간의 고양된 정신적 잠재력을 목격할 수 있는 창조의 영역으로 예술에 접근했다. 러시아 상징주의자들은 예술이 과학적으로 구축된 진실의 경계를 넘어선 통찰력을 제공한다고 믿었다. 그리고 세계를 직관적으로 이해하는 예술가의 창조 행위를 학문적인 인식보다 더 고양된 것으로 간주했다. 여기서 '창조가 인식에 우선한다'(벨르이)는 러시아 상징주의의의 고유한 테제가 생성되었다. 이렇게 창조를 예술 창작의 본질로 간주하는 러시아 상징주의자들의 사고는 직관적 계시의 담지자인 시인과 예술가에 대한 낭만주의적 숭배로 이어졌고, 이에 초이성적 이데아에 도달하게 하는 예술 작품의 위상이 크게 높아지게 된다.

러시아 상징주의 운동의 참여자들은 대부분 심대한 인문학적 지식을 보유한 엘리트였는데, 그중에는 백과사전적 교육을 받은 경우도 적지 않았다. 시대의 총아였던 러시아 상징주의자들에게 수세기 동안의 세계 문화유산은 고향이나 다름없었다. 인류의 정신문화를 섭렵한 러시아 상징주의자들은 그 속에 내포된 형이상학적 가치를 신뢰했고, 이에 예술 작품 속에 포화된 종교적-철학적 사상은 러시아 상징주의 창작의 대표적인 특징으로 나타난다. 또한 '새로운 길'을 모색하는 과정에서 러시아 상징주의자들은 먼 시대의 문화적 유산에 눈을 돌렸고, 그리스-로마 신화를 비롯하여 러시아의 민간 신화와 전설, 고전 문학에 이르기까지 다양한 형태의 신화적 형상들을 연결했다. 그리고 신화의 '초시간적 도식'을 현대성에 접맥시키며 예술 창작에 '신화시학'(мифопоэтическое)을 고취시켰다. 이렇게 러시아 상징주의자들은 인류의 문화적 가치를 재발견하며 새로운 예술의 흐름을 주도했고, 19세기 말~20세기 초 러시아는 '은세기'(Серебряный век) 문예부흥을 맞이하게 된다.

벨르이는 러시아의 대표적인 상징주의자 중 한 명으로 시와 산문 분야에서 많은 창작을 했다. 이와 함께 벨르이는 상징주의사상가로 활동하면서 러시아 상징주의이론에 관한 많은 저작을 남겼다. 벨르이는 상징주의 사상을 이론적으로 정립하려 하였는데, 이때 벨르이가 자신의 사상과 전 창작 과정을 통해 규명하고자 했던 것은 '상징'의 개념이었다.

벨르이는 단순한 문예사조나 예술적 방법이 아닌, 당대의 정신적 위기를 극복할 수 있는 새로운 세계관으로 상징주의를 제시하려 하였다. 벨르이의 '상징'은 인식의 형상이자 삶의 형상으로 삶의 창조적 본질의 이상적 표현이었다. 벨르이는 인간의 모든 행위를 상징으로 간주했다. 인간의 삶은 현실을 경험하고 인식하며, 그것에 의미를 부여하는 과정이다.

벨르이는 이러한 '상징'의 개념을 토대로 새로운 사고체계를 구축하려 하였다. 그는 모든 지식체계를 포괄하는 세계관으로 상징주의이론을 구상했고, 이에 벨르이의 상징주의적 세계관은 문화와 예술의 새로운 패러다임을 제시하는 인식론적 전환 작업으로 나타났다.

《세계관으로서의 상징주의》(Символизм как Миропонимание)는 상징주의사상가로서 벨르이의 사고가 집약된 책이다. 이 책은 총 5부로 나누어지는데, 1부는 1911년에 출간된 벨르이의 논문집 《아라베스크》에 수록된 논문으로 구성되어 있다. 여기에는 니체와 솔로비요프의 철학에 대한 고유한 해석을 바탕으로 자신의 세계관을 피력한 "세계관으로서의 상징주의"를 비롯하여, 서유럽 문명의 위기를 진단하고 그 해법을 모색한 "의식의 위기와 헨릭 입센", 상징주의의 문학사적 특성을 문학의 주요 사조들과의 관련 선상에서 고찰한 "상징주의" 등의 논문이 포함되어 있다. 2부는 《상징주의》에 수록된 논문들로, 상징주의사상의 출현을 인식론의 발달사를 통해 전개하고 있는 "의미의 표장: 상징주의 이론의 전제", 러시아 상징주의 특유의 신비주의적 언어관을 고찰한 "언어의 마법", 그리고 상징주의 미학에 관한 이론적인 작업들("예술의 형식", "예술의 의미")로 이루어져 있다. 3부는 상징주의와 러시아 문학에 대한 논문들로서 논문집 《녹색 초원》에 수록된 글인데, 여기에는 논문 "러시아 문학의 현재와 미래", "러시아 시의 묵시록", 그리고 "고골", "체홉", "메레시콥스키" 등 19~20세기 러시아 문학의 여러 작가에 대한 벨르이의 견해가 수록되어 있다. 4부 〈문화론〉에는 "문화의 위기"와 같은 문화에 대한 벨르이의 상징주의적 성찰과 이에 대한 고유한 해석이 담긴 논문들이 수록되었고, 5부는 자전적 에세이 "나는 왜 상징주의자가 되었고, 사상적-예술적 모든 단계에서 왜 계속 상징주의자로 남았는가"로 구성되어 있다.

20세기 초 러시아 상징주의자들이 제기했던 새로운 사상과 문명에 대한 철학적 담화들은 오늘날에도 여전히 활발하게 논의되는 주제이다. 뇌과학과 인공지능으로 대변되는 현대의 과학 기술은 진화를 거듭하며 그 우수성을 천명하고 있지만, 그럼에도 불구하고 나는 누구이고 인간은 무엇인가, 그리고 세계는 어떻게 구성되어 있는가라는 인류와 문명의 근본적 문제들은 여전히 미지수로 남아 있다. 이와 함께 인간의 비극적 운명이라는 존재론적 테마를 비롯하여, 인간과 세계에 대한 왜곡된 이해, 의식의 분열과 '집단적 광기' 속에 나타나는 개성의 위기 등, 현대 문명 속에 내포된 많은 문제는 러시아 상징주의가 발생할 당시와 유사한 심리적 분위기를 연출하고 있다. 이에 인간과 세계를 변형시킬 수 있는 유일한 힘으로 자기의식의 심화와 자유로운 사고에 대한 요구가 제기되고, 이를 조직화하는 새로운 사고체계의 구축이 21세기 인문학의 과제로 대두된다.

이에 문명의 위기를 의식의 위기로 간주하고, 그 탈출구로 문화의 정신적인 근거를 주장했던 벨르이의 상징주의사상은 현대에 더 큰 울림을 갖는다. 니체가 '신은 죽었다'라고 말했을 때, 벨르이는 인간의 제한된 능력에 호소하며 인간과 주위 세계를 변형시킬 유일한 힘으로 인간의 의식에 집중했다. 그리고 인간의 정신문화의 가치에 근거한 새로운 세계관을 제시하려 하였다. 철학과 과학, 예술과 종교를 통합하는 보편적인 세계관을 정립하려 했던 벨르이의 시도는 인간의 의식에 새로운 패러다임을 제시하는 인식론적 작업으로 나타나고, 그가 제시한 상징주의적 세계관은 의식의 카오스 속에서 향방을 잃고 표류하는 현대의 인문학에 새로운 세계 인식을 향한 이정표를 제시한다.

벨르이가 던지는 '세계관의 칼'이 우리의 무뎌진 의식을 각성해 주길 바란다.

이 현 숙

세계관으로서의 상징주의 1

차례

2권 차례

" … 그리고 빛나는 아라베스크를 그린다"

라리사 수가이[1]

"러시아 문화사에서 가장 세련된 시대의 하나", "오랜 침묵 끝에 시와 철학이 창조적으로 고양된 시기" — 철학자 베르자예프(Н. А. Бердяев)는 '세기 초 문화의 르네상스'를 이렇게 표현했다. 그는 "러시아의 영혼은 파국이 임박했다는 예감에 사로잡혀 있었다. 시인들(А. 블록, А. 벨르이)은 미래의 여명뿐 아니라 러시아와 세계에 임박한 무시무시한 그 무엇을 보

---

1) 〔옮긴이〕 라리사 수가이(Лариса Анатольевна Сугай)：1952년 모스크바에서 태어났다. 러시아 문학과 문화 평론가. 1976년 모스크바 국립대학을 졸업하고 1999년 과학 아카데미에서 인문학 박사학위(докторантура)를 받았다. 모스크바 에너지 대학, 모스크바 국립대학 등에서 재직하고, 현재 국립 아카데미 슬라브 문학과에서 강의하고 있다. 목적 지향적이고 열정적인 기질로 전문 분야에서 높은 성취를 획득한 재능 있는 학자로서 현대 러시아 문학 비평의 아방가르드로 활동하고 있다. 러시아 문학과 문화의 역사에 대하여 60여 편 이상의 논문을 썼다. 저서로는 《고골과 상징주의자들》(Гоголь и символисты, 1999)이 있는데(2011년 재출간), 이 책은 여러 학문 분야에서 중요한 현대적 테마들을 반영한 중요한 작업으로 평가받는다.

았다"라고 이 시대를 말했다. 2)

문화의 르네상스, 시와 철학의 고양, 파국의 예감, 미래의 여명 — 이
는 20세기 초 러시아의 정신적 삶이 특징적으로 각인된 핵심적인 단어들
(상징들)이다. 여기서 알렉산드르 블록(Александр Блок)과 안드레이 벨
르이(Андрей Белый)의 이름이 거론된 것은 우연이 아니다. 은세기 러시
아 문화를 대표하는 이 시인들은 첨예한 예술적 감각과 세계사 과정의
철학적 의미화를 통해 미래의 사건들을 예견했을 뿐 아니라 모든 세기의
형상들의 윤곽을 그릴 수 있었다. 이제 우리는 그 형상의 경계에 접근하
고자 한다:

> 이십 세기는 … 삶의 어둠보다
> 더욱 정처 없고 더욱 무시무시하다
> (루시퍼 날개의 그림자는
> 더욱 검고 거대하다).
>
> — A. 블록 〈징벌〉(Возмездие)

자연의 대변동과 무분별한 원시력 속에서 현재와 미래에 대한 예언을
읽으면서, '밤낮으로 죽음을 벼리는 자동차의 끊임없는 포효 소리'를 들
으면서, '미지의 황야를 향해 처음으로 날아가는 비행기'에 시선을 동반
하면서 블록은 불안하게 물었다:

> 인간은 무엇인가? — 철강 소리 너머
> 불꽃 속에서 화약 연기 속에서
> 어떤 불꽃의 거리가
> 당신 눈에 열리게 되었는가?

---

2) Бердяев, Н. А., Самопознание, М., 1991, С. 164.

시간과 공간에 던져진 이러한 질문에 대한 대답으로 다음과 같은 단어들이 들려온다:

세계는 퀴리의 실험에서 파열한다
전자의 흐름 속으로
폭발하는 폭탄의 원자가 되어
구현되지 않은 천재지변이 되어 …

이 시는 언제 쓰였는가? 1945년 8월, '위대한 희생'이 '구현'되어 14만 인간의 육체를 집어삼킨 직후인가? 아니다. 이 시구절은 1921년 6월 19~20일에 쓰인 안드레이 벨르이의 시 〈첫 번째 만남〉(Первое свидание)에서 인용한 것이다(작업을 마치면서 작가는 성령강림제일이라고 기록했다). 이 것은 무엇인가? 시적 환상인가? 우연한 예술적 형상인가? 예언적 꿈인가? 수많은 동시대인들이 19~20세기 경계에 있던 사람들의 특수성으로서 그 것의 출현을 이야기했던 그 초월적으로 발달한 *새로운 영혼의 감각*인가? 문제는 신비주의적 예언이 아니라 20세기 *르네상스형 인간*의 특별한 세계관에 있다. 이들은 예술가, 학자, 사상가로서 자신에 대해 말할 권리를 갖고 있다:

나는 — 에테르의 아들, 인간, —
초세계의 길에서
에테르의 자홍색 예복으로 감싼다
세계 너머 세계로, 세기 너머 세기로.

많은 사람들이 새로운 세기의 탄생을 역사시대의 종말(*Fin de siécle*)을 알리는 완전히 다른 시대의 시작으로 특별히 감지했다. 블록에 따르면, "1901년 1월은 이미 1900년 12월과는 완전히 다른 특징이 있었다 … 한

세기의 시작은 본질적으로 새로운 특징과 예감으로 충만했다". 3)

츠베타예바(M. Цветаева) 는 "상징주의자들의 삶에서 모든 것은 상징이다. 상징 아닌 것은 없다 … "4) 라고 말했다. 20세기의 첫 번째 해는 바로 안드레이 벨르이가 탄생한 해이기도 하다. 5) 모스크바대학 교수이자 유명한 수학자 니콜라이 바실리예비치 부가예프의 아들로 자연과학대학의 물리-수학 학부 학생인 보리스 부가예프는 모스크바의 아르바트 거리에 있는 미하일 솔로비요프[Михайл. С. Соловьев; 철학자 블라디미르 솔로비요프(Вл. Соловьев) 의 형]의 집에서 '안드레이 벨르이'란 이름을 부여받았다. 자연과학대 학생의 창작집 《심포니야》("제2부, 드라마") 는 솔로비요프가 지어준 이 예명으로 출판하기로 결정되었다. 이 작품은 음악이 아닌 문학(산문) 작품인데, 벨르이는 첫 번째 작품에서부터 음악, 시, 산문의 경계를 거의 소멸시켰다. 《심포니야》의 신선한 사상과 형식, 그리고 의도적으로 출판사 '스콜피온'을 선택한 것, 발레리 브류소프(Валерий Брюсов) 와 같이 권위 있는 문학가들에게 원고를 제출하여 인정받고자 한 것 등 모든 것이 이 젊은 작가를 '상징주의'라는 명칭의, 19세기와 20세기 경계에 위치한 새로운 문학적-예술적 경향과 직접적으로 연결시켰다.

프랑스 문학(베를렌, 랭보, 말라르메 등) 의 흐름으로 19세기의 80년대에 발생한 상징주의는 유럽 여러 나라에서 추종자가 많았다. 상징주의는 회화, 연극, 음악에 영향을 미치며 다각적인 예술적·철학적 운동이 되었고, 지지자들은 일정한 창작원칙뿐 아니라 삶의 양식 자체를 상징주의에서 인도받았다. 이러한 전 유럽적인 흐름에 1890년대 러시아 상징주의의 첫 번째 파도가 급속히 합류했다. 이때 러시아에서는 철학적-시사적

---

3) Блок, А. А. , Собр, соч: в8т, М. , Л. , 1962, Т. 6, С. 155.

4) Цветаева, М. И. , Соч: в2т, М. , 1988, Т. 2, С. 259.

5) Белый, А. , На рубеже двух столетий, М. , 1989, С. 379.

선언문이 출판되었다. 민스키(Н. М. Минский)의 "양심의 세계"(При свете совести, 1890)와 메레시콥스키(Д. С. Мережковский)의 "현대 러시아 문학의 쇠퇴의 원인과 새로운 흐름에 대하여"(О причинах упадка и о новых течениях современной русской литературы, 1893)가 그것이다. 1894∼1895년 세 권의 시집 《러시아 상징주의자들》(Русские символисты)이 출간되어 브류소프와 그 주변 사람들의 시를 대중에게 소개했고, 솔로구프(Ф. Сологуб), 기피우스(З. Гиппиус), 발몬트(К. Бальмонт) 등의 작품도 출판되었으며, 독자들에게 유럽 문학의 새로운 사조를 소개하는 러시아 시인들의 번역활동이 전개되었다.

러시아 상징주의가 창조적으로 가장 높이 비상한 해는 1900년도이다. 이 시기에 새로운 시의 거성들이 문학의 장에 등장했다. 안드레이 벨르이, 알렉산드르 블록, 뱌체슬라프 이바노프, 이노켄지 안넨스키, 세르게이 솔로비요프, 엘리스(코브일린스키), 막시밀리안 볼로신, 유르기스 발트루샤이티스가 그들이다. "우리는 '제2세대 상징주의자들'이라 불렸다. 이러한 명칭은 '데카당'(декаденты)이 아닌 '상징주의자'(символисты)라는 것을 의미했다"라고 벨르이는 강조했다.

'신세대 상징주의자들'(младосимволисты)은 자신을 '구세대'(старший)와 대립시켰다. 이들은 '데카당'의 극단적 주관주의, 자족적 유미주의, 그리고 염세주의를 수용하지 않았고, 고결한 사상에 부합하는 창작의 원칙을 고수했다. 이전의 문화는 소진되었고 세계의 역사시대가 종말에 이르렀지만, 그것은 카오스의 승리의 전조(세기의 경계에서 구세대 상징주의자들은 이렇게 느꼈다)가 아닌 미래세계의 변형과 새로운 신의 출현의 상징이었다. 즉, 영원성의 새로운 삶이 시작됨을 의미하는 것이었다. 이러한 종말론 사상, 인류의 정신적 부활에 대한 기대와 희망은 '신세대 상징주의자들'이 그 후계자를 자처했던 블라디미르 솔로비요프의 철학과 시로 거슬러 올라간다. 벨르이에게 "데카당은 더 이상 도약의 가능성이 없고 문화의 낭떠러지에 있다고 느끼는 사람들이다 …”. 6) 심연 위로 비행이 불가능한 사람들과 달리 '신세대 상징주의자들'('솔로비요프주의자들')은 예술적 행위와 사실성 속에서 능동적인 사회적 창작과 세계의 변형을 추진했다. 이들에게 예술가는 형상의 창작자일 뿐 아니라 세계를 창조하는 데미우르크였다. 새로운 예술은 근본적으로 종교적이다. 이러한 테우르기아는 사건의 진행을 바꾸고 "카오스를 정복하고" 단어의 도움으로 이를 자신에게 복속시킬 수 있는 마법이었다. 상징주의의 최고의 목적 — 이것은 문화의 목적이다 — 은 새로운 인간의 창조다.

벨르이에게 상징주의는 처음부터 단순한 문학적 학파나 예술적 경향이 아니었다. 벨르이는 상징주의를 'modus cogitandi'(사고방식)이나 'modus vivendi'(삶의 방식)으로 감지했다. 우주와 개성을 변형하기 위해 '카오스'와 접전에 돌입하면서 시인 자신이 변형되었다. 무엇보다도 그가 새로운 이름을 수용한 행위 자체가 상징적이다. 시인의 새로운 이름은 그 의식 속에서 새로운 해, 새로운 세기, 새로운 시대의 시작과 결부되어 있었다. "그리고 이해에 예명인 '안드레이 벨르이'로 세례를 받았다. 나의 미래를 구성하는 단서가 풀리기 시작한 것도 이해부터이다." 훗날 시인은 1901년을 "자신의 입장에서 유일한 해"라고 평가했다. 7)

"모든 문학적 예명은 무엇보다 아버지를 거부하는 것이다. 부칭이 포함되지 않고, 제외되기 때문이다. 막심 고리키, 안드레이 벨르이 — 이들에게 아버지는 누구인가?" — 벨르이에게 헌정된 수필 〈포로가 된 정신〉(Пленный дух)에서 마리나 츠베타예바는 이렇게 썼다. 츠베타예바는 "공인된 보리스와 무단으로 창조된 안드레이 사이에서 파열되어야 했던" 시인의 비극적 형상을 묘사하면서, 예명은 상속, 승계, 자손을 무의식적

---

6) Там же, С. 535.

7) РГАЛИ, Ф. 53, Оп. 2, Ед. , хр. 3, Л. 16.

으로 분리하는 것이며, 아버지뿐 아니라 수호성인, 자신의 유년시절, 그리고 보랴는 알지만 '안드레이'는 알지 못하는 어머니를 거부하는 것이며, 교회나 핏줄 등 모든 뿌리를 거부하는 것이라고 주장했다. "자신의 얼굴이 아닌 가면과 마스크의 완전한 무시무시한 자유"에 더해지는 "완전한 무책임과 완전한 무방비"는 그녀를 놀라게 했다. [8]

이름을 바꾼다는 것은 학설, 자손, 역사적 뿌리를 거부하는 것인가? 종교생활에 헌신하며 머리를 깎은 사람은 수도원에서 다른 이름을 받아들인다. 그렇다면 이것은 학설을 버리는 것인가? 대학생 부가예프가 안드레이 벨르이로 바뀐 것에 대해 말하자면 이와 유사한 연상이 전적으로 가능하다. 그가 상징주의로, 문학 창조로(더 넓게는 문화 창조로) 떠나는 것은 종교적 고행에 비견되기 때문이다. 여기서 색채상징은 두 번째 세례의 의미를 밝힌다(*상징 아닌 것이 없다!*). '벨르이'의 하얀색은 모든 색깔이 조화롭게 합류한 신의 색깔이며 '충만한 존재의 구현의 상징'이다. 시인 자신이 논문 "신성한 색채"(Священные цвета)에서 이렇게 설명했다. 하얀색은 블라디미르 솔로비요프가 사랑하는 색이었고, 그의 형이자 벨르이의 문학적 예명의 창시자(그의 '대부')인 미하일 솔로비요프의 집에서 숭앙되는 색깔이었다. 이름 안드레이는 '용기'의 상징이다. 안드레이 페르보즈반느이(Андрей Первозванный)는 그리스도의 열두 사도 중 한 명으로, 전설에 따르면, 그는 스키타이인의 고지(故地)에서 설교를 했고 그곳이 장차 키예프와 노브고로트가 될 것이라고 축복했다고 한다. 그리고 안드레이 벨르이가 20세기 새로운 교리의 사도로서 문학에 입문했던 것이다. [9]

---

8) Цветаева, М. И., Соч, Т. 2, С. 306.

9) 예견의 능력이 있었음에도 불구하고, 벨르이는 자신의 예명이 미래에 어떤 해석을 얻게 되고 그 속에 어떤 위험이 숨어 있는지 예측할 수 없었다. 1923년 트로츠키(Троцкий, Л.)는 벨르이에 대해 "예명 자체로써 그가 혁명에 반대한

벨르이의 예술 창작은 상징주의이론과 그의 철학적 탐색에서 분리될 수 없다. 상징주의 경향의 잡지〔〈예술세계〉(Мир искусства), 〈새로운 길〉(Новый путь), 〈황금 양모〉(Золотое руно), 〈천칭〉(Весы)〕에 공표된 학술 논문, 소논문, 예술 에세이, 비평에서 벨르이는 상징주의이론을 균형 잡힌 체계, 총체적 세계관, '삶의 예술'의 보편적 강령으로 정립하려 했다.

상징주의체계는 시인에게서 세계관의 피라미드로 나타난다. 과학과 종교, 시와 자연과학, 기술의 철학과 예술의 철학, 인식과 창작이 그 각각의 면을 차지한 것이다. 벨르이에 따르면, 피라미드의 정점에서 유물론, 관념론, 합리주의, 실증주의, 신비주의 등의 일원론들(монизмы)이 만나게 되는데, 여기서 철학과 문화의 역사가 변주되는 것이다.

벨르이는 예술적 탐색, 양식 실험, 지면 논쟁 등의 활동을 하며 동료들과(특히 〈천칭〉의 편집장 브류소프와) 협력했는데, 문학학파의 테두리를 벗어나 형이상학과 변증법, 그노시스주의, 창작의 심리학, 문화철학의 문제에 주목하고부터는 이들과 완전히 분리되었다. 시인이 켄타우로스 앞에 시를 내던지고 '에너지의 밀도'를 언급하며 이 개념을 미학의 범주에 접맥시키려 했을 때 모두 어깨를 으쓱했다. 벨르이의 이론적 구성은 정밀과학 기구, 도면, 도해, 공식을 동반한 '과학성'(наукообразность), 해석적 장르로의 지향으로, 이는 《쪽빛 속의 황금》(Золото в лазурч)과 《재》(Ле-педб)를 창작한 작가의 시적 재능을 숭배하는 사람들과 충돌했다. "'무분별의 길'(путь безумий)을 벗어나 정밀한 비판적 사고의 길로 가려는 안드레이 벨르이의 시도는 완전한 실패로 끝나지 않을 수 없었다."[10] 상징주의자들이 이러한 말을 한 것이 한두 번이 아니었다. "이론적 관심사에서

___

다는 것을 목격할 수 있다. 왜냐하면 전투적인 혁명의 시대는 하얀색과 붉은색의 투쟁이기 때문이다"(Троцкий, Л., Литература и революция, М., 1991, С. 49)라고 말했다.

10) Иванов-Разумник, Р., Александр Блок., Андрей Белый, М., 1919, С. 80.

나는 혼자였다 … ."[11] 벨르이는 서글프게 의식했다.

벨르이와 동시대 철학자들은 그의 예술 창작을 높이 평가하고 시인의 특수한 예견 능력을 인정했다. "그의 의식은 러시아는 물론 유럽에서 그 이전 해에 벌어지는 모든 일들에 귀를 기울이고 알아차렸다. 그가 자신을 지진계라고 칭한 것도 다 이런 이유에서이다."[12] 벨르이에 대해 스테푼(Ф. А. Степун)은 이렇게 말했다. 베르자예프가 벨르이와 블록을 똑같이 새로운 시대의 예언자로 보았다면, 슈페트(Г. Г. Шпет)는 벨르이에게서 미래의 예언자를 보았다. "예술가의 사명은 예견(豫見) 하는 것이다. 우리의 예술가들은 우리의 낡은 본성 속에서 새로운 현실을 예견했는가? 다들 블록이 예견했다고 생각한다. 그렇지만 나는 안드레이 벨르이가 예견했다고 생각한다."[13]

그러나 바로 이 철학자-전문가들의 시각에는 벨르이의 이론에 대한 회의적이고 모욕적이기까지 한 성격이 담겨 있었다. 스테푼은 벨르이의 생각을 일컬어 "'나'라는 고독한 쿠폴 주위의 비행곡예 연습"이라고 했다. 베르자예프는 "벨르이의 지식은 의심스럽다. 그는 계속 혼동했다"라고 말했다. 독일의 정신문화에 대한 벨르이의 선호와 그 영향에 대해 언급할 때 베르자예프는 연구자로서의, 더 나아가 백과사전적 학자로서의 시인에 대한 모든 신뢰를 뒤집으며 말했다. "벨르이는 독일어를 몰랐고, 본격적으로 독일어로 읽은 책도 없다."[14] 벨르이의 철학적 시각에 대한 슈페트의 판단은 "깨어진 교리, 진부한 가르침, 저속한 신지학이 있지만 진정 종교적인 것은 메아리조차 없다"는 것이다. [15]

---

11) Белый, А., Начало века, С. 544.

12) Степун, Ф. А., Бывшее и несбывшееся, Лондон, 1990, Т. 1, С. 277.

13) Шпет, Г. Г., Соч, М., 1989, С. 367.

14) Бердяев, Н. А., Самопознание, С. 195.

15) Шпет, Г. Г., Соч, С. 371.

이와 같은 동시대인의 평가를 들으면서 벨르이는 초기 시에서 다음과 같이 말했다:

> 그들은 나를 비웃었다,
> 미치고 우스꽝스러운 거짓 그리스도를 (…)
> 선명한 가스등 불빛이 흐른다,
> 나는 고개를 떨어뜨리고 어린아이처럼 흐느꼈다.
> 그들은 발길질로 몰아대며
> 나를 병동에 집어넣었다.

이해받지 못하고 용인되지 않으며 조롱받는 예언자의 영혼의 발작과 비판은 이미 벨르이의 첫 번째 서정적 작품에서 울려 퍼진다. 이 구절을 읽으면 본의 아니게 막시밀리안 볼로신(Максимилиан Волошин)이 한 비교-대비를 연상하게 된다. 그의 말에 따르면, "뱌체슬라프 이바노프는 성실한 교수지만 안드레이 벨르이는 정신병자 같았다."16)

현대인은 벨르이를 시인, 신비주의자, 비범한 예술형식의 창조자, 천재 혹은 광인, 예언자 혹은 어릿광대로 간주하지만, 철학자로는 간주하지 않는다. 로스키(Н. О. Лосский)만이 벨르이에게 철학자의 지위를 부여하고 《러시아 철학사》(История русской философии)에서 그의 책 《상징주의》(Символизм)의 구절을 인용했다. "전반적으로 안드레이 벨르이의 철학은 범신론의 다양한 모습을 지니고 있다."17) 그는 자신이 내린 평가에 대한 상세한 언급은 묻어 두고 이렇게 결론지었다.

벨르이에 대한 비평논문과 모노그래프에서는 작가 벨르이의 철학적 유산에 대한 분석을 차치하고 일반적으로 그것을 이상하게 부정적이거나

---

16) Волошин, М. А., Путник по вселенным, М., 1990, С. 185.
17) Лосский, Н. О., История русской философии, М., 1991, С. 389.

(드물게는) 이상하게 열광적인 주석으로 대체하는 것이 이후 전통이 되었다. 러시아는 물론 해외 연구자들도 벨르이의 철학적 시각의 비독창성과 절충주의에는 한목소리로 결론을 내렸다. 즉, 그의 이론은 신칸트주의 이론과 쇼펜하우어와 니체의 미학사상이 '세계영혼'에 대한 블라디미르 솔로비요프의 신비주의 교리와 혼합된 것으로, 돌발적이고 열정적으로 하나의 이상적 학파에서 다른 학파로 이행하고, 이와 함께 선택한 우상에 대해 지속적으로 환멸을 느끼다가는, 이렇게 교대로 변화하던 철학적 취향은 루돌프 슈타이너를 마지막으로 끝난다는 것이다.

사실, 벨르이의 철학적 선호도의 변화 지점을 이념적 측면에서 찾지 않는 경우도 있었다. 스테푼은 극단적 변화를 벨르이의 특징으로 언급하면서 다음과 같이 말했다. "너무 일찍 꺼진 삶에서 벨르이가 진리라고 주장하지 않았던 것은, 그 자신이 변하지 않는다는 것뿐이다. 젊은 시절 그는 변증법을 주장했다. 톨스토이에 대항하여 변증법적 유물론을 옹호하기 위해 야스나야 폴랴나를 방문하기도 했다. 그러다가 마르크스에서 칸트로 건너갔는데, 그의 칸트주의는 신칸트주의자들과 격한 논쟁으로 금방 끝났다."[18] 그러나 스테푼은 분명 독자를 잘못된 길로 인도한다.

첫째, 벨르이는 자신이 자연과학대학을 마치기 전까지 마르크스를 읽지 않았고 '사회학적 문맹'이었지만, "1897년에 이미 고유한 철학체계를 도입했다"라고 회고록에서 말한 것이 한두 번이 아니다.[19] 둘째, 톨스토이에 대한 벨르이의 회상에서 야스나야 폴랴나의 방문은 언급되지 않았다. 벨르이는 자신의 부모가 톨스토이의 오랜 지기였고, 어린 보랴 부가예프는 이 위대한 작가의 무릎에 앉아 있었다고 어린 시절을 추억했다. 그리고 폴리바노프(Л. И. Поливанов) 김나지움에서 톨스토이의 아들과

---

18) Степун, Ф. А., Бывшее и небывшееся, Т. 1, С. 278.

19) Белый, А., Начало века, С. 10.

함께 수학할 때 하모브닉 저택을 방문한 적이 있었다고 했다. 그렇지만 이 회상은 톨스토이와의 철학적 토론의 가능성을 배제한 문구로 끝난다: "톨스토이 댁을 방문하곤 했던 것은 1년 동안만이었다. 미하일 리보비치와는 금방 헤어졌다. 그가 폴리바노프 김나지움을 떠났기 때문이다. 얼마 안 있어 톨스토이는 야스나야 폴랴나로 이주했다. 나는 최근 5년 동안 그를 보지 못했다."[20]

벨르이가 초기에 열중했던 환상이 아닌 그의 세계관의 합리적 특성에 보다 집중할 필요가 있으며, 벨르이가 상징주의이론가로 성장하는 데 영향을 미친 과학적 지식의 역할을 평가할 필요가 있다. 그것은 당연히 받아야 할 주목을 받지 못했다.

벨르이 창작의 연구자들은 종종 미래의 시인이 아직 김나지움에 있을 때 '새로운 예술'(라파엘 전파, 프랑스 상징주의자들)에 관심이 있었고, 칸트와 쇼펜하우어에 심취했으며, 1899년 가을부터 니체와 함께 '살았고', 인도의 고대철학을 이해했으며, 특히 1900년 봄은 블라디미르 솔로비요프와의 만남과 대화로서 그에게 특기할 만한 해라는 것을 강조한다. 이로부터 미래의 안드레이 벨르이는 1890년대 말부터 자연과학적 지식, 실증주의, 그리고 자유주의적 시각을 찬탄하며 '아버지들'의 문화(러시아 특유의 '교수 문화' 유형)에 낯선 신념을 받아들였다는 결론이 도출된다. 그러나 서두를 필요는 없다.

사실, 젊은 보리스 부가예프는 김나지움의 마지막 시기와 대학 초년 시절을 철학서를 읽으면서 보냈지만, 그때 많은 사상가들의 작품을 읽지는 못했다고 고백했다. 그는 특히 '아버지들'에게 숭앙되는 사상가들, 즉 프루동, 푸리에, 생시몽, 백과전서파, 로크, 융, 18세기와 19세기의

---

20) Белый, А., Воспоминание о Л. Н. Толстом Андрей Белый. Проблемы творчества, М., 1988, C. 644.

경험론자들, 오귀스트 콩트, 뷔히너, 몰레스코트(J. Moleschotte), 그리고 헤겔의 대부분의 저작을 읽지 못했다고 했다. 심지어 게르첸, 바쿠닌, 체르느이셰프스키도 충분히 주목하지 못했다. 그렇지만 동시에 심포니 장르의 첫 번째 작품 《심포니야 서곡》(предсимфония)을 작업할 때부터 보리스 부가예프는 자연과학 서적에 심취해 있었고, "물리학의 방법과 과제에 대하여"(О задачах и методах физики)라는 리포트로 우모프(Н. А. Умов) 교수의 물리학 모임에 가담했다는 사실을 간과하지 말아야 한다. 젊은 시절 읽은 작품목록에는 칸트와 쇼펜하우어에 앞서 라이프니츠가 기록되어 있고, 밀과 스펜서가 솔로비요프와, 그리고 베이컨과 헬름홀츠가 플라톤과 나란히 있으며, 자연과학의 철학에 대한 저작들이 문화사와 미학 논문들과 동일한 반열에 놓여 있었다.

과학적 인텔리겐치아 모임과 고유한 가족문화가 벨르이에게 미친 영향 또한 과소평가되어서는 안 된다. 음악, 시, 철학에 심취했던 사립 폴리바노프(그는 개인적으로 학생들의 철학적, 문학적 경향을 장려했다) 김나지움의 졸업반 학생이 왜 이후에 물리-수학 학부로 진로를 바꾸었는지 이해해야 한다. 무엇 때문인가? 아버지의 희망에 따라 양보한 것인가, 아니면 좀더 다른 차원의 원인이 있는가? 문학 동료들은 보리스 부가예프가 자연과학과 정밀과학에 심취한 것을 '주된 사명'을 향해 가는 길에 필연적인 장애물이라고 생각했다. 그러나 벨르이가 평생 동안 수학, 물리학, 자연과학에 대한 관심을 유지했고, 정밀과학에서 차용한 예들로 자신의 이론적 탐색을 증명하려 했다는 것은 비평가들에게는 고전적인 사실이다. 이와 같이 시인의 자연과학에 대한 관심을 '인정'하는 것은 그의 동급생 수슬로프(Н. Суслов)의 언급을 상기시키는데, 벨르이의 신랄한 표현에 따르면, 그가 자신에 대해 "자신의 교리에 필요한 자연과학의 사실들을 철학에 대한 것처럼 직선적으로 선별"한다[21]고 생각했다는 것이다. 벨르이에 대해 '직선적으로' 생각하고, 그의 창작의 복잡한 지그재 그를 '직선'으로 펼치려는 이전의, 그리고 새로운 모든 시도는 실패가 예정되어 있었다.

대학 입학을 앞둔 보리스 부가예프의 상태는 후에 그가 상징적 용어로 '가위'라고 명명한 것처럼, 진로선택에 그 어떤 의심과 딜레마도 없었고 문학가와 자연과학자의 사명 사이에 그 어떤 갈등도 없었다. 작가가 되느냐 자연과학자가 되느냐는 벨르이에게 그다지 큰 문제가 아니었다. 그의 머릿속에는 '자신만의 대학이 숙성'해 있었고, 그는 4년은 자연과학학부에서, 4년은 인문학부에서 과목을 연구하려고 계획했다: " … 과학과 사실들에 모든 관심을 두면서, 나는 두 개의 기둥 위에 건축된 세계관의 정신 속에서 사실을 의미화하는 방법을 획득하려는 목적을 세웠다. 그 기둥 가운데 하나는 미학이고 다른 하나는 자연과학이다. 세계관의 문제는 두 개의 선을 묶는 것이다. 그것은 미래의 일이다. 현재는 열린 가위이다 … ."[22]

자연과학과 정밀과학에 대한 벨르이의 관심은, 예를 들어 모든 학문분야를 사고할 수 있는 모든 언어에 대해 열광한 발몬트식의 독서나, 수학에 대한 브류소프식의 '사심 없는' 관심처럼 다양한 형태의 지식에 대한 '순수한' 사랑은 아니었다. 그것은 새로운 세계관으로 향하는 특정한 단계였다.

"미학-자연과학자, 자연과학-미학자를 하나로 결합하려는 나의 문제에 그 누구도 주목하지 않았다. 계획대로라면 벌써 합치되었어야 하지만, 그것이 합치되는 것을 잠시 보류한 것을 사람들은 이해하지 못한다. 모순이 춤을 춘다. 해부학 교과서에서 미학에 대한 대화가 보이고, 베토벤의 음악에서 헬름홀츠에 대한 대화가 보인다 … 나는 '정밀'미학에 대한

---

21) Белый, А., На рубеже двух столетий, C. 38.

22) Там же, C. 381.

생각으로 친한 친구인 솔로비요프 가족의 기분을 상하게 했다. 그리고 그 것은 '데카당'에 적대적이었던 아버지를 그만큼 기쁘게 했다"[23] — 벨르이 는 자신의 '혼합 사상'이 처음으로 전개되던 시절을 이렇게 회상했다.

이론가 벨르이가 갑자기, 푸시킨의 살리에르의 단어로 말하자면, '대 수학적 조화'를 믿는 것을 많은 사람들은 이해하지 못했고 이상하게 여겼 다. 예술의 형식에 대해 글을 쓰던 시인이 왜 물리학자 우모프가 과학적 카테고리에 도입한 '에너지의 밀도'에 관심을 두게 되었을까? 상징을 정 의하면서, 왜 화학적 종합(synthesis)과 평행선을 그었을까? 시, 철학, 종교를 이야기할 때, 왜 수학공식을 사용하고 도식과 도표를 그리게 되 었을까?

베르쟈예프는 벨르이에게 다음과 같이 지적했다. "내 생각에, 당신은 전적으로 신비주의적 논문을 쓰기 시작해야 한다. "의미의 표장"(Эмбле- матика смысла)은 4분의 3이 신비주의적 논문인데, 당신은 '과학성'에 취 약하기 때문에 글쓰기에 일관성이 없다."[24] '일관성 없는' 신비주의적 정 신의 주석 속에서 벨르이가 무엇보다 끈질기게 끌고 간 생각은 '상징주의 는 포괄적인 이데올로기'라는 것과, 그때서야 '세계관으로서의 상징주의 가 가능'하다는 것이다.

언젠가부터 '양립할 수 없는' '여러' 벨르이들에 대한 의견이 세상에 나 타났고, '시인'과 '화학자'를 '분리'하려는 시도가 행해졌다. "천재적 예술 가 안드레이 벨르이가 있고 혼합결정(結晶) 학자 안드레이 벨르이가 있 다."[25] 기본적으로 츠베타예바가 창조한 '영원히 파열하는' 작가의 시적 형상은 그녀의 주관적 감상일 뿐 아니라 안드레이 벨르이의 개성과 운명

23) Белый, А., На рубеже двух столетий, С. 383~384.

24) Бердяев, Н. А., Письма Андрею Белому. ГБЛ., Ф. 25, К. 9, Ед. хр. 16, Л. 3 об.

25) Шпет, Г. Г., Соч, С. 371.

에 대한 동시대인들의 느낌을 공통적으로 반영한다. 파열적인 성격, '마스크', 단일한 총체로 인도되지 않는 모순된 성격, '분열, 쪼개짐, 흩어짐'(슈페트), 내면세계의 '미완성', 그 '불확실성'(스테푼), 몇몇 '날카로운 각들로 구성된 기인의 외모'(자먀친), '마법과 속임수의 혼합'(볼로신) ― 이와 유사한 평가는 벨르이의 지적인 초상을 재현하는 대부분의 회고적 기록들과 상충한다. 베르자예프는 벨르이가 지향했던 단일성과 총체성을 단호하게 부정하며 다음과 같이 말했다. "아주 선명한 개별성 속에 군건한 개성의 핵은 사라지고 그의 예술 창작에서 개성의 분열이 발생한다. 이것은 무엇보다 끔찍한 불신과 배신적 경향으로 표현된다."26)

벨르이의 부인 클라우디야 니콜라예브나 부가예바(Клаудия Николаевна Бугаева) 여사의 (일부만 출판된) 회고록에서만 '두 명의 벨르이' 이론, 즉 '파열되고' '분열된' 부가예프-벨르이라는 정형화된 형상과 조화로운 개성을 지닌 작가이자 철학자라는 시각을 대비시키려는 시도를 감지할 수 있다. 그녀는 시인, 이론가, 인간으로서 벨르이를 생각하면서 다음과 같이 말했다. "얼핏 보기에 이 둘은 완전히 다른 얼굴이다. 그러나 이상하게도 그들은 서로 긴밀하게 연결되고 얽혀 있다. 그들은 서로서로 제약한다. 정확하게 살아 있는 에너지 보존 법칙이다."27) 벨르이의 조화롭고 통일된 정신세계를 특징짓기 위해 부가예바 여사는 그의 고유한 미학과 '음악적' 세계관에 가까운 정의를 선택했다. 그것은 콘트라푼크트(Kontrapunkt, 대위법)로서, 벨르이가 '해설자'와의 승산 없는 논쟁에서 자신의 철학적 '나'를 특징지으면서 사용했던 바로 그 용어이다. " … 나의 세계관은 총체적인 원의 방법론적 테두리의 무한한 양식의 변증법,

---

26) Бердяев, Н. А., Самопознание, С. 194.

27) Бугаева, К. Н., Печаль чрезмерного знания. Из воспоминаний об Андрее Белом Советский музей, 1991. 2, С. 40.

콘트라푼크트의 문제이다."[28]

합류할 수 없음을 의식하는 동시에 다양한 영혼의 멜로디가 분할되지 않는 것을 의식하는 것, 많은 것이 단일한 *심포니* 작품, 즉 예술가의 삶으로 짜이는 것을 의식하는 것, 이것이 벨르이의 현상을 이해하는 진정한 열쇠가 될 것이다.

《세기 초》(Начало века)에서 벨르이는 자신에 대한 동시대인의 생각을 아이러니하게 언급했다. " … 벨르이 속에서 서로 논박하는 '*벨르이들*'이 나타났다. 그들은 신비주의자, 칸트주의자, 시인, 시 연구가, 신령학자, 회의론자, 개인주의자, 집단주의자, 아나키스트, 사회주의자로 구성되어 있다. 외부적으로 나는 이렇게 보인다."[29] 그렇지만 사실 '존재의 쌍두머리'는 '*자연과학대 학생*'과 '*벨르이*'이다. 시인 자신의 말을 빌리면, 이것은 알레고리다. "하나의 머리는 신비주의가 아닌 논리학의 법칙에 따라 공간적 모형을 건축하려는 계획 속에서 지향들을 조화시키는 문제로 고민한다. 그러한 모형이 가능한지에 대한 문제가 발생한다. 가능할 것 같다. 과학, 예술, 철학을 총체적 세계관과 교차하는 것이 가능한 것처럼 말이다."[30]

벨르이에 따르면, 문화는 "현실의 창조적 변형 속에서 개인과 종족의 생생한 힘을 발전시킴으로써 이 힘을 성장시키고 보존하는 활동"으로 해석되는 "지식과 창작, 철학과 미학, 종교와 과학의 특별한 관계이다". 그는 1909년 문학과 평론, 철학과 미학에 대한 세 권의 전집 《상징주의》, 《아라베스크》(Арабески), 《녹색 초원》(Луг зеленый)의 준비에 착수하면서 문화의 문제를 화두로 삼았다. 상징주의와 상징주의의 그노시스주의, 상

---

28) Белый, А., На рубеже двух столетий, С. 196.

29) Белый, А., Начало века, С. 534.

30) Там же, С. 539.

징주의 문화가 벨르이의 이론집 세 권의 이념적 축이다.

저자의 구상에 따르면, 첫 번째 책《상징주의》는 "상징주의의 미래체계를 위한 이정표만을 제시"해야 했다. 벨르이는《상징주의》의 이론적 조건을 드러내고 예시하는 모든 구체적인 것, 형상적인 것, 아포리즘적인 것을《아라베스크》를 위해 선택했다. 그리고《녹색 초원》에서는 전적으로 러시아 문화의 문제에 집중했다.

훗날 벨르이가 인정하듯이, 그가 가장 갈등했던 것은 첫 번째 책이었다: "이 허술하고 볼품없는 책을 세상에 내놓을 가치가 있는지 한두 번 동요한 것이 아니다."31) 위기(1909년 잡지〈천칭〉과〈황금 양모〉의 폐간을 기억하는 것으로 충분하다)를 겪은 상징주의학파의 보존을 위한 투쟁, 메트네르(Э. К. Метнер)가 수장인 새로운 출판사 '무사게트'(Мусагет)를 중심으로 창작학파들을 연결하려는 시도, 편집장의 특별한 고집, 이 모든 것으로 인해 벨르이는 상징주의의 일반적인 문제를 다룬 논문 모음집을 급히 출간하게 되었다. 그러나 여러 해에 걸쳐 써져 각각 경험된 철학적 영향(쇼펜하우어, 분트, 회프딩, 신칸트학파의 주석들)의 흔적을 내포하는 이전의 논문들은 이미 연구자-시인을 만족시키지 못했다. 그것들은 상징주의이론의 포괄적인 형식으로 표현될 수 없었다. "상징주의이론의 윤곽이 분명하게 보였다. 만일 몇 달 동안 칩거할 시간이 있었더라면, 나는 습작(논문의 자료들, 이미 나는 그 대부분에 동의하지 않는다)을 빼고 그것을 다시 써서 출판을 준비했을 것이다."32) 몇 년이 지난 뒤 벨르이는 고백했다.

그러나 운명은 시인이 '칩거'하여 상징주의이론에 대한 전문적인 연구 논문을 쓸 가능성을 허용하지 않았다. 벨르이는 체계의 '파편들', 즉 의

---

31) Белый, А., Между двух революций, М., 1990, C. 335.

32) Белый, А., Между двух революций, C. 335.

식 속에 건축된 부서진 건물을 공포에 질려 바라보면서 '이데올로기적 표어에서 연결된 형태로 무언가를 조금이라도 모으려는' 절망적인 시도에 착수했다. 그리고 이미 인쇄소에서 조판된 《상징주의》의 뒤를 이어 열흘 동안 "의미의 표장"에 대한 주석을 저술했다. "미래의 체계에 대한 서문의 초고(礎稿)에서 중요한 부분을 망친 것은 해설을 서둘러 작성해서 그렇지 사상이 모호해서 그런 것은 아니다." 그는 이렇게 주어진 작품을 평가했다. 《상징주의》의 주요 논문을 끝마치지 못한 채, 벨르이는 그 책에 대한 해석작업에 착수하면서 "그 속에 일련의 논문들의 맹아를 기입하고 미래에 '*상징주의이론*'을 편안하게 작업할 수 있는 가능성"을 기대했다.

벨르이는 자신의 이론적 관심사들이 문학적 투쟁 전술, 시대의 과제, 지면의 논쟁에 너무 자주 희생되었다는 느낌을 떨칠 수 없었다. 그는 자신의 논문을 딱딱한 속으로 가득 찬 두 개의 소시지에 비교했다. 그것은 '*시대의 테마*'와 상징주의에 대한 사상의 조각들이다. 이 조각들은 항상 '*밀수품*'(*контрабанда*)이다. "3년간의 끊임없는 잡지 활동이 의식에 내포된 상징주의체계를 산산조각 냈다. 그리고 '65'개의 논문은 내 앞에 있는 체계, 기록에 이르지 못한 것의 파편들이다."《상징주의》, 《아라베스크》, 《녹색 초원》의 작가는 아픈 마음으로 결론 내렸다.

바짐 셰르셰네비치의 벨르이에 대한 회고록의 페이지 속에 펼쳐진 빛나는, 항상 아포리즘적이지만 항상 정당하지는 않은 평가 속에서 우리는 이론가로서 벨르이의 비극적 운명을 가장 정확하게 (물론 시적인 '정확성'이다) 전달하는 하나의 의미를 발견할 수 있다. 그것은 "벨르이는 이성의 자본가가 될 수 있었다. 그러나 그는 의도적으로 자신을 논의의 수공업자로 변화시켰다"는 것이다. 33)

---

33) Мой век, мои друзья и подруги : Воспоминания Мариенгофа, Шершеневича, Грузинова. М., 1990, С. 45.

무엇보다도 그 '밀수품 조각을 조립'함으로써 벨르이 이후 그가 쓰지 못한 체계로부터 그 무엇이 나타났다는 것을 인정하지 않을 수 없다.

"문화의 궁극적인 목적은 인류의 개조이다. 이 궁극적인 목적 속에서 문화는 예술과 도덕의 궁극적인 목적과 만나게 된다. 문화는 이론의 문제를 현실의 문제로 변화시킨다. 그것은 인류 진보의 산물을 가치로 고찰하게 한다. 문화는 삶 자체를 재료로 변화시키고, 창조는 그 재료로부터 가치를 벼린다." 벨르이의 전집 세 권 중에서 첫 번째 책《상징주의》에 삽입된 논문 "문화의 문제"(Проблема культуры)에서 공식화된 이러한 명제는 그의 수많은 저작의 기본이 되었다. 논의의 중심을 자유롭고 창조적이며 영웅적인 개성으로, '인류 진보의 내적인 조명'으로 이동시킨 것은 벨르이로 하여금 진보에 대한 개념 자체를 재평가하게 했다.

벨르이는 '문화의 세계'를 "프로메테우스의 불, 진정한 주인공의 진정한 불의 반사"라고 특징짓고, 그것을 데카당의 "무개성의 예언성"과 대립시켰다: "가치의 창조는 형상의 창조이다. 만일 창조의 형상이 인간이고 그 형식이 삶이라면, 우리는 영웅과 유사한 형상을 삶에서 창조해야 한다. 이를 위해 개성이 필요하다"〔"무개성의 예언자"(Пророк безличия)〕. 입센 드라마의 영웅적 성격들은 프시브이솁스키(С. Пшибышевский)의 '무개성적' 인물들과 직접적으로 대조되지는 않지만,《아라베스크》에서 그들과 관련되며 그들은 부정한다.

"모든 예술은 인간의 정신이 무의식적으로라도 인식에 대한 창조의 우위를 선포하는 것으로 시작된다. 자유의지는 창작의 의지이다" ― 논문 "연극과 현대의 드라마"(Театр и современная драма)에 나오는 말이다. 벨르이의 미학적 개념은 삶의 창조(жизнетворчество) 프로그램이지 '예술형식'의 창조가 아니다. "예술은 창조에 대한 소명이 동시에 삶의 창조에 대한 소명으로 나타나는 곳에서 고무된다."《아라베스크》의 작가는 삶 자체를 하나의 창조의 범주로 해석한다. 예술은 삶의 변형의 지향이라는 어머니이지만, 그러나 어머니의 젖을 그만 먹어야 할 때가 되었다. 이제 가장 뛰어나고 섬세한 사람들이 예술과 결별하고 삶의 창조란 자유로운 평원으로 나아가야 할 때이다.

"우리는 나는 법을 잊어버렸다. 우리는 무겁게 생각하고 무겁게 걷는다. 우리에게는 행동이 없고 우리 삶의 리듬은 약해진다. 우리에게는 단순하고 건강한 신성의 가벼움이 필요하다. 그때서야 우리는 우리 삶을 노래할 용기를 얻을 수 있다. 왜냐하면 노래가 살아 있는 삶이 아니라면 삶은 전혀 삶이 아니기 때문이다."

이렇게 벨르이는 논문 "삶의 노래"(Песнь жизни)에서 주요 테제를 전개했다.

프리드리히 니체가 다른 사람에 비해 시인의 시선을 사로잡은 것도 우연이 아니다. 벨르이의 견해에 따르면, 그는 자신의 내면에 삶의 창조자를 구현했다. 만일 칸트, 괴테, 쇼펜하우어, 그리고 바그너가 천재적인 작품을 창조했다면, 니체는 "유럽 문명이 여태까지 보지 못했던 새로운 천재 종족을 재생시켰다". 그는 "새로운 영혼의 양식을" 부여했고, "높은 신비의식"에 접근하여 벨르이에게 "새로운 인간의 형상"을 그려 주었다.

그리고 벨르이는 러시아 철학자들이 그들의 삶에서 '인류 개조'의 문화 프로그램을 구체화한 것을 무엇보다도 높게 평가했다. "나는 솔로비요프에게서 사상가를 사랑하는 법을 배울 뿐 아니라, 투구로 얼굴을 가리고 형이상학적인 것은 한마디도 하지 않는 과감한 삶의 개혁가를 사랑하는 법을 배우지 않을 수가 없다." 그는 논문 "블라디미르 솔로비요프"(Владимир Соловьев)에서 이렇게 썼다.

벨르이는 선배 철학자들의 교리와 관계를 부정하지 않았지만, 그들의 본질을 보다 깊이 바라보도록 제의했다: "당신들, 고정된 자, 해설자, 대중주의자들은 나를 솔로비요프나 니체, 혹은 다른 그 누구에게 고정시키지 마시오. 나는 내가 그들에게서 배운 것을 부정하지 않소. 그러나 '나의 상징주의'를 어떤 형이상학과 합치시키려는 것은 극도로 어리석은 일이오." 자신이 쇼펜하우어주의자도 아니고 솔로비스트도 아니고 니체주의자도 아니며 더 나아가 '주의자'나 '이스트'가 아니라고 주장하면서, 벨르이는 자신의 세계관의 특징을 다음과 같이 말했다: " … 일원론도 아니고 이원론도 아니며 다원론도 아니다. 그것은 다원-이원-일원론이다. 다시 말해 그것은 공간적 도형으로서 *하나의* 정점과 *수많은* 토대로 이루어져 있으며, 일원론을 극복한 이율배반적이지만 구체적인 이원론을 명백한 내재성의 문제에 결합한 것이다."34)

"*벨르이는 암시이자 표식이며 전조(前兆)이다! … 미래에 출현할 '새로운 인간'의 첫 번째 표식이다!*"35) 1910년 상징주의 비평가 엘리스는 조화를 지향하는 벨르이를 이해하지 못한 동시대인의 통상적 판단에 대항하여 시인을 이렇게 특징지었다.

20세기는 위대한 과학적 발견을 천명했다. 물리학 법칙, 물질, 운동에 대한 표상이 변화했고 세계의 초상이 변화했다. 벨르이의 이론적·예술적 탐색 속에서, 그의 종합주의에 대한 의식적 충동 속에서 알레고리가 결합되었을 때,

> 환각의 망령, 원자의 질량은 더욱 뜨겁다
> 타오르는 석양보다
> 울창한 상징들의 숲보다
> 희미한 형상들의 법칙보다,
> 거대한 코스모스의 파도보다 …

---

34) Белый, А., На рубеже двух столетий, С. 196.

35) Эллис, Русские символисты, М., 1910, С. 211.

단일하고 유동적이며 '상대적인' 새로운 세계의 감각이 반영되어 있다.

'총체적 세계관'에 대한 표상에는 과학적 사고와 예술적 사고, 정밀한 지식과 인문학적 지식이 모순되지 않는다. 벨르이는 이러한 표상을 상징의 카테고리, '상징주의' 개념과 연관시켰다. 그가 '상징'이란 단어 자체를 'сюмбалло'(συμβάλλω — 그리스어) 란 동사에서 '파생'한 것으로 간주했을 때, 수많은 의미 중에서 선택한 것은 마지막 '연결하다'('함께 던지다'로서 염소와 나트륨이 제3의 새로운 물질인 소금으로 변체되는 화학 에너지를 배출한다) 이다. 벨르이에 따르면, 상징주의는 "종합주의의 부분들을 공유할 뿐 아니라('сюнтигэми' — 함께 제기하다), 더 나아가 종합주의가 끝까지 구현된 것이다. 양을 공유하는 것은 아직 새로운 질로 나타나지 않는다".[36] 구체적 종합주의로 연결하고 결합하는 문제는 양적인 혹은 질적인 문제일 뿐 아니라 양적인 동시에 질적인 문제이며, 벨르이는 이를 상징주의의 문제로 간주하고 연결 자체를 상징이라고 명했다.

상징주의이론에는 그가 솔로비요프의 시와 철학을 통해 감지한 플라톤의 이데아의 '두 세계'가 풍요롭게 나타난다. 가시적인, 도달할 수 있는 감각세계는 창백한 형상이고 '진정한' 현실의 유사일 뿐이다("눈에 보이지 않는 것의 // 반사일 뿐, 그림자일 뿐…"). 상징은 외면적인 단어로는 표현할 수 없는 것, 부적절한 것, 초감각적인 모든 것을 암시와 경고의 내밀한 언어 속에 전달할 수 있다. 진정한 상징의 의미는 무궁하다. 벨르이에게 상징은 예술적 형상이고 신비주의적이고 초현실적인 세계를 향한 창이며 사실적 세계의 범주이다. 벨르이에 따르면, 상징은 보편의 범주이다.

아아, 상징주의이론을 모든 사회적, 문화적, 철학적, 종교적, 자연과학적, 미학적 문제를 포괄하는 보편적 세계관으로 공식화하려는 안드레이 벨르이의 '의지'는 이렇게 *미래의 계획*으로 남았다. 제기된 과제의 유

---

36) Белый, А., На рубеже двух столетий, С. 200~201.

토피아주의는, 만일 이런 표현이 가능하다면, 엄밀한 이론, 체계를 구축한 벨르이 사상의 양식에서 *아라베스크*의 길을 간다. 도면과 아라비아 문양이 교차하는 것, 기하학적 도면이 아라베스크로 진전하는 것, 혹은 더 어려운 것으로 기이한 무늬를 엄밀한 도식의 형태로 상상하는 것이 《상징주의》와 《아라베스크》 작가의 기본 기법이다. 그러나 이 비범한 작가의 양식 속에서 창작의 자유가 승리한다. 그는 다음과 같이 썼다: "사상의 원천에는 도식이 없다. 선명하고 생생한 아라베스크가 있을 뿐이다. *나선*은 이 갈지(之)자 행보의 가장 단순한 선이다 … ."

"나는 내 관점에 완결된 체계를 부여하는 과제에 크게 동요하지 않았다. 그리고 다른 사람들의 *체계*를 차용하는 과제에 전혀 동요하지 않았다 … ." 벨르이는 이렇게 말했다. 왜냐하면 그에게 세계관은 체계가 아니라 체계를 성숙하게 하는 과정이고, '체계'는 세계관의 삶에 절망적인 고통, 심장의 경화증을 의미하는 것이기 때문이다. "체계에 대한 잠재적 가능성, 아포리즘적 형식 속에 주어진 체계에 대한 모양과 형상은 — 그는 결론 내렸다 — 연필을 손에 들고 연구한 체계보다 나의 철학적 창작을 더욱 역동적으로 만든다 … ."[37]

시인이자 철학자가 추구하는 세계관의 '핵심'은 인간 정신의 가치에 대한 믿음이다. "러시아를 믿는다. 러시아는 미래에 존재할 것이다. 우리는 미래에 존재할 것이다. 사람들은 미래에 존재할 것이다. 새로운 공간, 새로운 시간이 미래에 존재할 것이다. 러시아는 꽃이 피는 넓은 녹색 초원이다." 1905년 안드레이 벨르이가 했던 이 말은 상징주의에 대한 그의 모든 '이론적' 3부작에 대한 제사(題詞)가 될 수 있다.

창작의 모든 단계에서, 즉 상징주의의 '여명'의 시기에, 1909~1910년 이론적으로 탐색하면서, 인지학으로 이탈하여 외국에 거주(1912~1916)

---

37) Белый, А., Начало века, С. 551.

하는 동안 특별히 연구에 몰두하면서, 그리고 10월 혁명을 수용하면서, 문화건설 작업 속에서, 그리고 사람들에게 진정한 문화와 종합주의로 가는 길을 제시하는 '연구 아카데미'를 러시아에 개설하는 꿈을 꾸면서, 그는 여전히 조화로운 세계관의 모델을 탐색했다. 시 〈자의식〉(Самосознание, 1914)에서 그가 스스로 규정한 것이 옳다:

초세계적 창작 속에,
추락 속에,
존재는 흐른다 … 오, 신이여!

의식은
점점 정확해진다. 모두 그렇다.

모두 그렇다
나의
의식은.

벨르이는 자신의 세계관을 "다음 세대의 손에 던져진 칼"이라고 했다.
러시아 철학자들 가운데 벨르이의 보편성에 대한 지향과 특히 가까운 사람은 표도로프(Н. Ф. Федоров)이다. 그의 의식 속에도 또한 혼합되지 않는(전통적 이해에서) 원리가 혼합되어 있는데, 합리주의와 신비주의, 과학과 종교, 기술과 테우르기아가 그것이다. 조화를 추구하고 '상징주의 체계'를 총체적 세계관으로 엮으면서 벨르이가 표도로프의 사상을 간과하지 않았다는 것은, 비록 구현되지는 않았지만, 그에 대한 저작을 구상한 것에서 알 수 있다.
벨르이의 동시대인들 가운데 그 인문학적 탐색과 유사한 성격을 고찰할 수 있는 철학자로는 플로렌스키(П. А. Флоренский)를 언급할 수 있다.

벨르이와 달리 플로렌스키는 세계관의 체계구축을 자신의 과제로 간주하지 않았다. 그러나 그의 개성은 많은 경우 상징주의이론가가 주창한 '새로운 인간' 창조의 이념에 응답하고 있었다. 그것은 종교와 세속, 동양과 유럽, 과학과 예술, 민족과 우주 등 다양한 성격의 문화가 합류되어 있다.

동시대인들은 이해할 수 없었던 시인의 창작의 심오한 의미와 조화로운 본질은 좀더 시간이 지난 뒤에야 의식되었다. 벨르이를 매장하던 날 — 1934년 1월 10일 — 만델슈탐(О. Э. Мандельштам)은 벨르이에 대해 다음과 같이 썼다:

삼 층 소금용액이
독일 현자들의 목소리가
러시아 최고들의 빛나는 논쟁이
반세기 동안 반시간 동안 그의 뇌리에 떠오른다.

많은 면에서 19세기 문화를 완성했다고 느껴지는 블록과 달리, 벨르이는 우리 시대에 존재한다고 할 수 있다. 블록은 19세기와 20세기를 연결하는 교량이다. 벨르이는 심연 위로의 절망적인 도약이고, 미래세대에게 던지는 '세계관의 칼', '날아가는 별빛 광선'이다:

별 ⋯ 그것은 영원히 빛난다.
별빛 광선이 질주하며 날아간다
수경(水鏡)에 비친 금강석이 된다.
그리고 빛나는 아라베스크를 그린다.

제1부

�

아라베스크

무개성(無個性)의 예언자*

"팔크는 완전히 미친 듯이 벌떡 일어섰다. 대체 무슨 일인가?"

이는 프시브이솁스키1)의 작품 중에서 그 비중이 제일 높은 소설2)의 첫 번째 문장이다. 이렇게 간결한 표현은 하나의 문장 속에 자신의 스타일을 투사하는 작가의 능력을 규명하는 자료가 된다. 사실 주어, 술어, 형용사는 프시브이솁스키 작품의 제일 중요한 요소들이다. 하나의 문장 속에 19세기 중반의 위대한 작가들과 19세기 말의 작가들의 작품을 구분하는 두 원시력의 분수령이 있다. 우리는 하나의 문장으로 벌써 무슨 일

---

* 〔편집자〕 〈키예프의 사상〉(Киевская мысль, 1909, 15 мая, No. 133)에 처음 (축약본) 발표되었다. 벨르이가 1908년 11월 코미사르제프스카야(В. Ф. Комиссаржевская) 극장에서 프시브이솁스키의 희곡 《영원한 동화》(Вечная сказка)가 상연되기 직전 강연했던 내용을 근간으로 한다. 이 논문은 벨르이의 《아라베스크》(Арабески, М., 1911, 3~16)에 수록되었다.

1) 〔옮긴이〕 프시브이솁스키(Przybyszewski, S. F., 1868~1927): 폴란드 작가. 서구의 모더니스트 예술가들과 교제하면서 국적 없는 보헤미안적 예술가로서의 삶을 살았다. 니체의 영향을 받았으며, 드라마 창작에서는 마테를링크, 스트린드베리, 입센에 천착했다. 극단적인 모더니즘적 탐미주의, 에로티시즘을 구현했다.

2) 〔편집자〕 프시브이솁스키의 소설 《호모 사피엔스》(Homo sapiens, 1895~1898 독일어, 1901 폴란드어 출간)를 염두에 둔 것이다.

이 일어났는지를 예감한다.

무슨 일이 일어났는가?

"*팔크는 완전히 미친 듯이 벌떡 일어섰다*"에서 일차적인 문학적 풍모의 윤곽이 갖춰졌다. 이 문장을 자세히 살펴보자. 주인공의 이름(팔크)이 주어졌고, 맹렬한 외부동작(그냥 일어서는 것이 아니고 벌떡 일어섰다)과 맹렬한 내부동작(화난 듯이 아니라 미친 듯이, 더 나아가 완전히 미친 듯이 벌떡 일어섰다)이 강조되어 있다. 그리고 거기에 신체의 동작과 영혼의 동작이 사려 깊고 정확하게 규정되었다. 프시브이셉스키는 근육의 발작과 영혼의 동작의 발작을 우리에게 보낸다. 말하자면 즉각적으로 말이다.

그렇다면 첫 번째 문장부터 발작적으로 벌떡 일어서고 발작적으로 분노로 들끓는, 이 두꺼운 소설의 주인공은 과연 누구인가?

주인공에 대한 설명이나 그의 외모, 사건이 일어나는 시간과 장소에 대한 설명은 없고 대신 아무 정보도 주지 않는 팔크란 이름이 있을 뿐이다. 그리고 바로 이 팔크가 우리 눈앞에서, 말하자면 공간 속에서, 말 그대로 벌떡 일어서는 것이다.

주인공, 줄거리, 사건이 일어나는 시간과 공간에 대한 설명은 뒷전으로 물러선다. 작가는 이런 상세한 부분은 무의식적으로 살짝 뒤로 돌린다. 우리는 이야기의 상세한 부분들을 끝까지 포착해서 사건의 윤곽을 스스로 재현해야 한다. 사실 아주 최근 작가들의 작품에서는 이런 윤곽이 전면에 대두되는 경향이 있다. 그리고 작가의 긴 설명이 있은 다음에야 행동하는 주인공이 옛날 친구처럼 우리에게 나타나는 것이다.

그렇지만, 프시브이셉스키의 작품에서는 팔크라는 어떤 사람이 미지의 어둠에서 무대를 향해 곧장 뛰쳐나와 우리 눈앞에서 발작적으로 날뛰기 시작하는 것이다.

"그는 녹초가 되어 … 집으로 갔다. 오한이 났다." 다른 소설은 이렇게 시작된다.

"고르돈은 몸을 앞으로 낮게 구부렸다. 그리고 오스타프를 뚫어지게 끝없이 응시했다."《사탄의 아이들》3) 은 이렇게 시작된다. 여기서 다시 미지의 시간과 미지의 공간에서 고르돈이라는 어떤 미지의 사람이 몸을 그냥 구부리는 것도 아니고 낮게 구부리고 오스타프라는 어떤 사람을 그냥 쳐다보는 것도 아니고 뚫어지게 응시하는 것이다.

혹은 "체르카스키는 생각에 잠겨 앉아 있었다"(《대지의 아들들》4)).

기타 등등, 기타 등등….

프시브이셉스키의 주인공들은 우리를 향해 즉흥적으로 던져져서 이를 갈고 근육을 수축시키고 이완시키고 여자에게 달려들어 입을 맞추고 어둠 속으로 도망친다.

그들은 즉각적으로 분노로 들끓고 불평을 토로하기 시작한다. 그리고 다음에는 프시브이셉스키의 기이한 꿈의 구름 속으로 흩어진다.

그에게 근육의 발작과 영혼의 발작은 항상 즉각적으로 일어난다. 그러나 이 두 발작 사이의 *관계*는 정신물리학적 인과관계에 의해 규정되고 이는 후에 밝혀지게 된다. 그것도 우리가 스스로 그 관계를 밝히고자 할 때뿐이다. 그렇지 않으면 각각의 행위의 동기, 혹은 더 나아가 줄거리의 관계는 프시브이셉스키에게 영혼의 카오스적 동작과 외부의 기계적 동작으로 분해될 것이다. 외부동작은 내부동작 속에 흔적을 남길 뿐이다. *관계*가 분리되기 때문이다.

이로 인해 모든 사건이 우연하게 시작된다. 프시브이셉스키는 청천벽력 같은 사건으로 우리를 강타한다. "벌떡 일어섰다…. 대체 무슨 일인가? 친구가 아니다…. 우편배달부이다…. 땀까지 났다…. 하-하…

---

3) 〔편집자〕《사탄의 아이들》(Дети Сатаны) : 프시브이셉스키의 소설(1897년 독일어, 1899년 폴란드어 출간).
4) 〔편집자〕《대지의 아들들》(Сыны земли) : 프시브이셉스키의 소설(1893년 독일어, 1901년 폴란드어 출간).

하 … . 그는 일어서서 깊은 생각에 잠겨 방 안을 서성거렸다 … ”(《호모 사피엔스》).

“그는 흐리멍덩한 눈으로 쳐다보았다 … . 시계를 보았다 … . 갑자기 문이 열렸다 … ”(《대지의 아들들》).

혹은 프시브이솁스키는 똑같은 제스처로 우리를 괴롭히기 시작한다. 그는 주인공으로 하여금 3분마다 웃게 하면서 그때마다 꼼꼼하게 이를 상기시킨다. “고르돈은 웃었다 … .” 그리고 몇 줄 뒤에 “고르돈은 다시 웃었다 … ”. 그다음 “고르돈은 웃었다 … ”. 그는 고르돈의 두 웃음 사이에서 오스타프가 “교활하게 웃었다 … ”는 것을 상기시킨다. 이러한 고르돈의 웃음은 주인공이 던진 짧은 문구에 의해 가로막힌다. 주고받는 사실주의적 대사는 때로 예술성의 경계로 이동한다. 그 옆에는 감정의 카오스와 악몽이 있고, 그 속에 가장 명백한 상징과 가장 불투명한 감정의 신비가 있다. 그것은 상징과 현실이고 신비와 영사기이다. 이것이기도 하고 저것이기도 하다. 하나는 다른 하나와 교차한다. 서로 교차하는 두 개의 순차적인 대열이 있고 상호 연관의 부재가 있다.

그리고 갑자기, 육체의 제스처와 영혼의 제스처의 관계는 여전히 존재해야 한다든지 아니면 최소한 적어도 관련이 없는 것을 정당화해야 한다는 것을 기억하고는, 프시브이솁스키는 우리에게 그 행동을 설명하기 위해 자신의 주인공으로 하여금 그 자신에 대한 총체적인 강의를 하게 한다. 때로 주인공은 정신물리학 책의 한 페이지를 인용하여 관계없는 모든 것들의 내적 관계를 가르친다.

이것이 바로 프시브이솁스키가 자신의 주인공들을 묘사하는 방법이다.

그의 작품에서 줄거리는 점진적으로 전개되지 않고 상세한 관습의 묘사로써 우리를 즐겁게 하지도 않는다. 묘사되는 모든 행위에는 충분한 동기가 없다. 황량한 지형을 비행하는 격렬한 물결, 각각의 줄기로 흩어지는 물결, 이것이 프시브이솁스키 작품의 형상이다. 이것은 최근 작가나 극작가의 작품에서 볼 수 있는 그런 것이 아니다. 이들의 작품에서 사건은 천천히 전개된다. 사건은 고요하고 충만한 강물의 물줄기처럼 우리 눈앞에서 흘러간다. 거기에는 도처에 연속성과 부유성이 있다. 그리고 여기에 영화적인 도약이 있다. 어떤 'X'라는 사람이 "달려들어 — 입을 맞추고 — 흐느꼈다 …". 그리고 어둠 속으로 도망쳤다.

영혼의 동작의 발작과 근육의 발작은 영화적인 그림 옆에서 가로막힌다. 그리고 다시 악몽과 환상의 발작에 의해 일련의 그림들이 가로막힌다. 줄거리의 삽화는 그 어디에도 그려져 있지 않다. 말하자면 점선으로 표시되어 있지 않은 것이다. 그러나 점선(동기)의 모든 점은 놀랄 만큼 정확하게 영사되어 있다. 누가 동작의 방향을 기억하지 않은 채 이 점에서 저 점으로 이동하는가. 이에 대해 프시브이솁스키는 관심이 없다. 그는 잘 그려진 초상화를 형상으로 수정할 뿐이다. 그러나 이 초상화(줄거리의 총체)는 프시브이솁스키의 영혼에만 있다. 그것은 그림의 율동적인 조화 속에 있고, 말이 없고 말로 표현할 수 없는 작품의 라이트모티프 속에 있다. 그림, 형상, 상세한 묘사 등, 이 모든 것이 발화되지 않은 총체성의 실루엣이다. 프시브이솁스키의 줄거리는 항상 무의식 속에 있다. 그것의 형상적 표현은 항상 투명하다. 프시브이솁스키는 마치 다른 사람이 자신처럼 주인공의 내면세계를 볼 수는 없다는 것을 잊은 것 같다. 그는 주어지지 않은 그림에 대해 상세함을 부여할 뿐인데, 그 상세함은 그림과 함께 어떤 총체성을 형성한다. 프시브이솁스키에게서 총체적인 것을 추측하지 못하는 사람에게 그의 형상들의 외적인 관계는 관계없는 선들로 그려진 찌그러진 얼굴, 즉 형상에 대한 수정은 있지만 형상은 없는 투명한 그림으로 나타난다.

프시브이솁스키는 관습의 상세한 묘사로 우리의 눈길을 사로잡는 대신 우리에게 자신의 영혼의 관습을 선물한다. 그것은 기도하듯 이탈하는 서정시, 공포의 통곡, 열병환자의 환각이다. "그는 보석 핀이 환영처럼 커지는 것을 보았다", "두 눈동자는 커다란 다이아몬드처럼 빛나며 불꽃처럼 날카로운 광선으로 그를 찔렀다" 등.

여기서는 모든 것이 우연의 연합이고 그물에 걸린 빛의 광선이다. 그것은 사물들의 위치를 바꾼다. 이렇게 현실은 율동적인 춤을 추기 시작한다. 정확히 방의 네 벽면에서 음악이 흐른다. 그리고 용해된다. 소리의 바다는 음악의 홍수다. 프시브이솁스키에게 무의식의 물결은 항상 동일하다. 그것은 사랑의 물결, 원시적 삶의 물결이고 그 리듬(삶의 리듬)은 그에게 음악의 리듬이다. 이 리듬의 멜로디가 삶을 구축한다. 프시브이솁스키는 자신의 뛰어난 작품의 하나에서 우리에게 성(性)의 발생론과 묵시록을 선사한다. 거기에 그의 예술 강령이 있고 거기에 그의 모든 창작을 관통하는 단일한 멜로디를 이해하는 열쇠가 있다. 그리고 이 멜로디는 성의 멜로디이다. 성은 깊은 밤이고 원시적 영혼이다. 그것은 프시브이솁스키의 모든 형상들을 하나로 연결한다. 그런데 그는 그 줄거리, 그 낮의 의미를 평면으로 이끄는 것 같다. 마치 영화 스크린에서처럼 평평하게 하는 것이다. 이로 인해 그의 주인공들은 말이 없어진다. 그들의 목소리는 성에 있는데, 그 성은 개성5)이 없다. 무개성, 밤, 카오스가 프시브이솁스키 속에서 노래를 부른다. 그러므로 그의 모든 힘은 단지 그

---

5) 〔옮긴이〕 '개성'(личность): 현대 문학의 주요 테마의 하나로서, 세계와 인간의 관계에 있어 인간이 어떻게 나타나고 자리매김하는가, 사회적 책임과 개인의 자유로운 선택의 경계는 무엇인가의 문제와 관련된 개념이다. 이 용어의 학문적 정의는 다음과 같다: ① 사회의 구성원으로 개인을 규정하는 사회적 성격을 지닌 시스템, ② 이러한 성격의 개인적 담지자로서 의지적으로 행동하는 자유롭고 책임감 있는 주체.
　고양된 형태 혹은 비극적 양상으로 나타나는 개인적 인식은 20세기 세계 문학에 공통적인 문제로 나타나는데, 러시아 문학에서 '개성'은 19세기 문학의 지배적인 경향이었던 자연파적-실증주의적 개념의 '인간-환경'(человек-среда)이 '외적인' 법칙의 명령에서 해방된 '나'에 대한 개념의 형식으로 재평가되었다.

가 *많은 사람들 중에 처음*이라는 것뿐이다. 그의 개성은 무개성을 설파하는 것이다. 그의 목소리는 그가 말이 없고 평화적이고 성적인 모든 것을 칭송하는 곳에서 높아진다. 그리고 그의 주인공들은 말할 때 벙어리가 되고 침묵할 때 웅변적이 된다. 프시브이셉스키는 그들의 농아적 제스처로 우리에게 무의식적 삶의 물결에 귀를 기울이게 하고, 그 물결을 가로질러 여기저기에 각각의 그림들의 다리를 놓는다. 이것이 바로 그림들이 서로 분리되는 이유이다. 이것이 바로 프시브이셉스키가 우리에게 영화를 상기시키는 이유이다. 그의 과제는 형상으로써 형상의 부재를 암시하는 것이다. 그가 우리에게 연속적인 줄거리를 제공하고 그 형상들을 하나로 합치게 하라. 그러면 그 형상들은 무의식의 물결을 덮을 것이다. 그러나 프시브이셉스키는 무의식의 물결을 드러내지 않았는가.

결국 프시브이셉스키는 우리에게 자신의 형상들을 하나로 연결하고 그의 그림들의 세분화된 동기들을 그 어떤 단일성으로 연결할 수 있는 권리를 남겨 놓는다.

그런데 만일 프시브이셉스키의 형상이 무의식의 음악, 삶의 리듬과 연관되어 있다면, 형상과 체험, 외부동작의 리듬과 내부동작의 리듬 사이에 관계가 존재한다. 그러한 형상과 체험의 관계가 바로 상징 아닌가.

프시브이셉스키의 약점은 종종 이 관계가 전혀 존재하지 않는다는 것이다. 종종 프시브이셉스키는 전혀 상징주의자가 아닌 것이다.

주인공의 외부동작(벌떡 일어섰다, 질식시켰다, 입을 맞추었다)은 체험과 관련되어 있지 않고, 단순한 감정의 논리에서 흘러나오지 않았다. 체험과 평행한 형상, 체험에 부과된 형상이 바로 프시브이셉스키에게 특징적인 것이다. "완전히 미친 듯이 벌떡 일어섰다." 왜 벌떡 일어섰을까? 독자는 좋은 의미로 '*왜냐하면*'을 찾지만, 프시브이셉스키는 이후에야 이를 간단하게 설명한다. "저런. 친구가 아니다. 우편배달부이다." 우리 스스로 결론을 내린다. "완전히 미친 듯이 벌떡 일어섰다. *왜냐하면 벨이*

울렸기 때문이다." 때로 그는 아무 설명도 하지 않을 때가 있다. 그러면 그때는 영혼과 육체, 체험과 형상, 리듬과 단어의 관계 대신 감정의 폭발과 근육의 수축이 있게 된다. 전자와 후자 사이에는 그 어떤 내적 연관관계도 없다.

프시브이셉스키는 줄거리를 동기들(그림들)로 세분화한다. 더 나아가 기저에 체험이 깔린 각각의 그림들의 외부적 관계를 제거한다. 체험은 격렬한 흐름에 합류한다. 그림은 연관성 없이 표면을 질주한다. 그리고 주인공들의 제스처는 활기가 없어진다. 신체의 일부가 움직이고 근육이 수축된다. 만일 이제 우리가 체험의 물결에 귀를 기울인다면 우리 앞에는 작가가 아닌 음악가가 있게 될 것이다. 만일 우리가 그림이나 형상의 표면을 연구한다면 우리 앞에는 사진이 있게 될 것이고, 작가가 아닌 해부학자가 있게 될 것이다. 그리고 프시브이셉스키의 주인공들은 말없이 침묵 혹은 근육의 수축으로써 말하게 될 것이다. 왜냐하면 주인공들이 발산하는 단어의 흐름은 결코 그들의 것이 아니라 프시브이셉스키 자신의 설교이기 때문이다. 여기서 프시브이셉스키는 팔크의 입을 빌려 무의식에 대한 자신의 무언(無言)의 인용을 변명하고 있다. 그것은 살아 있는 단어가 아니라 죽은 단어이다. 이렇게 프시브이셉스키는 제스처에서 리듬으로, 단절적인 것(줄거리)에서 연속적인 것(음악)으로 다리를 놓으려고 한다. 여기서 우리는 힘, 개성, 성에 대한 찬가를 들을 수 있다. 그리고 프시브이셉스키의 형상들 역시 같은 것을 말하려고 한다. 프시브이셉스키의 주인공들은 벌떡 일어서고, 이를 갈고, 입을 맞추고, 여자를 범한다. 이 모든 것이 헛된 진통이다. 힘은 형태가 없고 개성은 무개성적이다. 그리고 우리는 프시브이셉스키에게서 성이 아니라 성의 진통을 만나게 되는 것이다.

그렇다면 어디서 개성을 찾을 수 있을까? 프시브이셉스키는 어떤 글쓰기 기법으로 개성을 묘사했을까? 그는 주인공의 근육을 수축시키고, 그의 모든 팔크들은 근육을 수축시킨다. 그러나 근육과 그 근육의 수축을 묘사하는 것은 해부학자와 생리학자의 과제이다. 게다가 여기서 우리는 팔크들의 얼굴에 경련이 일어나는 것을 전혀 알아차리지 못한다. 왜냐하면 그것은 영혼의 격정적 표현이거나 혹은 냉정한 실험가가 눈에 띄지 않게 팔크에게 드리운 전선의 효과이기 때문이다. 여기에는 개별적인 것이 하나도 없다. 모두 하나같이 근육을 수축시킨다. 그는 그들로 하여금 꿈을 꾸게 한다. 그리고 그들은 모두 똑같은 꿈을 꾼다. 꿈들은 개별성[6] 이 없다. 모두에게 "보석 핀이 환영처럼 커졌고", 모두의 "두 눈동자는 커다란 다이아몬드처럼 빛났다" 기타 등등, 기타 등등.

프시브이솁스키의 주인공들 속에서 *어떤 똑같이 무개성적인 밤이* 노래하고 소리치고 통곡한다. 그리고 고도로 긴장한 영혼은 환성을 지른다. "하-하-하…" (팔크도 그렇고 체르카스키도 그렇다). 그다음 그들은 이를 갈고 입 맞추고 질식시킨다.

각각의 개별성은 종(種)과 성(性)에서 그 토대를 찾는다. 그러나 성은 또한 "하-하-하"라는 무개성적인 환성 속에 표현되어 있다. 그러나 프시브이솁스키의 주인공들은 자신 속에 종도 성도 수용하지 않는다. 성은 그들의 개성을 파열시킨다. 팔크들에게 무개성적인 "하-하-하"가 시작되자마자 팔크들은 완전히 미친 듯이 이를 갈기 시작하고, 그다음에는 세련된 단어들의 분수로써 자신을 스스로 감춘다.

프시브이솁스키에게는 자신의 생각이나 자신의 진실이 없다. 그에게

---

6) 〔옮긴이〕 개별성(индивидуальность): 'in-divided'(더 이상 쪼개지지 않는)에 서 유래한 단어이다. '개별성'의 개념은 이는 고대 그리스 철학자 레우키포스 (Leukippos)가 창시하여 데모크리토스(Demokritos)가 완성한 '원자론'(atom) 에 연원한다. 자연과학에서 '원자'가 그 분열과 운동을 통해 만물을 생성·소멸 하게 하는 것이라면, 이는 철학에서 특정 계급 혹은 해당 부분의 일반적인 특 성에 대립되는 개별적인 인간 존재의 고유성을 의미한다. '개별성'은 '개성'과 마찬가지로 벨르이의 상징 개념의 이해에 중요한 역할을 한다.

우주는 성행위로 이해되고 세계의 종말은 이 행위의 끝으로 이해될 뿐이다. 이것은 쇼펜하우어[7]와 하르트만[8]의 사상의 실례로서, 프시브이솁스키는 이러한 사상을 잘 예증했다. 그는 하르트만으로부터 의지와 무의식을, 니체로부터 개성을 수용했다.[9] 그러나 니체와 하르트만을 연결하는 것은 니체와 하르트만을 모두 무력하게 하는 것이었다. 하르트만이 궁극적으로 개성을 부정하고 무개성을 긍정한다면, 니체는 궁극적으로 개성을 긍정하고 무개성을 부정한다. 프시브이솁스키의 결론은 무개성(성) 속에서 개성(주인공)을 긍정하고 개성(주인공) 속에서 무개성(성)을 긍정하는 것이다. 그러나 프시브이솁스키의 개성은 개성과 연결되지 않는다. 그것은 단어와 제스처로 된 생기 없는 가면과 같은 개성에 의해 감춰져 있기 때문이다. 그곳, 개성(주인공)이 성과 근접하는 그곳에서

---

7) 〔옮긴이〕 쇼펜하우어(Schopenhauer, A., 1788~1860): 독일의 철학자. 칸트와 같이 현상과 물 자체(物自體)를 구별하지만, 경험적 현상의 세계는 주관의 여러 형식(시간, 공간 및 인과의 법칙)에 의존하는 '표상'에 불과하고 물 자체에 해당하는 것은 맹목적인 생존 의지, 즉 '의지'라고 간주하였다. 《의지와 표상의 세계》(*Die Welt als Wille und Vorstellung*, 1819)를 보라.

8) 〔옮긴이〕 하르트만(Hartmann, K. E., 1842~1906): 독일의 철학자. 《무의식의 철학》으로 명성을 얻었는데, 이는 쇼펜하우어의 염세주의적 의지철학을 자연과학의 진화론으로 매개하면서 헤겔의 변증법적 발전사상으로 결합시킨 것이다.

9) 〔옮긴이〕 '개성'에 대한 사고는 니체(Nietzsche, F. W., 1844~1900)와 불가분의 관계를 맺고 있다. 합리주의와 기독교 윤리 등 서구 철학을 대표하는 기존의 이데올로기를 부정하고 가치의 재평가를 주장했던 니체는 공리주의에 반대하여 개성을 수호하는 대표적 인물로 간주되었다. 이때 니체의 중심 사상은 자기 목적적 '개성'에 대한 긍정으로 공식화될 수 있는데, 러시아 학자 미하일로프스키(Михайловский, Н. Л.)는 니체의 정신적 반란의 중대한 의미에 대해 다음과 같이 말했다: "그에게 있어 인간의 개성은 만물의 척도이다. 그렇지만 이때 그는 이를 위해 개성의 가치를 축소시키는 모든 조건과 이익에 반대되는 충만한 삶을 요구했다. 그것은 저속한 의미의 에고이즘이나 '부도덕주의'(имморализм)와 같은 말이 아니다."

주인공 내부의 인간-동물(무개성)이 소생한다. 아니면 이 동물이 무력한 허수아비라는 것이 드러난다. 그리고 우리는 그의 주인공들의 야만적 신음 속에서 야만인을 보는 것이 아니라 단지 그냥 놀랄 뿐이다. 개별화의 원칙(*principium individuationis*)은 상상 속에 있다. 상상은 형상을 특수하게 하고 개성을 특수하게 한다. 개성은 다른 것이 아닌 바로 그것이 된다. 프시브이솁스키는 심연 위에 던져진 아폴론의 황금 양탄자의 모든 의미를 부정하고 우리 내부에서 일상적 행동과 판단의 의식을 가라앉힌다. 의식은 생기를 잃고 말로 표현되고 행동은 동물적인 것이 된다. *언어는 육체가 되고, 그는 이 언어를 육체가 없는 언어와 말이 없는 육체로 나눈다.* 그리고 그의 주인공들은 모두 언어 속에서는 육체가 없고 사건 속에서는 말이 없다.

그들은 우리 시대의 세련된 사람처럼 말하지만 행동은 야만인처럼 한다. 팔크는 *외면적으로는* 고상한 문화의 대표자이지만 *내면적으로는* 문신을 새긴 야만인이다. 그는 외면적으로 사랑의 묵시록에 대해 말하면서 은밀하게 여자를 범한다.

프시브이솁스키의 주인공들은 무척 박식하다. 그들은 모든 시대, 모든 양식, 모든 분야의 지식에 통달해 있다. *어느 정도.* 팔크는 어느 정도 유미주의자이고, 어느 정도 생리학자이고, 어느 정도 신비주의자이고, 어느 정도 사회학자이다. 그러나 페트로니우스, 분트, 스베덴보리, 브렌타노는 *어느 정도가 아니라 진짜,* 첫째 유미주의자이고, 둘째 생리학자이다.

바로 이 '*진짜*'가 그들의 개성을 창조하고 이런저런 삶의 무대의 주인공들을 창조하는 것이다.

프시브이솁스키의 주인공들에게 문화는 밀랍박물관이고 문화의 가치는 인형이고 모델이다. 즉, 사상, 체계, 삶의 사물들의 모델이다. 팔크들은 표면적으로는 절충주의자들이다. 니체가 그 속에서 죽음을 보았던 바로 그 절충주의이다. 여기서 색채는 노래하지 않고(따라서 모든 색채를 결합할 수 있다) 단어는 살아 있지 않다(사라졌다. 따라서 모든 단어를 결합할 수 있다). 프시브이솁스키의 주인공들은 인류의 소멸된 종족이다. 화강암이 아닌 이회석(泥灰石)으로서 점토를 빚기에 편하지 않은, 부서지기 쉬운 황토이다. 그들의 단어로부터 모래가 뿌려진다. 그들은 여인의 진실한 눈동자를 향해 궤변의 모래를 뿌린다. 그래서 여인은 시력을 잃고 그들의 포옹을 물리치지 못한다. 이때 그들 내부에서 동물적 오르가즘의 줄기가 치솟기 시작한다. 그리고 감긴 말이 "하-하-하 …"로 중단된다.

삶의 원시적 힘이 그들 내부의 무의식 깊은 곳에서 끓어오른다. 문화의 빛, 아폴론의 황금빛으로 알려진 모든 것들, 즉 살아 있는 형상, 살아 있는 단어, 살아 있는 행동, 살아 있는 창조 등, 이 모든 것이 여기서 풍화된다. 마치 문화에서 예술의 형상들이 알레고리로 풍화되고, 단어는 용어로, 행동은 자신의 생기 없는 동작의 관조로, 삶의 창조는 상품으로 변화되는 제품의 형식으로 풍화되는 것 같다. 형상과 체험의 리듬을 연결하는 것은 그것을 연결하는 사람의 영혼 속에서만 가능하다. 이러한 연결 형식이 창조적 개성이고, 그 창조의 형식이 생생한 삶이 되는 것이다.

니체는 개성이 무의식(삶의 리듬)과 여백(형식, 형상)으로 분해되는 것을 보면서 우리에게 새로운 연결을 호소했다. 그는 우리가 힘을 합해 무개성적 존재인 유(類)와 문화적 인간의 생기 없는 얼굴에 대항하도록 호소했다. 니체는 영웅이 될 것을 호소했다. 프시브이솁스키는 영웅주의에 대한 호소를 일면적으로 이해했다. 그는 이러한 호소를 생기를 잃은 삶에 대한 봉기로 인식했다. 그리고 개성의 힘을 성의 무개성과 동일하게 취급했다. 그는 생생하게 와해된 양극단을 연결하지 않았다. 단지 그 반쪽을 잘라 낼 뿐이었다. 그는 도식적인 얼굴(삶에 부재한 얼굴)로 무개성의 밤을 호흡했다. 그는 무개성으로써 무개성과 투쟁했다. 그렇지만 개성은 두 원칙을 연결하는 데 있다. 그 두 원칙은 각각 무개성적인 행위의 힘(니체가 말하는 디오니소스의 정신)과 그만큼 무개성적인 상상의 힘(표상, 즉 아폴론의 정신) 이다. 10) 인간의 영혼 속에서 두 원칙을 연결하는 것은 분리되고 분해된 삶의 무개성과 개성을 대립시킨다. 삶과 개성(영웅)이 서로 투쟁하게 된다. 영웅은 무형의 밤과 투쟁한다. 그는 또한 생기 없는 삶의 형상과 투쟁한다. 프시브이셉스키는 무개성으로써 무개성과 투쟁하기 시작한다. 그는 삶의 토양을 자연의 물로 적시지 않는다. 그의 땅은 식물로 푸르게 되지 않는다. 그러나 그는 카오스의 대양으로 삶의 폐허를 가라앉히고, 폐허의 대륙을 들었다가 내려놓는다. 그의 주인공들에게 단어의 열풍이 가라앉자마자 그들에게 성적인 삶의 물결이 시작된다. 그들의 개성은 모래로도 물로도 똑같이 숨을 쉰다. 시작도 없고 끝도 없는 영원하고 무익한 투쟁이다.

역사 이전의 인류는 분명히 카오스를 보았다. 인류는 카오스 속을 헤엄치며 밤과의 완강한 투쟁 속에 역사라는 낮의 대륙을 형성했다. 카오스는 짙은 밤과 나무의 속삭임으로서 인간의 머리 위에 넓게 펼쳐졌고 인간 영혼의 밤의 목소리에 화답했다. 원시적 삶의 카오스가 영혼 속에 꿈실거렸고 밤의 심연이 영혼 위에 걸려 있었다. 원시인은 곰과 투쟁하면서 운명을 극복했다. 짐승의 습격은 원시인의 내부에서 미신적 공포를 불러일으켰고 곰은 악의 정신이 되었다. 짐승이나 악의 정신은 모두 운명의 동일한 형상이다. 인간은 짐승을 죽이고 밤을 짓밟았다. 투쟁의 무기와 전리품(돌칼과 곰 가죽)이 인간의 첫 번째 작품이다. 이것은 창조의 형식인 동시에 삶의 무기이다(도끼는 인간을 짐승으로부터 보호한다. 그런데 도끼는 조각으로 장식되고 가죽은 바다의 조가비로 장식된다). 운명과의

---

10) 〔옮긴이〕 '아폴론의 정신'과 '디오니소스의 정신': 니체의 철학 용어. 니체는 고대 그리스의 비극을 디오니소스적인 것의 아폴론적 형상라라고 했는데, 이때 '아폴론의 정신'이 개별화의 원리를 신성화시킨 질서, 의식, 현실, 빛 등을 상징한다면, '디오니소스의 정신'은 원시력의 상징인 근원적 일자, 어두움, 무의식, 무질서, 죽음과 생명 등과 관련된다.

투쟁 속에서 빛이 반짝인다(마른 나뭇잎 위로 떨어진 부싯돌의 불꽃). 불꽃은 인간 주변에 있는 대지의 작은 원을 비춘다. 그리고 이 불꽃이 비추는 마법의 원이 인식의 첫 번째 섬, 밤으로부터의 첫 번째 방패, 요새가 된다. 짐승 혹은 악의 정신은 빛으로부터 도망친다. 빛이 확장된다. 사람들은 모닥불을 향해 나뭇가지, 나무줄기를 던진다. 빛의 반경이 확대된다. 밤에서 추출한 대륙이 확장된다. 사람들은 이 섬으로 접근하고 나무 울타리로 섬을 둘러싼다. 이렇게 공동체가 생겨난다. 이렇게 창조의 무기와 창조의 제품이 하나로 연결된다. 영웅은 병사가 된다. 제품이 교환된다. 여기에서 문화가 창조된다. 이렇게 창조적 투쟁은 삶과 창조의 제품으로 분해되고, 반신(半神)의 영웅은 인간이 되고 예술가가 된다. 역사의 빛이 육지를 비추고 악의 정신은 곰을 버리고 밤이 드리워진 심연을 향해 날아간다. 이때 하늘은 창조의 제품과 주물(呪物)로 가려진다. 주물로부터 올림포스의 신들이 탄생하여 카오스로부터 인류를 수호한다. 종교, 법, 도덕이 발생한다. 삶의 대륙은 카오스에서 탈출한다. 역사가 시작된다.

그다음은 창조된 우상이 형식으로 분해되는 과정이다. 그것은 예술의 형식, 삶의 형식, 사고의 형식과 지식의 형식이다. 우상의 죽음과 함께 형식의 분화, 문화의 분화가 시작되었다. 형식은 우상(신의 환영, 아폴론적인 꿈)처럼 이해되었다. 그것은 밤에 대항하는 방패였다. 직접적인 소명에서 분리된 형식은 무익하다. 인류는 안전의 대가(영웅의 죽음)로 삶의 리듬을 무익한 형식에 종속시켰다. 그리고 형상들의 울타리는 풍화되었다. 풍화된 형상들의 모래를 통해 밤의 심연이 우리에게 입을 벌리고 있었다. 밤의 심연이 우리 삶의 대륙을 향해 흘러들고 있었다⋯.

니체는 어둠이라는 새로운 홍수로부터 구조되기 위해 영웅적 행위를 호소했다. 그는 밤으로부터 보호받는 것을 호소하지 않았다. 그는 우리에게 밤을 짓밟는 요새의 울타리를 건설하도록 호소했다. 그는 운명에 대항하여 싸울 수 있는 무기가 되는 새로운 창조의 제품, 새로운 우상을 기다렸다. 이것이 바로 그가 형상을 파괴하지 말고 이를 삶의 리듬과 연결하자고 호소한 이유이다. 가치의 창조는 형상의 창조이다. 만일 창조의 형상이 인간이고 그 형식이 삶이라면, 우리는 영웅과 유사한 형상을 삶에서 창조해야만 한다. 이를 위해 개성이 필요한 것이다.

프시브이솁스키는 니체의 일면만을 이해했다. 즉, 십계명의 파괴자로만 이해했던 것이다. 그는 니체에게서 창조자는 전혀 보지 못했다.

프시브이솁스키는 파괴하기 시작했다. 그리고 그의 주인공들 또한 파괴했다.

프시브이솁스키는 파괴했다. 개성을 호소하는 것처럼 무개성을 호소했다. 여기에 당신의 개성, 즉 성(性)이 있다. 개성은 가면이다. 가면 속에서 밤이 자신의 "하-하-하" 소리를 냈다 … 혹은 팔크는 초인11)의 망토를 입은 무개성의 "하-하-하"였다. 망토가 벗겨졌다. 그 속에는 아무것도 없었다. 형상은 망토가 되었다. 형상의 비(非)형상적 본질은 무개성이다. 프시브이솁스키는 망토(말하자면, 외관)를 착용했고 그것을 따라 현상의 영사기가 지나갔다.

니체는 형상의 세계와 무명(無名)의 세계가 영웅의 영혼 속에 연결되어 있다는 것을 보여 주었다. 문화의 형상을 구축하는 것, 더 나아가 문화적 삶의 외양 자체도 개성이 삶의 경계를 넘어 확장되는 것이다. 그것

---

11) 〔옮긴이〕 초인(Übermensch) : 니체의 용어로서, 기존의 인간과는 달리 피안에 관심을 두지 않고 스스로 가치를 창조하는 인간을 일컫는다. '초인'의 용어에 대해 말하자면, 최근에는 원어 그대로 '위버멘쉬'를 사용하는 경향이 있는데, 그 이유는 '초인'이라는 번역어가 인간을 넘어선 신과 같은 존재를 지칭하는 것 같기 때문이다. 사실 니체의 초인은 신과 같이 인간을 초월한 존재를 가리키는 것이 아니라 철저히 이 대지에 뿌리를 두고 거기에 의미를 부여하는 인간을 말하는 것이다. 그렇지만 이 글에서는 러시아어(сверхчеловек)에 입각하여 '초인'이라는 번역어를 사용하기로 한다.

은 원심력이다. 이러한 힘의 확대는 개성을 파열시킨다. 개성의 원형운동은 항상 원심력(형상, 아폴론의 정신)과 구심력(리듬, 디오니소스의 정신)이 연결된 것이다. 역사는 개성의 분해과정이고 원심력의 성장과정이다. 니체는 우리 내부에서 삶의 음악과 그림을 연결할 것을 호소했다. 이 때문에 그는 낡은 형상들의 울타리를 정신 속에서 뒤엎었다. 니체의 뒤를 따라 프시브이솁스키도 울타리를 뒤엎었다. 그러나 그는 무개성의 침입에 대한 울타리를 자신의 내부에서 발견하지 못했다. 왜냐하면 그는 완고한 명확성과 함께 삶의 외관의 평면성으로 이끌렸기 때문이다. 그렇지만 그뿐이었다. 그의 개성은 자신의 횃불에 꺼져 가는 문화의 빛에 불을 붙이지 못했다. 문화의 빛은 프로메테우스의 불의 그림자이고 현실적 영웅의 현실의 불의 그림자이다.

프시브이솁스키는 이러한 영웅을 부활시키지 못했다.

그는 현실에서 삶의 리듬과 형상을 분리시켰다. 그러나 그는 형상의 리듬을 창조하지 못했다. 모든 리듬은 형식을 요구한다. 형상 없는 리듬은 카오스이고 인간의 영혼 속에서 원초적으로 포효하는 원시력이다. 그리고 '나'(Я)가 밤의 지배하에 있을 때 이 '나'의 다른 부분은 생기 없는 현실의 파편으로 분산되었다. 프시브이솁스키에게 영웅은 죽은 자와 야만인으로 분리되었다. 죽은 자는 공명(resonate)했고 야만인은 자신의 "하-하-하"를 포효했다. 만일 비극이 공명하지 않는다면 의미 없는 포효는 비극이 아니다. 그러나 프시브이솁스키는 비극과 반대방향으로 인도했다. 비극에는 힘의 투쟁, 충돌, 연결이 있다. 프시브이솁스키의 작품에는 원시력에의 복종, 카오스, 분리가 있다.

그리고 이 분열된 개성의 두 부분(성과 의식)이 접촉할 때 이들은 분명히 혼합된다. 이치를 따지는 사람은 반쯤 미치게 되고 원시인은 성의 문제로 신경쇠약이 되어 고통 받는다. 개성, 그리고 개성과 함께 창조된 세계는 *보잘것없는 것*(Нучто)으로 전락한다.

니체에 따르면, 인간의 내부에서 두 원칙(낮, 형상, 상상, 의식의 원칙과 밤, 무형상, 무상상, 무의식의 원칙)의 결합은 그리스 문화에서 비극의 창조로 구현되었다.[12] 이렇게 결합되기 전에 오랜 투쟁의 시간이 있었다.

신들의 형상과 올림포스 형상의 파도가 분기했다. 서사시가 이 파도를 표현했다. 그런데 이 파도 위로 형상 없는 파도, 즉 카오스가 일어섰다. 그리고 지하(하론)의 신들이 지하 깊은 곳에서 기어 나와 올림포스의 신들과 투쟁했다. 그리고 인도에서 야만의 파도가 철썩거렸다. 디오니소스를 수장으로 하는 바쿠스의 멍에, 팔루스 숭배[13]가 그것이다.

그리고 다시 형상의 파도가 분기했다. 그리스인은 카오스를 물리쳤다.[14] 지상의 심연과 지하의 심연, 하늘과 땅, 아폴론과 디오니소스가 접촉하는 면을 따라 강력한 전사들의 군대가 성장했다. 이들은 도리스 기둥[15]의 엄격한 대열과 삶의 법칙성의 엄격한 대열로써 카오스에 대항

---

12) 〔옮긴이〕 니체의 '낮의 원칙'과 '밤의 원칙', 즉 아폴론적 충동과 디오니소스적 충동이 결합하여 그리스의 비극이 창조되었다는 것을 강조하는 것이다.

13) 〔편집자〕 팔루스 숭배: 풍요의 상징으로서 남성의 생식기 묘사. 데메테르, 헤르메스, 그리고 특히 디오니소스 숭배에 중요한 역할을 했다(노래를 부르며 팔루스 행진).

14) 〔옮긴이〕 디오니소스 의식(儀式)이 소아시아 지역의 축제로부터 그리스 세계에 전해졌을 때, 그 지역의 사카이엔족(Sakäen)은 광란 상태에 빠진 채로 축제를 즐겼다고 알려져 있다. 니체는 《비극의 탄생》에서 그리스인들이 그러한 광포한 경향을 아폴론의 원리로 중화시켜 비극의 문화를 창조했다고 서술한다. 즉, 그리스인들은 소아시아 지역의 난폭한 충동을 그대로 수용한 것이 아니라, 올림포스 문화로 대표되는 자신의 아폴론적 원리와 충동을 통해 그것을 일정하게 변형하여 수용했고, 그 결과 생겨난 것이 바로 그리스의 도리스 문화인 것이다.

15) 〔옮긴이〕 도리스 기둥: '도리스 양식'(Doric styles) 혹은 '도리스 오더'(Doric order)라고도 한다. '도리스 기둥'은 고대 그리스 기둥 양식 중 가장 오래된 것으로, 기둥의 머리는 단순하고 밑받침이 없으며 기둥의 하부가 굵고 단순한 형식이다. 이오니아 양식의 우아하고 섬세하며 유려한 여성적 성격에 비해 간소하고 웅장하며 힘찬 남성적 성격을 띤다.

하는 요새를 건축했다.

　그리스인은 야만인의 침입에 도리스 문화로 응답했다. 그리고 그다음에야 엘레우시스 신비의식(мистерия) 16)의 비밀스러운 뿌리를 지닌 비극이 융성했던 것이다.

✼

　문화의 석양17)에 위치한 지금 다시 투쟁이 들끓기 시작했다. 아폴론의 방패가 다시 링감과 요니18)에 대항했다. 니체는 미래시대의 비극을 예감했다. 그러나 그는 시기는 맞히지 못했다. 비극의 조건은 바로 우리의 문화 속에 있는 것이다. 역사라는 대륙의 모래절벽은 카오스의 압력으로 씻겨 내려갔다. 우리는 파도 속을 헤엄치는 법을 배우거나 아니면 죽어야 한다. 우리는 우리 영혼의 방주를 건설하고 자신의 내부에서 영웅을 양육해야 한다. 양육 방법은 무개성에 대항하여 개성을 봉기시키는 것이다. 프시브이솁스키는 "그렇다"라고 말하고 성을 개성으로 선포함으

---

16)〔옮긴이〕엘레우시스 신비의식(The Eleusinian Mysteries) : 고대 그리스의 가장 유명한 신비의식. 고대 그리스의 지모신(地母神) 데메테르와 그녀의 딸 페르세포네를 기리는 제의식으로 아티카의 도시 엘레우시스에서 매년 거행되었다. 아테네에서 엘레우시스까지의 엄숙한 행렬이 있은 후 낭송, 계시, 본의식이 거행되었으나 본 의식의 내용은 비밀로 남겨졌다. 헬레니즘 시대의 주요 의식으로 이후 로마로 전파되었고, 근동의 농업지역에서도 유사한 의식이 등장했다.

17)〔옮긴이〕독일어로 'Abendländ'(석양)은 저녁의 땅을 의미한다. 이것은 니체에게서 서구문명의 노쇠한 상태를 지칭하는 표현으로 쓰인다.

18)〔편집자〕링감과 요니 : '링감'〔정확히는 링가(linga)〕은 남성의 생식기를, '요니'(yoni)는 여성 생식기를 의미한다. 고대 인도신화와 힌두이즘의 여러 다른 신화에서 신을 생산하는 힘의 상징이다. 시바신과 그의 아내 파르바티를 상징하기도 한다.

로써 니체를 배신했다.

그는 팔루스의 예언자이다. 그는 우리 문화에서 모든 야만적인 것을 부활시켰다. 그는 밤과의 결투를 위해 새로운 형상으로 무장하고 문화의 묘지를 향해 출정하는 대신, 갑옷을 벗고 문화의 마지막 요새를 부수었다. 그리고 뚫린 구멍 속에서 우리에게 밤이 몰려왔다. 이때 그는 결정적으로 개성을 상실했다. 그는 제정신이 아니었다. 그의 위대함은 바로 여기에 있다. 니체가 소수 중에 소수였던 것처럼 그는 수많은 사람들 중 첫 번째였다. 광기는 프시브이셉스키에게만 상징적 의미를 갖는다. 다른 사람에게 광기는 난동일 뿐이다. 프시브이셉스키는 '땅의 아들들'에게 호소했지만 사실 그의 아들은 밤의 아들이다. 그는 분명히 묵시록의 '*무저갱*'을 열었고 여기서 '*악의 메뚜기*'가 나왔다.[19] 이 메뚜기의 외적인 특징은 난폭하고 그 행동이 파괴적이라는 것이다. 메뚜기는 습격하고 깔깔대고 가치를 파괴하고 여학생을 범하고 고양이를 학대한다. 악의 메뚜기는 우리를 물어뜯고 고통스럽게 한다. 그리고 이 모든 것 위에 무개성적이고 야만적이고 탐욕스럽고 미련한 메뚜기 같은 "하-하-하"가 있다.

이 모든 것이 우리를 둘러싼 무수한 형상들이다. 그들의 원형은 프시브이셉스키이다. 그의 힘, 의미, 위대함이 여기에 있는 것이다. 이 때문에 그의 내부에서 니체와 데카당의 모든 흐름이 교차하고 인류를 예정된 길에서 분리시키는 것이다. 니체에게는 현대성을 이해하는 열쇠가 있다. 만일 우리가 개성의 부활, 영웅의 부활을 원한다면, 만일 우리가 삶이 비극이라는 것을 이해한다면(꿈도 아니고 "하-하-하"는 더욱 아닌), 우리는 도리아 군대의 밤을 향해 나아가서 야만인들을 짓밟고 쳐부수어야 할 것이다.

---

19) 〔편집자〕 '무저갱'과 '악의 메뚜기': 〈요한계시록〉에 등장하는 형상들이다(〈요한계시록〉 9장 2~11절).

우리의 준엄함, 우리의 무자비 속에서의 비극, 우리의 의무, 삶이 신비극으로 변용되기를 바라는 우리의 기도가 존재한다.

프시브이셉스키는 작품으로써 니체의 강령 중 하나의 문구를 정당화했다. 그는 가치의 형상과 고정된 길을 양산하지 않는 엑스터시가 카오스라는 것을 보여 주었다. 우리는 니체의 다른 명제를 증명해야 한다. 그것은 카오스에 대한 대항이라는 준엄한 의무이다.

리라의 현이 팽팽하게 조율되었다. 아폴론의 화살 ― 낮의 화살 ― 이 삶을 조롱하는 메뚜기 떼를 격퇴하고 아폴론의 빛을 예술에 되돌려 주기 위해서이다.

연극과 현대의 드라마*

드라마는 고도로 긴장된 시적 창조이다. 따라서 드라마에는 시의 궁극적인 목적이 드러나고 결정된다. 여기서 창조의 흐름은 상상의 형상 속에서 정리되지 않는다. 그 흐름은 멀리 더 멀리 상상의 경계 너머로 흘러간다. 왜냐하면 그것은 격렬하게 삶과 접촉하고 이를 가시적으로 현실화하기 때문이다. 상상은 삶과 접촉한다. 삶은 상상이 되고 상상은 삶이 된다. 여기서 예술의 형식은 될 수 있는 한 삶이 되도록 확대되려고 한다. 문자 그대로의 의미에서도 그렇고 비유적인 의미에서도 그렇다.

이것이 바로 무대연출이 드라마 예술의 필수조건이 되는 이유이다. 드라마는 읽어서는 안 된다. 드라마란 무엇인가? 연출되는 극을 눈으로 보고 발성되는 말을 귀로 들어야 한다. *꿈의 실현, 이것이 바로 무대이다.* 시적 드라마라는 허구(вымысел)는 여기서 거역할 수 없는 힘으로 따라다닌다. 그것이 당신의 영혼에 잠입한다. 당신은 공연장을 나서며 삶에 대한 허상을 갖게 된다. 더 나아가 당신은 삶을 허상으로써 점검하게 된다.

---

* 〔편집자〕《연극. 새로운 연극에 대한 책》(Театр. Книга о новом театре, Спб., 1908, 261~289)에 처음 발표되었다. 벨르이의 《아라베스크》 17~41쪽에 수록되었다.

삶은 허구의 형상으로 존재하게 된다. 허구의 형상은 흡혈귀처럼 삶에서 피를 빨아 먹는다. 당신 옆에 바로 리어왕, 오필리아, 햄릿이 있다! 그리고 배우는 살아 있는 사람이면서 허구의 최면에 걸린 사람이다. 그는 연출되는 극의 주인공 역할을 수행하면서 자신의 개인적 삶을 허상에 부여한다. 허구적 드라마는 고상하고 중요한 삶의 창조로서 열병처럼 사람들을 감염시킨다. 그리고 삶의 허상은 비범한 배우의 개인적 삶에 광선을 비춘다. 여기서 사람들은 신화적인 존재가 된다. 그들은 신화의 빛 속에서 신처럼 고양된다. 그리고 신화는 무한히 숫자를 반복하면서 무한히 숫자를 고양시킨다. 어디로 고양시키는가? 삶을 초월해서인가? 그렇지만 삶이 존재하는데 왜 삶을 떠나야 하는가? 그리고 삶에서 도출된 것이 허상이라면? 이제 신화에 의해 변형된 영혼에 의심이 스며든다. 삶은 그것을 떠나고 죽음이 그것을 향한다. 당신의 삶에서 햄릿, 리어왕, 오필리아를 지워 보시라. 당신의 삶은 빈곤하게 될 것이다. *중요한 것은 햄릿, 리어왕, 오필리아가 모두 환영일 뿐이라는 것이다.* 창조의 이념은 당신에게 주어진 삶보다 더욱 가치 있는 삶이 된다. 왜 그런가? 당신은 깊은 잠에 빠져 있고, 허상이 삶을 향해 당신을 일깨우는 것 아닌가? 당신은 허상을 삶에 맞추지 마라. 왜냐하면 어떤 삶의 지혜는 허상과 함께 날아가고, 수 세기의 드라마적 행위에 인류를 접맥시키기 때문이다. 시적 드라마는 *시적 허구*의 모든 광선들을 모아 초점을 맞춘다. 아마 그러한 방향으로 인간의 변형을 유도하여 인간이 자신의 삶을 창조하고 그것을 운명적인 사건으로 거주시키는 데 드라마의 궁극적인 목적이 있을 것이다. 그런 경우 인간의 삶은 그에게 주어진 역할이 된다. 이 역할을 이해하고 창조로 빛나게 하는 것은 인간의 일이다. 그렇지만 창조로 빛나는 삶은 아름답다. 삶은 창조 속에서 운명을 극복할 것이다. 드라마의 사명은 운명과 싸우는 인간을 묘사하는 것이다. 이 싸움을 현실화하는 것은 삶의 창조에 대한 도식이 된다. 그런데 도대체 이런 것이 왜 필요한

가? 삶은 드라마의 모든 성격을 내포하고 있지 않은가? 우리에게 삶이 주어졌는데 드라마가 왜 필요한가? 그렇다. 그러나 드라마는 삶이고 영혼의 음악적 파토스로 확장된 것이다. 그렇다. 그러나 영혼의 음악적 파토스로서 삶의 자의식은 이미 삶의 변형과 심화를 위한 첫 번째 단계이다. 만일 우리의 삶에 드라마적 문화의 맹아가 존재하지 않았더라면, 우리는 결코 이러한 의식을 이렇게 밝고 당당하게 내포하지 않았을 것이다. 소포클레스, 셰익스피어, 칼데론, 코르네유, 입센의 창조는 섬광처럼 우리 삶을 비춘다. *그러나 이 빛은 꺼질 것이다. 곧 꺼질 것이다.* 영혼만이 일상의 근심 속에서 이 빛에 대한 기억을 간직할 것이다. 그리고 드라마적 파토스의 빛이 다시 비칠 것이다. 그리고 희미한 예감이 영혼에 스며들 것이다. 삶은 삶이 아니다, 우리는 드라마처럼 삶을 창조한다 등. 아마 운명도 운명이 아닐 것이다. 우리의 무위(無爲)의 꿈일 것이다. 우리는 인간으로서 꿈 위로 몸을 일으켜야 할 것이다. 운명의 검은 먹구름이 우리 가슴을 에워싸고 빛을 받은 이마는 다른 삶, 즉 살아 있는 삶으로 고양될 것이다. 그리고 운명의 검은 구름은 우리의 꿈을 둘러싸고 지상의 부드러운 비단 같은 새하얀 파도가 되어 우리의 가슴에 흐를 것이다. 운명은 운명이 아니다. 이러한 표어가 공개적으로 인간의 머리 위로 질주할 때, 그때서야 삶은 드라마적 창조가 될 것이다.

그러나 그때 삶은 삶이 되었고 우리는 무거운 꿈에서 깨어났다고 말하지 않겠는가? 무거운 꿈은 운명의 키메라가 되고 죽음에 대한 몽환이 되어 우리를 포위한다. 그리고 삶은 우리를 떠나가고 꿈이 구체화된다. 이제 꿈은 수백만의 무의지적 몽유병 환자처럼 기계화되고 자동차의 수많은 굉음소리가 되어 우리에게 울린다. 자동차는 삶을 집어삼키고 영감을 얻는다. 인간은 자동차의 엔진으로, 자동차 바퀴의 기어로 변형된다. 인간도 자동차처럼 필연성의 철칙에 종속된다.

이것이 바로 변함없이 질주하는 성좌(星座)요, 변함없이 질주하는 역사이다. 무거운 운명은 우리에게 시간과 공간을 선사했다. 그러나 우리는 정신 속에서 모든 시간을 극복하고 정신 속에서 모든 공간을 극복했다. 정신은 우리 내부에 삶의 창조원칙이 있다고 말한다. 시간과 공간은 우리의 창조를 집어삼킬 뿐 아니라 무의미한 쓰레기 같은 삶의 표면으로 우리 자신을 내던진다. 모든 예술은 인간의 정신이 무의식적으로라도 인식에 대한 창조의 우위를 선포하는 것으로 시작된다. 자유로운 의지는 창조의 의지이다. 그것이 어떤 형태로 고양되었든지 오직 창조만이 내부에 자유의지를 내포하고 있다. 비창조적인(순수하지 않은) 다른 모든 파도는 공허한 운명의 기만에 불과하다. 그것이 공허한 이유는, 창조가 승리하는 곳에는 운명이 없기 때문이다. 운명은 수 세기 동안 복종이 주입된 곳에 있는 것이다.

이것이 바로 드라마가 운명을 연출하고 우리의 은밀한 예속법칙을 허구의 창조형식 속에 묘사하는 이유이다. 이렇게 드라마 속에 숨겨진 원동력이 처음으로 인식되는데, 그것은 예술 창작에 의해 인도된다.

예술은 창조에 대한 소명이 동시에 삶의 창조에 대한 소명으로 나타나는 곳에서 고무된다.

이러한 삶을 이해하려면 사회적·과학적·철학적인 면에서 굳건한 형식 속에 형성된 그 표면을 이해할 뿐 아니라 이러한 형식의 근원이 창조라는 것을 이해해야 한다. 삶은 창조이다. 더 나아가 삶은 창조의 한 범주이다. 삶은 창조에 종속되어야 하고, 날카로운 각도로 우리의 자유에 진입한 그곳에서 창조적으로 개조되어야 한다. 예술은 삶이 용해되는 원칙이다. 예술은 삶의 얼음을 삶의 물에 녹인다. 예술가가 예술가인 이유는 그가 삶과 창조의 알파와 오메가를 관통하면서도 그 외관에 종속되지 않기 때문이다. 예술가는 우상(형식)을 창조하고, 이 가시적 우상으로써 자신과 우리를 비가시적 우상으로부터 보호한다. 그 비가시적인 우상은 운명이다. 그것은 확고해 보이지만 본질적으로는 환영적인 법칙이다.

66

그는 비가시적 환영에 대한 숭배와 자신이 창조한 가시적 형식을 대비시킨다. 모든 예술에서 우상(형식)은 수단이다. 피의 희생을 제물로 바친 비가시적 우상(운명)에 종속되는 것은 우상을 목적으로 숭배하는 것과 같다. 삶의 창조는 모든 우상을 파괴하는 것이다. 그러나 운명과 우상의 투쟁에서 예술적 우상의 창조는 필연적이다. 이를 통속적으로 표현하자면, 예술가는 쐐기로 쐐기를 뽑는 것이다.

운명과 투쟁할 때 예술가는 지칠 줄 모른다. 예술적 창조는 소멸할 운명이다. 그것은 죽은 형식의 창조(예술작품)이 소멸할 운명인 것과 같다. 운명과 함께하는 죽음과 운명과 투쟁하는 모든 시간적 조건들의 죽음에 대한 예고가 드라마에서 처음으로 우리에게 주어진다. 예술은 소멸할 것이다. 그래서 어떻게 되는가? 최전선의 전사들은 항상 죽는다. 인간은 신과 유사하게 된다. 그리고 삶과 신의 형상, 그 형상과 유사한 것, 즉 아폴론과 디오니소스의 대리석 조각상들을 전복시킨다. 인간은 스스로 고유한 예술적 형식들이 *된다*.

드라마는 처음으로 미래의 장막을 들어 올렸다. 그러나 드라마에는 자신만의 드라마가 있다. 드라마는 예술의 형식이다. 드라마는 예술 창조의 생생한 물을 태양 아래 찬란한 구름으로 고양시킨다. 그리고 황금색 태양으로 물든 구름은 우리에게 새로운 도시를 보여 준다. 그것은 영원히 창조적인 삶의 예루살렘이다. 드라마는 예술형식이다. 그것은 예술 발전의 방향을 변화시켰다. 그것은 삶이 되기를, 그것도 창조적인 삶이 되기를 원한다. 죽은 삶과 죽은 예술형식은 드라마에서 해체가 예정되어 있다.

예술은 일시적인 방책이다. 예술은 인류가 운명과 싸우는 전술기법이다. 계급제도를 폐지하는 데 일종의 계급(프롤레타리아) 독재가 필요하듯, 죽거나 존재하지 않는 운명적인 삶을 폐기할 때 죽은 형식을 삶의 표식으로 선포하는 것이 필요하다. 예술가의 영혼에서 운명에 대한 무의식적 부정이 이런 숭배로 시작된다. 운명이 우주를 좁은 감옥으로 만드는 바로 그 순간, 예술가는 감옥을 외면하고 감옥에서 하릴없는 장난을 하게 된다. 이러한 장난이 바로 예술 창조이다. 아니, 이것은 장난이 아니다. 아니, 이것은 폭발물의 제조다. 예술가가 운명의 감옥 벽을 향해 분노의 탄환을 발사하는 날이 올 것이다. 벽은 산산이 부서지고 감옥은 세계가 될 것이다.

예술은 예술가가 자신의 영혼을 쏟아부은 죽은 형식의 창조를 감옥 벽을 향해 다이너마이트를 던지듯 던지는 것이다. 예술형식의 발전과 진화는 창조의 손에서 폭발하지 않은 탄환이 감옥 벽을 향해 날아가는 것과 같다. 드라마에서 창조의 탄환이 이 벽들과 접촉하고 있다. 드라마 뒤에는 폭발이 있다. 예술형식은 참을 수 없이 확장되려 한다. 참을 수 없이 맹렬하게. 여기서 예술은 폭발하고, 사라지고, 존재하지 않아야 한다.

그렇다면 운명에 예속된 우리의 모든 삶도 폭발하고 사라지고 존재하지 않아야 하는가? 그때 새로운 창조는 새로운 삶에 합류하게 될 것이다. 삶은 삶이 될 것이다. 죽은 형식의 창조가 살아 있는 형식의 창조가 될 것이기 때문이다.

삶의 창조에 대한 것과 같이 창조에 대한 은밀한 요청이 드라마에서 처음으로 인식된다. 그러나 운명은 이러한 창조의 길 위에 서 있게 될 것이다. 따라서 드라마에서 운명에 대한 투쟁과 승리가 연출된다. 만약 드라마에서 이러한 승리의 예감이 없다면 드라마는 비극이 아니다. 비극적 광명은 인류의 드라마가 드라마로 끝나지 않는다는 예고이다. 비극적 광명은 삶으로의 회귀의 원칙이다. 운명과의 투쟁을 연출하면서 인식의 근본적 모순이 삶의 근본적 모순과 접촉하게 된다. 이러한 모순은 무의식적으로 예술가에게 예술세계의 창조를 호소하는데, 그것은 우리의 낡은 '필연성'과 절연하는 새로운 세계이다. 그러나 삶의 모순은 순수이성의 모순을 예정하고, 필연이 예정된 순수이성의 규범은 당연히 가치에 의존하게 된다. 가치만이 창조의 에너지가 될 수 있다.

그러므로 예술가인 극작가는 인식에 대한 창조의 우위를 선포하고 동시에 자신의 예술을 그 삶과 접촉하도록 이끌면서 비극적 광명의 무지개가 비추는 새로운 삶의 창조의 표식 아래 서 있게 된다. 그러나 새로운 삶은 운명에 대한 승리 없이는 불가능하다. 투쟁이 있고 해방이 있다. 이미 인식도, 예속된 형식 속의 삶도 투쟁수단이 아니다. 삶의 창조는 그 자체가 목적이 된다.

삶의 창조가 드라마에서 처음으로 인식된다.

드라마는 창조의 에너지를 예술에 전달하는 원칙이다. 드라마에는 종합주의의 원칙이 포함되어 있다. 드라마에서 기본 줄기 같은 것을 감지할 수 있는데, 그 줄기로부터 사방으로 다양한 예술형식의 화려한 수관(樹冠)이 뻗어 나간다. 그러나 드라마가 예술형식의 집합적 원칙으로 인식될 때 그 생생한 의미는 사라진다. 요즘 사람들은 흔히 신비의식은 예술형식의 종합주의이고 현대의 드라마는 신비의식에 접근한다고 말한다. 나에게는 그것이 현대의 드라마를 위협하는 위험의 지표로 여겨진다. 우상들의 피라미드가 드라마를 압박한다. 드라마의 음악적 원칙은 다시 절충주의로 대체된다. 우리 시대의 이 달콤한 신비의식에 대한 호소는 의심스럽다. 그것은 정신의 원기를 마비시킨다. 우리는 그러한 원기가 필요한데, 그것은 주인공의 전투가 필요한 것과 같다. 가혹한 투쟁이 앞에 있기 때문이다. 우리는 졸음이 오는 예배당이 아닌 전투 속에서 변형된다. 드라마에는 운명과 투쟁하는 미래의 책략이 있다. 드라마 문화는 또한 문화이다. 새로운 드라마의 위대한 이론가 니체는 문화를 그렇게 인식했다. 그는 바그너[1]

---

1) 〔옮긴이〕바그너(Wagner, R., 1813~1883): 독일의 작곡가. 여러 편의 오페라와 거대한 규모의 악극을 작곡했다. 〈탄호이저〉(*Tannhäuser*), 〈트리스탄과 이졸데〉(*Tristan und Isolde*), 〈로엔그린〉(*Lohengrin*), 〈니벨룽의 반지〉(*Der Ring des Nibelungen*)가 대표적인 작품이다. 또한 《독일 음악론》(*Uber Deutsches Musikwesen*, 1840), 《독일 예술과 독일 정치》(*Deutsche Kunst und*

나 슈레[2] 보다 더욱 정확하게 문화를 인식했다.

니체는 바그너의 악극에서 인류의 해방을 위한 진정한 투쟁을 보았다. 그러나 니체는 현대 드라마의 운명적인 모순을 충분히 설명하지 못했다. 그는 드라마에서 삶에 대한 소명을 감지했지만, 이 소명과 소명이 표현되는 형식을 분리하지 못했다. 드라마에서 새롭게 삶으로 회귀하는 것은 예술형식으로서 드라마를 폐기하는 것이다. 니체는 드라마에서 삶에 대한 소명을 숭배하면서 이러한 소명의 형식인 무대의 권위를 인정했다. 그리고 기형이 되었다.[3] 무대에 기인한 삶에 대한 소명이 무대의 삶에 대한 소명으로 변형되었기 때문이다. 바그너의 천재적 활동은 바로 이 부자연스러운 소명과 결부된 것이다. 바그너에게 매료되었던 초기에 니체는 형식으로서 드라마를 숭배했다. 그에게 드라마 형식은 의무적인 창조의 표어가 되었다. 폭렬탄의 활동이 탄피로 옮겨 갔다. 그는 드라마 행

Deutsche Politik, 1868) 등의 저서를 통해 음악과 예술에 대한 이론을 정립했다. 바그너는 '악극'(*music drama*)의 창시자로 알려져 있는데, 악극은 일종의 오페라 형식으로 그의 책 《오페라와 드라마》(*Oper und Drama*, 1850~1851)에서 처음 언급되었다. 악극의 특징은 라이트모티프(*leitmotives*, 유도동기)를 사용하여 음악적 선율이 지속되는 것인데, 바그너의 악극에서 라이트모티프는 극의 중요한 주제로서 극 안에서 계속 변형되어 제시된다. 이전의 오페라에서 아리아나 레치타티보에서 선율이 중단되었다면 바그너의 작품에서는 라이트모티프가 계속 이어지는데, 이는 그의 악극이 기존의 오페라나 당대의 이탈리아 오페라들과 구별되는 결정적인 특징이 된다.
　　창작의 형식에서 바그너의 영향을 받았던 벨르이는 자신의 작품에서 라이트모티프 기법을 사용하여 고유한 스타일을 창조하였다.

2)〔옮긴이〕에두아르 슈레(Schuré, E., 1841~1929): 프랑스 작가, 철학자, 음악 연구가. 소설과 희곡을 창작하고, 역사적·철학적 작품들을 저술했다. 대표작은 《위대한 성직자》(*Les Grands Initiés*)이다.

3)〔옮긴이〕니체는 초기에 바그너의 음악에 찬사를 보내면서 독일에서의 비극정신의 재생을 가능케 할 인물로 그를 생각했는데, 바그너가 초기의 입장을 버리고 다시 기독교적 경향을 띠게 되자 결정적으로 결별을 선언한다.

위의 순간이 아닌 삶 자체가 폭발의 순간이 될 것이라는 것을 잊었다. 니체는 이러한 사건의 표식인 악극을 사건으로 숭배했다. 스스로 우상을 창조했다. 그는 바그너의 천재적인 음악을 영혼에서 분리하고, 자신의 주장을 목격할 수 있는 천재적 저작 《비극의 탄생》4)을 영혼에서 분리시켰다. 차라투스트라는 신화 창조에 취한 드라마 배우이지, 무대 위에서 마분지로 된 칼을 휘두르고 뿔고동을 부는 폭력적 남성 지크프리트5)가 아니다. 차라투스트라는 무대 위에서 태어나 관객 앞에서 연기를 시작했다. 무대에는 '얼룩소' 도시가 연출되고, 선량한 차라투스트라는 '얼룩소'를 떠나 가르침을 시작한다. 6) 그다음 손을 흔들고 무대를 떠나 삶으로 향한다. 《차라투스트라》7)의 세 번째, 네 번째 장은 진정한 삶의 드라마이다. 여기서 폭발의 진정한 원칙은 차라투스트라의 은밀한 삶의 체험의 본질에 있는 것이지 오페라의 지크프리트의 훌륭한 이론가에게 있는 것이 아니다.

그러나 폭탄은 인류가 동일한 비극적 표어 아래 있게 되기 전까지는 폭

---

4) 〔옮긴이〕 《비극의 탄생》(*The Birth of Tragedy*) 〔원제는 《음악정신으로부터 비극의 탄생》(*Die Geburt der Tragödie aus dem Geiste der Musik*, 1872)〕을 이야기하는 것이다. 니체는 자신의 초기 저작인 이 책에서 그리스 비극을 디오니소스적인 것의 아폴론적 형상화라고 규정하고, 이를 통해 비극을 부활시킴으로써 데카당적인 당대 문화를 벗어나려는 야심찬 시도를 한다.

5) 〔편집자〕 지크프리트(Siegfried)는 게르만-스칸디나비아 신화와 서사시의 주인공으로서, 바그너의 4부작 오페라 〈니벨룽의 반지〉 제3부('지크프리트')의 제목이기도 하다.

6) 〔옮긴이〕 얼룩소: 《차라투스트라는 이렇게 말했다》에서 차라투스트라가 본격적으로 자신의 가르침을 처음 시작하는 도시의 이름.

7) 〔옮긴이〕 《차라투스트라는 이렇게 말했다》(*Also sprach Zarathustra*, 1883): 니체의 사상이 집약적으로 나타나 있는 주요 창작의 하나이다. 이 책에는 신의 죽음, 힘에의 의지, 초인, 영원회귀 등 니체의 핵심사상이 유기적인 관련 속에서 드러나고, 이에 《차라투스트라는 이렇게 말했다》는 여러 가지 스타일과 메타포들이 복잡하게 얽혀 있는 독특한 창작으로 나타난다.

발하지 않는다. 운명의 진정한 얼굴은 인간이 계급투쟁과 삶의 진정한 긍정과 부정의 모든 장애를 극복하는 바로 그 순간 나타난다. 상품에 대한 주물 숭배 역시 운명이 아닌 운명의 가면이다. 해방을 위한 투쟁은 경제적 평등의 형식의 수용 여부에 있지 않다. 그것은 사회적 평등의 새로운 형식 속에서 시작된다. 운명의 가면이 벗겨질 때 모든 인류는 삶과 행복을 위한 마지막 전투에 출정하게 된다. 언젠가 파열된 개인적 삶의 형식에서와 같이 파열된 예술형식에서도 생생한 창조의 신성한 불꽃이 튀게 될 것이다. 그때에는 정신의 다이너마이트로 충전된 드라마의 폭탄이 날아갈 것이다. 바로 여기에 니체는 주목하지 않았다. 그는 사회적 드라마에 대한 이해가 부족했다. 우선 그는 탄환의 탄피, 즉 드라마 극의 현대적 형식의 부흥에 만족했다. 그다음 예술형식으로서 드라마에서 생생한 창조의 다이너마이트를 끄집어내어 무심코 탄환을 산산조각 냈다. 탄환은 그것이 폭발되어야 마땅한 장소, 즉 우리 감옥의 벽에서가 아닌 그 제조자의 손에서 폭발했다. 그리고 폭탄제조자 니체는 뇌수가 파열된 채 조용한 빌라의 발코니에 15년 동안 앉아 있었다. 이제 방문객은 광인 니체가 앉아 있던 발코니로 안내된다. 8)

위대한 새로운 드라마의 이론가는 그런 운명이었다.

드라마의 새 이론가들은 기꺼이 니체의 실수를 분석했다. 그들은 천재 광인의 실책을 수정하며 드라마에 자신의 방법을 처방했다. 니체를 광기로 이끌었던 신비의식의 편집광적이고 병적인 옹이로부터 현대 드라마를 해방시키는 대신, 그들은 기꺼이 니체의 실수를 인정하고 바그너주의 전반에 대한 니체의 건강한 저항을 부정했다. 차라투스트라의 동굴에 "추악하기 그지없는 인간"9)이 들어와서 우울한 찬가를 시작하는 것을 기억

---

8) 〔옮긴이〕 니체는 말년에 정신착란 증세로 10년 넘게 병상에 있었다.
9) 〔편집자〕 니체의 《차라투스트라는 이렇게 말했다》에서.

하라. 비극 배우 차라투스트라의 건강한 노래가 울려 퍼졌던 곳에 이제
는 추악하고 달콤하기 그지없는 노래가 울려 퍼질 것이다. 10)

  드라마의 새로운 이론가들11)은 아마 고대 그리스 드라마의 발생조건
과 드라마 극의 현대적 조건의 관계를 올바르게 정립할 것이다(니체 이후
이 일은 쉬워졌다). 그들은 우리가 드라마의 개별적 특성의 심오하지만 때
로 잊고 있던 의미를 회복하는 데 도움을 준다. 그들은 드라마가 종교 제
의(祭儀) 형식으로서 희생에서 발전되었음을 지적하면서, 현대의 드라
마에서 성사(聖事)의 회복을 시도한다. 극장은 사원이 되어야 할 것 같
다. 그렇지만 우리에게 극장과 사원이 다 있는데, 왜 극장이 사원이 되어

---

10) 〔옮긴이〕 '추악한 인간'은 《차라투스트라는 이렇게 말했다》제 4부의 마지막 부
분에 등장하는데, 차라투스트라의 가르침을 제대로 이해하지 못한 인간을 의미
한다. 여기서 '달콤'하다는 표현은 일종의 역설적 어법으로 간주될 수 있다.

11) 〔벨르이〕 미리 말하지만, 드라마의 길에 대한 새로운 시각을 분석하면서, 나
는 뱌체슬라프 이바노프의 정교하면서 심오한 이론을 염두에 두지 않았다. 나
는 그 기본적인 테제는 이해하지만, 상세한 부분에는 동의하지 않는다. 나는
그 이론을 분석할 생각이 없다. 그러한 분석은 너무 많은 자리를 차지하게 될
것이다. 결정적으로 나는 이바노프 이론의 지나치게 통속적인 해석과 그 학설
의 지나치게 가벼운 결론에 반대한다. 이러한 가벼운 결론은 모더니스트 그룹
과 관련하여 공명하는 것이다. 진지한 사상가를 공정하게 평가하자면, 이 사상
가의 성급한 시각에 대한 통속화의 위험을 고려하지 않을 수가 없다.
〔옮긴이〕 뱌체슬라프 이바노프(Иванов, В., 1866~1949): 러시아 상징주의
시인이자 극작가, 이론가. 고대 그리스의 종교 신화에 대해 관심을 갖고 《고통
받는 신의 헬레니즘 종교》(Эллинская религия страдающего бога, 1904), 《디
오니소스 종교》(Религия Диониса, 1905)를 썼다. 고대 그리스의 디오니소스
숭배와 비극의 탄생에 대한 문제를 연구 논문 《디오니소스와 프라디오니소스주
의》(1921년 저술, 1923년 출간)으로 박사학위(Д. ф. Н)를 받았다.
  이바노프는 쇼펜하우어와 바그너와 더불어 니체의 영향을 많이 받았는데, 자
신의 논문에서 '디오니소스주의'란 독특한 개념을 정립했다. 이때 '디오니소스주
의'는 심미적이고 종교적인 현상으로서 이바노프는 니체적 개념의 디오니소스를
그리스도의 선구로 간주했다. 이바노프는 디오니소스를 신으로 간주했던 고대
그리스의 제전처럼 디오니소스 연극을 러시아에 부활시키려고 시도했다.

야 한단 말인가? 사원은 신에게 예배하는 곳이다. 그곳에서 성례(聖禮)가 행해진다. "극장에서 성례가 행해지도록 하라." 드라마의 새로운 이론가들은 우리에게 이렇게 말한다. 그렇지만 성례를 어떻게 이해해야 하는가? 그리고 신에 대한 예배를 어떻게 이해해야 하는가? 이에 대해 과거와 현재에 존재하는 종교는 비유적이 아닌 긍정적인 대답을 제공한다. 그 대답을 고려하건 하지 않건 간에 우리는 그 의미를 이해한다. 우리는 고대 그리스의 드라마와 디오니소스의 종교적 제전의 관계를 이해한다. 그곳에서 드라마는 종교와 다른 측면에서 발전했다. 드라마는 종교로부터 해방되었다. 우리는 해방된 드라마를 상속받았다.

유럽의 연극이 전개되었고 이에 따라 이러한 해방의 형식이 정확하게 규정되었다. 이제 무대연출은 성사집행이고 배우는 신관이며 우리가 드라마를 관조하는 것은 성례에 참여하는 것이라고 말할 때, 우리는 '성사집행', '신관', '성례'라는 단어를 그 의미가 무의미해질 정도로 다양한 의미로 이해한다. 성사란 무엇인가? 그것은 종교적 행위인가? 그렇다면 그 종교적 행위는 무엇인가? 성사는 누구에게 행하는 것인가? 우리는 어떤 신에게 기도해야 하는가? 우리는 드라마가 발생한 원시적 종교 형식으로 돌아가야 하는 것인가, 아니면, 이 모든 것이 미지의 어둠 속에 숨겨져 있어야 하는 것인가?

만일 그렇다면 우리에게 제물로 쓰일 염소를 달라![12] 그러나 셰익스피어 이후 우리가 염소로 무엇을 한단 말인가? 만일 거기에 어떤 새로운 성사가 암시되어 있다면 우리에게 새로운 신의 이름을 말해 달라! 그는 누구인가, 어디에 있는가? 미래 연극의 해설자인 당신은 이 새로운 신의 이름의 드라마를 어디서 발견했는가? 당신에게 이 신의 이름이 없을 때,

---

12) 〔편집자〕 고대 그리스에서 디오니소스축제 기간에 행해진 숭배의식으로부터 비극이 탄생했음을 암시하는 것이다.

그러한 신의 종교가 존재하지 않을 때, 현대 드라마의 길과 사원으로서 새로운 극장에 대한 모든 내적인 성명은 비유적 성명으로 남게 되고 현대 연극에서 그 무엇도 변하지 않게 된다. '사원'은 마린스키 극장으로 남아 있고 수사학은 수사학으로 남아 있다.

그렇지만 문제는 그렇게 간단하지 않다.

연극무대가 배우와 관객, 신화적 행위와 그 관조 사이에 장애물로 나타난다는 것, 관객은 연출되는 극에 합창대의 일원으로 참여해야 한다는 것은 지혜로운 생각이다. 이러한 생각은 우리로 하여금 현대 드라마의 이론가들이 하는 이야기에 귀를 기울이도록 한다. 무대가 없어도 우리는 사원이 있다고 반대하는 것에 대하여 이론가들은 충분히 무게 있게 대답한다. 사원은 종교제의의 구성요소이다. 모든 제의의 역사적 형식은 심오하고 중대한 의미를 숨기고 있는데, 종교적 스콜라주의와 독단주의는 그 역동성을 질식시킨다. 독단주의가 제의의 자유로운 발전과 차이를 마비시킨다면 연극은 바로 그 요람이다. 연극은 역사적·종교적 창조의 동요를 수용하면서 자유로운 창조의 불꽃을 태울 것이다.

만일 논의가 현실에 의거한 것이라면 이 모든 것은 타당하다. 그러나 논의는 현대 극작가의 창조에 반하여 진행된다. 현대 극작가는 무대와 관객을 연결하는 일을 거의 고려하지 않는다.

입센13)의 오르케스트라14)는 어디에 있는가? 마테를링크15)의 오르케

---

13) 〔옮긴이〕 헨릭 입센(Ibsen, H. J., 1828~1906) : 19세기 노르웨이의 극작가로서, 현대 연극에서 모더니즘의 창시자의 하나로 간주된다. 처음으로 세계적인 명성을 획득한 작품은 시적 드라마 《브란트》(*Brand*, 1865)와 《페르 귄트》(*Peer Gynt*, 1867)였다. 이 작품에서 입센은 자신을 비롯한 동시대인의 모순적인 성격들을 묘사하고 있다. 브란트는 인간적 자유와 종교를 설파하는 진지하고 엄격한 성직자인데, 이러한 형상에는 키르케고르(Kierkegaard, S. A., 1813~1855)의 흔적이 나타난다. 이와 반대로 페르 귄트는 개인적 행복을 추구하지만 찾지 못한다. 그에게는 시인과 휴머니스트의 기질이 나타난다.

스트라는 어디에 있는가? 입센에게 드라마 극은 어떻게 성스러운 행위로 변하는가? 객석에서 집회를 연출하기 위해서는 최신 이론의 처방에 따라 '슈토크만'의 유명한 무대('민중의 적'이 연설하는 곳)16)를 설치해야 하지 않겠는가? 그런데 바로 이 관객의 합창이 입센의 드라마를 어릿광대 극

입센의 희곡은 20세기 초 러시아에서 대유행이었고 수많은 극장에서 그의 희곡이 상연되었다. 러시아 인텔리겐치아들은 혁신적인 입센의 희곡에 찬사를 보냈고, 안드레이 벨르이를 비롯하여 메레주코프스키, 블록, 민스키, 안넨스키, 안드레예프, 메이에홀드, 루나차르스키에 이르기까지 수많은 러시아 사상가들이 입센과 그의 희곡에 대해 논문을 썼다.

14) 〔편집자〕오르케스트라(opxecтpa) : 고대 그리스 원형극장의 기본적인 부분으로, 그 중앙에 디오니소스에게 바치는 제물이 놓였다.

〔옮긴이〕오르케스트라(orchestra) : 고대 그리스의 원형극장에서 무대와 극장원 가운데에 있는 제단 사이의 빈터. 배우들이 차례가 되면 나와서 춤을 추고 노래하는 장소였다. '교향악단'을 의미하는 단어 오케스트라의 어원이다.

15) 〔옮긴이〕마테를링크(Maeterlinck, P. M. B., 1862~1949) : 벨기에의 희곡작가, 시인, 에세이스트. 1887년 파리의 상징주의 시인 P. A. 빌리에 드 릴라당의 영향을 받았으며, 첫 시집 《온실》(Serres chaudes, 1889), 희곡 《말렌 공주》(Princesse Maleine, 1889)를 발표하여 문단의 인정을 받았다. 이후 극작에 전념했으며, 신비적 내용을 구상화하여 상징주의극의 신국면을 개척했다. 1911년 "다양한 분야의 문학 활동, 특히 동화의 가면 속에 가려진 깊은 영감을 드러내고, 신비주의적 방식독자들의 감정에 호소하고 상상력을 자극하는 시인의 희곡 작품들에 대한 감사"로 노벨 문학상을 수상했다. 그의 작품들의 주요 테마는 죽음과 삶의 의미이다. 마테를링크는 유럽 상징주의 운동에 있어 중요한 역할을 하였다. 러시아에서 마테를링크의 희곡 〈파랑새〉(L'Oiseau Bleu, The Blue Bird)는 1908년 모스크바 예술극장(MXAT)에서 처음 상연되었다.

16) 〔편집자〕'슈토크만'의 유명한 무대: 입센의 4장 희곡 《민중의 적》(1882)을 염두에 둔 것이다. 19세기 말~20세기 초 러시아어 번역과 무대에는 '닥터 슈토크만'(Доктор Штокман)으로 되어 있다.

〔옮긴이〕입센의 희곡 《민중의 적》(En folkefiende) : 주인공 슈토크만 박사는 의사로서 노르웨이 해안에서 온천을 발견한다. 그는 온천이 도시를 번영케 하지만 물에 병균이 많다는 사실을 알고 개조를 제안한다. 그러나 시 당국은 이 사실이 세상에 알려지는 것을 꺼려 숨기려 하고, 이에 대항하는 슈토크만 박사는 '민중의 적'으로 간주된다.

으로 만들었다. 만일 누군가 고대 드라마 형식의 부활을 생각했다면, 그는 입센이나 마테를링크가 아닌 실러이다. 《메시나의 신부》17)에서 합창단은 조건적으로 도입되었고, 그래서 타당하게 된다.

현대의 드라마가 고대 그리스 드라마에서 발전하게 하라. 그렇다면 현대 드라마가 고대로 회귀해야 한다는 말인가? 고대 그리스 드라마가 드라마의 테제라고 반박할 수 있다. 현대의 드라마는 안티테제를 발전시키고, 이제는 진테제(종합)에 접근한다. 그러나 진테제는 테제와 동일시되지 않는다. 그리스인에게 비극의 마스크를 씌우고 극장에 제단을 세우도록 하라. 우리의 문화에 그리스 문화의 요소들이 있게 하라. 그렇지만 우리가 그리스인은 아니지 않은가? 우리가 올리브 열매를 먹고 양 주위에서 춤을 출 수는 없지 않은가? 이제 나는 이런 것들이 실현되는 것을 본 것 같다! 드라마의 새로운 이론가는 실현하지 못하고 있다. 많은 사람들이 드라마가 있어야 한다고 말한다. 그렇다면 그것, *있어야 하는* 드라마는 어디에 있는가? "그것은 있게 될 것이다"라고 우리에게 대답할 것이다.

그러나 그런 일이 일어나지 않는 것이 좋다. 그 이유는 다음과 같다.

우리 관객들이 합창단이 된다고 가정하자. 더 나아가 합창단이 기도의 무도(舞蹈)에 열중한다고 가정하자.

그때에만 우리의 기도 상태가 기도로 변형되지 않은 삶에서 독립되는 것이 특히 단호하게 강조될 것이다. 그리고 삶이 기도를 제압할 것이다. 우리는 삶을 떠나 극장으로 도망가서는 안 된다. 우리는 죽어 버린 비극의 양 위에서 춤추고 노래하다가 다시 삶으로 돌아가서 우리가 저지른 일에 놀랄 것이다. 운명으로부터의 도피는 그렇게 행해진다. 그리고 운명

---

17) 〔편집자〕실러의 비극 《메시나의 신부》를 말한다.
    〔옮긴이〕《메시나의 신부》(*Die Braut von Messina*): 1803년에 발표된 실러의 작품 중 가장 고전적 비극으로 실러의 이상주의적 도덕관과 예술관이 아름다운 형식 속에 융합되어 있다.

이 우리 뒤를 따라 극장의 사원으로 들어와서 우리의 춤과 노래를 붕괴시킬 것이다. 우리는 삶 자체를 드라마로 변형시켜야 한다. 그러면 우리는 극장-사원으로 들어와서, 흰옷으로 몸을 감싸고 장밋빛 화관을 쓰고 신비의식(그 테마는 항상 똑같다. 신을 닮은 인간이 운명과 싸우는 것이다)을 수행하고, 필요한 경우 손을 잡고 춤을 출 것이다. 독자들이여, 단 1분이라도 당신이 이러한 역할을 한다고 상상해 보라. 제단 주위를 도는 것은 우리들이다. 우리 모두일 것이다. 세련된 스타일의 숙녀, 증권거래소 직원, 노동자, 고위 공무원? 나는 우리의 기도가 똑같지 않다고 확신한다. 스타일이 세련된 숙녀는 디오니소스와 유사한 모습의 어떤 시인에게 기도하고, 노동자는 근무일이 줄어들기를 기도한다. 고위 공무원, 그는 어떤 별에 자신의 시선을 고정하고 있는가? 아니다. 예쁜 아가씨와 왈츠를 추는 것이 일등 문관들과 윤무를 추는 것보다 낫다.

이것에 대해 반박할 수 있다. 즉, 우리는 미래의 민주적 극장에 있고, 공공성의 전제는 모든 것이 유효한 창조가 되는 자유로운 코뮌에 근거하며, 반원형 무대는 이 코뮌의 창조적 마법이라고 말이다. 더 나아가 우리는 우리가 은밀하고 고독한 삶(다른 말로 부르주아적인)의 일원이라는 것에서 회의론이 유래하고 민중연극에서 자유로운 신화창조가 부활할 것이라는 말을 듣게 될 것이다. 그러나 민중연극 '발라간'은 오래전에 도적 추르킨을 무대에 올렸고,[18] 영화는 미래의 민주주의 연극을 처방하는 역할을 하려고 더욱 노력하고 있다. 실제로, 영화 속에 신화창조가 있다. 인간은 기침을 하고 폭발할 것이다. 감기와의 운명적 투쟁에 교훈적인 희생이다. 더욱이 만일 집단창작에 대해 말한다면, 그것은 지금도 존재한

---

18) 〔편집자〕러시아 민중의 구전 드라마 중 하나인 〈배〉(Лодка)를 염두에 둔 것이다.
   〔옮긴이〕발라간(Балаган) : 러시아 시골의 전통적인 민간연극, 광대놀이. 도적 '추르킨'(Чуркин)은 러시아 민중의 구전 드라마의 등장인물이다.

다. 왜 모든 마을의 윤무는 반원형이 아닌가? 오, 가엾은 러시아여, 러시아를 반원형 무대로 뒤덮는다고 위협하는구나. 이미 오래전에 반원형 무대로 뒤덮여 있었는데 말이다. 밤에 나와 시골마을을 걸어 보라. 당신은 코러스와 집단창조 … 검열되지 않은 말과 만날 것이다. 이것이 바로 삶의 구체적 형식을 고려하지 않은 이론의 결과이다. 러시아를 반원형 무대로 뒤덮으려 하지만, 러시아는 오래전부터 이 반원형 무대에서 벗어나야 했다.

계급투쟁이 존재하는 한 이런 미학적 민주주의에 대한 요청은 이상하고 불합리하다. 이 민주적이고 집단적이며 신화창조적인 극장-사원은 고도로 불합리하다(다행히도 이 사원은 아직 존재하지 않는다!). 이런 극장이 존재하지 않을 때 사람들은 과거에 주목한다. 아이스킬로스, 소포클레스, 에우리피데스를 무대에서 소생시키고 때로 아이스킬로스의 기법을 성공적으로 모방하기도 하는 것이다.[19]

그러나 민주주의는 어디에 있는가? 귀족주의의 포만감이 우리에게 타민족 드라마의 종교적 의미를 미학적으로 향유하기를 강요하는 것은 아닌가. 그리고 디오니소스 제단, 그것이 새로운 극장에 장엄하게 건립된다면, 그것은 극장과 우리들, 예술, 선한 민중의 신성한 믿음에 대한 거대한 모독의 상징으로 변하지 않겠는가?

다행히도 디오니소스에 대한 표장적 호소는 새로운 연극이론가들의 개인적이고 서정적인 삶(오, 심오하고 아름답구나!)과 멀리 떨어져 있다. 그러나 이러한 호소는 아무것도 파괴하지 않는다. 사원은 마린스키 극장으로 남아 있다.

---

19) 〔옮긴이〕 아이스킬로스는 그리스 3대 비극작가 중 한 명이다. 그의 창작의 특징은 3부작 형태의 작품 구성으로, 가장 유명한 것은 오레스테이아 3부작〔《아가멤논》(*Agamemnon*), 《코에포로이》(*Choephoroi*, 제주를 바치는 여인들), 《자비로운 여신들》(*Eumenides*)〕이다.

새로운 연극이론가들을 혼란하게 하는 치명적인 모순은 그들이 사원을 극장인 것처럼 하면서, 사원이 제의를 행하는 곳이고 제의는 신의 이름, 즉 종교라는 사실을 잊고 있다는 것이다. 그들에게 이 이름이 없다면, 그들의 새로운 종교적 창조는 근거 없는 시도가 되는 것이다. 무대 위에서 탄생한 새로운 제의에 대해서, 무엇보다도 사원으로서의 극장, 성사로서의 드라마에 대해서는 언급할 수 없다. 성사에 목적이 없고 형식이 없다면, 그것은 삶의 창조에 대한 열망이 빛나는 신성한 정신의 영역에 *배우의 몸짓을* 도입하는 것이다. 만일 현대의 연극에서, 그리고 연극에서만 배우가 배우일 뿐으로 나타난다면, 이렇게 배우의 역할이 축소되는 가운데 주어진 역할의 창조자라는 더 큰 자유가 주어질 것이다. 만일 배우가 신관의 관(冠)을 어릿광대 모자로 바꿀 수 없다면 이 관은 배우를 질식시킬 것이다. 이제 역할에 몰두하면서 배우는 삶의 창조의 모범에 접하게 되는데, 그것은 극작가를 혼란하게 동요시켰던 것이다. 그는 우리에게는 배우이면서 스스로 뭔가 다른 생생한 것의 선구자가 된다. 이제 우리는 그를 비극의 제물로 올린다. 자신을 미래 삶의 모범에 제물로 바치는 것이 그의 내부에서 위선으로 바뀐다. 그리고 인간은 배우 속에서 존엄성이 훼손된다.

새로운 길의 드라마 이론가들의 비극은, 그들이 니체의 실수(드라마의 비밀스러운 불을 그 형식과 혼합한 것)를 알면서도, 연극의 경계 내에서(형식을 변형시키면서) 삶과 창조의 죽은 형식을 괴멸시키는 폭탄의 폭발을 약속했다는 것이다. 오색 불꽃의 소도구가 무대 위에서 폭발한다. 삶은 삶으로, 연극은 연극으로 남아 있다.

현대의 예술은 스스로 상징주의적 예술이라고 정의한다. 예술에서 상징주의는 생생한 체험의 총체를 형상들의 결집원리로 긍정하는 것이다. 예술의 힘은 체험의 형상들을 표현하는 데 있는 것이지 체험을 이용한 형상들의 체계에 있지 않다. 상징주의는 체험을 형상으로 표현하는 방법이다. 이런 의미에서 모든 예술은 직접 혹은 간접으로 상징주의적이다. 그러나 목적으로 이해되는 체험은 형상을 방법으로 종속시키고, 예술가에게 형상들의 창조자가 될 권리를 부여한다. 현대예술은 이 개별적 권리를 예술적 강령의 한 단락으로 변화시킨다. 19세기 후반기 문학사조로서 상징주의는 심리학과 인식론의 논거에 어느 정도 기반을 두고 있다. 몇몇 이론적 인식론학파들이 인식 자체를 창조로 미리 정의한 것처럼, 상징주의의 혁명적 힘은 창조가 삶을 창조하는 유일한 원칙이라고 선포하는 것에 있다. 그것은 삶의 의미를 창조하는 것이지 그 의미를 인식하는 것이 아니다. 삶은 창조의 형식이다. 예술의 사명은 창조적 활동을 고무하는 것이다. 이러한 사명은 쇼펜하우어가 제안한 것과 같이 미학적 현상의 관조에 있지 않다. 상징주의는 창조의 역동성을 강조한다. 이것이 상징주의가 예술의 정적 원리인 제도권의 현학성에 반대되는 것이다. 상징주의는 현존하는 예술학파를 자신의 관점에서 조명한다. 상징주의는 다양한 학파의 존재를 창조활동의 결과로 인정하지만, 이 학파들이 창조를 조절하는 규범으로 자신을 사칭하는 것에 대항하여 분기한다. 예술의 정역학(靜力學)은 상징주의적 관점에서 예술의 동역학(動力學)의 특수한 경우로 간주된다.

예술은 정신과 형식이 운명적으로 싸우는 그 순간 운명에 대한 승리를 미리 맛보는 것이다. 창작이 상징주의에 의해 삶의 영원한 원동력으로 입증된 것은 가장 확실한 증거가 된다. 여기서 예술은 인류해방을 위한 투쟁수단으로 간주될 수 있다. 여기서 예술은 종교적으로 승인되는 것이다.

상징주의 드라마가 취하려고 했지만 취하지 못했던 형식에 대한 이러한 생각은 현대 연극의 이데올로기와 특별히 단호하고 특별히 비극적으로 충돌한다. 우! 드라마는 현대예술의 모든 강점과 약점을 우리에게 부여한다. 그리고 우리에게는 현대예술이 퇴화한 예술인 것처럼 여겨지는데, 현대 드라마가 연극의 경계 내에 존재할 수 없다는 것이 더욱더 명확해지기 때문이다.

왜 그런가?

상징은 연속성의 두 질서를 연결한다. 그것은 형상의 연속성과 이 형상을 불러오는 체험의 연속성이다. 여기서 모든 힘은 체험의 연속성에 있다. 이 형상은 체험을 상징하는 목록일 뿐 그 이상은 아니다. 체험은 형상으로 덧입혀진다. *상징주의에는 외관의 경계 너머에서 실제적인 연결이 있다.* 우리가 체험을 통해 주변세계에 종속되고 우리 영혼에 외관의 흐름이 부조화스럽게 돌입하는 바로 그 순간, 아니면 반대로 영혼이 외관을 자신과 유사한 형상으로 변형시키는 바로 그 순간, 운명에 대한 승리가 행해질 것이다. 그노시스학[20]은 인식의 주체를 시간과 이론적 기간에서 해방시킨다. 인류의 과제는 이 해방을 현실적으로 실현하는 것이다. 이 과제는 가치의 창조로 구현된다. *가치이론은 창조이론이다. 그리고 또한 상징주의이론이다.*

상징주의이론은 예술 영역에서 영혼의 자유에 대한 무의식적 충동을 언급하면서 이러한 충동을 *의무로* 간주한다. 상징주의이론은 삶을 창조 대상으로 전환시켜 이 자유의 의무를 실현하도록 명령한다. 그래서 상징주의는 가장 의식적인 예술학파로 나타나고 예술 자체는 자유를 향한 생

---

20) 〔옮긴이〕그노시스학〔Гносеология, 에피스테몰로지(*epistemology*)〕: 인식론. 인식 활동 과정에서 주체, 객체, 그리고 지식의 관계를 연구하는 철학 분과. '지식'(знание)을 의미하는 단어 '그노시스'(гностика)에서 유래했다.
　　그노시스(*gnosis*)는 '앎', '지식'을 의미하는 그리스어 'γνῶσις'에서 유래했다. 높은 단계의 정신을 소유한 인간이 영적 직관에 의해 획득한 지식 혹은 '계시'(*revelation*)를 말한다. 그노시스는 그리스도교 이전 시기에 그리스인과 유대인에게 최상의 과학적 종교적 지식으로 간주되었는데, 이후 그리스도인들 사이에서 그리스 철학과 동양철학을 결합하는 종교적-철학적 교리인 '그노시스주의'(*gnosticism*)로 발전하였다. 그노시스주의자들은 높은 수준의 정신을 소유한 사람만이 그노시스를 얻고 구원에 이를 수 있다고 믿었다.

생한 원칙으로 간주된다. 시는 "석양이다. 석양을 노래하라"라고 말한다. 상징주의는 시인에게 석양의 사조를 현실적인 사명으로 변화시킨다. "석양이 부른다. 석양을 향해 떠나라!" 그리고 존 가브리엘 보르크만은 지팡이를 들고 털신을 신고 삶과 투쟁하기 위해 떠났다. 솔네스는 탑 꼭대기로 올랐다. 브란트는 민중을 빙하로 인도했다. 루벡은 이레나와 함께 죽음에서 부활했고 마치 죽음에 승리하기 위해서는 수백 미터 위로 올라가야 한다는 듯이 산으로 올라갔다. 21) 이들은 모두 무엇을 했는가. 이 주인공들은 영원성을 거의 평방미터로 측정했는데, 우리는 〈요한계시록〉에 등장하는 미래의 사원을 어떻게 측정한단 말인가?

새로운 드라마의 대부 입센은 상징주의 드라마에서 외관의 덮개를 의식적으로 모두 제거했다. 외관은 외관으로 남은 채 유리처럼 관통할 수 있게 되었고, 외관에서 발생하는 일에 놀랄 만한 의미를 부여하게 되었다. 그리고 입센 드라마의 놀랄 만한 의미 속에 그 추진력이 있다. 여기서 상징주의는 본질에 도달할 수 없고, 이 모든 루벡들, 보르크만들, 솔네스들은 삶의 묵시록적 방정식에서 대수학의 기호가 된다는 것까지 의식했다.

그렇지만 셰익스피어 드라마는 그렇지 않다. 그곳에서 상징주의는 무의식적이거나 지나치게 대수학적이다. 예를 들어 《폭풍우》(Tempest) 가 그렇다. 셰익스피어의 드라마는 욕망과 질투의 심오하고 사실적인 행위를 묘사한다. 여기서 상징주의는 사실의 폭포 위에 있는 무의식의 무지개이다. 상징주의는 무지개를 태양광선으로 변화시키고, 그 태양광선은 태양으로 인도한다. 즉, 땅을 창조하고 폭포를 창조한 그 현실로 인도하는

---

21) 〔편집자〕 각각 입센의 희곡 《보르크만》(John Gabriel Borkman, 1896), 《건축가 솔네스》(Bygmester Solnes, 1892), 《브란트》(Brand, 1866), 《우리, 죽은 자들이 깨어날 때》(When We Dead Awaken, 1899) 의 주인공들이다.

것이다. 사실적 드라마는 상징주의 광선을 현실의 폭포로 인도한다. 상징주의 드라마는 광선을 폭포 창조의 필연적인 조건으로 변화시킨다. 자유에 대한 열망은 석양을 예감하며 의무로 변화한다. "빛을 보라. 그러면 태양이 될 것이다."오스왈드는 이렇게 중얼거렸다. "태양, 태양… ."[22] 입센 드라마의 모든 힘은 루벡이 빙하에서 부활하고 그러한 행위로 자신의 생각을 밝히는 외적인 표장을 창조한 것이 아니라, 죽음에 대한 승리의 열망이 완전히 현실적 의미를 갖고 있다는 데 있다. 만일 사실주의 드라마에서 알레고리가 가능하다면(예를 들어, 사랑이 정상을 향해 올라가는 등), 상징주의 드라마에서는 이 알레고리가 현실로 입증되고, 현실(사랑)은 표장의 조건이 되는데, 그것이 이런저런 체험과 함께 수백 미터 올라가는 것은 현실적으로 죽음 위로 고양하는 것이다.

그러나 삶을 창조의 제단으로 변화시키는 사람만이 심연 위를 걸을 수 있다. 이것은 아침의 아이들처럼 태양에 의해 빛날 수 있다. 새로운 삶의 태양의 도시는 시비타스 솔리스(Civitas Solis)이다. 이것은 살아 있는 거대한 상징이다. 그리고 묵시록, 사회민주주의의 불꽃, 그리고 니체, 그리고 모든 종교는 다양한 방식으로 이러한 서약에 접근한다. 예술은 인간의 욕망에 초점을 맞추면서 예기치 않은 권력을 획득하게 된다. 예술은 루벡과 같은 인물들을 창조하기 시작한다. 그들은 몇 년 동안 군은 얼굴로 맥주잔을 앞에 놓고 앉아 있다가 갑자기 정상을 향해 걷기 시작한다. 그들의 걸음걸이 사이에는 각각 수백만 거리와 날들이 있다. 그들은 시간과 공간을 지나 분명하게 걷기 시작했다. 그들은 그리스인의 흰옷이 아닌 프록코트를 입고 실크해트를 썼다. 루벡은 레스토랑 테이블에 앉아 있다가 새로운 하늘과 새로운 땅을 향해 걸어갔다. 하지만 넘지 못하고

---

22) 〔편집자〕 오스왈드는 입센의 희곡 《유령》의 주인공으로, "태양, 태양"은 이 곡의 클라이맥스에서 오스왈드가 하는 말이다.

좌절했다. 그렇지만 돌진한다는 것 자체로 입센의 드라마가 우리에게 정신에 의한 육체의 변형을 상징으로 말한다고 할 수 있다. 인간 육체의 묵시록이 바로 입센 드라마의 상징주의다. 상징주의 드라마가 묘사할 수 있는 것은 하나다. 그것은 세계를 지각하는 기관들의 변형과 이를 통해 필연성의 세계를 자유의 세계로 변형하는 것이다. 여기서 운명은 인간의 신체기관이 초인적 기관으로 변화하는 정신생리학적 경련 속에서 인간의 기관을 위협하는 위험으로 나타난다. 그래서 루벡들, 솔네스들, 브란트들은 퇴화한 남녀 무리가 되어 입센을 에워싸고 우리는 루벡들을 퇴화한 인간인 것처럼 여기기 시작한다.

여기서 예술가는 자신의 월계관을 들어 올린다. 그러나 그는 주교의 관의 예언적 광선으로 빛나기 시작한다. 드라마의 자유형식 속에 있는 상징의 존재를 긍정하면서, 상징주의는 주인공에게 명료성('전부 혹은 무')의 상징의 존재를 실현하도록 가혹한 결단을 처방한다. 이렇게 비창조적 도덕을 부수면서 상징주의 드라마는 정언명령 형식의 무도덕주의(amoralism)를 주인공들에게 돌린다. 상징주의 드라마는 우리에게 말한다. "만일 너 루벡이 마지막 섬광을 보았다면, 신과 대화하는 모세의 얼굴이 유대 민족의 눈을 멀게 했던 것처럼, 너는 스스로 눈이 멀게 될 것이다." 그리고 미스터 루벡은 다른 사람들처럼 아침에 호텔에서 눈을 뜨고, 다른 사람들처럼 세수를 하고, 아침 혹은 점심 식사 후에 함께했던 친구와 정중하게 인사를 나누고, 이제 어리석은 일을 하러 나간다. 그것은 죽음을 딛고 일어서서 순간 거인으로 변하는 것이다. 거인은 레스토랑에 있다. 이것은 고대 그리스인의 꿈에 나오지 않았는가! 여기서 신화적 상징주의는 종말론적 상징주의로 변한다. 여기서 우리에게 더욱 필요한 것은 열 명의 소포클레스보다 자신의 열망이 있는 한 명의 입센이다. 비록 우리가 무대 위 연극의 기형적인 현상, 즉 입센에게만 형성된 여태까지 우리가 알지 못했던 완전히 새로운 현대의 상징주의 드라마로 무엇을 해야 할지 지금도 모르고 앞으로도 모를지라도 말이다.

　루벡, 솔네스 … 이들은 인류의 진정한 해방을 위해 노력한 첫 번째 전사들이다. 그들은 운명적 투쟁의 희생자들이다. 왜냐하면 모든 인류가 죽음을 통과하여 어린아이의 섬[23]을 향해 심연 위를 걸어갈 때만 승리를 쟁취할 수 있기 때문이다. 그 섬은 쪽빛이 흐르고 먼 고대의 묵시록적 예언과 니체의 무신론적 저항[24]이 약속된 곳이다. 그럼 당분간은? 당분간 솔네스는 탑에서 떨어져 나오고, 아이욜프[25]는 짠 바닷물로 목이 메고, 그의 지팡이가 위로 떠다니고, 이방인은 엘리다[26]의 길에서 사라질 것이다. 이방인 — 그가 우리를 부르지 않는가? 그렇다. 우리는 어떻게 그의 뒤를 따라갈지 모른다. 엘리다도 이방인이 어디로 자신을 부르는지 알지 못한다. 그녀는 자신이 기선을 타고 그에게 다가갈 때 자신을 부르는 소리가 사라지는 것을 두려워한다. 그녀는 이방인이 그녀를 부르는

---

23) 〔옮긴이〕 어린아이의 섬: 니체의 《차라투스트라는 이렇게 말했다》를 염두에 둔 것이다. 니체에게 '어린아이'는 매우 중요한 의미를 갖는 메타포이다. 니체는 어린아이를 가장 성숙한 인간의 단계로 여기는데, 이는 초인(혹은 위버멘쉬)의 형상과도 관련되어 있다. 다음을 보라: "어린아이는 순진무구요, 망각이며, 새로운 시작, 놀이, 스스로의 힘으로 돌아가는 바퀴이며 최초의 운동이자 거룩한 긍정이다"(니체, 〈세 단계의 변화에 대하여〉, 《차라투스트라는 이렇게 말했다》).

24) 〔옮긴이〕 니체의 무신론적 저항이란 기독교적인 초월적 신에 대한 부정과 비판을 의미한다. '어린아이'가 니체가 말하는 초인, 다시 말해 영원회귀를 기꺼이 받아들이는 인간의 모습을 상징적으로 표현한다면, '어린아이'의 섬은 초인 혹은 어린아이가 살고 있는 곳으로서 그들의 정신이 구현되는 공간으로 이해될 수 있다.

25) 〔편집자〕 아이욜프: 입센의 희곡 《작은 아이욜프》(Lille Eyolf, 1894)의 주인공.

26) 〔편집자〕 이방인과 엘리다: 입센의 희곡 《바다에서 온 여인》의 주인공들.
　　〔옮긴이〕 《바다에서 온 여인》(Fruen fra Havet, 1888): 입센의 후기 상징주의 시대의 대표작. 입센의 사상적 원숙미를 보여 주는 이 작품은 《인형의 집》의 연장선상에 있다고 할 수 있는데, 이때 전작에서는 미지수로 보류해 두었던 가정 문제와 자유에 대한 충실한 해답을 제시해 준다.

것이 그녀를 위해서도 아니고 자신을 위해서도 아니며, 우리 모두를 위해서라는 것을 알지 못한다. 그녀는 자신이 바다의 여인이며 기선은 여울에 정박해 있지 않고 육체가 변형된 새로운 땅을 찾아 바다로 떠난다는 것을 잊고 있었다. 그녀는 죽음 너머로 항해를 떠난다. 그리고 브란트는 의심에 빠진다. 그는 빙하에 혼자 남아 스스로에게 말한다. "무슨 일이지? 내가 왜 여기 있는 거지?" 그의 내부에서 비행이 고갈되고 기쁨을 주는 모든 것을 거역할 용기가 없어진다. 그리고 정신병자의 총격 때문이 아닌 생각 때문에("나는 왜 여기에 있는 거지") 눈덩이는 무너지게 된다. 그리고 눈사태의 굉음 속이 아닌 죽어 가며 의심하는 브란트의 머릿속에서 "그는 데우스 카리타티스(Deus Caritatis, 자비의 신)이다"가 공명한다. 그리고 솔네스는 탑으로 올라가서, 이제 신과의 만남이 불가피해졌을 때, 자신이 신에게 무슨 말을 해야 할지 모른다는 것을 불현듯 깨닫게 된다. 솔네스는 단어(slovo)를 모른다. 그것은 입센도 모르고 현대의 상징주의 드라마도 모르는 것이다. 현대의 상징주의 드라마는 재림 없는 묵시록의 운명에 처해 있다. 단어는 육체가 새로운 창조형식으로 제련될 때에야 주어질 것이다. 그리고 한동안 현대예술의 형식은 무상(無常)한 것이 될 것이다.

우리는 대리석 덩어리이다. 우리는 이것을 조각해야 한다. 아폴론, 디오니소스, 비너스의 조각은 상징이 아니다. 우리, 바로 우리가 아폴론과 비너스의 상징이다. 우리는 아직 우리 내부에서 동요하는 것을 수용하거나 인정하고 싶어 하지 않는다. 우리는 우상(예술)에게 절하면서 우리 영혼 깊숙한 곳에서 이미 변용27)이 일어나는 것을 보았고, 그곳에서 이전의 모든 예술과 새로운 예술보다 더욱 아름다운 것을 보았다. 예술은 일정

---

27) 〔옮긴이〕 변용(пресуществление) : 성찬의 빵과 포도주가 그리스도의 살과 피로 변하는 것.

한 경계까지 우리를 고양시키고 불확실한 걸음걸이로 아름다움 속을 걸어갈 것을 가르친다. 그러나 우리는 성장하고 우리의 걸음걸이는 점점 더 확신을 갖게 된다. 예술은 삶의 변형에 대한 우리의 열망의 어머니이다. 그것은 우리 젖먹이들을 양육한다. 그렇지만 아기가 유아기를 벗어났는데도 계속 어머니의 젖으로 양육될 때 우리는 배우기를 그만두어야 한다.

우리 중에 가장 뛰어난 사람, 우리 중에 가장 섬세한 사람이 한 번 선택한 길에 계속 충실하다면 그들은 예술과 결별할 때가 된 것이다. 정녕 그들은 예술이라 불리는 아치를 지나 생생한 창작이라는 자유의 평원으로 나왔다는 것을 모른단 말인가? 대장간의 풀무질도 충분히 사랑스럽다. 풀무질을 시작하고, 그들의 삶이 헤엄치는 불꽃을 불어넣을 때가 왔다.

무대에서 상징주의 드라마는 드물게 추한 현상이다. 그것은 무대 밖에서 벌어지는 일을 무대에 도입한다. 그것은 우리 중에 가장 뛰어난 사람에게 위선을 가르친다. 우리를 객관화하거나 아니면 더 간단히 말해 우리 내부에서 은밀히 강화된 것을 버리도록 한다. 상징주의 드라마는 음악과 마찬가지로 영웅성의 피뢰침이다.

우리 중 많은 사람이 이미 운명적 경계에 도달했다. 그 경계 너머에서 삶의 창조는 형식의 창조로 대체되었다. 창조가 삶으로 구현되는 것을 배우는 대신, 우리는 그것을 무대로 쫓아냈다. 그것은 시에서도 그림에서도 적용된다. "이것이 내가 체험한 것이다"라고 말할 수 있는데, 이렇게 말하고는 체험을 위한 형식을 삶에서 찾는 것이다. 개별적으로 수용된 상징주의적 형상들이 아닌 *형상들의 상징주의적 연결*이 드라마의 본질이 된다. 이러한 상징주의적 연결이 새로운 삶의 관계들의 연결처럼 드라마에서 실현된다. 이러한 관계들은 삶에서 또한 미리 맛보게 된다. 그것들은 실현되지 않는다. 상징주의 드라마는 미래를 엿보는 것이다. 드라마 극의 범주에 도입되는 이 형상들은 *무대에서 사실이 아니고 현실이 아니다.* 이것은 미래에 대한 설교일 뿐 그 이상은 아니다. 무대에서 설교가 허용되듯이 무대에서 현대의 드라마가 허용된다. 언젠가는 새로운 삶의 신비의식이 허용될 것이다.

입센이 우리에게 자신의 루벡을 선보일 때, 그는 죽은 자들이 깨어나는 날이 온다는 것을 알고 있다고 말한다. 그러나 이것이 *어떻게* 일어날지 입센도 모른다. 만일 그가 자신의 삶을 경험으로 변화시키고 전 생애를 통해 자신을 변형시키면서 사실적이고 구체적으로 고양된 형식을 추구했다면, 그는 아마 상징의 빙하와 존 가브리엘 보르크만 외에 또 다른 무언가를 알게 되었을 것이다. 보르크만은 털신을 신고 삶과 투쟁하러 나섰다. 그곳에서는 얼음 같은 손, 얼음 같은 운명의 손이 그의 심장을 움켜쥐고 있다. 그 손은 또한 우리를 움켜쥔다. 그리고 창조의 과제는 무대나 얼음 같은 손이 심장을 움켜쥐는 연출에 있지 않다. 자신의 육체와 영혼을 창조의 화로에 던져야 한다. 부유(浮游)하는 삶에 던져야 한다. 만일 입센-보르크만이 드라마를 쓰지 않고 변형을 위한 투쟁의 드라마를 살았다면, 아마 그의 심장을 움켜쥐는 얼음 같은 손은 녹아서 봄의 물결이 되어 다리 밑에 흐를 것이다. 그는 드라마를 쓰는 것이 아니라 새로운 삶의 비밀사제(司祭)가 되었을 것이다. 그러나 그는 다른 모든 상징주의 극작가들과 마찬가지로 자신의 빛나는 수월성을 싸구려 명예와 서둘러 바꾸었다.

상징주의 드라마, 상징주의 극은 새로운 사랑과 새로운 창조의 삶을 위해 자신의 영혼과 육체를 괴롭히는 사람들 간의 관계이고 약속이다. 상징주의적 연결은 행복이라는 종교를 향한 공동의 길이다. 여기서 모든 사람이 참가자이고 모든 사람이 창조자이며 모든 것이 상징이다. 여기에는 배우도 없고 극작가도 없으며 연출가도 없고 관객도 없다. 여기서 드라마는 삶에 대한 창조적 태도이고, 따라서 상징주의 연극은 그 누구에게도 심각하게 필요하지 않은 것이다. 어떤 사람들은 상징주의적 형상 속에서 무대는 단지 삶을 엿보게 할 뿐이라는 것을 알기 때문에 필요하지 않다. 그들은 만일 자신들이 연극을 보러 간다면 그것은 입센이 아니라 자신의 과거를 보러 가는 것임을 잘 알고 있다. 언젠가 예술이 그들의 눈을 뜨게 했다는 사실을 기억하러 가는 것이다. 진정으로 희구하는 신개종자는 입센을 무대에서 보는 것보다 희곡 읽기를 선호한다. 극장에 가도 예술을 삶의 창조에서 분리시키는 운명적 성격에 접근하지 못하기 때문이다. 그들은 극장에서 모순된 무대에 혼란스러워한다. 결국 대부분의 사람들에게 필요한 것은 입센의 드라마가 아니라 자신의 이데올로기인 것이다. 모든 상징에서 그 이데올로기를 낚는 것은 무척 어려운 일이다. 알려진 대로, 이것은 노동이 아니다.

상징주의 드라마는 드라마가 아니다. 그것은 인류의 성장에 대한 위대한 드라마의 설교이다. 그것은 운명적 종말이 근접한 것에 대한 설교이다. 그리고 상징주의 드라마의 뛰어난 형상들은 무대에서 볼 것이 아니라 읽어야 한다. 연극은 상징주의 드라마를 위한 자리가 아니다. 유럽 연극은 지나치게 기계적으로 완결되어 있어 깨뜨려지지 않는다. 우리가 셰익스피어, 소포클레스, 코르네유를 볼 때 연극은 연극으로 남아 있다. 그러나 우리가 입센과 마테를링크를 보러 갈 때 연극은 연극이 아니다. 그것은 사원이 아니고 설교자의 강단도 아니다.

책이 더 좋은 강단이다.

이에 대해 현대 극작가를 고무하는 형상들의 구체적 묘사가 우리에게 이러한 형상들에 접근하게 할 수 있다고 반박할 수 있다. 오, 만약 그렇다면 그렇게 하라. 사실(de facto)은 항상 멀어진다. 여기서 상징주의 드라마의 상연에 대한 운명적인 문제가 발생한다.

사실적 드라마의 상연에는 이러한 문제가 존재하지 않는다. 욕망을 최대한 묘사하고, 주인공의 심리를 묘사하라. 묘사대상은 드라마로 심화된 삶이다. 예술에 존재하는 무의식적 상징주의는 스스로 드러난다. 그렇지만 배우는 화관을 손에 들고 신과 대화하러 탑을 올라가는 솔네스에게 어떤 태도를 취할 것인가? 사실적 인간의 사실적이지 않은 행동을 어떻게 묘사할 것인가? 정신병자는 어떤가? 그러나 입센에게 솔네스는 전혀 정신병자가 아니다. 그렇다면 입센이 정신병자인가? 그렇다면 무엇 때문에 정신병자의 드라마를 상연한단 말인가? 그러고는 관객들이 자신도 모르게 상징주의 알약을 삼키고, 일상의 묘사로 드라마의 중심을 감추려 한다. 우리는 이러한 예를 모스크바 예술극장의 《들오리》 상연에서 목격한다. 28)

　그러나 이것은 입센을 왜곡하는 것이다. 새로운 연극에는 퇴화에 따른 정신생리학적 경련이 수반되고 정신과 육체가 변형된 심리묘사라는 배우의 진정한 과제는 거의 실현되지 못했다. 말로만이 아니라 실제로 새로운 인간이 되는 것이 필요하다. 우리에게 그런 배우가 있는가? 그런 배우는 없다. 그런 배우는 있을 수 없다. 새 포도주를 옛 부대에 담았다.

　뛰어난 상징주의 드라마에서 우리는 이러한 관계의 집단창조에 호소하는 새로운 삶의 관계에 대한 설교를 볼 수 있다. 집단창조에 참가하는 사람들은 반드시 새로운 개별성을 소유해야 한다. 배우는 극작가가 지시한 길을 구체화하면서 새로운 인간의 순간적 동작을 완전히 사실적으로 알아야 한다. 새로운 인간의 이러한 동작은 사소한 일상에 숨어 있어서 새로운 인간이 누구인지 그가 어디에 있는지 알지 못하게 되어 있다. 배우는 스스로 새로운 인간이 되어야 한다. 둘째, 새로운 인간의 동작은 하나의 관계된 총체, 즉 상징주의적 연결로 좌표화해야 한다. 총체의 상징

---

28) 〔편집자〕《들오리》는 1901년 9월 19일 모스크바 예술극장에서 스타니슬랍스키(Станиславский, К. С.)의 연출로 초연되었다.
　〔옮긴이〕 입센의 희곡 《들오리》(Vildanden, 1884)는 사회의 허위와 부패를 가차 없이 폭로했던 작가가 자신의 내면으로 눈을 돌려 지금까지의 전투적 이상주의를 버리고, 복잡한 인간 심리의 내부를 파고들어 일종의 비관적인 상징극으로 향하는 전환점을 이룬 작품이다.

주의적 연결은 창조의 자유를 파괴하지 않으면서도 규범이 있어야 한다. 자유는 어떻게 필연성과 일치하는가? 여기에는 또한 걸림돌이 있다. 현대의 배우는 이 돌을 부순다. 만일 배우가 이 돌을 피한다면 입센은 오스트롭스키가 되고 오스트롭스키는 입센이 될 것이다.

그래서 아마 연극은 완전히 무의식적이고 새로운 방식으로 자신의 가치를 유지하려 할 것이다. 그 방식은 연출가가 배우의 개별성을 억압하는 것이다. 그것은 상징주의 드라마 상연의 필연성과 그 실행자를 찾는 것의 불가능 사이에서 타협한 것이다. 이러한 타협은 하지 않았다면 더 좋았을 것이다. 입센, 마테를링크를 무대에서 내리는 것이 더 좋았을 것이다. 이 두 사람은 시인들처럼 무대에서 망각됨으로써만 이기게 되기 때문이다.

배우의 **개별성**을 억압하면서, 연출가는 현대의 배우가 드라마 텍스트의 단어들을 문자 그대로 발음하면서 작가에게 중요한 것은 말하지 않는다는 불쾌한 사실을 본능적으로 숨기려 한다. 그리고 이런 당혹감을 감추기 위해 배우를 딱딱하게 굳은 인형으로 만들어 버린다. 그러나 불쾌한 것은 불쾌한 것이다. 배우는 때로 자신이 인형이라는 것을 잊어버린다. 다시 말해 드라마의 언어에 매료되고 과잉된 감정이 심리와 충돌하지만, 그래도 거의 항상 상징주의적 연결에 대한 관계의 리듬 속에서 실언하게 된다. 그러면 연출가는 배우의 개별성이 아닌 공동의 관계에 본질이 있음을 서둘러 밝힌다.

상징주의 드라마 상연의 경계 안에서 연출가의 창조는 이렇게 실행된다. 연출가는 이제 연극에서 *전제군주가 된다.* 그는 배우들, 관객들, 극작가들 사이에서 생겨나 이들을 서로 분리한다. 그는 작가의 권리를 박탈하고 창조에 개입한다. 그러므로 그는 극작가보다 지혜로워야 한다. 즉, 극작가의 숨겨진 체험을 알아야 할 뿐 아니라 이 체험에 필요한 윤곽을 그려야 한다. 그는 이 윤곽 내에서 작가를 객석으로 인도한다. 동시에 배우와 싸우고 작가의 실수를 수정하여 상연하고 관객에게 새로운 삶을 가르친다. 이것이 현대 연출가의 과제이다. 물론 이 과제는 수행될 수 없다. 여기서 *대중의 비밀사제*가 되는 것이 연출가의 의무가 된다.

마침내 작가 자신이 연출가가 되기를 주장한다.

연출가는 사실 배우에 의해 왜곡될 수밖에 없는 상징주의 드라마의 의미를 새롭게 왜곡할 뿐이다. 그는 이 왜곡에 총체성을 부여한다. 즉, 결정적으로 드라마의 핵심을 혼동하는 것이다. 상징주의 드라마는 무대에서 대체로 절충적이면서 두 번 왜곡된 모습으로 상연된다. 그리고 물론 우리는 무대 위에서 진정한 루벡들, 솔네스들, 멜리잔드를 보지 못한다. 루벡을 연출하기 위해서는 루벡이 되어야 한다. 입센 자신이 촌스러운 이반 이바노비치가 아니라 루벡이 되었다. 무대 위의 입센을 알고 있는 사람은 결코 진짜 입센을 알지 못한다.

작가는 스스로 연출가가 되어야 한다. 작가는 희곡을 쓸 때가 아닌 그것이 상연되는 순간 진정한 창조를 실현할 수 있다. 그리고 만일 이것이 불가능하다면 정교하게 고안된 역할수행의 규칙을 제공하는 것이 낫다. 만일 인형이 루벡을 연기하는 것을 원하지 않는다면 작가는 우리에게 루벡이 먹고 자고 실크해트를 터는 것을 묘사해야 한다. 연출가, 배우들, 대중의 개성적인 창조는 현실적으로 이렇게 차단된다. 사실 이것은 꼭두각시 인형극 극장에서나 실현되는 것이다. 인간을 꼭두각시로 변화시키는 방법은 기술적 양식화의 방법이다. 양식화는 드라마의 형상들과 이 형상들을 가능한 한 최대로 제거하는 것 사이의 상징주의적 연결을 관객들 앞에서 조건적으로 폭로하는 방식이다. 형상의 상징주의는 극의 상징주의에 종속되어야 한다.

그러나 이러한 양식화는 무대와 객석을 분리시킨다. 무대는 낭독하는 드라마의 일러스트로 변화한다. 그리고 관객을 합창단으로 변화시킨다. 무대 내에서 집단창조를 이루려는 꿈은 분명 불합리하고 어리석은 것이

된다. 기껏해야 관객은 격려하는 환호성이나 도서관에서 고서를 장식하는 제명(題銘)과 유사한 질책만 무대에 도입할 수 있다. "이 책을 만족스럽게 읽음. 이반 안드로노프." 그리고 부연. "나는 아님. 마리야 트보로주코바."

그렇다. 현대의 상징주의 드라마는 무대 위의 드라마가 아니다. 무대 위의 드라마는 가능성에 대한 설교일 뿐이다. 여기서 최대는 성사집행이고 최소는 성사집행의 대용품인 상형문자일 뿐이다. 그러나 하나가 다른 하나를 말살하고 모두 함께 드라마를 말살한다. 아니, 어둠 속에서 헤매는 것을 한 번에 끝내기 위해서는 원칙적으로 상징주의 연극이 무대에서 무력하다는 것을 솔직히 인정하는 것이 좋겠다.

연출가 혹은 배우 혹은 작가가 상징주의 드라마를 생생한 신비의식에 대한 호소로 의식하면서 무대 자체를 신비의식에 가깝게 하는 것은 안타까운 일이다. 무대는 분열되고 영혼 깊숙이 새겨진 생생한 신비의식에 대한 꿈은 훼손된다. 이 꿈은 또한 우리 눈앞에 희생과 합창단이 있는 고대 그리스 연극의 형식을 부활시킨다. 여기에는 가식적인 감상주의가 있다. 차라투스트라를 기억하자. 그는 달콤한 권태의 유혹에 빠질 수 있다. 인류는 신비의식에 접근하지만 고대 그리스인은 결코 신비의식을 꿈꾸지 않았다. 과거로의 회귀는 바로 이러한 우리의 신비의식을 거부하는 것이다.

그렇다. 그렇게 되지 않을 것이다!

이제 관객은 무대로 들어가고 배우는 제단 앞에 손을 뻗는 신관이 되어 모든 사람에게 기도를 호소하는 드라마가 있을 것이다. 그렇다. 그러나 그런 드라마는 신성모독의 흔적 외에는 영혼에 아무것도 남기지 않을 것이다.

예전에는 이 모든 것이 좀더 충만하고 생생했다. 엘레우시스 신비의식은 커다란 계몽의 역할을 했다. 사람들은 신비의식을 준비하면서 정화되었다. 그곳에는 헌제(獻祭)의 단계가 있었고 그곳에서 기도를 했다. 모든 사람이 신비의식의 신성한 밤을 향유할 수 있는 것은 아니었다. 데메테르의 황금빛 묘사 앞에서 신관은 태양이 되고 신녀는 달이 되었고 견자(見者)[29]는 성좌가 되었다. 그곳에는 우주가 있었다. 창조의 체험으로 변용된 이 영혼들에게는 그 어떤 가르침도 전수할 수 없었다. 그곳에는 그 어떤 수요도 없기 때문이다. 이것을 긍정한 로벡이 옳다. 그렇지만 그곳에서 사람들은 순간이나마 자신의 영혼과 육체를 변용시키는 방법을 알고 있었다. 그렇게 할 수 있었고 할 능력이 있었다. 엘레우시스 신비의식은 과거로 사라졌다. 그것은 무대로 돌이킬 수 없다. 그것은 모독이다.

신비의식의 위대한 밤이 우리의 무대에서 재현되지 않을 것이다. 그 위대한 밤은 지금 인간의 삶에 하강했다. 우리는 삶을 마지막으로 통찰하면서 그 경계를 건넜다. 삶도 예술형식도 우리를 시험에서 구원하지 못했다. 우리는 때로 가시적 삶, 예술, 종교를 드나들고 운명적 전투를 향해 마지막 배를 타고 항해할 것이다. 우리 육체는 다시 태어날 것이다. 우리는 변하거나 죽을 것이다. 예언자가 헌제할 때 사원에서 신비가 생길 것이다. 사원에서 번개가 번쩍일 것이다. 문이 열리고 개의 머리를 한 유령이 제물을 향해 걸어갈 것이다. 우리는 새로운 삶에 자신을 바칠 것이다. 이제 문이 열리고, 문에서 개의 머리를 한 유령이 나올 것이다. 이것은 공포와 퇴화의 유령이다. 그렇지만 이 위대한 밤의 침묵에 바쳐진 우리 중 몇몇은 손을 잡고, 개의 머리를 한 유령들은 짖으면서 밤에 합류할 것이다.

바로 이것이 현대의 상징주의 연극이 심하게 시대착오적인 이유이다. 삶의 개혁가는 무대개혁에 대한 강한 외침에 경멸적인 태도를 취한다.

---

29) 〔편집자〕 견자(*epoptes*) : 엘레우시스 신비의식에서 헌제를 올리는 이들 중에서 최고 등급에 속하는 신분으로, 신비를 통찰하는 능력이 부여되었다.

반대로 현대 연극의 개혁가는 그 반대방향에 서서 셰익스피어의 영웅적 연극에 완전한 공감을 호소한다. 연극은 연극이고 신비의식은 신비의식이게 하라. 이것과 저것을 혼합하는 것은 파괴하지 않고 창조하는 것이며, 창조하지 않고 파괴하는 것이다. 이것은 공허한 교태이다.

그리고 공허한 비존재는 황폐함으로 현대 연극에 빠르게 아주 빠르게 돌입할 것이다. 무대 위에서 혁명에 대한 단어를 잠재울 것이다. 그리고 소박한 가치를 지닌 전통적인 연극이 부활할 것이다.

현대 연극은 셰익스피어 연극의 스킬라와 영화의 하리브다[30]와 결별할 것이다.

빠른 시간 안에!

---

30) 〔옮긴이〕'스킬라'와 '하리브다': 그리스 신화에 나오는 괴물의 이름. 스킬라(Scilla)는 바위에 살며 항해자를 잡아먹었다는 괴물이고, 하리브다(Haribda)는 그 옆에 있던 또 다른 괴물의 이름이다. 오디세우스의 배만이 이들을 피했다고 한다. 이 글에서는 연극과 영화의 왜곡된 형태를 지칭하는 은유로 사용되었다.

삶의 노래*

예술(*Kunst*)은 살아가는 예술이다. 1) 살아가는 것은 능력이 있고 지식이 있고 가능성이 있는(*Können*) 것을 의미한다. 삶에 대한 지식은 모든 사람(나, 타인, 종족)의 삶을 보존하는 능력이다. 삶을 보존하는 것은 그것을 지속하는 것이다. 무슨 일이 있어도 창조는 지속된다. 예술은 삶의 창조이다. 창조의 무기는 지식이다. 창조에서 분리된 지식은 주인 없는 무기와 같다. 그러한 무기는 무익하고 그런 지식은 죽은 지식이다.

사실, 이러한 비창조적 지식의 형식이 우리 문화에 팽배해 있다.

아마 문화는 죽음의 위협을 받고 있을 것이다.

---

* 〔편집자〕벨르이의 《아라베스크》 43~59쪽에 처음 발표되었다. 1908년 11월 6일 '노래의 집'(Дом песни) 개막식 때 강연한 원고가 이 논문의 토대가 되었다.

1) 〔옮긴이〕원문은 "Искусство(*Kunst*) есть искусство жить". '예술'(*art*)은 본래 라틴어 '아르스'(*ars*)에서 유래한 것으로 '법칙에 따른 합리적 제작활동'을 의미하는 그리스어 테크네(*technē*; *technique*)에서 나온 말이다. 여기서 테크네는 단순히 물리적 의미에서 제작의 방법을 의미하는 것이 아니라 기술의 상징적이고 정신적인 의미를 함께 가지고 있다. 한편, 이 문장에서 첫 번째 'искусство'는 괄호 안에 '*Kunst*'가 표기되어 설명된 것으로 알 수 있듯이 '예술'을 의미하고〔'쿤스트' 역시 독일 · 덴마크 · 노르웨이 · 에스토니아어로 '예술'을 뜻하는 단어이다〕, 두 번째 'искусство'는 예술의 구체적 내용과 관련된 '기술'로 사용되었기에, 이 문장은 의미상 "예술은 살아가는 기술이다"가 된다.

우리 문화는 삶을 모른다. 삶을 원치 않고 살 수도 없다. 그러나 우리 문화는 인류의 지식의 화관이다.

이 화관은 죽음의 화관이다. 죽음이 인류를 위협한다.

이것은 환상이 아니다. 인류는 퇴화하고 있다. 나쁜 유전자가 도처에 팽배해 있다. 자아(自我)의 부활조건, 정상적인 성이 무너진다.

결국 인간의 두뇌구조 속에서 퇴화(흉부 추골 숫자의 감소)가 감지되는 몇몇 자료들이 있다. 이 모든 외부적 증상은 인간의 영혼과 그 삶의 리듬이 퇴화한다는 본질적인 징표이다.

태초에 예술은 삶의 가치의 창조였다. 그것은 자신의 내부에 삶의 힘을 축적하거나 자신의 외부에 건강한 후예를 창조하는 것이었다. 첫 번째 길은 종(種)의 변형이고 두 번째 길은 개성의 변형이다. 후자의 길에서 예술과 종교는 하나이다.

첫 번째 길(자신 외부의 삶의 변형)은 인류가 걸어온 길이다. 이 길은 인류를 자기 부정으로 이끌었다.

어떻게 이런 일이 생겼는가?

예술의 근원은 개성의 창조적 힘이다. 이 힘은 주위의 어둠과 싸우면서 성장했다. 어둠은 운명이다. 개성의 과제는 운명에 승리하는 것이다. 운명은 어떤 모습으로 표현되는가. 그것은 인간을 습격하는 곰(선사시대에는 당연히 그랬다)이나 인간을 위협하는 악령의 모습으로 나타날 수 있다. 이러한 역사 이전 암흑시대에는 조화로운 개성, 즉 강한 (영웅의) 개성의 창조가 삶의 필수조건이었다. 이때 삶은 드라마이고 개성은 그 주인공이다. 삶은 창조이고 예술은 삶이 되는 것이다. 그리고 예술의 형식은 삶의 사다리에 새겨진 개성이다. 이 사다리의 계단은 순간이 된다. 개성은 자신을 순간에 종속시키면서 순간들을 통해 자의식을 운반한다. 이때 개성은 그것이 발현되는 형식과 분리된다. 순간들의 총합은 예술적 형식의 총합이다. 왜냐하면 개성은 하나이기 때문이다. 이렇게 삶의 형식들(예술적 형식들)은 개성에서 분리된다. 인간은 수많은 형식의 예술가이다. 형식에 대한 이해는 복잡해진다. 고유한 의미(육체로 표현되는 '나')에서 형식은 비유적 의미(도구, 의복, 거주지, 사상)에서 형식의 창조원칙으로 나타난다. 여기서 우리가 의미하는 예술은 생산도구라는 실용적 성격과 연결된다. 즉, 창을 장식하거나, 옷에 깃털을 달거나, 거주지에 칠을 하는 것 등이 그것이다. 사상은 노래, 신화, 형상의 형식으로 구현된다. 창조과정, 즉 삶은 영웅의 창조의 노래처럼 연출되면서 창조의 제품으로 대체된다.

'쿤스트'는 '테크네'가 된다. 2)

제품은 교환된다. 생산품은 이제 상품이 된다. 창조형식의 교환은 창작을 상호 보증한다. 삶의 창조로 운명에 승리한 영웅은 창조의 제품으로 둘러싸인 군대의 전사가 된다. 삶의 형식은 갑옷처럼 개성의 리듬을 에워싼다. 이제 운명, 카오스, 곰 혹은 악령은 이미 종의 울타리 너머에 나타나지 않는다. 창조는 우상들의 제품이 된다. 우상(кумир)은 밤의 어둠으로부터 종을 보호한다. 이제 우상은 개성의 리듬을 희생으로 바친다. 희생의 기저에는 두려움이 있다. 지금은 병사가 된 영웅이 자신의 영광스러운 과거로 돌아가고자 한다면, 이 과거는 영웅으로 변하여 형상들의 울타리를 쳐부수고 이제는 안전해진 거주지에 어둠(곰 혹은 악령)을 허용할 것이다. 용기는 소진되고 삶의 리듬은 약화되는 것이다. 모든 사람에게 영웅적인 것이 존재하는 한 모든 사람은 미지의 강압을 경험한다. 그것은 악마의 강압이 아니라 주물(呪物)과 우상의 강압이다. 이 우상의 이름은 종의 안전이다. 여기서 형상들은 상품이 되어 창조의 가치와 교환된다. 상품 생산의 주물 숭배, 우상과 예술형식의 창조, 영웅에 대한 강압 등 이 모든 것이 삶의 리듬을 꺼지게 한다.

---

2) 〔옮긴이〕원문은 'Kunst' становится 'τεχνη'(техникой) : 예술은 기술이 된다.

창조를 편의와 바꿈으로써 생산도구(사상, 소비의 대상들)가 해방되었다. 모든 것이 일반적 효용에 맞추어졌다. 창작의 원천, 즉 행동으로 표현되는 개성은 그 개성의 산물인 죽음의 흔적으로 바뀌었고 어느새 *사자*〔死者(주물)〕가 삶에 부활하게 되었다. 이렇게 국가의 법률과 도덕이 형성되었고, 이렇게 종교와 창조의 시대가 사라졌다. 인간 속에 살아 있는 '나'는 주위의 자연을, 그리고 심지어 자신의 고유한 본성까지도 무익하게 관조했다. 이렇게 삶이 참여하는 두 번째 단계에서 철학과 과학이 화려하게 개화했다.

예전에는 삶의 창조가 리듬에 의해 인도되었다. 그것은 예술가의 본성을 치유할 뿐 아니라 그 속에 변형의 사다리를 창조했다. 이러한 변형의 알레고리는 성경에서 동물들이 출현하는 것으로 나타난다. 그렇지만 종교적 형상, 노래, 춤, 기도가 세계관의 사다리 속에서 새로운 하늘과 땅의 노래를 부자연스러운 추상으로 변형시키지 않았다면 인간은 이미 하늘에 있게 되었을 것이다. 즉, 땅은 자연법칙에 대한 개념으로, 하늘은 합리적 의식의 규범으로 변형되었던 것이다.

이렇게 처음에는 법과 도덕으로, 다음에는 과학과 철학으로 리듬을 두 번 죽임으로써 삶은 튼튼한 갑옷에 의해 속박되었다. 삶의 창조는 존재하지 않게 되었다. 거인족이 주위를 진자처럼 진동시키며 역사 위로 부상했다. 그러나 곧 그들은 아무것도 하지 않게 되었다. 진자와 주위가 영웅의 힘에도 버겁기 때문이었다. 인류는 개성의 창조라는 화산을 뒤흔들지 않게 되었다. 그러나 예속된 개성들의 총체로서 종은 창조로 단련되지 않은 채 노화되었고, 보이지 않는 사자(死者)인 기계장치 — 환경 — 가 사람 대신 수백만의 꼭두각시 인형을 내던졌다. 잠든 개성은 꼭두각시 인형이 되었고 삶은 삶의 영화가 되었다. 영웅의 형상을 구현하는 모든 것이 문화에서 사라졌다. 일련의 논리적 판단이 사라졌고 주물은 허공에 매달린 규범으로 분해되었다. 과학은 주물을 분자와 역선(力線)으로 분산시켰다. 철학은 언어 형성의 법칙에서 힘 형성의 법칙을 도출했다. 이제 인류는 철자에 불과했다. 영웅의 철자는 'X', 'Y'이고, 사회는 이를 추론하는 단어이다. 세계는 추론들의 관계로서 *추론하는 것이 없는 추론이다*. 생각되고 행해지는 것, 이것이 바로 해체에 도달한 현대철학의 결론이다. 심지어 우리로 하여금 생각하게 하여 우리가 되게 하는 보이지 않는 누군가에 대한 관심조차 금지되었다.

이러한 극단적이고 위대한 세계의 해체는 꿈이 아니다. 이것은 가장 최근의 그노시스학자인 코헨3)과 후설(Edmund Husserl, 1895~1938)의 세계관의 간략하고 핵심적인 결론이다.

안락한 서재에서 팔짱을 끼고 앉아 잠들어 죽는 일만 남았다.

바로 이렇게 우리는 삶의 창조를 변형시켰던 것이다. 한때 우리는 운명과 싸우는 것이 우리의 사명이고, 비극의 힘이 종교와 예술형식의 타오르는 용암을 삶의 표면으로 던졌다고 생각했다. 이제 우리는 얌전히 팔짱을 끼고 있다. 만일 초개인적 인식의 규범이 우리에게 시간과 공간을 그린다면, 그리고 우리가 스스로 생각하는 판단의식의 법칙에 따라 시간 속을 걸어간다면, 운명과의 투쟁이 운명으로 예정될 것이다.

이렇게 운명은 세계가 창조되기 전에 이미 우리를 집어삼켰다.

✼

---

3) 〔옮긴이〕 코헨(Cohen, H., 1842~1918) : 독일 철학자. 신칸트주의의 일파인 마르부르크파의 창시자로서 칸트철학설을 관념론의 정신으로 철저히 하였다. '물 자체'는 객관적, 외적 존재가 아닌 경험의 극한개념이고, 철학은 과학의 방법론이라 하며 수학에서의 미분학을 모델로 한 관념론적 방법을 주장하였다. 대표 저서로 칸트의 3비판에 관한 그 나름의 해석을 토대로 《순수 인식의 논리학》(*Logik der reinen Erkenntnis*, 1902), 《순수 의지의 윤리학》(*Ethik des reinen Willens*, 1904), 《순수 감정의 미학》(*Äesthetik des reinen Gefühls*, 1912)이라는 철학체계 3부작이 있다.

문화의 역사는 생산형식 발전의 역사이다. 그 형식은 사상, 소비의 대상, 사회적 관계 등 창조자가 영에 수렴하는 창조의 제품이다. 이렇게 '사회의 발전'이 우리를 '합목적적으로' 가르친다. 그러나 발전의 목적은 공허한 사상이고 허구이다. 그것은 '진보'나 '국가' 등이기 때문이다. 그것은 살아 있는 피와 살을 수단으로 한다. 허구는 희생으로 바쳐진 수많은 인간을 먹어 치운다. 실제로 힘은 존재하지 않는 것을 희생으로 바치기 때문이다. 제품이 수공업자를 먹어 치운다. 그리고 삶의 리듬에는 삶의 동위점이 없다. 이렇게 삶의 본질은 삶의 본질 외적인 것으로 나타났다. 이때 영원한 삶에 대한 교리는 구름 속에 전개된다. 예수교도의 교활한 사상이 신을 하늘에 정주시키고 땅을 몰로흐[4])에게 주었기 때문이다. 문화의 예수교도가 자신을 어떻게 부르든지 — 신비주의자, 신학자 혹은 무신론자 — 그들의 역할은 같다. 그것은 삶의 형리의 역할이다.

그들이 삶의 입법에 참여할 때 개인적 발전의 합목적성은 목적 없는 합목적성[5])이 된다. 고인이 된 천재 칸트는 이렇게 예술형식 속에서 삶의 리듬의 부자연스러운 현상을 주장했다. 리듬이 삶에서 자리를 찾지 못할 때 리듬은 삶 외적인 형식을 창조한다. 이 형식이 바로 예술형식이다. 그리고 천상의 예술에 대한 우화가 진행된다. 그러나 천상은 피의 맥박이요, 심장의 고동이다. 예술의 목적은 삶의 꿈을 폭파하는 것이다. 이런 이유로 국가주의자들은 예술을 철학으로부터 보호하며 목적 없는 합목적

<hr>

4) 〔옮긴이〕 몰로흐(Moloch) : 페니키아인의 신으로 사람의 희생을 요구한다.

5) 〔옮긴이〕 목적 없는 합목적성(Zweckmäßigkeit ohne Zweck) : 칸트(Kant, I., 1724~1804)의 《판단력비판》(*Kritik der Urteilskraft*, 1790)에 나오는 개념으로 미적 합리성의 특징을 뜻한다. 미적 합리성은 통상적인 합리성과 달리 우리가 어떤 것을 아름답다고 판단할 때 발휘되는 것이다. 이는 특정한 목적이나 정해진 규정이 없으면서도 무엇인가 알 수는 없는 목적에 그것이 부합한다는 느낌의 특징을 지닌다는 것이다. 이 개념으로 칸트는 미적인 차원 혹은 미학의 자율성을 확보했다는 평가를 받았다.

성에 관한 이론을 창조했던 것이다.

만일 우리의 삶이 문화적 죽음이라면, 삶의 창조는 삶에서 먼 거리에 있게 된다. 인류는 예술형식을 낳았고, 그 형식 속에서 세계는 리듬으로 용해되었다. 그래서 이제 땅도 없고 하늘도 없고 우주의 멜로디가 있을 뿐이다. 이 형식이 심포니 음악이다. 그것은 외적으로는 삶에서 먼 거리에 있는 가장 완벽한 형식이고, 내적으로는 삶의 본질인 리듬과 접촉한다. 그래서 우리는 삶의 리듬을 음악정신이라 한다. 여기에 이념, 세계, 본질의 원형이 있기 때문이다. 여기서 예술가는 소리의 카오스 위를 비상하는 정신으로 창조의 새로운 세계를 창작하고 그 세계로써 존재라는 이름의 창조의 파편을 분쇄한다. 창작 속에 숨겨진 리듬의 과제는 하늘을 뚫고 땅을 분쇄하는 것이다. 하늘과 땅을 비존재의 심연에 던지는 것이다. 예술가의 영혼에는 새로운 하늘과 새로운 땅이 있기 때문이다. "죽음이 불의 호수에 *빠진다*."[6] 사도는 〈요한계시록〉의 목소리를 듣게 될 것이다. "*벌써 빠졌다*"라고 어딘가 영혼 깊은 곳에서 나는 소리를 듣게 될 것이다. 벌써 장중한 삶의 노래가 어딘가 영혼 깊은 곳에서 울릴 것이다. 그러나 우리는 창조의 찌꺼기로 영혼을 더럽힌다. 목소리를 이해하지 못하고, "*죽음이 빠진다*"는 것의 의미를 알지 못한다. 음악이 우리 피에 흐르고 피는 음악이 되어야 한다. 그때서야 우리가 변형되었고 우리가 불멸한다는 것을 알게 된다.

그러나 잠은 너무 깊다. 심지어 우리는 생각조차 리듬적으로 하지 못한다. 모든 사람이 포탄을 던지는 꿈만 꿀 뿐이다. 우리는 자신을 떠나서 어디로도 날아갈 수 없다는 것을 잊고 있다. 우리가 날아가도록 하라. 우리가 모두 체펠린[7]이 되도록 하라. 날아가는 체펠린은 비행에 대한 꿈이

---

6) 〔편집자〕〈요한계시록〉 20장 14절.
7) 〔옮긴이〕 체펠린(Zeppelin) : 독일의 체펠린 비행선 회사가 건조한 최초의 경

다. 항공기를 타고 비행하는 것은 과장된 비행이기 때문이다. 비행은 이 공간에서 저 공간으로 편안하게 이동하는 것이 아니다. 비행은 환희이고 열광이고 연소이다. 만일 환희가 또한 신체를 부양한다면 그것은 우리가 '대기 속의 새'가 되는 것을 의미할 것이다. 그러나 우리가 비행기에 실려 갈 때 새들은 공중에서 우리를 비웃을 것이다.

�֎

영혼의 음악(밤의) 시로부터 형식의 이탈 — 이것이 예술의 발생이다. 처음에 예술이 공격적인 시기가 있었다. 이것은 역사 이전의 시기로, 밤의 음악시가 야만인들 속에서 이름 모를 비명소리로 노래하던 때였다. 밤은 이러한 밤의 노래의 상징으로 최초의 인간을 둘러싸고 있었다. "세계는 형체가 없다. 눈에 보이지 않는다 … 밤의 카오스 속에서 무리 지을 뿐이다."8) 영혼의 하늘과 천상의 쿠폴은 야만인들에게 똑같은 것이었다. 영웅은 곰과 싸우듯이 형체 없는 정신과 싸웠다. 그리고 공격하여 승리했다. 형상이 발생하여 그의 밤길을 비추었다. 형상, 관습, 사상의 우상 — 이것이 밤의 손에서 떨어져 나온 전리품이다. 전리품 위에서 잠이 든 영웅이 형상들로 둘러싸여 있을 때 영웅의 꿈, 즉 역사가 생겨난다. 밤의 대양은 형상의 대륙 속에 매몰되고 영웅은 형상들(법, 정의, 국가)의 성채를 건축한다. 이렇게 영웅은 자신의 삶을 지키는 것을 주물에 전가했다. 그는 운명과의 투쟁이 자신의 범용성과의 투쟁이라는 것을 알지 못했다. 이 새로운 투쟁만이 우주의 사다리에 새로운 계단을 조각할 수 있는데 말이다.

식(硬式) 비행선.
8) 〔편집자〕 튜체프(Тютчев, Ф. И.)의 시 〈어두운 초록색 정원은 얼마나 달콤하게 잠들었는가 … 〉(1835)에서.

이 시기 인간은 창조의 단계를 존재의 평면으로 변형시켰다. 이때 평면은 이러한 삶의 무한성이 되고 영웅은 이 무한성의 평면을 방황하는 방랑객이 된다. 인류는 이렇게 자신의 진로를 바꾸었다. 이전의 길은 하늘로 연결되어 인간의 위에서 하늘이 되었고 새로운 길은 땅이 되었다.

이렇게 방어예술의 시기가 시작되었다. 형상으로 천상의 심연을 덮어야 했다. 그것이 신화였다. 형상의 양탄자가 심연 위에 깔렸다. 올림포스 시대가 생겨났다. 땅의 대륙이 신들의 보호를 받으며 단단해졌다. 역사의 문화가 전개되었다.

여기서 개성은 정신(혹은 리듬), 영혼(혹은 색깔, 즉 물감으로 분해된 빛, 여기서 하늘은 팔레트가 된다), 그리고 육체로 분해되었다. 땅의 범용함이 육체에서 떨어져 나와 조각과 건축 같은 창조 속에 분리되었다. 하늘, 빛, 그리고 물감, 즉 회화가 영혼으로부터 떨어져 나왔다. 노래가 정신으로부터 떨어져 나와 시와 음악으로 분해되었다. 예술세계, 음악의 심연 위에 깔린 아폴론의 황금 양탄자가 성장했다.

노래에서 시가 탄생했다. 리듬은 시의 운율을 형성했다. 복잡한 운율은 시적 산문, 즉 스타일을 탄생시켰다. 스타일은 언어를 변형시켰고, 언어가 변형되는 형식은 묘사방법이 되었다. 이렇게 스타일로부터 문체가 형성되었다. *이것이 언어적 측면에서 시이다.* 내용적 측면에서 시는 신의 환영이다. 처음부터 시적 신화의 근원은 무녀(巫女), 신관, 승려 앞에 신이 나타나는 것이었고, 상상, 즉 리듬 속에서 지속되던 형상은 환각으로 변했다. 환영은 여러 형태로 나타났다. 이렇게 리듬은 형상들을 증식시켰고, 형상과 그 분해된 부분들의 관계는 진테제에 대한 테제와 안티테제의 관계가 되었다. 테제는 다시 테제와 안티테제로 분화되었고, 그 결과 형상들의 체계 혹은 신화가 생겨났다. 이렇게 해서 종교가 발생한다. 형상의 분열법칙은 숫자의 법칙이다. 중세 마법, 수학, 천상의 메커니즘이 신화에서 유래했다. 여기에 피타고라스 학설의 근원이 있다. 노래 내용은,

한편으로는 논리학, 형이상학, 과학으로, 다른 한편으로는 도덕으로 분해된다. 종교는 교리론(догматика)으로 이동한다. 종교적 변혁은 신비주의[9]를 통해서만 이루어지는데, 이때 신비주의는 교리(догма)를 다시 상징으로 변형시키려고 시도한다. 여기서 종교적 그노시스학,[10] 신지학[11] 그리고 형이상학이 발생한다. 노래가 리듬적으로 변형된 모든 다양한 노래가 형성된다. 종교, 시, 형이상학의 내용은 영혼의 음악적 파토스이다.

종교의 내용에서 나와 불합리한 상징, 즉 스콜라철학으로 가보자.

시의 내용에서 나와 수사학으로 가보자. 형이상학의 내용에서 나와 인식론으로 가보자. 여기서 언어는 모든 심리주의에서 자유롭다. 그러나 언어는 항상 상징이다. 단어가 전이된 의미, 즉 형상적이 아닌 형식적 의미로 확고해질 때, 우리는 어떤 의미로 전이되었는지 알려 달라고 요구한다. 그러나 단어의 대상은 존재하지 않는다. 이것이 학술어의 운명이다. 학술어는 풍화된 언어이고, 인식론은 살아 있는 언어의 죽음이다. 삶은 언어가 없는 곳에 숨고, 언어가 학술어로 변형되는 것은 침묵의 특별한 형식이다. 이와 함께 이것은 우리 영혼에 카오스가 분기하는 원칙

---

9) 〔옮긴이〕 신비주의(神秘主義, мистика): 그리스어 μυστικός에서 유래하며 '비밀스러운', '신비로운'의 뜻을 지닌다. 초자연적 종교적 현상으로서 초자연적 힘과 피안의 세계를 향한 것이다. 신비주의의 목적이 신과 신적인 능력을 향한 직접적인 연관을 지향하는 것일 때 이를 종교적 신비주의라 하는데, 신령학(神靈學, оккультизм), 점성술 등은 비종교적 신비주의에 속한다.

10) 〔옮긴이〕 그노시스학(Gnosticism): 2세기 그리스-로마에서 유행한 종교철학적 경향으로서, 그리스도교 이전부터 존재한 종교혼합주의의 한 형태이다. '그노시스'란 높은 단계의 정신을 소유한 인간이 영적 직관에 의해 획득한 지식(계시)을 의미하며, 영지주의(靈智主義)라고도 한다. 그노시스주의자들은 오직 높은 수준의 정신적 인간만이 그러한 영지를 얻고 구원에 이를 수 있다고 보았다.

11) 〔옮긴이〕 신지학(神智學, theosophy): 신비주의에 관심을 기울이는 종교철학. 신지학이라는 용어는 그리스어 '테오스'(theos, 신)와 '소피아'(sophia, 지혜)라는 단어에서 유래했다. 보통 '신적 지혜'로 번역된다.

이고 새로운 홍수가 근접한 것이다. 과학과 철학은 언어를 척박하게 만들었고 스콜라철학과 형이상학은 부패하고 사멸하는 수많은 단어들을 망쳤다. 12) 나쁜 단어는 죽고 우리는 삶의 모든 환영에서 해방된다(우리 문화에서 언어의 삶이 그렇게 나타난다).

우리는 단어가 없는 노래를 듣는다.

이제 우리는 알게 되었다. 즉, 비존재(非存在)는 이 모든 인식의 규범을 이용하여 자신을 보강하려 하는데, 우리에게는 그것이 단순히 진부한 단어들의 배열인 것 같다. 우리는 환호하며 경의의 화관으로 인식론을 장식한다. 우리의 그노시스성(гносеологичность)은 죽은 자에게 바치는 마지막 공물이지 않은가. 우리가 형이상학자일 때 우리는 무덤에서 죽은 자들(철학적 체계들)을 일으키게 되고, 우리가 스스로 그노시스학자(гносеолог)라고 부를 때 반대로 죽은 자(철학적 체계)를 매장하게 된다. 이로써 우리는 미래의 창조에 길을 열게 된다.

우리는 심지어 특별한 논리적 형식을 발명하고, 그 속에 모든 논리를 매장했다. 우리는 논리에 근거하여 창조형식으로서의 논리를 주장한다. 이러한 주장으로 칸트의 보편타당한 판단은 과거로 이동한다. 우리의 과거는 규범으로서의 음악이고, 우리의 미래는 가치로서의 음악이다.

인식론의 고귀한 가치는 그것이 우리에게 지적인 곡예를 가르친다는 것이다. 머지않아 나쁜 단어는 발전의 원을 그리며 뱀처럼 자신의 꼬리를 물게 될 것이다.

철학은 인식을 창조로 상정한다. 창조는 목소리에 귀를 기울이지만, 단어는 나타나지 않는다. 음악은 노래를 시작하고 모든 것이 혼합되었

---

12) 〔옮긴이〕 스콜라학파를 부정적으로 평가할 때 공허하고 현학적인 말장난만을 일삼고 있다고 말한다. 흔히 언급되는 스콜라학파의 물음 가운데 하나는 바늘 위에 과연 몇 명의 천사가 앉을 수 있겠는가와 같은 문제이다.

다. 단어, 이름, 형상을 이런저런 내용에 부착하던 연결이 붕괴된다. 삶 대신 영화, 감정 대신 카오스, 이념 대신 멜로디, 역사 대신 스타일이 있다. 왜냐하면 모든 것은 음악이고, 음악을 듣는 것은 모든 것을 이해하는 것이기 때문이다. 그렇지만 이해는 창조이다. 시대를 연구하는 것은 창조의 즉흥시 형식이 된다. 역사는 존재하지 않는다. 시대의 리듬으로, 공간의 가락으로, 인과관계의 멜로디로 울려 퍼지는 유일한 것 — 이것이 19세기 말 상징주의자들의 초기 분위기였다. 물감이 노래하고 선들이 날아다니며 사상이 분산되었다. 18세기의 유리장식이나 장식품처럼 사고하기 시작했다. 과학적 방법론은 상징체계(символика)가 되었고(학문은 여기서 잃은 것이 없다. 오히려 이익을 보았다), 종교적 교리는 창조의 주요 동기가 되었다. 문화와 예술의 역사는 가치 있는 저작으로 풍요로워졌다. 그러나 역사적 저작에 대한 관심은 역사적 거리감이 상실되는 것에 비례하여 증가되었다. 공쿠르는 일본 회화를 노래하기 시작했고,13) 에두아르 마네는 자신의 창조에서 일본 회화를 부활시켰다. 그다음에 곤즈, 레옹, 톰킨슨 등 일본인에게 바치는 작품들이 나타났다. 한편 오브리 비어즐리는 일본인 속에서 우리 시대를 재창조했는데, 다음에 그는 바토에 접근했다. 그리고 그는 레동보다 더한 순수 환시자가 되었다.

색채가 노래하기 시작했다. 랭보에게 소리는 색채가 되었고, 베를렌에게 단어는 소리가 되었다. 독일의 오리엔톨로기야14)는 도이센15)에게서

---

13) 〔편집자〕벨르이는 아마 에드몽 공쿠르(Edmond Goncour)의 일본 예술에 대한 글 "우타마로, 청루의 화가"(Outamaro, le peintre des maisons vertes, 1891)와 "호쿠사이"(Hokousai, 1896)를 염두에 둔 것 같다.

14) 〔옮긴이〕오리엔톨로기야(Orientologiia): 동양학.

15) 〔옮긴이〕도이센(Deussen, P. J., 1845~1919): 독일의 인도학자(german indologist). 킬(Kiel) 대학의 철학교수로 재직했다. 쇼펜하우어의 영향을 강하게 받았고, 쇼펜하우어 협회(Schopenhauer-Gesellschaft)를 창설하였다. 니체와 교류하였고, 인도의 영적 지도자 스와미 비베카난다(Swami Vivekananda)

무한히 풍성해졌고, 니체 이후 고대 그리스가 부활했다. 모든 시간과 공간이 하나의 음계로 그려진 악보가 되었다. 음계의 가락은 쪽빛 속에 용해된 하늘과 땅이 하나로 일치하는 축복의 나라가 되었다. 이 나라는 아직은 꿈처럼 인식되었다. 이곳에서는 과거가 미래 속에 부활하고 미래는 과거 속에 살고 있지만, 현재는 존재하지 않는다. 바토의 상징적 작품 〈시테른섬으로의 출항〉16)은 창조의 좌표가 되었고 17세기 유토피아가 다시 살아났다. 이러한 진동을 아직 의식하지 못하는 것은 꿈의 나라에 대한 선조들의 유토피아를 궁극적인 실제로 의식하기 때문이다. 니체의 나침반은 영원성으로 판명된 꿈을 가리키고 있다.

바토가 우리 앞에 새롭게 부활한다. 그는 환상가 비어즐리처럼 아를레킨의 가면을 쓰고 우리를 놀라게 한다. 〈질투하는 아를레킨〉이 그것이다. 그러나 〈시테른섬으로의 출항〉에서 배의 노래가 축복의 섬을 향해 질주하고 그 섬에서는 여신이 희생의 연기로부터 날아갈 때, 우리는 꿈속에서 실제를 보기 시작한다. 우리는 현실에서 하나의 몽상만을 본다. 예를 들어 〈무도회의 기쁨〉(Les Plaisires du bal)을 보자. 베를렌의 〈단어 없는 로망스〉(Romances sans paroles)가 단어 없는 노래들인 것처럼 여기서 삶은

와도 친분이 있었다. 자신의 이름 '도이센'을 산스크리트어로 음차하여 '데바-세나'(Deva-Sena)라고 하면서 힌두이즘(hinduism)에 대해 경의를 표현했다. 힌두이즘과 산스크리트어에 대한 학구적인 연구로 영국과 프랑스, 독일 등 유럽에 인도사상을 발견하고 발전시킨 대표적인 인물이다. 저서로는 《형이상학의 요소》(Die Elemente der Metaphysik, 1877), 《베단타의 체계》(Das System des Vedânta, 1883) 등이 있다.

16) 〔편집자〕〈시테른섬으로의 출항〉: 바토의 그림(파리의 루브르 박물관, 다른 버전은 베를린의 샤를로텐부르크 궁전).
〔옮긴이〕장 앙투안 바토(Watteau, J.-A., 1684~1721): 프랑스의 화가로서 로코코 미술의 거장이다. 대표작으로 〈파리스의 심판〉(Judgement of Paris), 〈시테른섬으로의 출항〉(Embarquement pour Cythére), 〈질투하는 아를레킨〉(Harlequin Jaloux) 등이 있다.

단어가 없는 노래이다. 이때 베를렌은 포레의 음악에 정해진 것처럼 창백한 하늘색의 바토를 상기시킨다.

여기서 하늘은 투명하고 쪽빛 달 속에서 땅은 땅이 아니다. 분수가 노래하고 먼지를 일으키고 끓어오르고 통곡하고 웃는다. 그리고 분수에서 무지개가 웃는다. 남자가 여자를 포옹한다. 그런데 가면은 어디서 왔을까. 가면을 무서워할 필요가 없다. 여기서 하늘과 땅은 하늘과 땅이 아니다. 여기 쪽빛 달 속에서 눈물이 노래하고 먼지를 일으키고 끓어오르고 통곡하고 웃는다.

가면은 어디서 왔을까 ⋯ .

⋯⋯⋯⋯⋯⋯⋯⋯⋯⋯⋯⋯⋯⋯⋯⋯⋯⋯⋯⋯⋯⋯⋯ .

일상은 수천 가지 화려한 물건들로 우리를 둘러싸고 있다. 그래서 미지의 다리, 탑, 철도의 침입으로부터 우리를 보호한다. 그것은 노래의 마지막 현상이고, 노래가 전개되는 길에 놓여 있는 리듬의 마지막 분해이다. 지금 노래는 자신의 흐름의 경로를 바꾸었다. 그리고 일상은 무너졌다.

모든 문화는 춤과 노래에서 성장했다.

그런데 노래가 붕괴되었다. 인공적인 시가 어떤 기묘한 꽃들을 개화시켰다. 중세 스콜라철학에서 오늘에 이르기까지 철학에 어떤 섬세한 사고의 망상이 나타났다. 그리고 과학은 우리에게 정교한 기구를 선사했고 사회적 관계 속에서 복잡성이 드러났다. 이 모든 것이 사멸된 민중의 노래가 개화하는 것이다.

음악은 노래에서 분리되어 영혼 깊은 곳에 가라앉았다. 그리고 어디선가 심포니가 커져 갔다. 그러나 심포니 장소는 사면의 벽으로 둘러싸인 콘서트홀이고 무도회의 방과 전등이 그 상징이 된다.

단어는 노래에서 분리되어 사방으로 전개되었다. 그것은 가장 섬세한 꽃이 피어 있는 시 형식의 화원을 형성했다. 그것이 드라마이다. 그런데 연극의 돌무지가 드라마를 습격했다. 그리고 압박했다.

단어는 수천 가지 색채로 점화되었다. 바토의 프레스코화에서 포스터에 이르기까지 색채의 천국의 노래가 역사에서 아른거린다. 머지않아 화가는 간판을 그리는 사람이 될 것이다.

건축술은 기술자의 예술로 변화했다. 다리, 미국식 자동차, 탑을 세우는 것이 예술가의 과제가 되었다.

한마디로, 시장은 예술의 실체를 분해했던 것이다. 예술 정신은 과학과 인식론으로 분해되었다. 초원이 푸르렀던 그곳에는 현재 풍화된 사암(砂巖)만이 있다.

일상적 삶은 영화와 카페, 술집으로 건너갔다. 역사는 밀랍박물관이 되었다.

니체는 삶의 볼품없는 껍데기 속에서 삶의 리듬을 들었다. 그는 창조적 형상의 삶을 아폴론의 정신이라 하고 삶의 박동을 디오니소스의 정신이라 했다. 이 두 가지 원칙은 삶의 바깥에 나타나는데, 그 이유는 삶이 삶이기를 멈추었기 때문이다. 따라서 우리는 음악을 영혼의 하늘로, 시를 이 하늘의 구름으로 정의할 수 있다. 하늘에서 구름이 분리되고 리듬에서 육체가 분리되어 나온다. 리듬이 형상과 연결된다. 상징은 영혼과 육체가 합류한 것이다. 여기서 정해진 길은 영웅주의, 즉 인류의 구원으로 회귀한다. 카오스로 인한 안전망이 죽은 형상, 사상, 지식에서 제거된다. 문화가 사라진다. 곰 혹은 악령이 다시 우리를 공격한다. 그러나 영혼분열의 상징인 미와 추, 빛과 어둠은 *선과 악*의 인식의 나무의 두 갈래이다. 운명과 싸우는 인간은 자신의 꿈과 싸우는 영웅과 같다. 선과 악의 인식의 나무에는 공통적인 *삶*의 줄기가 하나 있다. 이 나무의 근본 줄기로 회귀하는 것이 미래의 표어이다. 삶의 여정이 깊어진다. 이전의 여정은 상상의 것이다. 그리고 철탑, 지식, 철학의 문화는 환영으로 나타난다. 그 탑은 구름 탑이다. 그 탑은 녹아서 암흑 속으로 자취를 감춘다. 〈니벨룽의 반지〉에서 영웅주의의 아름다움과 원시적 야만성이 감지된다. 그것은 우리의 미래에 대한 노래이다. 지크프리트가 다시 보탄(곰)과 싸우고 보탄이 방랑자의 모습으로 땅을 배회한다. 다시 하늘이 땅과 연결되고 신과 인간은 자유롭게 배회할 것이다. 신은 땅을, 인간은 하늘을.

역사는 삶의 가지를 선과 악의 인식의 가지로 변형시켰다. 그리고 영웅은 활동가와 관조자로 나뉘었다. 활동가는 상품을 생산했고, 관조자는 그들 위에서 사상의 구름 속으로 들어갔다. 전자는 노예이고, 후자는 신과 황제이다. 신의 형상을 한 노예 — 이것이 바로 문화의 역사에서 우리의 사명이다. 우리 안에 있는 신은 자신의 꿈의 노예이다.

사상의 구름은 선이고 삶의 상품은 악이다. 도덕은 세상에서 분리되었음을 선포했다. 그리고 물질에 대한 희생으로 인간을 바쳤다. "당신의 악은 죽었다. 그리고 선도 죽었다"라고 니체는 외쳤다. 그리고 디오니소스에게, 즉 삶의 줄기에 호소했다.[17] 베트치헤르가 디오니소스에게 나무 영혼의 형상을 정해 준 것도 이유가 있다. 이것이 디오니소스 모수석(模樹石)이기 때문이다. 디오니소스의 상징이 유대인의 상징 속에서(삶의 줄기) 부활한다. 이것은 음악이 삶의 나무를 양육하는 것을 의미한다. 음악이 카오스이고, 야콥 뵈메[18]가 신은 카오스에서 탄생했다고 한 것도 다 이유가 있다. 디오니소스 신을 삶의 상징의 나무와 연결하는 것은 우리에게 종교적 상징체계의 본질을 더 깊이 이해할 수 있게 해준다. 이에 대해 크레이체르의 신지학적 상징체계와 오트프리드 켈러의 환상학이 뱌체슬라프 이바노프에게 말했다. 종교를 선조에 대한 경애로 간주하는 스펜서의 시각은 로드의 저작 《프시케》(Psyche)에서

---

17) 〔벨르이〕 새로운 단락의 시작 전까지 이어지는 생각은 우리가 이바노프(Вяч. Иванов)의 탁월한 저작 《고통 받는 신의 종교》(Религия страдающего бога)에서 차용한 것이다.

18) 〔옮긴이〕 야콥 뵈메(Boehme, J., 1575~1624): 독일의 신비주의자. 신이나 모든 생명체에는 선악과 같은 이원적 대립의 속성이 존재한다고 주장했다.

종교에 대한 디오니소스적 해석과 만난다. 디오니소스는 처음에는 나무
식물들 ─ ὑλήεις, φλεών, бακxx ─ 의 신이었다. 이 어린 줄기를 디오니
소스 축일에 먹었던 것이다. 나무는 최초의 주물이었는데, 그것이 영혼
(즉, 음악)의 거주지였기 때문이다. 따라서 성서에 등장하는 삶의 나무
는 음악의 상징적 형상이다. 이 모든 것이 니체의 《비극의 탄생》 이후
명확해졌다. 여기서 니체는 자신의 영혼의 목소리는 물론, 인문학, 부
르크하르트19)의 연구, 바그너와 쇼펜하우어에 의거한다.

낭만주의가 우리 눈앞에 새롭게 부활하고 있다. 니체가 낭만주의의 고
향에서 태어났다는 요일의 지적은 옳다. 그는 노발리스에게 심취했고 횔
덜린의 《휘페리온》에서 초인의 원형을 보았다.20) 그의 스승 코베르슈타
인(Koberstein)은 낭만주의 역사가이고 그의 친구 로드는 고대 그리스에
서 낭만주의의 흔적을 발견했다. 니체 이후에 우리는 "모든 것은 유희"라
고 말했던 틱을 더 잘 이해하게 되었다. 그리고 우리는 역사 속으로 깊이

---

19) 〔옮긴이〕 야콥 부르크하르트(Burckhardt, J. C., 1818~1897) : 스위스 바젤
   출생. 역사연구가. 문화와 관련된 모든 분야의 역사기술에서 중요한 업적을 남
   겼던 문화사연구의 선구자이다. 그가 쓴 《이탈리아의 르네상스 문명》(Die
   Kultur der Renaissance in Italien, 1860)은 문화사 연구방법의 귀감이 되었는
   데, 이에 대해 지크프리트 기디온(Siegfried Giedion)은 다음과 같이 말했다.
   "르네상스 시대의 위대한 발견자이다. 그는 회화와 조각, 건축뿐 아니라 일상적
   인 사회적 제도를 같이 고려하며 처음으로 그 시대를 어떻게 온전하게 다뤄야
   하는지 보여 주었다." 그리스 고전문헌학자였던 니체 역시 부르크하르트와 많은
   연관을 갖고 있었는데 그의 강의를 듣고 많은 영향을 받는 등 둘 사이의 교분은
   유명하다.
20) 〔옮긴이〕 니체와 낭만주의의 연관성에 대해 이야기하고 있다. 노발리스(Novalis,
   1772~1801)는 초기 낭만주의에 속하는 독일 시인으로, 예술적인 면과 종교적인
   면이 융합된 보다 높은 세계를 지향하는 그의 시는 낭만주의의 전형(典型)으로
   간주된다. 횔덜린(Hölderlin, F., 1770~1843) 역시 독일의 낭만주의 시인으로
   그리스적 정신을 되살려 내려는 노력을 했으며 하이데거와 같은 철학자들에게
   많은 영향을 미쳤다.

들어가서 음악의 철학자 헤라클레이토스, 21) 피타고라스학파와 오르페
우스학파를 만난다. 22) "나는 불을 숭배한다"라는 말로 프리드리히 슐레
겔은 헤라클레이토스와 호응했다. "트루바두르23)처럼 글을 쓸 것이다"
라고 니체는 환호했다. 노발리스는 "바쿠스가 되자"라고 선포했다.

　이렇게 새로운 지혜의 여명이 영혼의 음악적 파토스에서 탄생했다. 이
는 인식론을 지나친 것이다. 사상이 노닐며 노래하기 시작했다. 아포리
즘24)이 타올랐다.

---

21) 〔옮긴이〕 소크라테스 이전의 그리스 철학자 헤라클레이토스(Ἡράκλειτος)는 니
　　체가 호의적으로 평가한 몇 안 되는 사상가 중의 한 명이다. 그는 그 어떤 것
　　도 안정되거나 머물러 있지 않다고 주장했는데 이는 "같은 물에 발을 두 번 담
　　글 수 없다"라는 명제로 잘 알려져 있다. 이러한 '생성'과 '변화'의 개념은 헤겔
　　이후 재조명받았고, '존재에서 생성으로'라고 일컬어지는 현대철학의 전회에
　　따라 영향권이 확장되고 있다. 니체, 베르그송, 들뢰즈 등 현대의 거장들에
　　미친 그의 영향력은 현저한데, 특히 니체는 자신의 사상에 그의 입장을 전적으
　　로 수용했다.

22) 〔옮긴이〕 피타고라스(Pythagoras)학파와 오르페우스(Orpheus)학파는 그리스
　　철학에서 인간본체에 대한 이원론적 사고의 기원으로 간주된다. 플라톤을 비롯
　　한 그리스 철학자들은 형이상학적 이원론의 교리를 신봉했는데, 즉 "영혼은 이
　　전부터 천상에 존재했으며, 육체는 영혼보다 열등할 뿐만 아니라 영혼의 감옥
　　이며 무덤으로, 영혼을 가두고 더럽히는 곳으로 되어 있다. 그리고 구원은 육
　　체로부터의 영혼의 탈출을 의미한다". 특히, 영혼과 육체의 분리라는 이원론적
　　사고는 플라톤에 의해 서양철학에, 그리고 이후에는 교부신학 속에 그 뿌리를
　　내려 기독교의 인간본성을 논하는 중요한 원리로 작용했다. 여기서 니체는 낭
　　만주의의 이원론적 사고와 결부되어 이야기된다.

23) 〔옮긴이〕 트루바두르(troubadour): 중세의 음유시인. 작곡가이자 연주자, 가
　　수. 자신이 작곡한 곡을 직접 연주하며 노래를 불렀는데, 이들의 노래는 주로
　　기사와 궁정 여인의 사랑을 주제로 하였다. 11세기 프랑스에서 시작된 트루바
　　두르의 전통은 독일의 미네징거(minnesinger), 갈리시아와 포르투갈의 트로바
　　도리스무(trovadorismo) 등 유럽 전역에 영향을 미쳤다.

24) 〔옮긴이〕 아포리즘(aphorism): 그리스어 아포리아(aporia, 풀 수 없는 난제)
　　에서 비롯된 말로 흔히 경구(警句)라고 번역된다. 아포리즘은 짧은 문장으로
　　함축적인 의미를 전달하기 위한 서술방식을 지칭한다. 니체의 아포리즘은 몇

니체는 전 생애를 바쳐 디오니소스에 대하여 썼다. 그러나 그는 음악에 대해서는 여러 가지로 호소했다. 처음에 그는 바그너에게 호소했다. 바그너는 예술에서 미래의 삶을 이끌어 냈다. 바그너에게 개별적 예술형식은 이집트와 같아서, 모세인 그가 선민들을 이끌고 나와야 하는 것이다. 그러나 바그너는 약속의 땅으로 인도하지 않았다. 그는 미학적 절충주의의 사막에 버려졌다.

이때 니체는 바그너를 버렸다. 그는 예술을 피하면서 음악에 호소했다. 스스로의 삶을 노래하게 했다. 여기서 그는 노아가 되어 음악의 홍수가 우리의 노회한 의식을 위협할 때 노래의 방주를 건축했다. 살아 있는 물에서 도망치려면 벌을 받아야 한다. 니체는 홍수 속에서 사망했다. 음악이 그의 의식을 잠식했던 것이다. 그러나 우리는 니체가 건축한 방주가 무엇인지 알고 있다. 노래는 리듬 속에서 삶을 실천하는 것이다. 이것이 미래의 길이다. 우리는 우리 삶을 노래하는 법을 배워야 한다.

노래는 상징이다. 여기서 형상은 리듬으로부터 버림받았다. 상징은 항상 사실적인데, 그 이유는 상징이 항상 음악적이기 때문이다. 그러나 음악은 생생한 창작의 시이다. 예술형식으로서 음악과 시는 모두 노래에서 발생했다. 따라서 노래는 훗날 복잡해진 모든 형상과 리듬의 시원(始原)이 된다. 노래의 역사는 형상 탄생의 역사다. 노래는 형상들의 음악적 관계이다. 종교적 견지에서 노래는 기도와 같다. 시의 견지에서 노래는 서정시와 같다. 음악의 견지에서 노래는 순수 리듬의 출발점과 같다. 여기서 단어는 형상을 야기하고 단어 자체가 형상이 된다. 여기서 단어는 육체를 추구하고 결국 육체가 된다. 여기서 단어는 조화로운 삶의 육

개의 단문으로 구성되어 있으며, 그 안에서 아주 집약적이고 압축적인 방식으로 특정한 주제들이 다루어진다. 니체 저술의 많은 부분이 아포리즘의 형식으로 서술되어 있는데, 이러한 서술형식은 이후 아도르노(Adorno, T. W., 1903~1969) 같은 철학자들에게 많은 영향을 주었다.

체를 창조한다. 여기서 단어는 리듬이다. 그렇기 때문에 형상은 영혼의 영원한 시로부터 버림받았다.

리듬은 바람처럼 영혼의 하늘을 가로지른다. 바람처럼 하늘에서 태어난다. 영혼은 육체의 영원한 태모(胎母, праматерь)이고 하늘은 땅의 영원한 태모이기 때문이다. 천상의 심연에서 태양과 땅을 동반한 성운(星雲)이 피어났다. 음악정신은 카오스 위에서 영원히 잠들었다. 그리고 빛이 있었다. 바로 창조의 첫째 날이다. 그리고 땅이 하늘에서 태어났다.

우리가 새로운 삶의 창조를 이야기하는 지금 창조의 첫째 날이 다가오고 있다. 음악의 홍수가 지금의 모든 예술형식을 파열하는 날이 올 것이다. 그것은 옛 세계를 씻어 낼 것이다. 여기서 노래는 방주가 되어 카오스의 격랑 속에 있는 우리를 새로운 창조의 삶으로 인도할 것이다. 노래 속의 단어는 주문(呪文)의 성격을 띤다. 우리는 노래가 마법이라는 것을 잊고 있었다. 그러나 우리는 곧 깨닫게 될 것이다. 만일 우리가 노래의 마법의 원으로 둘러싸여 있지 않다면 우리는 모든 문화로 하강한 음악의 홍수에 빠져 죽을 것이다. 우리의 미래의 지평선은 이미 먹구름에 싸여 있다. 그곳에서 옛 카오스가 위협하고 번개가 번쩍인다. 옛 카오스는 위협적인 심연을 실어 나른다. 그리고 홍수가 발생한다.

노래는 창조의 첫째 날이다. 예술세계의 첫째 날이다. 영혼의 음악 시는 팔레스의 '신, 악마, 그리고 영혼'처럼 모든 것이 충만해 있다. 그것은 노래 속에서 빛으로 빛난다. 그다음 노래에서 예술형식이 분리되어 나온다. 여기서 예술의 땅이 예술의 하늘에서 분리되어 나오고 육체가 영혼에서 분리되어 나온다.

리듬은 음악의 첫 번째 현상이다. 그것은 구름의 물결이 되어 푸른 대양에 파도를 일으키는 바람이다. 구름은 충돌하는 바람에서 생겨나고, 시의 구름 연기는 영혼의 복잡한 음악적 리듬에서 생겨난다.

우리가 구름의 윤곽 속에서 익숙한 형상의 실루엣을 포착하는 것처럼,

음악의 구름에서 창조의 형상들이 태어난다. 여기서 색채는 가락이고 물질은 소리의 높이이자 힘이 된다.

우리가 "이것은 구름이 아니다, 이것은 거인이다, 이것은 산맥이다, 이것은 미지의 도시에 있는 미지의 궁전이다"라고 할 때, 우리는 창조의 형상들을 땅으로 끌어내리는 것이다. 여기서 형상은 음악에서 멀어지고 좀더 관념적으로 된다. 그러나 땅에 가까워지면서 형상들은 시각적이 되고 사실적으로 보인다. 가까이에서 멀리 보이고 멀리에서(음악에서) 가까이 보인다. 여기서 우리는 마치 아담처럼 물질의 이름으로 형상들을 부른다. 그리고 환상의 형상들은 우리의 세계에 거주하게 된다. 이렇게 예술에서 신화적 창조가 시작된다. 이렇게 예술에서 영원한 사실성이 열리기 시작한다.

그러나 그 어떤 외관도 그 어떤 환상도 노래 속에서 생생하지 않다. 노래 속에서 생생한 것은 음악과 음악의 에테르[25]의 하늘이다. 그 하늘은 우리의 낡은 땅을 창조하고, 희망찬 새로운 땅을 창조한다.

노래는 리듬(시간)과 형상(공간)을 단어(인과성) 속에서 연결한다.

원인과 결과의 행렬 속에서 창조는 새로운 원인과 결과의 행렬을 시작한다. 존재의 세계에서 가치의 세계를 창조한다.

노래는 예술 창조의 원칙이다. 그러나 예술 창조가 점점 더 사멸된 창조형식이 되어 가는 지금, 노래는 우선적으로 생생한 창조형식을 요구한다. 인간이 삶의 예술가가 되기를 요구하는 것이다.

노래가 부른다. 노래는 살아 있다. 역사가로 하여금 노래의 증식과 이

---

25) 〔옮긴이〕 에테르(*ether*) : 빛을 전달하는 매질. 고대 그리스의 우주관과 관련되어 있다. 고대 사람들은 세 개의 하늘이 존재한다고 믿었는데 그중에서 가장 높은 하늘을 주관하는 신을 '아이테르'(Aether) 혹은 '에테르'(Ether)라 하였다. 이는 고대 그리스어와 라틴어로 '대기권을 덮고 있는 천상의 영기, 하늘, 순수한 공기, 신들의 거처, 최고점'의 의미이다.

주의 법칙을 연구하게 하라. 프랑스 노래가 이탈리아와 스페인으로 어떻게 건너갔는지, 노래에서 소네트와 발라드가 어떻게 형성되었는지, 우리에게 가르치게 하라. 어떻게 트루바두르에서 시인 단테가 나왔는지, 어떻게 그리스에서 테르판드르의 일곱 줄 리라가 멜로디를 발생시켰는지, 어떻게 멜로디가 연을 발생시켰고 연이 고대의 위대한 서정시인을 탄생시켰는지 가르치게 하라. 우리는 조화로운 이론을 찾지 않는다. 우리는 노래 속에서 자신의 생생한 삶을 조립한다. 미래의 선구자인 우리가 보잘것없도록 하라. 우리가 아는 것은 하나다. 그것은 노래가 살아 있다는 것이다. 사람들은 노래에 살고 노래를 체험한다. 체험은 오르페우스이다. 노래로 호소하는 형상은 에우리디케의 그림자이다. 아니다. 에우리디케 자신이 부활했다. 오르페우스가 연주할 때 돌도 춤을 추었다. 26)

오르페우스의 신화는 음악에 힘을 부여한다. 그 힘은 침체된 물체를 움직이게 한다. 노래는 음악으로 변형된 현실세계이고, 노래 속에서 이브가 된 상상의 세계이다.

노래는 음악의 격동에 씻겨 간 지상의 섬이다. 음악은 바다의 에테르로 씻겨 간 어린아이의 집이다. 이 섬으로 차라투스트라가 우리를 불렀다. 그는 우리가 땅의 신도로 남아 있도록 호소했다.

---

26) 〔옮긴이〕 오르페우스(Ὀρφεύς) : 그리스 신화에 나오는 시인이자 악사. 전설적인 리라의 명수였다. 뮤즈와 트라키아 왕 오이아그로스(다른 설에 의하면 아폴론) 사이에서 태어난 오르페우스는 초인적인 음악적 재능을 지녔는데, 그가 연주할 때는 돌도 춤을 추었다. 오르페우스는 에우리디케와 결혼하는데, 에우리디케가 그만 독사에 물려 죽는다. 오르페우스는 죽은 아내를 찾아 죽음의 강 스틱스를 건너 지하세계로 내려가고, 지하세계의 왕 하데스가 오르페우스의 음악에 탄복하여 에우리디케를 지상세계로 데려가도록 한다. 이때 하데스는 돌아가는 길에 결코 그녀를 돌아보아서는 안 된다고 하는데, 오르페우스는 지상에 가까이 당도하여 태양빛이 비치자 에우리디케를 돌아보고 만다. 그 순간 에우리디케는 사라진다.

노래는 다양성 속에 드러나는 단일한 것이다. 단일한 모든 것(ἑν καί
πάν). 27) 즉, 모든 노래를 하나의 노래로 만드는 단일한 것이다. 노래
중의 노래 — 그것은 사랑이다. 왜냐하면 사랑 속에 창조가 있고, 창조
속에 삶이 있기 때문이다. '노래 중의 노래'(Песнь Песней)를 사랑에 빠
진 **단일한 얼굴**(Единое Лицо)이 발견한 것도 이런 이유에서이다. 그것
은 영원성과 사랑에 빠진 것을 의미한다. 땅의 예언자 니체만이 영원성
을 사랑했다. 〈요한계시록〉은 우리에게 하늘에 있는 그 인물을 알려 주
었다. 우리는 그 인물을 신부(新婦)라고 부른다. 땅의 노래, 하늘의 노
래는 영원성의 신부의 베일이다. 니체의 영원회귀와 영원성의 회귀는 하
나가 아닌가. "*반지 중의 반지, 회귀의 반지*" — 그것은 결혼반지 아닌
가?28)

우리가 노래를 부를 때 우리는 하늘에서 땅을 믿고 있으며, 땅을 믿고
있으면서 우리가 하늘을 사랑한다는 것을 알고 있다. 하늘이 아니라면,
우리의 옛 땅은 어디에 있는가?

이제 우리는 하늘과 땅이 하나이며 영혼과 육체가 하나라는 것을 알고
있다. 그러나 우리는 우리의 영혼의 땅과 육체의 하늘이 창조일 뿐이라
는 것을 이미 알고 있다. 우리는 또한 창조의 영역이 치테라의 먼 섬이 아
니라 삶 자체라는 것을 알고 있다. 그리고 우리는 삶에서 모든 것은 삶이
아니고 모든 예술이 창조는 아니라는 것을 알고 있다.

현대는 예술의 혁신을 감행함으로써 지혜로워졌다. 그것은 예술 창조
의 형식을 연결하여 생생한 지향의 깊이를 조명하는 형식을 발견하려고
시도하는 것이다. 이러한 예술들의 단일성은 시와 음악의 연결에 있지

---

27) 〔편집자〕단일한 모든 것: единое и все
28) 〔옮긴이〕여기서 영원성은 신부로 비유되었다. 결혼은 그러한 영원성을 받아
　　들이는 것이고, 이는 결국 영원회귀의 세계를 있는 그대로 인정한다는 것을 의
　　미한다.

않다. 우리는 이것을 충분히 알고 있다.

　음악의 최고점, 즉 음악의 가장 복잡한 형식은 심포니이다. 시의 최고점, 즉 시의 가장 복잡한 형식은 비극이다. 심포니와 비극을 생생하게 연결하는 것은 불가능하다. 그것은 콘서트홀과 연결된 극장을 삶으로 간주할 수 없는 것과 같다. 우리의 삶에서 발견되는 신비의식과 반지와 종이 등장하는 바그너의 신비의식의 공통점은 무엇인가?

　우리는 외부가 아닌 내부에서 시와 음악을 결합시켜야 한다. 우리는 단어와 음악의 반사가 아닌 그들의 실질적인 단일성 속에 살기를 원한다. 우리는 죽은 형식을 원하지 않는다. 쿠폴이 예술의 사원을 장식하고 살아 있는 형식이 인간을 장식하기를 원한다. 그리고 노래는 인간의 변형에 대한 새 소식이다. 이러한 변형은 우리의 체험에서 자신이 스스로의 목적이 되는 단일한 길을 전개한다. 우리는 시각의 변형을 향한 이 길에서 자신의 변형을 달성한다. 마치 수영장에서처럼 우리의 육체가 헤엄칠 때 우리는 마치 세계가 헤엄치는 것처럼 느낀다. 여기 일 속에서, 단어 속에서, 감정 속에서 인간은 자신의 삶을 노래하는 궁정가수가 된다. 삶은 노래이기 때문이다.

　그러나 우리는 궁정가수를 보면서 자신의 삶을 변형시키는 인간을 알 수 있다. 그의 노래는 변형에 대한 새 소식이다. 만일 인류가 그 너머에 죽음이나 새로운 삶의 형식이 있는 문화의 경계에 접근했다면, 인류는 노래에서 자신의 운명을 들을 것이다. 그리고 노래에서만 듣게 될 것이다. 그리고 우리는 우리 삶의 노래를 시작할 것이다.

　우리는 나는 법을 잊어버렸다. 우리는 무겁게 생각하고 무겁게 걷는다. 우리에게는 행위가 없고 우리 삶의 리듬은 약해졌다. 우리에게는 단순하고 건강한 신성의 가벼움이 필요하다. 그때서야 우리는 우리 삶을 노래할 용기를 얻을 수 있을 것이다. 왜냐하면 노래가 살아 있는 삶이 아니라면 삶은 전혀 삶이 아니기 때문이다.

우리는 노래들(행위들)로 나뉜 삶의 음악 프로그램이 필요하다. 그러나 우리에게는 단일하고 고유한 노래가 없다. 이것은 우리가 고유한 영혼 조직을 갖고 있지 않다는 것을 의미한다. 우리는 우리가 아니라 누군가의 그림자이다. 우리 영혼은 망각의 강 레테에서 조용히 잠들었다가 부활한 에우리디케가 아니다. 그러나 레테는 강가에서 등장한다. 만일 오르페우스가 부르는 노래에 귀 기울이지 않는다면 우리는 레테의 강에 빠질 것이다.

오르페우스가 에우리디케를 부른다.

프리드리히 니체*

위대한 인물들이 인류의 지평 위에 떠오르는 방식은 다양하다. 어떤 사람들은 차분하고 유연하게 정상에 오른다. 그들은 인정받지 못하고 시든 장미 향기에 중독된 뒤늦은 영광의 포도주를 마실 필요가 없다. 그들의 인성은 빛나는 환희의 폭발을 맞이하지 못하다가, 그다음 존재감 없는 어둠 속에 가라앉는다. 그러나 그들의 빛나는 위대함은 달콤한 태양광선처럼 영혼 속에 축적되었다. 그들은 자신의 책에서 치유의 포도주를 주장했다. 펼쳐라. 책장에 빛이 흐를 것이다. 마셔라. 빛나는 취기가 삶에 편안한 자장가를 불러 줄 것이다. 그렇다! 그들은 자신의 운명을 불평했다. 그렇지만 그러한 불평은 얼마나 일반적인 것인가!

모든 영혼이 그렇게 불평하지만 그것은 자신을 완전히 드러내고 있지 않다.

괴테는 오래되고 견고한 참나무처럼 천천히 성장했다. 강철같이 단단한 임마누엘 칸트의 의식 속에서 《비판》은 50대에 이르러서야 무르익었다. 그렇지만 그의 강의에 출석하지 않았다든지, 그의 고민이 동시대 선

---

* 〔편집자〕〈천칭〉(Весы, 1908, No. 7, C. 45~50; No. 8, C. 55~65; No. 9, C. 30~39)에 처음 발표되었다. 벨르이의 《아라베스크》60~90쪽에 수록되었다.

택받은 지성들의 관심을 유발하지 않았다든지 하는 일은 쾨니히베르크 철학 활동시기에는 존재하지 않았다. 1)

아르투르 쇼펜하우어의 운명은 칸트의 운명과는 비슷하지 않았다. 쇼펜하우어는 20년 동안 자신의 사고의 지평을 측량했다. 아마 이 때문에 그는 자신의 커다란 노래를 중단하고 백조의 노래를 불렀나 보다. 그다음 노래는 서서히 멈추고 슬픈 플루트 소리가 되었다. 이 소리는 노인의 우울한 노년을 위로해 주었다. 사람들은 그의 전 생애에서 그를 침묵시키고 멀리하면서 그의 책을 출판하려 하지 않았다. 결국 분노에 젖어 회상에 빠져 있던 노인이 인정을 받은 것은 제 2권 《의지와 표상으로서의 세계》가 달콤한 회상으로 나타나기 때문이다. 이 책에서 날카로운 재치의 칼날은 20년 전에 제기된 사상을 정당화하기 위해 *자신의 완성된 저작*에 대해 언급하고, 이는 헤겔에 대한 불평과 함께 뒤섞여 나타났다. 2) 《자연 속의 의지》에 대하여는 말하지 않겠다. 그것은 자전적 요소에 근거한 성공적이지 않은 시도였다. 3) 염세주의적 플루트 주자는 명예에 집착했다. 그는 자신의 손에 키스했다.

바그너 역시 명예에 집착했다. 그는 옥좌를 연상시키는 단상에 앉아 있었다. 두 천재 노인은 망상에 사로잡혀 있었다.

니체는 그렇지 않았다.

---

1) 〔옮긴이〕 칸트가 자신의 주요 작품을 생애의 오랜 시기를 거친 뒤에 출판했음은 분명하지만, 그렇다고 해서 그 이전 칸트의 사상이 전혀 무의미하거나 사소한 것은 아니었다는 것을 의미한다.

2) 〔옮긴이〕 쇼펜하우어는 헤겔과 평생 동안 라이벌 관계에 있었다. 쇼펜하우어는 헤겔이 대중적 명성을 획득한 데 반해 자신이 그렇지 못한 것에 대한 일종의 콤플렉스를 느꼈다고 한다. 그래서인지 그의 책에는 헤겔을 비난하는 부분이 많이 나타난다.

3) 〔옮긴이〕 벨르이는 여기서 쇼펜하우어의 《자연 속의 의지에 대하여》(*Uber den Willen in der Natur*, 1836)를 부정적으로 평가하고 있다.

동시대인들은 폭발적 환희로써 니체를 맞이하지 않았다. 원로원의 학자들은 기꺼이 젊은 교수의 활동을 주시했지만, 이내 천재 시인이자 현자(賢者)인 그를 외면했다. 연로한 야콥 부르크하르트만이 그의 활동을 인정했다. 뛰어난 도이센조차 미처 그를 알아보지 못했다. 그는 천천히 고독에 휩싸였다. 니체의 추종자들은 새로운 책이 나올 때마다 매번 한 줌씩 떨어져 나갔다. 이제 그는 사막에 버려졌고 사람들을 겁내고 있다.

니체에 대한 도이센의 이야기는 감동적이다. 스위스에서 가난하고 고독하게 지내던 니체가 소심하고 조심스럽게 자신에게 《저편》4)을 건네며 화내지 말라고 했다든지, 이폴리트 텐(Ippolit Ten)의 자기 확신에 찬 수다를 니체가 예의 바르게 경청했다든지(니체와 텐의 왕복서한을 보라), 비아리세에서 위고에게 다가가지 못하고 그 뒤를 수줍게 따라갔다든지, 혹은 일련의 뛰어난 저작을 저술한 뒤 미스터 브라네스(Brandes)가 비하하듯 언급한 것처럼 병이 들었다든지 하는 이야기들이 그렇다.

니체는 뒤늦은 명예에 열중하지 못했다. 니체는 갑자기 명예를 얻었다. 니체의 마지막 책은 그 누구도 사지 않았다. 그리고 갑자기 니체가 유행하게 되었다. 그러나 그때 이미 그는 환자가 되어 아무것도 이해하지 못했다. 그는 바이마르의 빌라 테라스에 앉아 있는 환자였다.

칸트, 괴테, 쇼펜하우어, 바그너는 모두 천재적인 작품을 저술했다. 니체는 여태까지 유럽 문명이 보지 못했던 새로운 천재종족을 부활시켰다.

이것이 바로 그가 개성으로 새로운 시대를 열게 된 이유이다.

우리는 니체의 작품을 분석하면서 그 안에서 낡은 유형의 천재의 모든 특징을 본다. 그런데 이런 특징을 통해서 마치 마스크를 통하듯이 유럽인이 알지 못했던 그 무엇이 조명된다. 이 '그 무엇'이 바로 그가 유럽 문화의 진보 대열에 던진 수수께끼이다. 그리고 우리 문화 위에서 그의 형

---

4) 〔편집자〕 니체의 저작 《선악의 저편》(Jenseits)을 의미한다.

상이 성장한다. 그것은 날개 달린 스핑크스의 형상과 같다. *죽느냐 부활하느냐*, 이것이 니체의 암호이다. 그를 피해갈 수는 없다. 그는 아직 스스로를 인식하지 못하는 우리에게 미래이다.

이것이 바로 니체이다.

신지학은 인류 발전의 환상적 유토피아를 교리 수준으로 격상시켰다. 지구의 다양한 인종은 서로서로 교환하면서 자신의 지층, 즉 역사에서 자신의 심리 상태를 연장했다. 몽골인은 네 번째 인종에 속한다. 유럽인은 대표적인 다섯 번째 인종이다. 그들 중에서 여섯 번째 미래 인종의 대표자들이 나타나기 시작한다. 그들은 혜안을 갖고 있다. 모든 인종은 각각 삶의 인식과 체험에서 분리된 경계를 넘지 못한다. 한 인종에게 인식의 지평이 끝나는 곳에서 다른 인종에게는 그 지평을 향한 길이 시작된다. 이런 의미에서 모든 후속 인종은 선행했던 인종을 충분히 자신의 내부에 간직하면서 사멸한 인종의 시각으로는 도달할 수 없는 새로운 하늘을 보게 된다. 미래 인종의 개별적인 개성은 퇴화할 운명에 처한 인종이 지배하는 시기에 이미 생겨났다. 그것은 미래로부터 노인의 왕국으로 내던져진 어린아이들이다. 우리는 끝까지 그들의 지향을 알지 못한다. 그러나 그들은 기회가 되면 우리의 세계관의 가면으로 자신의 얼굴을 가린다. 그리고 암기한 학술어를 마치 이해한 듯이 우리에게 말한다. 우리는 그들의 어휘 속의 단어를 발음하면서 우리의 노회한 영혼의 내용을 새로운 단어에 적합하게 맞춘다. 퇴화의 대표자들로서 우리는 젊음이 우리에게 보낸 것이 아닌 빌린 물감으로 화장한다. 더욱이 우리는 젊은이들에게 끌리게 되는데, 그렇게 하면 노년에서 어린 시절로 돌아갈 수 있기 때문이다.

나는 인종의 교체에 대한 신지학적 상징을 교리화하고 싶은 생각이 전혀 없다. 단지 니체의 개성과 관련되어 이러한 교의가 떠오를 뿐이다. 바젤의 고전문헌학 교수 니체에게서 진정 우리 시대에 전례 없는 그 무엇이 우리를 비춘다. 우리는 니체가 독일인에게 선사한 철학과 언어를 분석하면서 그가 우리를 찌르는 특별한 힘을 발견하지 못한다. 새로운 영혼의 스타일, 이것이 바로 니체의 특징이다. 그의 악마적 형상은 과거를 주시하지만, 그러나 그것은 거짓이다. 그는 아이처럼 행복하고 선명하게 미래에 투영된다.

니체의 영혼은 미래 인종을 예감했다. 이것이 바로 그의 영혼이 새로운 양식이 되는 이유이다. 이러한 스타일은 대체로 우리 시대의 벽장식이나 세련된 머리 모양, 인류의 주름진 육체에 차용된 젊음의 색깔로 표현되지 않는다. 역으로, 그의 이데올로기는 완전히 분해된다. 그러나 이런 이방인을 위한 이데올로기는 우리가 이해할 수 있는 언어로 이야기하는 수단이다. 그러나 우리는 *이방인*에게 어떻게 보이는가? 사람들은 이방인을 비웃지만 그의 말에는 귀를 기울인다. 우리는 그의 눈에 어떻게 굴절되는가? 굴절되어 거꾸로 보이는 것은 아닌가?

잘 알려진 방법들이 다양하게 결합되어 우리 영혼에 들어온다. 다양한 결합 — 만일 우리가 니체의 개인주의를 이렇게 정의한다면, 우리는 거의 아무것도 이해하지 못하고 있는 것이다. 니체는 영혼을 새로운 토대로 이동시켰다. 그는 여태까지 알려지지 않았던 영혼의 원리에서 영적인 수단의 모든 결합을 도출했다. 이것이 바로 그가 현대적 의미에서 개인주의자가 아닌 이유이다. 그는 낡은 진리를 긍정하면서도 새로웠다. 잘 알려진 감정을 어떻게 부를 것인가. 만일 *아픔*이 단순한 *아픔*이 아니라면 *아픔*을 어떻게 부를 것인가? 그리고 *기쁨*이 전혀 *기쁨*이 아니라면, 선이 선이 아니라면, 악이 악이 아니라면 어떻게 부를 것인가? 영혼이라 불리는 잘 알려진 용기에 폭발이 일어나지 않겠는가? 용기의 파편이 니체의 육체에 상처를 입혔다. 만일 우리가 그에게 다가간다면 우리도 상처를 입을 것이다.

니체가 먼 것에 대한 사랑, 우리 영혼의 먼 지평에 대한 사랑을 이야기할 때, 그는 석양의 분위기에서 우리를 둘러싼 색채에 만족하는 니체주의자들(ницеанец)과는 정반대된다. 5) 만일 니체가 석양만을 황금빛이라고 할 수 있었다면, 현대적 스타일의 작가는 황금빛을 마음대로 분배했을 것이다. 니체는 세련된 양식주의자이다. 그러나 그는 자신의 세련된 정의를 내면의 삶이라는 아주 위대한 사건에 접목시켰다. 그의 세련된 스타일은 단순한 것처럼 보이기 시작한다. 니체는 예리한 가운데 단순하고 청정하다. 그리고 우리는 깃털 속에서만 니체와의 친족관계를 말할 수 있다. 우리가 날 수 있는 사람에게서 빼앗은 천국의 깃털이 우리를 찌른다. 우리는 스스로 공중의 새라고 부르지만 우리의 깃털로는 날지 못할 것이다.

니체는 우리의 무상한 영혼을 파헤쳐서 우리로 하여금 그것을 미래의 요람으로 바꾸게 했다. 이를 위해 그는 새로운 방법을 고안했다. 그것은 신에 대한 성서적 행보를 자신에 대한 행보로 변형시키는 것이다. 그에게는 자기 내부의 근본적 욕망을 인식하는 것, 즉 *자신의 것*을 알고 스스로를 *자신에게* 예속시키는 것이 필요했다. 이것이 그의 엄격한 도덕이다. 그리고 이로써 자신의 것은 전혀 자신의 것이 아닌 공동의 산물이 된다. 그 속에서 진보와 퇴화의 투쟁이 벌어지는 인류의 산물이 되는 것이다. 인간은 새로운 다양성을 부여받거나 아니면 사망할 것이다. 니체는 자신의 내부에서 새로운 인간의 존재를 예감했다. 그는 처음으로 우리 내부의 탄생과 죽음의 경계에 다가갔는데, 그만이 그 경계에 다가갔다. 그것은

---

5) 〔옮긴이〕 니체가 니체주의자에게 반대한다는 말의 의미는 니체 자신이 자기 학설의 절대적 추종을 결코 원하지 않았다는 의미로 이해될 수 있다. 또한 이 말은 니체가 자신의 시대에는 자신의 사상이 제대로 이해되지 못할 수밖에 없음을 잘 알고 있었으며 그래서 시간이 충분히 흐른 뒤에라야 비로소 자신의 진가가 인정될 수 있을 것이라고 여기고 있었다는 의미로 간주된다. 니체가 자신의 저작 가운데 하나의 제목을 《반시대적 고찰》(*Unzeitgemässe Betrachtungen*, 1873)이라고 붙인 것도 그 맥락에서 이해될 수 있다.

새로운 인간의 탄생과, 종적이고 인간적인 너무나 인간적인 죽음의 경계이다. 새로운 인간은 벌써 우리에게 가까이 다가왔다. 그리고 우리의 지평은 이미 그곳이 아니다. 우리는 가장 주관적인 체험 중 어떤 것에서는 모든 문화의 일반적인 토대(*general base*)를 인식하지만, 다른 것 속에서는 그렇지 않다. '그렇다, 그렇지 않다'라고 우리는 똑같은 두 개의 주관적 체험에 대해 말하지만, 둘 중 하나는 정말 주관적이고 다른 하나는 주관성의 마스크를 썼다는 것을 잘 알고 있다. 왜냐하면 후자는 자신의 개별성에서 객관적이기 때문이다. 이에 대해 니체는 처음으로 말했다. 석양, 영혼, 땅, 하늘 — 이 모든 것은, 니체가 자신의 소중한 비밀을 불렀던 것처럼, 다 똑같은 것이 아닌가? 마치 마법처럼 그의 내부에 예언적인 것이 집중되어 있는데, 그것은 언젠가 공포, 환희, 부드러움과 광폭함, 격동과 고요, 맑은 하늘과 영혼의 먹구름이 되어 인간의 영혼에 들어왔던 것이다. 고대 아리아의 거인족들과 새로운 아리아인의 문화는 니체 이전에는 건널 수 없는 심연으로 분리되어 있었다. 괴테(이 가장 위대한 서정시인)의 천재적인 서정적 호흡과 샹카라와 파탄잘리의 우레 소리 사이에 있는 심연은 또 어떠한가! 니체 이후에 이 심연은 없어졌다. '차라투스트라'는 괴테 서정시의 법적인 후손이다. 그러나 그는 동시에 '베단타'의 후손이기도 하다. 니체는 우리에게 아직 동양에서 살아 있는 모든 것을 게르만 문화에 부활시켰다. 이제 동양과 서양을 연결하는 것은 우스운 일이 되었다. 니체의 개성 자체가 이러한 연결로 나타났기 때문이다.

영적인 활동의 초점이 니체에게서 자리를 바꾸었지만 활동 자체가 바뀐 것은 아니었다. 만일 그가 자신과 유사한 사람들 가운데 있었다면, 그는 초인에 대한 가르침을 개성의 발전규범에 대한 가르침으로 바꾸었을 것이다. 왜냐하면 그는 개인주의자가 아니라 보편주의자였기 때문이다. 니체 자신과 그의 개인주의 가르침은 분리해야 한다. 그는 우리 시대에는 개인적이지만 미래에는 보편적이다. 니체의 개성이 있다. 개성에 대한 니체의 가르침이 있다. 그 가르침은 그의 개성에서 나온다. 그것은 이론이 아니다. 결국 니체에게 그의 가르침은 무엇인가 하는 문제가 생긴다. 그것은 진리의 선포인가 아니면 현대의 낡은 형상에서 떨어져 나온 방법인가? 니체는 이러한 방법을 어떻게 이용하는가? 자신을 위해 이용하는가 아니면 *자신의 것*을 위해 이용하는가? "내가 자신을 위해 행복을 원하는가"라고 그는 소리 높여 외쳤다.

그에게 모든 것은 먼 것을 향한 지향이며 다리였다. 그는 어린아이의 나라를 사랑하라고 했다. 그는 우리가 *떠나온* 곳을 보지 못하게 했다. 우리의 명예는 우리가 어린아이의 *어디에* 가까워지는지를 우리가 이해하는 것이다. 그런데 *어디로* 가는지 알기 위해서는 내부에 있는 자신의 미래를 발전시켜야 한다. 즉, 미래를 *가져야* 한다. *새로운* 인간의 형상, 영혼의 돌에 새겨진 새로운 이름을 가져야 한다. 여기서 니체는 묵시록자이다. 6)

조야한 생리학적 의미에서 이해되는 개성은 결코 발전의 목적이 아니다. 그러한 개성은 종과 종의 법칙에 연결되어 있고, 우리가 *떠나온* 것에 연결되어 있다. 개성의 자율성은 종의 권력이다. 왜냐하면 자유가 아니라 예속이기 때문이다. 여태까지 니체는 나름대로 독특하게 칸트와 함께 갔다. 그렇지만 칸트가 자신의 실천이성을 순수히 이론적으로 주장하는 곳에서 니체는 자연을 주장하듯이 실천적으로 자신의 자유를 주장했다. 그에게 *이론*은 동시대인들과 대화하는 수단이었다. *심리학* 또한 자기 안에서 잘라 낼 필요가 있는 것을 분별하는 수단이다. 이 두 가지 수단을 통해 그는 동시대인들과 대화하면서 그들을 미래로 이끌었다. 그들에게 미

---

6) 〔옮긴이〕 니체에게 어린아이는 가장 성숙한 초인 혹은 위버멘쉬를 상징하므로 이는 곧 우리가 도달하기 위해 노력해야 할 목표와도 같다고 할 수 있다. 이에 니체는 자신을 미래의 철학자라고 명명하고 미래의 여러 가지 모습에 대해 발언하고 있는 것이다.

래가 있다면 말이다.

"그에게 하얀 돌을 주겠노라. 돌에 쓰인 새로운 이름은 받는 사람 외에
는 아무도 모르리라."〈요한계시록〉에는 이렇게 쓰여 있다. 누구보다 이
문구의 의미를 잘 이해했던 사람은 바로 니체였을 것이다. 니체는 우리
에게 다시 태어날 것을 호소했다. 그리고 산은 새로운 탄생의 발판이 된
다. 니체는 '새로운 이름'을 완전히 형식적으로 타인(괴테)의 용어에서
차용한 용어 '초인'이라 불렀다. 초인은 명칭이다. 그러면 개성에도 명칭
이 있지 않겠는가? 만약 그렇다면 그것은 상징적 의미에서일 것이다. 무
엇보다 우리는 공상적인 표어, 인식되지 않았지만 예감할 수 있는 발전
규범과 관계가 있다. 우리는 예감을 지향의 목적으로 변형시킨다. 그리
고 발전의 목적이 의식으로 규정되지 않고 자의식 성장의 전제가 되는
한, 의지는 이러한 목적을 창조의 본능으로 변형시킨다. 종족보존의 본
능은 개성의 발전이 허용되는 경계의 견본을 그린다. 이러한 경계로 나
타나는 것이 바로 인류의 종의 새로운 다양성이다. 초인은 이러한 다양
성의 예술적 형상이다. 그는 창조의지를 암시한다. 창작의 몽상은 개성
을 부수는 현실에 대비된다. 니체에게 '초인'은 현실적인 주변 조건보다
더욱 현실적인 몽상이다.

니체의 철학적 신념(credo)은 본질적으로 상반된 두 가지 요소로 구성
된다. 그 기저에는 발전의 모든 단계를 통과하고 다양성을 부과할 수 있
는 정상적 인간에 대한 예술가의 몽상이 있다. 니체는 자기 내부에서 이
러한 몽상을 자기보존 본능의 명령으로 인식했다. 논리적 사고는 본능에
종속된다. 아베나리우스[7]처럼 그도 비논리의 철학자이다. 그러나 그는

---

7) 〔옮긴이〕 아베나리우스(Avenarius, R. H. L., 1843~1896) : 독일 철학자. 경
   험비판론으로 알려진 인식론적 지식이론을 창시했다. 대표 저서인《순수경험
   비판》(Kritik der Reinen Erfahrung, 1888~1900)에서 추상작용 등의 내적 경
   험과 감각적 지각에 해당하는 외적 경험의 구별은 없고 오직 순수경험만이 있

철학이론의 용어로 비논리를 설교하는 것이 불가능하다는 것을 아베나리우스보다 깊이 깨닫고 있었다. 이것이 바로 그가 자신의 방법의 근거를 논증이 아닌 암시에 두고, 자신의 체계를 인식이 아닌 창조에 근거하게 된 이유이다. 이론가에서 실천가로 변형된 것이다. 그는 "초인에 대한 나의 교리는 미래 인간의 상징을 그리는 자기보존 본능을 불러일으켰다. 이제 나에게는 이러한 몽상이 구현되는 것을 보여 주는 일이 남아 있다"라고 말하는 듯하다. 여기서 이미 그의 철학에서 예술적 계기가 아닌 도덕적 계기가 등장한다. 그는 주변의 침체를 지나 미래의 형상을 향한 길을 닦았다. 그리고 창조의 체조로 운동해서 가치를 연마하는 근육을 발달시키게 한다. 여기서 니체는 자신의 현실적 목적론(teleology)을 제기한다. 그것은 순차적으로 배열된 일련의 실천적인 조언으로 되어 있는데, 이런 형식은 노자(老子), 붓다, 그리스도, 마호메트의 격언을 상기시킨다. 이러한 조언은 배우는 사람의 내적 경험에 호소한다. 외적 경험 — 생물학, 과학, 철학 — 은 모두 니체에게 전달되는 수단이다. 니체의 현실적 목적론은 피히테의 목적론, 칸트의 합목적성에 대한 이론은 물론, 자연과학의 모든 목적론에 동일하게 반대된다. 이것이 바로 그가 논리뿐 아니라 형상으로 말하는 이유이다.

예술적 상징주의는 형상 속에 체험을 표현하는 방법이다. 니체는 이러한 방법을 이용했다. 따라서 그는 예술가이다. 그러나 그는 형상을 통해 체험의 합목적적 선택을 설파한다. 그의 형상들은 목적으로 향하는 일련의 수단들처럼 서로 연결되어 있다. 그 목적은 그의 생생한 본능으로 암시된다. 이것이 바로 니체의 서술이 *목적론적 상징주의* 형식을 띠는 이유이다.

니체에게 침체된 환경을 극복하는 개인주의는 침체로부터 자유로운 우

다고 논증했다.

리의 '나'의 개인주의와 구별되어야 한다.

개인주의의 첫 번째 유형은 전술적 개인주의다(개성의 권리를 위한 투쟁).
개인주의의 두 번째 유형은 나의 '나'의 자유다(개성의 권리의 긍정).

니체는 전적으로 자유로운 개성의 특징을 전혀 언급하지 않았다. 그는
이것을 어린아이 속에, 초인 속에 상징화했다. 그리고 우리는 니체의 완
전히 자유로운 개성이 개별적-단일적 혹은 개별적-공통적 규범 속에 나
타나는지 알지 못한다. 우리는 니체가 평범한 의미에서 개인주의자인지
보편주의자인지 알지 못한다. 왜냐하면 개인주의에 대해 통용되는 표상
은 이에 대한 니체의 개념과 공유되는 내용이 전혀 없기 때문이다. 동시
대의 비도덕적 조건에서 미래의 자유요소들을 구원하려는 니체의 전투강
령은 절대적인 개성의 자유에서 완전히 독립되어 전개된다. 니체의 전투
강령(전술적 개인주의)은 여태까지 개성의 자유에 대한 그의 설교와 혼합
되어 왔다. 이러한 자유를 향한 열망은 새로운 도덕의 정언명령이다. 그
의 첫 번째 공식은 현존하는 도덕을 부정하는 것이다.

니체의 '초인'은 인류학적 유형이 아니다. 그가 다윈을 반대했던 적은
한두 번이 아니지만 결국은 다윈을 이용했다. 그것은 마치 길에 잘 정돈
된 마른 나뭇가지처럼 우연히 다리 아래 나타난 스콜라철학에 타격을 가
하기 위해서였다. 타격을 가하고 내던지고 그다음에 손을 씻었다.

"모욕적인 선명함" — 존 스튜어트 밀을 생각하면서 니체는 얼굴을 찡
그렸다. [8] 영혼 깊은 곳에서 니체는 다윈에 대하여 유사한 감정을 지니지

---

8) 〔옮긴이〕 밀(Mill, J. S., 1806~1873)은 자신의 대표작 《자유론》(On Liberty,
1859)에서 철저하게 논증적으로 서구 자유주의의 기반이 되는 사상을 전개하는
데, 이때 밀의 글은 내용적인 면에서뿐 아니라 그 형식적인 면에서도 논리적 글
쓰기의 모범으로 간주된다. 그러나 니체는 '아포리즘' 형식의 글쓰기를 고수한
것에서 알 수 있듯이 지나치게 논리적이고 명쾌한 글을 의도적으로 피했다. 이와
같은 맥락에서 니체는 밀의 글을 비판적으로 평가하고 있는 것이다.

않을 수 없었다. 그러나 그는 모욕적인 *선명함*으로 전투에 열중했다. 그에게 모든 것은 적을 쓰러뜨리기 위해 필요한 방편이었다. 여기서 버클, 밀, 다윈들에게 가톨릭을 매복시켰다. 그곳에서 예수회의 존경하는 학자들을 발밑으로 지나가게 했다.

초인의 생물학적 개성을 보는 것은 의심스러운 일이다. 그것이 인류의 집단 개성으로 나타날 때 더욱 의심스럽다. 무엇보다 그것은 원칙, 단어, 로고스 혹은 개성의 모든 선명한 속성으로 그려진 발전규범이다. 그것은 니체의 표상이다. 개성에 대한 니체의 가르침은 이론도 아니고 심리학도 아니다. 미학이나 과학은 더욱 아니다. 무엇보다 이것은 가치이론, 즉 상징주의이론으로 설명할 수 있는 도덕이다.

니체는 자신의 손에 들어온 모든 것으로 장식했다. 그것들이 들어오자마자 그는 인식의 천으로 자신의 상징을 감쌌다. 그렇지만 니체가 여러 색깔의 천으로 하나의 망토를 짠다면 우리는 조각들로 꿰매진 망토를 갖게 될 것이다. 그러면 이때 각각의 조각들은 비평적 검토가 필요한 교리가 될 것이다. 우리는 이러한 교리들의 단일성을 추구하려는 바람으로 기껏해야 연약한 스콜라철학에 접근했을 뿐 그 이상은 아니다. 그러나 니체는 이와 유사한 작업에 열중했던 사람들을 비웃을 것이다. 니체를 이러한 이데올로기로 이끄는 것은 칸트의 위대한 이데올로기의 의미를 《비판》의 마지막 페이지를 쓴 녹슨 펜에서 찾거나 아니면 노인들이 이용하는 냄새나는 술집에서 찾는 것만큼이나 덜 고상한 작업이 될 것이다. 니체의 교조적 주장은 항상 진주에 있는 석회층일 뿐이다. 어떻게 퇴화와 싸우는가, 어떻게 어린아이를 가치를 지시하는 초인의 육체가 형성될 새로운 영혼으로 성장시키는가에 대한 이런저런 실천적 조언은 진주이기 때문이다.

가치는 어떻게 창조되는가? 이것이 니체의 타오르는 열망이다. 우리 눈에 불 꺼진 석탄더미로만 보이는 것에서 어떻게 태양빛이 타오르게 되는가? 어떻게 이 석탄이 태양의 석탄으로 바뀌고 용해되는지, 그래서 새 포도주처럼 목마른 입에 흘러들어 가고 피가 포도주로 변하고 인간이 변용되는지. "모두 마셔라. 이것은 나의 신약의 피니라"라고 그리스도는 말했다. 그러나 포도주가 피가 되는 것은 행복에 취한 피, 포도주로 변한 피가 세계를 변형시킬 때뿐이다. 행복에 취한 우리는 그때서야 세례의 고통으로 환희의 힘을 측정할 것이다. 그리스도와 니체만이 인간의 모든 힘과 위대함을 알고 있었다.

"영혼은 행복의 방울, 황금 포도주 방울을 마시지 않는다"라고 태양의 나뭇잎을 덮은 차라투스트라는 외쳤다. 여기서 빛의 성찬이 비밀스럽게 행해진다. 그리고 우리 문화에는 그에게 대답할 말이 없다. 마치 표범의 가죽으로 저녁의 대기를 감춘 듯 먼 시대에서, 기독교의 지는 석양에서 행복의 한숨이 올라온다. 어렸을 때부터 익숙한, 오랫동안 잊고 있었던 목소리다: "모두 마셔라. 이것은 나의 신약의 피니라."

설교의 상징적 형식에 주의를 기울일 필요는 없다. 그러한 형식은 시대를 반영한다. 그리고 종교적 가르침의 본질은 교리에 있지 않다. 니체는 그리스도와 비교할 수 있다. 둘 다 인간의 마음을 사로잡았고 지상의 지혜와 부드러운 온화함을 결합했다.

《차라투스트라》의 한 대목을 살펴보자. 그것은 그 무엇과도 비교할 수 없지만 복음서의 그 무엇이 그에게 화답할 것이다. 모순성의 유사인지 유사성의 모순인지 모르겠다. 그렇지만 사랑의 먹구름의 하얀 비둘기가 새로운 친구 차라투스트라를 에워쌌다. 이런 형상으로 차라투스트라는 끝난다. 다음을 기억하자: "너희에게 새로운 계율을 내리노라. 내가 너희를 사랑한 것처럼 서로 사랑하라." "네 이웃을 사랑하라." "내가 이웃을 말했단 말인가? ─ 니체는 말한다 ─ 오히려 나는 이웃에게 멀어져서 먼 곳을 사랑하도록 충고한다." 그렇지만 그리스도가 "나는 검과 분리다"라고 말하며 이웃에 대한 사랑을 설파할 때, 그것은 문자 그대로의 의미일까? 이웃에 대한 사랑 — 이것은 가까운 곳에 있는 사람의 가슴속에 있는 먼 곳에 대한 열망, 상호 열망이지 가까운 사람끼리의 사랑, 즉 '이 세상' (сей мир)의 사랑이 아니다. "이 세상을 사랑하지 말라"는, 즉 분열된 형상 속의 낡은 세상, 가까운 사람을 말한다. 비록 환영으로 보일지라도 먼 곳의 형상을 사랑하라. "환영에 대한 … 나의 사랑은 인간에 대한 사랑보다 높다 — 니체는 말한다 — 환영은 당신의 머리 위에서 미끄러진다. 나의 형제여, 당신보다 아름답다 … . 그러나 당신은 두려워하며 당신의 이웃에게 도망친다." 갈릴리 어부들 앞에 유령처럼 나타난 부활한 자의 형상은 사도들의 가슴속에 있는 먼 곳에 대한 열망은 아니었을까? 그리스도와 니체의 설교는 기쁨과 고통, 사랑과 잔혹함을 똑같이 연결하며 우리를 놀라게 한다. "나는 땅에 불을 가져왔다. 나는 검과 분리다." "쓰러진 자를 찔러라." — 이 사람 저 사람이 똑같은 것을 말하면서 다른 형식으로 표현할 수 있다. 그러나 그 의미는 형식이 아니라 형식을 깔고 있는 체험의 최면상태에 있다.

그리스도와 니체는 모두 피와 포도주, 무거움과 가벼움, 무거움과 비행을 연결했다. "나의 짐은 가볍다." — 한 사람이 설교했다. 경쾌한 춤의 교사인 차라투스트라는 절벽을 만들어서 그 위에서 춤을 출 수 있는 심연을 형성하도록 한다. 그러나 여기서 절벽으로 올라가는 짐이 생겨나고 여기서 가벼움의 탄생이라는 고통이 생겨난다. "창조하는 것은 모든 것을 가볍게 해방시키는 것이다." 그러나 "창조자가 다시 태어나 어린아이가 되기 위해서는 내려와서 산모가 되고 산모의 고통을 희망해야 한다." 이런 가벼움이 차라투스트라의 가벼움이다. 왜냐하면 못에 찔린 손바닥의 마취제는 현기증 나도록 고통스러운 비행이기 때문이다. 그리스도는 이런 현기증 나는 자기몰입의 중압감을 내면에서 신을 감지하는 것으로 표현했다: "아버지가 내 안에 계시다." 그러나 기독교의 신은 모든 것의 시작과 끝이다. "네가 어디서 왔는지 보지 말라"라고 니체는 외쳤다. 따라서 그는 모든 것의 시원(始原)인 예전의 신에 대해 궐기했다. 예전의 신을 추적하고 그의 실험 속에서 미래를 차단했다. 그러나 니체 자신에게 그 끝은 초인이다. "초인은 내 안에 계신 아버지가 아니다." 그는 이렇게 외치고 나서야 "내가 그의 안에 있다"라는 데 동의할 수 있을 것이다. "초인의 아름다움이 그림자처럼 나에게 강림했다. 아, 형제여! 신들이 내게 무슨 상관이 있습니까?" 니체에게 신은 죽었다. 긴 회색 수염이 있는 예전의 신은 존재하지 않는다. '추악하기 그지없는' 인간이 그를 죽였다(알다시피 바그너는 보탄에게 보기 흉한 어두운 행동을 하게 하지 않았는가). 니체에게 예전의 신은 어린아이로 변했다. 어린아이는 그의 영혼이 태어나고자 하는 것이다. 그러나 그리스도는 아버지를 영혼에 받아들이고, 아버지를 자신의 어린아이로 변형시키지 않았는가. 그 어린아이는 그리스도가 우리에게 보낸 아버지에게서 비롯되는 행복의 성령이다. 그리스도는 스스로를 일컬어 행복의 원천, 즉 주는 자라고 했다. "나는 주는 자라 ― 차라투스트라도 외쳤다 ― 이방인도 가난한 자도 모두 내 나무의 열매를 딸 수 있다."

한 사람은 마치 우리에게 주문을 거는 것 같다. "하늘을 믿으라." ― "땅을 믿으라." 다른 사람도 주문을 외우며 영혼, 즉 육체의 증발을 '하늘의 쪽빛 종'이라고 부른다. "땅을 믿으라"라고 말할 때 "그리고 땅을"이라고는 말하지 않는다. 그리스도가 하늘에 대한 믿음을 가르칠 때, 그는 갑자기 멈추고 미처 말하지 못한 것처럼 한숨을 쉰다. "내가 너희에게 할 말은 많다. 그러나 너희는 이해하지 못할 것이다. 이제 너희에게 위안의 성령을 보내노라. 그가 너희를 모든 진리로 인도할 것이다." 그리고 성령에 고무된 기독교는 그리스도가 미처 말하지 못한 한숨에 대하여 형상을 창조했다. 새로운 도시 예루살렘이 하늘에서 땅으로 내려왔다. "하늘을 믿으라." "그리고 땅을" ― 이것이 그리스도의 한숨에 숨겨져 있었다. "새로운 땅을" 그리고 '새로운' ― 여기에 니체도 동의했다. 그리고 두 사람 모두 검과 분리에 대해 이야기했다.

　두 사람 모두 십자가의 피와 표현할 수 없는 환희의 포도주를 맛보았다. 한 사람은 자신이 "신의 아들이자 인간의 아들"이라고 가르쳤다. 다른 한 사람은 과거 키르케[9]에 의해 낙타로 변형되었던 우리의 영혼의 변화, 어린아이로의 변화에 대해 가르쳤다. 그는 우리가 해방되는 길은 낙타(낡은 원칙의 담지자)가 사자로 변하고, 사자(원칙의 파괴자)가 어린아이로 변하는 것이라고 했다.[10] 그리스도는 어린아이를 사랑했다. "만일 어린아이처럼 되지 않으면 하늘의 왕국에 들어갈 수 없다" … "그리고 땅의" ― 라고 그는 끝까지 말하지 못했다. 그러나 〈요한계시록〉은 끝까지 말한다. 어린아이의 섬에서 쪽빛으로 둘러싸인 차라투스트라가 우리를 부른다. 어떤 쪽빛인가? 바다의 쪽빛, 하늘의 쪽빛, 영혼의 쪽빛? 모든 것이 똑같지 않은가? 땅, 영혼, 하늘 ― 이 모든 것이 '먼 곳으로 향하는 열망과 다리'이고, 그리스도에게 '자신과 아버지'가 하나이듯이 이 모든 것은 하나이다. 이때 복음서의 상징에서 사멸된 교조주의의 껍질을 부순다면, 그것은 니체의 상징과 강하게 유착되고 창조의 형상의 은밀한 본질과 합치될

---

　9)〔옮긴이〕키르케(Circe): 그리스 신화에 등장하는 마녀로서, 사람을 동물로 변하게 하는 마법을 부렸다. 키르케는 '독수리'를 의미한다. 태양의 신 헬리오스와 대양의 님프의 딸로 태어나 전설의 섬 아이아이에(Aiaie)에 살면서 그 섬에 오는 사람에게 마법을 걸어 동물로 변하게 하였다. 트로이 함락 후 영웅 오디세우스가 부하와 함께 귀국 도중 이 섬에 배를 대었을 때, 키르케는 일행을 환대하면서 약을 탄 술을 마시게 한 다음 그의 부하들을 모두 돼지로 만들었다.

10)〔옮긴이〕《차라투스트라는 이렇게 말했다》에 나오는 인간의 변화단계를 염두에 둔 것이다. 이 장에서 니체는 인간의 정신이 어떻게 변화하는지를 말하는데, 그 첫 단계가 기존의 도덕과 가치에 복종하는 낙타의 단계라면 그다음은 그런 가치들을 부정하고 파괴하는 속박을 벗어던져 버린 사자의 단계이다. 그리고 마지막 단계는 어린아이의 단계로서 이는 가치의 단순한 부정을 넘어 새로운 가치를 창조할 수 있는 힘과 천진함이 갖추어진 모습으로 나타난다(니체, 〈세 단계의 변화에 대하여〉, 《차라투스트라는 이렇게 말했다》).

것이다. 신과의 투쟁 깊은 곳에 있는 이러한 상징들을 주장하는 것은 우리가 운명적이고 무서운 유일한 길로 고양되는 것이다. "신과 같이 될 것이다." — 뱀이 유혹한다. "우리가 어떻게 될지 알 수 없다 — 성 요한은 성스러운 공포 속에서 한숨을 쉰다 — 그분과 같이 될 것이라는 것을 알고 있다." "너희가 — 신이다." — 니체는 우리에게 이렇게 선포하고 미쳐 버렸다. "나는 신이다." — 도스토옙스키의 키릴로프는 이렇게 외치고 자신에게 총을 쏘았다. 그리고 우리 앞에는 심장을 두드리는 운명적인 비밀이 있다. 그것은 마음속으로 우리를 비웃고 아주 울적하게 미소 지으며 서쪽에서 붉은 노을로 반짝인다. 그리고 그곳, 지평선 위에 그들이 서 있다. 두 사람 모두 황제이고 모두 순교자이며 자색 옷을 입고 가시면류관을 썼다. 그들은 그리스도와 니체이다. 그들은 조용히 대화를 한다.

그리스도는 '땅'을 부정하고 우리를 '결혼 방의 아들'이라고 부르며 박해자와 함께 갈릴리 가나의 연회에 갔다. 더 나아가 우리에게 육체의 부활을 약속했다. 니체는 하늘을 부정하고 땅으로 끌어내렸다. 그리스도는 하늘을 긍정하면서 우리에게 불이 땅을 태우듯이 하늘을 태울 것이라고 선포했다. 니체는 땅을 긍정하면서 우리 발밑의 땅을 파헤쳤다. 우리는 낡은 땅과 하늘, 신들과 인간을 분리하는 경계에 서 있다. 그런데 이들을 무엇에서 분리하는가? 이에 대해 니체는 이야기하지 않았다. 깔깔 웃었고 침묵했다. 발병하는 운명적인 날의 전야에 니체는 광적으로 웃으며 잠들었다고 한다. 그리고 … 니체는 더 이상 니체가 아니었다.

그는 이 야만적인 쾌활함을 어디로 가져갔을까? 그는 자신의 푸른 부드러움을 어디로 가져갔을까? 그는 우리에게 수수께끼와 예감을 남겼다. 그는 자신의 영혼 속에서 그 누구도 가져가지 못한 것을 가져갔다.

니체는 칸트뿐 아니라 베토벤, 괴테에게서도 독립하여 서 있다. 때로 그와 철학적 사상에서 친족관계를 형성하고 있지만 쇼펜하우어, 입센, 바그너는 그와 공통적인 것이 아무것도 없다. 그렇다면 니체의 이데올로기는 무엇인가?

니체는 우리 시대의 거의 모든 철학, 미학, 예술 학파들을 동화하려고 시도했다. 재미있는 것은 이런 학파들이 자신의 손상된 위장으로 니체를 소화하면서 그 과정을 니체의 극복이라고 부른다는 것이다. 그러나 도덕과 예술 창조의 영역에서 니체의 극복에는 반동적인 성격이 숨어 있다. 그것은 은어에 동반되는 영혼의 리듬 없이 은어를 소화하는 것이다. 모두 후진했고 모두 니체를 배반했다.

그리고 그는 똑같이 잊히고 자색 옷이 아닌 노을에 둘러싸여 현대인들 앞에 서서 똑같이 과거와 현재의 천재들에 대립한다. "나의 빛을 너희에게 주노라"라고 그는 우리에게 말한다. 그러나 우리는 '프리드리히 니체의 가르침'을 말하면서 십자가에 달린 디오니소스의 피 묻은 옷은 보지 못한다. 그리고 니체의 제자들이 우리와 이야기한다. 그들은 니체를 찾아온 '고상한' 사람들이다. 그들을 보면서 니체는 이렇게 말할 것이다. "이 모든 고상한 사람들, 그들은 아직도 냄새가 나는가? 오, 내 주위에 깨끗한 공기를! … '내'가 밤을 지새우는 그 순간에도 이 고상한 사람들은 아직 잠들어 있다. 이들은 진정한 내 후계자가 아니다. 내가 이 산에서 기다린 것은 그들이 아니다."

니체는 영혼을 땅으로 이끌었다. 그에게 영혼은 육체이다. 그 육체는 퇴화의 먼지를 흔들어 떨어뜨렸다. 그래서 육체는 또한 영혼이다. 그리고 물론 니체에게 영혼은 정신생리학적 특성의 총체가 아니다. 그리고 니체가 영혼을 심령학적으로 이해한 것은 더욱 아니다. 경험론자의 '감정'과 정신은 도구이자 장난감이다. 그 뒤에는 또한 '자신'(*Camo*)이 있다. 니체에게 감각의 총체는 육체나 정신, 즉 무상한 형식처럼 방법론적 외피에 불과하다. 그것은 '자신'이 아니다. 정신, 즉 세계의 존재를 예정하고 건축하는 규범의 총체는 '자신'이 아닌 것이다. '자신'은 정신보다 육체적이고 존재보다 정신적이다.

니체는 우리의 발밑에서는 존재를, 의식에서는 정신을 떼어 놓는다. 우리는 파산자가 된다. 그래서 어떻단 말인가? 니체에게 의식의 내용으로서의 존재, 그리고 그 형식으로서의 순수한 주체로서 정신은 아직 '나'가 아니다. '나'는 존재와 인식을 상정하고 연결한다. 그리고 그것들을 창조한다. 우리가 니체에게 다가가는 그 모든 방법의 경계 너머에 니체의 개인주의가 있다. 니체는 '개별성'이란 이 용어 자체를 방법론적 의미가 아닌 상징적 의미로 사용했다. 그는 과학이나 철학이론의 방법으로는 완전히 분해할 수 없는 무언가를 그 속에 포함시켰다. 우리는 니체가 우리가 생각하는 의미에서 개인주의자였는지 아직 알지 못한다.

개별성은 대체로 복잡하고 혼란스러운 문제이다. 그것은 방법 속에서 굴절된다. 회프딩에 따르면, 심리적 개별주의의 물리적 표현은 에너지의 총합이다. 그것은 발달시기의 배아상태나 에너지가 드러나는 유기적 형식으로 기관을 배열한다. 이것이 영혼과 육체의 상호관계의 경험론적 공식이다. 우리는 개별성의 물리적 드러남의 총합이 우리의 '나'에 대한 표상처럼 그에 대한 표상을 우리에게 열어 보이는 이러한 드러남의 심리적 결과보다 적다는 분트[11]의 의견에 동의해야 한다. 아마 우리의 개별성은 무의식에 근원할 것이다. 그러나 무의식에 대한 이해는 의식의 대상에 대한 이해이다. 그뿐이다. 이렇게 우리의 '나'는 가상의 크기가 된다. 과정의 분해할 수 없는 단위로서 '나'는 경험심리학의 경계 너머에 있게 된다. 심리학의 경계 내에서 '나'는 부동의 것, 불변의 것이 아니다.

---

11) 〔옮긴이〕 분트(Wundt, W. M., 1832~1920) : 독일의 철학자, 심리학자. 심리학을 생물학과 철학에서 분리된 하나의 과학으로 독립시켰다. 자신을 '심리학자'라고 칭한 최초의 인물로서, '실험 심리학의 아버지'로 간주된다. 주요 저서로 《생리학적 심리학의 원칙》(Grundzüge der physiologischen Psychologie, 1874), 《철학체계》(System der Philosophie, 1889), 10권의 《민족 심리학》(Völkerpsychologie, 10 Volumes, 1900~1920)이 있다.

우리의 '나'는 활동과정에서 소생하게 된다. 따라서 새로운 과정이 필요하다. 그것은 창조의 과정이다. 모든 창조가 자신을 창조하는 것은 아니다. 니체에게 자신을 주목하는 창조는 가치의 창조이다. 그 속에서 모든 인류의 삶이 보장된다.

이론철학은 '나'(я)와 '내가 아닌'(не я)을 대립적으로 정의한다. 여기서 '나'는 주체로, '내가 아닌'은 객체로 변화한다. 현대의 인식론과 내적·외적 경험은 객체의 세계에서 연결된다. 주체는 순수하게 경험 외적인 규범으로 나타나고 그 규범은 경험의 세계와 경험적 인식의 방법론적 형식과 이성의 범주를 구축한다. '나'는 인식의 순수한 주체처럼 감지할 수 없고 내용이 없으며 심지어 생각조차 할 수 없는 '나'이다. 그것은 사고의 경계이다. 하지만 니체의 '나'는 그렇지 않다. 니체의 '나'는 창조행위 속에서 존재와 인식을 연결한다. 존재와 인식은 인식과 감각의 형식 속에서 창조의 가치를 해체하는 과정이다. 창조는 형식에서 자유롭듯이 존재로부터 자유롭다. 그리고 창조는 인식으로부터 자유롭다. 왜냐하면 인식은 창조의 형식이기 때문이다. 창조는 가치의 형상 속에 존재와 인식을 연결하는 것이다. 그리고 니체는 이러한 가치의 창조를 인식으로 명하고, 자신을 인식하는 자, 철학자라 명했다. 니체는 인식의 개념을 다른 개념처럼 상징주의적 의미로 사용했다. 우리는 이미 그가 개별성을 그러한 의미로 이해하는 것을 보았다. 그에게 개별성은 개인적인 것이 아니고 개인적이지 않은 것도 아니다. 단일한 것도 아니고 공통적인 것도 아닌데, 단일한 것과 공통의 것의 범주는 방법론적 형식일 뿐이지 이론적-인식적 형식이 아니기 때문이다. 인식론은 우리에게 공통적이고 단일한 인식형식에 대해서가 아니라 공통적이고 단일한 형식에 대해 말할 권리를 줄 것이다. 그 형식들은 필연적 규범에 의해 예정된다. 니체에게 이러한 규범은 가치창조가 남긴 흔적에 불과하다. 니체에게 창조와 창조이론은 가치의 개성, 개성의 집합, 혹은 초개성적 원칙을 창조하는가에 대한 문제 외적인 것이

되어야 한다. 그렇지 않다면 가치는 심리학, 형이상학, 혹은 인식론의 수하에 떨어질 것이다. 창작이 인식의 복잡한 문제와 '나'와 '내가 아닌'에 대한 대답을 규정하고 이론적-인식적 분석의 모든 측면에서 폐쇄적인 심리학으로부터 이미 자유로운데 말이다. 이로 인해 '개성', '개체성', '영혼', 혹은 '육체'의 심리학이론은 니체가 자신의 형상과 이념으로 인정했던 지평의 경계를 넘어서게 된다(그의 영혼 속에서 모든 것이 새롭다). '영혼', '육체', '나', '내가 아닌' — 그는 이 모든 것이 개별적으로 나타나는 경계 너머에 서 있지 않은가. '영혼'은 하늘의 푸른색 종이다. 왜냐하면 하늘 위에 땅이 있고, 나의 영혼과 육체가 있기 때문이다. "물론, 영혼은 육체이다"라고 그는 말할 것이다. 그러나 '육체'는 부패한다. 그렇지만 여기에 정신이 보강되고, 이때 정신에서 족쇄가 만들어진다. 육체는 초인의 새로운 살이다. 내 안의 어린아이를 죽인 모든 것은 내가 아니다. 그렇지만 나는 먼 곳을 향한 열망이며 다리이다. 이것이 니체가 분류학자, 용어학자, 방법론자, 이론가의 모든 용어로써 행한 것이다. 그러나 니체는 세상이 자신을 어떤 용어로 받아들일지에 대해 생각할 시간이 없을 정도의 실천가이다. 그는 우리에게 이런저런 가치를 고무시키기 위해 모든 행동방법을 다 이용했다. 여기서는 과학, 형이상학, 저기서는 달콤하고 달콤한 자신의 노래를 이용했다. 비록 모든 자료가 그가 철학자, 학자 혹은 시인이었다고 하지만, 그는 상징주의자이고 새로운 삶의 설파자이지, 학자도 아니고 철학자도 아니며 시인도 아니었다. 그렇지만 그로 하여금 새로운 가치의 설교자 프리드리히 니체가 되게 하는 것은 시, 형이상학, 과학의 화려한 혼합물이 결코 아니다. 그와 비슷한 다른 사람들보다 더욱 새로운 종교의 창시자이다. 종교의 과제는 일련의 삶의 가치를 창조하고 그래서 그 가치의 형상이 존재의 형상으로 새로 태어나 세계를 변형시키는 것이다. 그것은 세계 속에서 세계를 창조할 뿐 아니라 어떤 조작을 통해 그것을 자신과 다른 사람들에게 현실로 만든다. 그다음에 과학과 철학이 창조된 가치를 형성하게 하고, 우리가 세계를 변형된 시각으로 바라볼 수 있게 하는 이유를 이끌어 내게 하라. 우리에게 중요한 것은 변형의 분석이나 자연과학적 설명이 아니라 필연적 섬광 속에서 세계와 자신을 이해한다는 사실 자체다. 이 모든 것은 이후의 일이고 지금은 창조를 해야 할 때이다. 니체는 이러한 섬광을 창조하도록 우리를 부른다. 퇴화의 검은 밤이 사방을 에워싸고 있지 않은가. 훗날 우리의 기관은 자기보존을 요구하고, 그래서 우리는 삶에 대한 시선을 변형시켰다고 학자가 우리에게 말하고, 철학자가 '이념의 권력'에 대한 주석을 쓰고, 경제학자가 사회적 환경의 조건을 설명하고, 경험 있는 정신과 의사가 퇴화에 관한 논문을 준비하게 하라. 이 모든 것이 정확한 방법론적 설명이 될 것이다. 그러나 진실은 정확성에 있는 것이 아니다. 진실은 가치에 있다. 우리는 방법론의 벽장의 수백 개 칸막이가 아니라 삶의 이해의 총체성으로 살아간다. 우리는 각각의 총체성 속에서 방법론적으로 설명된 삶과 자신을 발견한다. 다수의 방법론적 '나', 다수의 방법론적 가치는 유일하게 생생한 총체성이 아니다. 만일 삶이 다양한 각도로 다수의 우리를 반영한다는 것을 믿는다면 우리는 공포 속에서 환호할 것이다. 그러나 이것은 서로 헛되이 논쟁하는 방법론적 목소리들의 합창이 될 것이다. 우리는 소리치고, 방법론의 관(棺)에 의해 분리된 숫자에 따라 정사각형으로 와해될 것이다.

생생한 삶은 창조에만 존재하는 것이지 그 삶에 대한 생각에 존재하는 것이 아니다. 당신은 '나'라고 말하고 이 단어를 자랑스러워한다 — 라고 니체는 외쳤다. 당신의 육체와 그 위대한 이성은 … '나'를 말하는 것이 아니라 '나'를 행하는 것이다.

니체 자신의 개성을 벗어나서 '개성에 대한 니체의 가르침'을 말할 수 있을까? 그는 필연적이고 가치 있는 형상 속에 자신을 창조하기 위해 모든 가르침과 체험의 섬광을 필요로 했다. 그는 자신 속의 이러한 형상을 마치 새로운 이름처럼 예감했다. 그에게 묵시록의 말들이 적용된다. "승자에게 비밀의 만나(manna)를 맛보게 하겠노라. 그에게 하얀 돌을 주겠노라. 돌 위에 써진 새로운 이름은 받는 사람 외에는 아무도 모르리라"(〈요한계시록〉). 새로운 이름과 유사한 형상으로 하늘과 땅을 재창조하는 것이 바로 니체가 원했던 것이다. 이것은 자신의 내부에서 하늘과 땅을 감지하는 형식을 변화시키는 것을 의미한다. "그리고 새로운 땅과 새로운 하늘이 있을 것이다." 여기서 그의 말은 〈요한계시록〉에서 낡은 시간, 공간, 하늘의 종말을 선포하는 천사들의 나팔소리처럼 들린다. 니체는 예전의 신들과 낡은 인간의 죽음을 선포한다. "더 이상 갈 곳이 없다"라고 그는 말한다.

무례하고 뻔뻔한 행동을 생각하면 누가 이 광인과 비슷하겠는가? 그는 한 다리를 유리 같은 쪽빛 하늘에 기대고 다른 한 다리는 땅에 의지한 채 석양의 붉은 키톤[12]을 입고 자신의 횃불로 세계를 태웠다. 누가 이 광인과 비슷하겠는가? 그는 지평선에 다가가서 낡은 하늘과 낡은 땅이 그의 영혼에서 이미 사라졌다고 맹세한다. 누가 그와 비슷하겠는가?

이러한 말들이 역사에 등장한 적이 한 번 있었다. 그것은 나사렛의 광인이 가야파 앞에 섰을 때다. 그때 사람들은 말했다. "그를 십자가에 못박으시오." 그리고 못 박았다.

이렇게 우리는 마음속에서 니체를 두 번 못 박았다. 이때 그는 자색의 제왕 옷을 입고 우리에게 몸을 숙여 속삭였다. "당신이 먼저 재가 되지 않는다면 어떻게 개혁될 수 있겠는가?" 몸을 숙여 말한다. "당신은 하늘을 습격해야 한다." 그러나 우리는 니체를 떠나 과거를 향해, 책을 향해, 과학을 향해, 역사를 향해, 멀리 더 멀리 도망친다. 그리고 그곳에서 다른 형상을 만난다. 역시 똑같은 자색 옷을 입고 그는 말한다. "신의 왕국이 힘에 매혹된다." 인류의 자색 혈통의 자손들은 이렇게 서 있다. 그리고

---

12) 〔옮긴이〕 키톤(chiton): 고대 그리스인과 유대인의 긴 속옷.

무언의 대화를 계속한다. 비록 우리가 그들의 말을 각각 다르게 이해하고 서로 대조하지만, 우리는 두 사람의 자색 옷을 벗기고 가슴속에서 그들을 십자가에 못 박았다.

"한 번 더 사람들에게 가기를 원하노라. 그들과 함께 부대끼기를 원하노라. 죽으면서, 그들에게 나의 풍요로운 선물을 주기를 원하노라." 누가 이런 말을 했을까? 그리스도일까? 아니다. 니체다. "나는 땅에 불을 가져왔노라. 그것이 타오르기를 얼마나 바랐던가?" 이 말은 니체가 했을까? 아니다, 그리스도다…….

니체 이후 우리는 이미 더 이상 기독교와 이교, 무종교적 문화에 대해 말할 수 없게 되었다. 삶의 창조라는 종교는 자신의 내부에 모든 것을 포용했다. 심지어 예전의 신들까지 포용했다. 니체는 인간이 이미 인간이 아니고 신의 형상조차 그에게 적용되지 않는다는 것을 이해했다. 그는 자신의 내부에 이러한 무서운 비밀을 안고 있었다. 그는 어떻게 이것을 단어로 전달했을까? 그래서 그의 '차라투스트라'는 일련의 상징으로 나타났다. 니체의 상징들은 '말하지 않는다'. "그들은 고개를 끄덕일 뿐이다. 멍청이 — 그가 외쳤다 — 누가 그들로부터 무언가를 알고 싶어 하는가." '도덕', '선과 악', '영원회귀'에 대한 그의 교리는 가볍지만 무거운 비밀을 덮고 있는 덮개이다. 만일 이러한 교리의 덮개를 그 교리와, 니체 자신도 찬성하지 않았던 전술적 서술기법과 모순에서 해방시킨다면, 아무것도 남지 않을 것이다. '*프리드리히 니체의 교리*'는 안데르센의 벌거벗은 임금님이 될 것이다. 임금님의 옷은 존재하지 않는 것이다.

니체 자신은 남았다. 그는 가르치지 않았다. 그는 자신의 상징처럼 아무것도 가르치지 않았다. 그러나 그는 손을 뻗어 우리를 가리키며 입으로 속삭인다. "당신은 *이것*을 알고 있다. 그러나 당신은 이것을 말하지 않는다"(《차라투스트라》). 거기서 그는 대체 무엇을 말하는 걸까?

그러나 그는 말하지 않는다. 그는 말없이 우리에게 고개를 끄덕일 뿐이다.

나는 니체의 창조에서 그와 유사한 개성을 언급했지만 정작 창조에 대해서는 아무 말도 하지 않았다. 이것은 나에게 제시된 정당한 질책이다! 사실 그의 사상의 구조를 보여 주고 이데올로기를 분해해야 한다.

나는 이를 거부한다.

개인주의, 비도덕주의(immorality), 무도덕주의(ammorality), 도덕주의에 대한 공통적 입장을 반복하는 것, 13) 모든 다른 '이즘들'을 기억 속에 소생시키는 것, 바그너와 쇼펜하우어의 영향을 지적하는 것, 칸트의 이름을 언급하면서 고개를 젓는 것, 니체와 바그너의 논쟁에 대한 문서를 찾아내는 것 — 이 모든 것이 싸구려 편집본, 잡지평론 그리고 그 밖에 "신의 은총으로 발견"하는 하찮은 지식인에게 알려진 것이다.

니체철학의 진부한 공식은 잘 알려져 있다. 아니, 실제로는 잘 알려져 있지 않다.

니체의 강령의 기본 명제일지라도 보다 완전한 표상을 갖기 위해서는 이 바젤 교수를 내적, 외적으로 몇 년 동안 연구할 필요가 있다. 외적으로 그는 교양 있는 학자이다. 기본적으로 고대 역사와 새로운 철학을 알고 있고, 그리스 문학과 독일 문학에 대한 진지한 표상을 갖고 있다. 그런데 내적인 것을 알려면 니체의 개성을 알아야 한다. 혹은 그 개성을 그의 내부에서 생생하게 재생해야 한다(이것은 니체주의자들이 생각하는 것만큼 쉽지는 않다). 혹은 니체와 친분을 맺었던 다른 인물들에게 가야 한다. 야콥 부르크하르트의 저작을 주의 깊게 연구할 필요가 있는데, 그는 천재의 사상을 대부분 소생시켰다.

---

13) 〔옮긴이〕 기존 도덕에 대한 니체의 윤리적 입장을 언급한 것이다. 니체는 특히 그리스도교적 도덕에 의해 성립되는 근본원리를 부정하고 전혀 새로운 도덕 원리, 때로는 기존의 것과 전혀 상반되는 원리에 의해 새로운 윤리를 확립해야 한다고 주장했다.

그러나 니체의 이데올로기에서 새로운 측면을 계속 발견하는 것, 이에 대해 나는 양심이 없지 않다. 이것은 그가 건축한 거대한 건물을 이런저런 당면 문제와 일치시키는 것을 의미한다. 그렇지만 진동으로 가득한 것과 진동뿐인 것 — *비행이 아니라* — 에 일치시키는 것, 모든 문제가 진동으로 해결되는 현대에 일치시키는 것은 자신을 장식하기 위해 독수리의 깃털을 잡아 뜯는 것을 의미한다.

니체에게서 *새로운 것*을 찾기란 전혀 어렵지 않다. 비록 우리 시대가 모두 그에게서 얻은 것이지만 니체는 여전히 마르지 않는 샘물이기 때문이다. 모두 그의 생생한 물을 퍼낸다…. 그렇게 풍요롭고 그렇게 쉽게 … 여기서 의문이 생긴다. 우리가 니체를 퍼내면서 니체의 곁가지를 퍼내는 것은 아닌가?

그의 모든 아포리즘에는 무심한 형식에 둘러싸인 일련의 사상들, 일련의 체험들이 집중되어 있다. 익명으로 여행하는 현자는 순진한 동행인을 당황스럽게 한다. 같이 가는 사람이 광인인지 광대인지 예언자인지 알지 못하기 때문이다.

아포리즘에 몰입하면서 우리는 거의 모든 것에서 이데올로기의 가시밭길을 발견한다. 우리는 독자에게 이데올로기적 구성의 과제를 부여하고 니체의 아포리즘을 해결하도록 제의할 수 있다. 아포리즘의 의미를 전개하면서 그 이중성을 알아차릴 수 있다. 한 방향에서는 그 논리적 의미가 성장한다. 처음에는 이런저런 과학적, 미학적 구성에 대해 포착 가능한 암시가 드러나고 이러한 구성에 대한 방어와 비판이 드러난다. 니체의 현학이 폭로된다. 필요한 곳에서 이를 숨기는 현명함도 폭로된다. 변증법이 빛난다 — 변증법의 적의 변증법이다. 다른 방향에서는 각각의 아포리즘에 삽입된 파토스가 전개된다. 그것은 가벼운 풍자나 격렬한 패러독스 속에 감추어진 니체 자신의 가장 비밀스러운 체험을 우리에게 알려 준다. 모든 것이 형상의 형식 속에 동결되어 섬세한 유미주의자의 미소에 포로가 된 우리를 고양시킨다. 아포리즘은 체험의 표장이 된다. 체험은 사고의 표장이다. 이것도 아니고 저것도 아니지만, 동시에 이것이면서 저것이다. 니체의 아포리즘은 상징이 된다.

이제 이러한 이데올로기에 대한 진실한 표상을 구성하려고 노력하라. 이 과제는 니체 이데올로그가 생각하는 것보다 어려운데, 그들은 감동적 순수함으로 자신들이 니체에 덧붙인 엉성한 *신념(credo)*이 진짜 *신념*이라고 우리를 가르친다. 적어도 나는 《차라투스트라》 제 7장을 읽으면서 이것을 경험했다.14)

정확하게 이해된 니체의 교리는 이러한 교리를 규정하는 진부한 공식에 아포리즘을 총합해 굴절된 공식과 동일하다. 이것이 바로 니체의 진실한 서술을 순수하게 형식적으로 어렵게 하는 것이다. 만일 니체의 모든 아포리즘에 주석이 필수적인데 이 주석은 모두 열 권이 될 수도 있지만 쓰이지 않았다는 생각을 덧붙인다면, 그렇다면 … 니체의 글쓰기 성격의 특징을 공식적으로 서술하거나 아니면 그에 대해 아무 말도 하지 않는 것이 좋다. 니체와 충돌하면서 사람들은 보통 완전히 다른 길로 갈 뿐 그를 제대로 연구하지 않는다. 왜냐하면 "*자신의 내부에서*" 그의 말에 귀를 기울이지 않기 때문이다. 그들은 읽어도 읽는 것이 아니다. 그를 어디로 밀어 넣을까, 그의 평범하지 않은 단어들을 어떤 항목에 넣을까 고민한다. 그리고 항목이 준비되었지만 니체만이 그곳에 완전하게 들어가지 않는다. 이때 그들은 간단하고 결정적으로 행동한다. 모순(외부에서 니

---

14) 〔옮긴이〕 7장의 제목은 〈읽기와 쓰기에 관하여〉로서 여기에는 다음과 같은 구절이 등장한다: "일체의 글 중에서 나는 피로 쓴 것만을 사랑한다. 글을 쓰려면 피로 써라. 그러면 너는 피가 곧 넋임을 알게 될 것이다. 다른 사람의 피를 이해한다는 것은 쉬운 일이 아니다. 그래서 나는 게으름을 피워 가면서 책을 뒤적거리는 자들을 미워한다"(니체, 〈읽기와 쓰기에 관하여〉, 《차라투스트라는 이렇게 말했다》).

체는 모순적이다)을 우회하고 생략하면서, 이러한 모순의 근본을 파헤치려 하지 않거나, 파헤치더라도 니체를 쉽고 간단하게 *대패*질할 수 없는 곳에서 파헤치는 것이다. 그의 체계의 나뭇가지가 마치 평평한 판자처럼 우리를 바라본다. 그다음 단호하게 *판자에* 구멍을 뚫는다. 혹은 판자를 내던지거나 불태우거나 가정에 필요한 것으로 짜 맞추거나 나무 우상에 기도하게 한다. 나무 같은 니체사상,15) 나무 같은 니체와의 나무의 투쟁16) ─ 이 모든 것이 니체의 길에서 우리를 맞이하는 것이다. 모든 이데올로그, 모든 대중주의자는 이렇게 행동한다. *개성의 자유와 도덕의 편견에 대한 일반적 판단으로 만든 평평한 판자* ─ 이것이 그곳에서 우리를 맞이한다. 그리고 마치 진짜 니체사상처럼 이러한 *건조한 목재*를 광범한 대중에 끼워 넣었다!

니체의 이런저런 '*철학의 특성*'을 방법론적으로 가공하는 것은 완전히 허용된다. 더 나아가 이는 바람직한 것이다. 단지 잊지 말아야 할 것은, 우리가 니체를 분석하는 것이 영혼의 생생한 요구 때문이 아니라 아주 진지하고 존경스럽고 학문적인 질문에 대답하기 위해서라는 것이다. 즉, 가치에 대한 니체의 문제의식을 이에 대한 마르크스, 아베나리우스, 리케르트17)의 관점에서 조명할 수 있다는 것이다. 그러나 이러한 비교의

---

15) 〔옮긴이〕 니체사상(ницщеанство): 니체주의, 즉 니체사상의 신봉과 숭배를 의미하기도 한다. 본 논문에서 이 단어는 주로 니체철학의 핵심적 내용을 지칭하는 중립적 개념으로 사용되므로 '니체주의'가 아니라 '니체사상'으로 번역하기로 한다.

16) 〔옮긴이〕 앞뒤의 문맥을 고려하면 여기서 나무란 일종의 원재료를 뜻하는 것으로 보이며, 결국 니체의 원래 사상을 의미한다고 할 수 있다. 그것을 활용하기 위해서는 대패질이나 기타 가공을 통해 자기 것으로 만들어야 할 것이다.

17) 〔옮긴이〕 하인리히 리케르트(Rickert, H., 1863~1936): 독일 철학자이자 신칸트주의의 바덴학파의 대표자. 인식은 판단에 있어서 초월적 가치를 승인하는 것에 있다고 하며 칸트의 인식론을 관념론의 입장으로 심화시켰다. 존재에 대해서는 당위 혹은 가치를, 자연에 대해서는 문화를 우위에 둔 문화철학적 입장

결과로 "표현할 수 없는" 니체라고 표현해서는 안 된다. 그는 조용히 우리를 비웃고 있다.

그래도 이런 가공은 니체사상 이데올로기의 본질에 대한 요란한 성명보다 소박하고 풍요로운데, 이 이데올로기는 이데올로기가 아니기 때문이다. 전자의 경우, 우리는 니체사상의 나무를 형성하는 목재 무늬 자체를 연구하는데 그래도 나무는 결코 다치게 하지 않는다. 만일 나무를 대패질한다면, 그때는 아포리즘 나뭇잎의 사각거리는 수관과는 이별하게 될 것이다. 그렇지만 과거에도 대패질을 했고 앞으로도 대패질을 할 것이다.

니체사상의 나무는 다윈이론에서, 고전문헌학 영역의 최근 연구에서, 고대 파탄잘리[18]의 교리에서, 동시대인 리케르트의 철학에서 무너지지 않고 석양의, 밤의, 아침의 색조로 채색되어 있다. 그리고 인식론, 창작론, 그리스 제의의 발생론도 모두 표면적으로 감지되어 니체에 더욱 몰두하게 한다. 이 짧은 논문에 이 문제를 하고 싶은 만큼 언급하는 것은 불가능하다(말할 것이 너무 많다). 여기서 우리는 문제들의 중심에 있는데 그것을 해결하기 위해서는 많은 세대의 희생이 요구된다. 그러나 그 문제들을 결코 피할 수는 없다.

니체의 관점을 이야기할 때 다음을 강조하고 싶다. ① 우리 영혼의 표

을 고수했다. 주요 저서로 《인식의 대상》(*Der Gegenstand der Erkenntnis*, 1892), 《자연과학적 개념 형성의 한계》(*Die Grenzen der Naturwissenscha-ftlichen Begriffsbildung*, 1896~1902), 《문화와 자연: 철학체계》 제 1부(*Kultur-wissenschaft und Naturwissenschaft*: *System der Philosophie*, I, 1921)가 있다.

18) 〔옮긴이〕 파탄잘리(Patanjali, 기원전 150년 또는 기원전 2세기 무렵 활약)는 《요가수트라》(*Yoga Sutras*)의 편찬자이며 《마하바스야》(*Mahābhāṣya*)의 저자이다. 《요가수트라》는 요가 수행의 요체를 집성한 중요한 저작이고, 《마하바스야》는 산스크리트어 문법학자 파니니(Panini)의 저작 《아슈타디아이》(*Ash-tadhyayi*)의 주요 주해서 중 하나이다. 한편, 이 두 저작이 동일 저자의 저술인지에 대해서는 논란의 여지가 있다.

현할 수 없는 깊이를 차지하는 상징들의 체계. ② 이런저런 지식체계에서 이 상징들의 방법론적 토대. 이러한 토대는 형식적으로라도 가능하다. 니체사상과 관련하여 그 무엇도 강요하지 않는 이 모든 '선한' 형식은 니체의 *표현할 수 없는 것*을 발견했다고 자부하는 대중주의자들의 카오스적 형이상학보다 우아하고 부드럽다. ③ 그 밖에도 우리가 그의 아포리즘의 이데올로기를 전개한다면 우리는 니체 자신의 모순적 세계관과 연속적으로 충돌하게 된다. ④ 결국 우리 앞에는 초인, 개성, 영원회귀에 대한 잘 알려진 이데아의 보고서가 있고, 우리는 대중주의자들의 테두리 — 즉, 나무관 속의 니체 — 주변에 있게 된다. 그리고 강사 혹은 작가가 우리에게 반쯤 돌아서서 말한다. "친애하는 여러분, 니체의 가르침은 다음과 같습니다. ① 개성은 자유다. ② 인류는 초인이다. ③ 모든 것은 회귀한다." 그러나 첫 번째 항목은 다의미(多意味)적이고 모호하며, 두 번째 항목은 조야하게 터득한 다윈과 조야하게 터득한 경제학의 혼합이고, 세 번째 항목은 수학적 패러독스로서 일련의 오류에 기반을 둔 것이다. 그리고 우리는 니체를 파묻고 억지로 관에 못을 박는다. 그가 죽지 않고 살아 있다는 것을 의심도 하지 않은 채 ….

오, 교활한 대중주의자들이여!

나는 그들과 연결되기를 거부한다. 왜냐하면 나는 니체의 철학적 '신념'을 말하지 않기 때문이다.

나의 과제는 니체의 개성에 주목하는 것이다. 니체를 '새로운' 인간으로 특징짓는 그의 '*표현할 수 없는 것*'을 지적하는 것은 우리 문화의 모든 발전을 예정하는 것과 같다.[19] 그의 '*표현할 수 없는 것*'은 그만의 것이

---

19) 〔옮긴이〕여기서 '표현할 수 없는 것'은 지극히 개인적인 차원에 속하는 것이기 때문에 더 이상 표현할 수 없는 면을 가리키는 것으로 간주된다. 이런 면에서 니체의 사상적 입장은 극단적인 개인주의라고 할 수 있다. 그는 모든 가치의 원천은 철저히 개인에게 있다고 보았으며 그런 면에서 모든 집단주의적 경향에

아닌 '*우리의 것*'이다. 그리스도 출현 이전 시대에만 행해졌던 것이 우리 영혼의 깊은 곳에서 행해지고 있다. 그 시대만이 우리를 옳은 길로 인도했다. 그 길은 우리가 니체를 이해하기 위해 가야 하는 길이다. 그리스도는 새로운 영혼의 성전을 건축했다. 그리고 역사의 수레바퀴는 굴러간다. 니체가 성전을 건설하려 했던 것은 그가 원해서가 아니다. 그것은 모든 것이 무너진 가치의 파편으로 나타나는 민감한 영혼에 진심으로 귀 기울였기 때문이다.

니체는 영원회귀적 접근에 대해 — 재림에 대해 — 처음으로 말했다. 누가 오는가, 무엇이 오는가? 무엇보다 그는 이것을 말로 하지 않았다. 침묵과 미소로, "*밤의 노래*"와 영원성의 약속으로 말했다. 그는 영원성의 아이들을 원했다. 왜냐하면 그는 영원한 아이들을 원했기 때문이다. 따라서 그는 우리 영혼을 묻어 버리는 파편들의 관이 있는 창고와 싸웠다. 모든 현대성의 창고와 싸웠다. 그의 단어의 색채는 색조 화장품이 아니다. 임박한 죽음 앞에서 행복의 가능성을 노래한 것이다. 그러나 죽음은 그의 단어의 옷을 입었다. 우리 눈앞에 니체사상의 화장품이 있다. 그리고 우리가 그를 받아들일 때 그것을 받아들이고, 그것과 싸울 때 그와 싸운다는 것을 믿는다.

그래도 그의 얼굴은 역시 웃고 울고 놀라고 축복하고 소리 지르며 붉어지다가 극도의 고통 속에 꺼져 간다. "엘리, 엘리, 라마, 사박다니!"[20] 두 팔을 벌리고 — 십자가에 못 박힌 두 손 — 우리를 축복한다. 이상한 *제스처*다. 그가 이런 제스처를 하며 우리들 사이를 지나간다. 그러한 제

대립했다. 민주주의나 사회주의에 대한 니체의 비판 역시 이와 같은 맥락에서 이해될 수 있다. 니체에게 비전이란 개인적인 것과 관련된 것으로, 이 대목에서 보듯이 개인적이어서 '표현할 수 없는 것'이 '새로운'과 '우리의 것'과 연관되어 언급되는 것이다.

20) 〔편집자〕 "주여, 주여, 왜 나를 버리시나이까?"(〈마태복음〉 27장 46절).

스처로 십자가에 매달리고 높이 올려진다. 그러한 제스처는 고통을 창조한다. 그러나 그는 축복한다. 사람들은 그와 함께 기도하고 그에게 욕을 한다 ⋯ .

그곳에서 그는 어떻게 서 있었는가? 어떻게?

만일 그리스도가 부활의 부름을 듣지 못한 사람들에 의해 십자가에 못 박혔다면, 니체는 미래를 지향하는 인류가 스스로 죽음으로 못 박았다. 그리고 이미 돌이킬 수 없다. 우리는 반드시 십자가를 향해 나아가야 한다. 반드시. 죽음은 우리가 잠자는 동안 우리를 분해하고 우리가 깨어날 때 긴 잠에 대한 복수를 하며 우리를 십자가에 못 박는다. 죽음과의 투쟁은 십자가에 매달리는 것이다. 우리는 우리 영혼의 골고다로 나아가야 한다. 왜냐하면 골고다로부터 미래의 지평이 열리기 때문이다. 만일 우리가 미래를 원한다면 반드시 나아가야 한다. 그리고 스스로 못 박힌 니체가 우리에게 의무를 호소한다. 나는 더욱 고결하고 더욱 끔찍하며 더욱 고양된 길을 알지 못한다. 운명보다 더한 것을 알지 못한다. 니체는 스스로 못 박았다.

아마 그의 십자가에서 다른 십자가가 생겨났을 것이다. 그 십자가 주위에 군중이 모이고, 이제는 ⋯ 훼손을 당하고 있다.

니체의 십자가가 끊임없이 성장하는 가운데 그 속에는 그가 퇴화된 육체의 낡은 형상을 말할 가능성이 없는 새로운 체험이 있다.

우리는 니체와 함께할 것인가, 아니면 함께하지 않을 것인가?

아니다. 우리는 그와 함께하지 않는다.

우리는 이미 그의 길을 배반했다. 우리는 잘 알려진 인적 없는 골목으로 돌아섰다. 이는 우리 아이들에게 파멸적인 길이다. 우리는 운명적인 길에서 돌아서는 것이 부끄럽다. 그래서 정연한 아치를 그리면서 실내복을 입고 구두를 신고 찻잔을 들고 고향에 갔다. 우리는 겁이 나서 그린 교활한 포물선을 니체의 극복이라고 말한다. 자신과 다른 사람들에게 니체는 이미 과거 사람이라고 믿게 한다. 이렇게 편안한 극복이라니!

우리는 앞에서 부른다. 이 앞에서를 뒤에서라고 불러야 한다.

그러므로 다른 사람에게 '뒤에서'는 진정한 '앞에서'이다!

우리는 니체에게서 얼굴과 *가면*을 만난다. 이 얼굴, 이 *가면*이 그의 책의 페이지에서 우리를 바라본다. 가면은 이국적이다. 얼굴은 먼 가치를 지향한다. 그 가치는 우리를 과거와 미래로 멀리 떼어 놓는 영원한 가치다. 어디로 가야 하는가? 과거인가 미래인가? 그렇지만 과거로의 탈출은 허위의 탈출이다. 그것은 그 자리에 서 있는 핑계일 뿐이다. 니체는 부활을 향한 진실한 열망의 이름으로 과거를 파문했는데, 그는 과거에서 *현재*의 계략을 보았다. 그것은 죽음과의 투쟁을 거부하는 골고다 없는 현재이다. *과거라 불리는 현재로부터* 그에게 전염병과 부패가 흘러나온다. 그리고 그는 복수의 검은 가면을 쓰고 낡은 가치 앞에 서 있다. 그의 단어에서 가면을 벗기라. 그러면 당신은 옛것에 대한 저주가 때로 이해할 수 없는 사랑임을 볼 수 있는 것이다. 이렇게 가까운 것을 잃어버린 사람들은 그들의 심장이 압박하는 것에 무심한 척 할 수 있어야 한다.

니체의 모든 활동은 데카당 시절과 《차라투스트라》를 집필한 시기, 둘로 나뉜다. 그 중간에 니체는 사회적 여건에 의존하려고 했던 것으로 나타난다. 첫 번째 시기는 바그너와 쇼펜하우어의 영향으로 물들었다. 이때 그는 여전히 부르주아적으로 사고하는 경향이 있었다. 그는 문화에서 '음악의 정신'을 고무하는 것을 환영했고 시대의 표식, 삶의 신비의 예언자로 바그너를 지목했다. 그리고 삶의 신비를 무대장치로 자기도 모르게 차단했다. 그에게 리듬은 경련이 되었다. 그는 《반지》에서 신과 유사한 푸주한들의 비호 아래 죽음을 환영했다. 실제로 그들은 배우였고 배우일 뿐이었다. 그는 리듬의 각성을 볼품없는 바그너의 포즈와 혼합했다. 그것은 천재의 포즈지만, 그래도 포즈였다. 그리고 니체에게는 바그너 숭배가 커져 갔다. 여기서 그는 내부의 데카당을 의식했다. 니체가 바그너와 그의 데카당적으로 과장된 수사학을 저주한 것도 다 이런 이유에서이다. 그는 자신의 내부에 있는 자기를 저주했다. "아, 그 늙은 도둑! ─ 그는 바그너를 향해 이렇게 외쳤다 ─ 그는 지친 신경을 각성하는 방법을 음악 속에서 통찰했다. 그는 이로써 음악을 병적인 것으로 만들었다." 니체는 음악정신의 부활을 먼저 개성의 부활과 연관시켰다. 그는 바그너를 부활의 징조로 인정했는데, 그의 말에 따르면 바그너는 "음악까지 병으로 중독시켰던" 미치광이였다.

니체는 음악에 접근하면서 고대 그리스의 디오니소스 제의를 분석했다. 그는 인류 역사의 발전에서 두 개의 힘을 보았다. 역동적 힘과 수동적 힘이 그것이다. 개성의 생생한 리듬은 음악 속에 표현된다. 음악은 우리 내부의 새로운 힘을 폭발시키지만, 과도한 폭발은 우리를 파열시킬 수 있다. 그리고 이제 신화가 등장한다. 신화는 우리에게 삶의 음악적 본질을 감추는 안전판이다. 니체에 따르면, 리듬이 그 리듬을 구축하고 예정하는 신화적 형상으로 대체되는 것은 인류 역사에서 아폴론과 디오니소스의 투쟁으로 구현된다. 비극에서 형상은 리듬에 부과된다. 여기서 대수학(리듬)이 기하학(신화)에 독특하게 부가된다. 그러나 비극에서 형상은 분열된다. 그리고 형상들의 체계가 생겨나는데, 그 체계는 충돌로써 결정된다.

형상은 내부에 리듬을 수용하고 리듬을 양육하기 시작한다. 그리고 증가한다. 형상들의 발전의 역사가 형성된다. 형상들의 발전의 역사는 종교의식의 발전의 역사이다. 이러한 발전의 법칙은 종교발전의 법칙과 같다. 이후 발전규범은 종교적 교리를 형성한다. 인식에 적합한 이러한 교리는 이념이 된다. 이념이 일반적 결정(結晶)의 중심이 될 때 그것은 도덕의 이념으로 변한다. 이렇게 창조의 형상은 리듬에 기생한다. 인식은 형상에 기생하고 도덕은 인식에 기생한다. 삶의 리듬 속에 수많은 기생충들이 번식한다. 삶의 리듬은 약해지고 이와 함께 개성도 약해진다. 니체는 개성을 그 음악적 근원으로 회귀시키면서 종교, 철학, 도덕을 뒤집었다. 니체는 성실하게 문제를 제기했다. 그러나 이 문제를 바그너의 도움으로 해결했는데, 바그너는 *거짓말쟁이*로 나타났다. 그는 본질적으로 영웅이 아닌 배우를, 삶이 아닌 무대를 부활시켰던 것이다. 니체는 문득 이를 깨닫고 자신의 미학에서 세 가지를 수정했다. ① 연극이 예술보다 우세하지 않을 것, ② 배우가 예술가를 소환하지 않을 것, ③ 음악이 예술을 기만하지 않을 것.

그리고 '데카당'을 숭배하고, 니체의 '데카당'만을 숭배하는 우리는 건강에 대한 그의 호소를 바라보며 반대로 행동한다. ① 우리는 연극을 무대에서 혁명의 성전으로 변화시킨다. 소도구의 불꽃이 폭발한다. ② 감독에게 엎드려 절한다. ③ 거짓 음악으로 자신의 귀를 분열시킨다. 바그너와 스크랴빈이면 좋다(페스트 속에 아름다움이 있다). 아니다. 우리의 귀는 레거들, 슈트라우스들, 드뷔시들로 인해 분열되는데, 이들은 교향곡을 기병대의 행진곡으로 능숙하게 변화시켰다. 우리 귀는 충분히 분열되었다. 누가 또 귀를 분열시키겠는가?

니체는 길에서 우연히 주운 해부용 칼 — 생물학 — 로 그 시대의 퇴화한 진보주의자들 — 쇼펜하우어와 바그너 — 과 관련된 것을 자신에게서 잘라 냈다. 그리고 '차라투스트라'를 창조했다. 여기서 오늘날 이해되지 않는 것이 있다. 니체, 데카당, 바그너 숭배자, 쇼펜하우어의 동반자인 비밀스러운 염세주의자로부터 모든 나라의 퇴화한 부르주아는 플루트를 연주하면서 우상을 창조했다. 그들은 바그너와 사이좋게 옥좌를 공유했다. 나는 여기서 살아 있는 니체의 찡그린 얼굴을 상상한다. 이 모든 것이 다음과 관련되어 있다: "*추악하기 그지없는 인간이 신을 영접하는 시몬과 같은 역할을 한다.*"

니체에게 데카당주의는 세 가지 특징을 지니고 있다. 그것은 거짓된 고양, 날조, 순진한 척하기이다. "우리는 구름 위를 떠돌 것이다. 우리는 무한대와 싸울 것이다. 우리는 위대한 상징으로 자신을 에워쌀 것이다." 그는 웃으며 덧붙인다. 붐붐! 그리고 우리는 콘서트홀의 조용한 의자에 앉아 무한대와 싸운다. 우리 시대의 선량하고 단순하지만 영리한 사람들은 그들이 "*최후의 신성 모독*"으로 가고 있다고 우리에게 선언했다(어제 그들이 신문에 났다). 보티첼리의 여신들(어제 즐겁게 춤추던)이 그들을 향해 입을 벌린다. 순전히 '붐붐'이다! 우리는 병적인 단계를 25년 전에 정확히 예견한 니체의 저주를 이해하는 대신 교활한 미소를 지으며 점잖게 저주를 경청한다. "위대한 인물은 과장을 타고난다!"….

그래도 우리는 니체를 바그너와 나란히 앉게 한다.

'붐붐' — 이렇게 우리는 니체와 함께한다.

그다음 우리는 니체를 부른다. "우둔한 자, 시인" — 한 마법사가 차라투스트라에게 독살스럽게 말했다. 우리는 이미 *평평한 판 — 프리드리히 니체의 체계 —* 을 어깨에 메고 그것을 … 문화의 고고학적 벽장으로 옮긴다. 그것은 성물(聖物) 형태를 띠고 있다. 조용하다. 아니면 통나무가 머리를 때릴 수 있다. 니체의 이론은 실천적 이론이다. 우리는 이것을 두려워하며 통나무에 자물쇠를 채운다.

니체는 개성을 말하면서 방법론을 나열하지 않는다. *나열*한다는 것은 행동할 때가 되었을 때 전혀 소용이 없기 때문이다. "가자, 가자! —《차라투스트라》속에서 환성이 울려 퍼진다 — 때가 되었다. 최후의 때가 되었다."

"때가 되었다. 늦었다. 때가 되었다 — 우리도 동의한다 — 잘 시간이다 …." 우리는 촛불을 끄고 따뜻한 교리로 몸을 감싼다.

니체는 학문적 논쟁에서 교리와 싸우지 않았다. 그는 전쟁에서처럼 그것들을 부수었다. 그는 점령당한 상태에서만 전사의 투구를 들어 올린다. 여기서 그는 논증하지 않는다. 그는 우리에게 말없이 미소 짓는다 ….

"오, 나의 영혼이여, 이제 너보다 더욱 사랑스러운 영혼은 없다 ….

누가 너의 미소를 보며 눈물을 참을 수 있겠는가.""더 이상 말하지 마라, 회복기 환자여! 장미에게, 벌에게, 비둘기 떼에게 가라!" 누가 이런 말을 했을까. 그리스도? 아니다. 니체다.

그리고 우리는 침묵했다. 우리는 *니체의 가르침*에 대해 말하지 않을 것이다. 그것은 어디에 있는가? *여기서 그 자신도 침묵한다.* 그는 미소 지으며 호소한다. 그는 *논증하지 않고 실증한다.* 여기서 니체는 밀교(密教) 신자가 되어 우리를 신령의 길로 부른다. 여기에 그의 '요가'가 있고 실천이 있다. 그는 천둥과 번개로 우리를 맞이한다. 그러나 천둥은 또한 예언의 밤에 데메테르의 성전에 들어가는 사람들을 맞이한다. 이 천둥은 정화의 천둥이다. "내가 기뻐하기를 원하느냐?" — 니체가 우리에게 묻는다. 그리고 그를 *보는* 자는 그에게 *말할* 것이다. "당신 뒤를 따라갑니다, 랍비여!" 최후의 만찬이 생각나지 않는가. 우리는 그것을 그와 함께 시작했는데, 다른 만찬은 *다른 이*(*Иной*)가 자신(*Себя*)을 건네주면서 말했다. "모두 마셔라. 이것은 나의 신약의 피니라 …." 그리고 — 최후의 유혹이 있었다. 골고다의 수난이 있었고 변형된 개성의 빛나는 부활이 있었다.

니체에게는 자신의 골고다가 있다.

개종자가 *자기 내부에서 자신을* 발견했다고 말할 때 니체는 다음과 같이 대답할 것이다. "만일 당신이 당신이라면 영원성 속에서 자신을 유지하라." 그는 자신의 개별주의의 골고다 — 정신의 운동 — 를 '영원회귀'라고 명명했다.

'영원회귀' — 외면적으로 이것은 결정론적 패러독스이다. '타재'(他在)[21]의 다른 도구들이 없는 삶의 불멸을 긍정하는 것이다. 여기서 그는

---

21) 〔옮긴이〕 타재(他在, инобытие) : 헤겔철학의 용어. 어떤 것에 대립하여 그것을 부정하고 변화·발전하여 이루어진 존재를 뜻한다. 변증법에서 말하는 반정립이나 이데아에 대한 자연 따위가 해당된다.

우리에게 다음과 같이 말하는 것 같다. "만일 당신의 정신이 강하여 스스로를 유지한다면 나는 당신과 함께 당신의 환희를 당신에게 열어 보일 것이다. 그것은 삶의 환희이다. 그러나 이 삶은 영원히 당신에게만 있다." 그렇다면? 당신의 환희와 함께 무엇이 남았는가?

모든 것은 반복된다. 우주의 원자가 모두 결합된 총합은 무한한 시간 속에서 유한하다. 만일 하나의 결합이라도 반복된다면 모든 결합이 반복될 것이다. 그러나 앞과 뒤에 무한대가 있다. 삶을 조립하는 분자의 모든 결합은 우리 삶에서 무한히 반복된다. 우리도 반복된다. 반복되고 또 반복된다. 우리의 반복을 나누는 수십억 세기는 영과 같다. 의식이 소멸하면서 시간도 소멸하기 때문이다. 우리는 의식 속에서 시간을 측정한다. 그리고 시간의 유한한 단편의 무한한 반복에서 시간의 흐름을 뺀 것은 우리가 존재하지 않을 때, 우리에게 불멸을 창조한다. 그것은 이러한 삶의 불멸이다. 만일 우리가 영원한 불행을 원하지 않는다면 우리는 삶의 매 순간을 행복의 포도주로 가득 채워야 한다. 경쾌함의 교사인 차라투스트라는 우리가 이것에 기꺼이 동의할 것을 요구한다. 본질적으로 그는 우리에게 지옥의 불길 같은 자색 옷을 입히고 이에 대해 교활하게 웃는다. 이것은 "불꽃이 아니라 빨간 장미의 잎이다." "어떻게? — 어머니와 누이를 살해한 알렉산드르 카(Aleksandr Karr)는 소리칠 수 있다 — 나는 도끼를 들고 어머니 앞에 수없이 많이 서 있을 것이고, 그다음 평생 후회하는 공포를 감당할 것인가? 당신은 이 공포를 환희로 바꾸라고 나에게 요구하는가?" "그렇다 — 니체-차라투스트라는 그에게 단호하게 대답했다 — 나는 그것을 요구한다. 아니면 당신은 나의 건강을 맛보지 못할 것이다!" 그러나 "나의 짐은 가볍다", 그는 미소를 숨기고 이렇게 덧붙일 수 있다. 니체는 시험의 무게에 공포를 느끼는 모든 사람을 외면하고, 건조하고 나무랄 데 없이 정중하며 나무랄 데 없이 순수한 고전문헌학 교수의 옷을 입는다. 그는 실크해트를 쓰고 빨간 가죽가방을 들고(그는 그렇게 다녔다) 우리 옆을 지나간다. 아마 강의하러 가는 것 같다. 블라디미르 솔로비요프[22]는 이런 마스크 속에서 위대한 삶의 예지자(叡智者)를 알아차리지 못했다. 그는 "실크해트를 쓴 니체"를 가리키며 경멸하듯 '초-인문학자'라고 말했다. 마치 우리가 본질적으로 경멸할 때 "시인일 뿐"이라고 말하는 것처럼 말이다. 그리고 우리는 그의 본질을 바라본다. 그렇지만 만일 우리가 한 순간이라도 광적으로 니체에 매료된 때가 있었다면, 그때 방이 진동하고, 우리는 '차라투스트라'를 제치고 나와 소리칠 것이다. "이게 책이란 말인가?" 아마 이 순간 니체의 그림자가 우리에게 드리우고 언젠가 들은 적이 있는 부드러운 목소리가 들릴 것이다. "보라, 이것이 나다. 곧 나를 보지 못하게 될 것이다. 그리고 다시 나를 보게 될 것이다. 그리고 그 누구도 너에게서 기쁨을 빼앗지 못할 것이다." 우리 시대는 그를 알아보지 못했다. 가장 믿음 있는 사람들이 그를 버렸다. 우리는 죽음의 골고다를 본다. 거기에는 전직 교수였던 광인 니체가 십자가에 못 박혀 있다. 그러나 현대 모더니스트들이 하는 것과 같은 니체의 의사(擬似, quasi) 극복의 비눗방울은 터질 때가 올 것이다. 새로운 사람들이 낡은 부르주아의 늪에 남게 될 것이다…. 그때 새로운 인간들은 늪에 빠지게 되고, 이제 늪은 그들을 빨아들일 것이다. 그러나 아마 그들은 수탉의 울음소리를 듣게 될

---

22) 〔옮긴이〕블라디미르 솔로비요프(Соловьев, В., 1853~1900): 그리스 고전철학, 비잔틴의 교부철학, 중세 신학과 신비철학, 독일 관념철학 등을 포괄적으로 종합하여 러시아 철학을 독창적이고 체계적으로 집대성한 19세기 러시아의 대표적인 종교철학자이다. 석사논문 "서유럽철학의 위기"(1874)를 통해 서유럽 여러 철학의 추상적 경향을 지적하고, 쇼펜하우어와 하르트만의 철학이 이 경향을 극복했다고 주장했다. 1875년에 이집트에서 환상의 여인과 만나는 신비적 경험을 한 뒤부터 시작(詩作)에 들어갔는데, 종말론적 관점에서 전쟁과 평화의 문제를 논한 《세 가지 대화》(Три разговора, 1900)가 마지막 저서이다. 솔로비요프의 신비주의적이며, 슬라브주의적인 종교철학은 벨르이를 비롯한 러시아 상징주의자들에게 많은 영향을 주었다.

것이다. 그리고 자신들이 모두 함께 니체를 배반했다는 사실을 알게 될 것이다. 그 순간 그들은 자신의 스승을 향해 치명적인 우수를 보낼 것이다. 그리고 그는 그들과 함께하지 않을 것이다.

그러나 아마 그들은 가벼운 바람소리를 들을 것이다. "그리고 다시 나를 보게 될 것이다. 그리고 그 누구도 너에게서 기쁨을 빼앗지 못할 것이다." 그때 니체는 우리들 가운데 일어나서 소리칠 것이다. "죽었다가 다시 살아났다." 그는 먼 미래를 향해 손을 뻗고 먼 미래에 부활할 것이다. 그리고 먼 미래에 인류는 니체의 이름을 삶의 종교를 창조한 위대한 스승의 이름과 나란히 놓을 것이다.

근본적으로 니체가 우리를 부르는 길은 우리가 잊고 있던 '영원'의 길이다. 이 길은 그리스도가 갔던 길이고 지금도 인도의 '*라자요기*'[23] 가 가고 있는 길이다.

니체는 "고양된 신비한 의식"에 다가가서 거기에 '*새로운 인간의 형상*'을 그렸다.

먼 곳에서 그는 실천가가 되었다. 그는 《차라투스트라》에서 개성의 물질적 변형의 길을 제안했다. 여기서 그는 현대의 신지학은 물론 고대의 신비한 교리를 언급했다.

"고양된 의식이 먼저 발생할 것이다 ― 애니 베전트는 말했다 ― 그다음 의식의 출현에 필수적인 신체기관이 형성될 것이다."

니체는 이 말에 동의할 것이다.

---

23) 〔옮긴이〕라자요기(*rāja yogi*) : 라자 요가의 수행자. '요기'(*yogi*) 는 요가 수행자를 의미한다. 라자요가(*rāja yoga*) 는 요가의 네 가지 길의 하나로서 명상과 집중을 통해 신에 도달하는 것이다. 다른 세 가지는 박티 요가(*bhakti yoga*), 즈나나 요가(*jñāna yoga*), 카르마 요가(*karma yoga*) 이다.

입센과 도스토옙스키*

1

도스토옙스키의 이름은 러시아 문학사에 길이 새겨질 것이다. 도스토옙스키는 뛰어난 예술가이다. 그가 위대한지 아닌지는 미래가 말해 줄 것이다. 우리는 아직 그와 가까이 있기 때문이다. 우리는 러시아 문학사에서 그의 자리를 지정할 수 없다. 어제 사람들은 그에게 욕을 퍼부었다. 그렇지만 오늘 그의 이름은 한결같이 칭송하는 합창소리에 둘러싸여 있다. 그런데 이 합창에 다른 음을 내는 소리가 너무 또렷하게 들린다는 것을 의식하지 않을 수 없다. 이 목소리들은 도스토옙스키의 진정한 숭배자인 우리로 하여금 러시아 작가에게 경의를 표하는 모든 찬사에 신중한 태도를 취하게 한다. 우리가 재능 있는 추종자와 함께 가련한 괴물을 만나게 될 것이라는 점을 조심스럽게 지적하고자 한다. 이 괴물은 흥분하여 *자신*을 도스토옙스키라고 할 것이다. 그는 러시아 문학의 퇴화와 공통점이 있다. 도스토옙스키 숭배가 우리를 황폐하게 하지 않았는가!

---

* 〔편집자〕〈천칭〉(1905, No. 12, C. 47~54; 1906, No. 1, C. 47~54)에 처음 발표되었다. 벨르이의 《아라베스크》 91~114쪽에 수록되었다.

도스토옙스키에게는 독수리의 날개가 없다. 있다면 박쥐의 날개가 있을 뿐이다. 도스토옙스키는 러시아가 사멸의 위기에 처해 고통 받을 때 말파리처럼 우리를 쏘았다. 그리고 그가 가져온 해악이 치료되었는지는 아직 알려지지 않았다. 어쨌든 그는 유럽에 정화의 폭풍을 몰고 온 입센이나 니체보다 더 *절실하지는 않았다*. 그리고 이 폭풍은 또한 우리를 자극했다. 니체 이후 도스토옙스키의 길과 니체의 길을 비교하는 것은 부질없는 일이 되었다. 무거운 단어 속에 표현된 소시민성, 비겁함, 불순함 등이 니체와 비견되는 도스토옙스키만의 두드러진 특징이다. 도스토옙스키는 무한성을 거론하기에는 너무 '*심리적*'이다. 여기에 도스토옙스키의 심오함이 도출된다. 그는 끝까지 밀어붙여 영혼을 얻었다. 그런데 심리학에 구축된 깊이는 종종 허위일 때가 있다. 그것은 때로 혐오감을 바탕으로 그려진 신기루의 덮개로 나타난다. 신기루가 흩어지고, 심연이 입을 벌린 곳에서 음울한 영혼의 지평이 펼쳐진다.

도스토옙스키의 믿을 수 없는 복잡성, 그 형상들의 말할 수 없는 깊이는 반쯤은 거짓된 것으로, 때로는 직접 평면에 그려진다. 흐릿한 안개가 현실에 대한 혼란한 태도의 토양 위에 창조되었다. 이 안개는 도스토옙스키의 깊이 있는 재능을 더욱 깊게 했다. 책임의 이름으로 니체의 반란을 카라마조프의 존재와 결합시키기 위해, 즉 정교와 공식 민중성의 형식 속에 결합시키기 위해, 그러한 몰취미를 행하기 위해서는 진정으로 위대한 혼란스러운 인물이 되어야 했다. 결국 그를 혼란스럽게 했던 것은 그의 재능 있는 추종자들(메레시콥스키, 로자노프)을 혼란스럽게 했다. 그들의 몇몇 명제는 골치를 썩였지만 아직 어떤 결론에도 이르지 못했다. 그리고 도스토옙스키가 늪으로 이끌었다. 그리고 이제 다른 길을 찾아야 한다고 솔직하게 말하는 대신 러시아 문학에 종말이 왔다고 말했다.

도스토옙스키는 강했다. 그는 자신의 몰취미의 짐을 끝까지 짊어졌다. 그의 추종자들 중 몇몇은 러시아 문학을 차압당했고 다른 사람들은 헛된 경련 속에서 힘없이 약해졌다. 도스토옙스키의 숭배자들은 지금까지 그의 창조의 기본 성격들을 이해하지 못했기 때문에 조용히 그의 몰취미의 짐을 지고는 전혀 힘들지 않다는 표정을 지어야 했다. 이러한 침묵은 도스토옙스키의 이름이 태양처럼 선명하게 빛날 때도 계속되었다. 그래서 아무도 보지 못한 옷을 바보 취급을 받지 않기 위해 칭찬해야 했던 벌거 벗은 임금님의 이야기가 되었다.

메레시콥스키가 주창한 러시아 문학의 종말은 도스토옙스키를 진정한 세계에서 보려 하지 않은 자연스러운 결과이다. 러시아 문학의 운명이 그에 의해 다 소진된 것은 아니라고 말할 때가 왔다.

도스토옙스키는 신비주의적 책동을 했다. 끔찍한 결합이다! 종교가 진테제의 자유로운 규정 속에서 사회성과 혼합된다. 그때 종교가 사회성 과 일치하는 것이다. 이러한 일치는 깊숙이 음악적이지 않은 도스토옙스 키의 영혼에는 존재하지 않는다. 이것이 바로 그에게 사회성의 부정이 그 사회성의 원칙의 형태를 띠는 이유이다. 폭력배와 흑색백인조[1]의 음울 하고 잔혹한 후광('잔혹한 재능!')[2]이 그의 이름을 에워싸고 있다. 이것이 바로 그의 영혼의 종교적 비밀이 책동으로 더럽혀지는 이유가 된다.

도스토옙스키에게는 청각이 없다. 그는 제일 중요한 시점에 영원히 다른 음을 노래할 것이다. 제일 중요한 것은 그가 일종의 발작을 한다는 것이다. 모든 긍정적인 것은 약속된 것이다. 그는 어린이의 왕국에 있으면서 그들을 타락시켰다(《우스운 인간의 꿈》을 보라). 그의 병적이고 날카로운 목소리를 예의 바르게 설명하기 위해 가장 복잡한 조화의 공식으로

---

1) 〔옮긴이〕 흑색백인조: 니콜라이 2세 시대에 존재했던 단체. 일반적으로 극우 주의자를 일컫는다. 도스토옙스키의 작품 속에 나타난 극우적인 성향과 연결 되어 이해될 수 있다.

2) 〔편집자〕 니콜라이 미하일롭스키(Михайловский, Н. К.)의 논문 "잔혹한 재능" (Жестокий талант, 1882)을 암시한다.

그에게 접근하는 것은 옳지 않다. 그는 자신의 전 생애에 걸쳐 거짓 음표를 골랐다고 인정할 만한 용기가 없었다. 예술은 조화이고, 특히 음악은 가장 완전하고 축복받은 예술이다.

몰취향적인 도스토옙스키의 극복은 두 가지 방법으로 가능하다. 그 길은 ① 니체를 향해 앞으로, ② 고골을 향해 뒤로이다.

우리는 러시아 문학의 원류인 고골과 푸시킨으로 돌아가야 한다. 그래서 도스토옙스키의 대심문관의 손으로 뿌려진 죽음과 부패의 씨앗으로부터 러시아 문학을 구원해야 한다. 혹은 고인이 된 작가가 우리에게 남긴 심리학의 아우게이아스 왕의 마구간3)을 의지에 따라 부유(浮遊)하는 음악으로 정화해야 한다.

푸시킨과 고골은 조용한 초록색 오두막에서도, 페테르부르크의 석조 광장에서도 사려 깊은 행보를 시작했다.

도스토옙스키는 페테르부르크 거주자에게 세심한 행보를 시작했다. 그리고 그의 뒤를 따라 러시아 문학이 행보를 시작했다.

이것이 바로 재능의 마력이다. 그는 조국의 예술에 이렇게 회복하기 어려운 손실을 끼쳤던 것이다.

2

도스토옙스키는 자신의 영혼 속에 밝은 삶의 형상을 지니고 있었다. 그러나 그에게 축복의 장소로 인도하는 길은 밝혀지지 않았다. 그의 시선은 어린아이-천사의 얼굴이 선명하게 나타나는 새로운 러시아 도시로 향하고 있었다. 그러나 그의 주변은 음산하고 지루하다. 얼어붙은 가을

---

3) 〔옮긴이〕 '깨끗이 쓸고 닦아야 할 곳'이란 의미. 아우게이아스 왕의 마구간을 영웅 헤라클레스가 청소했다는 그리스 신화에서 유래했다.

안개 속에서 술집의 불빛이 미소 짓고, 도둑도 아니고 탐정도 아닌 정체 불명의 평민이 뛰어다닌다. 미래의 밝은 형상 위에 방탕한 삶의 어두운 그림자가 드리워졌다. 그리고 이로 인해 어린아이들의 천사 같은 얼굴은 스핑크스의 미소를 짓게 되었다('스비드리가일로프의 꿈'을 보라).

도스토옙스키는 눈앞에 있는 외로운 러시아 평원과 선명한 미래의 평원을 무의식적으로 혼합했다. 그의 주인공들은 푸른 산맥의 대기 속을 헤엄치고 싶어 하지만 푸른 눈 속을 헤엄칠 뿐이다. 이때 용감한 트로이카가 눈보라 속에 방탕한 인간들(로고진과 미첸카)[4] — 대범한 성질 — 을 내던진다. 우, 대범함이라니!

청명한 산은 등반을 요구한다. 도스토옙스키에게는 높이와 크기와 정상이 없다. 그는 행복의 도시로 인해 즐거워하는 사람과 같다. 그는 축복된 그 장소를 묘사하고 싶어 하지만 그의 제스처는 우아하지 않다. 왜냐하면 등반에 필요한 유연성을 육체가 획득하지 못했기 때문이다. 우리는 행복한 사람의 그러한 움직임을 보면서, *영원한 즐거움*으로 우리의 귀를 놀라게 하는 단어들이 *취기의 즐거움*으로 생겨난 것이 아닌가 하는 것을 경계한다. 천상의 즐거움은 섬세함을 요구한다. 그것은 초조한 발작으로 인한 신경성 경련과는 다르다. 불안정한 섬세함은 조야함보다 더 슬프다. 안정은 고결함을 창조한다. 고결함은 산속에 있다. 그러므로 이를 향해 올라갈 수 있어야 한다. 고결함은 영원한 즐거움에 취해 있는 사람들을 술집과 은신처에서 데리고 나온다. 그것은 취한 영혼들을 가혹한 의무의 마스크 속에 부끄럽게 숨기도록 한다. 그것은 산으로 끌고 가서 안개와 낭떠러지와 싸우도록 한다. 그리고 그곳, 영원한 하늘이 있는 곳, 의지의 춤이 조화를 이룬 곳, 영원한 즐거움이 있는 곳, 그곳에서만 순수한 애정을 지닌 사람들이 우리에게 내려온다. 황금빛 빙하가 얼어붙

---

4) 〔옮긴이〕 도스토옙스키의 소설 《백치》(Идиот)의 주인공들.

은 애정을 불태우고, 의무로 고양된 우리 삶은 부드럽게 미소 짓는다. 땅이 하늘이 되기 위해서는 하늘을 찾아내야 한다. 그리고 하늘을 위해 땅을 잊어야 한다. 그때서야 우리는 오랜 방랑 끝에 돌아가야 할 곳의 가치를 알게 될 것이다. 만일 그들이 우리에게 땅으로 돌아가라고 호소하면서 땅에서 떠나지 않는다면, 그들은 진실로 땅을 사랑하지 않고 땅을 알지 못하고 땅을 가치 있게 생각하지 않는 것이다. 그들은 땅 밑에 똑같은 하늘이 있어서 길을 돌아오면 새로운 하늘에 도달할 것이라고 말한다. 만일 땅의 중심에서 살아 있는 모든 것들을 태우는 불꽃이 아니라면, 모두 그럴 것이다. 하늘 반대편에 길이 존재하느냐에 대해 논쟁할 필요가 없다. 문제는 이 길이 사람들에게 예정되어 있느냐 하는 것이다.

도스토옙스키는 이론적으로 알고 있었지만 실제로는 이 모든 것을 잊고 있는 것 같았다. 문제는 이론이 아니다. 도스토옙스키는 이론적으로 무언가를 더 깊이 알고 있다. 그에게는 영혼의 환영의 육체적 특징이 없다. 도스토옙스키는 자신의 환각을 너무 추상적으로 받아들였다. 그러므로 현실의 육체가 정신과 접촉되지 않았다. 이 때문에 그의 주인공에게 육체적 변형을 기대할 수 없는 것이다. 그들의 환영은 경련하고 발작하는 영혼의 병 속에서 빛을 발하는 것이다. 존재는 그들을 광기의 카오스로 이끌고, 책임은 그들의 타는 듯한 고통을 줄여 주지 못한다. 왜냐하면 그들에게는 책임이 없기 때문이다. 도스토옙스키는 책임 — 자신의 우월성 — 을 심리학이라는 싼값에 서구에 팔았다.

책임으로 무장한 채 천천히 올라가서 완전한 황홀경에 다가가기 위해서는 결심이 필요하다. 술집을 나서는 술 취한 무리에 섞여 인류의 구원을 향해 몰려가는 것이 더 쉽다. 도스토옙스키의 주인공들이 바로 그렇게 행동하는 것이다. 그들은 집으로 가지 않는다. 신이 강림하는 집은 … 사창가이다.

황량하고 음울한 넓은 초원과 머리 위에 펼쳐진 높고 넓은 하늘에는 유사한 것이 있다. 이 둘 사이의 광활한 공간에는 책임과 고양이라는 산의 나라가 있다. 이는 종종 실제로 거주하는 사람의 눈에는 보이지 않고, 마찬가지로 미래의 선명한 도시의 거주자에게도 보이지 않는다. 평원이 혹처럼 주름 잡히고 안개가 이들 주름 사이에 펼쳐져서 우리로 하여금 길을 찾기 어렵고 공포에 젖게 하라. 우리는 정상에 올랐을 때에야 비로소 산이 거짓이고 고양되는 것은 환영이라는 것을 알게 된다. 그러나 우리의 의지를 창조하기 위해서는 환영이 필수적이다. 그것은 우리의 고결함을 성장하게 하고 환영이라는 장애를 극복하게 하고 경쾌하고 즐겁게 제스처를 배울 수 있게 한다.

위대한 러시아인들에게는 인류의 더 나은 미래를 볼 수 있는 예언의 능력이 있다. 그러나 러시아인들은 현재의 수모를 꿈속에서 잊는다. 그리고 자신의 졸렬한 속임수로 미래의 형상을 흉내 내면서 정신병원의 환자를 생각한다.

고양된 길을 버리는 고결한 책임은 서구의 운명이다. 이러한 일 때문에 종종 고양되는 목적이 간과된다. 그러나 산 중턱은 밤길을 편하게 한다.

이것이 바로 우리가 우리를 동요하게 하지만 육체가 없는 도스토옙스키를 잊고(잠시 동안이라도), 입센이 제시한 길을 고결하게 받아들여야 하는 이유인 것이다.

3

입센과 도스토옙스키의 성정은 모두 깊다. 더 나아가 도스토옙스키는 넓은 성정을, 입센은 높은 성정을 지녔다.

입센과 도스토옙스키는 우주의 미래에 관한 한 친족관계를 형성한다. 한 사람은 많은 것을 보았지만 길을 알지 못했다. 그래서 일정한 길이 없이 비틀거리며 부끄러워서 낡은 도그마로 겉을 가리고 있었다. 다른 사람은 적게 보았을지 몰라도 이 때문에 오히려 더 올바른 길을 갈 수 있었다. 그는 미래의 그림을 따라갈 뿐 아니라 현재를 둘러싼 수직선과 낭떠러지를 따라 자신의 발밑을 살피며 길을 정했다.

도스토옙스키가 몽상적 예언자라면 입센은 능숙한 기술자요 엔지니어다. 입센은 부분적으로는 *천재적*이지만 토대가 없는 도스토옙스키의 계획을 *가능한 한* 실행했다. 입센은 처음으로 영혼 속에 높고 낮음이 있다는 것을 알아차리고, 이로써 공기가 희박한 도스토옙스키의 넓은 평면에 공기의 전망을 선사했다.

입센은 카오스의 영혼을 조직했다. 이것이 그가 부조(浮彫)를 조각하고 그 부조를 통해 공간을 부여하고 카오스를 조절한 이유이다. 여태까지 높이 올라가기를 꿈꾸었지만 결코 태양에 도달하지 못하고 트로이카를 타고 멀리 평원을 질주했을 뿐인 사람들이 갑자기 열심히 높은 탑을 건축하고는 조용히 그 위로 올라간다. 입센은 광산 기사처럼 주변 사물을 단순화하거나 판단하지 않고 일정한 건축으로 인도한다. 이것이 바로 그가 도스토옙스키보다 제한적인 이유이다. 그러나 그는 보다 덜 튀지만 보다 더 문화적인 사람일 것이다.

잊지 말아야 할 것은, 그가 프시브이솁스키처럼 재능 있는 여러 작가들이 즐겨했던 것같이 다양한 심리적 포커스 속에서 호기를 포착하는 대중에게 제한적으로 보인다는 것이다. 종종 교묘한 속임수나 카드의 눈속임 또한 심리학의 섬세함의 의미로 사용된다. 프시브이솁스키 소설의 약삭빠른 사람들에 비해 보르크만들, 솔네스들, 루벡들은 여전히 너무 직선적이고 무겁다. 그러나 그렇기 때문에 입센의 주인공은 진정한 주인공이 된다.

다양한 척도에서 도스토옙스키와 입센의 재능을 측정할 수 있다. 도스토옙스키의 깊이가 넓이의 수준(모든 사람)에서 측정된다면, 입센의 깊이는 높이(탑으로 올라가는)로 규정된다. 높이와 넓이는 아직 무언가 높고 무조건적인 것(신의 도시)에 의해 연결되지 않은 채 시간의 충돌 속에 돌입한다. 이것이 바로 입센이 도스토옙스키보다 고결한 이유이며 이것이 바로 도스토옙스키가 입센보다 변함없이 넓은 이유이다. 그는 변함없이 넓고 저급하다. 도스토옙스키는 평민이고 입센은 귀족이다. 다른 현대 작가들의 주인공들은 종종 호텔 로비를 미끄러져서 정부(情婦)에게 달려간다. 넓이를 향해 달려가는 것이다. 입센의 주인공들은 올라간다. 바로 여기서 그들의 무게감이 나온다. 그러나 무게는 잠재된 에너지의 특징이다. 입센의 주인공들은 그 비밀스러운 힘 때문에 강하다. 그들의 육중함은 우리를 매료시킨다. 왜냐하면 그들은 중요한 순간에 일을 놓아 버리지 않고 배신하지 않고 힘이 미치는 한 높고 고상한 공적을 이루기 때문이다.

그들은 항상 제자리에 있고 자신을 책임질 준비가 되어 있다. 그들은 책임감으로 인해 권력에 둘러싸이게 된다. 그들은 행정관과 유사하고, 그래서 그들은 술집에서 수다를 떠는 도스토옙스키의 더럽고 흐트러진 영혼과는 반대로 말과 행동을 신중하게 하는 것이다.

행정관의 결정에 조국의 패망이 달려 있을 때 그의 침묵을 비평하는 것은 쉬운 일이다. 꿈은 아무리 매혹적일지라도 그를 위한 것이 아니다. 행정관이라는 지위 때문에 그의 운명은 실제보다 더욱 제한이 많다. 입센의 주인공들의 고난과 상대적인 침묵은 바로 이 책임감에서 비롯된다. 그들 주위에는 항상 순수한 비극주의5)의 긴장이 있다. 그들은 순직하게 될 것

---

5) 〔옮긴이〕'비극주의'(трагизм)는 니체철학을 지칭한다. 니체의 철학을 비극주의로 규정할 수 있는 이유는 무엇보다 니체가 자신을 비극을 철학적 파토스로 바꾼 첫 번째 철학자로 지칭했기 때문이다(《이 사람을 보라》, 《비극의 탄생》 3장). 니체에게 비극은 디오니소스적인 것을 말하는데, 그것은 이 세계 속에서 힘에의 의지와 영원회귀의 모습으로 나타난다. 그런 의미에서 그리스 비극에서 최초로 형상화된 비극주의는 니체철학 전체를 관통하는 핵심개념의 하나로 나타난다.

이다. 도스토옙스키의 주인공들은 때로 애처롭기까지 한 말의 홍수에 항상 젖어 있다. 그들은 항상 자신들의 파멸에 대해 울음을 터뜨린다.

화강암 덩어리를 던질 수 있는 에너지가 이 거대한 작업의 목적이라는 것을 잊지 말자. 그것은 언젠가 분명히 인식되었던 것이다. 만일 입센의 주인공들이 하늘을 지향한다면 그들은 하늘을 볼 것이다. 하늘이 어떤 것인지 그다음에는 잊어버릴 수 있다. 그러나 하늘을 본 사람은 신의 도시를 본 것이다. 입센은 우리에게 행복한 그림을 제시하지 않는다. 그의 시선이 향하는 곳은 *지금 여기*에서 다리가 심연으로 미끄러지지 않는 곳이다. 순간의 위험은 안개로 태양을 덮고 위업의 고난이 증대된다.

입센의 창작은 안개로 덮인 산 정상과 같다. 빙하 속에 눈보라가 몰아치고 먹구름 사이로 초라하게 비에 젖은 버려진 저지대(低地帶)가 보인다. 입센의 주인공들은 항상 산을 향해 떠난다. 이는 그들이 태양을 갈망한다는 것을 의미한다. 도스토옙스키의 주인공들은 마치 그들이 태양의 도시에 가본 것처럼 이야기하지만 사실은 방 안에서 한 발자국도 나가지 않았다. 입센의 주인공들은 의연하게 산에서 죽는다. 그들은 다른 인물들이 허름한 술집에서 소리 지르는 것에 대하여 말하지 않는다. 행복이 그들의 심장을 동요하게 하지만, 그러나 그들은 동요하면서도 위업의 고난을 잊지 않는다. 그들은 황홀경의 불길은 축복으로 고양된 산길을 적시지 않는다는 것을 알고 있다.

입센의 주인공들은 신비주의의 묵시록으로 타오르지 않는다. 아마 그들은 자신을 위해, 자식을 위해, 높이를 위해 자신의 불꽃을 순결하게 보존할 것이다. 아마 그들은 이미 먼지를 뒤집어쓰고 산속에서 이제 멀리 떨어진 과거의 어린아이 같은 황홀경의 미소를 짓고 있을 것이다. 도스토옙스키의 주인공들은 항상 바닥에 있는데 우리는 그들의 영혼의 바닥을 보지 못한다. 도스토옙스키는 종교적이다. 그러나 그의 종교의 불꽃은 체험의 언어적 회화 이상이 되지 못한다. 이 회화는 기독교라는 외피

속에 교묘하게 감춰져 있다. 도스토옙스키가 교묘하게 자신의 아나키즘을 기독교에 짜 맞춘 것은 신비주의나 무의식적 위선 등으로 그를 질책하게 하는 원인을 제공했다.

입센의 주인공들은 말에 있어 보다 순결하다. 그러나 입센의 주인공들도 더러운 술집에서 자신이 영혼을 누설하기 때문에 그들에게 도스토옙스키의 묵시록적 히스테리가 낯선 것이라고 말할 수 없게 된다. 입센의 주인공들은 음울하다. 그러나 도스토옙스키의 환희는 종종 히스테리와 간질로 끝난다. 운명과 싸우다가 냉정하게 죽음을 준비하는 것과 정신착란의 카라마조프의 신비주의 가운데 어느 것이 더 끔찍한지는 모르겠다. 묵시록과 비극은 연관 지을 수 있지만, 묵시록과 간질은 그렇지 않다. 이 모든 병원 형식의 신비주의에서 위선의 악취가 피어오른다.

입센의 주인공들은 무겁다. 그들은 어눌하게 말한다. 그들은 항상 외부의 사물과 그 관계에 대해 말한다. 그러나 그들이 사물들에 상징적 의미를 부여할 때, 그것은 선명하고 직선적이 된다. 입센의 외부세계는 파열되지 않는다. 그렇지만 이 때문에 거의 구현되었다 할 만큼 선명한 상징이 그토록 강한 것은 아닐까? 우리는 왜 보르크만이 지팡이를 짚고 삶과 투쟁하러 갈 때 동요하는가? 그리고 반대의 경우, 즉 도스토옙스키의 주인공 키릴로프가 "샤토프, 당신에게 영원한 조화의 순간이 있었소?"[6] 라는 무서운 말을 할 때 우리는 왜 놀라지 않는가?

입센에게 종각은 그 의미가 직접적이든 상징적이든 항상 종각이다. 그에게 현실의 테두리는 외부형상에 의해 분리되지 않는다. 그러나 들어 보라. 차갑고 단순한 단어 속에 수많은 음악이 있다. 입센의 주인공들의 영혼 속에서 변형의 투쟁이 일어난다. 우리에게 전혀 알려지지 않은 영혼 속에서 그들은 삶을 건설하는 낡은 방법을 이용하며 그 속에 증대된 비밀

---

6) 〔편집자〕 도스토옙스키의 《악령》의 부정확한 인용.

의 새로운 전율을 삽입했다. 입센의 주인공들은 말과 희망 면에서 도스토엡스키의 주인공들이나 오늘날의 신비주의자에 비해 보다 보수적이다. 그러나 그들의 행동은 혁신적이다. 이것이 바로 그들이 새로운 도시를 희망하는 우리에 비해 테우르그(Teypr) 7) 인 이유이다. 그들은 책임 있는 위치로 인해 도스토엡스키의 무거운 유산을 끌고 다니며, 우리가 수다스러운 곳에서도 말이 없다. 그러나 그들 뒤에는 군중이 있다. 카라마조프들과 베르시로프들은 그 누구도 자기들 뒤를 따라오지 않는다는 것을 알고 있다. 이것이 바로 그들을 무책임하게 만드는 것이다. 이것이 바로 그들이 자신의 시각에 토대가 없는 것에 감동하고, 정직한 사람에게는 슬프거나 고통스럽지 않은 비밀을 양산하는 이유이다.

입센의 창작은 빙하를 향한 소명이거나 심연을 향한 추락의 묘사일 뿐 아니라 산길에 대한 학문이다. 즉, 다리를 건설하고 화강암을 폭파하는 기술적 문제인 것이다. 등반 목적은 잊어라. 그러면 방법이 연구되고 목적이 드러나고 유랑의 안개가 걷히게 될 것이다. 입센의 주인공들이 잘 깔아 놓은 길을 따라 니체가 산에 올랐을 때는 이미 황금 칼이 안개를 갈랐던 때이다. 여기서 우리는 산의 안개 뒤에 얼마나 눈부신 풍요가 있는

---

7) 〔옮긴이〕 테우르그(Teypr) : 테우르기아(теургия)를 실행하는 학파.
테우르기아(그리스어 θεουργία) : 그리스어로 '신'을 뜻하는 θεός와 '의식, 희생'을 뜻하는 ὄργια가 결합하여 만들어진 단어. 신적인 행위, 성스러운 의식을 의미한다. 고대 그리스에서 테우르기아는 도움, 지식, 물질적 이익을 위한 신, 천사, 아르한겔과의 실질적 교감을 목적으로 하였다. 테우르기아는 다양한 의식행위와 기도 형식으로 구성되어 영적인 존재와의 직접적인 접속을 추구했다. 이후 '비교'(эзотерика)의 형태로 발전되었다.
한편 솔로비요프는 테우르기아를 '신비주의를 흡수한 창조의 본질적인 합일'로 보았는데, 성스러운 창조 속에 지상과 천상의 합일이 있다고 간주한 것이다. '내면적인 창조행위로써 보다 높은 세계와 접속'한다는 '테우르기아'에 대한 솔로비요프의 현대적 해석은 벨르이를 비롯한 러시아 상징주의자들에게 많은 영향을 주었다.

지를, 그리고 밑에서 우리를 잡는 것이 더 이상 아무것도 없다는 것을 알게 되었다. 우리는 빛이 있다는 것을 알고 있다. 우리는 그것을 아는 것으로 충분하다. 만일 그들이 술집에서 혹은 아코디언의 쉰 목소리 속에서 가르치려 한다면, 우리는 널리 알려진 묵시록적 황홀경 없이도 한동안 살 수 있을 것이다. 축복받은 고독은 몰락한 신비주의자의 압박으로 찢어진 영혼에 휴식을 준다.

차라투스트라의 목소리가 이제 해방을 위한 준엄한 전사들인 루벡과 브란트의 무덤을 향해 우리를 부른다. 우리는 술집에서 수많은 맹세를 들었다. 그곳은 신비주의자가 형사와 형제를 맺는 곳이고, 비록 '거미가 있는 목욕탕'일지라도 영원을 사칭하는 형상이다.

이제 우리는 그러한 광대함과 결별할 때가 되지 않았는가? 이제 그것을 정리하고 축소하여 입센의 형상이 외로이 서 있는 산길을 따라갈 때가 되지 않았는가?

신성한 색채*

"*신은 빛이고, 그에게는 그 어떤 어둠도 없다.*"[1] 빛이 색과 구별되는
것은 그 안에 색채들이 가득 차 있다는 것이다. 색은 빛이다. 그것은 이
런저런 관계로 어둠에 의해 구획된다. 이것이 색이라는 현상이다. 신은
우리에게 ① 무조건적 존재로서, ② 무한한 존재로서 나타난다.

　무조건적이라는 것은 빛에 대한 것이다. 무한하다는 것은 아마 하얀색
광선에 포함된 무한한 색채에 의해 상징화될 것이다. 이것이 바로 "신은
빛이고, 그에게는 그 어떤 어둠도 없는" 이유이다. 예언자 다니엘이 말했
다. "나는 보았다. 옥좌가 세워지고 구약의 신이 매일 앉아 있었다. 그의
옷은 눈처럼 하얗다 ⋯ ." 우리는 신의 형상을 본떠서 만든 존재이다. 우
리 존재의 깊은 본성은 빛을 지향한다. 이것이 바로 궁극적 신성의 대립
이 색이 완전히 부재할 때까지 그 조건적 경계로서 우리에게 나타나는 이
유이다. 만일 하얀색이 완전히 구현된 존재의 상징이라면, 검은색은 비
존재, 즉 카오스의 상징이다. "그래서 그들은 (불신하는) 눈이 먼 것에 놀

---

　* 〔편집자〕 벨르이의 《아라베스크》 115~129쪽에 처음 발표되었다. 이 논문은
　　1903년에 쓰였다.
　1) 〔편집자〕 "신은 빛이다"의 부정확한 인용. 〈다니엘서〉 2장 22절을 보라.

라는 것이다. 칠흑 같은 어둠에 싸여 있는 것처럼 그때 그들은 각자 나갈 곳을 찾는다." 검은색은 악이 존재의 총체성을 파괴하고 이에 환영성을 부여하는 원칙이라고 현상적으로 규정된다. 회색은 존재 속에서 비존재를 구현하고 존재에 환영성을 부여하는 것을 상징한다. 회색은 하얀색에 대한 검은색의 관계로 창조되고, 따라서 우리가 악으로 규정하는 것은 중간성과 이중성의 정도에 달려 있다. 덴마크 개처럼 꼬리가 있고 코감기에 걸린 교활한 사기꾼으로 악마를 규정함으로써 메레시콥스키는 미래의 색채 신지학의 견고한 토대를 구축했다.[2] 그렇지만 안타깝게도 앞으로의 결론을 위한 문을 열면서 자신은 그 안을 들여다보지도 않았다.

우리는 회색의 성질에 입각하여 악의 실제적 작용을 포착할 수 있다. 이런 작용은 관계된 것 없는 관계의 본질로 고양된다. 이런 관계는 영이고, 이유도 근거도 없는 재와 먼지의 회오리에서 창조된 기계이다. 이런 중간성의 논리는 다음과 같다. 즉, 어떤 절대적인 것이 존재한다고 가정하자. 그러면 절대적인 것의 출현은 특별한 차원으로 완성된다. 그 차원을 깊이라 하고 그와 대립되는 것을 평면이라고 하자. 이렇게 우리가 대상의 차원을 위해 세 개의 좌표축을 부활시킬 때 우리는 세 개의 축 가운데 하나를 깊이의 차원, 평면에 놓여 있는 것을 수직의 차원, 그리고 길이와 넓이를 평면 차원이라 할 수 있다. 다르게 할 수도 있다. 우리는 깊이의 차원을 넓이의 차원이라고 할 수도 있다. 좌표축의 선택은 우리에게 달려 있다. 만일 절대적인 것이 상대적인 것과 심히 비교된다면, 우리가 깊이와 평면을 선택하는 것은 항상 상대적이 될 것이다. 우리는 좌표축의 교차점과 같다. 우리는 좌표의 원칙이다. 이것이 바로 우리가 깊

2) 〔편집자〕 메레시콥스키(Мережковский, Д. С.)의 《레르몬토프, 초인의 시인》(Лермонтов. Поэт сверхчеловечества, М., 1909)과 《고골의 악마》(Гоголь и черт, М., 1906)를 보라.

이, 넓이, 길이의 선을 나누는 것이 허용되는 이유이다. 이런 논리는 모든 깊이를 평평하게 한다. 모든 것이 파헤쳐지고 쓸려가지만, 아무것도 쓸려가지 않는다. 그것은 마치 칸트의 본체계(*noumena*)처럼 환상적 현실을 제한하지만 스스로는 존재하지 않는다. 세계는 불필요한 그림으로 나타난다. 거기서는 모두 일그러진 초록색 얼굴을 하고 달려간다. 공장 굴뚝 연기로 장막을 친 채 달려간다. 도시에서 그러는 것처럼 불필요한 충동 속에 마차에 뛰어오른다. 마치 유일하게 도망칠 곳은 자기 자신인 것 같다. 그러나 유일한 구원인 '나'는 검은 심연일 뿐이다. 이곳을 향해 다시 먼지기둥이 몰아치고 우리가 잘 알고 있는 추태가 연출된다. 그리고 당신은 모든 환영과 함께 환영은 모든 영과 함께 영원히 사라지는 것처럼 느낄 것이다. 그러나 당신은 사라지지 않는다. 왜냐하면 모든 것이 똑같이 축소되고 똑같이 날아간다면 사라질 곳이 없기 때문이다. 이렇게 세계는 영에 접근하고, 이미 영이 된다. 그리고 마차는 느릿느릿해진다. 그 뒤를 따라 차양모자와 약모(略帽)를 쓴 창백한 영들이 질주한다. "정신 차려! … 이것이 무슨 짓이야?"라고 소리치고 싶다. 그러나 당신의 외침은 구경꾼을 부를 것인데, 아마 경찰을 부를 수도 있을 것이다. 불합리가 커지면서 눈을 뜨려는 노력에 대해 복수한다. 니체를 기억하라: "황야가 커질 것이다. 황야가 숨어 있는 곳에 비애가 있다."[3] 그리고 무언가 혐오스러운 것이 가슴에 가득 찬다. 이것이 또한 악마이고 모두에게 내려앉는 회색 먼지이다.

  절망의 비명이 영혼에서 터져 나올 때, 그때서야 회색 신기루가 흔들리며 빛을 꺼뜨릴 것이다. 그 비명은 환영을 잡아 찢을 것이다. "그날이 오면 성난 바다가 포효하는 것처럼 그를 향해 포효할 것이다. 그리고 그는 대지를 바라볼 것이다. 그곳에는 어둠과 고통이 있을 것이다. 그리고

---

3) 〔편집자〕니체의 《차라투스트라는 이렇게 말했다》에서.

빛은 구름 속에서 어두워질 것이다"(〈이사야서〉). 여기에는 예상 못한 많은 거짓이 있다. 그것은 발아래 있는 심연처럼 드러난다. 이것이 실제의 심연이고 그 관계는 본질로 간주된다고 누가 말할 것인가. 예술에서 모든 심연의 관조를 애호하는 현대인들은 거의 모두 이 단계에 있다. 그렇지만 잊지 말아야 할 것은, 여기에는 그 어떤 심연도 없다는 것이다. 이것은 눈속임이다. 먼지구름이 손에 든 전등을 꺼뜨리고 견고한 벽으로 영원의 빛을 차단했다. 이것은 먼지의 검은 벽이다. 그것은 첫눈에는 심연처럼 보이는데, 마치 빛이 들지 않는 창고가 바닥없는 검은 우주처럼 보이는 것과 같다. 이때 어둠은 그 경계를 보는 것을 허용하지 않고 눈을 멀게 할 것이다. 그러나 분기하는 카오스를 두려워할 필요는 없다. 그것은 장막, 극복해야 할 시련이라는 것을 기억하면 된다. 어둠에서 탈출하기 위해서는 어둠 속으로 들어가야 한다.

어둠을 가르는 첫 번째 빛은 악의적 뉘앙스의 노란 갈색 먼지로 채색되어 있다. 이 악의적 광선은 꿈과 현실 사이에 위치하여 각성하는 모든 사람에게 잘 알려져 있다. 카오스를 극복함으로써 이 악의적 광선을 흩어지게 하지 못한 사람에게는 고통이 있다. 그는 환영에 질식당해 추락할 것이다. 그리고 자신의 꿈에 보였던 길을 충분히 파악하지 못했던 레르몬토프(М. Ю. Лермонтов)는 항상 자신의 깊은 시력의 주변을 파헤쳤다.

> 어린 시절부터 내 속에는
> 천상의 불꽃이 보존되어 있다.
> 그러나 운명은 그에게 명한다,
> 어둠 속에 살았던 것처럼 어둠 속에 죽으라. 4)

---

4) 〔편집자〕레르몬토프의 시 〈단편〉〔《삶의 희망을 두려워하면서 …》(На жизнь надеяться страшась, 1830)에 수록〕에서.

구현되지 않은 시각의 공포가 형리의 도끼처럼 그의 머리 위에 매달려 있었다.

나는 두려운 마음으로 미래를 바라본다.
나는 애수에 차서 과거를 바라본다.
그리고 주변에서 친족의 영혼을 찾는다.
처형을 눈앞에 둔 죄수처럼. 5)

그리고 레르몬토프 자신이 그 속에서 신성한 미소를 보았던 석양은 타오르는 불꽃처럼 반짝인다.

석양은 줄무늬 불길처럼 타오른다.
나는 말없이 도취되어 창가에 있다.
아마, 내일 그것은 내 머리 위에서
죽어 버린 차가운 시체처럼 반짝일 것이다. 6)

레르몬토프는 자신을 압박하는 분위기의 본질을 전혀 이해하지 못할 운명이었다. 그 분위기는 자세, 온화한 염세주의, 우주적 비애, '*시적*' 슬픔으로 언급할 수 있는데(끔찍하게도!), 이때 이 모든 것에는 신성한 예언적 우수의 흔적이 깃들어 있다.

그러나 "첫 번째 열린 눈동자의" 운명이 그랬다. 그것은 꿈에서도 승리에서도 똑같이 먼 거리에 있다.

---

5) 〔편집자〕 레르몬토프의 시 〈두려움으로 미래를 바라본다 …〉(Гляжу на будущность с боязнью …, 1838) 에서.
6) 〔편집자〕 레르몬토프의 시 〈죽음〉(Смерть, 1830) 의 부정확한 인용.

눈물의 불꽃이 뺨을 타고 흘러내린다.
그 눈물은 가슴에서 우러나는 것이 아니다.
거짓된 삶에 속아 가슴속에 담긴 것,
그것은 항상 가슴속에서 사멸할 것이다. 7)

그 이유는

화염과 불꽃에서
태어난 단어는
속세의 소음 속에서
대답을 듣지 못할 것이다. 8)

개별적으로 뛰어난 개성의 운명에는 전 시대의 운명과 전 세계적-역사적 운명이 암실상자처럼 반영되어 있다. 개별적 인물들은 우리의 미래의 비극을 연기하는 배우가 된다. 처음에는 배우가 되었다가 다음에는 아마 사건의 행위자가 될 것이다. 그가 착용한 마스크는 얼굴에 더욱 밀착될 것이다. 그러한 인물들은 종종 전 세계적-역사적 힘이 부가되고 교차하는 점이 될 것이다. 그들은 우리에게 미래의 바람을 통하게 하는 창문인 것이다.

레르몬토프가 그런 인물이었다. 당신은 그의 운명에서 우리를 위협하는 운명을 보게 될 것이다. 그의 머리 위에 걸려 있는 도끼는 우리 모두를 위협한다.

---

7) 〔편집자〕레르몬토프의 시 〈로망스〉(Романс, 1830~1831) 에서.
8) 〔편집자〕레르몬토프의 시 〈말에는 의미가 있다 … 〉(Есть речи - значенье …, 1840) 에서.

노쇠한 세계의 운명은 당신에게 무엇인가?

당신의 머리 위에서 도끼가 흔들린다.

어쩌란 말인가? 당신들에게서 그것을 보는 사람은 나 혼자인 것을. 9)

그 위에 도끼가 걸려 있는 *노쇠한 세계* 앞의 공포는 '창세기 이래 존재하지 않았던 우수'의 날들, 즉 마지막 날들에 대한 단어를 상기시킨다. 멀리 계단이 있고 미래의 복수자의 형상이 레르몬토프 앞에서 분기해야 한다. 그리고 그 형상은 분기한다.

러시아의 검은 해, 그 해가 다가온다.

이때 죽은 시체의 악취에서 페스트가

슬픔에 젖은 마을을 돌아다니기 시작할 것이다…

그리고 강가의 파도를 붉게 물들일 것이다…

그날이 오면 강인한 인간이 나타날 것이다…

그리고 그 속에서 모든 것이 끔찍하고 음울할 것이다. 10)

여기서 그는 현대의 시인들과 작가들에게 공명한다.

종말이 벌써 가까워졌다. 곧 예기치 못한 일이 일어날 것이다. 11)

— 솔로비요프

나는 거대한 재앙이 임박했음을 느낀다!

그러나 임박한 재앙의 소리를 듣는 사람은 아무도 없다…. 12)

— 골레니셰프-쿠투조프

---

9) 〔편집자〕레르몬토프의 시 〈나는 생각에 잠겨 격렬한 주연 속에 앉아 있다…〉 (На буйном пиршестве задумчив я сидел…, 1840년 판) 의 부정확한 인용.

10) 〔편집자〕레르몬토프의 시 〈예언〉(Предсказание, 1830) 에서.

11) 〔편집자〕솔로비요프의 시 〈꿈이 현실로〉(Сон наяву, 1895) 에서.

'지저분한' 선술집은 도스토옙스키의 모든 소설에 등장한다. 그곳에서 주요 등장인물들은 러시아와 전 세계 역사의 최후 운명에 대해 가장 중요하고 추상적이며 이상한 대화를 한다. 그리고 당신은 바로 이 하인스럽고 '스메르자코프스러운' 저속한 상황이 그들의 대화에 특별히 현대적이고 러시아적인, 천둥이 치기 전 하늘과 같이 불길하고 악의적인 묵시록의 그림자를 부여한다고 느낄 것이다(메레시콥스키).

영원한 빛의 광선은 여기, 시각적으로 순진한 회색의 중앙에 끔찍하지만 진실한 뉘앙스를 부여한다. 우리는 이 단계를 극복하고 또 다른 시련에 접근한다. 갑자기 모든 것이 붉은 노을의 불꽃 광채로 보이는 것이다. 하얀 광선이 일정한 두께와 밀도의 먼지 덮인 불투명한 주변을 통해 지나면서 붉은색을 띤다는 것은 물리학에서 잘 알려진 속성이다. 이렇게 붉은 효과는 하얀 빛과 회색 주변의 관계에 의해 창조된다. 붉은색의 상대성, 환영성은 독특한 신지학적 발견이다. 이렇게 우리가 도달할 수 있는 마지막 본질 속에서, 지옥 불길의 붉은 노을 속에서 적이 나타난다. 기억해야 할 것은, 이것이 상대성의 마지막 경계이며 환영의 환영이라는 것이다. 한편 이것은 사실적인 것보다 더욱 사실적이며 뱀의 실루엣을 지니고 있다: "이것은 일곱 개의 머리와 열 개의 뿔을 가진 커다란 붉은 용이다. 그의 머리에는 일곱 개의 왕관이 있다. 그의 꼬리는 하늘에서 세 번째 별을 끌고 왔다"(〈요한계시록〉).

이것은 신기루이다. 이것은 인간에게 쌓여 있는 먼지의 잔해를 태운다. 이것은 우리의 눈동자 속에 있다. "그들 앞에 — 지혜왕 솔로몬은 말했다 — 공포에 가득 찬 저절로 타오르는 불덩이가 나타났다. 그 불덩이는 *보이지 않는* 환영을 무서워하며 더욱 망가진 현실을 표상했다."

---

12) 〔편집자〕 골레니셰프-쿠투조프의 시 〈1902년 1월 1일〉(1-е января 1902-го года)의 부정확한 인용.

사랑은 이 단계에서 모든 것을 삼킬 듯한 열정의 불길의 색으로 채색되
었다. 그것은 어둠의 마법과, 지상과 악의 불길로 가득 차 있다.

> 나는 외로이 당신에게 다가간다.
> 사랑의 불길의 마법에 걸려
> 너는 알고 있지만 나를 부르지 않는다.
> 나는 이미 오래전부터 스스로 마법을 건다.
> 마법에 사로잡힌 날들
> 나는 수년 동안 즐거워했다. 너는 부르지 않는다.
> 이제 곧 불길이 꺼질 것이다
> 마법에 걸린 어두운 사랑의 불길이. 13)

— 블록

이러한 사랑은 〈요한계시록〉에 언급된 형상이 나타나게 할 수 있다.
"나는 적자색 짐승 위에 앉아 있는 아내를 보았다. … 그녀의 이마에는
이름이 쓰여 있었다. 비밀, 위대한 바빌론, 방탕하고 추악한 자들의 어
머니."14)

여기에 머물러서는 안 된다. 여기 있으면 타 버릴 것이다. 그러니 앞으
로 나아가야 한다. 이것이 시험이라는 것은 사도 베드로의 말로 충분히
명확하게 나타나지 않았는가. "사랑에 빠진 자들이여! 당신을 시험하기
위해 보낸 유혹의 불길은 당신에게 이상한 모험과 같은 것이니 피하지 마
시오. 그러나 당신이 그리스도의 고난에 참여하는 것을 기뻐하시오." "만
일 너희의 죄가 적자색이라면, 내가 그것을 눈처럼 하얗게 할 것이다—

---

13) 〔편집자〕 블록의 시 〈나는 외로이 당신에게 다가간다 … 〉(Одинокий, к тебе
  прихожу … , 1901) 의 부정확한 인용.

14) 〔편집자〕 〈요한계시록〉(Откровение) 17장 3~4절의 부정확한 인용.

예언자 이사야가 말했다 — 만일 선홍빛처럼 붉은색이라면, 내가 그것을 파도처럼 하얗게 할 것이다.""그러나 이 불길 속에서, 세계가 끝까지 다 소실(燒失)되어야 하는 이 화재 속에서 갈릴리의 시들지 않는 신선한 백합이 있다. 이 하얀 백합의 향기 속에, 부활한 육체의 하얀 향기 속에 백합 같은 비밀이 있다"(메레시콥스키). 자신의 피로 불을 끄고, 그것을 고난의 적자색 어의(御衣)로 변화시키는 것은 우리 의지에 달려 있다. 그러면 우리는 소실되고 바람이 회색 재를 실어 나를 것이다. 그리고 그 재로써 환영을 빚을 것이다. 피의 땀을 흘릴 때까지 기도하는 것만이 붉은 공포의 마법을 깨뜨리고 우리를 타는 것에서 구원할 것이다. "기도를 멈추느니 죽는 게 낫다." 예언자 다니엘은 이렇게 말했다. 다니엘은 기도로써만 타오르는 '난로의 불길'을 끌 수 있었다.

"그리고 그는 내게 위대한 사제 예수를 보여 주었다 — 자하리야는 말했다 — 그리고 대항하기 위해 그의 오른편에 서 있는 사탄을 보여 주었다. … 그리고 신은 사탄에게 말했다. 신은 너를 금한다, 사탄아, 그리고 신은 너에게 선택된 예루살렘을 금한다. 그는 *불꽃에서 건진 냉과리*[15] *가 아닌가*." 여기서 구세주(Спаситель)는 "불꽃에서 건진 냉과리"로 불린다. 그리스도는 투쟁과 공포의 중심으로 구현되고, 투쟁에서 이기기 위해 지옥으로, *붉은 곳으로* 들어가고, 모두를 위해 길을 자유롭게 남겨 놓을 필요가 있다. 그는 승리했다. 유혹은 강의 불길처럼 표면에 떠오르는데, 다니엘에 따르면, 그 강은 "그들 앞을 지나 떠나갔다". 붉은색에는 불길의 공포와 고난의 면류관이 집중되어 있다. 붉은색의 신지학적 이중성은 이해할 만하다. 보고밀[16]들에 사타니일(Сатаниил)은 고통에 선행

---

15) 〔옮긴이〕 냉과리: 타다가 만 것.

16) 〔옮긴이〕 보고밀(богомил): 반봉건적 농민운동과 결탁하여 10세기경부터 불가리아에 퍼진 선악의 이원(二元)을 인정하는 이단파의 신도.

하는 고난의 단계로 그리스도의 형이지 않은가? 마니교도들에게 창조신이 선과 악 둘인 것은 이런 이유 때문이 아닌가.[17] 이 모든 것이 선과 악 사이의 심연을 메우지 않는다 … . 예언자 자하리야의 비전에서처럼 그리스도는 사탄과 대립하는 것이다.

피가 그를 적자색으로 물들이는 것도 다 이유가 있다. 적자색 어의가 감싼 것도 다 이유가 있다 … . 그의 핏속에서 *이 잔은 신약이라.* 그는 그 피를 우리에게 부었다. 잠든 제자들을 비애의 눈으로 바라보면서, 그가 공포와 애수에 젖은 것도 다 이유가 있다: "나의 영혼은 극단적으로 비통하다." … 그리고 그의 땀은 피처럼 땅을 적신다. "그리고 그에게 적자색 어의를 입히고 가시 면류관을 짜서 씌웠다." … "세 시였다. 그를 십자가에 매달았다." … "여섯 시에 어둠이 엄습했다." … "아홉 시에 예수는 큰 소리로 절규했다: 엘로이, 엘로이! 라마 사박다니"(〈마가복음〉). 그가 하늘의 군대와 함께 강림할 때, 골고다에 올린 십자가는 미래의 재림의 기쁨에서 공포를 영원히 나눌 것이다.

골고다에 올린 십자가는 온통 핏방울로 덮여 있고, 향기롭고 썩지 않는 하얗고 신비로운 장미 면류관이 있다. 기독교의 첫 세기는 피로 물들었다. 기독교의 정상은 눈처럼 하얗다. 교회의 역사적 진화과정은 "*어린 양의 피로 하얀 의복을 만드는*" 과정이다. 우리의 교회는 아직 승리하지 못했지만 이미 승리의 달콤함을 맛보았다. 그런 우리 교회의 특징은 몽상적인 분홍색 노을의 뉘앙스를 지닌다. 분홍색은 붉은색과 흰색을 결합

---

17) 〔옮긴이〕 마니교(Manichaeism): 페르시아의 사산 제국(Sasanian Empire) 시기에 선지자 마니(Mani, c216~276 AD)에 의해 창시된 종교. 마니교에서는 선과 악이 투쟁하는 이원적 우주를 가정하는데, 선은 영적인 빛의 세계이고 악은 물질적인 어둠의 세계이다. 인간의 역사가 시작되면서 빛은 점점 물질에 의해 세계에서 후퇴하였고, 그리하여 현재와 같은 상태가 되었다. 마니교의 교리는 메소포타미아 지역의 그노시스적 종교 운동의 근간이 되었다.

한 것이다. 만일 신과 악마의 상대적 투쟁이라는 붉은색에 대한 신지학적 정의가 이미 인신(человекобожество)의 하얀색이 극복되었다는 것이 명확한 분홍색과 비교된다면, 영혼 체험의 다음 단계는 분홍색으로 채색될 것이다.

우리는 무조건적인 것에 접근하면서 이념을 인식한다. 인식은 이념을 생생하게 창조한다. 예술에서 이념은 기쁨의 원천이다. 이념이 목적으로 이끄는 표식으로 변화할 때, 예술은 종교와 접하게 된다. 이때 이념은 두 배나 생생하게 창조된다. 존재의 높은 영역으로 고양되는 것은 길에 대한 내면적 지식을 요구한다. 우리의 신실한 안내자는 기도다. 그것은 뿌연 유리를 맑게 하고, 우리는 그것을 통해 볼 수 있게 된다. 눈물을 흘린 뒤에 나타나는 눈부시게 이상적인 광선이다. 기도는 슬픔을 기쁨으로 만드는 조건이다. 환희는 이념에 대한 기쁨이다. 기도는 아무런 장애 없이 이념의 영혼으로 인도한다.

기도 속에서 예술의 정상은 신비주의와 결합된다. 예술이 신비주의와 결합된 것이 테우르기아이다.

테우르기아는 이념에 대한 관계를 변형시킨다. 이념은 신적인 원리의 발현이다. 조로아스터교에서 이념은 아홉 천사의 원리와 동일시된다. 기독교에서는 아홉 천사의 관등과 동일시된다. 예술에서 이념은 수동적이다. *종교에서 이념은 영향력을 갖는다.* 예술에서 이념의 관조는 고통에서 해방되는 것이다. 테우르기아적 창조는 사랑과 관계된다. 우리는 그 이념을 보고 현상을 사랑하기 시작한다. 우리는 이상적 사랑으로 세계를 사랑하기 시작한다. 쇼펜하우어에 따르면, 감정은 의지의 활동이다. 사랑은 심오한 감정이고 의지의 심오한 활동이다. "내가 만일 나의 모든 재산을 나누고 나의 몸을 불태운다 한들 사랑이 없다면 아무 소용없다." 바울은 이렇게 말했다. 사랑의 현상은 다양하게 나타난다. 사랑의 알맹이는 종종 안개에 싸여 있다. 우리는 종종 그 진정한 뿌리를 잃어버린다.

만일 사랑의 활동이 이성에 의해 조직되어야 한다면, 감정에 대한 이성의 영향 정도의 문제는 사랑의 정의를 철학영역으로 이동시킬 것이다. 그러나 이성과 감정의 조화는 이들 사이의 화해로는 이루어질 수 없다. 칸트에 따르면, 이성에 대한 감정의 직접적 영향은 망상의 원천이 된다. 이성과 감정을 그들의 통일로써 극복하려는 것은 인식의 형식을 가장 보편적인 것으로 꾸준히 확장시킨다. 지혜는 인식이 가장 확장된 단계이다. 상징주의는 그것의 수용영역이다. 이로부터 모든 사랑은 변형되고 상징화된다. 상징적 사랑은 그것이 부가되는 점을 영원성으로 이동시킨다. 영원성의 구현은 테우르기아이다. 사랑은 본질적으로 테우르기아적이다. 따라서 그 속에는 신비주의가 있다. 조직화된 사랑은 종교적이다.

만일 진정한 예술이 조직화되지 않은 감정에 유폐되어 있다면 새로운 문제들이 생겨나게 된다. 사랑은 도덕, 법, 법률과 어떤 관계가 있는가? 몇몇 사회학자들은 도덕이 이해관계를 평가하는 것이라고 말한다. 솔로비요프에 따르면, 법은 개인의 자유와 사회복지라는 두 개의 도덕적 이해관계의 강제적 균형이 역사적으로 유동적으로 규정된 것이다. 법은 도덕으로 귀결된다. 법률은 이러한 법의 필연적인 조직화로서 행복에 종속된다. 행복은 신적 사랑의 발현이다. 사랑은 본질의 반사이다. 그것은 법, 도덕, 법률의 밖에 있으면서, 이것도, 저것도, 세 번째 것도 모두 무효로 하지 않는다. 이를 위해 사랑의 본질적 특징은 보편성과 항구성, 즉 영원성이 되어야 한다. 테우르기아에는 영원성이 구현되어 있다. 따라서 직접적인 사랑의 감정은 어떤 종교적인 것을 포함해야 한다. 그것이 이념적이다. 이념은 종(種)적일 수도 있고 유(類)적일 수도 있다. 세계와 인류의 이념은 가장 보편적이다. 인간은 가시적 세계에서 우리의 관찰로 도달할 수 있는 한 가장 높은 수준의 객관화를 형성한다. 그 안에는 세계과정의 본질이 있다. 세계와 인류의 이념은 우리에게 조건적으로 일치한다. 세계의 이념은 세계영혼이라고 할 수 있다. 세계영혼은 솔로비요프의 소피아로서 이는 신성한 존재인 그리스도 안에 영원히 들어 있는 완전한 인류이다.18) 여기서 교회의 신비적인 존재는 영원한 여성성인 약혼녀 아그네스의 형상과 결합한다. 이것이 진정한 사랑의 알파요 오메가이다. 그리스도와 교회의 관계는 약혼자와 약혼녀의 관계로서 바닥없는 세계의 상징이다. 이 상징은 모든 궁극적인 사랑을 조명한다. 모든 사랑은 이러한 상징의 상징이다. 모든 상징은 마지막 위도에서 약혼자와 약혼녀의 형상으로 나타난다. '새로운 예루살렘'에서 나팔소리가 울려 퍼진다. 모든 상징의 정상은 끝에 대한 것, 즉 모든 것의 종말에 대한 것이다. 마지막 상징의 궁극적인 특성은 '새로운 하늘'과 '새로운 땅'이 있는 곳에서 나타난다. 〈요한계시록〉은 "오시오"라는 약혼녀의 목소리로 끝난다.19) 보편적 상징에 근접한 모든 사랑의 형식의 정점은 우리에게 영원성을 준비하게 한다. 즉, 여기에서 시작한 것이 저기에서 끝나는 것이다.20)

종교적 사랑의 광선이 결혼을 비춘다. 솔로비요프에 따르면, 우리는 결혼 속에서 그리스도와 교회의 연합을 의미하고 신의 단어를 조명하는 형상을 갖게 된다. 솔로비요프는 다음과 같이 말했다. "결혼에서 중요한 의미는 사랑의 파토스에 있다. 여기서 남자가 자신의 자연적 보완으로서 여자를 볼 때 그는 그녀의 겉모습을 보지 않는다. 그녀의 이념을 통찰하

---

18) 〔옮긴이〕 솔로비요프는 역사적 과정을 신과 세계가 재결합하는 과정으로 보았다. 인간의 역사적 과정은 세계영혼과 신성한 로고스(*logos*)의 재결합에 의해 특징지어진다. 영원한 여성인 소피아(*софия*)는 로고스와 연관된 세계영혼으로서 차이적인 현상세계의 재결합과 역사적 과정의 끝에서 신의 왕국이 다시 나타나는 것의 잠재적인 가능성을 내포한다.

19) 〔편집자〕 〈요한계시록〉 22장 17절.

20) 〔옮긴이〕 여기서 벨르이의 상징과 상징주의에 대한 묵시록적 비전이 언급되고 있다. 상징과 상징주의에 대한 벨르이의 교의는 러시아 역사의 유토피아적 설계 속에 유기적으로 합류하는데, 그것은 모든 우주를 개조하는 것이다.

고, 그녀의 첫 번째 사명이 무엇이고 신은 그녀에게서 무엇을 보았으며 궁극적으로 그녀는 무엇이 되어야 하는지를 본다. … 그녀는 자기 목적성을 주장하고 '숭배'('선의 정당화') 할 수 있는 존재임을 주장한다. 결혼이 완전에 도달하지 못하면 후대는 이 과제를 이행해야 한다."

"창조에 대한 갈망, 화살, 초인에 대한 열망. 형제여, 이것이 결혼에 대한 너의 열망이라고 말하라"(니체).

점진적인 결혼의 실현은 전 세계적-역사적 과제이다. 결혼의 의미는 신비할 뿐이다. 결혼에 대한 모든 다른 관계는 형식적이다. 그러한 관계는 실현되지 않은 희망의 원천이다.

"내가 누군가를 사랑하게 하라. 사랑은 나의 삶을 채색하지 않는다"라고 레르몬토프는 말했다. 그러나 이것이 본질에 가장 가까운 것이다. 사랑의 환멸 혹은 *과포화까지도* 영원한 탐구의 원천이다. 영원한 사랑, 이것은 긴 밤이 지난 후의 여명이다.

> 그 무엇도 더 이상 우리에게 가까이 오지 않는다.
> 그 무엇도 나에게 평안을 주지 않는다.
> 심장은 나에게 속삭인다.
> 나는 다른 사람을 사랑할 수 없다고. 21)

― 레르몬토프

영원한 사랑의 별은 순교의 가시관 없이는 빛나지 않는다. 날카로운 가시가 고통스럽게 이마를 찌르고 버려진 진홍색 별의 가시관이 하늘을 분홍색으로 비출 때, 그때만이 제방에 부딪친 축제의 물결이 높아지고 별들이 반짝일 것이다. 기억이 우연적이고 유한한 성격에서 소중한 형상을 해

---

21) 〔편집자〕 레르몬토프의 시 〈완결된 시〉(Стансы, 1830) 의 부정확한 인용.

방시키고 그것을 상징으로 심화시킨다. 그러면 영혼은 말할 것이다:

— 나는 다른 이를 사랑할 수 없습니다.

"아니, 내가 그렇게 열렬하게 사랑하는 사람은 당신이 아닙니다"라고 레르몬토프는 말한다. 그렇다면 누구, 대체 누구인가?

> 나의 꿈이 창조한 것을 사랑한다
> 눈동자에 쪽빛 불꽃을 가득 담은. 22)

이것이 레르몬토프가 사랑한 사람이다.

만일 레르몬토프가 "눈동자에 쪽빛 불꽃을 가득 담은" 꿈의 현실적인 창조물과 사랑스러운 존재가 된 그의 상징 사이의 상호관계를 끝까지 의식했다면, 그는 지상의 사랑과 영원한 사랑을 구분하는 경계를 이동할 수 있었을 것이다.

결혼과 낭만주의적 사랑은 아직 도달하지 못한 초인적 관계의 상징으로 나타날 때 적절한 평가를 받는다.

"가시 속의 백합은 처녀들 속에 있는 나의 사랑하는 여인이다."23) 〈아가서〉에서 교회의 약혼자가 자신의 약혼녀에게 이렇게 말한다.

"숲의 나무들 속 사과나무는 총각들 속에 있는 내가 사랑하는 이다."24) 교회의 약혼녀는 약혼자에게 이렇게 답한다.

위협적인 시련은 우리를 혼란스럽게 한다. 그리고 부드러운 노을이 분홍색 호박처럼 아른거린다. 당신은 창백하고 불투명한 진주의 미소, 새벽노을의 미소를 찾는다. 그리고 아침의 별들은 새벽노을의 진주 모패

---

22) 〔편집자〕레르몬토프의 시 〈얼마나 자주 다양한 군중에 둘러싸여 있었는지 … 〉
  (Как часто, пестрою толпою окружен … , 1840) 에서.

23) 〔편집자〕〈아가서〉 2장 2절.

24) 〔편집자〕〈아가서〉 2장 3절.

조각, 하늘의 영원한 금강석을 마시며 빛난다. 온통 피에 젖은 가시 면류관이 발밑에 버려진다. 어딘가 멀리 아래에서 '지상의 불길의 악의 화염'[25] 이 소용돌이치며 타버린다. 솔로비요프가 말하듯이 타버리고 적자색 원을 만든다. 붉은 용은 패하여 무시간대를 향해 기어간다. 그런데 더 아래 안개 낀 심연 속에는 퇴각하는 카오스의 공허한 소리가 있다. 아직 완전한 승리는 아니다. 돌연한 먼지 기둥이 바닥에서 솟아올라 빛을 더욱 흐리게 할 수 있다. 그러면 전 세계적인 불길이 다시 공간에 점화된다. 약혼녀의 목소리가 다시 끊어진다. 그리고 적자색 짐승 위에 올라탄 위대한 방탕아의 형상이 다시 분기한 카오스 속을 질주한다. 가시가 다시 이마를 찌른다.

그러나 흩어지는 폭풍우와 노을이 가련한 마음을 부드럽게 어루만진다.

신비로운 교회의 형상은 시간과 공간의 경계에 있다. 공간은 숨어 있다. 시간의 시작은 시간의 끝에 합류한다. 시간의 원이 형성된다. "*원들의 원, 회귀의 원*"이다. 여기서 태양이 솟구친다. 이제 태양은 자신의 형상을 드러낸다. 그러나 무시간대로부터 목소리가 일어난다. "곧 갈 것이다."

그리스도는 영원성의 체현이자 우리의 충만한 날이다. 상징주의가 끝나고 체현이 시작될 것이다. 그리스도가 체현된 것처럼 우리는 그리스도를 체현해야 한다. 그리스도에 대한 우리의 사랑은 두 번째 현실성으로 현실적이다. "진정으로, 진정으로 너희에게 말하노라. 나는 삶의 빵이라. … 나의 육체를 먹고 나의 피를 마신 것이 내 속에 있다. 그리고 나는 그 속에 있다." 이것이 즉 *체현, 테우르기아*이고 우리, 어린아이들은 바로 그와 같이 되기를 원한다. 우리가 변형 속에서 사랑으로 그에게 도달하는 것과 같이, 그는 모든 변형된 사랑을 체현한다. 초인이 나타나는 니

25) 〔편집자〕 솔로비요프의 시 〈오늘 쪽빛 속의 모든 것이 나타났다 … 〉(Вся в лазури сегодня явилась … , 1875)에서.

체의 "*위대한 정오*"[26]는 과거에도 있었고 미래에도 있을 것이다. 또다시 회귀할 것이다: "머지않아 너희는 나를 보지 못할 것이다. 또 머지않아 너희는 나를 보게 될 것이다. … 그 누구도 너희의 기쁨을 빼앗지 못할 것이다. 그날이 오면 너희는 나에게 아무것도 묻지 않을 것이다. … 내가 너희에게 말하노니, 너희는 나로부터 세상을 갖게 될 것이다. 세상에는 슬픔이 있을 것이다. 그러나 기운을 내라. 나는 승리할 것이다."(〈요한복음〉) "내가 너희에게 말하노니 형제여, 시간이 없구나. 아내가 있는 자는 없는 자처럼, 우는 자는 울지 않는 자처럼 하라. … 왜냐하면 그 세계의 형상이 지나갈 것이기 때문이다."

'*이 세계*'(*сей мир*)의 형식을 통과하여 모두가 그리스도 안에서 광인이 된 곳으로 나아가는 것이 우리의 길이다. "영혼이 눈을 뜬다. 이것에는 이유가 있다"라고 마테를링크는 말했다. 우리 앞에는 분수령이 있지만 아직 어디로 가야 할지 모른다. 지각형식의 끝은 다른 형식으로 이어진다. 이 세계는 시간과 공간의 형식 속에서 발생한다. 이러한 형식의 변화는 우리의 끊이지 않는 의식에 있어 '*이 세계*'의 형상을 평탄하게 한다. 그때에는 새 하늘과 새 땅이 열릴 것이다. 이것은 이 세계의 끝이 될 것이다. 시간 속에 전개되는 인과성의 끝없는 선은 시간이 멀어지면서 점으로 변한다. 시작과 끝에 서 있는 것은 하나이다. "나는 알파요 오메가이며, 시작과 끝이다. 나는 과거에도 있었고 현재에도 있으며 미래에도 있을 신이니라."[27] 우리 중에 시간으로 나아가는 자는 그리스도와 함께 말할 것이다: "나는 이미 세상에 있지 않다. 그러나 그들은 세상에 있다. 나는 아버지, 당신께 나아갑니다 … ." 우리는 그를 바라본다. 그러나 선명한 쪽

---

26) 〔옮긴이〕 위대한 정오(The Great Highnoon): 니체는 초인 혹은 위버멘쉬가 등장하여 새로운 역사가 시작되는 시기를 위대한 정오에 비유했다.

27) 〔편집자〕 〈요한계시록〉 1장 8절.

빛 시선은 그 무엇도 가리키지 않는다. 그리고 서로 다른 두 세상에서 서로서로 바라본다. 세상의 끝에는 충만한 주장과 궁극적 형상이 있다. 그리고 반대로, 영혼이 깨어나는 시기에 우리 눈앞에 일어나는 형상은 궁극적 형식을 가져야 한다. 영혼이 눈을 뜨고 사람들은 다시 종말에 대해 이야기한다. 우리는 우리의 분수령이 끝의 시작인지 아니면 그것의 원형인지 알지 못한다. 그러나 우리의 위에서 돌아가는 첫 번째 눈송이 속에서 우리는 신성한 맹약을 읽는다. 첫 번째 눈보라의 목소리 속에서 기쁘게 부르는 소리를 듣는다: "회귀한다, 다시 회귀한다" … 종종 깊은 밤 외로운 골목길에 갇혀 진홍색 가로등 불빛 아래 멈춰 서서 모든 삶이 진홍빛으로 비치기를 기도한다. 은빛 눈의 먼지 속의 진홍색 진동, 황금빛의 어두운 푸른색 하늘은 선명하다 … . 그리고 우울하고 사랑스러운 눈보라의 동화가 질주하고 또 질주한다. 그리고 무시간대에서 누군가의 목소리가 솟아올랐다: "나는 다시 너희를 볼 것이다. 너희는 기뻐할 것이다. 그 누구도 너희의 기쁨을 빼앗지 못할 것이다 … . 너희는 나에게 아무것도 묻지 않을 것이다." 기독교의 결정성, 종말에 대한 신약성서의 생각, 이 생각 속에 변함없이 들어 있는 돌연한 안도와 기쁨 ― 이 모든 것이 우리 영혼에 새겨진 빛이다. 우리는 어디에서 왔는가? 무엇 때문에 왔는가?

먼지의 파편이 사방에 흩어지고 하얀 대기가 빛날 때, 이제 하늘색이 비친다. 그리고 벌써 *하얀 날들 가운데* 우리는 기쁨을 아는 것을 배우고 기쁨으로 우울해진 선명한 쪽빛 하늘을 바라본다. 세계적 심연의 무색 배경에서 하얀 광선이 하늘색으로 비친다. 이것이 광학의 법칙이다. 이것은 무색의 심연이 하얀색을 밑에 깔 때 항상 일어나는 일이다. 그리고 우리는 쪽빛을 보면서 볼 수 없는 세계의 심연의 형상이 대기의 하얀 베일처럼 걸려 있는 것을 보게 된다. 응시하는 것만이 하얀 대기의 투명한 대양의 심연을 마치 이 대양을 배경인 것처럼, 마치 밑바닥 ― 밑 없는 바닥 ― 처럼, 마치 심연처럼 드러낸다. 시간도 없고 조건도 없는 곳에 위치하는 세계의 심연을 이상적인 인류의 상징과 같은 투명한 하얀 대기와 연결하는 것, 이러한 연결은 하늘의 색을 연결하는 것, 즉 신인(богочеловечество)의 상징과 이중의 단일성 속에서 우리에게 드러난다. "나를 영접하는 것은 **아버지**를 영접하는 것이다…. 아버지 안에 내가 있고, 내 안에 **아버지**가 있다"라고 그리스도는 말했다. 세계의 심연에 비친 하얀 대기, 이것이 바로 하늘이다. "사물의 본성과 자신의 고유성을 인식하는 자는 하늘을 인식하는 것이다. 왜냐하면 하늘은 바로 내적 본질이기 때문이다"라고 공자는 말했다.

우리는 색채상징에서 나와 세계를 정복하는 형상을 부활시키는 상황에 놓여 있다. 이 형상이 안개에 싸여 있을지라도 우리는 안개가 걷힐 것을 믿는다. 그의 얼굴은 눈처럼 하얘야 한다. 하늘을 향해 비행하는 그의 두 눈동자는 놀라운 심연의 하늘색이다. 흐르는 꿀과 같은 그의 황금색 무성한 머리카락은 하늘에 대한 성자들의 환호이다. 그러나 세계에 대한 신자들의 우수, 이것은 얼굴에 밀랍의 음영을 남긴다. 그의 입술의 핏빛 선홍색은 색들의 선을 원 속에 잠가 놓은 그 선홍색, 불꽃으로 세계를 태우는 그 선홍색과 같다. 그의 입술은 선홍색 불길이다. 우리는 여기저기 주변 인물들 속에서 이런저런 신성(神聖)을 엿보는 상황에 놓여 있다. 그 쪽빛 심연의 눈동자가 우리를 바라본다. 그리고 우리는 낭떠러지 앞에 있는 것처럼 그 앞에 멈춰 서 있다. 눈 같은 이마는 우리에게 쪽빛을 가리는 구름을 연상시킨다. 어린아이처럼 순결한 얼굴에 영원성이 빛난다. 빛났다가 사라진다. 그리고 우울한 아이들은 자신의 이마에 *어떤 이름이 새겨졌는지* 알지 못한다. 우리는 영원의 그림자를 알고 있다. 우리는 진리가 우리를 버리지 않을 것이라는 것, 그것이 우리와 함께할 것이라는 것을 믿는다. 사랑은 우리와 함께한다. 사랑하며 승리한다. 영광이 우리와 함께한다. 오, 만일 빛난다면 우리는 고양될 것이다. 평화가 우리와 함께한다. 행복이 우리와 함께한다.

의식의 위기와 헨릭 입센*

1

우리는 위기를 경험하고 있다.

지금까지 의식의 근본적 모순이 인간의 영혼 속에서 이렇게 날카롭게 대립한 적은 없었다. 의식과 감정, 관조와 의지, 사회와 개인, 과학과 종교, 윤리와 미학의 이원론이 이렇게 선명하게 표현된 적은 없었다.

의식과 감정의 이원론. 우리의 감각은 날카로워지고 깊어지고 옅어졌다. 우리는 우리 내부에서 주변 현실의 총체뿐 아니라 *비현실*의 총체 또한 경험할 수 있게 되는데, 그것은 시적 동화와 종교적 신화 그리고 이제는 분명하게 말하는 신비를 통해 우리에게 알려진다. 우리는 감정을 통해 동화의 사실주의로 침투하는 것 같다. 우리는 감정을 통해 수많은 세계에 살게 된다. 우리는 보고 감촉하는 것뿐 아니라 한 번도 눈으로 본 적 없고 한 번도 감각기관으로 감촉한 적 없는 것들을 느끼게 된다. 이렇게

---

* 〔편집자〕벨르이의 《아라베스크》, 163~210쪽에 처음 발표되었다.

〔옮긴이〕이 논문은 상징주의 발생의 철학적-사상적 배경에 대한 설명을 근간으로 하며, 벨르이가 주창하는 '상징'의 개념을 이해할 수 있는 주요한 단초들을 제공하고 있다.

보이지 않고 말해지지 않은 감정 속에서 신과 악마, 영혼으로 가득 찬 초월적 현실세계가 우리에게 열리게 되는 것이다. 감정은 우리를 신비주의자로 만든다. 사실, 과거의 유물과 편견을 거부하는 교양 있는 사람들이 지금처럼 많은 적은 없었다. 이들은 아마 환상적 시와 신비적 개념의 독서로 여가를 보낼 것이다. 그들에게 감정의 삶이란 형언할 수 없는 곳에 있다. 그렇다면 그들의 의식은 어떠한가? 그들의 의식은 날카로워지고 깊어지고 엷어졌다. 왜냐하면 의식의 문제가 오늘날처럼 이렇게 뚜렷하게 대두된 적은 없었기 때문이다. 우리에게 주변 현실에 대한 의식이 있는가? 그러나 그 의식은 이러한 현실에 대한 지식으로 표현된다. 현실에 대한 지식이 있는가? 그러나 그 지식은 다양한 과학적 방법론으로 분해되며 항상 단일성은 아니다. 단일성에 대한 의식이 있는가? 그러나 그것은 자의식의 단일성에 있다. 자의식의 단일성은 현실에 대한 이해체계로 말해진다. 이렇게 우리에게 현실에 대한 의식 대신 어떤 다양한 정밀지식과 그들을 규정하는 인식원칙의 단일성이 있다. 우리에게는 의식 대신에 지식과 인식론이 있다. 그렇지만 아마 우리의 의식은 우리 내부에 존재하는 우리의 '나'에 대한 의식으로서 규정되지 않는가? 그러나 우리의 '나'가 있는가? 우리의 '나'는 우리 내부에 흐르는 심리과정의 결합으로 나타나고, 그 자체로 우리의 '나'에 대한 의식은 학문연구의 하나의 대상이 된다. 우리의 '나'에 대한 그 의식은 보편적이고 필연적인 인식원칙의 단일성으로 나타난다. 양자의 경우 모두 우리의 '나'는 전혀 나타나지 않는다. 그것이 주변 현실을 향해 물러서서 그 속에 용해되거나 아니면 무한하고 다양한 개별성의 보편적이고 필연적인 규범이 되기 때문이다. 우리의 '나'는 궁극적으로 우리 내부에 발현되는 원칙으로 나타난다. 이 원칙은 인식적인 것이다. 우리 내부에 존재하는 우리의 '나'에 대한 의식은 우리 주변 현실에 대한 의식처럼, 이 의식이 명확해지자마자 지식과 인식의 일련의 관계들과 문제들로 분해된다. 그러나 지식과 인식이 진짜가 되기 위해서는 우리 내부에서 인간적인 '나'에 대한 생생한 감정의 제거가 요구된다. 지식과 인식 속에서 의식의 문제를 해결하는 것은 의식 속에서 모든 인간적인 것을 말살하는데, 무엇보다 감정을 말살한다. 우리의 '나'에 대한 모든 비합리적 의식, 우리 내부에서 감지되는 이 모든 내면적 형상은 우리에게 주어진 현실이 아니라, 그 이상이다. 왜냐하면 감정 속에서 생생하게 경험되는 모든 현실은 유해한 부속물이 되는데, 그 속에서 의식의 문제를 제기하는 것은 불필요한 것이 되기 때문이다. 의식은 우리에게 지식과 인식의 복잡한 상호관계의 체계로 나타나고 우리 내부에서 생생하게 감지되는 감정의 신비를 말살한다. 지식으로 이끄는 감정의 신비는 정신생리학(психофизиология)의 주요한 문제이다. 인식으로 이끄는 감정의 신비는 객관적 현실과 관계된다. 이는 현실에 대한 개념에 의해 예정된다. 종교적 황홀경은 정신물리학적(психофизииеский) 과정에 의해 규정되고, 감정을 깊게 하는 시적 동화는 우리 내부에서 기관을 양육하는 과정의 반영이 된다. 그리고 신(神)은 의식의 혼미한 몽상, 사고와 감정의 혼합으로 규정되고, 우리를 플로티노스들, 뵈메들, 레이스브루크들의 포로로 만드는 모든 종교적 삶에 대한 가르침 자체는 기관의 자연스러운 작용에 시적 신화의 옷을 입은 가련한 방랑자로 규정된다. 혹은 이상주의에 투박한 감각적 자극을 첨가하여 이상적으로 명료해진 신성 모독자로 규정된다.

그런데 여기서 현대의 의식세계는 깊어지고 섬세해진 감각세계와 모순되는데, 이러한 감각세계의 관점에서 형이상학과 신비주의는 그 자체가 자연스럽게 깊어진 감정의 단계를 계층화하는 것이다. 깊어진 감정은 인식의 문제 자체에서도 자신의 표현을 본다. 인식의 섬세함은 섬세한 감정의 상징이다. 반대로 인식론에서 깊어진 의식은 감정의 소여 자체를 인식의 범주로 규정한다.

오늘날 인간은 현대성 속에서 시적 동화의 생생한 감정 이후, 동화 자체가 초월세계의 상징적 구현이라고 인간에게 분명하게 말하는 신비주의자에 대한 연구 이후, 감정의 모든 신비와 비행을 겪은 이후, 코헨과 후설의 책들을 읽기 시작했다. 이 책들에서 인식의 신비는 감정을 생생하게 하는 모든 것을 말살한다고 결론짓고, 모든 감정의 섬세함은 인식의 오점 가능성으로 간주한다. 그 결과 세 가지 유형의 불구자들이 나타났다. 즉, 인식과 경험의 화해에 절망하고 소멸된 감정의식의 조화를 목적으로 하는 유형, 감정의 신비를 유일한 의미 범주로 선포하는 유형, 그리고 인식의 순간에는 무감각하고 활기 없는 회의론자지만 경험의 순간에는 감각적 공상가인 유형이 그들이다. 첫 번째 유형은 철저한 그노시스주의자들 속에서 현대로 발전해 왔다. 두 번째 유형은 무수히 많은 작금의 모더니스트들 사이에 존재한다. 세 번째 유형은 우선 회의론자들을 들 수 있는데, 비록 여기서 분열이 의식과 감정의 지속적(숨겨진 채이지만) 투쟁을 가리키지만 말이다.

헨릭 입센이 철저한 그노시스주의자들을 위해 자신의 놀라운 드라마를 쓴 것은 아니었다. 입센의 드라마에서 상징의 세계는 철저한 그노시스주의자들과 그들의 생생한 경험주의를 혼란스럽게 한다. 그렇지만 이 드라마들이 데카당 공상가를 위해 쓰인 것도 아니다. 현대의 공상가는 그노시스주의자만큼이나 덜 비극적이다. 현대의 공상가는 입센의 창조에서 교훈을 발견한다. 그에게 입센이 언급하는 복잡한 문제는 '두뇌학'(мозгология)이다. 현대의 공상가는 입센이나 소포클레스보다 중세 드라마의 양식화된 무대를 선호한다. 입센이 드라마를 쓴 것은 감정의 신비로부터 숨지 않고 의식으로부터 숨지 않는 사람, 그리고 인식의 얼음을 감정의 불꽃과 연결하는 사람을 위해서였다. 입센의 드라마는 무대에서 비극의 묘사를 위해 써지지 않았다. 그의 드라마는 삶 속에서 비극을 경험하는 사람들이 던진 신호이다. 입센은 우리 시대의 거의 유일하게 위대한 비극 작가이다. 니체와 마찬가지로 그도 살아남지 못할 것이다. 현재 입센의 유행은 이미 끝났다. 우리는 입센에게 몰두하던 시기를 지나 마테를링크, 스트린드베리, 호프만슈탈, 와일드에 몰두하고 있는데, 심지어 베데킨트,[1] 심지어 프시브이솁스키에까지 열중하고 있다. 베데킨트와 같이 비교할 수 없이 비중이 작은 작가 때문에 입센에게 그토록 빨리 냉담해진다는 사실 자체가 바로 우리가 입센을 잘 알지 못한다는 것을 나타낸다.

관조와 의지의 이원론. 감정의 섬세함 때문이다. 우리 체험의 신비는 우리 주변 현실에 그림자를 던진다. 현실은 우리에게 변형된 형태로 나타난다. 우리는 감성의 프리즘을 통해 그것을 바라본다. 우리 감성의 근본적 성격에 따라 현실은 우리에게 특별한 뉘앙스를 획득한다. 그것은 우리에게 이런저런 양식으로 나타난다. 미(美)에 대한 존 레스킨의 모든 논의는 변형된 현실에 대한 감성의 관조와 관련된 가정에 기반을 둔다. 예술에서 회화학파들, 다양한 시대의 양식은 이제 다양하게 채색된 현실로 나타난다. 예술세계를 이념의 세계로 표상하는 것은 감정에 의해 다양하게 변형된 현실의 다양한 양식에 대한 사실적 이해를 전제로 하는 것이 아닌가? 이러한 변형이 관조의 대상이 될 때에만 우리는 쇼펜하우어적 의미에서 플라톤적 이데아들의 순수한 관조에 대해 말할 수 있다. 쇼펜하우어의 형이상학은 세계를 미학적 현상으로 바라보는 시각을 우리에게 제시하고 이미 전개된 세계에 대한 관조적 태도를 가정한다. 그렇지 않다면 그것은 논리적으로 이해할 수 없게 되었을 것이다. 우리 내부에서 그것을 이해하게 하는 것은 감정의 신비로 변형된 현실에 대한 관조이다. 이렇게 신비 위에 건축된 형이상학은 우리 내부에 현실적으로 존재

---

1) 〔옮긴이〕 베데킨트(Wedekind, B. F., 1864~1918) : 독일 시인이자 극작가. 표현주의의 선조이자 현대 부조리극의 창시자 중 한 사람으로 평가된다. 1907, 1908년에 러시아에서 메이에르홀드의 연출로 그의 드라마 《깨어나는 봄》(*Frühlings Erwachen*, 1891)과 《대지의 혼》(*Erdgeist*, 1895)이 상연되었다.

하는 관조에 대한 요구를 정당화하려는 열망일 뿐이다. 관조는 심미적 문화의 기저에 존재한다. 다양한 시대의 양식에 대한 관심, 다양한 미학적 요구의 탐닉이 그것이다. 이때 기술은 자기 목적이 된다. 관조에 대한 요구가 발전하여 미에 대한 숭배가 생겨난다. 관조, 즉 행위에 대한 의지의 거부는 목적이 된다. 자기 목적으로 이해되는 관조는 형이상학과 신비를 전제로 한다. 그러한 형이상학이 바로 쇼펜하우어의 체계이다. 그러한 신비가 바로 동양의 신비다. 이것이 바로 미에 대한 관조적 형이상학이 예술가에게 예술의 무목적성에 대한 호소로 희미하게 감지되는 이유이다. 이와 같은 관조에 대한 요구에서 예술을 위한 예술의 이론이 전개된다. 더 나아가 예술을 자기 목적으로 바라보는 견해는 어떤 직접적인 정당화 없이 미에 대한 다양한 문화적 기념비에 대한 교리로 이행한다. 관조의 미학은 문화 속에서, 다양한 양식의 재현에서 자신의 정당성을 추구한다. 가능한 모든 양식화 수단은 양식을 재현하려는 요구와 마찬가지로 의지의 거부를 전제로 하는 관조에 대한 열망이고 무위 속의 평안일 뿐이다. 미학의 근저에는 주변 현실에 대한 순수한 니힐리즘적 태도가 존재한다. 그렇지만 유미주의는 종종 자기모순으로 이행한다.

양식을 재현하는 능력은 관조의 시대에 대한 특별한 미학적 관심에 의거한다. 양식화는 이런저런 시대, 이런저런 인종적 특수성에 대한 미학적 관조의 결과로 나타나는 것으로, 이는 인식되는 것에 의한 양식의 보편적 원칙을 전제로 한다. 양식은 이런저런 미학적 도식이며 시대의 소사(小事)들을 그룹화한 것이다. 관조는 모든 세세한 것에서 우리를 해방시키고 우리에게 그 도식을 폭로한다. 이러한 도식은 본질적으로 쇼펜하우어적 의미에서 플라톤적 이데아이다. 관조에 대한 발달된 능력은 주변 현실에 대한 도식을 우리에게 생산하는데, 그것은 그 어떤 하나의 양식을 근거로 하는 것이 아니다. 이렇게 고유하고 독창적인 관조의 양식이 나타난다. 이렇게 고유한 양식으로의 이행이 행해짐에 따라 유미주의는 이미 자리를 잃게 된다. 왜냐하면 강렬하게 표현된 모든 예술 창작은 고유한 양식의 작품과 연결되어 있기 때문이다. 아시리아 양식, 그리스 드라마 양식, 고딕 양식과 함께 우리는 니체의 양식에 대해 말할 수 있다. 본질적으로 니체의 모든 철학은 고유한 양식에 근거한다. 이런저런 테마에 대한 니체의 이런저런 논의는 본질적으로 삶의 이런저런 구체적 경우에 대한 독창적 양식의 대답이다. 니체의 철학은 영국의 라파엘 전파(前派)의 작품과 같은 양식화이다. 그렇지만 라파엘 전파의 양식과 니체의 양식을 구별하는 근원적 특성이 있다. 니체의 양식은 독창적이다. 역사상 니체와 유사한 제 2의 인물은 없다. 그리고 무엇보다도 그의 이론은 순수 관조이론과 완전히 대비된다. 왜냐하면 니체는 행위를 선포하기 때문이다. 그는 관조를 거부하고 행위에 대한 의지의 긍정을 설교했다. 그렇지만 사실 그의 설교는 발전된 관조에서 직접 도출된 것이다.

의지와 관조의 모순은 더욱 깊은 경험의 층에서 소거된다. 관조 속에 강화된 의지가 드러난다. 주목의 요소는 모든 관조 속에 존재하며, 의지와 연관되어 있다. 관조의 능력이 성장함에 따라 주목이 전개되고 주목과 함께 의지가 전개된다. 모든 관조의 시작은 본질적으로 "*내게 보인다*"이다. "*내게 보인다*"는 단호한 "*나는 본다*"로 이행한다. "*나는 본다*"는 더 나아가 "*나는 무언가 보기를 원한다*"가 된다. 이 순간 의지와 관조의 모순은 소거된다. 삶에 대한 의지는 관조에 대한 의지가 된다. 관조에 대한 의지는 모든 *창작*의 근원이다. 존재의 조건변화에서 창작의 능동적 역할은 인류 역사에 뚜렷하게 각인되어 있다.

의지의 부가점이 변화하지만, 쇼펜하우어가 예상했던 것처럼 의지 자체가 없어지는 것은 아니다. 이러한 부가점에 앞서 나에게 주어진 존재의 조건(경험적 현실)이 있었고, 이제는 지적, 예술적 창조의 형상 속에 현실의 재현 능력이 의지의 부가점이 된다. 이러한 형상은, 만일 그 속에 창작의 원칙이 강하게 표현되어 있다면, 오랫동안 지렛대가 되어 현실을 뒤집는다. 행위에 대한 개인의 의지는 멈추지 않았다. 그것은 또 다른 우회적인 길을 찾았을 뿐이다.

행위에 대한 의지는 의식적이든 무의식적이든 모든 심오한 창조의 비밀스럽고 분명한 결론이다. 관조에 대한 의지는 그러한 창조의 근본이 된다. 창조에 대한 개인적 의지의 직접적인 영향은 간접적인 것으로 이행한다. 이런저런 것들에 대한 직접적인 확신에 대한 열망은 여기서 형상, 양식 그리고 창작양식에 의해 규정되는 세계관을 통한 암시로 존재한다. 사실, 니체에게서처럼 모든 진정한 예술가, 철학자, 학자들에게 그러하다.

처음에 니체는 그리스 연구에 몰두했다. 이러한 연구는 다면적이었다. 그는 그리스 양식, 즉 그리스의 창조적 영혼을 이해했다. 그리스를 이해하고 통달하기 위해서는 관조, 즉 행위에 대한 의지의 거부가 필요했다. 특징적인 것은, 그의 모든 철학이 그가 통달한 그리스의 양식화였던 시기에 그는 누구보다 선명하게 관조의 철학체계를 전개했던 쇼펜하우어와 같은 철학자의 영향에 굴복했다는 것이다. 니체의 주변 현실과 그리스의 접촉으로부터 니체의 독창적인 양식이 탄생했을 때, 그는 행위와 변형의 철학자, 의지를 긍정하는 철학자가 되었다. 그는 쇼펜하우어를 버리고 바그너와 결별했다. 그리고 《차라투스트라》를 창조했다.[2]

---

2) 〔옮긴이〕 니체는 자신의 학문적 여정을 그리스 고전문헌에 대한 연구로 시작했다. 그는 기존의 문헌학 연구가 철학적 전망을 결여한다는 것을 간파하고 새로운 철학적 연구의 필요성을 절감하게 된다. 그리고 비슷한 시기에 쇼펜하우어의 철학과 접하면서, 거기서 많은 영향을 받는다. 니체의 첫 작품 《비극의 탄생》에서의 중심 개념이라 할 수 있는 디오니소스적인 것과 아폴론적인 것은 니체가 그리스 비극에 대한 해석을 기반으로 그것을 다시 쇼펜하우어식으로 변형시켜 구성해 낸 것들이라 해석할 수 있다. 니체는 또한 쇼펜하우어의 영향하에 있으면서 동시에 바그너에게도 주목하고 그에게서 비극의 재생가능성을 감지했다. 훗날 니체는 쇼펜하우어의 이원론적 세계관이나 바그너의 기독교적 사고방식으로부터 탈피하여 자신만의 독자성을 갖추게 된다.

그러나 더 나아가 모든 창조의 강한 성장, 존재의 조건에 강하게 개입하여 점점 더욱 의식되는 창조의 힘은 창조과정으로서 존재 자체의 의식과 관련되어 있다. 창조는 우리에게 존재의 진정한 근원으로 나타난다. 의지(관조 속에서)에 대한 명백한 거부에 근거한 예술 창조의 심리학은 행위에 대한 의지의 긍정(존재 자체의 현실에 대한 관조를 포함하는 방법으로)에 근거한 삶의 창조의 철학을 창조한다. 존재는 에너지의 복합체로서 필연성의 기계적 법칙에 따라 나의 외부에서 전개되는데, 이는 자신을 자유로운 '나'로 긍정하고, 이러한 필연성의 조건 자체를 변화시킬 수 있는 창조적 존재인 '나'와 충돌한다. 이러한 충돌만이 영웅(창조자)과 운명(창작의 의지와 무관한 자신을 긍정하는 주변 현실)이 투쟁하는 비극을 생산한다. 여기에서만 진정한 문화가 시작된다. 이러한 비극은 역사의 원동력이다. 창조의 의식(주어진 현실에 대한 거부, 고유한 스타일의 창조, 창조의 힘의 의식을 통한)이 인류의 삶과 역사에 대한 진정한 비극적 시각에 도달하지 못하는 한, 진정한 *창작의 리얼리즘*도, 진정한 *존재의 리얼리즘*도 의식할 수 없다. 실제로, 자의식에 대한 주변의 기계적 권력은 의지를 마비시키고, 나에게 주변세계는 나의 의지의 훈련 속에서만 살아 있다. 반대로, 나에 대한 나의 상상력의 힘, 관조로 향한 출구는 꿈을 통해 나에게 생생한 현실을 차단하는데, 그 꿈의 힘과 현실은 삶의 조건의 변화에 있다. 처음에 우리는 내부에서 두 개의 현실을 감지한다(외적 경험의 현실과 내적 경험의 현실). 자신을 외적 경험에 종속시키면서, 우리는 자신의 '나'에 대한 의식을 잃는다. 자신을 내적 경험에 종속시키면서, 우리는 또한 우리 의식의 단일성을 환상의 바다에 용해시킨다. 두 가지 경험의 마찰과 투쟁 속에서만 우리의 '나'는 자유로운 '나'로 감지된다.

관조는 의지의 거부가 아니라 의지의 부가점이 자리바꿈하는 복잡한 과정이다. *관조*는 목적이 될 수 없다. 그것은 단지 다른 방법으로 세계로 돌아가기 위해 세계를 *다르게* 바라보는 방법일 뿐이다. 니체의 슬로건 "*땅을 믿으시오*"는 관조 속에서 자기 자리를 찾는다. 관조에는 자신의 길이 있고 자신의 역동성이 있다. 동양과 서양이 종교적 실천(말하자면 내적 경험의 실천)에서 자신의 *학파*, 즉 관조에 대한 일련의 건축도식이 만들어진 것도 다 이런 이유에서이다. 이러한 관조의 건축도식은 양식들의 건축도식이다. 이러한 도식은 순수하게 실천적인 것으로, 여기서 관조, 양식, 의지에 대한 명백한 거부는 행위, 삶, 의지의 긍정으로 회귀하기 위한 또 다른 방법이다. 이러한 관조의 동양학파들(요가 같은)에게 모든 관조를 실천하는 것의 종교적 목표가 *전능*에의 도달인 것도 다 이런 이유에서이다. 종교적 전설이 우리에게 관조의 경험학파를 겪은 인물들을 역사적 운명 자체에 영향을 미칠 수 있는 괴물처럼 그리는 것도 다 이런 이유에서이다.

최근 몇십 년 동안의 유미주의, 유럽 사회에 대한 쇼펜하우어와 니체의 영향은 심히 특징적인 현상들이다. 삶의 외적 조건의 물질화에 대항하여, 점점 증대하며 개성을 말살하는 기계화에 대항하여 우리는 도처에서 관조에 대한 저항의 맹세를 목격한다. 적대적 이데올로기는 유미주의의 성장을 삶으로부터의 도피라고 전적으로 설명한다. 그러나 그것은 전혀 틀린 말이다. 삶을 영위할 능력이 없는 개체에게 삶으로부터의 도피가 염세주의(관조의 철학)로 표현된다고 해서 이로부터 관조의 무력함, 진정한 비극주의의 심리적 토양으로서 유미주의의 무력함의 결론이 도출되는 것은 아니다. 유미주의 문화의 옹호자는 물론 그 적들 또한 모든 관조에 본질적인 하나의 특징을 관찰하고 관조의 주의설[3]적인 특징을 관찰한다. 관조

---

3) 〔옮긴이〕주의설(主意說): 의지를 중심에 놓고 세계를 해석하는 입장. 이성이나 지식 중심의 '주지설'(主知設)과 대비된다. 독일 사회학자 퇴니에스(Tönnies, F.)에 의해 비롯된 말(1883)로서, 세계의 본질을 의지적인 것이라고 생각하는 관념론적인 형이상학설(쇼펜하우어, 피히테 등)을 말하며, 심리학에서는 의지, 충동 등을 제일차적인 것으로 보고 그것에 의해서 일체의 심적

속에서 의지의 도정(道程)이 변하지만 관조를 완전히 거부하지는 않는다. 관조의 성장은 문화적 가치의 새로운 창작(의지가 다른 도정을 발견했다는 지표), 의지를 육성하는 관조의 학파, 비극적 세계관으로 인도한다. 삶의 철학을 거부하는 유미주의자들은 옳지 않다. 그들은 수단(관조)을 목적 자체로 변형시킨 것이다. 미에 대한 숭배는 그들을 이른 죽음으로 이끌었다. 그러나 유미주의와 염세주의 철학에서 개성의 성장방식을 보지 못한 사람들 또한 옳지 않다. 관조의 문화는 삶의 기계화에 대한 반동(反動)으로, 이는 죽음으로 이끌 수 있지만 반대로 삶의 복잡한 관계에 우리보다 더 큰 영향을 미칠 수 있는 세대를 창조할 수도 있다. 관조로부터 발빠른 아킬레스와 경멸하는 테르시테스가 동시에 태어났다. 오늘날 관조는 데카당 현상을 야기했다. 그리고 동시에 관조는 데카당의 투쟁과 같은 몇몇 실천적인 조언들을 삶의 표면에 던졌다.

의지와 관조의 대립은 우리 문화에 *위기*가 가까워졌다는 지표이다. 지금 퇴화와 부활의 투쟁은 사회가 아닌 개별적인 의식 속에서 행해지고 있다. 그리고 유미주의 문화는 비극의 가면의 원형으로, 한편으로는 삶의 눈이, 다른 한편으로는 죽음의 검은 눈이 그 속에서 응시하고 있다.

우리는 유미주의와 염세주의의 시험을 피할 수 없다. 여기에는 안정이 없다. 효소의 발효가 있을 뿐이다.

멀리 미래의 절벽에 오르면서 니체는 우리에게 비극의 주인공의 형상을 그려 주었다. 그것은 낙관주의와 염세주의에서 똑같이 멀리 떨어진 형상 — 차라투스트라이다. 차라투스트라는 낙관주의자가 아니다. 고결한 사람들은 그에게서 저항과 환멸을 야기하는데, 이는 마치 니체가 고

과정이 규정되며 방향 지어진다고 생각하는 태도(분트 등)를 말한다. 그 밖에 인식작용의 기저에서 의지적 활동을 인정하고 윤리의 기준으로 지적인 것보다도 의지에 우위를 부여하는 것 등을 의미하기도 한다.

결한 사람의 상징인 바그너에게 환멸을 느낀 것과 같다. 차라투스트라에게는 심오한 염세주의와 유미주의의 모든 특징이 있는 것 같다. 한편, 그의 내부의 음울한 정신의 상징은 염세주의 이상을 불러일으킨다 — 추악하기 그지없는 인간이 자신의 노래 〈황야는 자란다〉를 통해서다. 현대에는 차라투스트라와 같은 주인공이 없다. 그는 인간, 별, 꽃들에 대한 어린아이 같은 기쁨과 관조의 모든 힘(차라투스트라는 10년 동안 관조했다)을 연결했다. 현대에는 진정한 비극적 주인공이 없다. 우리는 모두, 마치 우리가 세계를 보는 것 같고, 우리는 낙관주의자일 뿐이고 염세주의자일 뿐인 것 같다. 아니다, 우리는 비극배우가 아니다!

진정한 비극배우는 낙관주의자이고 염세주의자인 우리가 말하는 것처럼 말하지 않을 것이다: "살아야 한다, 죽어야 한다, 사회를 관망해야 한다, 사회를 발전시켜야 한다."

"친구여, 만일 당신의 가슴에 태양이 가득하고, 당신이 환희와 미소 속에 죽을 수 있다면, 당신이 사라지는 바로 그 순간이 삶이 꽃피는 순간으로 변할 수 있다면, 그렇다면 죽으라. 이때 당신을 막을 것은 아무것도 없다. 당신의 죽음은 그 자체가 승리이다. 만일 당신의 가슴이 비탄에 빠지고 당신의 삶을 지탱할 것이 아무것도 없다면, 당신의 투쟁에 대한 거부는 가련하고 비겁한 것이다. 그렇지만 당신이 삶을 마음대로 바라볼 수 있고 만일 삶의 가능성이 없다고 느낀다면, 당신은 "아니오"라고 가능성 없음을 말한다. 친구여, 만일 당신이 강하다면 적과 싸우지 마라. 당신의 힘이 닿는 데까지 친구와 싸우라. 왜냐하면 우리와 가까운 사람이 완전해야 하기 때문이다. 가까운 사람과 사랑하는 사람의 미완성의 흔적을 가차 없이 없애는 것이 낯선 사람과 투쟁해서 얻은 결실보다 은혜롭다. 당신의 약함만이 당신에게 멀리 있는 사람과 투쟁할 권리를 부여한다."

이것이 비극의 주인공의 유훈이다. 이러한 유훈에 이르기까지 현대성의 가장 모순적인 도덕적 슬로건도 똑같이 멀리 있다. 우리에게는 비극적 세계관으로 향하는 계단이 있을 뿐이고, 우리에게는 소박한 낙관주의로부터 자신을 비극주의라고 상상하는 심오한 염세주의에 이르는 의식의 모든 단계가 있다. 모든 유형들의 단계는 협소한 실천으로부터 삶의 창조자가 되기를 열망하는 유미주의자-관조자를 거쳐 주인공에 이른다. 그러나 주인공, *기사*는 아직 없다.

니체는 우리에게 미래의 주인공의 형상을 그려 주었다. 그 형상은 니체 자신보다도 높이 있었다. 입센은 우리에게 생생한 인물들로 구성된 화랑을 조각해 주었다. 이 인물들에게는 의지와 관조의 모든 무질서 단계가 표현되어 있었다. 니체는 자신보다 높이 서 있는 인간의 사실적 형상을 제시했다. 입센은 자신과 자신보다 낮게 위치한 현대인들을 정밀하게 측정하고 헤아렸다. 입센 없는 니체는 번쩍이고 화려하지만 도달하기 어려운 구름을 연상시킨다. 니체 없는 입센은 ⋯ 바로 이 구름을 향한 가혹하고 힘겨운 계단을 형성한다. 입센은 긍정적 형상을 제공하지 않았다. 그러나 그는 꿈을 향한 지상의 길을 제공했다. 니체는 이 꿈을 사실적으로 감지했지만, 그곳으로 가는 길은 제공하지 않았다. 왜냐하면 미래로 가는 생생한 길은 현재를 통해야 하기 때문이다. 니체는 현재에 대해 논쟁적 태도를 취했다. 더욱이 니체의 논쟁의 본질은 생생한 인물들의 화랑이 아닌 서정적 토로에 있다. 입센은 누구보다 현대 영혼의 비밀을 잘 알고 있었다. 헨릭 입센은 일련의 형상들에 영혼을 흘려 넣었다. 이 형상들은, 니체가 먼저 고대 그리스에서 꿈을 꾸었고 그 후에 먼 미래라고 의식한 것을 향해 올라가는 사다리를 그렸던 것이다. 니체는 먼 미래의 사실적 형상을 제공했다. 그것은 미래를 향한 '길과 열망'을 뛰어넘는 것이었다. 입센의 모든 창조는 이러한 길과 열망의 신비를 생생한 인물들과 생생한 상황 속에 묘사한 것이다. 입센에게 현대성에 거스르는 논쟁은 서정시가 아니라 사실적으로 전개되는 사건 속에 있다. 그 속에서 미래는 현대성의 경련으로 고통 받는다. 입센에게는 길의 목적 자체가 없다. 미래를 향하는 곳에서 입센에게는 "세 왕국", "종합주의" 등 말없는 생생한 도식이 있다. 니체는 자신보다 높은 것만을 본다. 입센은 자신보다 낮은 것과 자신의 주위를 본다. 니체가 현실적이고 사실적인 목적에 뜬구름 같은 수단을 제기한다면, 입센은 뜬구름 같은 목적에 사실적인 수단을 제공한다. 니체와 입센은 모두 심오한 의미에서 완전한 사실주의자는 아니다. 그렇지만 그들은 몽상가 또한 아니다. 하지만 사실 유토피아적 낭만주의는 기계적 세계관의 유토피아적 사실주의처럼 초지일관 몽상적이다. 사실주의는 목적의 요소가 수단 속에 주어지는 곳, 혹은 수단의 요소가 목적 속에 주어지는 곳에서만 생겨난다. 니체에게 사실적인 미래는 "초인-영웅"이다. 그러나 그는 현실에서 영웅을 보지 못하고, 자신의 논쟁적인 서사시에서 현실을 공격한다. 현실이 미래를 향한 고양의 수단이 되기를 원하는 곳에서 그는 미래에서 나와 수단을 조작하고 그 수단으로 현실을 조작한다. 반은 환상적인 현실과, 반은 환상적인 등장인물, 국가, 철학, 예술이 결합하기 때문이다. 현실의 국가, 교회, 철학에 대한 니체의 시각은 칸트와 바그너에 대한 서술이 환상적이었던 것처럼 환상적이다. 혹은 역으로, 현대성에서 멀어진 차라투스트라, 헤라클레스, 소크라테스는 니체의 해석을 통해 우리에게 생생하게 된다.

입센의 주인공들은 완전히 사실적이다. 우리가 보르크만들, 솔네스들, 루벡들에게서 자신을 볼 수 있기 때문이다. 그러나 입센이 우리 삶의 사실적 목적을 어떻게 다루는지 보라. 그는 그것을 악몽, 부조리로 변형시킨다. 그는 보르크만으로 하여금 문자 그대로 삶과 싸우게 한다. 삶의 사실적 조건들은 우리에게 모든 목적이 부조리한 것처럼 보이게 한다. 현실의 토양에 머물러 있으면서 입센은 삶을 환상적 동화로 변형시키는데, 이는 니체가 먼 그리스로 도주하거나 미래에 창조했던 것처럼 삶을 변형시키는 것과 같다. 입센은 삶을 사실적으로 바라보고 이에 '플러스'(+)를 표시했다. 그렇지만 플러스의 영향으로 그의 모든 합목적성은 '마이너스'(−)로 변형된다. 반대로 니체는 존재하지 않는 주인공을 긍정하면서 삶의 긍정적인 목표를 보았다('+'). 그러나 그는 사실적인 삶 자체는 보지 못했다. 왜냐하면 그에게 국가는 '리바이어던'이고 칸트는 백치이기 때문이다('−'). 양자의 경우 모두, '플러스' 곱하기 '마이너스'는 마이너스이다. 그러나 우리는 입센과 니체의 길을 하나의 길로 연결하여 다음을 얻을 수 있다. 즉, 실제 현실이라는 '플러스'에 키메라 같은 목적이라는 '마이너스'를 곱하는 것은 일정한 수단을 제공하는데, 그 수단은 '마이너스'로서 목적을 구현하기 위해 현실에 주어지는 것이다. 더 나아가 주인공의 심연을 무너뜨리는 덩어리를 보면서 입센은 삶의 목적 대신 이 목적을 '마이너스' 표시로 규정한다. 역으로 니체는 초인을 마치 삶의 목적(플러스)인 것처럼 사실적으로 그렸다. '플러스' 곱하기 '마이너스'는 다시 마이너스가 된다. 니체와 입센이 제도한 길을 하나의 길로 연결하면서 우리는 목적과 수단을 똑같이 마이너스로 규정한다. 이렇게 우리는 목적과 수단을 같은 대열에 놓는다. 그리고 이곳저곳 모두 마이너스이다. 그러나 '마이너스' 곱하기 '마이너스'는 플러스가 된다. 이상하고 기괴한 결론이다. 왜냐하면 미래가 현실적으로 구현되기 위해서는 현대성과 미래에 대한 현대성의 표상, 문화 자체가 파멸되어야 하기 때문이다. 그러나 아직 니체에게 목적의 사실적 표상은 미래지만 *실제로 존재하는* 것은 그 무엇의 상징, 표장(эмблема)일 뿐이다. 역으로, 우리에게 감춰진 진정한 현실이 부활하기 위해서는 우리 눈앞에 나타나는 현실 자체가 파멸되어야 한다. 왜냐하면 현실은 *존재하기 때문이다.* 현실(목적으로 이끄는 수단)은 또 다른 현실의 상징이다. *모든 일시적인 것은 비유일 뿐이기 때문이다.*[4] 괴테 창조의 이러한 신조는 입센과 니체의 창작에 은밀히 도입

---

4) 〔옮긴이〕 괴테의 《파우스트》(*Faust*) 마지막 부분에 나오는 구절이다. 우리가 살고 있는 현실을 지탱하는 진정한 현실은 덧없는 것이 아니라 영원성을 지니

되었다. 괴테에게 이러한 신조는 관조의 성격을 띠고 있다. 니체와 입센은 자신의 모든 창조를 통해 삶의 창조를 위한 이러한 신조의 대담한 의미를 드러냈다. 이상이 이상이 아닌 것처럼 현실은 현실이 아니기 때문이다. '마이너스'가 '플러스'가 되기 위해서는 다시 태어나야 한다. 그렇지 않으면 모두 파멸할 것이다.

우리에게는 하나의 길만 남아 있다. 그 길은 재탄생의 길이다. 삶의 창조는 삶 자체와 마찬가지로 우리의 변용에 달려 있다. 그래야만 삶에 대한 의지와 거짓된 현실의 관조(소여된 환상적인)의 이율배반이 사라질 것이다. 의식이 아직 밝혀내지 못한 절대적 가치의 이름으로 역사에 다이너마이트를 장착하는 것, 이것이 바로 니체의 서정시와 입센 드라마의 끔찍한 결론이기 때문이다. 진정한 현실을 향한 열망을 위해 자신의 시대와 함께 폭발하는 것 — 이것이 파멸하지 않는 유일한 방법이다.

19세기 후반 위대한 두 명의 천재는 거의 동시에 이렇게 대답했다. 비록 두 사람 모두 우리를 기다리는 파국을 통과하는 진정한 길의 지시에는 아직 추상적이었지만, 두 사람 모두 현대성을 위한 실천적 결론을 보았을 뿐이다. 그리고 우리는 니체와 입센의 이름을 이 시대 위대한 혁명가의 이름으로 연결할 권리가 있다.

사회와 개인의 이원론. 우리 시대에 개인과 사회의 모순은 첨예화되었다. 왜냐하면 사회과학에서 가장 개인적인 의식은 우리 시대의 계급적 모순에 종속되어 있기 때문이다. 관습, 심리, 의지의 자유 — 이 모든 것이 자본과 노동의 관계의 산물로 나타난다. 사회와 개인의 철학과 윤리학 사이에는 화해할 수 없는 간극이 생겨났다. 개인은 사회적 환경의 산물이다. 이 환경은 생산수단에 의존한다. 생산수단의 사회화는 현재 점점 증대되는 투쟁의 결과로 나타난다. 이것이 경제이론의 결과이다. 개

고 있다는 말로 이해할 수 있다.

체의 총합은 공동체를 양산하고, 그 결과 상품생산의 물신주의는 오늘날 이미 자신의 고유한 생산의 산물이 되었다. 다른 한편, 우리 이성의 추상적 범주는 불가피하게 기계적 이해의 기저에 놓여 있으면서 경제적 유물론(唯物論)의 방법 자체를 규정하고, 이에 따라 경제적 조건의 산물로써 우리 이성의 승인된 범주를 규정한다. 이렇게 그노시스적 결정주의와 경제적 결정주의가 화해할 수 없는 모순 속에서 충돌한다.

그 외에도 개인의 발전에 있어 순수하게 기계적 조건이라는 요구에 근거하여 경제적 유물론은, 그것이 심리학과 관련이 있는 한, 주어진 개별적 요구의 존재라는 불가피한 사실로부터 이러한 요구의 윤리적 권리를 주장하거나 혹은 윤리학을 전적으로 폐기할 수 있다(왜냐하면 사회 윤리와 그 계급적 다양성에 대한 이해는 윤리의 거부와 같기 때문이다). 사실 사회생활에서 경제적 유물론은 특별한 정치적 프로그램과 관련되어 있는데, 이 프로그램은 순수한 윤리적 세계에 둘러싸여 있다. 여기서 다시 혼합이 발생한다. 개인 외적인 윤리는 불합리하다. 그리고 다양한 개인이 순수한 물질적 내용으로 그들의 발전을 규정한다면, 개인만큼이나 많은 윤리가 존재하게 될 것이다(왜냐하면 모든 개인은 그 가까이에서 발전되는 것과 아주 조금이라도 차이가 있기 때문이다). 이렇게 해서 윤리는 힘, 즉 다수에 의존하게 되는 것이다.

권리는 다수에게 있다. 소수는 방황한다. 여기서 우리는 이미 통계학과 심리학의 영역으로 이탈한다.

진리(истина)는 한 번도 다수에 속한 적이 없다. 진리는 소수에게 생겨난다(예를 들어 학문적 진리처럼). 더 나아가 그것은 개별적인 개체 속에서 생겨난다. 예를 들어 경제적 유물론의 진리가 그렇다. 이 진리는 마르크스에 의해 형성되었는데, 마르크스 이전에는 진리가 아니었다. 다수가 이를 인정하지 않았기 때문이다. 더 나아가 이 진리는 다수의 신앙이 되었다. 그러나 우리는 그것이 영원한 것이라고 보장하지 않는다. 현대

철학이론은 진리의 개념 자체를 인식의 창작 속에서 윤리적 동기와 연관시키는 경향이 있다. 개인적 행동의 진리는 어떤 형태로든 개별 과학의 기저에 있는 원칙의 진리와 연결되어서는 안 된다. 왜냐하면 경제적 유물론의 진리나 그 원칙에서 도출된 계급윤리에 대한 교의는 어떤 형태로든 행동의 원칙과 연결되어 있지 않기 때문이다. 사실 사회생활에서 우리는 이와 유사한 혼합을 끊임없이 겪어 왔다.

그 외에도 경제적 유물론에서 간접적으로 도출된, 다수의 권리를 인정하는 협소하고 위법적인 경향은 치명적인 결과를 낳는다. 나의 신념은, 그것이 말로 표현되는 한, 나로 하여금 그 신념을 따르게 하는 깊은 동기들을 드러낸다. 발화된 신념은 이미 이러한 신념의 진정한 본질을 왜곡한다. 나의 신념이 타자의 신념과 일치한다는 데는 이미 억지가 숨어 있다. 나의 신념은 내가 발화하는 언어공식의 원리로 나누어진다. 그리고 역도 성립한다. 그러나 이런저런 경우에 공식은 내용에 적용되지 않는다. 이것이 첫 번째이다. 두 번째는, 사실(*de facto*)은 서로를 완전히 덮어 주는 두 개의 동일한 신념이 결코 아니라는 것이다. 동의한다는 것은 항상 타협한다는 것이며, 그것은 동의되는 두 측면을 똑같이 압박하는 것이다. 대중의 동의는 개별적인 신념의 진정한 동기로부터 극단적으로 벗어난 곳에 건축된다. 이 동기들만이 신념에 무게와 깊이를 더한다. 다수의 의견은 사실적 동기를 상실한 다수의 개별적 신념들을 동등하게 작용하게 한다. 모든 개별적 신념은 내적인 힘을 무한히 상실하는데, 그것이 다른 많은 개별적 신념에 합류하기 때문이다. 내가 아무리 현명할지라도, 내가 관습(동등하게 작용하는 신념)의 생산에 참여하는 한, 나는 자기 자신보다 무한히 어리석어 보인다. 왜냐하면 동등하게 작용하는 의견의 총합은 총합의 단위보다 가볍기 때문이다. 아마 이런 법칙 때문에 다음과 같은 속담이 생겨났을 것이다: 유모가 일곱 명이어도 그 눈이 아이에게 미치지 못한다.

다수의 믿음은 내적인 신념이 아닌 순수히 외적인 신념을 갖게 된다. 왜냐하면 통계학적 계산, 즉 단위에 부착된 영 (0) 의 개수는 단위를 수백만으로 올리기 때문이다. 이 개수는 투박한 물리적 힘의 상징이다. 다수의 의견은 이 단위(말하자면 주어진 개체의 신념)에 영을 첨가하는 것일 뿐이다. 사실 소수의 의견도 단위의 총합일 뿐이다. 그러나 단위의 총합은 영이 부착된 단위들로 구성된 숫자들의 총합보다 크다. 수천만 숫자의 총합은 단위와 같은데, 사실 모두 수십 개의 단위의 총합은 수십 개와 같은 것과 마찬가지다. 왜냐하면 열 개의 개별적 신념은 수천만 군중의 공통된 하나의 신념보다 열 배나 더 큰 사고력을 부여하기 때문이다. 양에 대한 논의는 동기들의 무게와 깊이에 의한 논증보다 사회에서 더한 의미를 갖는다. 개인은 사회에서 변함없이 허용되기 때문이다.

입센은 모방할 수 없는 솜씨로 '슈토크만', '사회의 기둥', '브란트' 등을 창조하여 우리에게 사회와 개인의 갈등을 폭로했다. 여기서 그는 니체보다 훨씬 더 단단한 토양에 서 있게 된다.

과학과 종교의 이원론. 우리는 이제 종교 문제에 새롭게 접근하고 있다. 정밀과학의 성공과 특히 최근의 다양한 과학적 세계관은 마치 모든 종교와 결별한 것 같기 때문이다. 모든 긍정적 종교는 낡은 유물이 된 것 같다. 몇십 년이 지났다. 그래서 어쩌란 말인가? 과학의 원칙에 근거한 관념철학의 성공은 정밀과학으로부터 세계관이 될 수 있는 권리를 영원히 박탈했다. 정밀과학은 경험적 분과로서만 가능하다. 모든 형이상학적 과학은 여러 개별 과학에 대한 이런저런 부분적인 이해의 공동체계의 원칙으로 확장되면서 과학적 관점에서 현재 적법하지 않은 것으로 나타난다. 부분 과학의 원칙은 현재 과학적 진리에 근거한 원칙에 불과하다. 과학적 진리는 우리에게 점점 더 응용적인 성격을 띤다. 얼마 전 생리학적 심리학의 결론은 우리의 '나'에 대한 뿌리 깊은 표상을 파괴했는데, 그 '나'는 생리학적 과정의 연관일 뿐인 것으로 나타났다. 사실 심리학적 연

구대상에 자연과학적 방법으로 접근하면서 인간의 '나'에 대한 다른 표상은 사라졌다. 과학의 기본 개념인 결정론은 인간 인식의 공통적 원칙에 의거한다. 따라서 자연과학적 심리학의 결론은 인식의 원칙에 의해 규정된다. 따라서 그 결론은 세계관의 기저에 놓이자마자 그 의미를 상실하게 된다. 그렇지만 그렇지 않을 수도 있지 않은가? 인식론은 일련의 심리학적 전제에 의존하는 것 아닌가? 모든 경우에 인식론은 자연과학 분과로 이해되는 심리학적 실험에 독립하여 있다. 왜냐하면 지그바르트, 코헨, 리케르트 그리고 최근에는 후설의 작업 이후 우리는 인식론을 심리학에서 독립된 것으로 이해하게 되었기 때문이다. 후설은 심리학자들이 논리적 법칙과 판단규범을 혼용한다는 것을 증명했는데, 그 규범들 중에는 "판단의 내용으로서의 법칙들을 그 판단들과 함께" 등과 같은 판단들이 인식된다. 그는 말했다: "이것이 두 번째 혼동과 연관되어 있다는 것을 이해하기는 어렵지 않다. 그것은 바로 인과의 연쇄로서의 법칙과 인과의 규칙으로서의 법칙의 혼용이다"("논리학 연구" 1장). 따라서 심리주의자들은 이상적으로 규범화된 법칙과 사실적으로(인과적으로) 규범화된 법칙의 차이를 이해하지 못한다. 모든 인식이 경험에서 비롯된다는 사실은, 후설에 따르면, 그것이 경험에서 발생해야 한다는 것은 결코 아니다. 극단적 경험론은 합리적 정당성을 말살하고, 후설에 따르면, 과학에 근거한 이론으로서 자신의 가능성을 말살한다. 후설 연구의 영향으로 최근에 논리학을 심리학의 분과로 간주했던 립스 같은 명백한 심리주의 옹호자조차 입장을 바꿔 *규범주의*(normativizm)로 선회했다.

정밀과학은 이미 인식을 향한 중심이 될 수 없다. 이 중심은 현재 자리를 바꾸고 있다. 따라서 모든 자연과학 분과의 형이상학적 결론은 기껏해야 경험적이고 보조적인 가설로 나타나는데, 그것은 그 어떤 세계관의 기저에도 놓일 수 없는 것이다. 사실 과학의 이러한 형이상학적 결론은 또한 인류의 종교적 표상을 파괴했다. 분명히 긍정적 종교의 극단적이고 교조적인 결론을 파괴했던 것이다. 모든 종교적 교조주의의 기저에는 이런저런 발화된 진리가 있는데, 이런저런 원리는 이성주의적 해석 너머에 있다. 사실 이러한 원리는 종종 교조적 신학에서 이성적으로 여겨진다. 모든 종교적 교조주의에는 이성주의가 굳건히 둥지를 틀고 있다. 여기서 이론이성의 위법적 확장이 발생하는데, 그것은 세계관에 있어 과학의 기본 개념의 확장과 유사한 것이다. 종교적 교조주의자를 의지와 연관시키면서 종교적 이성주의의 불충분함을 인정하고, 학문적 교조주의의 인식론이 세계관 체계로 불충분하다는 것을 인정하는 것은 상호 대립하는 반대자들의 무기를 빼앗는 것이다. 과학과 종교의 관계에 대한 판단은 인식론의 영역으로 이동한다. 이러한 이동은 이율배반(antinomy)의 본질을 바꾼다. 우리는 결코 이성적 신학의 관점에 머물지 않지만, 그렇다고 과학의 극단적 결론을 공유하지도 않는다.

다른 한편 규범주의는 모든 경험적 내용에서 해방되려고 한다. 인식의 규범은 과학의 원칙들을 연결할 뿐이다. 이 원칙들은 각각 주어진 모든 과학의 내용을 형성한다. 각각 주어진 과학은 자신의 방법론적 내용을 갖고 있다. 방법의 권한을 제한하면서, 인식론은 특수한 학문들의 모든 경험론적 내용에 똑같이 대립된다. 인식론의 내용은 한편으로는 방법론적으로 형성된 과학(즉, 형성된 내용)이다. 다른 한편으로, 인식론은 내재(內在)적 존재로서 일반적 의식에 대비된다. 이러한 내용의 근본적 특징은 인식 불가능성이다. 모든 현실체험은 그 특수한(방법론적, 조건적) 형식 밖에서 포착되는데, 이런 의미에서 인식의 한계를 넘어 분해할 수 없고 이해할 수 없게 된다. 그것은 옛날 신비주의자들이 존재에 부여했던 모든 특성을 소유하고 있다. 이런 의미에서 모든 체험은 신비적이다. 인식론은 자신을 모든 경험적 내용과 분리하면서 생생한 현실에 신비를 부여하지만, 이와 함께 초월세계의 체험으로서 자신을 형식화할 수 있는 권리의 신비적 체험을 상실한다. 신비는 현대 이론가의 관점에서 형이상학을 거부한 대가로 존재할 수 있는 권리를 사는 것이다. 신비가 초월세계와 현실의 존재에 대한 생생한 증인이 아니라는 것, 초월세계에 대한 교리의 기저에 놓일 수 없다는 것은 말할 필요도 없다. 초월세계에 대한 신비적 교의는 신비를 형이상학의 권력에 양도하고, 인식론의 형이상학과 함께 소진되려 한다. 현대 이론가들의 교리에서 신비는 이성을 흐리게 하는 체험의 카오스가 될 뿐이다. 왜냐하면 그것은 광기와 광신에 합류하기 때문이다. 이런 면에서 현대 이론가들의 신비에 대한 견해는 흥미롭다〔게센(С. И. Гессен)의 논문 "신비와 형이상학"(Мистика и метафизика), 《로고스》(Логос) 1권을 보라〕. 신비는 신비주의가 아니다. 그 내용을 명확하게 말하는 것은 불가능하다. 그것은 본질적으로 비합리적인 모든 체험에 적용된다. 비합리적 체험은 모든 철학 연구의 근원이 된다. 그것은 극단적인 철학적 개념이다. 우리가 체험되는 존재의 세계와 철학적, 과학적 혹은 그 어떤 다른 가치세계의 이원론을 극복하는 것은 형식적으로만 가능하다. 이러한 이원론은 내용과 형식의 이원론보다 더욱 첨예하게 나타난다. *그들 사이의 심연을 겪어야만 한다.* 신플라톤주의는 비합리적 단일성으로부터 이성적으로 인식되는 세계를 이끌어 냈다. 왜냐하면 에그레수스 이론(예: 유출이론)은 비합리로부터 도출되는 모든 것을 비합리 속에 집어넣기 때문이다. 신비적 형이상학의 이런 모습은 불가능한데, 그것은 마치 체험을 레그레수스 개념(아우구스티누스, 스코투스 에리우게나)으로 변용시키는 그런 유형이 불가능한 것과 같다. 5) 객관적으로 존재하는 높은 힘의 개념을 도입함으로써 신비를 증명하는 것은 불가능한데, 이는 마치 이성적 방법으로 내용과 형식의 이원론을 극복하는 이론을 증명하는 것이 불가능한 것과 같다. 순수한 신비는 부정의 신학에 합류하지 않는

---

5)〔옮긴이〕에그레수스(*egréssus*, 어원 *egrédior*): 나오는 것, 상륙, 출구의 의미. 레그레수스(*regréssus*, 어원 *regrédior*): 돌아가는 것, 후퇴, 역행의 의미.

다. 이렇게 인식론은 신비를 이성 외적인 순수한 존재의 영역으로 끌고
간다. 우리의 모든 삶은 말이 없고 이성에 굴복하지 않는 광적이고 현명
한 광신도이다. "말해진 사고는 거짓이다."— 오래전 자신의 체험을 단어
로 형식화하려고 하면서 튜체프는 말했다. 그러나 이것은 옳지 않다. 왜
냐하면 명료한 단어가 이미 신비로움을 파괴했기 때문이다. 이러한 극단
적인 결론으로써 인간의 본성과 세계에 대한 표상에 영향을 미치는 세계
관의 모든 권리는 차단되었다. 지식은 경험의 재료를 정리했다. 인식론
은 지식을 정리했다. 이러한 질서의 의미는 사라졌다. 사실 질서 자체는
우리에게 삶과 세계관을 위해 필요하다. 그러나 진리, 의미, 가치는 삶에
서 차단되었다. 그들의 의미는 존재하지 않는 것에 있다. 존재는 우리의
체험에서 일어나는 무의미한 소리와 기호들의 집합이다. 삶은 광기이다.
의미와 가치는 비존재의 논리적 진리 속에 있다.

이것이 논리적으로 정법한 현대철학적 과학의 광적이고 기괴한 결론이
다. 논리는 "*무엇을 위해서가 아닌*" 논리가 될 수 있는 권리의 대가로써
광기를 정당화한다. 왜냐하면 극단적인 인식론적 형식주의는 극단적으
로 생생한 주물 숭배에 친근한데, 내가 인간인 채로 있는 한(철학은 인간
외적인 규율로 나타난다) 나는 우연한 체험으로 주물을 창조할 수 있기 때
문이다. 모든 체험의 관계와 심지어 광인을 위해서까지 발생하는 이 체험
의 특별한 의미는 위법적인 초감각(*transcensus*)으로 나타난다. 철저한
그노시스주의자들에게는 광인조차 너무나 중요한 합리주의자이기 때문
이다. 그렇지만 종교는 비합리적인 경험의 깊은 곳에서 생겨난 체험의 관
계가 아닌가. 그러나 종교가 존재의 신비를 증명하는 인식론을 위해 존재
하는 것은 아니다.

우리는 적법한 인식론과 논쟁하자는 것이 아니며, 구체적 삶을 언급하
는 그 결론에 동의하지 않을 수도 있다. 그러나 그때는 일련의 단호한 결
론을 내려야 한다. ① 체험을 형성하는 결론으로 나타나고 인식으로 약분

되지 않는 삶의 의미는 종교적 의미이다. 그러나 종교의 본질은 인식에 있는 것이 아니라 창작에 있다. 종교적 교조주의는 창조적 체험의 상징이다. 체험의 관계는 감정의 카오스적 순환으로부터 신비를 도출하는데, 이는 이론적 이성과 관련을 갖지 않는다. 만일 우리가 그것을 실천이성으로 의식한다면, 우리는 이 이성의 규범이 과학적 방법으로 공식화되지 않은 주어진 경험(체험)에 종속되어야 한다는 것을 인정해야 한다. 과학으로 분해된 경험의 모든 대상은, 다른 한편, 과학으로 분해되지 않는 종교적 경험의 대상이 된다. 이러한 경험의 이중적 의미는 회프딩과 제임스 같은 사상가들도 인정한 것이다. ② 실천이성의 규범이 주어진 종교적 경험에 종속된 것을 인정하고, 종교를 신비적 체험의 의미론적 관계로 간주하면서, 우리는 반드시 종교적 형이상학을 체험되는 가치에 입각한 독특한 상징체계로 인정해야 한다. 그러한 형이상학의 가설은, 만일 그 창작의 의미가 남김없이 인식된다면, 종교의 생명성에 전혀 해를 끼치지 않을 것이다. ③ 반대로, 모든 교조적 이성주의는 버려진다. 상징체계처럼 수용되는 종교의 교조주의는 부정신학6)과 구별된다. 왜냐하면 여기서 근본적인 종교적 신념은 극단적으로 부정적 개념이 아닌 긍정적으로 체험되는 신비적 경험의 관계에서 도출되기 때문이다. 종교의 근거를 창작의 경험에 의거하면서, 우리는 미학과 종교의 경계를 넘어선다.

우리는 이렇게 긍정적 종교에 대한 결론을 내릴 의무가 있다. 그렇지 않다면 우리는 광적인 삶과 비인간적이고 비존재적인 논리의 이원론 사이에 있게 될 것이다. 이와 함께 우리는 모든 종교 외적(즉, 체험되는 경험) 세계관의 가능성을 말살하게 될 것이다. 이론이성과 종교적 세계관

---

6) 〔옮긴이〕 부정신학(*negative theology*, 否定神學) : 무신론이나 반신론(反神論), 불가지론이 아니라, 신에 대한 제한적이고 불완전한 규정을 부정하는 방식으로 신의 본질을 인식하려는 그리스도신학의 한 분야.

에 대한 삶의 열망의 관계가 존재하는가. 이것은 다른 문제다. 이러한 문제의 해결, 그 급진적인 제기에는 그노시스주의와 창작의 철학이 겨우 근접할 뿐이다.

그렇지만 하나는 분명하다. 모든 것이 복잡한 상황에서 우리는 종교 문제의 면면을 새롭게 바라본다는 것이다. 이 문제는 인류 속에서 다시 부상하는 것 같다. 그것은 이번에는 결정적이고 돌이킬 수 없는 형식을 띠고 있다. 왜냐하면 우리는 광적이고 무목적적이며 말이 없고 무의미한 인간 존재로 남아 있거나(논리와 인식론이 스스로 *인간의 외적 분과*임을 선포한다면), 천사 혹은 동물이 되어야 하거나, 혹은 원칙적으로 의미를 허락해야 하기 때문이다. 그러나 이러한 의미는 삶을 창작과정으로 바라보는 시각에서만 정당성을 획득한다. 그러한 초월만이 가능하기 때문이다. 원칙적으로 종교를 허용하면서, 우리는 새로운 세계관의 견지에서 긍정적 종교를 연구해야 한다. 그 종교는 여태까지 우리에게 합리적 혹은 윤리적 교조주의의 꺼진 불빛을 비추었다. 여태까지 종교적 상징체계는 형이상학의 테두리 안에서 우리 앞에 나타났다. 현재 우리는 형이상학 자체를 마치 상징주의의 특수한 형태처럼 간주한다. 우리가 형이상학적으로 밝혀야 할 것은 상징주의가 아니다. 우리는 생생한 신비의 비이성적 체험의 연관에서 발생한 상징적 형상으로 형이상학 자체를 이끌었다.

입센의 사실주의적 세계관을 증명할 수 있다. 신념을 충분히 동반한 일련의 인용구들은 우리에게 그의 존재를 확인시킨다. 어두운 힘의 유전과 퇴화 현상이 그의 창작에 전달되는 것도 이런 이유에서이다. 입센의 신비주의를 역으로 논증할 수 있다. 그러면 유전인자 자체가 어둡게 징벌하는 운명의 권력의 원형으로 나타날 것이다. 결국 일련의 드라마에서 입센은 종교적 문제를 언급했다. 그리고 우리는 종종 모순의 영역 속에 있게 된다. 즉, 입센은 결정론자이다. 입센은 신비주의자이다. 입센은 새로운 종교의식의 예언자이다. 그리고 우리는 누가 진정한 입센

인지 모른다. 그러나 우리는 과학과 종교의 문제제기에 있어 모든 복잡성을 이해한다. 종교의식의 새로운 조명은 과학에 대한 새로운 시각처럼 지적인 귀족들 사이에서 조금씩 인식되고 있다. 우리의 평범한 세계관은 모두 이론적으로 소진된 교조주의와 어떻게든 연관되어 있다. 단지 우리가 어렴풋이 느끼는 것은, 이 중요한 문제에서 일이 그다지 순조롭게 풀리지 않을 거라는 사실이다. 신비의 상층부의 대중적 설명은 과학의 상층부와 마찬가지로 생생한 세계관의 생산과정에서 상상하기 힘든 혼란으로 인도한다. 지금도 역시 사람들은 종종 입센 창작의 망상적 성격에 대해 말하거나, 광기, 폭력, 때로 모순적인 상황이 인식론과 과학의 결론 속에서 광기에 가까운 모순과 폭력을 완전히 반영하지 않는다는 것을 의심하지 않는다. 혹은 그를 낡은 교조주의의 프로크루스테스의 침대에 눕히려고 한다. '관념적', '사실적', '과학적'이라는 용어의 의미 자체가 바뀌었다. 이제 진부한 세계관의 방법론적 편견 속에서 입센에 접근한다면 우리는 거의 아무것도 이해하지 못할 것이다. 반면, 입센은 자신의 주요 작품 《황제와 갈릴리 사람》(*Emperor and Galilean*, 1873)에서 지식과 신앙의 문제와 관계된 테제를 현대사상의 흐름과 같이 제기한다. 입센은 드라마의 등장인물 중 한 명(막심)의 입을 통해 세 번째 왕국으로서 미래의 종교를 선포한다. 첫 번째 왕국은 물질적 삶의 왕국이다(존재의 세계). 두 번째 왕국은 로고스, 아들, 원칙의 세계이다. 그러나 모든 살아 있는 것의 경계 너머로 인식론을 추방함으로써 우리 앞에 두 개의 분리된 왕국이 나타난다. 그것은 존재의 세계와 논리적 원칙의 세계이다. 전자는 광적이고 무의미하다. 후자는 메마르고 생명력이 없다. 이들은 연결될 때만 의미가 있다. 목적의 왕국은 살아야 한다. 수단의 왕국은 의미가 있어야 한다. 이성과 체험적 경험을 연결하는 것은 삶의 종교와 같을 때다. 입센은 이러한 삶의 종교를 미래 정신의 왕국으로 선포했다. 입센이 하늘과 땅을 연결한 것은 니체가 하늘과 땅을 연결한 것과 같다. 그리고 이러한 연결원리는 그에게 지식과 세계관, 종교와 과학의 관계의 본질적인 복잡성을 부여했다.

미(美)와 윤리의 이원론. 미와 윤리의 모순은 의지와 관조의 모순과 긴밀하게 연관되어 있다. 관습적 도덕의 본질적 형식은 삶의 진정한 도덕적 목적을 지시할 수 없다. 삶의 복잡성은 이른바 선과 악의 관계의 가능성을 능가한다. 다른 한편, 과학이 발달하면서 도덕에 대한 자연스러운 시각이 변했다. 윤리학의 과학이론은 자연스럽게 무너진 우리의 윤리원칙을 바꿀 수 없는데, 그 원칙은 과학이 세계관과 양립할 수 없다는 것이다. 과학은 기껏해야 도덕을 위생학으로 바꿀 뿐이다. 다른 한편, 윤리학의 형식적 원칙(칸트에게라도)은 모든 생생한 내용에 비해 지나치게 추상적이다. 결국 광범한 대중의 중간적 이해를 허용하는 사회적 교리로서 공통적이고 의무적인 윤리를 본질적으로 계급적 도덕으로 대체함으로써 도덕에 대한 우리의 개별적 표상을 완전히 파괴한다. 우리를 눈동자 속으로 고양시키는 개인적 고결함은 불필요한 부르주아적인 것이 된다. 도덕의 범주는 대체로 사라진다. 그러나 우리의 개인적 내용은 무언가 똑같은 의미의 도덕을 추구한다. 왜냐하면 우리는 내면적으로 우리에게 사실적인 삶의 원칙 없이는 살 수 없기 때문이다. 만일 우리 앞에 선과 정의의 범주가 무너진다면, 우리는 본의 아니게 그것을 미나 신비주의에서 찾을 것이다. 미에 대한 숭배는 의지와 무관하게 생겨나서 현재 상실된 선에 대한 숭배를 대신하여 강화된다. 그러나 미의 범주는 흐릿하고 분명하지 않다. 미의 범주를 추구하면서, 우리는 모순의 새로운 주기로 떨어진다. 미가 관조가 되도록 하라. 실제로, 유미주의는 관조에서 지주(支柱)를 찾는다. 형이상학, 미학은 어느 정도 염세주의와 연관되어 있다. 관조, 즉 의지의 거부는, 이미 보았듯이, 대립적인 것으로 이동한다. 그것은 새로운 삶의 관계의 창작으로 이동한다. 그리고 이 창작이 개인적 '나'에 근거하는 한 미의 철학은 염세주의에서 에고이즘으로 이동한다. 내가 아름답

다는 것을 발견하는 것은 도덕적이다. 그러나 여기서 미는 도덕과 충돌한다. "너는… 해야 한다"(*ты должен*) 는 "나는… 하고 싶다"(*я хочу*) 에 대립된다. 신비적 경험이 생겨나는데, 그것은 개인적인 '나' 속에서 세계적인 '나'를 구별하는 것이다. 이 두 번째 '나'는 나 자신 속에서 나에게 드러나고, 개인적인 '나'에게 미의 이름으로 "너는… 해야 한다"를 호소한다. 그 역도 성립한다. 개인적인 '나'는 두 번째 '나' 속에서 개별적인 그 무엇을 본다. 개인적인 '나'는 두 번째 '나'를 '너'(*ты*) 처럼 대한다. 그러나 우리는 개성의 초개인적 근원에서 개성을 분리할 수 있게 되면서 모든 다른 '나'가 우리에게 '너'처럼 나타나고 다른 '나'로 정의된다는 것을 알게 된다. 나의 두 번째 '나'는 나의 의식에 '너'로 나타나는 모든 것을 위한 초개인적인 '나'이다. 만일 이것이 의식되면, 두 번째 '나'는 모든 개별적인 '나'와 '너'를 연결하는 '그'가 된다. 여기서 미의 관조의 신비는 종교로 이동한다. 미와 도덕이 합류한다. "나는 *너이기 때문이다.*" '나'를 선포하는 니체식 에고이즘은 낡은 종교적 도덕에 새롭게 도입되는 전술적 기법 이상이 되지 못한다. 니체는 본질적으로 우리에게 말한다. "가까운 사람('너') 이 아닌 자신('나') 을 사랑하라. 그러나 이런 사랑은 너의 '나'가 다른 '나'를 드러내고, 자신의 개인적인 (친지) '나'를 다른 먼 '나'를 향한 열망과 길로 변화시키기 위해 필요하다. 두 개의 '나' 사이의 사실적 관계를 몰라도 너는 가까운 사람에 대해 알 수 있다. 먼 '나'를 통해서 너는 가장 가까운 '너'(동포) 에게 다가갈 수 있다." 그러나 이러한 가정의 결론은 고대 동양의 신비주의자의 결론과 같다. "나는 *너다*"(*"Tat tvam Asi"*). 7) 이 순간 미가 도덕이 될 뿐 아니라 형식적 도덕이 의식에 있어 내면적으로 가득 찬 내용이 된다. 즉, 도덕이 미가 되는 것이다. 여기서 유미주의는 에

---

7) 〔옮긴이〕 인도 베단타사상에서 나타나는 경구. 진정한 자아는 그 순수하고 근원적인 차원에서 우주적 실재나 본질과 다르지 않음을 의미한다.

고이즘이 된다. 보들레르의 유미주의에서 윤리적 요소는 본질적으로 "무한의 감각"(*Gaût de l'infini*)이다. 특징적인 것은, 베를렌의 유미주의는 마돈나의 숭배로 이동하고 와일드의 유미주의는 기독교적 미의 숭배로 이동한다는 것이다. 위스망스[8]는 가톨릭교도가 되고 바그너는 시인이 된다. 입센도 마찬가지다. 개별주의를 선언하면서, 입센은 우리 앞에 유미주의자들의 화랑을 전개하고 이와 함께 유미주의의 비극적 결론을 지적한다. 결국 《바다에서 온 여인》, 《작은 아이욜프》, 《우리, 죽은 자들이 깨어날 때》에서 인간의 창조가 고양된 순간 미와 도덕은 불가분의 단일성에 합류하게 된다.

2

우리가 아주 짧게 언급했던 이율배반은 서로서로 연결되면서 개성 속에서 삶의 관계의 복잡한 미로를 형성하고, 모든 주어진 구체적인 순간에 현실의 복잡성은 매번 지금은 시대에 뒤떨어진 세계관에서 도출된 결론에 의해 암시되는 실제적 대답을 능가한다. 지난 세계관은 모두 삶을 단순하게 그려 준다. 유물론, 공리주의, 염세주의 혹은 관념론, 신비주의는 모두 똑같이 그런 세계관이다. 구체적으로 체험되는 것은 체험 속에서라도 한없이 복잡하고 모순된 것으로 의식된다. 현실은 우리에게 세계관과 행동의 복잡한 관계로 나타난다. 삶에 대한 우리의 규칙은 체험의 단순함에 근거한 것으로, 우리를 만족시킬 수 없다. 입센은 관계의 복

---

8) 〔옮긴이〕 위스망스(Huysmans, J.-K., 1848~1907) : 프랑스 소설가. 본명은 샤를-마리-조르주 위스망스(Charles-Marie-Georges Huysmans)이며 조리스-카를 위스망스(Joris-Karl Huysmans)란 필명으로 작품을 출간했다. 대표작으로 《안녕》〔*A rebours*, 1884, 영어 제목은 《곡식에 저항하여》(*Against the Grain*) 혹은 《자연에 저항하여》(*Against Nature*)〕이 있다.

잡한 현실을 자신의 드라마에 반영한 첫 번째 드라마 작가이다. 그의 혁명적 활동은 그가 우리에게서 방법론적 시각을 제거했다는 점이다. 입센 이전에 우리는 최면상태에 살았다. 비록 풍미하던 세계관이 말하는 것보다 삶이 더욱 복잡하다는 것을 느끼긴 했지만, 우리는 우리가 체험하는 현실에 숨겨진 것을 서로서로 인정할 만한 용기가 없었다. 우리는 본의 아니게 자신과 다른 사람에게 완전한 공리주의자, 낭만주의자, 신비주의자로 나타나게 되었다. 우리는 우리와 다른 사람들이 동시적이라는 것을 인정하고 싶어 하지 않는다. 그리고 드라마 예술작품에는 극단적으로 추상적인 현실묘사가 지배적이다. 우리 앞에는 *전형들(типы)*이 나타나고, 또한 *전형들*만 나타난다. 그러나 소수의 예술작품만이 진정한 *전형성(типичность)*으로 고양되는데, 여기서 전형은 전 인류적인 것, 초시간적인 것, 불멸의 것이 된다. 보통 전형은 드라마에서 지나가는 경향으로 퇴화된다. 그리고 이것은 바로 사실주의 드라마에 적합하다. 드라마에는 도식적이고 단순하게 행동이 표현되지만, 충돌을 준비하는 모티프들의 복잡한 진실이 표현되는 것은 아니다. 입센 이전 사실주의 드라마에서 전형은 유행하던 *상자*로 퇴화했다. 이 상자 속으로 인간이 들어갈 것이다. 우리 앞에 *상자 속의 사나이*[9]가 있다. 그리고 우리는 이 *상자 속의 사나이*를 진짜 인간으로 받아들인다. 왜인가? 왜냐하면 우리 자신이 *상자 속의 인간*이기 때문이다. 얼마 전 교조적 세계관에 존재했던 도식주의는 삶에 대한 우리의 태도를 축소시켰지만, 파수대에 서 있는 *상자적 세계관의 파수꾼*은 개성을 마비시켰다. 모든 세계관은 자신의 믿음의 강력한 상징을 갖고 있으며, 그것으로부터 조금만 물러서도 공리주

---

9) 〔옮긴이〕 상자 속의 사나이(человек в футляре): 19세기 러시아 작가 체홉(Чехов, А.)의 단편소설 제목이자 그 주인공을 일컫는다. 일신의 안전만을 생각하는 통속적인 인간을 지칭한다.

의, 합리주의, 종교적 교조주의 등 낡은 파수꾼들의 괴롭힘을 받는다. 우리는 모두 유미주의자, 자유주의자, 사회주의자, 아나키스트들로 생생한 개성의 요구에 대해 똑같이 협소한 보수주의자였다. 그리고 입센이 처음으로 복잡성을 숨긴 은닉된 인간의 진정한 모습을 보여 주었을 때 우리는 경보를 울렸다. 개성은 다양한 종류의 통상적인 상자로 나타나고, 우리는 그 상자 속에 개성을 숨기고 싶어 한다. 입센은 인간의 내부에 있는 상자를 깨뜨렸다. 마치 무대에서 하는 것처럼 그렇게 깨뜨렸다. 이러한 영웅성은 그에게 많은 고통을 요구했다. 그는 고국에서 쫓겨나야 했다. 그러나 그는 자신의 영웅적 행동으로 우리 중 많은 사람이 상자를 깨뜨리는 것을 도와주었다. 입센의 무대는 삶의 일면을 보여 주는 연극성보다 더욱 생생하다. 이것은 "삶에 없는 것이다"— 입센의 주인공을 보고 유럽 사회는 말했다. "우리 삶이 사회에 발현되는 형식이 죽은 것과 같다"— 입센이 우리에게 대답한다. "맞다, 그렇다"— 일부 사람들이 따라했다. 각축이 시작되었다. 그리고 입센이 이겼다. 입센 이후 우리는 이미 사르두, 졸라, 심지어는 주더만(Suderman)의 드라마로 돌아갈 수 없게 되었다. 입센이 인간 속의 상자를 깨뜨린 것은 예술에서뿐이었다. 그 덕분에 오늘날 우리에게서 상자는 부분적으로 깨졌다.

이런 면에서 입센 문학 비평가의 한 사람인 로타르는 옳았다. 그는 다음과 같이 특징적인 말을 했다. "지난 세기가 사고의 영역에 부여한 모든 것, 그 모든 것이 입센의 예술 창조에 반영되어 있다. 일정한 개성에 대한 그의 분석은 세기의 종합주의로 나타난다. 낭만주의와 사실주의, 낙관주의와 염세주의, 사회주의와 개인주의 — 입센은 이 모든 시대적 흐름을 자신의 목적을 위해 사용할 줄 알았다. 이런 목적에서 그는 미래를 위해 노력했는데, 그 미래는 개성의 권리가 사람들에게 주어지고 또 속해 있는 때이다."그리고 이에 대해 예거(Hans Henrik Jæger)가 한 말이 있다. "드라마가 유럽 공동의 정신적 진보 수준을 즉각 반영하지는 않는다." 덴마크 신문 〈사회민주주의〉는 입센의 특징에 대해 다음과 같이 썼다. "자신의 시에서 스스로 묘사했듯이, 그는 무거운 망치로 자신의 길을 깊이 파고 들어가는 광부이다. 그 길은 인간의 삶과 영혼의 깊은 곳을 향한다." 입센은 자신의 드라마를 완벽하게 구상했다. 그는 창작이라는 곡괭이로 우리의 화석화된 갑옷을 깨뜨렸다. 입센은 드라마 처음에 등장하는 삶의 모든 상황을 주인공의 대사로 더욱 복잡하게 했다. 맨 처음 그는 우리 모두에게 공통적인 익숙한 형태로 이런저런 테제를 꺼냈다. 이러한 테제는 각각의 세계관의 문답 속에 주어지는 형태이다. 우리 안에 있는 것은 아직 삶이 되지 못한 거친 돌덩이기 때문이다. 다음에는 일련의 교차 무대가 시작되는데, 여기에는 빈번한 곡괭이질과 같은 테제에 대한 다량의 대사가 수반된다. 최초의 돌덩이는 완전히 연마되고, 결국 수많은 삶의 측면에서 진정으로 생생하고 끝없이 복잡한 윤곽이 대두되기 시작하지만, 우리는 미처 알지 못한다: *"삶에는 이런 것이 없다."* 분명, 삶이 아니라 상자이고, 교조주의의 파수꾼이 그 속으로 삶을 밀어 넣으려고 하는 것이다. 이런 면에서 입센의 대사는 그 패러독스로 우리의 교조주의에 자주 타격을 준다. 그 심오한 사고와 합목적성을 지적한 비에른손(M. B. Bjørnson)은 옳다: "그(입센)는 자신의 희곡의 구성이라는 의미에서 위대한 장인이다. 《들오리》를 보라. 거기에는 단 하나의 불필요한 대사도 없다. 모든 단어는 목적이 있다. 진정한 예술의 기적이다." 그러나 비에른손의 생각에는 예술의 기적으로 나타나는 것이, 우리 비평가들의 생각에는, 바로 어제만 해도 무의미한 것으로 공표되었던 것이다. 그것은 베젤이 입센에 대한 수많은 덴마크 사람들의 태도의 특징을 말한 것과 같다: "입센은 너무 무겁다. 입센은 너무 차갑고 음울하다 … 입센은 너무 모호하다 — 라고 사람들은 말했다. 그들은 바닥이 보이지 않는 깊은 곳에 마지못해 잠입하게 된 사람들이다. 단순하고 건강한 생각이 입센에 반대했다. 수많은 … 사실주의 작가들이 … 입센을 반대했다. 입센은 건조

하고 모가 났다. … 입센은 너무 조용하다, 마치 죽은 것 같다. … 기술적
인 면에서는 나무랄 데가 없다. … 배우 기질이 부족하다. …" 이것이 입
센에 대한 비난의 요지이다. 비난의 요지는 지금까지 잠잠해지지 않았
다. 그렇지만 어떤 반대의 말을 할 수 있을까? 입센은 무겁다 ─ 그렇다,
이 정신의 광부는 우리의 평안의 상자를 곡괭이로 무겁게 깨뜨린다. 차갑
고 음울하다 ─ 우리 땅의 깊은 땅속은 차갑다. 그렇다, 그는 차갑다. 깊
은 땅속에는 한낮의 빛이 없다. 그렇다, 그는 음울하다. 그 깊은 곳에서
는 종종 바닥이 보이지 않는다. 이것에 대해 어떻게 반대할 수 있을까?
그의 창조의 만조는 "무한대의 어두운 파도"를 쓸고 간다. 이 모든 것이
사실이다. 단순하고 건강한 생각이 입센에 대하여 무장한다. 그러나 삶
에 건강한 생각은 없다. 그것은 과학적, 철학적, 사회적, 종교적 의미에
서의 정확성이 교조적 '건강성'의 의미, 즉 자신의 내부와 자신의 주위를
깊이 바라보는 두려움이 현대에 없는 것과 마찬가지다. 입센은 조용하고
건조하다. 그의 고요함은 그 밑에서 화산이 황량하게 울리는 지표면과 같
다. 그에게 첫 번째 3~4막의 일상적 고요함은 마지막 막에서 폭발로 파
열되는데, 여기서 주인공은 건강한 생각을 위협하는 광기에 이끌린다.
그의 건조한 얼음은 광기에 녹아 버리고 격렬한 흐름이 되어 우리 삶의
은혜로운 '수분'을 떨어뜨린다. 입센에게는 활기가 없다 ─ 극단적 수준
의 더위와 추위가 감각의 마비를 일으킨다. 활기가 없는 이유는, 삶의 움
직임을 겨우 포착하는 우리에게 그의 생명성의 진폭이 너무 크기 때문이
다. 입센의 지각 기관이 우리에게 없는 경우가 종종 있다. 우리의 기관들
은 위축되어 있기 때문이다. 그리고 활기가 없어서 우리는 입센의 창조의
삶을 활기 없는 것으로 지각한다. 입센은 나무랄 데 없는 기술자이다. 그
렇다, 또 그렇다. 만일 기술적 무능이 우리에게 예술적 재능의 조건으로
나타난다면, 우리 자신이 잘못된 것이다. "입센은 배우 기질이 부족하
다." 만일 우리가 *배우*의 의미에 있어 수많은 작가들에게 나타나는 감각

의 신경쇠약적 파열이나, 술에 취하거나 스페인 망토를 입거나 감정을 표
현하기 위해 무대에서 근육운동을 하는 것으로 표현되는 배우 기질의 넓
이를 염두에 둔다면, 입센은 진정 "배우 같지 않은 기질이다". 그의 창작
은 그 자신과 마찬가지로 나무랄 데가 없다. 그것은 그 자신과 마찬가지
로 실크해트를 쓰고 있다. 사실 우리는 종종 둔한 머리를 배우 같다 하고,
어둡고 저열한 내부감각(뱃속처럼)을 예술적 직관이라고 한다. 그 뱃속
은 입센의 창조에서 침묵하고 있다.

입센의 인물들의 얼굴에 나타나는 체험의 복잡성은 삶의 사건에 대한
지적, 도덕적 태도를 규정하는 이런저런 교리에 대한 대답의 복잡성을 능
가한다. 따라서 입센을 이런저런 교리의 범주에 넣어서는 안 된다. 만일
해당 교리를 사실주의로 이해한다면, 입센은 사실주의자가 아니다. 한편
입센은 신비주의자가 아닌데, 만일 우리가 신비주의를 체험의 중세적 형
이상학으로 이해한다면 말이다. 입센은 혁명가이다. 그러나 그는 사회주
의-민주주의자가 아니고 아나키스트-공산주의자도 아니다. 사회주의자
들은 입센의 창조에서 반동적 색채를 충분히 강조했다. 한편, 사회의 진
정한 반동적 요소들은 지금까지 그에게서 위험한 혁명가를 보았다. 입센
은 그 어떤 교조주의와도 연결되지 않았다. 그러나 그는 드라마의 능숙하
게 정돈된 대사의 체계와 스토리로 이런저런 교리를 충분히 전개했다. 여
기서 그는 이런저런 과학이론을 이용했다. 거기에서는 각각의 교리에서
전혀 예기치 않은 테제가 도출되는데, 이는 다시 부수고 뒤집어서 다른
식으로 다음 드라마에 내보내기 위한 것이다. 모든 다른 드라마는 우리에
게 일련의 질문들을 던지는데, 그 질문들은 모든 교조적 문답체를 본의
아니게 우리에게서 떨어뜨린다. 독일의 문학비평가 콘라트가 입센 창조
의 해설자에 대해 쓴 글에서, 입센 자신의 다음과 같은 인정이 눈길을 끈
다: "그렇다. 그들은 이미 나에게는 해설자들이다. 그들이 항상 자신의
과제를 성공적으로 해결하는 것은 아니다. 그들은 모든 것을 상징으로 결

론 내리고 싶어 한다. 그 이유는 현실을 존중하지 않기 때문이다. 만일 그들에게 상징을 바치면, 그들은 그것을 저속하게 하고 욕먹게 만든다."자신의 드라마의 성격에 대한 입센의 이러한 말들은 아주 값지다. 왜냐하면 사실주의자는 이 말에서 입센이 자신의 드라마의 상징주의적 이해에 반대한다는 결론을 이끌어 내기 때문이다. 상징주의자 역시 그의 말에서 사실주의에 대한 반대를 읽어 낸다. 진정한 상징을 "그들(해설자들)은 저속하게 한다". "그들에게 상징을 바치면, 그들은 그것을 욕먹게 만든다. …"그러나 아마 입센은 일반적 의미에서 이해되는 사실주의자도 아니고 상징주의자도 아닌 것이다. 그는 실제 현실을 상징들의 세계를 허용하고 그 세계와 함께 단일성을 형성하는 어떤 현실로 사용했다. 그가 상징을 알레고리로 사용한 것 같지는 않다. 해설자들이 자신의 상징을 저속하게 했다고 말하면서, 그는 분명 드라마 해석의 알레고리적 방법의 가능성, 즉 형상들의 단순한 합리화를 염두에 두었을 것이다. 그러나 자신의 드라마를 어떻게 이해하는가에 대해 직접적인 대답은 하지 않았다. 그는 문제를 제기할 뿐이다. 그의 과제는 교조주의에서 벗어나고 현실에 대한 다양한 이해를 화해할 수 없는 모순 속에서 충돌하게 하는 것이기 때문이다. 삶과 관련된 이런저런 문제에 대한 도식적인 결정은 그를 만족시키지 못했다. 그는 수천의 패러독스로 건강한 생각을 잘라 냈다. 건강한 생각은 조락했다. 우리는 생생하고 완전히 사실적인 복잡성에 직면하고 있다. 여기서 입센은 혹은 우리를 버리고 혹은 상징에 호소한다. 그리고 우리는 이해할 수 없다. "어떻게 생각하는가, ─1882년 입센은 브라네스에게 편지를 썼다 ─ 우리가 얼마나 … 경직되고 진부하고 둔감한 비평을 하는지 말일세. 우리의 공동의 세계관의 낮은 수준을 상상해 보게. 의기소침해질 것이네. 그리고 심지어 나는 종종 문학활동을 빨리 그만두는 것이 좋지 않을까 하는 생각을 한다네. 본질적으로 우리에게는 시적 작품이 필요 없다네." 그리고 이어진다. "우리는 … 자유에 대해 특별히 고민하지 않네. 정치적 자유에 대해서만 고민하지. 크건 작건 당의 시각과 일치하는지 말일세. 나는 조야하고 비문화적인 우리의 논쟁 매너가 극히 불쾌하다네."

1882년 입센은 자신에게 기어오르는 협소한 세계관을 지닌 *상자 인간들*의 황량한 무대를 더욱 슬프게 느꼈다. *인간에게 걸쳐진 상자는*, 한때 입센으로 하여금 문학활동을 거의 그만두게 했다. 궁핍한 입센이 자신의 위대한 작품의 하나인 《브란트》를 창작한 이후, 왕에게 호소하는 말들은 어떤 톤으로 울렸을까? "허용된 표현으로는 … 저는 존재할 수 없습니다. 생활을 걱정하지 않습니다. 저는 제가 굳건하게 믿고 있는 삶의 진실을 위해 싸울 것입니다 … . 각하의 힘으로 저를 침묵하게 하고, 자신의 삶을 포기하는 이 쓰디쓴 부담에 귀 기울여 주십시오. 전쟁터를 나갈 때가 되었습니다. 알고 있습니다. 제가 싸우도록 부름 받았다는 것을 … ." 입센은 각종 집회와 데모에 환영을 받았다. 그는 퇴폐주의자, 사회의 적, 아나키스트, 광인으로 간주되었다. 얼마 전만 해도 입센식 주인공들은 존재하지 않는다는 목소리가 우리에게 들려왔다. 용서하시라. 솔네스는 신과 대화하기 위해 탑에 올라갔다. 브란트는 민중을 정상으로 인도했다. 보르크만은 망토를 입고 삶과의 투쟁 길에 나섰다. 이 모든 것이 시시해졌다. 얼음 같은 손이 심장을 움켜쥐었다. 심리학적이지 않게. 존경하는 부르주아들과 삼류 비평가는 이렇게 말했다. 그리고 계속 오만한 태도로 심리학을 논했다. 이때 우리 시대의 예리한 심리학자의 한 사람인 회프딩은 《존 가브리엘 보르크만》에 깊이 심취하고 그 속에서 입센의 광기와 허무를 간파했다. 이 심리학자는 입센의 생일을 축하하는 자리에서 작가의 심오한 심리적 감각에 대해 다음과 같이 말했다. "당신은 ― 회프딩이 입센을 향해 말했다 ― 드라마 예술에 전망을 도입했습니다. … 성격과 사건들이 그 발생부터 우리 앞에 전개되고, 인간의 삶의 지평이 넓게 열리는 장소로 은밀하게 우리를 인도합니다. 이러한 대화는 삶의 지혜와 심리학적 관찰의 보고(寶庫)로 나타납니다"(기념사에서). *광기, 헛소리, 비*

현실성, 반심리성 — 전 세계의 비평가와 둔감한 소시민은 입센 드라마의 특징을 이렇게 규정하며 문학의 역사, 심리학, 과학을 고집스럽게 인용했다. *삶의 지혜와 심리학적 관찰의 보고* — 현대의 뛰어난 심리학자 가운데 한 사람이 입센 창작의 특징을 이렇게 말했다. 그리고 우리는 그를 믿는다. 왜냐하면 입센은 현대 인간 심리의 모든 복잡성을 포착한 진정한 표현가이기 때문이다. 교조적 지시를 두려워하지 않는 진정한 과학은 그가 옳다고 인정한다. 입센의 주인공들이 진정이라는 것, 그 내면이 사실적이어서 그 속에 상징주의가 있고 또 수수께끼의 안개가 있어, — 입센의 주인공들을 그 안개 속으로 빠뜨린다는 것 — 이제 우리는 이것을 알고 있는데, 회프딩의 증언을 통해 알고 있는 것이다. 그는 또한 비극을 경험하는 현대의 모든 복잡한 이론적 사고를 의식적으로 상세히 알렸는가? 이에 대해서는 먼저 아니라고 대답할 수 있다. 입센은 책을 많이 읽지 않았다. 그는 이론적 표현에 있어 철학과 과학에 대해 잘 알지 못했다. 비록 그의 테제들이 현대사상이론에 의해 옳다고 인정될지라도 말이다. 브라네스에게 보내는 편지의 일부에는 입센의 철학적 소박함과 철학적 명민함이 묘사되어 있다. 입센은 다음과 같이 썼다. "그런데 존 스튜어트 밀의 저작은 말일세 … 전문가도 아닌 내가 문제를 말할 권리가 있는지 모르겠네. 헤겔과 독일 철학에 대해 아무것도 모르면서 철학을 논한 작가들이 있다는 것을 기억하네. 그래서는 안 된다고 생각하지만 말일세. 솔직히 인정하는데, 스튜어트 밀이 가리키는 방향에서는 어떤 진보나 미래도 보이지 않네. 자네가 철학적 지혜로는 키케로와 세네카를 상기시키는 이러한 저작을 기꺼이 번역하려 했다는 것을 이해하지 못하겠네. 자네가 직접 책을 쓴다면 번역에 소요되는 기간의 절반을 들여서 그 열 배나 훌륭한 책을 쓸 거라고 확신하네. 내 생각에 자네는 자신의 모든 사상은 아내에게서 빌려 왔다는 밀의 주장의 진실성을 의심하면서 그에게 매우 편파적이었네." 우리는 밀의 저작에 대한 입센의 이러한 평을 읽으며 본의 아니게

미소를 짓게 된다. 브라네스가 밀보다 더욱 의미 있는 저작을 저술할 수 있다는 확신은 입센의 철학적 소박함을 폭로하는 것이다. 그러나 밀의 방향성에 대한 비판적 태도는 비범한 지적 직관을 보여 준다. 이제 우리에게는 밀의 실책이 명확히 보인다. 그러나 이 편지는 영국식 공리주의가 유럽에서 한창이던 1873년에 써진 것이다.

이론철학, 논리학, 심리학의 문제에 대해서는 극히 소박하지만, 입센은 반대 방법으로 현대사상이론의 복잡한 모순의 형상적 표현에 접근하면서 발전시켰다. 그리고 제한적 교조주의의 불합리에 이르렀다. 이런 면에서 입센에 대한 어떤 회상은 특징적인데, 그것은 논쟁에 대한 그의 태도를 그린 것이다. 입센은 패러독스로 상대방을 당황하게 하는 것을 좋아했다. 그리고 이러한 패러독스를 논박하게 하면서 그 논박의 성격을 주의 깊게 관찰했다. 이렇게 입센은 창조의 자료를 수집했다. 그는 논쟁하는 사람의 논리와 변증법을 다양하게 체험했다. 이 때문에 그의 대화가 그렇게 생생하고 확실하며, 그렇게 복잡하고, 이론에서 추출한 통상적인 생각과 같지 않았던 것인데, 그 이론의 불충분함은 현대철학자-전문가에게 분명한 것으로, 그것은 상자 속에서 떨고 있는 사람이 아닌 모든 생생한 인간적 본능을 지닌 사람에게 내면적으로 감지되었다.

입센은 전문적인 철학자가 아니다. 그럼에도 불구하고 그는 예술적 본능으로 이론철학 문제의 작법(作法)의 복잡성을 예감했다. 현대의 세계관의 기저에 있는 그 결론은 비록 평범하긴 하지만 이런저런 방향의 삶의 이율배반을 결정하는 데 커다란 영향을 주었다. 이를 근거로 많은 사람들이 그의 드라마가 지루하다고 지적한다. 그 속에는 추상적인 것이 너무 많고, 살아 있는 등장인물들은 드라마에서 종종 세계관의 표상이 되고, 생생한 삶은 뒤로 후퇴한다, 등…. 그러나 이제부터 세계관이 창작행위들을 연결하는 심오한 관계이고, 인식에 대한 창조의 우위가 현재 철학자들 사이에서 점점 더 많은 지지자를 갖는다는 사실에 주목한다면, 우리는 세계관이 입센의 주인공들의 삶에 결정적으로 개입한다는 것을 이해하게 될 것이다. 세계관은 사람들이 보고 싶어 하는 그런 추상적 의미를 갖지 않는다. 모든 세계관에는 노골적인 주의설(主意說)의 흔적이 있다. 입센의 주인공들은 자신의 세계관의 드라마가 개인적 삶에 개입한다고 지적한다. 그러나 이것에 대해서는 쉽게 반박할 수 있다. 세계관의 규범 자체가 창조적으로 체험되는 존재의 실천적 가치와 연결되어 있지 않기 때문이다. 사실, 이 규범은 창조에 의해 미리 정해진다. 세계관 자체는 형성 과정에 있다. 이런 면에서 존재하는 일련의 세계관은 위기를 겪는다. 가장 커다란 비극은 자신의 위기를 의식하는 우리 인식의 비극이다. 만일 인식의 형식이 삶으로 체험되는 경험적 현실의 조건이라면, 인식의 위기는 끔찍하게 삶을 전복시키는 것처럼 삶에 표현될 것이다. 입센이 우리에게 보여 준 것은 삶의 비극이 아니다. 삶에서 비극은 우연적인 것이다. 주어진 삶의 조건에서 비극은 있을 수도 있고 없을 수도 있다. 입센은 삶 자체의 끊임없는 비극을 우리에게 보여 주었다. 우리의 비극은 인식의 비극으로 예정되는데, 그 인식은 삶을 속박하고 창작으로 인도하지 않는다. 만일 인식의 비극이 우리를 가혹한 운명에 사로잡히도록 정해 놓는다면, 입센의 주인공들은 운명에 의해 미리 결정되어 있다. 여기에서 입센 드라마의 결정론이 대두된다. 입센은 보통 우리에게 드라마의 결말만을 제시한다. 그것은 이해할 수 있다. 왜냐하면 끊임없이 준비되는 것은, 무대라는 조건에서는 상연할 수 없다는 것이기 때문이다. 입센의 결말은 항상 우연적이다. 그러나 결말의 우연성은 명백히 보인다. 입센은 결말의 인위적 성격을 일부러 강조하는데(주인공 위로 눈덩어리가 날아간다든지, 주인공이 미쳐 버린다든지 등), 이렇게 비극적 결말이 그에게 필요한 것은 아니다. 입센의 드라마에는 사건의 갑작스럽고 충격적인 과정이 없다. 사건은 끊임없이 증가한다. 사건은 과거에 등장했던 주인공들 속에서도 증가한다. 바로 여기에 입센의 대화의 중요성이 있는 것이다. 대화는 우리로 하여금 주인공의 먼 과거에 침투되도록 인도한다. 우리는 존 보르크만의 먼 비극을 생생하게 체험한다. 여기서 진정한 비극은 보르크만의 이력의 전복에 있다. 그러나 이러한 전복은 무대에서는 나타나지 않는다. 우리는 대화를 통해 그것을 알게 된다. 솔네스의 진정한 비극은 그가 탑에서 떨어졌다는 것이 아니라 그가 탑과 종각을 건축하는 일을 그만두었다는 데 있다. 우리가 맨 처음 솔네스를 무대에서 보았을 때, 우리는 그가 오래전에 이미 비극을 체험했다는 것을 의심하지 않는다. 이것은 교차하는 대화를 통해 우리에게 명백해진다. 그리고 이것이 완전히 명백해졌을 때, 입센은 갑자기 주인공을 죽인다. 솔네스가 추락한다. 드라마 《작은 아이욜프》에서도 마찬가지다. 아이욜프가 죽는다는 비극은 아이욜프가 태어날 때 이미 시작되었다. 《유령》(Gengangere, 1881)에서 오스왈드의 비극은 그가 미쳤다는 것이 아니라 그가 태어났다는 데 있다. 입센의 드라마는 비극의 끝에서 시작된다. 이미 중요한 사건은 모두 벌어졌기 때문이다. 대화의 과제는 주인공의 모든 삶을 우리 앞에 회고적으로 전개하는 것이다. 왜냐하면 그들의 모든 삶이 비극이기 때문이다. 그래서 입센에게는 비극의 명백한 시작과 명백한 끝이 없다. 그러나 삶의 두세 사건뿐 아니라 주인공의 삶을 보여 주는 것은 무대에서 구현될 수 없는 과제이다. 따라서 입센이 우리에게 보여 주는 것은 주인공의 내면에서 벌어지는 거대한 영혼의 움직임이 아니라 그 외면적 특성의 측면의 움직임이다. 등장인물들은 천재적으로 구성된 대화를 통해 우리에게 주인공의 과거를 아주 상세하게 그려 준다. 주인공은 외면적 특성의 측면에서 보인다. 입센은 자신의 드라마에 상세한 무대 지시서를 써주었다. 우리는 그 속에서 주인공이 어떻게 걷는지, 어떤 복장과 헤어스타일을 하는지 알게 된다. 우리는 그들의 모든 행동양식과 제스처를 알게 된다. 무엇보다 우리는 주인공들이 희생되는 사건에 대해 거의 말하지 않는다. 그들은 무언으로, 제스처로, 종종 의미 없는 단어로 이야기한다. 그들에 대해 이야기하는 것은 주변 사람들이다. 대화의 얇은 망이 계속해서 그들을 감싸고 있다. 그리고 우리는 종종 그들이 입을 열기 전부터 그들을 알기 시작한다. 그들은 입을 열면 과거를 이야기한다. 거의 알아차리지 못하게 모든 단어에서 이 과거가 들려온다. 이런 경우 그들의 주변 인물들은 합창단처럼 등장한다. 그들은 우리에게 주인공의 과거를 이야기하고 무언의 제스처를 해석해 준다. 그리고 우리 앞에 등장하기 오래전에 그들에게 벌어졌던 일이 조금씩 우리 앞에 나타나기 시작한다. 그때 우리는 그들의 등 뒤에 비극이 있고, 그들이 파멸할 운명에 처했다는 것을 알게 된다. 알아차리기 힘든 미세한 마지막 타격으로 그들은 죽게 될 것이다. 그리고 때로 그들의 삶과 거의 관계없는 사건이 일어난다. 입센의 주인공들은 그때 죽게 된다. 이렇게 그들의 죽음과 외관상의 원인의 불일치는 인위적이고 무의미하다고 입센을 질책하는 근거를 제공한다. 루벡은 삶의 목적을 발견한 바로 그 순간 우연히 얼음에서 떨어져 죽는다. 아이욜프는 우연히 물에 빠져 죽는다. 보르크만은 확신에 가득 차서 삶과의 투쟁을 위해 나선 바로 그 순간 심장마비로 죽는다. 솔네스 역시 우연히 종각에서 추락한다. 종각으로 올라갔다가 내려가려고 할 때였다. 브란트는 아내와 아들에게 죽음을 가져오고, 또한 우연히 죽는다. 입센은 마치 이런 우연을 우리 얼굴에 던져서 주인공이 죽든 말든 상관없다는 것을 강조하는 것 같다. 왜냐하면 그들은 사건 전개가 시작되기 전부터 이미 죽어 있었기 때문이다. 외적 우연성, 내적 결정론 — 이것이 입센의 일반적인 기교이다. 입센은 마치 삶의 드라마는 그렇지 않고, 삶에서 사건은 급작스럽게 일어난다는 것을 말하고 싶어 하는 것 같다. 삶이 총체적으로 체험되는 과거의 의식과 조화를 이루지 못할 때, 모든 삶은 순전한 공포가 된다. 입센에게는 삶이 낡았을 때 외적인 죽음의 조건이 되는 우연성이 생긴다고 말할 수 있다. 그리고 헤다 가블레르가 자살한 것은, 레르보르크가 가슴이 아니라 배를 쏘았기 때문이다. 10) 입센이 말하고자 하는 것은, 우연은 우연이 아니고 삶의 외적인 사건이 우리를 꺾을 수 없다는 것이다. 우리는 우연을 지배해야 한다. 우리는 자신의 삶의 창조자가 되어야 한다. 만일 우리가 입센의 창작을 좀더 깊이 숙고한다면, 입센은 모든 결정론의 적이 된다. 그의 결정론은 말하자면, 순수하게 전략적이다. 그는 현대인을 택하고 그들의 삶의 모순을 차례차례 파헤친다. 그다음 그는 이러한 모순을 그들의 무의지적 의식의 비극과 연결한다. 그는 결정론이 우리의 분열의 결과라는 것을 지적한다. 우리 주변의 삶의 부조화는 내면의 삶의 부조화에 기인한다.

우리는 우리의 삶을 창조해야 한다. 이것이 입센 드라마의 유일한 결론이다. 우리는 운명을 극복하기 위해 의지의 힘을 충분히 획득해야 한다. 입센은 현대성을 재검토했다. 그는 일련의 인물들을 우리 앞에 전개했다. 학자, 사회사업가, 예술가, 목사, 하급 관리 등. 이 모든 사람이 우리 눈앞에 지나가고, 이 모든 사람이 운명의 흔적으로 나타난다. 그들은 모두 자신이 일으키는 삶의 사건의 실패자들이다. 이들에게는 총체성이 없다. 입센은 삶에서 가장 강한 것을 선택하려 했다. 강한 개성은 강한 개성으로 대체된다. 그렇지만 이렇게 강한 개성은 소멸한다. 마치 입센이 우리에게 보여 주려 한 것이 강한 개성은 없다는 것인 것처럼 말이다. 그러나 입센 자신은 개성을 믿었다. 그리고 만일 우리 중에서 자신의 운명(무의지)과 싸울 수 있는 충분히 용기가 있는 사람이 없더라도, 그는 희망을 갖고 미래를 향한다. 제3의 왕국을 선포하고, 믿음과 의식이 창조적으로 합류할 것이라고 믿기 때문이다. 로타르가 정의했듯이, 입센은 "고도(高度)의 순례자"이다. 입센은 인간 개성의 고양이라는 꿈을 꾸었다. 입센은 새로운 삶에 대한 젊은 시절의 믿음을 회의론과 결정론 아래 숨겨 두었다. 니체처럼 입센도 미래를 지향했다. 로타르는 입센에 대

---

10) 〔옮긴이〕 입센의 희곡 《헤다 가블레르》(*Hedda Gabler*, 1890).

해 다음과 같이 말했다. "그는 새로운 시대, 새로운 인간, 즉 정신적 고귀함의 대표자인 제3의 왕국의 사람들에 대한 우리의 향수가 어린 시인이다! 입센은 손으로 태양을 가리키는 고도의 순례자이다."

여기서 입센의 상징주의가 시작된다. 여기에 입센의 상징(항상 미래의 비전으로 나타난다)과 충돌하는 모든 나라의 속물근성이 있어 처음에는 그에게 데카당이라는 치욕적인 별명이 붙었다. 그다음 어떤 험담으로도 입센을 방해하기 어렵게 되었을 때, 모든 나라의 속물근성은 이마에 땀을 흘리며 입센을 해독하기 시작했다. 빈약한 알레고리의 도움으로 그를 설명하며, 이 알레고리가 상징이라고 진심으로 믿었다.

"그래, 그래. 그들이 나에게 설명해 준다! — 입센은 아이러니하게 말했다 — 그들이 항상 성공적으로 문제를 다루는 것은 아니다…. 그렇지만 만일 그들에게 상징을 바치면, 그들은 그것을 저속하게 하고 욕먹게 만든다."

입센 드라마의 내용을 보면서 우리는 그 속에서 세 가지 의미, 세 가지 확고한 내용을 알 수 있다. 우리 앞에 풍속을 다룬 탁월한 사실주의 그림이 있다. 우리는 생생한 노르웨이를 본다. 스토리, 등장인물은 훌륭하게 그려졌다. 주인공의 성격부터 옷, 걸음걸이, 제스처, 단어 그리고 풍속과 사회적 관계로 끝날 때까지 우리는 드라마를 통틀어 불분명한 묘사는 찾을 수 없다. 여기서는 모든 것이 측정되고 계획되고 묘사된다. 이런 면에서 입센의 사실주의는 졸라의 사실주의와 논쟁할 수 있다. 우리 앞에는 순수한 사실주의 드라마가 있다. 이것이 한편이다. 다른 한편, 삶의 평범한 상황 속에서 생생하게 그려진 인물들은 그들의 현실과 전혀 어울리지 않는 무언가를 말하기 시작한다. 사실주의의 대가가 삶에 대한 놀라운 지식을 준 다음 갑자기 우리를 정신병원에 던져 놓은 것 같다. 방금 우리와 이해하며 말하던 주인공이 횡설수설하기 시작한다. 그는 이 테마, 저 테마로 옮겨 다닌다. 그러나 포기할 것이다. 정신 나간 것처럼 보이는 대사에 귀를 기울이면서, 우리는 모호함이 순수히 사실적인 행위 속에 갑자기 파묻혔다가 갑자기 해결된다는 것을 알게 된다. 방금 전까지 직설적으로 이해할 수 있게 말하던 등장인물들이 갑자기 돌려 말하기 시작한다. 많은 사람들이 여기서 상징주의를 찾는다. 그러나 이러한 종류의 상징주의는 가짜이다. 그것은 단지 정교한 대화일 뿐이다. 입센은 설명을 아낀다. 잠깐씩 던지는 암시, 반복이 장황한 설명보다 주인공의 영혼을 더 잘 특징짓는 것은 어떤 현상을 통해서일 뿐이다. 입센의 주인공들이 잠깐씩 던지는 말들은 빠르고 적확하게 서로를 특징짓는다. 두세 단어는 얼굴의 새롭고 순수한 주름이다. 또다시 두세 단어는 역시 새로운 주름이다. 점점 등장인물들의 윤곽이 드러난다. 이러한 소소한 특징을 단일성으로 이끌기 위해서는 세심한 기억이 필요하다. 그것을 모두 합해 생생한 초상화를 제공할 것이다. 현실적인 인간의 묘사는 아주 소소한 특징들로 구성되는데, 이러한 특징들은 보이지 않는다. 캔버스에는 가는 선들만 있다. 윤곽이 섬세할수록 초상은 선명해진다. 그림을 구성하는 선들이 입센에게는 단어로 나타난다. 입센의 사실주의에서 대화는 우리가 일반적으로 무대에서 익숙하게 보는 것보다 더 섬세하다. 그에게는 불필요한 단어가 하나도 없다. 만일 입센의 대화가 길다고 불평한다면, 그것은 우리가 그의 목적을 이해하지 못했다는 것을 의미한다. 입센은 자기 주인공들이 되는 대로 장황하게 이야기하도록 하지 않았다. 만일 그들이 말할 필요가 없는 사소한 일에 대해 말한다면, 대단원을 준비하는 그들 삶의 특징적 성격을 바로 이 사소한 일들로써 말하고 있는 것이다. 입센이 자기 주인공들 속에서 보는 것을 보려면 극도의 집중력이 필요하다. 우리는 자연에서도 하늘, 구름의 색깔이 변화하는 미세한 뉘앙스를 포착하지 못한다. 우리는 종종 자연을 아는 사람이 맑은 하늘을 보고 기후 변화를 예고하는 것에 놀라기 시작한다. 입센도 마찬가지다. 그 사건은 반음(半音)으로 준비된다. 그는 반음에 반음을 실으며 이런저런 사건과 이런저런 대사를 준비한다. 그러나 우리는 그의 등장인물들의 말을 흘려들으면서 주인공들의 영혼의 이유 없는 움직임에 놀라곤 한다. 이런 일이 벌어질 때마다 매번 우리는 이전 대사로 돌아가서 대화의 유연한 단서를 포착한다. 이것이 입센의 드라마가 무대에서 실패하는 이유이다. 종종 배우는 사건을 준비하는 모든 캐릭터를 이해한 상태가 아니다. 그 성격을 완전히 이해하기 위해서는 아주 훌륭한 심리학자가 필요하다. 극단적 사실주의자들인 드라마 작가들은 너무 자주 자신의 주인공에게 과장되게 말하고 행동하게 한다. 입센의 부자연성은 입센의 사실주의의 미묘함을 관통할 수 없다는 것에 너무 자주 기인한다. 체홉처럼 그도 반음 위에 대화를 구성한다. 이런 면에서 그는 졸라보다 더한 사실주의자이다. 우리는 자주 입센에게서 많은 것을 간과한다. 예를 들어 나는 《건축가 솔네스》를 한두 번 읽은 것이 아닌 사람들을 만난다. 그들은 거기서 모든 것을 이해한 것처럼 생각한다. 그렇지만 나는 그들과 대화하면서 그들이 하나의 본질적인 성격을 간과했다고 확신했다. 그것은 솔네스와 회계원 카이에 포슬리의 관계이다. 그들은 솔네스가 자신의 목적을 위해 그녀에게 최면을 걸었다는 사실을 전혀 알아차리지 못했다. 솔네스는 강력한 최면의 힘을 갖고 있다. 입센이 최면술사로서의 솔네스를 너무 세밀하고 너무 사실적으로 묘사했기 때문에, 우리는 솔네스의 본성을 특징짓는 이러한 것을 알아차리지 못하고, 실제로 눈앞에서 벌어지는 최면 현상도 종종 알아차리지 못한다. 사실주의적 측면에서 덜 세밀한 다른 모든 드라마 작가라면 좀더 뚜렷하고 조야한 모습으로 최면요소를 강조하려 했을 것이다. 입센이 솔네스의 능력을 이렇게 이용한 것은 그렇지 않아도 사실적인 그의 초상을 좀더 가볍게 수정하려 한 것이다. 우리가 입센 드라마에서 많은 특성들을 보지 못한 그런 예들은 얼마든지 있다. 입센이 의식적으로 도입한 몇몇 세밀한 특징들을 우리는 알아차리지 못하는데, 그렇다고 그것이 우리의 기쁨을 빼앗지는 않는다.

우리는 의식적으로 그 표면을 미끄러지면서 드라마 배경의 깊이를 어렴풋이 느낄 뿐이다. 이해할 수 없는 특징들이 너무 많이 쌓일 때, 우리는 때로 대화를 전혀 이해할 수 없게 된다. 그때 우리는 이해할 수 없는 것을 상징주의라고 설명한다. 혹은 완전히 사실주의적인 대목에서 드라마는 불필요한 알레고리를 건축한다. 연속적으로 전개되는 사건의 선이 끊어진다. 그리고 우리에게는 마치 입센이 임의의 도약을 허락하여 그곳에 그림자의 흔적만 남기거나 이 그림자의 주름 속으로 모티프를 감춘 것처럼 느껴진다. 그 주름은 두 번, 세 번 읽은 뒤에 펴진다. 우리가 사실주의로 둘러싸였다고 생각되는 곳에 연속이 나타난다. 첫 번째는 그에 대립하는 소박한 독자들을 경계해야 하는데, 이는 드라마의 모든 불분명한 부분을 알레고리적으로 이해하려는 노력에 반대하는 것이다. 따라서 입센의 드라마는 보는 것이 아니라 읽는 것이다. 입센 전기의 몇몇 특징은 우리로 하여금 그가 관객뿐 아니라 독자를 위해 드라마를 썼다고 추측할 수 있게 한다. 시간이 지남에 따라 그는 자기 드라마가 무대에 상연되는 것에 무관심해졌다. 헤르만 방(Herman Bang, 1857~1912)은 입센의 인상적인 말을 다음과 같이 인용했다. "나는 원하는 대로 희곡을 쓴다. 그다음 배우로 하여금 할 수 있는 만큼 연기하게 한다." 이것은 극단적으로 무대에 무심한 것 아닌가? "아마 그는 관객이 아니라 독자를 염두에 두고 몇 년 동안 집필했을 것이다 — 배우 폴센이 지적했다. 그의 마지막 희곡은 마치 무대 지시서로 도배되어 있는 것 같다." 이러한 지적에는 동의하지 않을 수 없다. 《건축가 솔네스》나 《존 가브리엘 보르크만》의 무대 지문을 주의 깊게 읽은 사람은 배우에 만족하지 않을 것이다. 왜냐하면 모두가 솔네스나 보르크만에게 가장 생생하고 특징적인 그 무엇을 빠뜨린 것 같다고 느낄 것이기 때문이다.

입센이 우리에게 그려 준 넓은 지평의 일부나마 이해하려면 우리는 이런저런 드라마로 수없이 되돌아가야만 한다. 한 번의 독서 경험만으로는 아무 결과도 얻을 수 없다. 한 번의 독서는 종종 당황하게만 할 뿐이다. 어떤 사람은 입센에 대한 경탄을 환희로 의식할 수도 있고, 다른 사람들은 분노로 인식할 수도 있다. 또 다른 사람들은 입센을 이해하지 못할 수도 있다. 그 결과 이미 읽었던 드라마를 다시 읽으면서 과거 입센을 숭배했던 사람들이 그를 거부하기도 하고, 비난했던 사람들이 숭배자가 되기도 한다. 사실 많은 사람들이 계속 경탄한다. 입센의 창작은 수십 년 동안 경탄을 자아냈다. 이러한 경탄에 대하여 많은 이야기가 있다: "*거기에서는 무언가 그렇지 않다, 거기에는 무언가 있다*" — 라고 어떤 사람들이 말하는 것을 듣는다. "엉터리"— 다른 사람들은 말한다. 사실 다른 사람들은 모두 진정한 입센을 알지 못하는 것이다. 나는 이 위대한 노르웨이 작가의 모든 작품을 각각 다섯 번 이상 읽었다. 《솔네스》, 《보르크만》, 《브란트》, 《아이욜프》, 《바다에서 온 여인》, 《헤르게트란의 전사(戰士)》(1857), 《우리, 죽은 자들이 깨어날 때》 등이 그것이다. 다섯 번째 읽을 때는 네 번째 읽을 때 놓쳤던 새로운 특성을 알게 된다. 우리나라 사람들은 입센을 그렇게 읽고 있는가? 바로 그렇기 때문에 우리나라 사람들이 입센을 전혀 알지 못하는 것이다.

이 모든 말은 단지 입센 드라마의 표면만 언급할 뿐이다. 여기서 나는 사실주의자 입센에 대해 말하는 것이다. 그리고 마침내 우리가 어제는 모호한 것처럼 보였던 곳에서 순수히 사실주의적 성격을 발견할 수 있게 되었을 때 우리는 사실주의로 귀착되지 않는 몇몇 형상들과 표현들에 충돌하게 된다. 만일 《들오리》에서 "숲이 복수한다"는 노인의 말이 알레고리적으로 설명된다면, 모습을 새롭게 하기 위해 이레나와 함께 정상을 향해 달려가는 루벡의 행동은 이 놀라운 드라마의 다른 장면에서 입센이 주인공들을 휘감고 있는 섬세한 사실주의의 천을 거칠게 무너뜨린다. 여기서 알레고리는 이미 사람들의 행동을 지배한다. 알레고리는 수사학적 표현형식으로부터 행동을 규정하는 사실이 된다. 왜냐하면 여기서 입센의 단어는 육체가 되기 때문이다. 사실, 나는 삶을 비유적으로 표현할 수 있다. 생생한 말은 언어 속에서 합법화된 상징-메타포에 의해 다채로워진다. 더 나아가 나는 관습적 단어에서는 볼 수 없는 메타포를 항상 창조할 수 있다. 그리고 입센의 주인공들이 자신의 개별적 메타포를 창조할 때, 우리는 입센이 사실주의를 배반했다고 폭로할 만한 아무런 근거도 갖지 못한다. 그러나 똑같은 주인공들이 행동과 제스처에서 자신의 메타포를 지속할 때, 예를 들어 개성의 고양과 각성을 산 정상에 오르는 것에 비교하면서 그들이 *각성하기 위해* 실제로 정상에 오를 때, 우리는 "*삶에 이런 일은 있을 수 없다*"고 과감하게 말할 수 있다. 여기서 입센의 사실주의의 찬미가들은 보통 교착상태에 빠진다. 그들에게는 도망칠 구멍이 없다. 그들은 입센이 미쳤다고 선언하거나 아니면 주인공들의 비정상적인 행동을 설명하려고 노력할 것이다. 바로 어제만 해도 입센의 사실주의 비평가들은 이렇게 행동했다. 그들은 처음에는 입센이 데카당이라고 선언했다. 그다음에는 입센을 정당화했는데, 그들은 입센의 작가활동을 정신병자를 묘사하는 것으로 규정하려 했다. 그러나 분명한 것은 그런 설명이 회피라는 것이다. 더욱 분명한 것은 브란트, 솔네스, 루벡, 보르크만이 입센에게는 전혀 정신병자가 아니라는 것이다. 더욱이 입센에게 하나의 광기만을 묘사하기를 기대하는 것은 이상한 일이다. 세밀한 사실주의자인 입센은 주변 현실을 묘사했다. 그런데 만일 주변 현실에서 그의 시선이 루벡과 같은 기인(奇人) 한테만 고정된다면, 이것은 그가 주변 현실을 정신병원에서 생겨나는 특성으로 고찰했다는 것을 의미한다. 그러나 이때 입센을 판단하는 우리와 입센 비평가들은 모두 정신병원의 비평가와 같아지는 것이다. 그러나 이때 우리의 진정한 현실은 전혀 현실이 아니다.

이렇게 입센은 대략적으로 바라보면서 우리 시대의 인식의 위기, 즉 도덕적·사회적·미학적 관점의 위기를 지적했다. 한 비평가가 입센을 일컬어 더 나은 미래를 향해 손을 뻗은 예언자라고 한 것은 이런 이유에 서이다. 그는 우리에게 미래로 향하라고 호소한다. 그는 우리에게 현대 성의 특성을 딛고 넘으라고 호소한다. 그러나 이것은 단지 우리가 살고 있는 개념의 카오스가 비유적 의미가 아닌 문자 그대로 감옥이나 정신병 원이기 때문이다. 입센이 깨뜨렸던 상자, 이것은 우리를 감옥에 묶어 두 는 족쇄였다.

이렇게 우리가 입센의 작품에 등장하는 인물들의 화랑을 고찰하면서 알 수 있는 것은, 그에게는 화해할 수 없는 이중성이 있는데 그것은 순수 하게 사실주의적인 사건 묘사와 사실주의 시각으로는 허용되지 않는 어 떤 상징주의적 이탈이라는 것이다. 만일 우리가 교조주의자-사실주의자 라면, 우리는 가장 고양된 곳에서 입센의 창조가 쇠퇴한다는 것을 인정해 야 한다. 그리고 이것은 최소한의 고양이 있는 곳에서 드라마의 사실주의 직물이 완성된다는 것에서 더욱 분명해진다. 만일 우리가 교조주의자-상징주의자라면, 우리는 입센의 모든 창조는 주목할 만한 몇몇 대목이 있 다는 것을 인정해야 한다. 그의 드라마의 모든 공간은 우리에게 그다지 흥미롭지 않은 풍속 묘사이다. 풍속의 죽음을 선포하면서 우리는 입센 드 라마의 죽음을 선포하고, 여러 드라마에서 몇몇 중요한 장들을 분리해야 한다. 이것이 바로 여태까지 상징주의는 물론 사실주의의 한정된 교조주 의자들이 기본적으로 입센을 통과하며 그에게 공식적인 경의를 표하는 이유이다. 전자의 마음에는 창백한 모리스 마테를링크가 있다. 이쪽은 블록처럼 이미 오래전에 입센을 극복했다. 후자는 부르주아의 진흙 도금 으로 입센을 극복했는데, 그것은 헨리 만과 같은 인상주의풍의 세련된 사 실주의자가 아낌없이 행사했다. 왜냐하면 그들에게는 《다이아나-미네 르바-비너스》의 반짝이는 깃털의 묘사가 《바다에서 온 여인》의 회색빛 우울한 색채보다 흥미롭기 때문이다.

그러나 입센 드라마의 사실주의를 집중적으로 응시하면서, 우리는 그 속에서 강한 이데올로기적 흐름을 발견한다. 이들 드라마의 결정론은 입센 자신의 이데올로기에 의해 미리 정해졌다. 이러한 이데올로기의 중심에는 의식의 위기가 있다. 그러나 입센의 이데올로기는 그 자체로 우리 앞에 직접 전개되는 것이 아니라 얼마 전까지 우리에게 지배적이었던 불합리한 세계관으로까지 거슬러 올라간다. 입센의 드라마에서는 사상의 권력이 우리를 놀라게 한다. 그의 주인공들은 이런저런 세계관에 사로잡혀 있다. 그들은 삶에서 세계관을 실천적으로 구현하려 한다. 그들은 세계관으로부터 삶을 꺼내려고 한다. 그들은 신봉하는 교리와 유사한 것을 살아 있는 형상으로 바꾸려고 한다. 이러한 토대에서 종종 삶과 세계관의 갈등이 준비된다. 그들은 이러한 갈등의 희생양이 된다. 《사회의 기둥》과 《의사 슈토크만》에서 많은 사람에게 진리인 것이 터무니없는 것이 되고, 《헤다 가블레르》에서는 어떤 사람에게만 진리가 된다. 개인주의와 마찬가지로 집단주의는 삶에 구현된 추상적 원칙으로서 거짓이다. 그러나 입센에 따르면, 다수와 개인의 화해는 불가능하다. 《브란트》에서는 사랑이라는 추상적 도덕의 비극이 그려진다. 아마 그 결론은 도덕은 사랑이라는 것일 것이다. 그것은 어떤 사랑인가? 모두에 대한 사랑인가? 그런 사랑은 불가능하다. *사물에 사심이 없는 사랑인가?* 그러나 보르크만의 비극은 이런 사랑 위에 구축되었다. 동포에 대한 사랑인가? 그러나 동포는 다수이다. 동포는 《의사 슈토크만》에서 비난받는다. 감각적 사랑인가? 그러나 '아이욜프'의 비극은 여기에 의거한다. 자신을 위한 창조에 대한 사랑인가? 그러나 여기에 '헤다 가블레르'의 비극이 있다. 다른 사람에 대한 사랑인가? 그러나 '솔네스'의 비극이 여기에 있는데, 그는 "*사람들을 위한 집*"을 만들었다. *어디에 떨어지든 곳곳에 쐐기가 있다.* [11] 사실 입센의 드라마는 존재하는 세계관의 드라마이다. 세계관은

---

11) 〔옮긴이〕 '아무리 해도 잘 되지 않는다'는 뜻.

삶보다 사실적이다. 모든 삶은 세계관의 흔적이다. 그래서 경험론적 결정론 속에서 입센의 그노시스적 이상주의가 드러난다. 우리의 세계관의 위기는 입센의 창작 속에서만 표현된다. 모든 현대의 드라마 작가들 중에서 입센만이 이러한 위기의 사실성의 수준과 그 위기가 사람들의 실제 삶에 미치는 강한 영향을 완전히 의식했다. 이러한 관점에서 입센의 창작에 조각된 삶의 모든 사실적 그림은 표장이다. ① 우리 인식의 이율배반, ② 인식과 존재의 이율배반. 이것이 바로 드라마의 의미가 이중적인 이유이다. 삶의 투쟁을 묘사하는 모든 사실주의적 장면은 분열된 우리 의식의 위대한 투쟁의 가지런한 표장인 동시에 의식과 존재의 분열의 모순이다. *존재와 창조 사이의 모순*. 그 예는 솔네스이다. 사람들을 위한 집을 건축하면서, 그는 신을 위한 집을 짓기를 원한다. 그리고 이로 인해 죽는다. '나'와 '너' 사이의 모순. 그 예는 헤다 가블레르이다. 자신의 '나'를 극단적으로 주장하면서, 헤다는 '나'를 위해 '너'(레르보르크)를 파멸시킨다. 그는 한편으로 사랑하고 있는 사람이다. '나'를 위해 '너'가 없어지자마자(레르보르크는 권총 자살한다) 헤다는 죽는다. 결론은, '나'와 '너'는 '나'도 아니고 '너'도 아닌 그 무엇으로 연결되어야 한다는 것이다. *희망과 의무 사이의 모순*. 그 예는 엘리다 반겔이다(그녀의 드라마는 남편에 대한 의무와 낯선 남자와 떠나고자 하는 희망 사이의 모순이다). *자비와 도덕적 법칙 사이의 모순*. 그 예는 브란트이다. 등등.

입센의 모든 드라마는 모순으로 구축되어 있다. 이러한 모순은 삶과 의식의 분열에 의해 예정된 것이다. 무의식적 삶은 동물적 상태이다. 가능한 선까지 의식을 이끄는 것은 삶을 의식에 종속시키는 것이다. 비극적 결말이다. 생명력이 없는 삶이기 때문이다. 생명력이 없는 삶과 동물적 삶의 모순은 《우리, 죽은 자들이 깨어날 때》에서 특히 명확하게 나타난다. 루벡은 의식적이지만 생명력이 없다. 그의 주변 사람들은 활기에 차 있지만 의식이 없다. 그가 그들을 조각할 때 그들은 짐승처럼 보인다.

루벡은 삶도, 의식도 창조에 있다는 것을 깨닫게 된다. 루벡은 삶의 창조에 미치지 못한다. 그는 단지 의식으로 창조에 도달할 뿐이다. 그는 자신의 삶을 변형할 수 없다. 그리고 그는 파멸할 것이다.

여기서 우리는 입센 창조의 예민한 신경을 감지하게 된다. 그의 예술적 3층 건축이 우리를 향해 열린 것 같다. 입센의 주인공의 비극은 그들이 무의식적으로 삶의 창조를 갈망하면서, 보르크만처럼 본능적으로 지상의 부를 땅에서 내던지고 자신들의 삶을 변형시킨다는 것이다. 땅은 보르크만을 파멸시켰다. 이 주인공들이 의식적으로 자신을 위한 생생한 삶을 창조하기를 원한다. 그리고 완전한 사자(死者)인 그들은 생생한 자연의 의식, 자연, 대기의 정상에 올라가자마자 파멸할 것이다. 완전한 사자인 루벡은 결빙된 의식 높은 곳에 올라가서 이 의식이 창조의 제품으로서 자신을 가리킬 때 죽게 된다. 생생하게 감지되는 사랑이 없는 의무감이 브란트 역시 죽게 했다. 눈덩이는 공기의 진동으로 무너진다. 대기의 원시력이 둘 다를 파멸시켰다. 마찬가지로 쾌락의 원시력인 물이 어린 아이욜프를 파멸시켰다. 땅에 대한 지식이 없고 *대기*에 대한 지혜가 없는 *행동*의 불길이 슈토크만을 해로운 괴물로 만들었다. 입센의 주인공들은 원시력을 조화로운 단일성으로 연결하지 못한다. 그들은 정상의 대기 때문에, 땅 때문에, 물 때문에 그리고 불 때문에 죽게 된다. 브란트에게는 불과 공기가 있지만 땅과 물이 없다. 보르크만에게는 땅과 불이 있지만 물과 공기가 없다. 솔네스에게는 땅과 물과 불이 있지만 공기가 없다. 새로운 삶의 창조에 대한 열망은 입센의 주인공들을 파멸로 이끌었다. 삶의 창조를 위해서는 삶보다 높이 있는 동시에 의식보다 높이 있어야 하고, 삶과 의식을 연결해야 하며 단어를 육체로 만들어야 한다. '나'와 '너'를 '그' 속에 조합해야 한다. 그리고 열망과 의무는 자유 속에 조합해야 한다. 이러한 결론은 입센의 《황제와 갈릴리 사람》에 분명하고 압축적으로 나타나 있다.

이것이 입센 드라마의 3층적 구성이다. 삶의 순수하고 사실적인 측면의 놀라운 묘사가 1층에서 우리를 맞이한다. 이것은 존재의 드라마이며 풍속의 드라마이다. 이때 이들의 이해를 지배하는 것은 결정론이다. 말이 없는 삶, 변함이 없는 육체이다. 인류는 말없이 고분고분한 짐승처럼 묘사되고 우리 앞에 아른거리며 운명에 의해 죽임을 당한다. 이 모든 풍속적 얼굴들이 '짐승의 얼굴'을 갖는다. 여기서 입센은 루벡이 되어 순수하게 짐승의 형상으로 각인된다. 여기서 자신의 주인공의 순수하게 개인적이며 정신생리학적인 특성과 제스처에 대한 입센의 사랑이 유래한다. 주인공들이 완전히 침묵하고 있다가 중요한 사람을 지나가는 말로 살짝 언급하는 것 혹은 미친 듯이 울부짖으며 심연으로 추락하는 것은 인식과 삶의 비극으로서 그들의 파멸을 예고한다. 그들은 이 비극을 깨닫지 못한다. '말이 없는' 혹은 '우는' 짐승은 천사들의 결실 없는 사상의 얼굴의 반영으로서, 그 사상은 삶에서 (의식 속에서) 자신의 끔찍한 결투를 행한다. 여기서 무익한 단어라는 입센의 세계가 드러난다. 이 의식의 세계에 대해 그의 주인공은 침묵하고 있는데, 이 세계는 그들의 담에 보이지 않게 침투한다. 그들에게 보이지 않는 비극은 희생을 요구한다. 의식의 비극은 삶 자체보다 더욱 사실적이다. 이 보이지 않는 사상의 세계가 주인공의 일상적 삶에 침입할 때 주인공들은 상징으로 말한다. 왜냐하면 그들 자신이 현존하는 상징이기 때문이다. 사실적이고 상징적인 두 의미는 입센의 드라마에서 평행하게 혼합되어 있다. 입센의 주인공들은 한편으로 짐승이다. 그들은 몸은 있지만 말이 없다. 다른 한편으로 그들은 몸이 없고 말만 있는 천사이다. 여기에도 저기에도 인간은 없다. 인간 이전의 것만 있다. 그것은 '태양, 태양'이라는 오스왈드의 광기 어린 말 속에 구현되어 있다. 다른 한편, 브란트의 외침에는 초인적인 것이 있다: "전부 아니면 영이다"(그러나 "모든 것은 아니기" 때문에 그 어떤 "아무것도 아닌" 것이다). 이는 두 개의 거짓, 두 개의 공포, 두 개의 세계, 두 개의 왕국이다. 종의 이름으로 개성을 제거한 왕국과 개성의 이름으로 종을 제거한 왕국이다. 아버지의 왕국과 아들의 왕국이다. 하나는 말이 없고 의식이 없는 땅으로서 운명에 의해 파괴된다. 다른 하나는 의식적이고 결실없는 단어로서 삶에 접근했기 때문에 파멸한다. 여기에도 저기에도 죽음이 있다. 죽음으로부터 유일한 탈출구는 완전함의 경지에 오르는 것인데, 그곳에는 평행한 두 왕국이 서로 접촉하고 있다(제3의 왕국, 정신의 왕국 — 여기에서 하늘과 땅, 천사와 동물이 인간 속에 연결된다). "우리는 아직 사람이 아니다. 우리는 짐승으로 태어났고 영혼으로 태어나지 않았다. 그러나 우리는 죽지 않을 것이다. 영혼은 우리의 육체의 땅속으로 우리에게 내려올 것이다. 그리고 우리는 사람이 될 것이다, 될 것이다, 될 것이다. 우리는 변용되고 부활할 것이다."— 이것이 입센의 소리 없는 통곡이다. 여기서 그는 니체에 합류했다. 성서에 합류하는 것처럼.

우리는 존재하지 않았다. 그러나 존재할 것이다.

이렇게 입센의 사실주의와 관념론이 그의 창조의 세 번째 층인 상징주의에서 연결된다. 단어의 알레고리와 행위의 사실성은 입센의 알레고리적 제스처에 연결된다. 입센이 감지하는 미래를 표현하기 위해 단어가 없는 곳에서, 필요한 행위를 표현하기 위해 행동이 없는 곳에서 — 그곳에서 입센은 알레고리로 땅을 에워싸고, 단어로 제스처를, 제스처로 단어를 에워싼다. 우리는 그렇게 에워싸는 것이 형식적이라는 것을 알고 있다. 인식의 '마이너스' 곱하기 존재의 '마이너스'는 입센의 상징이라는 '플러스'가 되기 때문이다. 입센의 '플러스'는 상징주의에 있다. 그의 '마이너스'는 순진한 사실주의와 관념론 속에 있다. 묵시록은 영감에 가득 찬 미래의 비전을 제시한다. 여기에 예술은 없다. 여기에 있는 것은 광기거나 예언이다. 자신의 창작의 정점에서 니체는 미래 **인간**(Человек)의 예언적 형상을 그렸다. 입센의 창조는 이미 드라마를 예술이 아닌 경지로까지 이끌었다. 그러나 입센에게 사실적 예언은 없다. 그렇지만 그가 느끼는 현대 세계관의 위기는 완전히 사실적이다. 그러나 이 사실적 형상과 표장적으로 표현된 관념으로써 어떤 하늘로 향하는 계단을 따라가는 것처럼, 그 반대편에서부터, 니체가 출발했던 곳 — 개별적 상징 속으로, 사도 요한이 출발했던 곳 — 초개인적 상징 속으로 다가가게 된다.

현대의 개인주의는 세 단계를 거쳐야 한다. 그것은 보들레르에서 입센으로, 입센에서 니체로, 니체에서 묵시록으로 향하는 것이다. 보들레르에서 입센으로 향하는 길은 문학 유파인 상징주의에서 세계관조(мирoco-зерцание)의 상징주의로 이행하는 길이다. 입센에서 니체로 향하는 길은 세계관조의 상징주의에서 세계감지(мироощущение)의 상징주의로 이행하는 길이다. 이 세계감지는 사실주의적 상징체계로 인도한다. 마지막으로, 니체에서 사도 요한으로 가는 길은 개인주의적 상징주의에서 집단주의적 상징주의, 즉 궁극적으로 변용된 종교로 향한 길로서, *상징체계가 구현되고 상징은 테우르기아가 된다.*

입센 없는 니체는 몸통 없는 머리이고, 니체 없는 입센은 머리 없는 몸통이다. 둘은 모두 살아 있지만 아직 눈이 없는 기관이다. 눈을 떠야 한다. 종교에 접촉해서 ….

예언의 눈이 열렸다,
마치 놀란 독수리처럼 … 12)

그러나 아직 니체는 생생하게 말하지만 육체가 없는 예언자이다. 입센은 육체는 있지만 귀먹고 말 못하는 예언자이다. 입센은 지하의 격동적인 흐름을 제어하는 흙덩어리이다. 니체는 하릴없이 지평선에 고랑을 만드는 번갯불이다. 입센은 그놈13)이고, 니체는 선명하고 가벼운 살라만

---

12) 〔편집자〕 푸시킨의 시 〈예언자〉(Пророк, 1826)의 부정확한 인용.

드라[14]이다. 둘 다 자연의 정신이다. 우리는 입센의 창조에 관여하면서 힘을 얻는다. 그러나 이 힘은 아직 행동이 없다. 그것은 우리 내부에서 차갑게 석화(石化)되어 있다. 마치 차가운 손이 심장을 잡고 있는 것과 같다. 그러나 이것은 우리의 심장을 동결시키는 것이다. 니체의 창조에 관여하면서 우리는 무력하게 대기권을 떠다니기 시작한다. 니체는 우리에게 땅에 충실하도록 호소하면서 자신은 대기 중을 떠다닌다. 입센은 산을 지향하지만 올라가지는 못한다. 한 사람이 다른 사람을 부른다. 한 사람은 다른 사람 없이 살지 못한다. 두 사람 모두 광기를 일으키며 우리 영혼을 반반씩 파헤쳤다.

누군가 제 3자(Третий)가 연결해야 한다. 누가 제 3자가 될 것인가?

---

13) 〔옮긴이〕 그놈(Gnom) : 유럽 신화에서 땅속의 보배를 지킨다는 추한 귀신.
14) 〔옮긴이〕 살라만드라(Salamandra) : 중세 신화에서 불의 요정.

예술*

예술은 살아가는 예술이다. [1]

나는 예술을 이렇게 정의한다. 내가 예술을 이렇게 정의할 권리가 있는가?

나의 정의가 분명 정의인가?

정의란 무엇인가?

앞서 언급된 판단에 대한 정의는 대상의 개념과 술어의 개념 사이의 관계를 지시하는 것이다. 이런 경우 '예술'의 개념은 보다 일반적인 개념의 제한을 받는다. 보다 일반적인 개념이란 살아가는 능력에 대한 개념이다.

나는 예술을 살아가는 능력(*умение жить*)으로 정의한다.

살아가는 능력, 나는 이렇게 말하고 이 두 단어의 의미를 이해한다. 살아가는 능력, 당신은 나의 단어를 읽고 이해한다. 단어 조합과 그 결합은 이해될 수 있다. 그러나 각각의 단어 자체가 이해될 수 있는가?

능력이란 무엇인가? 삶이란 무엇인가?

벌써 명확한 이해는 자취를 감춘다. 'X + Y'는 한 번에 이해할 수 있다.

---

* 〔편집자〕 벨르이의 문집 《아라베스크》 211~219쪽에 처음 발표되었다.

1) 〔옮긴이〕 원문은 "Искусство есть искусство жить".

그러나 서로 떨어진 'X'와 'Y'는 스핑크스처럼 수수께끼의 눈으로 우리를 바라본다.

항상 그렇듯이 단어를 조합하는 것은 구체적이고 용어로 표현될 수 없는 단어의 의미체험에 접근하는 것이다. 단어를 분리하는 것은 그 어떤 총체성을 해체하고 단어의 일정한 그룹과 관련된 체험을 해체하는 것이다. 그룹의 단어들을 정의하는 것은 이미 그룹을 해체하는 것이고, 의미의 체험을 해체하는 것이며, 표상이 개념으로 변화하는 것이다. 여기서 목적은 단어로 이동하고 단어는 정의의 목적이 된다. 무엇보다 단어는 체험된 총체성을 표현하는 방법이 된다.

체험되는 삶의 총체성은 인식으로 분해되고 인식은 삶으로 분해된다.

살아가는 능력을 삶과 능력의 개념으로 정의하는 것은 살아가는 능력의 없음을, 삶의 죽음을 의미한다. 왜냐하면 이러한 개념을 정확하게 정의하려면 인식의 정교한 방법론적 문제의 해결에 나의 전 생애를 바쳐야 하는데, 그래도 그것을 해결한다는 보장은 없기 때문이다.

나는 다양한 과학적·철학적 규범의 프리즘을 통해 단어를 통과시킬 것이다.

삶은 물리적·화학적 과정, 즉 단백질이 형성되고 교환되는 과정이다. 그러나 화학이 단백질의 형성과정으로 정의되는 것은 아니다.

삶은 이성의 이론적 문제를 미리 정해 놓은 행위규범의 총체이다. 그러나 규범의 총체와 그 규범에 의해 이론적 형식을 미리 정해 놓은 것 자체가 모두 이미 윤리적 문제이다.

삶은 체험들의 관계지만, 그 관계의 법칙은 알려져 있지 않다.

삶은 내적으로 인식된 인과관계이고 삶은 사실적 합목적성이다. 기타 등등, 기타 등등.

우리는 이렇게 삶을 이론적으로 방법론적으로 정의한다. 여기서 모든 것은 미지의 인사들의 그룹에 의한 미지의 인사의 정의이다.

우리는 또한 이렇게 '능력'을 정의한다. 이러한 정의는 또한 미지의 인사들이 하는 곡예와 같다.

그다음 우리는 미지의 인사들의 두 그룹을 서로 관련시킨다. 이렇게 미지를 제곱하는 것은 마치 우리가 무언가를 정의하는 것 같은 환영을 창조한다.

수많은 주석들이 우리가 의식하는 무지의 정도에 대한 보고서를 제공할 것이다. 그리고 우리는 무지(незнание)에 대한 지식(знание)을 인식이라 한다.

만일 우리가 학문의 용어로 무엇인가 이해할 수 없다는 것을 솔직히 인정한다면, 우리는 야만인처럼 보일 것이라고 생각한다. 만일 우리가 어떤 문제가 모두에게 분명할 수 있도록, 연구방법의 하나는 이 문제에 대해 이렇게 대답하지 않는 것이고 다른 하나는 이 문제에 대해 저렇게 대답하지 않는 것이라고 말한다면, 이것은 이미 지식이 된다.

이렇게 인식의 목표와 그 내용은 방법으로 전환된다. 삶이란 무엇인가? 판단의 방법이다. 진리란 무엇인가? 그 방법을 해석하는 방법이다.

이렇게 각각의 항목에 대한 만성적 무지의 특별히 무거운 형식은 몇몇 이론적-인식적 학파의 자랑의 대상이 된다.

단순한 지식과 무지의 이론, 아니, 지식의 이론은 어떤 차이가 있는가?

단순한 무지는 소박하지만, 규범으로 무장한 무지는 기사의 갑옷과 같다. 이 갑옷은 기사의 외형을 형성한다. 그렇지만 … 기사는 없다.

그것은 오늘은 모든 지식의 만물시장에서 인식의 성전을 지키는 수호신이지만, 내일은 똑같은 시장에서 싼 값에 팔리는 허수아비가 된다.

그렇다면 대상으로 돌아가 보자.

"살아가는 능력이 있어야 한다"고 나는 주장한다. "살아가는 능력이 있어야 한다"고 당신은 주장한다.

삶이란 무엇인가?

"삶— 이것은 실천이성의 규범들[2]의 총체다"라고 나는 주장한다.

"삶은 단백질이 형성되고 변화하는 물리-화학적 과정이다"라고 당신은 주장한다.

우리는 이미 서로서로를 이해하지 못한다. 우리의 합의는 거짓이 된다. 혹은 그 합의는 유사한 방법론적 정의가 아닌 다른 무언가에 연원하게 된다.

그러나 어떤 경우에도 우리는 서로를 이해해야 한다. 우리는 상대방의 용어를 수용하거나, 아니면 삶의 정의를 완전히 포기해야 한다. 전자의 경우 이해의 과정은 체험의 의식화(осознание) 과정에 연원하고 후자의 경우 이해는 의식(сознание)의 어두운 밤에 연원한다.

전자의 경우, 나는 삶을 정의하는 '총체', '규범'이라는 개념들의 정교한 의미를 이해하기 위해 이론철학에 관한 독서목록을 독자에게 권해야 한다. 더 나아가 나는 칸트의 두 권의 《비판》[3]에 대한 지식을 독자에게 강력하게 요구한다. 그것은 ① 이성이란 무엇인가, ② 실천이성이란 무엇인가를 이해하기 위해서이다. 제시되는 목록은 새로운 독서목록을 호출한다. 독자는 줄곧 도서관에 앉아 있어야 한다. 독자는 《칸트에 대한

---

2) 〔옮긴이〕 칸트철학의 맥락에서 언급하는 것이다. 칸트는 인간이 두 가지 세계에 속한다고 주장하는데, 하나는 자연적·물리적 세계이고, 다른 하나는 도덕법칙의 세계이다. 자연적 세계에서 인간은 인과관계를 토대로 하는 자연법칙에 종속되기 때문에 부자유스러운 반면, 도덕법칙의 세계에서는 자신의 이성이 스스로 입법한 도덕법칙에 따르기 때문에 자유롭다고 할 수 있다. 이런 의미에서 칸트가 말하는 실천이성은 스스로 도덕법칙을 입법하고 거기에 스스로 복종하는 자율성을 지닌 인간의 능력을 가리키는 것으로 간주된다.

3) 〔옮긴이〕 두 권의 《비판》은 칸트의 주저 《순수이성비판》과 《실천이성비판》을 지칭하는 것이다. 전자가 '인간은 무엇을 알 수 있는가?'라는 물음에 대해 답하려는 시도라면, 후자는 '인간은 무엇을 해야 하는가?'에 대해 답하려는 시도라고 할 수 있다. 전통적인 분류방식에 따르면, 전자는 인식론(epistemology)에 해당하고 후자는 윤리학(ethics)에 해당한다.

주석》(*Commentar zu Kant*)[4]을 벗어날 수 없다.

독자여 화내지 말라. 삶이 물리-화학적 과정이라는 칸트의 정의는 나를 강의실과 실험실로 몰아내고, 거기서는 훌륭한 신사가 나에게 물리와 화학이론을 소개할 것이다. 더 나아가 유기화학은 나로부터 도망가지 않는다. 생리학도 마찬가지다.

삶에 대한 우리의 정의는 몇 년 연기되었고, 마침내 우리는 만나게 되었다. 나는 정밀지식으로 무장했고 당신은 인식론으로 무장했다. 상호이해는 보장되었지만 아직 합의는 되지 않았다. 정밀지식과 인식론의 관계는 방법론 비판과 상호관계에 대한 문제를 제기할 것이다.

여기서 우리의 논쟁은 다시 몇 년 뒤로 연기된다.

"그것은 과장입니다"라고 당신은 분노한다. "판단의 근거와 논증은 몇 년 가지고는 불가능합니다. 논리적으로 확실한 5분 연설의 근거를 만들려면 평생이 요구됩니다." "그렇습니다." 나는 수긍한다. "만일 근거를 만들려면 그렇게 해야지요. 그렇지 않은 다른 모든 근거는 내부의 감정이 공통적이고 검증되지 않은 것, 즉 진짜 저급한 취향에 의해 증명되고 오랜 세월 통용되는 일련의 망상들과 혼합된 것입니다."

아는 것, 혹은 안다고 결코 주장하지 않는 것은 혼합되지 않는다. 모든 세속적 판단은 마치 우리가 그 판단을 이해한다는 기만적인 가정 속에 서로서로를 속이면서, 우리를 분석, 즉 무지로 인도한다. 우리의 모든 삶은 수십 개의 거짓 판단이고 그것은 키메라를 번식시킨다. 우리의 삶은 이러한 판단을 검증하는 것으로 점철된다. 그런 삶은 사절이다!

사는 것이 아닌 삶에 대한 판단을 검증하는 것, 이것이 바로 인식하는

---

4) 〔옮긴이〕 독일인 바이힝거(Vaihinger, H., 1852~1933)가 쓴 《칸트의 《순수이성비판》에 대한 주석》(*Commentar zu Kants Kritik der reinen Vernunft*, 1881)을 염두에 둔 것이다.

자에게 주어진 임무이다. 그리고 나는 삶을 긍정한다. 다시 말해 나는 목적으로서의 인식을 부정한다.

그렇게 행동하면서 나는 무지를 긍정한다.

모두 나처럼 행동한다. 그러나 모두가 이를 의식하는 것은 아니다.

여기서 우리는 모두 정의에 대한 정확성과 결별하고 체험에 의한 인식으로 돌아간다. 모두 그렇게 행동하지만, 모두가 의식하는 것은 아니다. 이를 승인하기 위해서는 인식의 문제에 대해 비둘기처럼 단순해지거나 아니면 삶의 가치를 잃지 않는 방법론자의 뱀의 지혜가 필요하다.

뱀의 지혜는 곧 이론적 분석을 기저에 깔고 있는데, 유감스럽게도 이러한 뱀의 속성은 교활함과 연관된다. 뱀은 또한 독이 있다. 이 뱀은 자신의 삶을 보존하면서 다른 이의 삶에는 독을 퍼뜨린다. 다른 이의 삶에 독을 퍼뜨리는 것 — 여기에 그노시스학자의 쾌락이 있다.

알렉산더 대왕은 칸트와 비교하여 교육을 덜 받았다. 그렇지만 그의 의지의 창작은 왕국을 세우고 부수면서 폭풍처럼 아시아를 지나갔다.

우리는 칸트의 《비판》에 동의할 수 있지만, 그러나 우리가 부정할 수 없는 사실은, 칸트가 자신의 서재에서 일곱 개의 책장 다음에 있는 여덟 번째 책장이었다는 것이다. 여기서 우리는 문제를 제기한다. 과연 책장이 개인적 창작을 소유할 수 있는가.

알렉산더의 왕국은 그가 죽고 나서 무너졌다. 칸트가 이지적(理智的) 세계를 청산가리로 중독시킨 것이 벌써 백 년이다. 5)

---

5) 〔옮긴이〕 여기서 벨르이는 칸트를 알렉산더 대왕과 대비시켜 그 폐해를 지적한다. 칸트철학은 생생한 삶의 현장에서 솟구치는 활력을 공허한 이론과 규범의 틀 안에 가두어 버리는 오류를 범했고, 이것이 결과적으로 후대에 여러 가지 나쁜 영향을 미치게 되었다는 입장이다. 칸트철학에 대한 벨르이의 비판은 그것이 진정한 창조적 활동의 바탕이 되는 삶의 깊이와 폭을 제대로 담아내지 못했다는 데 있다.

누가 더한 파괴자인가?

무지보다 더 위험한 것은 무지에 대한 지식이다.

칸트에게 삶의 개인적 창작이 있었던가? 있을 수도 있다. 그러나 수십 년 동안 돌처럼 굳어 버린 고행자도 자신의 삶에서 삶을 창조한다. 삶의 의미는 삶의 객관화에 있는 것이 아니다. 그것은 객관화된 개성에 있다.

아마 알렉산더는 내부에서 창조의 공허를 느꼈을 것이다.

삶의 창조는 개성의 비밀이다. 삶의 객관적인 목적(학문과 예술, 사회의 창조)은 개인적으로 경험하는 창조적 비밀의 외부적 표상이다. 살아가는 능력은 개별적 창조지만, 삶의 공통적 의무의 법칙은 개성이 숨어 있는 가면이다. 법칙 속에 의식되는 삶은 경쾌한 가장무도회다. 이 무도회에서 삶의 어둠을 솔직히 인정하면 선한 가면이 되고 규범을 주장하면 악한 가면이 된다.

삶은 개성의 창조이다.

살아가는 능력은 끊임없는 창작이다. 이 순간이 영원으로 늘어나기 때문이다. 필수적인 외적 조건은 창조의 행렬과 순간을 휘젓는다. 영원성은 일시적 순간들의 폭포로 분해된다. 삶의 형상은 수천의 형상들로 분해되고 삶의 형식은 수천의 형식으로 분해된다.

이러한 형식들이 바로 예술의 형식들, 즉 단일한 형식의 파편들이다. 단일한 형식은 창조적으로 영위하는 삶이다.

창조적으로 영위하는 삶은 자유가 그렇듯이 필연성이 용해되어 있는 삶이다. 혹은 필연성이 완전히 제거된 삶이다. 후자의 경우 나는 몸을 움츠리면서 필연성의 조건에서 탈출하여 무한한 평온인 마비상태로 간다. 숨을 멈춘 고행자처럼 말이다. 꼼짝 않고 의자에 앉아 《비판》을 쓰는 칸트가 그렇다. 그가 도덕의 규범을 명령한 것은 잘한 일이다. 이때 그는 모든 도덕에서 탈출하여, 자신의 창조의 선, 개성의 삶의 선을 서재에 앉아 있는 점으로 변화시켰다. 그가 쓴 글은 고행자를 위한 것이지 일반 사람들을 위한 것이 아니다. 그는 도덕을 필요로 하지 않았다. 왜냐하면 그는 행동을 하지 않았기 때문이다. 사실 그의 언어의 독은 행동에까지 뻗어 있었다. 그 고행자들은 침묵했다. 그들은 공개적인 벙어리였다. 칸트는 말을 했다. 그는 언어의 가면을 쓴 벙어리였다. 그것은 악의 가면이었다.

만일 내가 법칙의 행위를 자유의 행위에 용해시켜 자유와 법칙을 하나로 연결하려 한다면, 나는 삶의 침체된 형상과의 투쟁에 돌입할 것이다. 이 투쟁이 바로 비극(трагедия)이다.

나의 창조는 폭탄이다. 나는 그것을 던진다. 나의 외부에 있는 삶은 나를 향해 던져진 폭탄이다. 폭탄을 향한 폭탄 투척에서 파편이 튄다. 순차적으로 교차하는 두 개의 행렬의 파편이다. 나의 창작의 파편은 예술의 형식이다. 파편의 외형은 나의 개인적 삶을 휘젓는 필연성의 형상을 지니고 있다.

형식의 다양성(즉, 나는 외부에서 폭발하고, 세계는 내 안에서 폭발한다) — 이것은 삶의 형식과 창작의 형식이 충돌하는 것, 즉 법칙 속의 자연과 형식 속의 자유가 충돌하는 것이다. 형식 속의 자유 — 이것이 예술형식의 일차적 정의이다. 내 안의 '나'(я)의 총체성과 내 안의 '내가 아닌'(не я)의 총체성을 분리하는 것이 제품이다. '내가 아닌'에 대한 '나'의 관계는 '나'가 '내가 아닌' 속으로 들어가는 것이다. 그 역도 성립한다. '나'는 창조의 제품과 같이 '나 아닌 것'이 된다. '나 아닌 것'은 제품과 같이 '나'에게 영감을 준다.

예술의 형식은 투쟁의 장(場)이다. 여기서 '나'는 자신의 자유를 방어한다. 비극은 바로 미학적 창조의 조건이 되는 것이다.

살아가는 예술은 그것의 외적 정의에서 미학적 창작이다. 삶의 외면은 그것의 내적 정의에서 창조의 재료이다.

살아가는 예술은 삶에서 창조의 순간을 무한한 시간과 무한한 공간으로 연장하는 기술이다. 여기서 예술은 이미 개인의 불멸의 창조, 즉 종교가 된다.

　개성의 창조가 필연적 조건에 침입하는 것 — 이것이 바로 형식이다. 이것 역시 허용되는 예술의 정의다. 이러한 침입의 조건(저항의 극복, 투쟁)이 바로 비극이다. 비극을 극복하는 단계는 바로 종교적 발전 단계이다. 그리고 그 반대로, 종교가 세계를 정복하는 과정이 바로 비극이다. 비극이 발생하는 과정은 신화의 노래(말하자면, 시와 음악)다. 노래가 바로 예술의 형식이다.

　예술은 항상 비극적이다. 그리고 비극은 종교적이다. 이렇게 예술은 외부에서 내부로 심화된다. 종교는 항상 비극적이다. 비극은 항상 예술의 형식이다. 이것이 바로 내부에서 외부로의 창조의 행보이다.[6]

　삶은 이러한 두 방향이 동등하게 작용하는 것이다. 삶에는 두 개의 지향이 투쟁하고 있다. 그것은 비행(飛行)하는 것을 돌에 새기거나, 반대로 돌로 하여금 비행하게 하는 것이다. 첫 번째 지향의 궁극적 결말은, 삶은 행위자가 없는 죽은 작품이 된다는 것이다. 두 번째 지향의 결말은, 삶은 다양한 현상 속에 행위자가 된다는 것이다. 첫 번째 지향의 중대한 결말은 개인의 죽음으로 나타난다. 두 번째 지향의 결말은 대지와 그 밖의 다른 것에 있던 돌들이 올라와서 대지가 된다는 것이다. 즉, 죽음에서 부활하는 것이다.

　삶은 이미 죽은 자와 부활한 자의 투쟁이 된다. 이 투쟁의 종교적 상징은 신이 된 인간이 화석화된 형식의 죽음의 형상과 투쟁하는 것이다. 이 화석화된 형상은 고생대 익룡(翼龍)의 화석과 같다. 그것은 개성의 창조

----

6) 〔옮긴이〕 여기서 벨르이는 비극과 예술, 종교가 동일한 차원에 속한다는 점을 강조하고 있다. 벨르이의 이러한 사상의 이면에는 그리스 비극에 대한 종교적 이해가 자리 잡고 있다. 사실 그리스 비극은 단순한 예술적 차원만이 아니라 종교나 신화적인 요소까지 포함하는데, 그런 의미에서 헤겔은 자신의 미학강의에서 그리스 비극을 예술종교라고 분류했다.

에 의해 용으로 부활한다.

신은 또 다른 인간과 같다. 악마는 용과 같다. 즉, 화석화된 선조, 익룡과 같다.

살아가는 것은 능력이 있고 지식이 있고 가능성(Können) 이 있다는 것을 의미한다.

능력이 있다는 것은 수천 년의 과거와 싸울 수 있는 능력이다.

지식이 있다는 것은 나의 지향의 형상과 미래를 보는 것이다. 이러한 지식은 무지에 대한 지식(방법론) 이 아니다. 이것은 개인의 불멸의 희망이다.

가능성이 있다는 것은 나를 둘러싼 나의 과거(상상 속에서 내가 태어난 자연) 와의 투쟁에 과감하게 돌입하는 것이다. 힘은 나의 지향의 형상을 매혹적으로 만드는 것, 매혹적이 되는 것, 매혹되는 것이다. 즉, 저돌성에 기뻐하는 것이다. 가능성 — 이것은 영웅이 되는 것이다.

나는 아마 외관을 분해하는 방법 속에서 해체될 것이다. 끝없는 무지의 대열에서 벗어나 자신을 구축하는 것 — 이것이 나의 과제이다. *가능성이 있다는 것 — 이것은 부활할 수 있는 가능성이 있다는 것을 의미한다.* 이것이 삶의 목표인 것이다.

따라서 살아가는 것은 능력과 지식과 가능성이 있다는 것, *숙련된다는 것이다. 따라서 살아가는 능력은 모든 예술의 근원이 된다.* 이러한 능력은 생명의 리듬이다.

삶의 지식은 모두의〔자신의, 타인의, 유(類) 의〕 삶을 보존하는 능력이다. 바로 여기서 삶이 예술의 근원과 연결되는 것이다. 따라서 예술은 깊고 생생하다. 예술의 역할은 치료이다. 예술은 개성을 창조하는 원칙이다. 개성의 형식과 개성의 체험 속에서 개성을 창조하는 것이다. 정신은 물론 육체의 개성을 창조하는 것이다.

이때 예술의 여러 형식 중에서 조각은 육체의 리듬을 묘사하는 형식이고 음악은 정신의 리듬을 묘사하는 형식이다.

그러나 조각과 음악은 삶의 후기단계에서 발생한다. 그것은 예술이 삶의 근원과 삶의 직접적 목적에서 분리되는 시기, 형식이 해체되는 시기이다. 이 시기는 항상 원시적 개성이 해체되는 지표가 된다. 인류의 역사에는 두 시기가 있었다. 그것은 예술의 형식이 스스로 닫혀 있는 어떤 것으로 아직 존재하지 않았던 시기와 우리가 예술을 삶에서 분리되어 존재하는 어떤 형식으로 이해했던 시기이다.

예를 들어 보자. 즉흥적이고 자연스럽게 작곡한 노래 — 이러한 형식은 삶에서 도출되고 삶에 본능적으로 합류한다. 조각으로 장식된 도끼는 예술의 자연스러운 형식의 다른 양상이다. 그러나 운율론에 종속되는 서정적 디티람보스나 사원의 주랑을 장식하는 양각은 모두 인공적인 형식, 즉 우리가 말하는 예술의 형식이다.

왜 예전의 창조형식이 인공적 형식으로 대체되었는가?

왜냐하면 예전의 의미에서 삶은 삶이 아니었기 때문이다. 우리가 지각하는 삶은 분화된 삶이다. 삶은 다양한 형식 속에 있는데, 여기서 그 어느 하나의 형식도 충만함, 총체성, 단일성을 제공하지 않는다.

그러므로 삶의 총체성, 그 단일성은 우리 의식의 결론이다. 삶의 총체성은 항상 형식의 추상이다. 삶의 총체성은 우리에게 이해를 제공하지 체험을 제공하지 않는다.

나는 총체성의 단편을 체험한다. 나의 기억만이 체험되는 것과 관련되어 있다. 그리고 추론의 관계형식과 추론의 총합은 생생한 경험이다. 그리고 경험의 단일성은 이론이 된다.

나는 이론에서 삶의 총체성, 삶의 연관성에 도달한다. 실천에 있어 나는 항상 존재의 불연관성과, 사고와 감정, 행위의 카오스 속에서 무한한 형식에 지치고 형식들 속에서 길을 잃는다.

역사 이전의 시기에는 그렇지 않았다.

그때는 사회적, 인식적, 미학적 형식의 다양성이 존재하지 않았다. 인간은 산속에서 살았고, 인간과 자연은 삶의 유일한 형식이었다. 인간은 투쟁을 했지 인식을 하지 않았다. 존재를 위한 투쟁 — 이것이 유일한 삶의 조건이었고, 삶의 순간순간 죽음에 대한 승리 — 이것이 유일한 인식의 조건이었다. 이러한 투쟁의 비극적 의미 — 이것이 체험의 미학적 형식이었다.

삶의 사회적·미학적·인식적 형식은 창조 속에서 연결되었다.

삶은 창조였다. 삶은 개성의 고급예술(비극)이었다. 그와 삶은 또한 인식이었다.

그러므로 삶의 총체성이 매 순간 체험되었다. 이러한 총체성은 결코 의식되지 않았다.

역사 이전의 시기는 개성을 창조했다. 추상 속에서 역사 이전의 인간 의식은 카오스 속을 헤엄치고 있었다. 삶의 의식 속에서 역사 이전의 인간은 총체적이고 조화롭고 리듬적이었다. 인간은 결코 삶의 형식의 다양성을 분화시키지 않았다. 인간은 스스로 자신의 고유한 형식이었다. 삶의 의식은 창조에 의해 정의되었다.

이제 삶의 총체성은 어디에 있는가? 그것은 무엇에 대한 총체성인가?

세계관으로서의 상징주의*

1

얼마 전부터 사람들은 세계를 규명했다고 생각했다. 모든 깊이는 지평에서 사라지고 넓은 평면이 펼쳐졌다. 전망을 여는 영원한 가치는 없어졌다. 모든 것이 가치를 잃었다. 그렇지만 먼 곳을 향한 지향은 심장에서 사라지지 않았다. 심장은 전망을 갈망했다. 심장은 다시 영원한 가치를 요구했다.

바로 그 순간 이성과 감정 사이에 낭떠러지가 펼쳐졌다. 무의식 깊은 곳에서 생긴 무질서에 대한 비극적 공포가 의식의 표면까지 떠올랐다. 없어서는 안 될 영원한 가치의 보존능력이 결여된 결과 무원칙적 회의론이 나타났다. 쇼펜하우어의 철학은 부정(不定)의 성격을 띠고 있었다. 그의 철학은 당시 많은 사람들을 매혹시켰다. 그러나 염세주의가 드러남에 따라 모든 존재의 공포를 공개적으로 인정하는 것이 더욱 쉽게 느껴졌다.[1] 존재는 망상이었다. 존재를 통해 검은 어둠이 보였다. 관조적 무위

---

* 〔편집자〕 1903년에 쓰였다. 〈예술세계〉(Мир искусства, 1904, No. 5, C. 173~196)에 처음 발표되었다. 벨르이의 《아라베스크》 221~238쪽에 수록되었다.

(無爲)가 열병 같은 긴장감과 교체되었다. 삶의 도정은 측면으로 쓸려갔고, 그 도정을 따라 저속함의 바퀴가 굉음으로 포효하며 질주했다.

이러한 관조에는 독특한 가치가 있었다. 염세주의는 원칙으로 승격되어 환멸의 날을 무디게 했다. 인간은 삶에서 이탈하여 우울한 명상에 잠겼고 자신의 위대한 비극에 매료되었다. 소모적 힘들이 무위 속에 모이고 억압되었던 개성이 날개를 펴기 시작했다. 수동에서 능동으로, 염세주의에서 비극주의로 미세하게 진화하는 가운데 이 날개의 첫 번째 진동 소리, 첫 번째 파닥거리는 소리가 우리에게 들려왔다. [2]

잠든 자가 환영들을 흩뿌릴 때 그것은 죽음의 외관이다. 그것은 힘이 보강된 꿈이다. 염세주의 철학에 매혹된 유럽 사회가 바로 이런 문제로 가득 찬 인사불성 상태에 있었다. 어둠이 그들을 현혹하고 눈동자를 가릴 때 그들 중 누군가 이상한 소리를 했다. "소크라테스적 인간의 시대는 지나갔다. 그대의 이마를 담쟁이넝쿨로 장식하고 디오니소스의 지팡이[3]를 손에 잡으라. 그리고 호랑이와 표범이 그대의 발밑에 누워도 놀라지 말라. 그대는 자유로워야 하기 때문이다. 이제 그대는 인더스 강에서 그

---

1) 〔옮긴이〕염세주의: 쇼펜하우어의 '염세주의' 혹은 '페시미즘'(pessimism)은 이 세상의 삶이 무의미하고 무가치하며, 따라서 거기서 벗어나는 길을 찾아야 한다는 일련의 주장을 의미한다. 이때 쇼펜하우어가 주장하는 것은 인간의 삶은 영원히 만족될 수 없는 욕망과 권태의 연속일 뿐이라는 것이다. 쇼펜하우어에 따르면, 이런 상태에서 벗어나는 길이 두 가지 있는데, 첫 번째는 예술적 관조이다. 순수한 예술적 관조의 상태에서 인간의 의지는 그 욕구의 상태에서 벗어난다. 그런데 이런 예술적 관조는 순간적이라는 단점이 있다. 이에 두 번째는 삶의 무상함과 무의미함에 대한 철학적 인식인데, 이는 의지의 본질에 대한 인식으로 모든 의지작용의 진정제가 된다는 것이다.

2) 〔옮긴이〕쇼펜하우어의 염세주의에서 니체의 비극주의로 이행하는 과정을 언급하고 있다.

3) 〔옮긴이〕디오니소스의 지팡이: 디오니소스 제전에서 이에 열광한 여자들이 지팡이를 들고 술을 마시며 열광적으로 춤을 추는 의식을 지칭하는 것이다.

리스까지 진행되는 디오니소스 축제 행렬에 동참해야 한다. 격렬한 투쟁에 대비하여 무장하라. 그러나 그대는 신의 기적을 믿으라"(《비극의 탄생》).4) 이 말들은 예사롭지 않게 울려 퍼졌다. 누가 이 말을 이해했을까? 아마 이 순간부터 미래의 계시에 대한 예감이 대기 중에 떠다니게 되었을 것이다. 바람이 잠자는 사람들을 깨우기 시작했다. 정적(靜的)이고 매혹적인 꿈처럼 달콤한 몽상이 움직이기 시작했다. 노을이 타오르기 시작했다.

염세주의는 저속함을 태우는 화로였다. 쇼펜하우어는 사변적이고 추상적인 인식의 형식과 명료하고 관조적이며 직관적인 인식의 형식을 구분했다. 그리고 후자의 형식을 선호함으로써 논리적 방법에 대항하는 상징적 방법의 근거를 마련하고, 더 나아가 이러한 방법에 의미를 부여하는 모든 미래의 가능성을 제공했다. 만약 철학이 추상적 인식에 전적으로 종속되는 것이라면, 쇼펜하우어는 그 마지막 철학자가 될 것이다. 쇼펜하우어에게서 철학의 끝이 시작된다. 사유(思惟)의 공중누각은 창백해지고 본질들의 근원이 반짝이며 드러났다.

더 이상 철학적 질문이란 없다는 통지가 아직 과학적 실증주의의 승리를 의미하는 것은 아니다. 우리 눈앞에는 둥근 지붕으로 장식된 건물이 아닌 지붕도 없이 수풀로 흉하게 뒤덮인 높은 벽이 있을 뿐이다.

사람들은 수백 년 동안 존재의 문제에 대한 과학적이고 철학적인 해결의 가능성을 믿어 왔다. 얼마나 많은 거인들이 요새를 구축하고 그 위로

---

4) 〔옮긴이〕니체의 《비극의 탄생》에 따르면, 고대 그리스의 아티카 시대에는 아폴론적인 것과 디오니소스적인 것이 잘 결합되어 조화를 이루었는데, 이때 진전된 정신으로부터 비극이라는 예술이 탄생했다. 그러나 소크라테스가 등장하면서 디오니소스적 세계의 카오스적 충동은 밀려나고 의식의 명료함만이 세상을 지배하게 되었다. 이에 니체는 허위와 거짓을 버리고 생명력 있는 디오니소스적 세계관이 지배하던 고대 그리스의 정신으로 회귀할 것을 주장한다.

기어 올라갔던가. 아니면 신족과 거인족이 투쟁하던 시기가 다시 반복되는 것인가?[5] 아니면 그들은 다시 타르타로스의 지옥으로 떨어질 것인가? 우리의 과거는 어디에 있는가? 왜 대지는 우리의 발밑에서 진동하는가? 의지와 다르게 흘러내리는 이 눈물은 무엇 때문인가? 친애하는 이름들, 친애하는 망상들이여! 당신은 여행을 떠나기 전에 어부의 안락한 오두막집에 앉아 있는 상태와 같다. 바다가 웅성거린다. 바람과 폭우로 눈이 먼다. 당신은 마지막으로 늙은 어부의 굳은살 박인 손을 잡는다. 그러고는 떠나서 다시 돌아오지 않을 것이다. 자, 이제 때가 되었다.

쇼펜하우어는 몽롱한 삶 위로 분기하는 자들의 정점에 위치한다. 그는 영원한 생명력으로 타오르는, 두 방향이 교차하는 칼날과 같다. 그 두 방향이 교차했다가 이제 다시 갈라졌다. 그것은 종교적이고 추상적인 범신론으로 이행하는 철학적 합리주의와 신비적이고 예언적인 뉘앙스의 개인주의로 변형된 경험주의다. 이러한 두 방향이 비판철학[6] 너머 상징주의와의 경계에 있는 것이다.

니체와 하르트만은 쇼펜하우어를 거쳐 갔다. 그들은 쇼펜하우어에게서 공통점을 찾았다. 그리고 갈라서서 회복되지 않았다.

니체는 외관(표상)의 원리를 연구하면서 여기에 환상(의지)을 깨뜨리

---

5) 〔옮긴이〕 신족과 거인족의 투쟁(*gigantomachia peri tēs ousias*) : 헤시오도스의 《신통기》(神統記, 675~715)에 나온다.

6) 〔옮긴이〕 '비판철학'이란 칸트로 대표되는 경향을 말한다. 비판철학의 가장 중요한 특징으로는 이성의 자기비판을 들 수 있다. 인간의 이성은 자신의 능력에 대한 자기비판을 통해 확실하고 분명한 지식에 도달할 수 있으며, 더 나아가 의지의 주체로서 도덕적 의무를 수행할 수 있는 능력을 갖추게 된다는 것이다. 이때 비판은 각각 인식, 도덕, 미의 영역과 관련해서 이루어지고, 그것은 각각 《순수이성비판》, 《실천이성비판》, 《판단력비판》으로 나타난다. 여기서 비판철학이 언급되는 것은 칸트로 대표되는 이성의 능력을 확신하는 경향 일반을 상징주의나 무의식적인 차원과 대조하기 위함이다.

는 디오니소스적 원리를 대립시켰다. 이러한 두 원리가 비극 속에 합류하여 인간의 주관적 원리 속에 존재하는 의지와 표상이라는 쇼펜하우어의 대립항을 파괴했다.[7] 하르트만에 따르면, 인간의 본성 깊은 곳에는 무의식적인 것이 있다. 무의식적인 것은 결코 실수하는 법이 없다. 솔로비요프는 무의식 속에서 신과 인간을 엮는 매듭을 보았다. 우리는 무의식 속에서 현상계와 형이상학적 의지가 합류하는 것을 본다. 하르트만에 따르면, 역사적 과정은 목적이 없는 것이 아니다. 그 목적은 전일적 정신을 드러내는 것이다. 니체는 역사적 진화의 목적으로서 *전일적 개성인 초인(超人)*의 출현을 제시했다. *개성에 내재하는 전일적 정신의 발현에 대한 문제는 역사에 신인(神人)으로 향한 길을 지시한다.* 블라디미르 솔로비요프는 교회를 신인의 조직으로 규정하고 과학과 종교와 철학의 화해를 지향했다. 신지학(神智學)의 과제도 이와 거의 비슷한데, 그 개별적 상황들은 아직 논쟁의 여지가 있다. 신지학의 일반적 도정은 완전히 고정된 방향으로 간주되어야 하는데 그 방향은 얼마 전에 재생되어 뿌리가 나왔다.

형식적이고 논리적인 인식은 원을 그리며 자신의 발전과정에서 상징주의에 자유를 부여했다. 쇼펜하우어에 따르면, 상징화과정 속에 완성된 인식은 천재적 인식이다. 예술은 사상의 위기를 겪은 후 철학을 대신하여 인류를 인도하는 등대가 되어야 했다.

---

7) 〔옮긴이〕 니체는 쇼펜하우어의 의지를 아폴론적인 것과 디오니소스적인 것으로 변형시킨다. 니체는 기본적인 점에서는 쇼펜하우어에 동의하지만 차이가 있는데, 그 차이의 가장 중요한 지표는 니체에게 의지는 하나의 단일한 원리가 아니라는 것이다. 오히려 니체에게 하나의 단일한 원리로서의 의지는 허구적인 것일 뿐이다. 후기로 가면서 니체는 쇼펜하우어의 이분법적인 구분, 즉 현상(표상, 아폴론적인 것)과 물 자체(의지, 디오니소스적인 것)의 구분을 더 이상 인정하지 않고, 오직 디오니소스적인 것의 측면에서 모든 것을 설명하려는 경향을 나타낸다.

이념은 의지의 객관화 단계이다. 의지는 존재의 심오한 원리이다. 만일 그것이 정신의 깊은 곳에서 드러나 천체(天體)로 인도하고, 영혼의 검은 심연을 드러내어 그 심연에 빛을 비춘다면, 만일 그렇다면, 존재의 심오한 원칙을 의지라고 정의하는 것은 적절치 못한 것이 될 것이다. 그것은 때로 의지 속에서 반짝이지만 우리의 의지와는 구별되는 어떤 것이다. 그것은 의지 속의 의지이다. 쇼펜하우어는 개인의 의지와 세계의 의지를 혼합함으로써 분명 개인의 의지를 과장했다. 의지 속에서 들어오고 나가는 것, 빛이 비치고 꺼지는 것 ― 이것은 본질이다. 마찬가지로 외부에서 빛을 받지 못한 채 원시적 카오스에 의해 억압을 받는 것 ― 이것은 본질이 아니다. 이것은 외관의 경계이고 본질의 부정적 정의는 개인의 의지이다. 개성은 초개인적이고 유(類)적인 원리에 기인한다. 이러한 세계적 원리는 무조건적 원리여야 한다. 그때에야 그 원리는 인식의 형식을 포함하게 된다. 만일 인식의 일반적 형식이 주관과 객관의 분리, 의지와 표상의 분리라면, 무조건적 원리는 의지와 표상 모두를 감싼다. 이것이 하르트만의 무의식적 원리이고 무조건적 원리의 형식적 정의인 것이다.

이념은 개념이 아니다. 무의식적 원리가 외관 속에 드러나듯이 이념은 내포와 외연의 제약적인 구분을 무효화한다. 내포의 개념이 확장되면 외연의 형식은 축소된다. 이념은 그렇지 않다. 이념은 대립적인 것에 의해 규정되고 내포와 외연의 역비례 관계를 정비례 관계로 바꾼다. 이념은 무조건적 원리를 제한한다. 만일 무조건적 원리가 단일성의 성격을 띤다면, 그것이 외관으로 드러나는 것은 단계의 복수성에 의해 제한된다. 여기서 이념의 복수성이 비롯되고, 유(類)적이며 종(種)적인 이념들을 논할 수 있다. 유적인 이념은 종적인 이념보다 강도(强度)가 세다. 내포와 외연의 대립이 제거되면서 유적인 이념은 강도의 단계에 의해 종적인 이념과 구별된다. 이 강도는 이념들이 우리에게 미치는 영향의 단계로서 표현된다.

이념을 인식하기 위해서는 표상이 필요하다. 만일 시간이 내적 감정에 대한 표상을 체계화하는 형식이라면, 시간의 이념에 대한 관조는 보다 강도 높게 우리 영혼에 영향을 미칠 것이다. 따라서 시간의 이념의 강도가 보다 크다고 조건적으로 말할 수 있다. 따라서 시간의 이념은 공간의 이념에 대해서 유(類)적이다. 예술의 외연은 이념의 인식이다. 예술의 시간적 형식은 본질적 인식을 제공한다. 이것이 바로 음악적 이념들이 본연적으로 상징들이 되는 이유이다. [8]

음악적 이념은 다른 예술 이념들에 비하여 유(類)적이다. 이 때문에 형상의 음악성에 대해 말할 수는 있어도 그 역은 성립하지 않는 것이다. 형상적인 음악은 표현되는 형상에 아무것도 첨가하지 않는다. 바로 이 때문에 모든 예술의 근원이 음악이라 할 수 있는 것이다. 조각에서 음악의 정신을 말할 수 있지만, 그 역은 성립하지 않는다. 정신은 음악 속에서 가장 깊이 있게 의식의 표면에 접근한다.

모든 인간 존재를 사로잡는 것은 사건들이 아니라 *피안(彼岸)의 상징들*이다. 음악은 상징을 이상적으로 표현한다. 따라서 상징은 항상 음악적이다. 비판철학에서 상징주의로 이행하는 분수령은 필연적으로 고양된 음악정신을 동반한다. 음악의 정신은 의식의 분기점을 가리키는 지표이다. 니체의 외침은 드라마가 아닌 모든 문화를 겨냥한다. "그대의 이마를 담쟁이넝쿨로 장식하고 디오니소스의 지팡이를 손에 잡으라. 그리고 호랑이와 표범이 그대의 발밑에 누워도 … 그대는 인더스강에서 그리스

---

8) 〔옮긴이〕쇼펜하우어는 다른 예술에 비해 음악을 더 중요한 예술로 생각했다. 다른 예술들이 개념적이고 표상적인 차원에 머물러 있는 반면, 음악은 의지 자체의 표현이라고 간주했기 때문이다. 음악에 이같이 중요성을 부여한 쇼펜하우어의 입장은 니체에게 그대로 전수되고, 니체가 자신의 저서 《비극의 탄생》에 '음악정신으로부터'(*Aus dem Geiste der Musik*)라는 부제를 붙인 것도 이와 관련된다. 즉, 니체에게 디오니소스적인 것이 가장 잘 나타나는 예술장르는 바로 음악인 것이다.

까지 진행되는 디오니소스 축제 행렬에 동참해야 한다." 현대의 인류는 내적 음악이 의식의 표면에 근접하는 것에 따라 동요한다. 현대의 인류를 사로잡는 것은 사건들이 아니라 *피안의 상징들*이다. *피안*이 구현되지 않는 한 우리를 동요시키는 현대 창조의 상징들은 분명해지지 않는다. 정신의 문제에서 근시안인 사람들만이 명료한 상징을 추구한다. 그들에게 영혼의 소리는 들리지 않고, 그들은 아무것도 깨닫지 못한다.

상징은 과거에 존재했던 것, 미래에 존재할 것에 주목한다. 상징에서 음악이 튀어나온다. 음악은 의식을 비껴간다. 음악적이지 않은 사람은 그 무엇도 이해하지 못한다.

상징은 영혼의 음악을 각성시킨다. 세계가 우리 영혼에 접근할 때 항상 음악이 들려올 것이다. 영혼이 세계가 될 때, 음악은 세계의 밖에 있을 것이다. 만일 세계와 음악이 있는 거리에 영향을 미칠 수 있다면, 만일 마법이 가능하다면, 우리는 음악에 이르는 길을 알 수 있을 것이다. 무한히 강화된 영혼의 음악적 울림 — 이것이 바로 마법이다. 음악적으로 조율된 영혼은 매혹적이다. 음악에는 매혹이 있다. 음악은 우리에게 영원성의 매혹적인 물결이 흘러나오고 마법이 튀어나오는 창이 된다.

예술은 천재적 인식이다. 천재적 인식은 예술의 형식들을 확장한다. 우리는 *영원*과 그 영원의 시간적·공간적 현상을 연결하는 방법에서처럼 상징주의에서 플라톤적 이데아의 인식을 찾아볼 수 있다. 상징주의에서 예술은 이념을 표현하는 것이다. 모든 예술은 본질적으로 상징적이다. 모든 상징주의적 인식은 이념적이다. 인식의 특별한 양식으로서 예술의 과제는 영원히 변하지 않는다. 표현의 방식들만 변화해 왔다. 대립적인 것에 대한 논증으로 발전된 철학적 인식은 예술을 계시(啓示)에 의한 인식, 상징주의적 인식에 종속시켰다. 인식론의 변화에 따라 예술에 대한 태도도 변했다. 예술은 이제 더 이상 자족적 형식이 아니다. 예술은 공리주의에 도움을 호소할 수 없다. 예술은 이제 가장 본질적 인식인 종교적 인식에 이르는 길이 되었다. *종교는 순차적으로 전개되는 상징들의 체계이다.*⁹⁾ 이것이 종교의 일차적인 외적 정의이다. 예술의 상징들의 표현방식은 의식의 분수령을 넘는 것에 상응하여 변화한다. 이러한 변화의 성격에 주목할 필요가 있다.

고전예술의 특징은 형식의 조화이다. 이러한 조화는 통찰의 표현에 있어 절제의 흔적을 간직하고 있다. 괴테와 니체는 종종 같은 것을 이야기하는데, 괴테가 우연히 커튼의 귀퉁이를 들어 올려 심원을 드러낸 곳에서, 니체는 그 심원을 표면 위로 던져 현상적으로 표출하는 것을 집요하게 강조한다. 천재적 고전작품에는 두 가지 측면이 있다. 적당한 형식이 부여되는 표면과 그 내면이다. 내면에는 암시만이 존재하는데 이는 선택받은 소수만이 이해할 수 있다. 사건, 서술, 심리의 현상을 이해하는 것으로 만족하는 군중은 묘사되는 사건의 배후에 있는 그 내적 성격에 관심을 두지 않는다. 이러한 성격에 접근할 수 있는 사람은 많지 않다. 이것이 바로 고전예술의 가장 훌륭한 예가 되는 귀족주의이다. 이러한 예술은 일상성의 가면 속에서 그 비밀스러운 심원에 대한 군중의 침입으로부터 구원받는다. 그러한 예들은 원천과 깊이와 평면이 동시에 있다. 여기서는 대중도, 선택 받은 소수도 만족한다. 그러한 이중성은 비판철학의 이중성에서 필연적으로 파생되는 것이다. 이는 자신들의 상징이 합리주의나 공리주의 등 허황된 교리의 대상이 되기를 원치 않는 천재들의 기대에 반하여 형성되기도 한다. 여기에는 '*작은 것*'에 대한 경멸, 보지도 않고 칭찬하는 맹목적인 것에 대한 귀족적 아이러니, 선택받은 영혼에 대한 아부가 있다. 《파우스트》는 모두 이해할 수 있다. 모두 입을 모아 《파우스

---

9) 〔옮긴이〕 모든 예술의 종교성에 대한 지향은 벨르이의 문학적-미학적 저작의 일관된 테마이다. 벨르이는 자신의 모든 저작에서 "예술의 의미는 오직 종교에만 있다"고 말했는데, 실제로 예술의 상징적 본성과 그 종교적 본성에 대한 생각은 벨르이에게 동일한 것으로 나타난다.

트》가 천재적 예술작품이라고 말한다. 사실 《파우스트》의 신지학적 심원은 현대의 모든 심연의 애호가들, 즉 새로운 예술의 신봉자들에게도 종종 감춰져 있다. 그런데 이 신봉자들은 차라투스트라 속에서 심연의 침입을 이해하는데, 이러한 침입은 형상들의 윤곽과 사고의 명료함을 굴절시킨다. 이런 면에서 새로운 예술은 소수의 깊은 이해와 대중의 평면적 이해의 매개자로서 무엇보다도 민주적으로 나타난다. 새로운 예술의 과제는 형식의 조화가 아닌 정신의 심원을 정연하게 설명하는 것이며, 그럼으로써 고전예술이 등을 돌린 '작은 것'에 대해 생각하고 말하고 선언하도록 하는 것이다. 이러한 표현방법의 변화는 영원의 시간 속에서 인식은 불가능하지 않다는 인식론의 변화와 관련이 있다. 만일 그렇다면 예술은 영원을 보는 법을 가르쳐야 한다. 고전예술의 완벽하게 화석화된 가면은 찢어지고 떨어졌다. 깊은 관조가 깨진 곳을 따라 여기저기서 기어 나와 형상들을 흩뿌리고 형상들을 굴절시킨다. 왜냐하면 형상들의 상대성이 의식되었기 때문이다. 형상들은 인식의 방법으로 변화하지 어떤 자족적인 것으로 변화하지 않는다. 그 형상들의 사명은 심미적 감정을 일으키는 것이 아니다. 그 사명은 삶의 현상 속에서 그 예시적 의미를 보는 능력 자체를 발전시키는 것이다. 이 목표가 달성되면 형상들은 이제 아무 의미도 없다. 여기서 분명 가까운 미래에 도래할 새로운 예술의 민주적 의미를 이해할 수 있다. 그렇지만 이 미래가 현재가 되었을 때 인류에게 미래를 준비하게 했던 기존의 예술은 인류의 뒤를 따라 사라져야 한다. 새로운 예술은 덜 예술적이다. 그것은 표식이고 전조(前兆)이다.

예술의 표현방법은 순차적으로 변화한다. 현대의 예술은 그러한 변화 속에서 종종 길을 더듬는다. 많은 사람들이 이 길에서 벽에 부딪친다. 지하수가 외부로 분출되고 흙이 날린다. 그런 다음에야 태양이 수백만의 루비로 깨끗한 수정 물을 불태운다. 앞에 가던 사람에게 가혹할 필요가 없다. 우리는 바로 그들의 상처투성이 몸을 따라가고 있지 않은가. 고맙

고도 가련하구나! 모든 비난을 멈추어라! 그들 가운데 니체가 있다. 10)
그것은 마치 순교자의 머리 위로 가져간 우리의 손이 자동적으로 내려가
지 않는 것과 같다. 이때 가시 면류관으로 장식된 수염을 늘어뜨리고 준
엄한 이마의 죽음처럼 창백한 얼굴이 밝아지면서 갑자기 흴책하듯 고통
스럽게 고개를 끄덕인다. 마치 이 얼굴은 깊은 눈동자를 열고 명료한 눈
길로 분별력을 잃은 영혼을 통찰하려 하지 않는 것과 같다. 그것은 마치
'십자가에 못 박힌 디오니소스'의 자색 옷이 우리를 태우려 하지 않는 것
과 같고, 마치 그에게 아부하는 표범들이 갈기갈기 찢어지지 않으려는
것과 같다.

고인을 믿음의 시선으로 바라보아야 한다. 그래야 표범이 온순한 고양
이로 변한다. 그러나 그의 형상은 불멸의 먼 곳에서 우울하고 사색적인
눈길로 우리를 쳐다본다. 그의 어린아이 같은 눈길이 우리에게 어린아이
의 행복을 이야기한다. 쪽빛이 흐르는 어린아이의 하얀 섬을 이야기한다.

쉿! 그것은 신성한 무덤이다.

2

다이아몬드 무늬의 성좌는 검은 우주적 환각 속에서 움직이지 않는다.
이곳에서는 모든 것이 질주한다. 그냥 있는 것은 아무것도 없다. 지구는
태양 주위를 돌고 태양은 헤라클레스 성좌를 향해 달려간다. 그렇다면

---

10) 〔옮긴이〕 니체가 이렇게 예술 일반에 대한 중요성을 강조하는 이유는 니체 자
신이 삶 자체를 예술의 차원에서 바라보고 있기 때문이다. 니체는 철학의 궁극
적인 목적은 예술적 차원에 도달하는 것이라고 보는데, 그 이유는 바로 예술이
삶과 연관되어 있기 때문이다. 삶은 예술의 터전으로서, 우리가 살아가기 위
해 여러 가지 환상과 거짓이 필요하다는 사실은 예술과 삶을 동일한 차원에서
이해하게 하는 근거를 마련한다.

헤라클레스 성좌는 어디를 향해 달려가는가? 그것은 바닥없는 우주의 광란의 춤이다.

우리는 어디를 향해 날아가는가? 어느 공간을 가로질러 가는가? 우리는 날아서 떠나는가? 우리를 향해 맞은편에서 날아오는 자는 누구인가?

여기저기에서 황금빛 점들이 이상한 생각들을 확인하듯 하늘에서 점화된다. 그 점들은 지구라는 베일의 얇고 가벼운 주름들 속에 점화되고 타오른다. 타올랐다 꺼져간다. 그리고 날아간다. 지구에서 멀리 떨어진 무저(無低)에서 비존재(небытие)의 나라를 지나 날아간다. 그리고 수백만 년이 지나 다시 점화된다. 만나는 지인(知人)에게 "안녕하세요! 어디로 가십니까? … 영원성(Вечность)에 경배하십시오!"라고 외치고 싶어 한다. 이 모든 것이 도달하기 힘든 높은 곳에서 일어난다. 불꽃은 하늘에서 미끄러지며 대화의 끈을 놓지 않는다. 아마 무의지적 한숨이 가슴에서 터져 나올 것이다. 그 한숨만이 존재의 취약한 평면이 어디에 잠겨 있는지 영혼이 잊지 않고 있다는 것을 알려 줄 것이다.

그러나 맑은 하늘에 번개가 치고 공포에 젖은 사람들의 머리 위에 빛나는 선명한 진홍색 별이 몽롱한 불꽃으로 창백한 사람들을 비출 때, 그리고 그다음 조용히 한쪽으로 미끄러져 불꽃 조각들을 흩뿌릴 때, 사람들은 모두 소리칠 것이다. "운석이다! … 운석이 땅에 떨어졌다!" 그리고 모든 대화가 끊어질 것이다. 모두 느낄 것이다. 영원성의 침입이 너무 가까워졌다고, 영원성 앞에서 우리의 원칙은 너무 보잘것없다고, 그 원칙은 심연을 잠시 은폐할 뿐이라고 … 그리고 대화가 재개될 것이다. 그러나 모두 생각에 잠길 것이다.

니체가 바로 그러한 운석이었다. 그는 머나먼 불멸로부터 심연을 도입했다. 비록 친근한 욕설로 영원성으로 이탈하는 것을 묵인하지는 않지만 그래도 우리는 니체 이후 더욱 진지해졌다. 이제 우리에게는 예전과 같은 근시안적 순수가 없다. 만일 오늘 영원의 불꽃의 탄환이 우리에게 아주 가깝게 날아간다면, 영원의 위험에서 우리를 보호해 줄 것은 아무것도 없다. 니체의 지혜 이후 사람들에게는 어떤 지워지지 않는 새로운 성격이 남아 있게 되었다.

지혜는 3차원의 '푸른 감옥'에서의 유일한 탈출구이다. 인간은 세계로 성장했고 벌써 세계 이상의 곳을 두드리고 있다. 여기서 알 수 있는 것은, 증명으로 충전되고 끝까지 발화된 사상은 뚱뚱한 두꺼비를 연상시킨다는 것이다. 현자(賢者)는 통찰력 있는 다른 생각들에 끌릴 것이다. 그는 똑똑한 두꺼비보다 날아가는 제비를 선호할 것이다. 만일 제비가 쪽빛 하늘에 빠질 수 있다면, 두꺼비는 자신을 늪으로 인도할 것이라는 것을 그는 알고 있다. 푸른 하늘을 꿈꾸는 것이 늪을 꿈꾸는 것보다 낫다. 현자는 행복한 광대, 가장 예민한 광인(狂人)이다. 그는 현명함과 경박함을 결합시키지 못하는 사람들에게 중요하고 진지한 사람이다. 이제 그는 노인과 같이 굳은 자세로 있다. 현자는 산만하지만, 그것은 사상 때문이 아니다. 그는 자유롭게 생각한다. 그의 생각은 날아다닌다. 그것은 음악이다. 선택받은 소수에게만 현자로부터 무관심의 실크 커튼이 내려진다. 초인적 부드러움과 강한 위력의 표현은 번개처럼 반짝이는 얼굴에서 흔들거린다. 그런데 이 얼굴이 다시 굳어진다. 음악의 정신을 상실하지 않은 사람은 영원히 솟아오르는 분수이다. 이 분수의 물보라 속에서 해와 달이 비친다. 내면의 음악을 상실한 사람은 썩어 고인 웅덩이이다. 웅덩이 속에는 세균이 번식할 뿐 그 무엇도 비치지 않는다. 발화되는 관점의 내용에 대한 태도, 언어에 대한 영혼의 반주, 이것이 무엇보다 현자에게 중요한 것이다. 현자와 바보의 본질적 차이는, 바보는 지혜로운 것을 말하지만 어리석게 보이고, 현자는 어리석은 것을 말하지만 바보를 제외하고는 아무도 속지 않는다는 것이다.

니체는 이미 예전과 같은 의미의 철학자가 아니다. 그는 현자이다. 그의 상황은 상징일 때가 많다. 당신이 그를 얼마나 통찰했는지, 그의 어린아이 같은 눈동자 앞에 얼마나 많은 화강암의 벽이 녹았는지 아무도 모른다. 현실 자체가 투명하게 보이기 시작한다. 그것은 *피안*의 상자다. 당신이 니체에게 종교적 계시를 요구하기 시작하면서부터 그의 잘못이 시작된다. 종교적 계시는 올바로 전개된 상징들의 체계이다. 이것이 그 체계의 외적 정의이다. 만일 상징이 영원성을 향한 창이라면, 상징들의 체계는 모든 것이 논리적 형식으로 연관된 교조주의와 비판주의의 체계들처럼 연속적으로 보일 수 없다. 그것은 단일한 것의 다양한 측면을 밝혀주는 *일련의 단절적 형상들*이다. 니체에게 상징은 체계로 귀결되지 않는다. 한편, 그는 형식적-논리적 체계에 만족하지 않았다. 니체는 비판주의에서 상징주의로 이행했다. 이것이 바로 그의 인식의 방법들이 혼란스러운 이유이다. 그는 종종 똑같은 이야기를 다만 다른 언어로 이야기한다. 이것은 그의 사상을 더욱 모순처럼 보이게 했고 그의 운명에 모종의 빛을 흘렸다. 니체의 광기는 비판주의와 상징주의의 경계를 설정하지 못한 결과로 나타난 것은 아닌가? 비판주의는 눈부신 형상들의 침입과 함께 엄밀함과 명료함을 상실했다. 그 형상들은 생각을 집중하기보다는 여기저기 분산시켰다. 역으로, 지혜는 가치를 생산하지만 비판주의는 그 무엇도 생산할 수 없다. 그래서 도롱뇽처럼 선명한 색채가 니체의 사상을 금방 중독시킨 것 아닌가. 약이 독일 때가 있지 않은가.

니체가 주로 이용했던 형식은 아포리즘이었다. 아포리즘은 무엇이든 필요한 지평을 한눈에 조망하면서 부분들 간의 관계를 관찰할 수 있게 한다. 아포리즘은 작가와 독자가 가장 긴밀하게 소통하는 형식으로서, 이때 작가는 표현할 줄 알고 독자는 이해할 줄 안다는 것이 전제가 된다. 아포리즘은 독립의 길을 향한 문을 열고, 여기서 작가는 단지 이정표를 세울 뿐이다. 하나의 좋은 아포리즘에서 얻은 것이 두껍고 훌륭한 책에서 얻은 진주보다 더욱 많을 수 있다. 바닷속 해저에는 하나의 괴물만 숨어 있는 것이 아니다. 아포리즘은 출발점이다. 여기서 이미 길이 보인다.

비록 겉모습은 빈약해 보이지만 아포리즘에서 자신의 그물에 포획할 가장 좋은 방법을 발견하지 못하는 사람들은 순진한 것이다. 덫이 몇 킬로미터 밖에서도 보인다면 좋을 것이 무엇이겠는가. 아포리즘은 엄격한 사고에 비해 높거나 혹은 낮다. 문제는 아포리즘의 작가들이다. 사상의 아포리즘적 형상에 적이 많은 이유는 아포리즘적 설명의 대부분이 실패를 맛보았기 때문이 아닌가. 그들은 아포리즘을 광적으로 공격하면서 눈앞에서 자신이 만든 제품의 견본을 보아야 할 것이다. 외부에서 규정된 상징은 극단적으로 긴장된 아포리즘이다. 따라서 아포리즘은 상징으로 가는 다리가 된다. 니체는 이 다리를 통해 비판주의에서 상징주의로 건너갔다. 니체의 몇몇 아포리즘은 외면은 이성적으로 보이지만 그 알맹이는 상징적이다. 이것은 이상하지 않다. 천재적이고 광적인 인식은 형식의 확장을 통해 이성과 분리된다. 상징은 아포리즘의 이상이다. 니체의 아포리즘은 종종 결코 이상적이지 않다. 니체는 전천후 상징주의자가 아니다. 니체의 세계관은 체계적이라고 조건적으로 말할 수 있다. 이러한 체계성은 외적 현상이다. 그것은 내적으로는 상징이고 외적으로는 세계관이다. 그것들은 종종 일각의 분석에서 논증이 필요 없을 만큼 충분한 확신이 서는 것은 아니다. 당신은 그러한 세계관을 언급하면서 상징주의에서 철학으로 혹은 반대로 철학에서 상징주의로 이행한다. 상징주의로 향하는 모든 교리처럼 니체사상(Ницшеанство)을 이해하는 몇몇 지대가 있다. 그 속에는 이미 내면의 길이 있다. 우리는 니체사상을 이해하는 두 단계에 대해 가볍게 언급할 수 있다. 하나는 비극주의(трагизм)이고, 다른 하나는 테우르기즘(теургизм)이다.

우리가 현상에서 가면을 벗겨 낼 때 우리 발밑에는 심연이 펼쳐진다. 우리는 산 자와 죽은 자를 분리하는 심연에 경악한다. 우리는 존재와 환영의 차이에 경악한다. 우리는 수백만 킬로미터 멀리 외롭게 떨어진다. 심연은 극복할 수 없다. 현상의 거짓 껍질, 그리고 본질적인 것과 본질적이지 않은 것에 대한 판단은 심원과 만날 때 정신의 원기를 상실한다. 이렇게 심원은 떨리는 심장에 살며시 접근한다. 그리고 우리는 *저편*을 보면서 거꾸로 서 있다. 그리고 범상치 않게 드러나는 것에 경악하게 된다. 여태까지 잠들어 있던 정신의 괴물이 깨어나는 듯한 인상을 받는다. 매끄러운 바닷속에 하나의 괴물만 숨어 있는 것이 아니다. 카오스가 일어나기 시작한다. 그것은 처음에는 고양이의 울음소리, 그다음에는 원시력의 포효소리가 된다. 우리가 발견한 구멍에서 카오스의 회오리가 우리의 삶에 매몰된다. 우리는 낯설기 때문에 카오스처럼 보이는 본질에 대한 중압감을 견디기 위해 심연의 창에 인공의 장막을 친다. 그리고 우리는 심원을 덮는 태풍의 회오리가 얼마나 부풀어 오르는지 놀라서 바라본다. 여기에 우리의 드라마가 있다. 그러나 아무리 카오스에 장막을 쳐도 우리는 영원히 삶과 카오스의 경계에 있게 된다. 이러한 본질(디오니소스의 정신)과 외관(아폴론의 정신)의 혼합이 우리의 비극주의이다. 이것은 눈부신 빛이 시력을 빼앗고 눈동자에 어떤 동그라미, 즉 우리가 본질의 사실적 표현이라고 간주하는 괴물이 나타날 때 손을 눈으로 가져가는 동작이다. 우리가 눈에서 손을 떼거나 혹은 가면을 쓴 것을 다시 확인할 때, 즉 외관으로 돌아갈 때가 되었다. 그러나 한 번 본 것은 잊을 수가 없다. 그렇지만 외면할 수는 있다. 후자는 *우리 자신에게* 공포이고, 전자, 즉 심원으로 탈출하는 것은 *주변 사람에게* 공포이다. 양자의 공포 모두 염세주의와 비극주의, 비판주의와 상징주의 사이의 경계에서 우리를 감시한다.

이것이 니체사상을 이해하는 첫 번째 단계이다.

《차라투스트라》에 넘쳐흐르는 무지개의 색깔은 카오스의 탁한 파도 속에서 흔들거리는 색깔이다. 이제 화려한 거미줄이 수천 조각의 색동천으로 찢어지고 영원성이 이빨을 드러내며 웃는다. 영원성이 입을 벌리고 삼킬 것을 위협한다. 니체사상의 눈부신 황금, 정상을 향한 걸음은 타르타로스의 지옥에서 거인족을 부르는 오래되고 원시적인 그 무엇이다. 모든 니체사상은 차라투스트라의 '*조용한 시간*'을 탐닉하는 것으로 나타난다. 이때 그(он)도 아니고 그녀(она)도 아닌, 끔찍한 *그것*(оно)이 공포를 속삭인다: "우리는 무언(無言)으로 이야기했다. '당신은 아십니까, 차라투스트라?' 나는 두려움에 비명을 질렀다 … 그러자 우리는 다시 무언으로 이야기했다. '당신은 이것을 아십니다, 차라투스트라. 그러나 이것을 말하지 않는군요' … '그렇다, 나는 알고 있다. 그러나 이에 대해 말하고 싶지 않다' … 그러자 다시 무언으로 이야기했다. '당신은 원치 않으시는군요. 차라투스트라? 이것이 사실입니까? 고집스럽게 숨기지 마십시오' … ." 니체 자신은 인간을 고독한 아파트에 비유했다. 사람들이 문으로 밀려든다. 모르는 사람들이 문을 부순다. 이것을 친구들의 장난이라 생각하며 마지막 희망을 갖고 앉아 있던 사람은 소리치기 시작한다: "나는 너희들을 안다, 장난꾸러기들아!" 그리고 웃으려고 애를 쓴다. 여기서 니체는 묵시록의 별과 같다. 그 별에 대해서는 다음과 같이 말한다: "다섯 번째 천사가 나팔을 불었다. 그리고 나는 하늘에서 땅으로 떨어지는 별을 보았다. 그 별에게 무저갱11)을 열 수 있는 열쇠가 주어졌다. 별은 무저갱을 열었다"(〈요한계시록〉9장 1~2절). 이와 함께 니체는 날카로운 재치의 분수, 물결처럼 솟구치는 사고의 놀이에 열광했다. 이것은 정상에 있는 거인의 정상을 향한 도약이다. 샘물을 마시고 싶다면 목마른 입술을 물기에 적시라. 그런데 여기에는 거품만 부딪친다. 그 거품은 마실 수도 없고 그릇에 담을 수도 없다. 그것은 쉬쉬거리며 날아가 버린다.

그렇지만 만일 니체 앞에서 눈동자를 내리지 않고 그의 형상들의 원초적 무서움을 유지하고 있다면, 뜻하지 않게 신선한 바람, 벨벳처럼 부드

---

11) 〔옮긴이〕밑바닥이 없는 깊은 구렁, 즉 심연을 뜻한다.

럽고 울적하면서도 유연한 바람이 작은 희망이 되어 불어올 것이다. 카오스의 포효소리는 사각거리는 벨벳의 노래 위에 놓여 있다. 불로 태우고 파편을 던지며 용암에 빠뜨린다고 협박하는 것은 과거의 위협의 일면에 불과하다. 어떤 종류의 소리 없는 번개는,

> 귀먹고 말 못하는 악마들처럼
> 자기들끼리 이야기를 한다. 12)

니체의 철학에는 세 가지 이념이 지배적이다. 그것은 도덕적 법칙의 제약성에 대한 이념, 13) 초인에 대한 이념, 그리고 영원회귀에 대한 이념이다.

모든 종교에서 도덕적 법칙은 그 자체가 목적이 아니라 영원한 가치에 도달하기 위한 길이다. 도덕적 법칙을 실행하는 것은 자신과 주변사람들 속에서 목적(개성의 신격화)으로 인도하는 길(말하자면, 도덕)을 청소하는 것을 의미한다. 법칙은 축복으로 장식된다. 축복은 법칙의 충만함을 포함하고, 그 어떤 말하자면 초법적인 것을 갖고 있다. 여기서 모든 도덕과 접하는 선, 그리고 그 도덕을 운영하는 종교적 상징체계가 함께하게 된다. 도덕은 없다. 보다 높은 원칙에 종속된 도덕들이 존재할 뿐이다.

---

12) 〔편집자〕튜체프의 시 〈저녁 하늘이 음울하게 … 〉(Ночное небо так угрюмо …, 1865)에서.

13) 〔옮긴이〕이는 니체의 도덕 비판과 관련된 것이다. 니체에 의하면 선과 악은 보편적인 것이 아니라 특정한 상황과 사회에 의존적인 것이다. 이러한 선과 악은 그러한 특정한 사회를 유지하고 통합하는 기능을 한다. 따라서 니체에 의하면, 선과 악을 맹목적으로 추종하는 자는 사회의 유지와 통합을 위해 매진하는 전사가 될 수밖에 없다. 물론 여기서 전사란 사회와 그 사회의 공동선을 위해서만 노력하는 노예적 전사라는 부정적 의미이다. 이에 반해 니체는 사회의 전사가 되는 대신 스스로 가치를 정립할 수 있는 능력을 가진 자가 되기를 촉구한다.

기독교에서 그리스도가 없는 도덕은 아무 의미도 없다. 그리스도는 도덕을 구현한다. 사도 바울은 말했다. "율법은 미래의 축복의 그림자를 갖고 있다. 그것은 매년 꾸준히 똑같은 희생을 바치는 사물 자체의 형상이 아니다. 율법은 결코 그와 함께 지나가는 사람을 희생으로 바칠 수 없다." "그러나 시간이 충만했을 때 신은 당신의 아들을 보내셨다." "강림하기 전까지 우리는 율법의 보호 아래 유폐되어 있었다. 이렇게 율법은 우리를 그리스도에게 인도하는 안내자다. 신앙의 종말과 함께 우리는 이미 그 안내자의 지도를 받지 않는다"(〈갈라디아서〉). 사도 요한은 다음과 같이 말했다. "이제 우리는 신의 자식들이다. 그렇지만 우리가 앞으로 어떻게 될지는 아직 밝혀지지 않았다. 우리가 아는 것은 다만, 그것이 밝혀질 때 우리는 그분을 닮게 될 것이라는 점이다. 왜냐하면 우리는 그분의 있는 그대로의 모습을 볼 것이기 때문이다. 그분을 보고 싶은 사람은 모두 자신을 깨끗하게 하라. 왜냐하면 그분은 깨끗하기 때문이다"(〈요한 1서〉). 주님은 말씀하셨다. "승자를 나의 옥좌에 앉게 하겠다. 마치 내가 승리하여 아버지와 함께 옥좌에 앉았듯이 말이다"(〈요한계시록〉). 인간의 이중적 속성에 대한 분명한 의식에 있어 모든 도덕(мораль)은 현상적이다. 그것은 우리가 신으로 향하는 길, 그리스도의 자유가 절대적인 그 길을 끝까지 가리키지는 않는다. 기독교에서 도덕의 근원은 그리스도이다. 그리스도에 의해 모든 것이 규정되는 것이다. 니체사상에서 그것은 초인이다. 과거에는 그리스도가 존재했다. 따라서 우리에게는 도덕의 기준이 있었다. 미래에는 초인이 존재할 것이다. 따라서 그의 출현을 돕는 것은 도덕적인 일이 될 것이다. 이것이 바로 니체가 기독교와 결별한 근본적 원인이다. 니체의 도덕은 특별한 도덕이지만 그래도 그것은 도덕이다. 왜냐하면 그것은 가치의 재평가라는 사실 자체로써 가치의 존재를 상정하기 때문이다. 도덕은 가치의 존재를 향한 길이다. 양자의 도덕(기독교와 니체사상) 모두 도덕의 이름으로 신도 없고 길도 없는 도덕이론에 대립된다.

니체사상의 도덕에 대한 비판은 윤리의 문제를 **그리스도의 얼굴**(Лик Христа)과 **초인의 얼굴**(Лик Сверхчеловека)을 비교하는 것으로 이동시킨다. 이런 문제는 우리를 미묘한 심리적, 신비적, 교조적 심연에 빠뜨린다. *여기서 모든 신비주의의 비밀이 시작된다. 그것은 익숙한 준비태세와 신비적이고 심리적인 연구방법에 대한 사랑을 전제로 한다.*

✥

만일 반복되는 존재에 대해 스치는 생각과, 어떤 현상을 관조하면서 그것이 언젠가 존재했던 것 같은 아주 특별한 기분을 수 세기의 세월 속에 던져 버린다면, 영원회귀사상에 대한 논쟁은 의미가 없어진다.[14] 논쟁은 없다. 다른 한편, 영원회귀의 사상과 회귀할 수 없는 통행의 사상이 우리 존재의 두 가지 측면이라고 간주된다면, 우리 존재의 이 두 사상은 우리의 심리에 대해 똑같은 권리를 갖게 된다.

만일 직선이 회귀할 수 없는 통행을 상징한다면, 원은 영원회귀, 즉 '*회귀의 반지*'를 상징한다. 두 선은 서로 타원으로 연결되어 있다. 더욱이 직선에 따른 점의 길과 원에 따른 점의 길은 똑같이 무한한데, 특히 나의 원의 반경이 무한과 동등할 때 그러하다. 직선은 무한과 동등한 반경이 있는 원의 원주이다. 직선과 원이 혼합된 것이 나선이다. 직선으로 상징화된 것은 나선으로 상징화될 것이다. 상부에서 나선의 운동을 펼쳐 놓으면 직선에 따른 원의 운동을 찾을 수 있다. 그런데 만일 이 직선이 하부의 나선

---

14) 〔옮긴이〕 영원회귀(*Ewige Wiederkunft, eternal recurrence*): 니체의 사상 가운데 가장 난해한 것이다. 니체는 이 사상을 자신이 논리적으로 체계화한 것이 아니라 사상 자체가 자신에게 떠오른 것이었다고 표현했다. 영원회귀사상에 대한 입장 가운데 대표적인 것으로는 이를 형이상학적·우주론적 원리로 보는 입장과 도덕적 명령으로 보는 입장이 있다.

이라면 이는 반대로 직선과 원으로 분할될 것이다. 이렇게 끝없이 지속된 다면 직선의 다이어그램과 서로 얽혀 있는 반지의 대열을 얻을 수 있다. 바로 이 도식 속에 니체의 본능적 외침이 있지 않은가. "오, 어떻게 내가 영원성과 결혼반지를 욕망하지 않겠는가. 그 끝은 회귀의 반지이다!"

셰스토프는 영원회귀 사상과 관련하여 니체가 미처 말하지 못한 부분을 훌륭하게 강조했다.[15] 그는 니체사상의 광선이 모여드는 중심과 같은 이상적 상징을 말했다. 그의 모든 설명은 이러한 사상의 본능적 매력을 향한 다리일 뿐이다. 셰스토프는 회귀의 개념이 아닌 영원성의 개념에 방점을 찍어야 한다고 지적했다. 이렇게 영원회귀 — 영원성의 회귀 — 로 조명된 시대에 대해 마테를링크는 다음과 같이 말했다. "모든 자료에 따르면 먼 옛날 인도 역사에서 영혼은 삶의 외피에 근접했다. … 아마 우리의 영혼이 감정을 매개하지 않고도 서로를 볼 수 있는 때가 올 것이다." 영혼은 시간을 통과하는 나선의 여행에서 외피에 근접하는 시기들을 알아차릴 것이다. 즉, 주기적인 영원성의 회귀를 알아차릴 것이다. 그것은 '위대한 정오의 시간'이다. 이에 대해 사도 바울은 말했다. "시간이 충만했을 때 신은 당신의 아들을 보냈다"(〈갈라디아서〉).

이 세 가지 사상 — 니체의 상징들 — 은 무의식적으로 종교적이고 신비적인 문제들을 언급한다. 이렇게 혼란스러운 니체의 인식방법은 자신이 비판주의에서 던지는 다리가 어디로 향하는지 알지 못하게 했다. 니체는 다리 한가운데 서 있다. 그는 비판주의에서도, 어렴풋이 보이는 약

---

15) 〔편집자〕셰스토프의 저서 《도스토옙스키와 니체. 철학과 비극》〔Ф. Достоевский и Ницше. Философия и трагения (спб, 1903)〕을 염두에 둔 것이다.
   〔옮긴이〕셰스토프(Шестов, Л., 1866∼1938)는 러시아의 종교사상가이며 존재론 철학자이다. 인간 존재의 불합리성을 중심으로 한 '비극의 철학'으로 전통적인 철학에 대항했다. 그는 자신의 철학을 역설과 아포리즘으로 가득 채움으로써 이성의 강압과 독립적인 개인에 대한 도덕의 압제에 반대했다.

속의 땅 — 쪽빛 속 어린아이들의 섬 — 의 해안에서도 똑같이 멀리 떨어져 있다.

니체는 먼 거리의 프리즘을 통해 종교적 진리를 바라본다. 먼 거리는 진리를 변화시키고 환영을 창조할 수 있다. 니체는 환영에 반대하여 일어섰다. 그가 종교를 받아들인 이유는 종교를 차단하기 위해서였다. 16) 그는 영원한 가치에서 출발하여 영원한 가치를 향해 나아갔다. 원을 그리면서 다른 쪽에서 영원한 가치에 접근했다. 그는 신지학으로 방향을 바꾸었다. 그는 영원히 푸른 사원을 거부하고 영원성의 푸른 사원에 도달했다. 그리고 무의식적으로 사원 밑에 가장 강한 기반을 마련했다. 그는 낡은 교조주의를 거부하고 새로운 것을 창조하기 시작했다. 그리고 그의 미완성의 창작 속에서 예리한 눈동자는 똑같은 실루엣을 포착했다. 낡은 교조주의의 심원에는 '차안(此岸)의 작은 것'에 의해 진화적으로 발견되는 무한히 새로운 특징들이 유폐되어 있었다. "여기 새로운 모든 것을 창조하노라"는 〈요한계시록〉의 말씀이다. "승자에게 비밀의 만나를 맛보게 하겠노라. 그리고 하얀 돌을 주겠노라. 돌 위에 쓰여 있는 새로운 이름은 받는 사람 외에는 아무도 모르리라"(〈요한계시록〉). 17) 니체는 비밀의 만나를 먹고 싶었고 새로운 이름을 부르고 싶었다. 이 때문에 그는 분리되었

---

16) 〔옮긴이〕 니체의 종교 비판은 그의 니힐리즘(nihilism, 허무주의) 비판과 관계가 깊다. 니체의 니힐리즘은 부정적 니힐리즘과 수동적 니힐리즘, 그리고 긍정적 니힐리즘으로 나눌 수 있다. 부정적 니힐리즘은 기독교와 관련된 것으로, 이 세계의 가치를 부정하고 피안의 가치를 추구하는 경향을 말한다. 니체는 기독교의 이러한 가치전도를 바로잡고자 한다. 이에 비해 불교는 니힐리즘이기는 하지만 적극적으로 무엇을 주장하지 않는다는 점에서 수동적 니힐리즘에 해당된다. 수동적 니힐리즘은 니체가 말하는 긍정적 니힐리즘, 즉 가치창조 운동을 위한 기반을 제공하는데, 이런 면에서 니체는 기독교보다 불교를 더 긍정적으로 평가하는 셈이다.

17) 〔편집자〕 〈요한계시록〉 2장 7절.

다. 저속함에서 분리되면 될수록 그는 창조적이 되었다. 그러나 그는 먼지의 층 이면에 있는 영원한 진리를 보지 못했다. 우리는 영원한 진리를 받아들이며 비밀의 이름에 접근하게 된다. 니체는 비밀의 이름을 부르지 않았다.

종교적 교리는 이에 더하여 신의 계시를 체험하는 것에 집중한다. 기독교에는 이러한 체험 중에서 가장 중요한 것들이 모두 모여 있다. 기독교는 형식적 종합이 아니라 본질적 종합이다. 유럽 문화는 이런 고귀한 산물을 받아들였지만 종종 그 모든 무한한 상징들을 이해하지 못했다. 그리스도를 거부하거나 종교적 이해를 왜곡할 필요가 있었다. 많은 사람들이 자신이 이해하지 못한다는 것을 부정하고 진리를 거부했다. 바로 여기에 잘못이 있다. 그리고 바로 여기에 힘이 있다.

종교 문제에 대한 우리의 태도에 본질적인 변화가 일어나야 한다. 유럽 문화의 풍요로운 발전은 르네상스 시기 이교(異敎)로 회귀하는 순간부터 시작되었다. 한편, 이 문화는 점차 소멸되며 동양으로 눈을 돌렸다. 그러나 종교조차 인류를 만족시킬 수는 없는 것인가, 종교에 귀의하는 것은 절망의 징표인가. 아니면 종교적 진리의 이해에는 허점이 숨어 있는 것인가에 대한 물음은 아직도 남아 있다.

✼

블라디미르 솔로비요프는 예술로서 상징주의의 정점과 신비주의를 연결하는 것을 테우르기아라는 특별한 용어로 정의했다. "그들 속에 살 것이고, 그들 속을 걸을 것이며, 그들의 신이 될 것이다"라고 그리스도는 말했다. 테우르기아는 선지자들을 핍박하고 그들의 입속에 바위를 부수는 단어를 집어넣는다.

니체의 지혜는 비극주의보다 더 깊은 이해의 단계에 있는 것으로서 테우르기즘을 향한 갈망이라고 규정할 수 있다. 이러한 지혜의 개별적인 자리들은 테우르기즘을 통해 분명하게 보인다. 만일 상징주의에서 우리가 시간 속에서 영원한 것을 보려는 최초의 시도를 한다면, 테우르기아에서는 상징주의의 끝이 시작된다. 여기서는 이미 부활하는 개성의 변형을 통해 영원성의 구현을 이야기하는 것이다. 개성은 신의 사원이고 그 속에 그리스도가 살고 있다: "그들 속에 살 것이고, 그들 속을 걸을 것이다"(〈레위기〉 26장 12절).

쇼펜하우어는 기독교의 교리론을 전복했고 니체는 삶의 방식을 전복했다. 개성은 신성을 담는 그릇이고 교리는 끝없이 지속되는 길을 마감하는 원의 윤곽이라고 주장하면서, 그리고 니체사상의 정점과 단절되지 않으면서, 그러면서도 니체가 쇼펜하우어를 극복했듯이 내적으로 니체사상을 극복하려고 노력하면서, 기독교인-테우르그들은 성서에 언급된 *새로운 축복*의 소식이 도래하기를 희망한다. 수천 년 지속된 존재의 수수께끼에 대한 해답은 니체사상의 저편으로 이동한다. 지뢰 밑에 역지뢰가 설치되는 것이다. 그러나 여기에 공포가 있다. 정신이 사로잡히는 것이다. 니체 뒤에 절벽이 있지 않은가. 그렇다. 절벽 위에 선 절망감과 저차원적 사고로 회귀의 불가능성을 의식하면서 사람들은 기적의 비행을 바란다. 비행기구가 아직 완성되지 않은 상태에서 비행하는 것은 위험한 일이다. 얼마 전에 비행사 릴리엔탈이 사망했다.[18] 얼마 전에 우리는 많은 사람의 눈에 실패한 듯 보이는 비행을 보았고 또 다른 비행사의 죽음을 보았

---

18) 〔옮긴이〕 릴리엔탈(Lilienthal, O., 1848~1896): 독일 항공술의 선구자. 어릴 때부터 새가 나는 것을 보고 비행에 흥미를 가졌으며, 성인이 된 뒤로는 동생 구스타프와 함께 새의 날개 구조를 연구하고 그 결과를 《항공술의 기초로서의 새의 비행》(*Der Vogelflug als Grundlage der Fliegekunst*, 1889)이란 제목으로 출간했다. 자신이 설계한 글라이더를 타고 2천 번 이상을 비행했다. 1896년 비행 중 사망했다.

다. 그 비행사는 모든 문화의 릴리엔탈인 니체였다. 이에 본의 아니게 테우르그들의 기독교 이해가 주목을 받게 되었다. 혹은 이것은 마지막 소심함이 비겁함의 경계에 서서 도약하려는 것인가(왜냐하면 뿔 달린 돌 염소만이 심연으로 몸을 던지기 때문이다). 혹은 이것은 추락하는 순간 구원의 날개가 돋아나 인류가 역사 위로 도약할 것을 믿는 신개종자의 예언적 용기인가. 테우르그들의 과제는 어렵다. 그들은 니체가 멈춘 곳에서 걸어가야 하고 공중에서 걸어가야 한다. 이와 함께 그들은 존재의 문제에 대한 신지학적 해명을 고려해야 한다. 그들은 역사의 교회와 반대로 가서는 안 된다. 그때가 되면 아마 니체 자신도 도달할 수 없었던 니체적 비전의 지평이 가까워질 것이다. 그는 그 비전 앞에서 너무 많이 참았다. 그의 길은 너무 길었다. 그는 단지 피곤한 상태로 해안에 도착하여 행복한 마비상태에서 노을에 반사된 먹구름이 에메랄드 광선의 저녁 물결[19] 위로 질주하는 것을 관조할 수 있을 뿐이었다. 그는 단지 석양에 앉아서 이것이 불꽃 같은 황금 선박이라는 꿈을 꿀 뿐이었다. 선박은 항해하며 떠난다. "오, 나의 영혼이여, 너는 지금 무겁고 풍요롭게 서 있구나. 어두운 황금빛 송이의 포도나무는 너의 행복을 압박하는구나. 보라, 나는 웃고 있다. 통나무 배, 황금빛 기적이 조용하고 우울한 바다를 질주하지 않는 한"(《차라투스트라》).

니체는 푸른 바다로 항해를 떠났는가? 우리의 지평에 그는 존재하지 않는다. 그와 우리의 관계는 끊어졌다. 그렇지만 우리는 해안에 있고, 황금빛 선박은 여전히 발밑에서 철썩거린다. 우리는 선박을 타고 항해를 떠나야 한다. 우리는 항해하며 쪽빛 속에 잠겨야 한다.

---

19) 〔편집자〕 에메랄드 광선의 저녁 물결: 〈요한계시록〉에서 에메랄드는 신의 사도를 둘러싼 무지개를 언급하는 것이다: "… 그리고 사도 주위의 무지개는 에메랄드 모양과 유사하다"(〈요한계시록〉 4장 3절).

우리 중 어떤 사람들은 고대의 황금이 태양의 이름으로 타올랐던 과거에 주목했다. 그들의 눈동자 속에 태양이 질주한다. 아마 그들은 타 버린 황금을 추모할 것이다.

> 에테르는 황금빛으로 빛난다. 20)
> 그리고 희열 속에 소실(燒失)된다.
> 매끄러운 태양의 방패가
> 바다 위에 앉아 있다.
> 그리고 태양에서 바다를 향해
> 황금빛 혀를 날름거린다.
> 도처에서 주홍빛 그림자가
> 우수의 물방울 속에서 튀어 오른다.
> 흔들리는 태양의 세포 속에서
> 깎아 세운 바위더미가 일어섰다.
> 태양이 앉아 있다. 해조(海鳥)의 비명이
> 흐느낌으로 가득 찼다.
> 태양의 아이들이여! 냉정한 차가움이 되풀이된다.
> 태양이 저문다.
> 황금빛, 그 옛날의 행복이 저문다.
> 황금빛 양모가 저문다.

다른 사람들은 비행의 기적을 끝없이 믿으면서 이렇게 대답할 것이다.

> 아르고호의 용사들은21)

---

20) 〔편집자〕〈에테르는 황금빛으로 빛난다 … 〉: 벨르이의 시집 《황금 양모》(Золо-
тое руно, 1903)에 등장하는 첫 번째 시이다. 4행시의 행간을 나누지 않았고
마지막 연은 생략한 채 인용되었다.

21) 〔편집자〕〈아르고호의 용사들은 … 〉: 벨르이의 연작시 《황금 양모》에 등장하

태양의 잔치에 부르며
황금빛 세상을 향해 나팔을 불었다.
여기를 보시오, 여기를,
고통은 충분하오.
태양의 천으로 만든
갑옷을 입으시오!
하늘은 온통 루비 속에 잠겼다.
둥근 태양은 잠들고
하늘은 온통 루비 속에 잠겼다.
우리의 머리 위에서
산의 정상에서
우리의 아르고호는
우리의 아르고호는
날아갈 준비를 하며
황금빛 날개를 파닥거린다.

는 두 번째 시(〈하늘이 불길에 둘러싸였다 … 〉)를 작가가 변형한 것이다. 벨르이의 《단시와 장시》(Стихотворения и поэма, Л. , 1966, C. 75)와 비교하라.

상징주의*

19세기 말에는 일련의 새로운 문제들이 차례로 제기되었다. 특히, 예술, 도덕, 종교와 관련된 문제들이 급진적으로 제기되었다.

얼마 전에 등장한 가치의 재평가는 문학적 삶의 지평에서 협소한 유물론과 자연주의(натурализм)에 대한 반란을 표현했다. 확실히 그것은 자연파의 한정된 교리에 대한 반란을 표현했다. 그러나 새로운 문학 유파는 결코 합리주의(рационализм)에 호소하지 않았고, 심지어 이상주의(идеализм)에 호소하지도 않았다. 사실 그 속에는 이상주의를 향한 폭발이 있었다. 몇몇 문제는 고전파와 일치했다. 새로운 예술학파가 더욱 많이 통과한 것은 낭만주의 바람이었다. 그렇지만 창조의 형상과 창조의 형식 속에 각인된 몇몇 특징들은 모두 낭만주의 전통에도 자연파의 전통에도 접근하지 않는다. 예전의 흐름과 구분되는 새로운 예술의 흐름은 상징주의로 정의된다.

고전주의 작품에서 상징주의를 찾으려는 시도가 있었다. 반대로 낭만주의에서 상징주의를 추구하려는 시도가 있었다. 새로운 예술은 신고전

---

* 〔편집자〕〈키예프 사상〉(Киевская мысль, 1909. 7. 12)에 처음 발표되었다. 벨르이의 《아라베스크》 241~248쪽에 수록되었다.

주의, 혹은 신낭만주의, 혹은 신사실주의로 정의될 수 있다. 사실 우리는 상징주의의 대표작가들에게서 사실주의, 고전주의, 낭만주의적 특성들을 만날 수 있다. 또한 현대 예술가들의 뛰어난 작품들이 예전의 뛰어난 전통에 충실한 것도 사실이다. 그러나 만일 우리가 이를 인정한다면 우리는 과거의 예술과 현대의 예술을 구분하는 경계를 허무는 것이 된다. 현대의 예술은 이 모든 예술을 상속받으면서 가까운 과거와 우리 시대 사이에 놓인 넘지 못할 경계에 대한 의식을 고취시킨다. 현대의 예술은 세계관의 깊은 위기의 상징이다. 우리는 인류 발전의 장대한 두 시대의 경계에 서 있다는 것을 희미하게 예감한다.

현대의 예술은 미래를 지향한다. 그러나 그 미래는 우리에게 보이지 않는다. 우리는 새로운 인류가 태동하는 소리에 귀를 기울인다. 우리는 죽음과 부패의 소리에 귀를 기울인다. 우리는 사자(死者)들이다. 우리는 낡은 삶을 분해한다. 그러나 우리는 아직 새로운 삶으로 탄생하지 않았다. 우리의 영혼은 미래를 배태(胚胎)하고 있다. 우리의 영혼 속에서 부활과 퇴행이 투쟁을 벌이고 있다.

우리가 가차 없이 잔혹한 조건에서 인류의 삶과 죽음에 관한 문제를 제기할 때, 그 문제를 우리 삶의 지향의 중심으로 설정할 때, 만일의 삶과 만일의 죽음에 대해 확고하게 "예"라고 말할 때, 이때에야 비로소 새로운 예술이 원동력에 접근할 수 있다. 새로운 예술의 상징들의 내용은 부활한 인류의 죽음에 대한 궁극적 승리이거나 혹은 빛이 없는 어둠이나 분해, 죽음이다.

현대예술의 뛰어난 대표자들은 삶 또는 죽음에 대한 결정적인 예언자들이다. 그들 중 일부는 삶과 싸우고 다른 일부는 죽음과 싸울 수 있다. 그렇지만 그들 모두 안온한 중간은 싫어했다.

이런 점에서 그들은 이전 시대와 확연히 구분된다. 그들은 모든 종류의 '그렇지만'이나 '비록, 한편', 그리고 무엇보다 '한편 이렇지만, 다른

한편'이라는 것을 부정한다. 그들의 머리 위로 창작의 삶과 필연적 죽음에 대한 *정언명령*[1]이 울려 퍼진다.

우리는 황혼의 세계에 살고 있다. 그것은 빛도 아니고 어둠도 아닌 회색 어스름의 세계이다. 그것은 태양이 비치지 않는 낮이거나 혹은 완전히 캄캄한 밤이다. 승리한 삶의 형상은 죽음의 형상과 마찬가지로 우리 의식의 내용 속에 포함되어 있지 않다.

현대의 예술가는 삶의 충만함 혹은 죽음의 충만함을 재창조하면서 상징을 창조한다. 색채를 농후하게 하거나 미증유의 생생한 배합을 창조하는 것은 미래(삶 혹은 죽음)를 위한 투쟁의 *정언명령*이다. 현실에 대한 이러한 태도는 중간의 체험을 하는 사람들에게 비현실적으로 보인다. 그들은 '*인류가 죽느냐 사느냐*'의 문제가 현실이라는 것을 감지하지 못한다. 그들의 삶에 대한 태도에서 내적 사실주의는 없다. 그들은 자신의 영혼 속에서 미래의 소리에 귀 기울이지를 못한다. 그들은 환상가이다.

그들의 이러한 내적 환상주의(иллюзионизм)는 그들 주위의 삶의 중간 흐름과 자연스럽게 어울린다. 여기서는 아직 결정적인 "*그렇다*"나 결정적인 "*아니다*"가 인류에게 울리지 않는다. 그들은 삶의 외피를 해체하는 원인이 이 외피 이면에 있다는 것을 이해하지 못한다. 그들은 사건 이후(*post-factum*)를 사건 이전(*prius*)으로 받아들인다.

이것이 바로 그들이 현실에 대한 자신의 표상이 환상주의라는 것을 금

---

1) 〔옮긴이〕 정언명령(*categorical imperative*) : 칸트가 자신의 실천철학에서 사용하는 용어로 '가언명령'(*hypothetical imperative*)과 대립하는 개념이다. 가언명령이 특정한 조건이나 상황에 의존해서만 효력을 갖는 명령이라면, 정언명령은 모든 상황이나 조건과는 상관없이 효력을 갖는다. 칸트는 이 정언명령이 인간으로 하여금 도덕법칙의 궁극적 목적(인격)에 따라 행위를 하게 만드는 역할을 한다고 보았는데, 그 가장 기본적인 형식은 다음과 같다: "네 의지의 준칙이 보편적 입법원리에 맞게끔 행위하라." 이와 같은 정언명령의 형식에 부합하는 구체적인 도덕적 명령의 예로는 "살인하지 말라"와 같은 규범이 있다.

방 의식하지 못하는 이유이다. 이것이 바로 그들이 삶에서 분리되었다고 상징주의자들을 질책하는 이유이다. 그들이 삶이라고 이해하는 것은 빛도 아니고 어둠도 아닌 회색 어스름의 황혼일 뿐이다.

이것이 바로 상징주의가 진정한 사실주의와 대립하지 않는 이유이다. 그리고 상징주의자들은 주위의 외관의 사실주의를 어떤 충만한 가능성이 반영된 것으로 간주했다. 주위의 삶은 인간의 생생한 힘과 운명과의 투쟁이 창백하게 반영된 것이다. 상징주의는 빛도 어둠도 모두 더욱 깊게 한다. 상징주의는 가능성을 사실로 변화시키고 그것에 존재를 부여한다. 이와 함께 예술가는 상징주의에서 특정한 전사(삶이나 죽음을 위한)로 변화한다. 충만한 가능성이 비현실적인 것은 그것이 구현된 것과 모순될 때뿐이다. 예술가는 형상 속에서 삶과 죽음의 충만함을 구현한다. 예술가는 외관의 형상 자체의 모습을 변형시키지 않을 수 없다. 그 형상 속에서 삶과 죽음이 연관된다. 변화된 모습의 형상이 바로 상징이다.

그러나 삶과 죽음의 충만함은 이중으로 드러나고 예술가 자신의 체험에서 울림을 갖는다. 그리고 반대로 외관의 형상은 예술가에게 충만함에 대한 욕구를 고취시킬 수 있다. 이런저런 경우에 상징주의 예술가는 형상을 체험으로 가득 채우고 그것을 자신의 창조로 실현해야 한다. 이렇게 실현된 형상이 바로 상징이다. 그렇지만 상징이 구현되는 방법은 다양하다. 첫째, 체험은 형상을 야기한다. 둘째, 형상은 체험을 야기한다. 첫번째 경우에 외관의 형상은 체험에 흡수된다. 외관의 형상 자체는 체험을 전달하는 방편일 뿐이다. 그러므로 형상의 형식은 자유롭게 변화되고 형상들 자체는 자유롭게 결합된다(환상). 이것이 상징주의의 낭만성이고, 이것이 바로 상징주의를 신낭만주의로 부르는 근거가 된다. 두 번째 경우 체험은 외관의 형상과 연관되어 있다. 체험 자체는 형상의 모습을 변화시키는 방편일 뿐이다. 그 형식의 요소는 표장이다. 표장은 형상의 상징적 성격을 지시한다. 그리고 형상의 구현형식(예술의 기교)이 형상 자체에 관계되면서 그 몸통을 형성하는 한, 형식의 문제는 일차적 의미를 갖기 시작한다. 여기에서 상징주의와 그리스 로마의 고전예술의 관계가 생겨난다. 여기에서 고대 그리스의 문화유산에 대한 상징주의자들의 관심, 라틴과 그리스 시인들의 부활, 세계적 문학 천재들의 리듬, 스타일, 언어적 기악법의 연구가 생겨난다. 이것이 바로 상징주의를 신고전주의라고 부를 수 있는 근거가 된다.

상징주의에는 항상 사실주의적 요소가 존재한다. 상징주의에는 항상 낭만성과 형식에 대한 숭배가 존재한다. 그 결과 상징주의는 세 개의 본질적인 슬로건을 문학에 남겼다. 즉, ① 상징은 언제나 현실을 반영한다. ② 상징은 체험에 의해 변형된 형상이다. ③ 예술적 형상의 형식은 내용과 분리될 수 없다.

상징주의 예술가에게 현실이란 감촉할 수 있는 가시적 현상과 일치하는 것이 아니라 마치 그 일부인 것처럼 현상 속으로 들어가는 것이다. 그러므로 상징주의의 교리는 항상 예술에서 소박실재론(素朴實在論)2)의 협소하고 진부한 도그마에 대한 항거로 시작된다. 학문에서 소박실재론은 이미 존재하지 않는다. 3) 더욱이 이론물리학4)은 오래전에 현상의 실

---

2) 〔옮긴이〕소박실재론(*naive realism*) : 철학의 인식론 분야에서 사용되는 개념으로 인식주체의 감각에 의해 지각되는 외부세계의 모습(*image* 혹은 *repre-sentation*)이 있는 그대로의 대상세계의 모습과 일치한다고 믿는 것이다. 엄격히 말하자면 이는 철학적 입장이라기보다는 사람들이 일상생활에서 갖고 있는 상식적 태도라고 할 수 있는데, 이런 의미에서 '상식적 실재론'(*commonsense realism*)이라고도 불린다.

3) 〔옮긴이〕이 말은 과학에서도 이미 단순한 자료나 실험만으로는 어떠한 성과도 이룰 수 없음을 말한다. 과학에서 중요한 것은 그러한 자료나 실험을 가능하게 만드는 이론적 가설이며, 그 이론적 가설이 비로소 과학법칙이나 이론을 성립하게 만들어 준다고 할 수 있다. 이를 핸슨(Hanson)의 말을 빌려 표현한다면, 과학에서 이루어지는 행위란 '이론 의존적 관찰'(*theory-laden observation*)일 수밖에 없다는 것이다.

체로서의 물질을 무효화했다. 교양 있는 학자들은 모두 이것을 알고 있다. 그러나 언젠가 깨졌던 학문적 교리의 파편들이 예술에서는 아직도 우세하다. 예술이론가도 예술비평가도 모두 과학적 세계관의 수준이 아닌 경우가 종종 있다. 이 때문에 그들은 상징주의에 대항하여 무장을 하고, 때로는 건강한 창작본능을 억압한다. 이 때문에 예술에서 '*사실인 것처럼 보이는*' 사실주의의 독점에 대항하는 것이 새로운 예술의 특징적 성격으로 나타나는 것이다. 상징주의자들이 *사실주의*를 부정하지 않았다는 것은 말할 필요도 없다.

상징이 체험에 의해 실현된 형상이기 때문에 상징주의자들은 상징의 세 가지 원칙을 지적했다. 모든 상징은 'abc'의 삼위일체로 되어 있는데, 여기서 'a'는 분리될 수 없는 창조의 단일성으로서 다른 둘도 여기에 합류한다('b'는 소리, 물감, 단어 속에 구현된 자연의 형상이다. 'c'는 소리, 물감, 단어 등의 재료를 자유롭게 배치하는 체험으로서 이 재료가 체험을 완전히 표현할 수 있게 한다). 여기서 자유는 마음대로 하는 것이 아니라 창조의 규범에 종속될 뿐이다. 그 규범은 외부에서 주어지는 어떤 법칙이 아니라 자신의 목적을 실현하는 것이다. 이때 창작은 때로 이상적일 것, 이런저런 경향을 표현할 것, 혹은 반대로 아무 경향도 표현하지 않을 것 등의 명령을 받는다. '*예술을 위한 예술*'의 경향은 '*당파투쟁의 수단으로서의 예술*'의 경향과 마찬가지로 상징주의 예술가에게 부끄러운 일이다. 그래서 당파적 예술의 대표자들은 '예술을 위한 예술'의 대표자들처럼 모두 똑같이 상징주의의 교리에 적대적으로 부딪치는 것이다.

---

4) 〔옮긴이〕 이론물리학(*theoretical physics*): 실험물리학에 대응하는 것으로, 여러 가지 실험에서 얻은 사실이나 경험적인 법칙을 토대로 원리 또는 가설을 세워 더 많은 사실을 포괄하는 이론적 체계를 만드는 것을 목적으로 한다. 그 결과의 타당성은 이론에서 예상되는 현상에서의 실험적인 검증가능성의 유무에 따라 결정된다.

끝으로, "*예술 창조의 형식은 내용과 분리되지 않는다*"는 테제의 의미는 다음과 같다. 즉, 창조의 형상이 상징이라면 그 상징의 형식에는 이미 내용이 반영되어 있다. 그 내용은 삶과 파괴의 충만함의 체험이다. 모든 상징주의 예술가의 전제는 인류가 운명적 경계에 서 있다는 것, 삶과 언어, 의식과 무의식의 이분법이 극단에 이르렀다는 의식을 체험하는 것이다. 이 이분법의 출구는 죽음 아니면 새로운 삶의 형식 속에서 모순의 내적인 화해뿐이다. 예술의 원시력은 이 모순의 무게와 미지의 조화의 예감을 보다 충만하고 보다 독립적으로 반영한다. 이 때문에 예술은 현재 인류를 구원하는 주요 요소가 되는 것이다. 예술가는 미래를 설파한다. 그의 교리는 이성주의적 교리가 아니라 자신의 내적인 '나'의 표현에 있다. 이 '나'는 미래를 향한 길이며 지향으로서 그 자체가 우리를 기다리는 운명적 상징인 것이다.

이러한 체험에서 탈피하여 예술가는 그 체험들을 형식 속에 각인시키려 한다. 이때 소리, 물감, 단어의 재료가 형식이 된다. 단어 속에 각인된 예술적 형식은 죽은 재료의 세계와 웅변적으로 반영된 충만함의 세계 사이에 놓인 다리가 된다. 형식을 부여받은 재료가 형상이다. 예술가가 재료의 배치, 스타일, 리듬, 묘사방법 등을 우연히 선택하는 것은 아니다. 이러한 요소들을 결합하는 것이 바로 창조과정의 본질이 된다. 내용은 그것을 비껴가는 것이 아니라 그 속에 내포되어 있다. 형식 속에서 예술가의 개성을 연구하면서 우리는 창조적 영혼의 형언할 수 없는 깊이를 연구한다.

바로 이 때문에 상징주의 예술가들이 형식을 최우선적 과제로 설정하는 것이다. 여기서 말하는 것은 죽은 아카데미즘이 아니다. 형상의 내용을 자신이 구성하는 재료 속에 보다 심오하게 구현하고자 하는 예술가의 지향이다.

이것이 상징주의의 세 가지 기본 공식이다. 현대예술의 상징주의는 고전주의나 낭만주의를 부정하지 않는 것처럼 사실주의를 부정하지 않는다. 상징주의는 다만 고전주의, 낭만주의, 사실주의가 동일한 창조원칙을 지닌 세 가지 현상이라는 것을 강조할 뿐이다. 이런 의미에서 모든 예술작품은 상징적이다. 지금은 모두 이 사실을 인정한다. 루나차르스키[5] 조차도 ….

그렇지만 잊지 말아야 할 것이 있다. 그것은 상징주의 문학 유파가 이러한 예술의 슬로건을 새롭게 제시했다는 것이다. 그렇다면 새로운 상징주의자들은 모든 예술의 상징주의에 대해 어떤 태도를 취하는가?

19세기 문학사에서 상징주의의 본질적인 세 가지 측면(고전주의, 낭만주의, 사실주의)의 출현은 더 이상 기술할 필요가 없다. 이에 대해서는 모든 문학사가 충분히 말하고 있다. 문학사에서 괴테는 고전주의자, 바이런은 낭만주의자, 졸라는 사실주의자로 간주된다. 상징주의 예술의 세 가지 측면의 진화는 고전주의, 낭만주의, 사실주의 문학 유파의 진화 속에 합류했다.[6] 그래서 어떻단 말인가? 고전주의자인 괴테는 《파우스트》2장의 심오한 상징으로 자신의 창조를 장식했다.[7] 《파우스트》의 상

---

5) 〔옮긴이〕 루나차르스키(Луначарский, А. В., 1875~1933) : 소비에트 러시아의 작가, 정치가, 사회평론가, 문학비평가. 러시아 혁명에 적극적으로 가담했고, 소비에트 시기 당과 정부에서 문화, 예술 분야 간부로 활동했다. 그는 유물론에 입각한 프롤레타리아 예술문화 창조를 주창했는데, 그런 의미에서 언급되고 있다.

6) 〔옮긴이〕 여기서 벨르이는 세계 문학사에서 고전주의, 낭만주의, 사실주의가 진정한 창조와 깊은 감성 면에서 상징주의와 연관되어 있음을 괴테, 바이런, 졸라의 창작을 각각 예로 들어 설명하고 있다. 이로써 벨르이는 상징주의가 결코 아방가르드 예술양식이 아니라 오히려 역사적으로 존재하는 세계의 모든 문화의 후계자임을 입증하는 것이다.

7) 〔편집자〕 괴테의 비극 《파우스트》2장에서는 상징적이고 알레고리적인 성격의 에피소드가 1825~1831년에 씌어진 1장의 일상적 장면의 구체성을 대신한다(1830년에 벌어지는 엘레나와의 에피소드는 예외).

징주의는 심오하고 관조적이다. 그것은 일반적으로 인류 발전의 상징주의에 대해 말하고 있다. 낭만주의자인 바이런은 심오하고 상징적인《만프레드》(Manfred)를 우리에게 선사했다. 8) 그리고 사실주의자인 졸라는 창조 말기에 상징적인 3부작《루르드-로마-파리》를 창작했다. 9) 그렇지만 그의 상징들은 인류의 미래를 말하는 데 너무 추상적이다.

이 세 유파는 모두 그 발전의 정점에서 상징주의로 향했다. 여기서 인간과 인류의 운명이 형상으로 나타나는 것이다.

문학 유파로서 상징주의는 보들레르, 니체, 그리고 입센에서 시작되었다. 니체와 입센은 상징주의에 도달하지 않은 상태에서 상징주의를 떠났다. 보들레르는 편지를 쓴 기법으로 보아 고답파(高踏派) 10) 와 절연하지 못했다. 입센은 사실주의와 절연하지 못했다. 니체는 평생 낭만주의자였다. 11)

---

8) 〔편집자〕바이런의《만프레드》(1816~1817)는 철학적 상징적 서사시이다.

9) 〔편집자〕《루르드-로마-파리》는 에밀 졸라(Zola, E. F., 1840~1902)의 3부작《세 도시 이야기》(Les Trois Villes)를 일컫는다. 이는 세 편의 소설《루르드》(Lourdes, 1894),《로마》(Rome, 1896),《파리》(Paris, 1898)로 구성되어 있다.

10) 〔옮긴이〕고답파(école parnassienne): 그리스 신화의 아폴로와 뮤즈가 살았다는 파르나소스산에서 딴 명칭이다. 1866년에 출판업자인 르메르가 르콩트 드 릴, 맹데스, 프뤼돔, 에레디아, 코페 등의 시를 모아《현대 고답시집》(Le Parnasse Contemporain)이라는 사화집(詞華集)을 출판한 후부터 이들 시인을 고답파라 부르게 되었다.

11) 〔옮긴이〕사실 니체가 자신의 철학적 작업 초기에 바그너에 심취하면서 낭만주의적 경향을 보이기는 했지만 그러한 시기는 얼마 되지 않으며, 이후 니체는 계속해서 바그너적인 낭만주의에 대해 비판적 입장을 견지했다. 후에 일관적으로 보여준 관점을 통해 본다면, 니체는 철저히 반(反) 낭만주의에 가깝다고 보는 것이 더 설득력이 있을 것이다. 그럼에도 벨르이가 니체를 평생 낭만주의자라 한 것은 그가 상징주의에까지 도달하지 못했음을 강조하려 한 것으로 이해할 수 있다.

그렇지만 세 사람 모두를 연결하는 그 무엇이 있다. 당대의 공식 비평가들이 세 사람을 모두 거부했다는 것이다. 그리고 세 사람은 모두 사회에 의해 거부당했다.

이 세 사람은 모두 인류의 심각한 위기를 지적했다. 세 사람 모두 타협을 거부했다. 보들레르는 개성이 분열하는 심원을 묘사했고, 이러한 형상으로써 낡은 삶의 파괴와 죽음의 그림을 그렸다. 니체와 입센은 미래로 불렀다. 니체는 새로운 인간을 예감했다. 그는 마치 이 새로운 인간의 얼굴을 본 것 같았다. '초인'은 그가 창조한 '성상'(聖像)이다. 니체는 그에게 기도했다. 입센은 '영혼이 통치하는 세 번째 왕국'을 선포했다. 그는 벌써 이 왕국이 가까워졌다고 설파했다.[12]

세 사람 모두 관조의 상징주의를 행동의 상징주의로 변화시켰다. 이후부터 설교의 정신이 새로운 예술 위에 무의식적으로 흘러넘쳤다. 형상들이 스스로 설교했다. 형상들은 낡은 삶의 죽음(그 악마주의)을 웅변적으로 그리거나 인류의 부활을 예감하는 장면을 그렸다. 인류 정신의 변형 가능성의 사다리가 19세기 천재들의 형상 속에 그려져 있다. 최근의 상징주의적 흐름은 자신의 형상으로써 우리가 이미 변형되고 있다는 것을 보여 준다. 우리는 낡은 것에서 새로운 것으로 변용되고 있다. 어떤 사람들은 우리가 죽음을 향해 변용되고 있다고 말한다. 다른 사람들은 대답한다. "아니오, 우리는 삶을 향해 부활하고 있소."

현재 인류의 전위부대는 예술의 형상으로써 자신을 둘러싼 죽음의 수수께끼와 싸우고 있다.

---

12) 〔옮긴이〕앞서 언급했듯 니체가 말하는 초인(혹은 위버멘쉬)은 기존의 인간의 모습을 탈피하고 극복한 인간의 유형을 말한다. 그러나 초인은 초월적인 신과 같이 숭배의 대상이 아니라 이 세계 안에서 직접 실현되어야 하는 인간형이라 할 수 있다. 그런 의미에서 니체는 초인의 의미를 대지라고 말한다. 여기서 대지란 기독교적인 초월적 신성의 대립적인 상징으로 나타난다.

현대의 상징적 흐름이 모든 예술의 상징주의와 구별되는 것은 그것이 두 시대의 경계에 위치한다는 것이다. 분석의 시대는 상징의 흐름을 마비시키는 저녁놀이다. 이제 새날의 여명이 그것에 생명을 부여한다.[13]

---

13) 〔옮긴이〕 니체의 저작 《아침놀》(*Morgenröthe*, 1881)을 연상시킨다.

제 2 부

✖

상징주의

문화의 문제*

문화란 무엇인가라는 문제는 현대의 문제이다. 이는 문화의 의의를 논의하는 것이 아니라 문화와 관련된 이런저런 문제들의 정립을 논의하는 것이다.

얼마 전까지만 해도 '문화'의 개념은 널리 알려진 개념처럼 관습적으로 사용되었다. 모두에게 잘 알려진 것으로서의 문화에 대한 언급이 사회평론적 기사들만 장식하고 있는 것은 아니다. 학술논문들도 문화에 대한 언급으로 장식되어 있다. 사실 수많은 사상가들이 이미 문화의 개념 자체의 심대한 복잡성을 지적하였다. 오늘날 이론적 사유의 흐름 속에서 그 무게중심은 문화의 문제로 이행하고 있다. 철학사와 역사철학 분야에서도 그와 똑같은 일이 벌어지고 있다. 예술에 있어서도 우리는 유사한 현상을 목격할 수 있다. 문화는 어제까지 분리되어 있던 사유의 흐름들이 만나고 교차하는 장소가 된 것이다. 여기서 미학은 철학과 만나고, 역사는 민속학과 만나며, 종교는 사회성과 충돌한다. 문화란 무엇인가를 보다 분명하게 정의해야 할 필요성이 증대하고 있다. 오늘날까지 우리가

---

* 〔편집자〕 벨르이의 《상징주의》(Символизм, M., 1910, 1~10)에 처음 발표되었다. 이 논문은 1909년 9월 논문집 《상징주의》를 위해 특별히 쓰였다.

관습적인 사고 속에서 문화의 문제와 부딪히는 것은 정의할 필요가 없는 자명한 것과 부딪히는 것과 같다. 그러나 문화의 문제에 대한 보다 집요한 응시는 문화 자체를 문제로 만들었다. 이 문제의 해결은 철학, 예술, 역사, 그리고 종교 문제들에 대한 재평가를 수반하지 않을 수 없다.

문화는 우리에게 그 자체로 가치 있는 그 무엇이다.

그러므로 현대의 이론적 사유 속에서 가치에 대한 문제들은 전반적으로 존재의 실질적인 과제에 대한 규명과 관련된 것으로서 문화의 문제에 근거한다. 몇몇 지적인 흐름들은 가치의 문제를 특히 첨예하게 제기한다. 이때 가치의 개념이 베르그송1)의 경우처럼 창조의 개념에 가까운 것인지, 아니면 현대의 신칸트주의2)에서처럼 미적 규범의 개념에 가까

---

1) 〔옮긴이〕 베르그송(Bergson, H., 1859~1941): 프랑스의 관념론 철학자로서 생철학, 직관주의의 대표자이다. 모든 사물의 근원으로서 '순수지속'을 주장하였다. 즉, 과학적 인식에 의한 물질·시간·운동은 이 지속의 안에 보이는 여러 형태들이고 지속의 고정화로서, 지속 그 자체는 신비적 직관에 의해서만 파악된다고 하였다. 그리고 여기에서는 아는 활동과 실재를 창조하는 활동이 일치한다고 하였다. 또한 관념론적 생물학의 입장에서 생기론(生氣論)을 도입하여 생명의 자유로운 '창조적 진화'를 주장했다.

2) 〔편집자〕 바덴(프라이부르크)학파의 대표자들(빈델반트, 리케르트와 그의 제자들)을 염두에 둔 것이다.
〔옮긴이〕 신칸트주의(New Kantianism): 칸트의 순수이성비판의 토대에서 인식이론의 근거를 찾고자 하는 19세기의 사상적 흐름. 신칸트주의는 모두 칸트의 사상을 출발점으로 하는데 이는 '바덴학파'와 '마르부르크학파'로 나뉘어 발전한다.
바덴학파는 가치론적 해석의 대표자인 빌헬름 빈델반트와 하인리히 리케르트를 수장으로 하며, 이들이 모두 하이델베르크대학교에서 강의했던 데서 '남부독일학파'라고도 부른다. 가치론적 신칸트학파는 논리가 사유에 가하는 제약과 의무감이 사유에 가하는 제약이 똑같다고 보면서, 인간의 '행동'이 절대 가치(선)에 대답해야 하듯이 인간의 '사유'는 규제 가치(진리)에 대답해야 하며 이것은 인간의 의무라고 주장했다. 그리고 《순수이성비판》은 이 의무를 수행하는 규칙을 정교하게 가다듬었다고 주장했다.
마르부르크학파의 대표자들은 코엔(Cohen, H.), 나토르프(Natorp, P.),

운 것인지는 부차적인 문제이다[주해 1]. 두 경우 모두 가치 있는 것에 대한 개념은 당위적인 것과 참된 것의 개념에 가깝다. 그러한 문제설정을 통해 우리는 이론적 인식 자체를 그것의 실질적인 의미의 관점에서 살펴봐야 한다. 그것은 자신의 목적을 실현해야 하며 필요한 것이 되어야 한다. 그리고 그런 의미에서 가치 있는 것이 되어야 한다.

그렇다면 무엇이 인식의 가치인가?

이 가치를 참으로 규정한다 해도 아직 인식의 과제에 대한 해명에 다가가는 것은 아니다. 현대철학에서 우리는 "*참된 것은 가치 있는 것이다*"라는 판단을 종종 접한다. 그러나 그러한 판단의 성격은 전혀 정의되지 않고 있다. 그것은 칸트적 의미에서 종합판단인가 아니면 분석판단인가.[3] 즉, 주어(참된 것) 속에 내포되지 않은 어떤 것이 술어에 의해 도입되고 있는가, 혹은 그 역인가. 즉, 술어의 개념은 주어의 개념에 내포된 어떤 것인가. 그러나 무엇보다 먼저 "*참된 것은 가치 있는 것이다*"라는 판단의 진정한 주어와 진정한 술어를 규정해야 한다. 이 판단은 완전히 거꾸로

카시러(Cassirer, E.) 등으로, 이들은 칸트의 인식론적인 관념론을 더 심화시켰다. 마르부르크학파의 학자들은 칸트가 인식할 수 없다고 한 물 자체(物自體)를 부정하고 사물은 우리들의 의식 속에만 존재한다고 주장하였다. 특히, 카시러는 인간의 정신적인 작용에는 인식하는 것 외에 언어와 신화적인 사고가 우리들의 세계를 구성하는 데 참여한다고 말하여 언어와 문화연구에 대한 현대 철학에 중요한 영향을 주었다.

3) 〔옮긴이〕 '종합판단'(*synthetisches urteil*)은 주어 안에 술어의 내용이 포함되어 있지 않으며, 따라서 그 진위를 판단하기 위해 경험에 의존할 수밖에 없는 판단을 말한다. 예를 들어 "이 장미는 흰색이다"라는 판단의 경우, 장미라는 일반 개념만으로는 그 색깔이 어떤 것인지를 미리 알 수는 없고 진위를 가리기 위해서는 직접 그 장미의 색깔을 경험을 통해 확인해야만 한다. '분석판단' (*analytisches urteil*)은 말 그대로 주어를 분석하면 술어의 내용이 도출될 수 있는 판단으로서, 그것의 진위를 가리기 위해서 경험에 의존할 필요가 없는 판단이다. '겨울은 추운 계절이다'가 그 예가 된다. 칸트는 종합판단을 통해서 새로운 지식을 얻을 수 있다고 하였다.

읽힐 수도 있지 않겠는가. "*가치 있는 것은 참된 것이다.*"

그러나 독일의 가장 진지한 철학적 흐름 중 하나는 진리를 당위로 규정하면서 그 당위 속에서 유일한 초월적 규범을 본다. 그러나 *참된 것을 가치 있는 것으로* 규정하는 이러한 흐름은 그 판단의 성격에 관한 문제를 해결하지 못한다. 초월적 규범은 미망의 폐허에 걸리게 되거나, 혹은 가치의 개념의 도입과 함께 형이상학적 실재가 되어 버린다. 왜냐하면 후자의 경우 가치는 그노시스적 관념론의 경계 너머에 존재하는 영역들, 즉 신비주의적 사실주의로부터 끌어온 것이기 때문이다. 여기서 인식론은 가치론(теория ценности)이 될 뿐 아니라, 그 이론 자체가 불가피하게 내적 체험의 과정으로서 가치평가의 과정에 근거한다. 그러한 식으로 배제된 심리주의가 신비주의적 사실주의의 형태를 띠고 다른 편 끝에서 이 영역으로 침투해 들어오는 것이다. 여기서 우리는 회프딩[4]의 말을 새롭게 이해하게 된다. "가치의 문제의 탐구에 결정적 영향을 미칠 것은 임마누엘 칸트가 규범의 개념에서 목적과 가치의 개념을 도출하고자 했던 상황이다."[5]

심리주의로의 회귀는 가치의 개념이 우리의 내면적-실제적 체험에 근거한다는 교훈으로 우리를 인도한다. 그러한 체험의 조직과 점진적인 운동은 우리의 주변 현실을 변형시키고, 바로 그런 의미에서 현실을 창조한다. "모든 지식은 그와 더불어 이미 현실의 변형이다"라고 리케르트는 말한다. 우리를 둘러싼 현실의 변형은, 말하자면, 우리 내부에서 일어나

---

4) 〔옮긴이〕 회프딩(Høffding, H., 1843~1931): 덴마크의 관념론 철학자, 철학사가, 심리학자로서 칸트와 쇼펜하우어, 헤겔의 영향을 받았다. 의식은 생물학적 발전의 가장 고차원적인 형태라고 주장했다. 대표적인 저술로 《철학문제들》(*The Problems of Philosophy*, 1905)과 《종교철학》(*Philosophy of Religion*, 1906)이 있다. 벨르이는 종교의 발생과 다양한 형식들에 관해서 회프딩의 견해에 많은 부분 근거하고 있다.

5) 〔편집자〕 회프딩의 《철학의 문제들》(Философские проблемы, М., 1905, С. 69).

는 현실의 변형에 의한다. 창조는 인식에 우선한다.

인간이 창조한 산물들 가운데 우리의 관심을 끄는 것은 그것들 속에서 분해되지 않는 모든 개별적인 것에 대한 탐구이다. 문화의 개별적 기념비들의 분해되지 않는 총체성은 첫째, 개인적 창조의 흔적이며, 둘째, 개별 종족의 창조의 흔적이다. 그러한 개별적 총체성은 내적 체험의 표현이다. 내적 체험은 다름 아닌 가치이다. 인류의 내적 체험은 종교적이고 예술적인 상징의 형태를 취한다. 후자는 개인적 창조의 흔적이며, 전자는 개별 종족의 창조의 흔적이다. 회프딩이 종교적・미학적 창조과정을 심리적 가치들의 축적과 보존의 과정으로 설명한 것은 그러한 이유에서이다. 회프딩에 따르면, "가치의 보존에 대한 믿음은 각각의 주어진 경우에 가치를 능동적으로 보존하기 위한 필수적인 조건이다". 그리고 덧붙인다. "여기서 우리는 옛 신비주의자들로부터 배워야 한다."[6]

가치에 대한 이론적 시각은 가치 있는 무언가를 체험할 수 있는 능력에 달려 있다. 리케르트는 그의 논저 《인식의 대상》[7]을 종결지으며 "가치를 실제적으로 알고자 하는 자는 그것을 체험해야 한다"라고 말했다. 프라이부르크 사상가의 추상적 논의의 가면 아래 감춰진 예리한 지혜의 미소가 드러난다. 솔직히 말해 체험의 능력이란 이미 거의가 마법이자 요가이다. 여기서 이론은 가면일 뿐이다. 그 뒤에는 생생한 삶의 깊이를 통찰하는 지혜가 감춰져 있다. 리케르트의 유훈은 종교의 입법자들, 문화의 창시자들, 소크라테스 이전 시대 그리스 철학자들이 실제적으로 이행했고, 그 이후에는 괴테, 그리고 우리 시대에는 니체가 또한 이 유훈을 이행했다.

가치의 문제의 정립이라는 필연적인 과제와 셸링과 피히테, 헤겔이 제

---

6) 〔편집자〕 여기서 벨르이는 신비를 다룬 책의 존재를 지적한 고대 로마의 의사 갈레노스를 인용하며 독자에게 오래된 책과 새로운 책을 추천하고 있다.

7) 〔편집자〕 리케르트의 《인식의 대상》(*Der Gegenstand der Erkenntnis*, Leipzig, 1892)을 염두에 둔 것이다.

기한 문제들을 새롭게 부활시키려는 시도 그리고 철학에 점차 침투하고 있는, 인식행위 자체의 창조적 성격에 관한 사상과 병행하여, 문화의 문제를 새롭게 논증하고자 하는 열망이 생겨나고 있다. 문화란 무엇인가? 문화는 지식 속에, 인식 속에, 진보 속에, 창조 속에 존재하는가? 결국, 문화적 가치란 무엇인가?

"문화의 개념은 최고로 복잡하다." 빌헬름 분트는 자신의 저서 《윤리학》에서 말했다. 그는 문화의 조건들로서 소유관계의 정립, 생산수단과 교통수단의 발명, 그리고 마지막으로 영적 발전의 근거들을 들었다. 분트가 이해하는 문화는 매우 복잡한 상호작용의 산물이다. 지식과 관련할 때, 문화의 개념은 결과적인 것이지 근원적인 것이 아니다. *지식*의 개념이 *문화*의 개념보다 먼저 구성되어야 한다. 그러나 *지식* 개념에 대한 문화 개념의 발생론적 의존성은 그것의 논리적 의존성도 실제적 의존성도 규정하지 않는다. 개념 형성의 과정은 다음과 같다. 논리적으로 선행하는(*prius*) 근본적인 그노시스적 개념은 발생론적 과정에 있어서는 사후적(*post-factum*)이다.

반대로, 트로이츠키에 따르면, 학문과 민중적 지혜, 예술적 상징은 문화의 요소들이다. 8) 따라서 문화는 현대적 의미에서의 학문도, 예술적 상징도 아직 존재하지 않는 곳에서 발생한다.

---

8) 〔편집자〕트로이츠키는 다음과 같이 썼다. "학문은 민중의 지혜로서, 예술적 상징으로서 문화적 의미를 상실하지 않는다"(Троицкий, Наукаодухе, М., 1882). 벨르이는 트로이츠키의 책에 대해 '아주 흥미로운', '잊어서는 안 될' 책이라고 말했다.
〔옮긴이〕트로이츠키(Троицкий, М. Михайлович., 1835~1899): 러시아의 심리학자, 철학자. 러시아 경험 철학의 대표자로서 '모스크바 심리학회'를 창설했다. 대표작으로 《정신에 관한 과학》(Наука о духе. Общие свойства и законы человеческого духа, 2권, 1882), 《논리학 교과서》(Учебник логики, 3권, 1885~1888)가 있다.

문화를 지식과 동일시해서는 안 된다. 지식은 현실에 대한 정리된 관념들이다. 스펜서는 지식을 예견으로 정의한다.[9] 그에 따르면, 과학적 지식은 그 과정의 복잡함 때문에 단순히 양적인 의미의 지식과 구별된다. 지식(знание)은 의식(сознание)으로 이행한다. 의식은 그 무엇과 연관된 그 무엇에 대한 지식으로 정의되는데, 이때 연관은 우리의 인식활동에 근거한다. 인식(познание)은 지식에 대한 지식이다. 바로 이러한 지식의 체계화가 인식론(теория знания)을 형성하는 것이다. 가치론으로 이행하면서 인식론은 내적으로 체험되는 경험에 의존한다. 문화는 역사 속에서 실제적인 가치들의 총합을 이루어 내면서 지식의 대상 자체를 창조한다. 그러나 문화가 지식은 아니다.

회프딩에 따르면, 문화는 인간의 의지, 즉 모든 심리활동의 근간에 과제를 제시한다.[10] 지식은 이러한 활동의 산물이다. 지식은 문화가 아니다.

문화를 진보로 정의하기는 더욱 어렵다. 진보의 개념 속에는 기계적인 발전의 개념이 놓여 있다. 건강 역시 진보한다. 그렇지만 질병 역시 진보한다. 스펜서가 진보를 단일종에서 복수종으로, 단일성에서 다양성으로의 이행이라고 공식적으로 정의 내린 것은 아마 옳았고, 르누비에가 《체계적 분류 초고》(*Esqisse d'une Classification Systématique*)[11]에서 이에 대

---

9) 〔편집자〕스펜서의 《학문의 기원》(Происхождение науки, Спб., 1898, С. 4~5)을 보라.

10) 〔편집자〕회프딩은 다음과 같이 썼다: "모든 문화는 인간의 의지에 과제를 제시한다"〔《종교의 철학》(Геффдинг, Философия религии, Спб., 1903, С. 328)〕.

11) 〔편집자〕르누비에의 《철학적 독트린의 체계적 분류 초고》(*Esquisse d'une Classification Systématique des Doctrines Philosophiques*, Vol. 1-2, Paris, 1885~1886)를 염두에 둔 것이다.
    〔옮긴이〕르누비에(Renouvier, C. B., 1815~1903): 프랑스의 신(新) 비판적 관념철학자. 칸트 비판철학을 계승했지만, '물 자체', '절대자' 등의 개념과 형이상학을 철저히 부정하고 현상론만 지지했다. 주요 저서로는 《일반적 비판 시론》(*Essai de Critique Générale*, 1854~1864), 《신모나드론》(*La Nouvelle*

해 스펜서를 비난한 것은 옳지 않았다. 진보의 기저에는 역학, 무관심이 있다. 단일종에서 복수종으로의 이행으로 정의되는 진보는 개성의 성장을 동반할 수도 있다. 이때 개성의 단일성은 현상들의 다양성 속에서 보존된다. 그러나 진보는 또한 개성의 해체를 동반할 수도 있다. 이때 개성의 단일성은 손상되고, 반대로 현상의 다양성은 확장된다.

문화는 오히려 개인과 종족의 생활력을 현실의 창조적 변형을 통해 발전시킴으로써 보존하고 증대시키는 활동으로 정의된다. 그러므로 문화의 원리는 개체성의 성장에 뿌리를 둔다. 종족별 특성들에 의해 통합되는 개인들의 총합이 개별적으로 성장할 때 문화는 지속된다. 문화의 산물은 종교적, 미학적, 인식적, 윤리적 형식들의 다양성이다. 이러한 형식들을 연결하는 단초가 되는 것은 종족을 구성하는 각각의 개인들의 창조적 활동이다. 이 활동은 그 자체가 목적인 채로 유지된다. 즉, 규범화되지 않는다. 인식의 가치가 선행적이라면 인식의 규범은 사후적이다. 그것은 가치에 의해서 규정된다. 회프딩에 따르면 가치는 목적을 규정한다. 그리고 목적은 규범을 규정한다. 따라서 국가에 문화란 존재할 수 없다. 역으로 국가는 문화적 가치들의 발현수단 중 하나가 되어야 한다. 반대의 경우 문화와 국가 사이에는 화해 불가능한 적대감이 생겨난다. 그러한 적대감 속에서 국가와 문화는 모두 붕괴한다.

그러므로 문화는 개인주의가 발전한 곳에서 존재할 수 있다. 바로 그러한 이유로 빈델반트는 르네상스 문화가 개인주의에서 시작되었다고 지적하는 것이다.[12] 가치의 개인적 창조는 이후에 개인-집단적인 것이 될 수

Monadologie, 1899) 등이 있다.

12) 〔편집자〕 빈델반트의 《새로운 철학이 공동의 문화와 일정한 학문과 맺는 관계의 역사》(История новой философии в ее связи с общей культурой и отдельными науками, Спб., 1908, Т. 1, С. 7)를 보라.

〔옮긴이〕 빈델반트(Windelband, W., 1848~1915) : 독일 철학자, 관념론자.

있지만, 결코 규범으로 변질되지는 않는다. 반대로, 개인적이고 개인-집단적인 가치들은 수많은 규범들을 낳을 것이다.

이와 같이 문화의 역사는 발현된 가치들의 역사가 된다. 그것은 창조의 산물들을 시대와 종족, 생산수단별로 기술하고 체계화하는 것에 의거한다. 여기서 생산수단이란 과학적, 철학적, 종교적, 미학적 창조의 수단들이다. 한편, 연구와 체계화의 원칙들은 다양하다. 과학적이고 철학적인 체계는 문화의 산물들을 평가하는 데 결정적인 역할을 해서는 안 된다. 과학도 철학도 단지 인간의 창조를 상징화하는 형식들 중 하나라는 점을 기억해야 한다. 과학적이고 철학적인 창조의 수단들은 무엇보다 창조의 수단인 것이다. 예술도 종교도 똑같이 창조의 수단이다. 세계의 역사 또한 우리 앞에 미학적 현상으로 나타난다. 니체에게 그리스 문화가 그렇게 보였다. 그는 그리스를 통해 유럽 문화의 본질과 과제를 조명하고자 했다. 그리스 문화의 기념비들을 미학적으로 조명하는 일은 무의식적으로 그것의 종교적인 조명으로 이행했다. 훗날 그것은 또한 전적으로 과학적인 것임이 판명되었다. 니체는 그 자신이 인문과학자임에도 불구하고 과학은 아직 문화가 아님을 뚜렷하게 보여 주었다. 문화는 과학을 주도하고, 과학적 연구대상들을 생산한다. 과학은 이러한 대상들 없이는 공허한 방법들로 분해된다. 막스 밀러와 도이센은 모두 견실한 동방학자들로서,13) 그 누구도 그들에게 지식이 부족하다고 주장할 수 없을

신칸트주의 바덴학파의 대표자. 철학을 '보편타당한 가치에 관한 비판적 과학'이라고 하며 자연과학적 관찰방식과 역사적 관찰방식을 대립시켰다. 《철학사 교본》(*Lehrbuch der Geschichte der Philosophie*, 1892), 《역사와 자연과학》(*Historie und Naturwissenschaft*, 1894), 《철학개론》(*Einleitung in die Philosophie*, 1914) 등을 저술했다.

13) 〔편집자〕벨르이는 "불멸의, 지성에 아무 말도 하지 않는, 그러나 존경스러운" 막스 밀러의 책을 인정하지 않고 그것을 도이센의 저작과 대비시켰다(Белый, Символизм, С. 462).

것이다. 그들을 분리시키는 것은 오직 문화성의 수준이다. 동방의 기념비들의 내적인 리듬을 감지할 수 있는 능력과 과학적 지식의 결합이 도이센을 특징짓는다. 그와 같은 동방철학의 정신을 자기 안에서 재현할 수 있는 능력은 창조를 전제한다. 그러한 의미에서 문화는 창조와 지식의 결합이다. 그러나 삶의 가치들의 창조는 지식보다 앞서기 때문에 초기의 문화는 가치들의 창조이다. 그다음 문화는 지식 속에서 표현된다. 보다 이후의 발전단계에서 문화는 두 경우 모두로 나타난다. 오늘날의 의미에서 문화는 지식과 창조, 철학과 미학, 종교와 과학 간의 독특한 관계이다. 물론, 문화에 대한 우리의 정의는 아직 한계가 있다. 그러나 오늘날 있을 수 있는 모든 문화에 관한 정의는 제한적일 수밖에 없다. 우리의 과제는 위대하지만 단지 아직 무르익지 않은 작업에 참여하는 것이다. 그것은 문화의 개념에 명료성을 부여하고, 현재와 과거의 문화적 기념비들의 다양성과 가치를 드러내며, 그것을 통해 순수하게 종교적인 문제, 즉 문화의 목표, 문화의 궁극적인 목표에 접근하는 것이다.

문화와 예술 창조의 관계는 특별한 주의를 요한다. 최근 수십 년간 예술에서 일어난 운동들의 의미를 찾아내고, 그것을 결산하고, 새로운 것과 영원한 것의 연관성을 알아내고, 예술과 관련된 과거의 교의들뿐 아니라 최근에 부상한 교의들까지 공정하게 재검토해야 하는 커다란 과제

〔옮긴이〕 밀러(Müller, F. M., 1823~1900): 독일 출신 인도학자, 종교사학자, 언어학자. '막스 밀러'(Max Miller)라는 명칭으로 더 잘 알려져 있다. 학계에 인도학과 비교 종교학을 기초한 선구자 중 한 명이다. 인도에 대한 학술서와 대중서를 동시에 집필했고, 영어로 번역된 50권의 《동방의 신성한 책들》(The Sacred Books of the East)의 편찬을 감독했다. 대표작으로 《고대 산스크리트 문학의 역사》(A History of Ancient Sanskrit Literature So Far as it Illustrates the Primitive Religion of the Brahmans, 1859), 《언어과학 강의》(Lectures on the Science of Language, 1866), 그리고 《종교과학 입문》(Introduction to the Science of Religion, 1873) 등이 있다.

가 우리 앞에 놓여 있다. 예술에서 일어난 새로운 운동들의 의미가 창조의 독특한 기법보다는, 예술 속에 표현된 과거 전체에 대한 이해를 조명하고 심화하는 데 있음을 우리의 경험은 알려 준다. 역사-문학적 저작들, 역사-미학적 개념들의 의미는 새롭게 증대되고 있다.

현대예술의 원리들은 최근 수십 년간 상징주의 유파로 결정화되었다. 니체, 입센, 보들레르, 보다 이후에 우리 나라의 메레시콥스키, 뱌체슬라프 이바노프, 그리고 브류소프가 예술적 신조(credo)의 강령들을 마련했다. 이 신조의 근간을 이루는 것은 예술 창조의 의의에 관한 과거의 천재들의 개별 언명들이다. 상징주의는 단지 이 언명들을 총화하고 체계화할 뿐이다. 상징주의는 인식에 대한 창조의 우위, 예술 창조 속에 현실의 형상들이 변형될 가능성을 강조한다. 바로 이런 의미에서 상징주의는, 그 자체로서 이미 창조의 파토스를 반영하는 예술작품의 형식이 갖는 의의를 강조한다. 그러므로 상징주의는 시와 문학의 기념비적 작품들의 스타일, 리듬, 언어적 기악 편성에 관한 연구가 지니는 문화적 의미를 강조한다. 또한 그것은 음악과 회화의 기법에 관한 탐구의 의의를 인정한다. 상징은 자연에서 취하고, 예술에 의해 변형된 형상이다. 상징은 자연에서 취한 특징과 예술가의 체험이 결합된 형상이다. 이런 의미에서 모든 예술작품은 본질적으로 상징적이다.

그러므로 현대의 상징주의적 흐름은, 만일 그것이 발전하고 심화되려면, 폐쇄적 예술 유파에 머무를 수 없다. 그것은 자기 자신을 문화의 보편적 문제들과 관련지어야 한다. 미학적 가치들의 재평가는 보다 보편적인 작업, 즉 유럽 문화의 철학적, 윤리적, 종교적 가치들에 관한 재평가의 특수한 경우일 뿐이다. 문화의 문제들에 대한 점증하는 관심은 멀지 않은 과거에 비해 미(美)의 의미를 새롭게 제기하며, 예술이론가, 심지어 예술가조차 자신의 관심영역에 문화의 문제들을 포함시키고 있다. 이는 뜻하지 않게 예술의 관심을 철학적, 윤리적, 종교적 문제들과 연관시키는데, 심지어 과학과도 연관시킨다[주해 2].

이른바 상징주의의 창시자들(니체, 말라르메14), 바그너를 필두로 하는)은 철학과 자신과의 연관성을 수차례 인정했으며, 상징주의는 본질적으로 '예술을 *위한* 예술'이라는 좌우명을 결코 버린 적이 없다. 그와 동시에 상징주의자들은 과도한 경향성과의 투쟁을 멈춘 적이 없다. "모든 무상 *(無常) 한 것은 비유일 뿐이다*"15) 라는 괴테의 격언은 상징주의에서 자신의 정당성을 발견했다. 훗날 상징주의의 모든 과실은 폐쇄적 문학학파에서 벗어나려 하지 않았다는 것, 윤리적, 종교적, 그리고 일반 문화적 문제들을 거부하려는 과도한 욕망에 있다. 하지만 사실 상징주의 문학학파의 창시자들은 그러한 문제들을 매우 첨예하게 제기했다. 그들은 예술의 목표로서 개성의 재창조를 선언했다. 나아가 그들은 삶의 보다 완전한 형태의 창조를 선언했다. 예술의 의미에 대한 문제를 보다 근원적인 문제, 즉 문화의 가치에 대한 문제로 전이시킴으로써 우리는 그러한 언명들이 진실의 맹아를 품고 있음을 알게 된다. 창조의 산물들, 예를 들어 과학과 철학에서가 아니라 창조 자체에서 존재의 실제적인 가치들이 창출된다. 다른 한편, 만일 우리가 예술적, 종교적 창조의 의의를 존재의 근본문제에 관한 실질적 해결작업에 포함시키지 않는다면, 인식의 문제들은, 그것들이 더욱 풀기 힘든 수수께끼가 되고 마는 치명적인 경계로 우리를 점점 더 이끌게 될 것이다. 문화가 성장함에 따라 인식의 불가해성이 증대된다는 회프딩의 지적은 올바른 것이었다. 또한 "미(美) 란, 그러한 발현이 없다면 우리에게서 영원히 은닉될 자연의 비밀스러운 기호

---

14) 〔옮긴이〕알려진 바대로, 말라르메는 헤겔에 기반을 둔 상징주의를 구상했다.
15) 〔편집자〕괴테의 비극 《파우스트》의 끝부분에 나오는 신비한 합창의 첫 부분이다.
〔옮긴이〕독일어 원문은 다음과 같다: "Alles Vergängliche ist nur ein Gleichnis."

들의 현시이다"라는 괴테의 지적은 특히 정당하다. 그는 또한 "자연의 비밀을 엿본 자는 그에 관한 최고 해석자인 예술에 대해 떨쳐 낼 수 없는 매혹을 느낀다"라고 말한다.[16] 현실은 과학적이고 철학적인 분석의 대상이면서 또한 여전히 환상적인 동화이다. 이와 관련하여 예술적 환상의 실제적 의미를 의심하지 않았던 존 스튜어트 밀은 옳다. 그는 말한다. "여기에서(즉, 환상 속에서) 우리의 지향이 확고해지고, 투쟁 속에서 우리의 힘은 강화된다." 우리는 이러한 언명을 납득할 수 있다. 니체의 주장대로 그리스 문화의 정화인 비극은 오직 외적으로만 예술의 형식이다. 내적으로 그것은 인간 개성의 변화를 향한 갈망을 표현한다. 그러한 변화는 운명과의 투쟁 속에서 일어난다.[17]

상징주의의 전도자들은 예술 속에서 삶의 창조자를 발견한다. 그들은 옳기도 하고, 옳지 않기도 하다. 미의 의미를 미적인 형식 속에서 찾으려 한다는 점에서 그들은 옳지 않다. 이러한 형식들은 단지 인간의 창조에서 파생된 것일 뿐이기 때문이다. 미의 이상(理想)은 인간 존재의 이상이다. 그리고 예술 창조는 점차 그 폭이 확장되면서, 필연적으로 개성의 변화로 귀결된다. 차라투스트라, 붓다, 그리스도는 삶의 예술가들이기보다는 삶의 창조자들이다. 그들에게 윤리학은 미학으로 이행하고 미학은 윤리학으로 이동한다. 여기서 가슴속 칸트의 명령과 머리 위 별빛 하늘은 분리될 수 없다[주해 3].

칸트에 따르면, 이념(идея)은 이성의 개념이다.[18] 이상(идеал)은 "그

---

16) 〔편집자〕괴테의 저작에서 발췌한 아포리즘들이다. 잡지 〈예술과 고대성에 대하여〉(Об искусстве и древности)에 실린 것을 발췌한 것이다.

17) 〔옮긴이〕니체에 따르면, 비극에서 운명의 역할은 인간의 한계를 깨닫게 하고, 더 나아가 인간이 운명과 대립하지 않고 하나가 됨으로써 가능한 근원적 존재의 차원에 다가갈 수 있는 계기를 마련하는 것이다. 이 근원적 존재의 차원이 바로 니체가 주장하는 디오니소스적인 것이다.

18) 〔편집자〕칸트의 《순수이성비판》에 의한 정의이다.

러한 이념에 적합한 존재의 표상"이다. 칸트에 따르면, 미(美)는 목적의 표상이 없는 합목적성의 형식일 뿐이지만 그러나 그것의 이상은 내적으로 실제적인 목적(자기 안의 목적)이다.[19] 그러한 이상은 바로 완성에 다가가는 인간이다. 이러한 완성의 상징적 표상은 신을 닮은 인간의 형상〔신인(神人), 초인(超人)〕이다.[20] 따라서 예술의 궁극적인 목적이 삶의 재창조라고 주장하는 상징주의의 창시자들은 옳다. 이러한 주장의 아직 다 말해지지 않은 슬로건은 다음과 같다: "예술은 단지 예술이 아니다. 예술 속에는 무의식적으로 종교적 본질이 감춰져 있다."

문화의 궁극적인 목적은 인류의 재창조이다. 바로 이러한 목적 속에서 문화는 예술과 도덕의 궁극적인 목적과 만난다. 문화는 이론적 문제들을 실제적 문제로 변화시킨다. 그것은 인간의 진보가 낳은 산물들을 가치로서 파악하기를 요구한다. 문화는 삶 자체를 재료로 변화시키고, 창조는 그 재료로부터 가치를 벼린다.

인간의 진보에 대한 이러한 내적 고찰(재평가)은 유기적 총체성을 진보에 부여함으로써 그것의 개념 자체를 문화의 개념으로 변화시킨다.

---

19) 〔옮긴이〕 칸트의 《판단력비판》과 관련된다. 이 책에서 칸트는 목적의 명시적 존재를 주장하는 기존의 목적론을 비판하면서 자신만의 독특한 개념으로 '목적 없는 합목적성'(finality without an end)을 내세운다. 이를 간단히 설명하면, 우리가 자연 속에서 아름다움을 경험할 때 그것이 가능한 이유는, 어떤 목적에서인지도 불분명하고 그 목적이 과연 존재하는지도 확실하지 않음에도 불구하고, 아름다움을 준 그 자연적 대상이 우리 인간 자신의 목적에 부합한다는(합목적적이라는) 느낌 때문이라고 할 수 있다. 즉, 칸트가 말하는 목적 없는 합목적성이란 우리가 아름답다는 판단을 할 수 있게 해주는 판단력의 근본원리로 작용하는 것이다.

20) 〔옮긴이〕 여기서 칸트는 미적 차원과 종교적 차원을 통일시키려는 시도를 하고 있다. 결국 칸트에게 미는 종교의 전제로 요구되는 것으로서 이러한 칸트의 입장은 흔히 도덕신학으로 불리곤 한다.

주해[21)

　[1] 인식에 대한 창조의 우위에 관한 문제는 오래된 문제이지만, 오늘날처럼 그것이 첨예하게 부상한 적은 없다. 우리는 이 문제가 고대의 신비의식 속에서 완전히 실제적으로 해결되었음을 깨닫는다. 이집트의 신비의식에 종사하던 자는 천문학과 수학, 마법 등에 종사할 수 있는 권리를 갖기 위해 스스로를 창조적으로 재창조해야 했다. 정신이 고양되어 있는 자들에게만 심오한 연구가 허용되었던 것이다. 우리가 지금 기계적으로 암기하는 것이 온 영혼으로 수용되었다. 학생들에게는 지식의 죽은 재료를 자기 내부에서 창조적으로 변형시킬 것이 요구되었다. 엘레우시스 신비의식 이전까지만 본다면, 우리가 근거하고 있는 모든 것들은 모호하다. 그러나 신비의식에 관한 문제들을 연구한 이후 자동적으로 얻어지는 결론은 단 하나이다. 신비의식에서 밀교적 교리들이 설파된 것은 아니다. 그러나 교리들은 창조적으로 체험되었다. 신비의식에 관한 정보는 매우 불분명하다〔…〕.

　뱌체슬라프 이바노프와 다른 이들에 따르면, 엘레우시스 신비의식은 그리스의 문화적 삶의 생생하고도 실제적인 중심이었다. 이후 율리아누스 황제는 신플라톤주의[22) 교의의 관점에서 신비의식이 설명되는 것이

---

21) 〔편집자〕문집 《상징주의》에 실린 논문들에 대한 벨르이의 주석들이 선별되어 축약된 형태로 도입되었다. 그 주석들 가운데 상징주의의 '이론', '체계', '유파'를 설명하는 데 근본적인 의의를 지니는 것들만이 여기에 제시되었는데, 작가는 이를 '일련의 논문들의 태아(胎兒)'라고 지칭하며, '보다 정련된 형태를 보고자' 했다. 이때 그 출처(종종 이에 대한 평가와 풍부한 인용을 수반하는)와 참고문헌의 성격을 지니는 다른 주석들에 대한 수많은 인용 표기가 생략되었다.
22) 〔옮긴이〕신플라톤주의(Neoplatonism)는 3세기의 플로티노스가 발전시키고 그 후계자들이 수정해 나간 그리스 철학의 마지막 형태로서 이는 6세기 후반 비그리스도교적 철학이 금지될 때까지 지배적인 위치를 점유했다.

아니라 그 반대라는 사실을 인정했다. 신플라톤주의 교의 자체가 신비의
식에서 실제로 벌어지는 것에 대한 상징적인 표현이었다. 신비의식이 중
단된 시기는 테오도시우스 대제 치세(346~395)였다.

그리스 문화와 과학, 철학은 창조적 우위가 예정되어 있다. 니체의 현
대성에 대한 모든 논쟁은 그가 이해하는 삶 자체의 부단한 창조에 의해
생기를 얻는 그리스 문화의 정신에 근거한다. 이런 점에서 우리는 페리
클레스23) 시대의 그리스에 가까워지기 위해 우리의 문화가 해야 할 일이
여전히 아주 많다는 것을 의식해야 한다.

인식에 대한 창조의 우위는 피히테, 셸링, 헤겔 철학의 다 말해지지 않
은, 칸트의 '비판철학'을 준비하는 슬로건이다. 이 명제의 긍정 속에는
낭만주의자들의 예술과 철학의 모든 매력이 담겨 있다. 결국, 오늘날 이
슬로건은 입센과 니체, 오스카 와일드에게서 극히 첨예하게 제시되는데,
이는 현대 독일의 철학적 흐름에서 피히테와 셸링에 대한 비판적 확립의
시도와는 전적으로 무관하게 우리는 소렐24)에게서 사회학에 대한 관계
에서 동일한 슬로건을 발견한다. 베르그송에게서도 우리는 같은 것을 본
다(창조적 진화). 놀라운 것은 르 로이25)와 루아지26) 수도원장을 대표

---

23) 〔옮긴이〕 페리클레스(Pericles, B.C. c495~429) : 기원전 5세기 무렵 아테네
의 민주주의와 아테네 제국을 발전시켜 아테네를 그리스의 정치적·문화적 중
심지로 만든 정치가.

24) 〔옮긴이〕 소렐(Sorel, G.-E., 1847~1922) : 프랑스 사회주의자, 사회학자. 신
화와 폭력이 인류의 역사 발전에서 창조적인 역할을 한다고 주장했다.

25) 〔옮긴이〕 르 로이(Le Roy, E. L., 1870~1954) : 프랑스 철학자이자 수학자.
베르그송의 문하생이었으며, 과학과 윤리 간의 관계, 형이상학, 신비주의에
관심을 두었다. 독실한 가톨릭 신자였음에도 종교적인 도그마를 부정하고 본
능적인 믿음과 감정을 중시하면서 추상적 추론이나 사변적 이론을 거부했다.
말년에는 베르그송의 영향 아래 신비주의에 대한 연구에 몰두했다.

26) 〔옮긴이〕 루아지(Loisy, A. F., 1857~1940) : 프랑스의 가톨릭 신학자. 성서
연구에 근대의 역사적·비판적 방법의 적용을 주장했다. 종교사 강의를 통해

318

로 하는 가톨릭의 도덕주의 역시 바로 이 같은 도정에 있다는 사실이다.

[2] 우리는 종종 추상적 세계관의 형식과, 예술에서 지배적 기법의 형식 사이에서 평행(*parallelism*)을 목격한다. 예를 들어 오직 인식론이고자 하는 이론철학의 지향과 멀지 않은 과거에 회화가 품었던 지향 사이에는 공통된 것이 존재한다. 현대철학이 얼마 전부터 모든 형이상학적이고 심리주의적인 색채에서 벗어나 인식의 순수한 형식과 규범에 관한 교의로 변화한 것처럼, 회화 역시 그 모든 심리적 내용으로부터 해방되려는 강한 움직임이 보인다. 철학자의 관심을 끄는 것은 단지 *보편적인 것*의 형식들이며, 예술가의 관심을 끄는 것은 자연과 인간 속에 드러나는 전반적 형태일 뿐이다. 위계주의27)와 양식화가 철학의 이러한 경향을 충분히 말해 주었다. 현대 시인들과 사회학자들이 도시를 대하는 태도에 얼마나 상호 밀접한 연관성이 존재하는지에 관해서는 더 언급하지 않겠다.

그러한 연관성은 현대의 예술과 과학 사이에도 존재한다. 바로 그 예술의 혁명가와 혁신가들 중에서 우리가 종종 그들의 예술적 경향과 현대의 과학적 지향 간의 상응관계를 발견한다는 것은 이상한 일이다. 화학자 빌헬름 오스트발트가 《회화에 대한 편지》(Письма о Живописи)28)에서 행한 색채와 회화기법에 관한 수많은 귀중한 해석들 역시 마찬가지이다. 그

그리스도교와 성서를 신의 계시에 대한 역사적 정당화가 아닌 윤리체계로 발전시켰다.

27) 〔옮긴이〕 위계주의(Hierarchism): 그리스어 *hieratikós*에서 유래된 용어. 위계질서를 중시하는 원리로서, 보통 종교적인 교리에 의해 요구되는 엄숙함, 추상적인 언술방법 등을 의미한다. 고대와 중세의 예술을 설명할 때 자주 적용된다.

28) 〔옮긴이〕 오스트발트(Ostwald, W., 1853~1932): 독일의 물리화학자이며 화학자, 관념론 철학자. 1909년 노벨화학상을 수상했다. 벨르이가 논하는 미적 속성에 관한 관찰은 오스트발트의 저서 《회화에 대한 편지: 회화의 이론과 실제에 관한 논평》에 제시된 것이다.

후 우리는 한때 엄청난 박해의 폭풍을 견뎌 냈던 인상주의자들의 몇몇 열망을 더 잘 이해하게 되었다. 덧붙이자면, "자연을 예술적으로 표현하기 위해 화가는 새롭게 보기 시작해야 한다"라고 오스트발트는 말한다.[29] 사물을 새롭게 보고자 하는 이러한 열망은 지금까지도 범속한 기지(奇智)를 단련시킬 때 거론되는 영원한 주제이다. 그는 이어서, "화가는 끊임없이 자신의 눈과 자신의 의식이 습관에서 벗어나도록 강제해야 하며, 실제적인 목적을 갖고 시각적 감각을 개조하고 변형시켜야만 한다. 감각들이 현실 속에서 재현하는 바와 무관하게, 오직 색채와 형태만을 볼 수 있도록 화가는 자신을 육성해야 한다. 그는 현실에서 받은 인상을, 그 현실을 초월할 수 있는 법을 터득한 만큼만 자신의 그림으로 표현할 수 있게 될 것이다"라고 말한다. 우리는 여기서 자신의 황당한 생각을 화가에게 종종 집요하게 강요하는 일단의 미술 비평가들보다 '화학 교수'가 회화의 문제를 더 잘 이해하고 있다는 사실을 인정해야 한다.

오스트발트가 화가에게 제시한 요구사항들은 한때 인상주의자들이 제기한 과제들과 얼마나 잘 부합하는가! 수년 동안 외면당했음에도 불구하고 그들은 본질적으로, 당대의 과학적 세계관의 수준에 다다랐던 것이다. 프랑스 학술원은 '인상주의'가 현학적 제스처라고 선언함으로써 자신의 근시안적 속성을 인정했다는 것을 생각이나 했을까? 부르주아는 인상주의를 조롱함으로써 자신의 무지를 스스로 조롱했다는 것을 생각이나 했을까? 모클레르[30]는 자신의 저서 《인상주의》에서 클로드 모네의 유명한 기법에 관해 다음과 같이 언급한다. "국지적 색조의 축출, 보충적

---

29) 〔편집자〕 오스트발트의 《회화에 대한 편지》(Письма о живописи, М., 1905, C. 153, 155)에서.

30) 〔옮긴이〕 모클레르(Mauclair, C., 1872~1945): 프랑스의 시인, 비평가. 본명은 카미유 포스트(Camille Faust). 말라르메의 '화요회' 회원으로서 상징주의의 영향을 받았다. 《인상주의》는 그의 대표적인 미술평론서이다.

색들로 그려진 음영의 탐구, 색조의 분리와 순수하게 분광된 색채들이 점점이 나란히 놓인 화폭의 전개과정 — 이것이 바로 '크로마티즘'[31] (모호한 의미의 '인상주의'보다 더 정확하다고 여겨지는 용어) 의 핵심적인 원리이다. 클로드 모네는 이 원리를 무엇보다 풍경화에 체계적으로 적용했다."[32] 그리고 이보다 앞서 다음과 같이 쓴다. "그의 작업들은 광학 분야에서 헬름홀츠[33] 와 슈브뢸[34] 이 이루어 낸 발견들을 위대하게 입증하고 있다."

[3] 우리는 가차 없이 일관되게 실행되어 온 이른바 미학이라는 것이 자신과 대립되는 원리인 윤리적 원리로 이행하고 있다는 것을 이해한다. 우리가 미(美) 의 내용을 정식화하려는 순간 그것은 윤리적 계기들과 관련되어 버린다. 더 정확히 말해, 윤리의 내용과 미의 내용은 단일한 규범에 종속된다. 그렇기 때문에 오스카 와일드의 일관된 미학주의는 그로 하여금 그리스도를 미의 이상으로 여기게끔 만들었다.[35] 그에게 미의 이상이 된 것은 자기 안에 *최대*(maximum) 의 선(善) 을 구현한 개성이었다.

---

31) 〔옮긴이〕 크로마티즘(chromatism) : 빛이 일곱 가지 색으로 분리되는 성질을 이용하는 회화의 원리.

32) 〔편집자〕 모클레르의 《인상주의, 그 역사와 미학, 그리고 거장들》(Импресс-ионизм, его история, его естетика, его мастера, M., 1908, C. 47) 에서.

33) 〔옮긴이〕 헬름홀츠(Helmholtz, H. L. F., 1821~1894) : 독일의 생리학자, 물리학자. 생리학자로서 신경자극의 전파에 대해 연구했고 생리광학과 생리음향학에서 독자적인 분야를 개척했다. 물리학자로서 열역학이론의 열화학 및 전기화학에 대한 적용 등의 업적이 있다.

34) 〔옮긴이〕 슈브뢸(Chevreul, M. E., 1786~1889) : 프랑스 유기화학자. 동식물성 지방의 화학성분을 최초로 밝혀냈다.

35) 〔편집자〕 오스카 와일드의 《옥중기》(De Profundis, 1897) 에 등장하는 그리스도의 특징을 염두에 둔 것이다: "그는 진정한 예술작품이며", "이상과 개성의 완전한 일치이다".

니체 역시 기존 도덕의 형식들을 내던져 버렸음에도 불구하고 탁월한 도덕주의자이다. 36) 입센의 이데올로기 역시 윤리적 계기를 강조한다. 오직 미의 차원에서 규정된 윤리적 원칙들만이 도덕의 형식이 아닌 어떤 초월적 당위로서의 규범으로 고양된다. 이에, 20세기의 위대한 상징주의자들은 윤리적 규범의 본질에 깊이 침투하면서 현존하는 도덕형식의 파괴자로 여겨져야 했던 것이다.

---

36) 〔옮긴이〕 니체는 기존의 도덕을 신랄하게 비판했지만, 이러한 주장은 일체의 도덕이 필요 없다는 입장이 아니라, 전통적인 그리스도교적 의미의 도덕이 아닌 새로운 의미의 도덕의 필요성을 주장하는 것으로 나타난다.

의미의 표장 (標章): 상징주의이론의 전제*

1

상징주의 미학의 의미는 어디에 있는가? 그것의 이데올로기적 정당성은 어디에 있는가?

최근 수십 년간 상징주의 예술은 형식적인 면에서 영원한 예술의 기법들과 본질적으로 구분되지 않았다. 때로 우리는 새로운 경향들 속에서 이미 잊혀 버린 독일 낭만주의 형식으로 회귀하는 예를 발견하곤 한다. 어떤 경우에는 동양적 양식의 부활을 목격하기도 한다. 그리고 또 다른 경우에는 새로운 기법의 발생이 눈에 띈다. 주의 깊게 살펴보면, 이러한 기법들은 낡은 기법들의 독특한 결합이거나 혹은 그것들을 더 구체화한 것이다.

---

* 〔편집자〕1910년에 《상징주의》 49~143쪽에서 처음 발표되었다. 이 논문은 1909년 9월 《상징주의》를 위해 쓰였다. 그 자료의 일부는 모스크바 종교·철학 협회의 대중 강연 〈종교와 상징주의〉에서 발표되었다. 벨르이가 지적하듯이 이 논문의 과제는 "상징주의 일반에 대한, 그리고 부분적으로는 예술에서, 부분적으로는 종교철학적 사상에서 발현되고 있는 현대의 몇몇 조류들의 상징주의에 대한 잘못된 관념의 그물망을 조금이나마 풀어 보는 것"이다 (Белый, Символизм, С. 484).

이념적인 내용의 측면에서 본 상징주의 예술은 대부분의 경우 새로운 것이 아니다. 예를 들어 마테를링크 드라마들의 독특한 이데올로기, 그들의 포착하기 어려운 사조는 옛 신비주의자들의 기법을 탐구한 결과이다. 우리는 라위스브루크가 마테를링크에게 미친 영향을 기억한다.[1] 혹은 함순의 범신론의 독특한 매력[2]은 본질적으로 도교(道敎)[3]의 몇몇 특징들을 사실주의적 세계관에 전이시킨 데 있다.

새로운 인간관계를 설파하는 현대예술에서도 우리는 전혀 새로울 게 없는 종교적 이데올로기를 접하게 된다. 혹은 니체의 경우에서 고대의 지혜를 현대라는 역사적 시대에 실제적으로 적용하려는 시도들을 보게 된다. 그것은 새로운 인간, 아리아족 문화의 미래에 관한 교의이며, 개성의 창조에 관한 호소이자 도덕의 낡은 형식에 대한 거부이다. 이 모든 것은 고대 인도의 철학적이고 종교적인 흐름들 속에서도 발견된다.

다양한 문화들이 낳은 예술기법들을 결합하는 이러한 부단한 지향 속에, 잊힌 일련의 세계관들을 재해석함으로써 현실에 대한 새로운 관계를 창조하려는 충동 속에, 이른바 새로운 예술의 온갖 힘, 미래가 존재한다. 우리 시대의 독특한 절충주의가 여기서 비롯된다. 고대문화에 있어

---

1) 〔편집자〕 중세 벨기에의 작가이자 신학자인 라위스브루크(Ruysbroek, J. van, 1293~1381) 사상이 미친 영향을 말하는 것이다. 마테를링크(Maeterlinck)의 《가난한 자의 보물》(Le Tresor des Humbles, P., 1920)을 보라.

2) 〔편집자〕 크누트 함순의 인물 형상들이 사회에 적대적이고 자연친화적 경향을 띠는 것을 말하는 것이다.
〔옮긴이〕 함순(Hamsun, K., 1859~1952): 노르웨이의 소설가. 반사회적이고 도시 문명을 혐오하는 극단적인 개인주의자와 방랑자를 주인공으로 한 소설을 발표했다. 1920년에 노벨 문학상을 받았으며, 주요 작품으로는 《기아》〔飢餓(Suit, 1890)〕, 《흙의 혜택》(Markens grede, 1917) 등이 있다.

3) 〔편집자〕 도교(Даосизм): 중국의 종교이자 종교철학 학파의 하나. 도교에서는 근원적 세계인 도(道)와 합치되는 것을 목표로 삼고, 인간에게 자연과 가까운 단순한 삶으로 회귀할 것을 촉구한다.

알렉산드리아 시대를 단호하게 비난했던 니체가 옳았는지는 모르겠다. 그 시대는 다양한 사유와 관조의 방법들이 교차했던 시대로, 오늘날까지 우리가 역사의 심연을 파악하고자 할 때 의지하는 기반이 되지 않는가. 니체는 알렉산드리아학파4)와 소크라테스주의5)를 단일한 질병, 단일한 퇴화로 합한 후에, 자신의 고유한 발전방안을 엄정한 니체식 심판대에 세웠다. 니체는 우리가 그를 사랑하게 하는 것을 참조했는데, 그것은 다름 아닌 알렉산드리아니즘(Alexandrianism)이다. 그가 천성적으로 알렉산드리아인이 아니었다면 헤라클레이토스나 신비의식, 바그너에 관해 그와 같은 예언적 진술을 하지 않았을 것이다. 그뿐 아니라 《차라투스트라》도 창조되지 않았을 것이다. 새로운 것을 창조하면서 그는 낡은 것으로 회귀하고 있었다.

상징주의에서 우리를 매혹시키는 진정으로 새로운 것은 현대문화의 심오한 모순을 다양한 문화들의 다채로운 빛으로 조명하려는 시도들이

---

4) 〔옮긴이〕 알렉산드리아학파(Alexandrian School) : 2세기부터 3세기에 걸쳐서 이집트의 알렉산드리아에서 발생한 기독교 신학의 일파. 그리스도교는 예수 당시를 전후해서 이미 알렉산드리아 사람들에게 알려져 있었지만 지식인들을 개종시키기 위해서는 그들이 납득할 만한 수준의 신학을 소개해야 했다. 이에, 판타이누스(Pantaenus)가 160년경 지식인들을 위한 교리문답 학교를 세웠는데, 이 학교가 놀랄 만큼 성장하여 알렉산드리아학파의 모체가 된 것이다. 알렉산드리아학파는 철학적 사변이 강했고, 신학을 학문으로 연구했으며, 철학 용어를 많이 구사한 것이 다른 학파들과 달랐다. 이 파에 속하는 신학자들은 지성을 중시하고 사변적이며, 필론 등은 유대교 철학의 영향을 받으면서 기독교와 그리스 철학을 결합시키고자 했다. 알렉산드리아학파에서는 신학에 대한 연구에 들어서기 이전에 기하학, 생리학, 천문학 등을 학습하고 나아가 철학으로 들어가는데, 특히 플라톤, 아리스토텔레스의 저서를 연구하였고, 이어서 논리학을 배웠다. 그리스 철학과 기독교의 융합이라는 과제를 제일 먼저 구체적으로 취급했던 것도 바로 이 학파였다.
5) 〔옮긴이〕 소크라테스주의: 이론적 지식의 만능을 주장하는 흐름을 의미한다. 니체는 이러한 소크라테스주의가 이후 서구의 형이상학을 규정했다고 간주했다.

다. 현재 우리는 마치 모든 과거를 경험하는 것 같다. 인도, 페르시아, 이집트가 그리스나 중세처럼 소생하여 가까운 시대가 우리 곁을 질주하듯 질주한다. 삶의 중요한 순간에는 영적 시선 앞에 인간의 모든 삶이 날아간다고 한다. 지금 우리의 눈앞에 인류의 모든 삶이 날아가고 있다. 우리는 진정으로 무언가 새로운 것을 감지한다. 그러나 우리는 낡은 것을 통해, 방대한 양의 낡은 것을 통해 그것을 감지한다. 바로 이것이 이른바 상징주의의 혁신성이다.

그러므로 상징주의의 문학적 강령은 창작에 대한 예술가들의 개인적 언명들을 결산하고자 할 뿐이다.

그러므로 상징주의의 이데올로기는 광범위한 이데올로기가 되어야 한다. 상징주의 원칙들은 우리에게 견고한 철학적 시스템을 제시해 주어야 한다. 세계관으로서의 상징주의는 가능하다.

그러한 세계관의 서설(序說)은 어떠한 것인가? 그것의 창조적 의미는 어디에 있는가?

2

우리가 현실에 대한 유효한 정보의 근간으로 삼는 것은 정밀과학이다. 발생론적 발전과정으로 보면 자연과학은 비(非)자연과학에서 비롯되었다. 철학이 자연과학을 낳았다. 중세 신비철학과 마술이 수학을 낳았다. 점성술에서 천문학이 발전했다. 화학은 연금술에서 발생했다. 정밀과학적 지식만을 지식으로 간주한다면, 그 지식의 발생은 우리에게 무지에서 탄생하는 명백한 그림을 보여 준다. 무지가 지식을 낳았다.

어떻게 무지(незнание)에서 지식(знание)이 생겨나는가?

그것은 지식의 대상을 제한함으로써 생겨난다. 예전에 그러한 대상은 우주의 삼라만상이었다. 그다음에는 일정한 관점에서 연구되는 우주였다. 관점이 과학[6]을 낳았다. 관점이 방법으로 발전했다.

훗날 학문의 세분화와 병행하여 개별 분과가 독자적 학문으로 성장했다. 과학적 연구방법은 다양한 방법들로 변화했다. 개별 과학(частная наука)의 원칙들은 훗날 독자적 분과들로 발전했다. 그것들은 개별 학문의 발전을 주도하게 되었다. 그런 식으로 방법론이 발생했으며, 학문의 부분논리들이 생성되었다.

과학적 세계관(научное мировоззрение)이 무엇인지 우리는 오래전부터 알고 있었다. 과학적 세계관이란 수많은 유효한 지식들로 이루어진 체계이다. 한때 유물론이 그러한 세계관이라고 생각되었다. 그러나 물질은 그 자체로서 존재하지 않는다는 사실이 판명되었다. 개별 과학, 물리학이 자기 시대의 과학적 세계관을 뒤엎었다. 어떤 시대에는 학문체계가 과학적 세계관으로 간주되었다. 콩트가 그러한 체계 중 하나를 제시했다. 그 체계는 과학적인 것처럼 보였다. 그런데 개별 과학은 과학적 체계나 세계관과는 무관하게 발전했다. 그리고 체계는 체계 밖으로 와해되었다. 훗날 특수 학군들(화학, 물리, 역학) 중 어느 하나의 결론을 과학적 세계관의 중심에 세우려는 시도들이 있었다. 그러나 어느 과학의 결론이든, 그것은 세계관과 관련이 없다는 것이 판명되었다.

예를 들어, 에너지와 일이 삶의 전(全) 과정의 본질인 것처럼 이야기

---

6) 〔옮긴이〕 과학(наука) : 현실에 대한 객관적 지식의 체계화와 정교화(выработку)를 지향하는 인간 활동의 영역으로 정의된다. 이러한 활동의 근간이 되는 것은 사실들의 모음, 사실들의 점진적인 혁신(постоянное обновление)과 체계화, 비판적 분석이며 과학은 이것에 근거한 새로운 지식 혹은 일반화의 종합이다. 과학은 자연적 혹은 사회적 현상을 대상으로 할 뿐 아니라 예측의 궁극적 목표(связи с конечной целью прогнозирования)와 연관된 인과관계를 구축하게 한다. 보통 '과학'으로 번역되는 러시아어 наука는 '모든 과학적 지식의 총화'라는 면에서 한국어의 '학문'으로도 가능하며, 본문에서는 경우에 따라 '학문'과 '과학' 두 용어를 병행하여 사용하였다.

되곤 했다. 지금까지도 확신에 찬 철학자-에너지론자들이 존재하며, 그들의 사고 속에서 철학이란 에너지론이다. 그러나 우리의 세계관에 과학적 근거를 부여하려는 그런 유의 시도들은 실패를 겪고 있다. 에너지에 관한 개념은, 그것이 역학적인 일과 관련되는 분야에서만 명확하다. 열역학에서는 에너지에 관한 일정한 개념 없이는 아무것도 해결될 수 없다. 그러나 이 개념을 개별 과학의 경계 밖으로 가져간다면 그것은 다의미적이고 아주 불분명한 개념이 되어 버린다. 열역학은 일련의 공식들과 역학적 표장들을 통해 에너지에 관한 개념을 정립하는데, 그 표장들은 학문들 중 하나의 지평을 넓히기는 하지만 우리의 의식의 문제를 우리에게 전혀 밝혀주지 않는다. 그뿐 아니라 에너지론의 원리는 'K + P = Const',[7] 즉 힘의 닫힌 체계 속에서 K가 커질수록 P는 작아진다는 공식에 의해서만 규정된다. 심지어 에너지가 *실체*[주해 1]의 역할을 한다고 인정하고 닫힌 힘의 체계를 우주와 동일시한다면, 그것은 닫힌 힘의 체계로서 우주에 관한 관념을 전혀 설명하지 않고 본질의 개념을 *에너지*의 개념으로 대체할 뿐이다. 그렇게 되면 우리는 '우주'도 '힘'도 해명하지 못할 것이다. *실체*는 *에너지*라고 인정함으로써 사실상 우리는 현대의 과학적 세계관에 자리를 내주고 물러난 듯이 여겨졌던 스콜라철학의 모든 속성들을 역학적 원리에 부여하게 되는 것이다.

오늘날 정밀과학들(точная наука)의 체계를 벗어난 세계관으로서 과학적 세계관이란 존재할 수 없다. 어떤 과학이든 과학의 발전은 일정한 방법에 의한 해당 과학의 중앙집중화로 나아간다. 방법의 원칙들은 각각의 과학의 논리를 구성한다. 그 논리의 언어는 현실의 제반 현상을 설명할

---

7) 〔옮긴이〕 이 공식은 열역학 제1법칙(에너지 보존의 법칙)의 초보적 개념을 수학식으로 표현한 것이다. 닫힌 역학계에서 에너지의 형태가 어떻게 바뀌더라도 총 에너지의 합은 일정하다는 것을 의미한다. 여기서 K는 운동에너지, P는 위치에너지에 해당하고 항수를 뜻하는 Const는 불변하는 에너지의 총량이 된다.

수 있는 개별 과학의 언어이다. 그러나 개별 과학은 여러 가지가 존재한다. 현실에 대한 설명만큼 방법들도 여러 가지이다. 과학적 세계관이란 본래 세계를 전문적인 방식으로 설명할 수 있는 세계관을 말한다. 철학도, 전문적인 학문도 시대에 따라 철학사, 사회학, 심리학, 심지어는 열역학으로 전화(轉化)했다. 이것은 다양한 시대에 개별 과학의 다양한 방법이 삶의 의미의 문제들에 대한 해답을 내놓았기 때문이다. 물론 그러한 해답들은 단지 방법론적 해답일 뿐이었다. 각각의 해답은 일정한 방법으로 고찰할 때만 의미를 갖는다. 그러나 해답들의 결산은 모순적이었다. 어떤 해답은 "인(燐)이 없으면 사고도 없다"라고 말했다. 그것은 정반대의 해답인 "사고가 없으면 인(燐)은 없다"와 똑같이 나름대로 옳았다. 그것은 삶 자체를 표장(表裝), 혹은 '삶에 관한 개념'으로 대체하는 제한적이고 상징적인 해답이었다. 그럼에도 불구하고 해답 자체는 중요하게 받아들여졌다. 이 모든 것이 세계관의 위기에서 또 다른 위기로 귀결되었음은 그리 놀랄 만한 일이 아니다. 우리의 눈앞에서 '과학적 세계관'이라는 공중누각이 떠오르더니 마침내 무너져 버렸다. 유물론의 파편들로부터 스펜서의 '종합철학'의 빙산이 솟아오르더니 마침내 산산이 부서졌다.

문제는 과학과 세계관에는 같은 척도를 적용시킬 수 없다는 데 있다. 세계관은 결코 개별 과학에, 그것의 결론에 근거할 수 없다. 오늘날 그런 종류의 세계관은 단지 오류들의 총합 위에서만 성립될 수 있다. 그 이유는 다음과 같다.

과학적 지식의 결론들을 종합할 때, 그러한 결론들로 이끄는 연구방법들을 나는 결코 신뢰할 수 없다. 각각의 학문분과는 고유한 방법들에 의거한다. 예를 들어, 심리학에 생리학적 방법들을 적용함으로써 영혼의 본질에 관한 결론에 도달할 수는 없다. 그것은 영혼이란 결코 존재하지 않기 때문이 아니라, 생리학적 연구원리에 의해 영적 과정에 관한 용어가 물리적 과정들에 관한 용어로 뒤바뀌기 때문이다. 범신론적 세계관에서 영혼이 본질이 되듯이, 역학적 관점에서는 에너지가 본질이 된다. 따라서 문제는 본질에 대한 문제로 이행한다. 이런저런 개별 과학의 기본 개념들이 출현하게 되는 발생론적 과정을 추적해야 한다. 그다음 일정한 그룹의 학문들을 통합하는 인자로서 발생론적 방법론 자체를 비판적으로 검토해야 한다. 그제야 영적 활동과정의 동력학적이고 범신론적 설명이 보다 올바른 견지에서 드러나게 될 것이다.

과학의 개별적 논리들은 보편논리적 근거를 필요로 한다. 그러나 그러한 근거는 우리를 인식론의 영역으로 끌어들인다. 인식론은 모든 종류의 세계관의 개론이다.

그러나 인식론의 과제는 매우 빈번하게 단지 개별 과학의 논리의 견지에서 이해되어 왔다. 심리학, 사회학, 자연과학은 자신의 고유한 논리에 인식론을 종속시켰다. 철학의 역사에서 학문분야 중 어느 하나의 논리가 과학 자체의 논리의 자리를 차지하려 했던 적이 한두 번이 아니다. 그러나 과학의 논리는 개별적 논리들과 동일시될 수 없다.

과학의 논리를 여러 방법들 중 하나로 귀속시키게 되면, 임의의 인식 대상에 대한 일면적 견해를 필연적으로 갖게 된다. 수많은 방법론적 수단들의 결과를 총합하고, 그러한 총합을 '*과학적 세계관*'이라 명명함으로써 우리는 의미심장하고 그럴듯한 '*사상의 혼합물*'을 얻게 된다. 진정한 세계관은 방법론적 결과가 아니라 방법 자체에 따른 과학의 분류에 근거해야 한다. 한편, 그러한 분류는 해당 방법들을 불가피하고 보편적인 것으로 도출해 내는 원리 자체에 근거해야 한다.

이렇게 해서 과학적 세계관에 대한 문제는 과학에 대한 과학의 도출의 문제로 귀결된다. 그러한 독립된 과학은 그노시스학이 될 것이다. 그러나 그것의 과제가 보편적이고 필수적인 합리적 형식들의 탐색에 있는 한, 이념 자체, 그리고 이념들의 상관관계를 기반으로 하는 세계관은 그 과제에 속하지 않을 것이다.

그러한 세계관은 보편적이고 필수적인 형이상학이어야 할 것이다. 오늘날 인식론은 그러한 형이상학을 전혀 구성해 내지 못하고 있다. 그러므로 총체적 세계관은 인식론의 권한 밖의 일이다. 이제 우리는 오늘날 세계관을 대하는 관점 자체가 예상 밖의 형식을 취할 수밖에 없다는 사실을 증명해 볼 것이다.

그리고 인식론이 총체적 세계관을 제시할 능력이 없다면, 과학이나 과학들의 체계에서도 우리는 그러한 세계관을 획득할 수 없을 것이다. 따라서 과학적 세계관이라는 교리들은 기껏해야 웰스[8]와 플라마리옹[9]의 소설에 나타나는 유토피아적 환상이 될 것이다. 그것들은 우리의 감정에 암시하거나 말을 하지만, 결코 명료한 언어로 말하지는 않는다. 학문의 정확성은 관계들의 집합에 있다. 각각의 집합은 무한히 연장될 수 있지만, 인접한 집합들 사이에는 심연이 놓여 있다. 모든 그룹들은 서로 교차하지 않는 평행선을 이루듯이 하나의 방향으로 뻗어 있다. 그러나 그 모든 선들은 하나의 평면 위에 놓여 있다. 이 평면이 바로 인과관계이다. 그러므로 에너지, 힘, 원자, 의지 등과 같은 개념들을 원인의 개념으로 대치함으로써 인과론의 문제를 과학적-독단적으로 해결하는 것은 우스운 일이다. 여기서 문제는 보편적인 전체를 이런저런 부분으로 설명한다는 것이다. 원인을 힘이라고 하는 것은 1을 1/3이라고 하는 것과 같다. 과학적 세계관이라 명명되는, 한정적인 방법론적 개념들로 이루어진 '혼합물'은 결국 그것을 구성하는 이질적인 개별 개념들로 분산된다. 우리는 그러한

---

8) 〔옮긴이〕 웰스(Wells, H. G., 1866~1946) : 영국 소설가이자 문명 비평가. 자연과학적인 넓은 교양과 상상력을 결합하여 《타임머신》(*The Time Machine*, 1895), 《투명인간》(*The Invisible Man*, 1897) 등을 저술했다.

9) 〔옮긴이〕 플라마리옹(Flammarion, C., 1842~1925) : 프랑스의 천문학자. 천문학에 대한 대중 과학서 《대중 천문학》(*Astronomie Populaire*, 1880), 《대기: 대중 기상학》(*L'Atmosphère: Météorologie Populaire*, 1888) 등을 집필했다.

한정적 개념들을 그것들의 역사적 형성과정 속에서 고찰하면서, 다른 한편으로 새로운 개념들을 계속해서 그 옆에 정렬시킨다. 어제의 한계는 이제 한계가 아니게 된다. 한정적 개념은 과학에서도 형이상학에서도 한계를 넘어서는 것이 된다. 예를 들면, 분자-원자-이온, 무게-힘-일, '물자체'-'나'-단일한-의지 등이 그것이다. 우리는 이러한 개념들을 합리적인 명제(경험의 가설)에서 도출된 개념으로 간주함으로써 정밀과학을 인식론에 종속시킨다.

우리는 또한 그와 다른 관점에서 무한성을 발견한다. 개념들이 과학적으로 생성되는 층위는 그러한 생성의 의미에 관한 문제와 결코 교접하지 않는다. 삶의 문제는 지속적으로 우리에게 단어 형성을 환기시킨다. 과학적 용어의 형성은, 이 개념들이 우리를 위로하고 우리 존재의 수수께끼를 해명해 주었으면 하는 열망으로 우리를 몰아간다.

바로 여기에 모든 생생한 세계관의 목적이 있다.

과학과 세계관이 그 어디에서도 서로 접하지 않는 이유는 다음과 같다. 어떤 것이든 세계관을 과학에 억지로 포함시키는 것은 과학을 모욕하는 일이다. 그 반대 역시 마찬가지이다. 그것은 소중하고 의미 있는 세계관을 가지려는 우리의 은밀한 욕망을 모욕하는 일이다.

수학적이고 역학적인 표장들, 그 밖의 표장들에 관한 지식은 과연 지식일까? 표장들에 관한 지식이란 표장들을 실제에 적용시킬 수 있는 능력을 말하는가?

일반적인 과학을 지식이라 해도 되는지 모르겠다. 지식의 의미는 역사적으로 변해 왔다. 그러한 변화의 특징은 지식의 의미가 기능적 의존관계의 확정과 사용가능성에 귀결되어 왔다는 것이다. 하지만 과연 의존관계 자체의 의미에 대해 논할 수 있을까? 기능과 미분, 적분의 의미에 대해 지금 판단을 내리는 것은 이상한 일일지도 모른다. *"미분은 미분이다."* 과학은 대략 이렇게 답한다. 즉, 현상들의 살아 있는 의미에 관한 질문을 배격한다. 그것은 무게를 달고 연관을 짓는다. 마치 현상들을 예측하는 데 과학의 존재의의가 있는 것처럼 이야기된다. 그러나 삶의 의미가 예측에만 있는 것은 아니다.

만일 지식이 또한 삶의 의미에 관한 지식이라면, 과학은 아직 지식이 아니다.

과학은 무지에서 무지로 나아간다. 과학은 온갖 무지의 체계화이다.

3

비판철학은 인식의 기본 문제들과 관련된다. 그것은 사고를 가능케 하는 인식의 기본형식들을 규정한다. 비판철학의 과제들은 여기서 끝나지 않는다. 개별 인식형식들 간의 관계를 정립하고, 그 상호 간의 이론적 지위를 정립해야 한다. 이러한 형식들의 체계적 기술은 인식의 규범을 전제로 한다. 어떤 그노시스학자들, 예를 들어 짐멜[10]의 경우 인식에 대한 기술(記述)에 만족했다. 다른 이들, 예를 들어 리케르트는 인식론에서 인식형식들의 배열 속에 존재하는 목적론적 연계에 주목했다. 인식의 규범은 사고의 범주를 체계화한다. 분할의 결과로서 파악되는 인식형식들의 연계는 분할이론을 전제한다. 그러한 이론이 인식론이다. 비판철학은 스스로를 인식론으로 규정함으로써 과학의 반열에서 독립적인 지위를 차지한다. 모든 과학의 발전의 자유를 제한하지 않으면서, 비판철학은

---

10) 〔옮긴이〕짐멜(Simmel, G., 1858~1918): 독일의 철학자이자 사회학자. 철학 분야에서는 프랑스의 베르그송 등과 함께 생철학의 대표자이다. 사회학 분야에서는 초기의 종합사회학에 반대하고 사회화의 형식을 그 내용으로부터 분리시켜 독자적인 대상으로 하는 형식사회학을 주장했다. 대표작으로《화폐의 철학》(Philosophie des Geldes, 1900),《생의 직관》(Lebensanschauung, 1918) 등이 있다.

그 각각의 과학에서 우리가 무엇을 기대할 수 있는지 이성에게 알려 준다. 그것은 모든 과학적 방법에 확고한 경계를 설정해 준다. 일체의 다른 과학들은 그 경계에 근접하지만 결코 그것을 뛰어넘지는 않는다. 여기에 변수들의 총량이 항수와 맺는 관계가 있다. 인식론은 모든 지식의 항수이다. 임의의 과학은 특정 지식에 관한 지식의 체계적 기술로 정의된다. 인식론에서 지식은 대상이 된다.

인식은 단순한 지식이 아니다. 그것은 말하자면 지식에 대한 지식이다. 과학에 속하는 것은 시원적 의미에서의 지식이다. 비판철학의 창끝은 과학적 지식의 정밀한 의미에 대립되는 곳을 향하고 있지 않다. 그것은 지식 확장의 다른 수단들에 대립되는 쪽을 향하고 있다. 지식에 대한 지식으로서의 인식은 지식에 있어서 경계초월적인 어떤 것이다. 그러한 의미에서 인식은 차라리 '후(後) 지식'(после-знание) 이다. 인식의 근본적 과제 중 하나는 지식의 최종 경계를 설정하는 것이다. 그러한 의미에서 인식론은 과학의 그룹들을 하나의 원 안에 가두려는 것만 같다. 인식론과 과학 간의 관계는 이심적(эксцентрический) 영역과 동심적(концентрический) 영역 간의 관계이다. 우리의 패러독스는 용서받을 수 있다. 상식적으로 기묘한 비판철학의 결론들은 말 그대로의 의미에서, 그리고 전이된 의미에서 이심적이다. 그러한 의미의 영역은 과학의 동심원과 인식의 이심원 사이에 해당한다. 보통의 상식은 과학에서 중심을 향해 집중되지만, 이론철학에서 그것은 이심화된다. 상식에는 자신만의 '관점'(standpunkt) 이 없으며, 인식론은 상식을 내려치는 망치이다. 상식은 헛되이 과학에 집중된다. 과학은 모루이다. 인식(познание) 의 망치가 지식을(по знанию) 내려친다. 그리고 상식은 전혀 존재하지 않게 된다.

지식은 사방에서 인식의 형식들로 에워싸여 있다. 인과관계는 그러한 형식들 중 하나이다. 인과관계의 적용은 과학에서 보편적인 사항이다.

과학의 본질적 특징은 인과관계의 정립에 있다. 존재 안에 있는 인과관계의 영역이 존재 자체를 에워싼다. 현실은 존재와 동일시되면서 인과론적 현실이 된다. 현실의 부분들은 현실을 그것의 내용이라는 측면에서 규정한다. 우리 앞에는 온갖 내용들의 연속적 대열이 있다. 모든 지식은 현실의 부분들을 그것의 보편적 형식 속에 배속시키는 것이다. 그런데 인과관계라는 형식은 존재 속에 배속시킬 수 없다. 이런 의미에서 이 형식은 닫힌 영역이며, 그것의 원주는 인식의 형식이다. 이 형식은 존재 밖에 있으며, 우리의 현실 밖에서 진리성의 개념이 관계한다. 진리는 현실적이지 않거나, 혹은 현실은 존재가 아니다.

인식의 형식은 이중적 기술(記述)을 요한다. 인식의 원리가 적용되는 대상들의 형식을 기술할 수 있다. 이 대상들은 또한 내용이다. 직접적으로 주어진 존재로서 이해되는 현실이 그러한 대상이었다.

인식의 형식을 다른 인식형식들(공간, 시간)과의 관계 속에서 규정할 수 있다.11) 이때 해당 형식들이 표현하는 내용들 간의 관계를 정립할 것이 요구된다. 우리는 내용들에 형식을 부가하면서, 형식이 부가되는 영역들이 서로 뒤섞이거나 심지어 서로가 서로를 가려 버리는 것을 목격한다. 형식들 간의 종속과 대립은 이와 같이 정립된다. 이로써 인식범주들의 관계가 드러난다.

인식론은 내용이라는 재료에 적용될 개념들이 도출되는 분야이다. 이런 경우 원칙들 간의 관계는 그것들의 유형의 내용의 측면에서 정립된다.

---

11) 〔옮긴이〕 시간과 공간은 칸트철학에서 감성 형식과 관련된다. 칸트는 인식능력을 감성과 오성 및 좁은 의미의 이성으로 나누는데, 감성은 감각능력이고, 오성은 사고능력이며, 좁은 의미의 이성은 전체성과 완전성을 사유하는 능력이다. 감성과 오성은 각각 그 형식을 갖는데, 이때 시간과 공간이 바로 감성의 형식인 것이다. 다시 말해 감각을 할 때 우리는 항상 시간과 공간이라는 조건 하에서만 한다는 것이다. 이 형식은 인간이면 누구나 태어나면서 이미 갖추고 있다는 의미에서 보편적이고 선험적이다.

예를 들어, 형식들과 형식화되어야 할 요소들 간의 연계방식을 결정하는 선험적 논리의 법칙이 그러하다. 만일 인식의 형식을 경험으로부터 독립된 이성의 개념과 동일시하고 내용을 경험세계와 동일시한다면, 인식론의 과제는 선험적 논리의 과제로 귀결될 것이다. 칸트에 따르면 그러한 논리는 사고의 필수적인 수단들을 연구하는 *분석법(аналитика)* 과 *변증법(диалектика)* 으로 나뉘는데, 칸트는 변증법의 과제가 선험적 명제의 상대성을 규명하는 것이라고 부정적으로 규정했다. 이성활동의 제한이라는 인식과제의 부정적 정의가 그노시스적 연구의 대상을 모두 소진하는 것은 아니다. 인식론은 인식형식들을 단지 대상이라는 측면에서뿐 아니라, 경험적 내용과는 무관하게, 형식 자체의 측면에서 검토할 수 있다. 그러한 연구는 인식범주들 간의 질서를 특수한 규범으로서 전제한다.

경험의 다양한 내용은 인식형식들을 그노시스적 표상들의 발전과정 속에서 규정한다. 그러나 발생론적 '사후'라는 조건은 인식론을 논리적 '선행'으로 변화시킨다. 경험으로부터 그것의 논리적 전제로 이행하는 것, 바로 이것이 그노시스적 표상의 발전에서 첫 번째 시기이다. 이 시기에 인식의 문제는 명확하게 정립되었으되 전혀 해결되지는 않았다. 여기서 문제는 인식론의 실제적 한계에 변증법적으로 접근하는 것이다. 이러한 접근의 방향을 이론적 체계의 출발점으로 삼아서는 안 된다. 경험적 장의 공리로서 혹은 그것의 전제로서 고찰되는 해당 인식형식은, 일정한 형태를 갖춘 인식의 질료와 인식규범 간의 넘을 수 없는 경계로 나타난다. 선험적 문제는 다음과 같은 두 가지 연구영역으로 나뉜다.

첫 번째 연구영역은 경험의 전제들을 포괄한다. 여기서 연구의 행로는 경험에서 그것의 전제로 향할 수 있으며, 혹은 역으로 전제에서 경험으로 향할 수도 있다.

또 다른 연구영역은 경험적 연구의 전제들을 체계화하고자 한다. 즉, 인식의 범주들을 조화롭게 배열하고자 한다. 오직 이 영역에서만 그노시스의 문제가 진정한 인식론으로 변모한다. 그러한 인식론은, 예를 들어 칸트에게는 부재한다. 그와 동시에 우리는 그것의 현존을 리케르트에게서 볼 수 있다.

개별 과학의 다양한 내용들로 이루어진 굴곡진 길을 따라 달려가면서 우리는 지식에서 인식으로 접근한다. 그러한 종류의 인식은 지식의 공리, 즉 무언가에 의해 제약된 내용이다. 여기서 인식의 형식은 내용이 형식에 의해 제약되는 바로 그만큼 내용에 의해 제약된다. 이는 결과적으로 이원론이다. 한편으로는 과학에 의해 상대적으로 체계화된, 인식의 무형의 질료이고, 다른 한편으로는 그러한 질료를 예정하는 형식이다. 방법론적 연구의 다양한 방안들은 참된 것으로 규정되기를 요구하면서, *스스로 자신만의 고유한 정의를 내린다.* 따라서 다양한 방안들은 그와 같은 문제설정 속에서 서로가 서로에게 귀속되지 않는다.

결코 인지되었다고 말할 수 없는 일련의 환원되지 않는 형식들이 한 방향으로 놓여 있다. 다른 한편으로는 관례적으로 체계 속에 인입된, 과학적 지식의 인식되지 않은 질료가 놓여 있다. 인식의 문제는 칸트에 의해서 그와 같이 제기되었다.

칸트는 지식의 경계에서 출발하여 인식론의 불가피성에 도달했다. 그러나 그의 이론은 단지 문제일 뿐이다. 칸트에게 인식은 지식을 제약적으로 예정하는 것이다. 그에게 과학으로서의 인식론은 없으며, 있을 수도 없다. 칸트는 앞에서 언급된, 인식형식들의 필연성을 도출해 내는 인식의 규범들을 찾으려 하지 않았다. 반대로, 그는 해당 형식들에서 그것들을 규정하는 규범을 찾는다. 그노시스의 문제는 이원론에서 발생한다. 그것은 경험적 질료의 소여(所與)와 인식활동 자체의 소여이다. 인식론의 문제는 이원론을 극복함으로써만 이론으로 이행한다. 규범을 형식으로, 형식을 내용으로 규정하면서, 우리는 불가피하게 모든 종류의 (소박한 혹은 신비주의적인) 리얼리즘의 체계에 도달한다. 인식의 규범으로부터 그것의 형식을 도출하면서, 더 나아가 형식으로부터 내용 자체를 도출함으로써 우리는 불가피하게 그노시스적 관념론의 체계에 도달한다. 규범의 근거를 확립하는 첫 번째 길은 인식론에 있어서는 차단되었다. 두 번째 길(해당 내용의 근거)은 인식론의 방법이다. 그와 같이 내용의 도출도, 형식에 의한 내용의 확증도 과학적 지식의 방법적 형식에 달려 있다. 이러한 형식들은 우리를 그노시스의 문제로 이끄는데, 그것은 인식론에서 마무리된다. 그리고 더 나아가서 인식형식들이 인식재료와 맺는 관계는 마치 인식형식이란 존재하지 않는 것처럼 확립되는데, 그 형식들의 불충분함이 그노시스의 문제를 야기한다. 다시 말해 모든 과학은 발전의 두 가지 국면을 겪는다. 과학의 방법은 처음에는 과학의 재료에 의존하면서 발전한다. 그다음 그 재료는 과학의 논리에서 추출된다. 모든 과학의 논리는 과학연구의 단락이 된다.

인식론은 그것이 첫째, 지식의 방법들에서 그 방법들을 예정하는 형식들로의 상승일 때, 둘째, 인식형식들의 규범 혹은 관계일 때, 셋째, 인식형식들과 내용들 간의 관계일 때에만 성립이 가능한데, 이때 형식과 내용 간의 관계는 주어진 형식을 경험 외적 전제로 삼는 방법들과는 무관하다. 이와 같은 이론과 관련하여 칸트의 인식론은 문제 제기일 뿐이지 그것의 해결은 아니다.

칸트적인 문제의 기저에 놓인 이원론[12]의 의식은 이원론을 극복하려는 다양한 시도들로 귀착되었다. 그것을 책임진 것이 인식론이다. 그러나 그 뒤를 이은 철학은 칸트의 문제를 극복할 수 없었다. 칸트에 의해 이루어진 변화는 엄청나다. 잠시 동안 위축되었던 칸트 이전의 교조주의는

---

12) 〔옮긴이〕칸트의 '이원론'은 현상세계와 물 자체의 세계라는 이원론이다. 칸트에 의하면 현상세계는 우리의 선험적 능력에 의해 구성된 세계로서 흔히 말하는 자연이며, 물 자체의 세계는 현상세계의 배후에 존재하는 것으로서 우리가 있다고 생각할 수는 있지만 인식할 수는 없는 세계를 말한다.

칸트의 《비판들》에 대한 비판에 동조했다. 볼프주의자들13) 은 학자다운 태연한 자태로 칸트를 매장했다. 사람들은 고생물학자가 발굴된 동물의 이빨을 보고 동물 자체를 복구한다고 믿는다. 나중에 칸트의 저서는 발굴된 매머드의 이빨임이 드러났다. 이빨을 보고 매머드의 특성을 규정해야 했고, 《비판들》을 보고 칸트철학의 본질을 규정해야 했다. 이후의 철학들은 칸트사상의 거대한 골격에 원기를 불어넣으려 하면서도, 두근거리는 가슴을 안고 이 골격 주변에서 떨고 있을 뿐이었다. 그러나 그러한 철학들은 참된 인식의 원리를 발견하려는 절박한 갈망을 부추겼다. 칸트를 극복하려는 시도는 두 가지 방향으로 나아갔다. 하나는 이원론을 극복하면서 피히테와 셸링, 헤겔에게서 교리상의 발전을 얻어 냈다. 다른 방향은 쇼펜하우어와 하르트만에 의해 규정되었다. 여기저기서 단일성이 정립되었다. 그러나 이 단일성은 형이상학적인 것이었다. 그노시스적 단일성을 찾아내거나 혹은 적어도, 마치 우리가 아직 그것들을 지칭한 적이 없다는 듯이, 모든 가능한 형이상학적 단일성('나', '정신', '무의식')을 구성하는 방법들을 그노시스적으로 검토할 필요가 있었다. 피히테는 칸트의 이원론을 목적론적 원칙으로 바꿔 놓았다. 쇼펜하우어는 주의설(主意說)에서 헛되이 합일을 찾고자 했다. 그와 같은 단일성의 형식 역시 이원론이었다. 그것은 주체와 객체의 분리였다. 피히테에게 주체는, 셸링-헤겔적 담론들의 주제로 거론된 후, 목적론적 규범이 되었다. 주체는 이유율의 네 가지 형식을 객체의 세계에 위임한 후, 쇼펜하우어의 형이상학적 의지의 소용돌이 속으로 달려든다. 이로부터 칸트의 그노시스적 이원론은 단지 형이상학적 균열이 되어 버린다. 쇼펜하우어의 의지로 인해 한

---

13) 〔옮긴이〕 볼프주의자들: 독일 철학자 볼프(Wolff, C. F., 1679~1754)의 추종자들을 말한다. 볼프는 라이프니츠 이후부터 칸트 이전까지의 시기를 대표하는 철학자이다.

바탕 소동이 일어날 뿐이다. 의지는 이유율의 형식에 따라 표상들의 세계에 처하게 되자, 자신의 대립물과 마주치게 된다. 객체와 객관적 현실의 혼동에서 쇼펜하우어적 형이상학의 실패가 드러난다.

인식형식 자체를 경험으로의 하강으로 파악할 때만이 인식론의 단일한 원리가 허용된다. 하강의 단계들은 인식의 범주들뿐만 아니라 선험적 형식들로도 구성된다. 그러한 경우 모든 내용은 형식에서 도출된다. 쇼펜하우어에게 진리의 몫은, 표상되는 객체들의 세계를 얻어 낸 인식에 있었다. 그런데 의지와의 관계뿐 아니라 표상과의 관계 속에서도 주체를 불완전하게 규정한 것에서 오류들이 발생했다.

반면, 피히테의 형이상학에서 우리는 칸트적 문제의 해결 자체가 아닌 해결의 계획을 고찰하게 된다.

4

칸트적 의미에서 인과관계는 인식의 원리(형식)이다. 이 원리와 다른 인식의 원리들 간의 관계는 규범적이다.

우리는 인식의 규범을 인정하는 것이 인식론의 필수적인 형이상학적 전제인가 아니면 인식의 규범은 선험적 단일성인가라는 문제를 우려한다. 간단히 말해, 규범은 선험적인가라는 것이다. 후자의 경우 칸트적 이원론을 그노시스적으로 극복하려는 모든 시도들은 형이상학적인 시도일 것이다. 이미 《판단력비판》에서 우리는 인식론을 형이상학으로 완결시키려는 칸트의 시도를 짐작한다. 오늘날 우리는 그노시스의 문제가 새로운 형이상학으로 나아가는 입문임을 분명히 깨닫는다. 인식론 자체의 형이상학적 특성은 모든 인식의 전제가 순수하게 실천 명령이라는 것에 있다. 인식은 자신의 목적을 실현해야 한다. 그것은 합목적적이다. 자기 자신에 대한 이해를 지향하는 인식활동의 목적은 어디에 있는가? 그것의 목적은 인식이 우리에게 활동형식들의 우연한 구성이 아닌 자기 질서를 갖춘 닫힌 세계로 나타나는데, 그 세계에서 인식규범은 단일성이 되고, 인식형식은 인식활동의 단일성을 규정하는 수단들이 된다. 인식의 규범과 형식들 간에 존재하는 관계들은 실천이성을 합목적성이라는 형이상학적 형식으로 변화시킨다. 실천이성을 이론이성의 활동에 연루시키는 그러한 계기가 이론이성의 전제이다. 우리가 그노시스 문제의 초입에 있는 한 인식활동의 타율성은 불가피하다. 그러나 이 문제가 이론에 의해서, 즉 인식형식들의 계통학에 의해서 종결되기 전까지는 공허한 문제라는 것을 깨닫는 순간, 우리는 체계화의 규범이 실천이성의 규범임을 의식하는 것이다. 이러한 의미에서 그 규범은 이미 인식의 한정적 형식이 아닌 무한정의 형식이며, 선험적(трансцендентальная) 형식이 아닌 초월적(трансцендентная) 형식이다. 인식의 정언명령은 인식의 불가피한 전제이다. 이 명령은 인식 자체에 합목적적 인식이 될 것을 지시한다. 리케르트에 따르면, 이러한 의미에서 당위는 초월적 규범이다. 합목적성은 인식론 자체의 형이상학적 조건이다.

이로부터 우리가 그노시스학 자체에 윤리적 계기를 끌어들이고 있다는 사실을 인정하는 운명적인 바로 그 순간 윤리적 계기가 인식에 부가된다는 것이 분명해졌다.

목적론을 제기했던 피히테는 옳았다. 그런 점에서 그의 그노시스학은 본질적으로 형이상학이다. 그러나 그는 그노시스학이 형이상학으로 변형되는 것이 본질적으로 그노시스의 문제에 연원을 둔다는 것, 그 문제 자체가 윤리적 문제라는 것을 분명하게 제시하지 않았다. 방법들의 비판으로서 윤리적 문제의 발생은 실천이성에 기인한다. 실천이성은 여기서 과학에 연루된다. 실천이성은 임의의 과학이 발전할 자유를 제한하지 않는 대신, 방법적 인식의 결과에 대한 해석의 경계를 제한한다. 그럼으로써 자기 제한 없이는 인간활동의 의미가 무의미로 은밀하게 변질될 것임을 지적하고 있는 것이다. 방법적 인식의 제한과정에서 실천이성은 비판철학을 정립한다. 비판철학에서 실천이성은 스스로를 제한하면서 이론이성처럼 된다.

실천이성의 활동이 지니는 그러한 의미는 철학자 하인리히 리케르트의 놀라운 저작들이 발표된 이후 명확해졌다. 그와 같은 견지에서 칸트도 피히테도 다시 한 번 더 새롭게 조명되고 있다.

리케르트 이후 인식의 근본문제들은 우리에게 새로운 의미를 띠게 된다.

5

인식은 무엇이 되어야 하는가?

이 문제의 해결에 인식의 가치에 관한 문제가 달려 있다.

그러나 먼저 인식이란 무엇인가?

그에 대한 대답으로 우리 앞에는 서로가 서로에게로 환원될 수 없는 일련의 방법적 연속체 속에 현존하는 인식이 성장한다.

현존하는 인식은 우리 앞에서 일련의 지식들로 드러난다.

현존하는 인식이란 그러한 의미에서 전혀 존재하지 않기도 하다. 인식은 없고, 지식이 있다. 그러나 지식은 인식이 아니다. 만일 지식이 인식이라고 한다면, 개별적 인식들로부터 인식은 결코 성립되지 않을 것이다. 인식들의 총합은 아직 우리가 의미하는 인식이 아니다.

현존하는 인식(혹은 지식)은 비(非)당위적 인식이다. 그것은 현존하는 지식의 방법을 통해 실현되는 기계적 기능들의 특징에 의해 규정된다.

당위적 인식은 실천이성의 명령에 의해 규정된다. 이와 같은 의미에서 그것은 가치 있는 것이기도 하다. 인식의 가치에 관한 문제는 그 가치가 주어진 일련의 지식 속에서 실현되는지와 무관하게 제기되어야 한다.

인식의 가치는 참된 인식의 규범을 결정한다. 자신의 목적을 정하고 실현하는 참된 인식은 방법적 계열들로 세분될 수 없다. 그러한 계열들은 선험적 원리들에 의해 인식의 가치들에 대해 종속적인 관계에 놓이게 된다. 실천이성이 우리에게 명령하는 모든 것은 우리에게 소중한 것이다.

합목적적으로 배치된 당위적 규범들의 총합은 참된 인식의 대상을 완전하게 결정한다.

참된 인식은 리케르트에 따르면, 당위적 인식과 가치의 인식이다.

참된 인식이란 존재하는가?

현존하는 인식은 방법적 계열들에 의해 규정된다. 그러한 계열들은 인식의 질료를 구성한다. 방법적 계열의 완전함은 그것의 객관성에 의해서, 즉 우리의 타고난 감정적 영향력과 의지적 충동으로부터의 독립성에 의해 결정된다. 방법적 계열에 인입되는 질료는 방법적 인식의 대상이다. 객체들은, 그 자체가 소여 속의 소여인 우리의 인식능력과는 별개로 주어진 것으로 간주된다. 하지만 인식능력의 법칙들은 우리에게 현실과의 관계라는 일정한 수단들을 강요한다.

인식활동의 법칙들과 참된 인식의 규범들을 동일시하기에 앞서 그러한 동일시를 해야만 하는가라는 문제를 해결해야 한다. 규범적 인식의 방향이 그것의 가치에 의해 결정되는 한 인식의 가치는 그것의 대상과 동일시될 수 없다. 인식활동이 인식의 대상이 되는 한 인식의 가치는 인식활동에 있지 않다. 무언가 다른 것이 그 가치를 결정한다. 그 다른 것은 인식에 있어서는 가치이면서도, 그 자체로는 인식의 경계 너머에 존재한다. '*참된 것은 가치 있는 것이다*'라는 리케르트의 추론은 그러한 의미에서 종합적 명제이거나 혹은 '*가치 있는*' 명제이며, 명제의 주체이다. '*참됨*'은 그러한 의미에서 가치의 술어일 뿐이다. 가치는 칸트의 '*물 자체*'와 동일시될 수 없다. '*물 자체*'는 아직 진정한 인식의 대상이 아니다.

객관적이고 경험적인 현실은 예정된 질료를 방법적 계열 속에 인입함으로써 발생한다. 인식의 객체들(물 자체)은 그와 같이 발생한다. 그러나 그것들은 인식의 규범들을 결정할 수 없다. 그러한 규범들은 초월적 가치의 영역을 설정한다. 그러한 가치는 인식에 의해 규정되지 않는다. 반대로 가치가 인식을 규정한다. 가치에 대한 개념의 형성 자체가 불가능하다. 바로 인식활동이 개념이라는 것을 형성시키지 않는가. 그럼에도 불구하고 가치가 인식을 형성한다. 그 어떤 그노시스적 개념도 결코 가치를 규정하지 않는다. 한편, 그노시스적 개념들은 심리적 개념 형성의 경계이다. 현실에서 형성된 개념은 시종일관 심리적이다. 그노시스적 개념이라는 부류 자체가 그러한 개념들이 어떤 다른 의미, 현실에서는 상상할 수 없는 의미로 사용됨으로써 얻어진다. 심리적 개념들은 어떤 다른, 상상할 수 없는 개념들의 표장이 된다. 물론 *가치*에 대한 개념은 일반적으로 이해되는 의미의 심리적 개념은 될 수 없다. 하지만 그것은 또한 그노시스적 개념도 아니다. 그것은 마치 표장의 표장과도 같다. 혹은 그 반대로 당위는 가치의 표장이다. 가치에 관한 개념들은 그노시스적인 것도 심리적인 것도 아닌, 상징적 개념의 부류에 속한다. 인식의 용어들의 경계 안에서 '가치'라는 상징적 개념을 어떠한 의미로 이해할 수 있을까? 그노시스적이고 형이상학적 개념들의 구조의 절대적 경계로 이해할 수 있다. 모든 다른 한정적 개념들(물 자체, 나, 정신, 의지, 그노시스적 인식주체)은 이론적으로 가치에 대한 개념으로 환원된다. 반면, 가치에 대한 개념 그 자체는 어떤 개념으로도 환원되지 않는다. 그럼에도 불구하고 우리는 실천이성의 명령에 복종함으로써 그 개념을 형성한다. 우리가 만일 '*가치는 상징이다*'라는 추론을 한다면, 우리는 그것으로 다음을 말하고자 하는 것이다: ① 그와 같은 의미에서의 상징은 최후의 한정적 개념이다. ② 상징은 항상 그무엇의 상징이다. 이 '그 무엇'은 인식과 직접적으로 관련이 없는 영역에서도 취할 수 있다. 이러한 의미에서의 상징은 그 무엇과 다른 무엇과의 결합이다. 인식의 경계 너머에 존재하는 그 무엇과 인식의 목표들 간의 결합이다. 우리는 이러한 결합을 종합(синтез)이 아닌 *상징*(*символ*)이라고 부른다. 그 이유는 다음과 같다. 명사 '상징'은 동사 'συμβαλλω'(함께 던지다, 결합하다)에 기원한다.14) 상징은 결합의 산물이다. 명사 '종합'은 동사 'συντίθημι'(함께 두다)에서 파생되었다. 이는 이종(異種)의 것들을 같이 둘 때, 즉 같이 놓인 것들을 결합할 것인지가 아직 결정되지 않았을 때를 의미한다. 단어 '종합'은 오히려 함께 놓인 것들의 기계적 혼합을 가정한다. 반면, 단어 '상징'은 주로 어떤 것과 다른 어떤 것 간의 유기적 결합의 결과를 지적한다. '유기적 결합'이라는 표현을 사용하면서 나는 그것을 비유적 의미로 사용하고 있음을 잊지 않는다. 그러나 표현의 형상성 — 그것은 상징적 개념들의 운명이다. 표현들의 상징성은 개념의 저급함을 잘 드러낸다. 그러나 인식의 정상에서 우리는 형상적 개념들에 호소한다. 인식의 참됨을 그것의 가치로 규정하면서, 우리는 내면으로부터 우리에게 알려진 어떤 것으로서 가치에 대한 관념을 사용한다. 그러나 우리가 겪은 경험이라는 소여는 심리적 분석에 처해지지 않는다. 왜냐하면 오래전부터 우리는 심리적 방법을 제쳐 둔 채 경험을 다루었기 때문이다. 상징적 개념들이 힘을 발휘하는 곳에서는 과학으로서의 심리학도, 인식론도 힘을 갖지 못한다. 이런저런 분과들이 막다른 골목을 마주하듯이 상징적 개념들을 응시하고 있다.

앞에서 우리는 오늘날 세계관을 바라보는 시선 자체가 예기치 않은 형식을 취하고 있음을 지적했다. 이론적 세계관은 존재할 수 없다는 의미에서 그러한 진술이 이루어진 것임을 이제 이해할 수 있다. 앞에서 우리

---

14) 〔옮긴이〕 '상징'(symbol)은 그리스어 '심볼론'(symbolon, σύμβολον)에서 유래한 것으로, '함께'를 의미하는 'syn'과 '던지다'를 의미하는 'bole'이 결합되어 만들어진 단어이다. 이렇게 '함께 던지다'를 의미했던 '상징'은 이후 '대조되다', '대비되다', '진짜를 판별하기 위한 비교에 사용되는 징표' 등으로 그 의미가 발전되었다가, 1590년 에드문트 스펜서(Spenser, E.)의 《요정의 여왕》(Faerie Queene)에서 '무언가를 표상하는 그 무엇'을 의미하는 '외부 기호'(outward sign)의 의미를 획득하게 되었다.

는 과학이 이론적 세계관을 제공할 수 없다는 것을 알았다. 이론철학은 세계관의 문제를 인식활동의 형식과 규범의 문제로 치환했다. 그것은 세계관을 어떻게 정립할 것인가라는 문제에 답할 수도 있다. 그러나 이 질문 속에 이미 세계관의 의미는 실종된다. 그뿐 아니라 이론이성은 다양한 세계관의 구성수단들을 세계관의 교의와 분리시킨다. 그런 식의 세계관은 우리에게 활동에의 생생한 충동이 아닌 죽은 원리로 나타난다. 나의 존재의 의미를 어떻게 이해해야 하는가의 문제에 이론철학은 이렇게 대답한다. 의미라는 것을 이러저러하게 (항상 관례적으로) 이해한다면, 이런저런 구성수단들이 가능하다고. 이론철학은 의미를 갈망하는 자에게 빵 대신 돌을 건넨다.

그러나 의미를 가치로 규정한다면, 이론철학의 요새는 몰락할 것이다. 세계관은 창조가 될 것이다. 철학적 체계들은 상징적 의미를 얻게 될 것이다. 그것들은 인식의 용어들 속에서 삶의 가치와 의미에 관한 관념을 상징한다. 그 속에서 이론적인 의미란 결코 찾을 수 없다. 이론적 의미란 오직 그노시스 너머에 존재한다. 고유한 형이상학적 형식을 갖춘 인식론 자체가 순수이성이라는 요새의 절멸인 것이다. 그 결과 이론으로서의 세계관은 창조로 이행한다.

6

가치의 문제와 인식의 대상에 대한 비판적 태도에 일반적으로 선행하는 것은 인식개념의 교조적 수용이다. 그것은 종종 규범과 형식을 기본적으로 체계화할 수 있는 능력을 결여한다. 인식의 경계를 설정할 때 자기 확신에 찬 편협함은 그러한 독단론의 결과이다. 과학에 의해 (말하자면 뒷문으로) 환대받는 불가지론, 상대주의, 회의주의는 인식의 화려한 방들을 침투하고 있다. 몇몇 재능 있는 학자들은 계략을 발휘한다. 그들은 어느 지점에서도 서로 합치되지 않는 인식들의 존재를 강조한다. 회프딩은 우리가 지식의 내용을 과학의 관례적 개념에 귀속시키는지 혹은 경험의 관례적 형상들(상징들)에 귀속시키는지에 근거하여, 역동적 인식(체험의 종교적 상징들)과 정태적 인식(과학적 형식들) 간의 두드러지는 차이를 강조한다. 왜 회프딩의 역동적 인식을 '비(非)인식'(*непознавание*)이라고 부르면 안 되는 걸까? '비인식'을 인식이라고 명명함으로써 우리는 이원적 진리의 교의를 부활시키게 되는 것이다. 무엇 때문에 그러한 스콜라주의적인 전주곡이 필요한 것인가?

인식의 근본문제는 인식의 가치를 객체와 엄격하게 구분하는 데 있다. 객관적 인식은 지각 능력으로부터 독립된, 인식의 어떤 질료(물 자체)를 인정하려 한다. 인식의 질료는 철학사에서 이미 객체로서 다뤄져 왔다. 만일 그렇다면, 자신의 시야 속에 주어진 질료를 완전히 수용할 수 없는 인식능력은(그렇지 않은 경우 대상은 '물 자체'가 아니다) 그 자신이 인식의 질료에 의존하게 된다. 그러한 능력은 질료에서 도출된 것이거나, 그것의 산물이다. 그러한 식으로 자신의 전제들을 '*과학적 세계관*'의 전제들과 편리하게 엮어 버리는 일련의 형이상학적 세계관들이 생겨난다. 질료를 어디에 두느냐에 따라 유물론, 경험론, 실증주의, 회의주의가 생겨난다.

다른 한편, 객관적 인식은 대상과 분리된다. 한편에는 인식능력이 주어져 있고, 다른 한편에는 대상이 주어져 있다. 인식과 대상 간의 의존적 관계는 시기상조이다. 이와 같이 비판적 문제가 몇몇 칸트주의자들에게서 발생한다. 그러나 대상의 전제로부터 경험을 배제하는 것은 인식의 객체로부터 모든 대상적 의의를 박탈한다. 내용은 형식에서 도출된다. 과학적 결정론이 단순하고 객관적으로 주어진 운동에서 인식을 끌어냄으로써 그것으로부터 모든 자주성을 박탈하듯이, 선험론은 한정적 개념과 마찬가지로 부정적으로만 사유할 수 있으며 인식 불가능한 '물 자체'가 될 권리를 대상의 이면에 남겨 놓음으로써 그것으로부터 모든 특징들을 박탈해 버린다. 비판철학에 있어서는 아직 한 걸음 더 남았다. 인식의 대상, 물 자체는 그저 상상의 개념인 것이다. 이와 같이 객관적으로 주어진 인식의 질료는 공허 속으로 증발해 버린다. 개념 형성의 법칙에 관한 연구는 동시에 객관적 존재의 법칙에 관한 연구이기도 하다. 존재는 사유의 형식이 된다. 현대의 이론적 사유 속에서 이 명제의 근거 확립은 리케르트의 몫이다. 리케르트에 의하면 존재는 실존적 판단의 형식이다. 판단의 진리성은 그것의 존재에도, 그것과 대상과의 합치에도 존재하지 않는다. 판단의 진리성은 대상세계를 예정하고 구축하는 실천이성의 규범이다. 대상은 인식의 창조의 산물이다. 우리는 이러한 결론을 내리는데, 또 우리는 그렇게 하지 않을 수밖에 없다. 그렇지 않으면, 리케르트의 정연한 구조는 공중에서 붕괴되고 만다. 인식의 가치는 인식과정의 산물이 될 수 없다. 반대로, 인식과정은 바로 그 가치에서 비롯된다. 인식의 가치가 그것의 대상에 있지 않은 것처럼 인식의 가치는 인식과정에 있지 않다. 인식의 가치는 이념-형상들의 창조에 있다. 이념-형상의 자각은 가장 객관적인 현실을 구성한다. 인식의 가치는 상징화의 창조적 과정 속에 있다.

여기서 인식에 대한 창조의 우위를 기치로 삼은 현대의 혁신적인 상징주의자들의 슬로건과 이론적 사유의 극단적 결론 간의 연관성이 드러난다. 여기서는 또한 상징주의의 근거 확립에 유용한 토양이 드러난다. 미래를 맞닥뜨린 예술가와 철학자는 서로에게 똑같이 묻는다. '우리는 어디로 가고 있는가? 어떠한 눈부신 지평선이 우리를 비추고 있는가? 우리의 발밑에 펼쳐진 심연의 깊이는 어떻게 헤아릴 수 있는가?' 그리고 양자는 모두 이제부터 자신들의 갈 길은 동일하다는 데 동의한다. 이제부터 예술가는 자신의 창조물에 어떠한 섭리의 비밀이 담겨 있는지 깨닫지 않을 수 없다. 창조적 봉사를 통해 그는 자신이 만들어 내지 않은 의무의 명령에 종속된다. 그는 이론철학에서 그러한 창조의 근거 확립이란 어떻게 이루어지는지 모를 수가 없다. 이론철학은 형이상학을 통하여 점점 더 창조이론으로 이행하고 있다. 우리 시대가 구해야 할 창조이론은 본질적으로 상징주의의 이론이다.

자신의 발전도상에서 마주친 예술가와 철학자는 이제 결코 헤어지지 않을 것이다. 양자 모두 되돌아갈 수 없음을 알고 있다. 어디로 돌아갈 것인가? 경험적 현실의 세계로? 그러나 그러한 세계는 이제 존재하지 않는다. 존재하는 것은 분해되지 않는 입자, 동력, 이온 등으로부터 세계를 도출해 내는 수많은 지식의 방법들이다. 그러나 그 모든 입자, 동력, 이온들은 어쩔 수 없이 우리에게 인식활동의 산물로 나타난다. 반면, 활동 그 자체는 가치의 산물이다. 그렇다면 가치는 어디에 있는가? 그것은 주체에 있는 것도 아니고 객체에 있는 것도 아니다. 그것은 삶의 창조에 있다. 그와 동시에 단일한 상징적 삶(가치의 세계)은 너무도 소박하고 매혹적이고 다양하게 나타나면서도, 모든 이론의 알파이자 오메가이면서도, 우리에게 전혀 파악되지 못했다는 사실이 드러난다. 이론, 그것은 어떤 비밀의 상징이다. 그러한 비밀로 접근하게 하는 것은 모든 증대하고 들끓는 창조적 갈망인데, 이는 우리를 마치 잿더미 속에서 일어난 불사조처럼 시간과 공간의 우주적 먼지 위로 들어 올린다. 모든 이론은 발밑에서 꺼져 버리고, 모든 현실은 꿈처럼 사라져 버린다. 오직 창조 속에 삶의 실제성, 가치, 의미가 있다.

여기서 현실로, 이 상징주의적인, 즉 인식에 의해 해명되지 않은 단일성으로 돌아오자. 우리는 우리에게 객관적으로 주어진 존재로부터 인식의 낮은 구릉으로 날아오른다. 거기서 존재는 인식에게만 꿈처럼 보일 뿐이다. 그곳으로부터 우리는 다시 상징주의적 단일성을 향해 비상한다. 그때 우리는 인식이란 그러한 단일성의 꿈이라는 사실을 이해하기 시작한다. 꿈속에서 우리는 또 다른 꿈을 향해 눈을 뜬다. 꿈 너머의 꿈이 우리의 눈앞에서 산산이 부서진다. 의미는 의미로 교체된다. 그럼에도 불구하고 우리는 꿈을 꾸고 있다. 꿈에서 꿈으로 깨어나는 과정 자체가 활동임을, 그것도 창조적 활동임을 깨달을 때까지 우리는 몽유병자들이다. 우리 안의 무언가가 자신의 꿈을 창조한다. 그러고는 그것을 극복한다. 우리의 꿈들을 창조하는 것을 우리는 가치라고 부른다. 그러나 이 가치는 상징이다. 꿈속에서 창조되는 것을 우리는 현실이라고 부른다. 그러한 모든 현실들은 아름답고 풍요롭다. 하지만 그것들의 법칙들은 동일하다. 법칙 속에서 지각된 현실들은 우리에게 객관적 현실의 형상을 제시한다. 그러나 그것은 우리가 활동 밖에 있는 동안만 그러하다. 활동(деятельность, 창조로 이해되는)은 주어진 세계 속에서 현실이라는 계단을 쌓아 올린다. 그리고 우리는 그 계단을 따라간다. 각각의 새로운 계단은 가치의 상징화이다. 우리가 그 계단보다 낮은 곳에 있다면, 그것은 먼 곳으로의 부름이자 갈망이다. 우리가 그 계단에 다다랐다면, 그것은 현실이다. 우리가 그것을 넘어 올랐다면, 그것은 죽은 자연처럼 보인다.

현실로 되돌아오면서 우리는 언젠가 인식이 그로부터 바다로 떠나가 버린 바로 그 현실을 알아보게 된다. 이제 우리는 다시 그곳으로 돌아왔다. 고향으로 돌아온 것이다. 이제부터 우리는 고향에 영원히 거한다. 왜냐하면 현실의 모든 층층의 계단들이 우리 고향의 한없는 풍요로움이자 생명수의 꽃과 과실들이기 때문이다. 우리의 고향은 언젠가 잃어버린, 그리고 다시 되찾은 낙원이다. 이제부터 인식의 하늘은 삶의 대지와 마찬가지로 대지와 하늘이 하나로 뒤섞이는 창공이다. 따라서 우리에게 대지에 충실한 존재로 남아 있을 것을 호소하는 니체는 옳다.15) 여기서 대지는 아담 카드몬16)의 상징적 대지이다. 헤르메스17)의 지혜가 이 대

---

15) 〔옮긴이〕 니체는 철저하게 이 세계의 존재를 긍정하기를 촉구한다. 이때 이 세계는 대지로 나타나며, 그래서 니체의 초인(위버멘쉬) 역시 대지의 의미로써 언급된다.

16) 〔편집자〕 '아담 카드몬'(Adam Kadmon)은 유대어로서 '태초의 아담', '첫 번째

지의 상징적 구성성분을 규정한 것은 나름의 이유가 있어서였다. 거기에는 달, 태양, 금성, 목성이 속하고[주해 2], 황도십이궁이 그것을 구성한다. 인간은 바로 아담 카드몬이라는 게 드러난다. 활동(деятельность)이 우리로 하여금 삶의 신비를 보도록 강제하는 것은 이유가 있는데, 거기서 의미를 찾기 위한 방랑은 육지에서, 물속에서, 불 속에서 죽음의 위기를 겪으며 신참 수도사가 처하게 되는 시험과 유사한 것이다[주해 3]. 의미는 활동에 있다. 활동은 분해되지 않으며, 온전하고, 자유롭고, 전능하다. 순수 인식은 활동에 가까이 닿으면서 그것에 용어적인 의미를 부여한다. 순수 인식의 용어들은 오직 활동의 상징일 뿐이다. 그러나 그러한 용어를 통해 우리가 활동에 접근할 때, 우리는 단지 상징주의적 형상을 띠고 있는 활동에 대해서만 말할 수 있다. 활동은 용어로 분해되지 않는 살아 있는 형상이다. 그러나 우리는 용어를 통해 사고한다. 그러므로 활동에 관한 우리의 말은 단지 상징일 뿐이다.

우리의 인식의 비극은 삶의 신비의식으로 나아가는 수련기이자 관문이다. 우리는 처음에 지식의 용어들 속에서 삶의 의미를 탐색한다. 그리고 그 의미는 우리로부터 도망친다. 그다음 우리는 인식을 통해 그 의미를 구한다. 그러나 그것은 전혀 드러나지 않는다. 이때 우리는 인식에게 묻

인간'을 의미한다. 몇몇 성서 해석자들은 '지상의 티끌'로 빚은 아담과 '신의 형상과 유사하게' 창조된 아담을 구분한다. 아담 카드몬의 신화는 13~18세기 중세 신비철학에서 발전되어 왔다. 벨르이는 블라바츠카야(Блаватская, Е. П.)의 해석에 의거하여 아담 카드몬을 '성부의 유일한 아들'로 이해하고 있다.

17) 〔옮긴이〕 여기서 헤르메스는 그리스 신화에서 상공업을 관장하는 신이 아닌 이집트의 신 헤르메스-토트(Hermes-Thoth 혹은 Hermes-Thot)를 지칭한다. 토트는 이지브의 신으로서 글쓰기의 창시자이자 글쓰기와 관련된 모든 예술과 학문의 수호신으로 여겨졌다. 그리스 사람들은 토트를 그들의 신 헤르메스와 동일시했고, 위력 있는 마법서를 지은 유명한 저술가를 '세 배 위대한 헤르메스'(헤르메스 트리스메기스투스)라고 했다.

는다, 인식의 의미는 어디에 있느냐고. 그러자 인식의 바깥에서 의미가 드러난다. 자기인식은 활동의 한 측면임이 드러난다. 활동의 의미도, 가치도 바로 이 활동 안에 있다. 우리가 형이상학적 사유의 관례적 형식을 활동에 적용시키고, "활동의 대상은 무엇인가?"라고 묻는다면, 우리의 활동은 이렇게 대답할 것이다: "그것은 바로 너다." 우리가 활동의 주체가 무엇이냐고 물으면, 우리 속에서 모습을 드러내는 우리의 활동의 단일성이 이렇게 대답할 것이다: "나는 바로 너다." 우리는 존재의 자잘한 모래알처럼 자기 자신으로부터 비롯되어 자기 자신을 향해 나아간다, 마치 아담 카드몬이 우주로 나아가듯이. 성스러운 책《지안의 서(書)》18)의 말씀에 따르면 거기서는 나, 너, 그가 하나이고, 아버지, 어머니, 아들이 하나이다. "왜냐하면 아버지, 어머니, 아들이 또다시 하나가 되었기 때문이다"(제1절). 이 하나는 밝혀지지 않은 비밀의 상징이다.

비밀의 극복은 활동하는 길에 있다. 길 위에는 비밀의 장막이 일곱 빛깔의 빛으로 내비친다.

따라서 이제 고대의 지혜의 말씀이 우리에게 가까이 있다. "내면으로 더 많이 물러나면서 길을 찾으라. 밖으로 용감하게 나오면서 길을 찾으라. 하나의 특정한 길 위에서 그것을 찾지 말라…. 길을 얻는 것은 올바름만으로, 혹은 종교적인 성찰만으로, 혹은 앞을 향한 열정적인 지향만

---

18) 〔편집자〕《지안〔Дзиан, 혹은 잔(Дзан)〕의 서》는 고대 필사본으로, 신령학자들에 따르면, 미지의 종족의 언어로 쓰여서 '중개인들'에 의해 전해져 내려왔다. 블라바츠카야가 일곱 개의 우주 발생에 관한 구절과 열두 개의 인류 발생에 관한 절을 인용하고 여기에 주석을 붙였다.
〔옮긴이〕《지안의 서》(The Book of Dzyan, Stanzas of Dzyan): 고대 티베트의 경전. '지안'은 산스크리트어에서 기원하는 단어로서 '신비적인 명상'을 의미한다. 우주와 인류, 신의 기원과 생성을 묘사하고 있으며, 4행시로 된 절(stanza) 형식으로 되어 있다. 블라바츠카야의 신지학 저서《비밀의 교의》(Secret Doctrine)의 토대가 되었다.

으로는 불가능하다…. *개성의 성장과 의미를 이해하기 위해 모든 것을*
시험하며 길을 찾으라."

7

현대의 인식론은 위기를 겪고 있다. 그것은 이미 스스로가 형이상학임
을 깨닫고 있다. 더 나아가 현대의 인식론은 소멸되거나 창조의 이론이
되어야 한다.

이러한 위기의 견지에서, 철학적 사유의 새로운 방법의 탐색이라는 견
지에서, 예술가들, 철학자들, 학자들은 지식, 신앙, 인식, 창조 사이에
존재하는 관계들을 재검토하는 데 똑같이 골몰하고 있다. 이 문제가 모
두를 똑같이 맹렬하게 자극하고 있다.

이 관계들을 정립하고 규범화하는 연관은 종교와 학문과 예술의 동위
종속을 종속으로 바꾸지 못한다. 하지만 순진한 사유는 바로 그렇게 했
고, 지금도 그렇게 하고 있다. 그 결과 일련의 자연스러운 오해가 생겼다.
그 오해들은 수많은 종교적이고 철학적인 구상으로 집결되었다. 그러나
우리는 지금 그러한 오해들이 발생하는 근거들의 심오함을 알고 있다.

순진한 사유는 인식의 원리들의 합목적적인 상호배치의 필연성을 생
물학적이기도 하고 형이상학적이기도 한 목적론으로 바꾸었다. 아리스
토텔레스도 피히테도 똑같이 잘못을 저질렀다. 합목적성이 현실로 이전
한다. 그렇게 해서 인식의 규범은 대상이 된다. 그러고는 우리의 현실인
식 원리로부터 독립된 객관적인 본질들로서의 이념들에 대한 교의가 생
겨난다. 한 걸음 더 나아가서, 순진한 의식은 그러한 본질들에 우리가 타
고난 개인적 속성을 부여한다. 혹은 그러한 본질들이 물리적 힘의 담지
자가 된다. 이런 식으로 신들의 세계가 구성된다. 그와 같이 목적론은 존
재론과 우주론으로 탈바꿈한다.

태곳적부터 인식의 대상은 살아 있는, 영원히 현존하는 기원, 신으로 상징되었다. 반면 인식의 산물은 자신의 덮개로 신을 가리는 세계이다. 인식의 대상은 원인이 되고, 인식의 산물은 그 원인의 작용이 된다. 인과 관계를 뒤집음으로써 목적론까지 다다랐다. 세계는 신에게 회귀하는 수단이 되었다.

그러나 신의 계시가 우리 안에서 우리를 위해서 실현되는 한, 신에게로의 회귀의 조건으로 여겨진 것은 자아의 심화와 정화이다. 이로 인해 이후 생긴 종교들의 윤리적 뉘앙스는 불가피하다. 종교의 신화적인 계기는 점차 신비적인 것으로 교체된다. 이와 같이 도이센의 분류 속에서 《베다》는 은둔자의 생활규범집인 《우파니샤드》를 완결하면서 《베단타》로 이행한다.[19] 한 걸음 더 나아가 신은 우리들과 동일시된다. 신 — 그것은 마야[20]의 덮개에서 해방된 '나'다. 여기서 추종자는 '아누파다카',[21] 즉 근원도 없고(구속에서 벗어난), 세계도 없게 되는 것이다. 이때 신비주의의 논거가 되는 것은 형이상학이다. 예를 들어 쇼펜하우어의 형이상학은 《베단타》로 가는 초입이다. '나'(я)와 '내가 아닌'(не-я)의 관계는 형이상학에서 여러 번 논의되었다. '나'는 종종 주체와 동일시되고, '내가 아닌'은 객체와 동일시된다.

---

19) 〔옮긴이〕《베다》(Vedas): 산스크리트어로 쓰인 힌두이즘의 가장 오래된 경전. '지식', '교의'를 뜻한다.
    《우파니샤드》(Upanishads): 인도의 고대문학 범주 중 하나로서 종교-철학적인 일련의 논문을 지칭한다.
    《베단타》(Vedanta): '베다의 끝'을 의미. 여러 편의 '우파니샤드'들을 지칭한다.
20) 〔편집자〕《베다》에 따르면, 마야는 가시적인 세계를 창조하는 신의 능력의 작용으로서 신의 내적 속성이 아니다. 마야는 '진정한 인식'에 의해 극복된다.
    〔옮긴이〕마야(maya): 인도철학 용어. '헛된 미망'이라는 뜻으로 현실세계를 의미한다.
21) 〔옮긴이〕아누파다카(anupadaka): '부모가 없는', '스스로 존재하는'의 의미. 스스로 태어난 존재를 일컬으며 붓다 혹은 특정 신을 지칭하는 데 사용된다.

그리스 철학은 엘레아학파²²⁾ (플라톤과 신플라톤주의자들) 가 주창한 가치와 존재의 세계 간의 대립을 소박한 용어를 통해 여러 번 심의했다. 파르메니데스와 제논에게 가치는 존재의 신성한 단일성이었다. 여기서 목적론은 엘레아학파의 존재론과 형이하학자들의 우주론으로 변화한다.

인식능력의 대상에 대한 의존성은, 밀레토스학파²³⁾ 의 종교-신비적인 교의 속에서, 혹은 헤라클레이토스의 유동하는 소용돌이 속에서, 혹은 엠페도클레스, 아낙사고라스, 데모크리토스의 역학 속에서 다양하게 왜곡되었다. 대상은 존재와 인식의 근원이 된다. 불, 공기, 물이 그러한 근원이다. 형이하학은 이때 신비주의, 신지학, 자연철학과 결합되며, 훗날 셸링에게서 부활하기까지 한다. 마술, 점성술, 연금술이 인식과 존재의 단일성을 전제한다. 아낙시만드로스의 '*무한자*' (*беспредельный*)²⁴⁾ 속에는, 그것을 근원으로 보는 우주론적 해석과 인식의 형이상학이 불가분하게 융합되어 있다. 여기서 근원은 논리적 원리라기보다는 오히려 신과 인간을 낳는 카오스의 형상이다. 이상하지도 않은 것이, 니체에게서 헤라클레이토스가 부활하듯이²⁵⁾ 오늘날 하르트만에게서 *무한자*의 철학이

---

22) 〔옮긴이〕엘레아학파: 기원전 5세기 이탈리아 남부 엘레아에서 번성한 소크라테스 이전의 철학 유파. 유일하고 영원한 존재로서의 신을 추구하면서 그러한 신에 근거한 우주의 통일성과 일원성을 주장했다.

23) 〔옮긴이〕밀레토스학파: 그리스 최초의 철학학파. 밀레토스 출신의 탈레스가 창시했다. 자연 속에 있는 만물의 근원을 찾고자 했으며 따라서 자연철학파라고도 불린다.

24) 〔편집자〕밀레토스학파의 아낙시만드로스의 '아페이론' (*apeiron*) 을 염두에 둔 것이다. 그리스어로 '아페이론'은 '무한한', '영원한', '변하지 않는'의 뜻으로, 모든 존재의 근저에 놓여 있는 최초의 재료를 의미한다.

25) 〔옮긴이〕니체는 소크라테스 이전 철학자들을 아주 높이 평가했는데, 그중에서도 특히 헤라클레이토스를 자신의 선구자로 인정했다. 이는 헤라클레이토스가 처음으로 생성의 세계에 주목했고, 이 세계의 모습을 놀이에 비유한 것에 기인한다.

새롭게 부활하고 있다.

현상의 영원한 교체(존재의 세계)와 정체된 본질(인식의 대상) 간의 대립은 사물의 척도인 동시에 세계의 조화의 척도인 피타고라스의 수에 결합된다. 인식의 산물을 인식의 대상에 대립시키는 것, 이것은 모든 그리스 종교의 철학적 원동력이다. 이는 그리스 종교의 역사적 진화 속에(크토니오스[26] 신들과 올림포스 신들 간의 전투에서), 그리고 비극-신비극에서 이 전투의 화해 속에 드러난다.

다른 한편 언급된 대립은 윤리적 규범으로서의 가치와 자연법칙으로서의 존재에 대한 이해에도 반영된다. 규범에 대한 존재의 종속은 소크라테스적 교의의 핵심을 담고 있으며, 인식규범에 대한 인식형식의 합목적적인 적용은 형식에 독자적인 존재성을 부여한다(플라톤). 이데아에 의해 유지되는 존재의 세계, 이것이 플라톤주의의 살아 있는 형상이다. 이데아들의 존재는, 이데아들을 인식주체와 구분하면서, 인식되지 않은 대상세계(물 자체) 속에 유폐되어 있거나 객관적 현실과 동일시된다. 플라톤적인 문제의 첫 번째 해결은 해당 문제를 종교적인 문제에 종속시킨다. 두 번째 해결은 경험적 지식의 의의를 부각시킨다. 플라톤이 아리스토텔레스에서 부활한다.

오늘날 우리는 이러한 고차원적인 착각의 대단한 아름다움과 매력을 실감한다. 그것들의 힘은 인식의 문제의 해결이 아니라 창조에 있다. 우리에게 이 모든 체계들은 가치의 세계를 상징화하는 수단들이다. 따라서 우리는 그러한 철학적 담론들의 상징주의적인 은어를 자유롭게 읽어 낸다. 따라서 우리는 길을 잃을까 두려워하지 않으면서 인식의 좁은 통로를 자유롭게 이리저리 활보할 수 있다. 현명함이라는 말이 우리와 함께하는

---

26)〔옮긴이〕크토니오스(*Chtonios*): 그리스 신화에 나오는 '스파르토이'('뼈부터 나온 남자들'이라는 뜻)의 한 사람으로 그 이름은 '대지'를 의미한다.

것이다. "더욱 더 내면으로 물러서면서 길을 찾으라, 용감하게 밖으로 나오면서 길을 찾으라." 우리는 이러한 체계들 속에서 살아 있는 신비주의를 찾는다. 그리고 철학적 담론들의 외형, 그것의 객관적 의미는 단지 가시적 덮개일 뿐이며, 논거는 드러내고 내보이는 능력에 있다는 것을 기억한다. 교리의 형태로 우리에게 증정된 모든 결론들은 그 자체로 공허한 가치의 외피일 뿐이다. 우리는 결론 자체를 보는 게 아니라, 결론을 비껴가며, 결론을 통해 봐야 한다. 결론이 형식적일수록 그만큼 더 값지다. 이론철학에서 결론의 내용성은 우리에게 그것의 불순함과 같다. 불결한 유리를 통해서는 아무것도 볼 수 없다. 우리는 밖이 보이도록 유리창을 닦아야 한다. 그러므로 결론이 형식적이지만, 그래서 순수한 인식론에서 우리는 이론 너머에서 드러나는 것의 풍요로움과 완전함을 확신하는 것이다. 인식론은 억압하지 않으며, 철학으로부터 해방시켜 준다. 인식론 다음에는 오직 창조만이, 오직 길만이, 오직 자유만이 있을 뿐이다.

8

지식의 길 위에서 이루어지는 순수한 의미 찾기의 의미심장한 결론은 다음과 같다. 의미를 탐색하면서 우리는, 층층이 놓여 있는 일련의 평면들과 유사한 인식의 일정한 구역들에 접근한다. 각각의 평면은 그 속에서 의미가 밝혀지지 않는다는 것을 깨달을 때까지 끝없는 탐색의 길을 우리 앞에 펼쳐 놓는다. 마치 우리는 의미를 하나의 평면에서 그다음의 것으로 전이시키면서, 그 평면으로부터 의미를 추출하는 것 같다. 그러나 거기서 우리는 의미를 찾지 못한다. 오늘날 그와 같은 점증(漸增)의 구역에 해당하는 것은 다음과 같은 분야들이다: 자연과학, 심리학, 인식론, 형이상학, 윤리학. 우리는 그러한 다섯 계단을 올라갔다 내려온다. 그리고 우리가 각 계단을 옮겨 디딜 때마다 우리의 탐색의 의미는 다음 평면으로 옮아간다. 다섯 개의 기본적인 방법론적 그룹이 공허한 것으로 나타난다. 이제 우리 앞에는 우리에게 영향을 끼치는 자연경관이 펼쳐진다. 우리는 그것의 의미를 찾고자 한다. 그리고 과학은 그 경관을 객관적으로 주어진 일련의 입자들로 분해한다. 나아가 이 입자들은 원자, 이온으로 나누어진다. 그다음 자연 경관은 이미 우리에게 에피르의 신기루이다. 그다음 그것은 힘들이다. 그다음 그것은 작업의 산물(슐라 샤리라)이다[주해 4]. 그리고 우리는 멈춘다. 그리고 의미는 최종적으로 우리를 버린다. 내적인 감정들(링가 샤리라)[주해 5]은 우리가 보는 것에 대한 판단 기준으로 남게 된다. 이때 이미 우리는 다음 계단으로 들어섰다는 것을 깨닫는다. 한편, 내면의 감정이 시간의 형식적 조건에 종속되어 있음을 알게 될 때, 우리를 매혹시킨 경관이 일정한 형태로 구성된 인식형식의 결과임을 깨닫는다. 무인칭의 판단의식이 보편적이고 필수적인 법칙에 따라 경험의 조건을 예정하고, 그 결과 우리는 자연경관에 대한 관념을 얻는다. 이미 우리 앞에는 또다시 새로운 평면이 놓여 있음을 깨닫는다. 그런데 이 평면으로부터 의미가 추출된다. 판단의식은 당위(프라나)[주해 6]로 예정되어 있다. 당위는 이론이성의 규범이기도 하고, 실천이성의 규범(마나스)[주해 7]이기도 하다. 인식의 가치가 인식 밖에 있고, 그 가치는 이미 그 자신이 상징적인 형상을 띠는 활동으로 실현되는 상징임을 알게 될 때, 모든 힘은 인식과 그 어떤 것과의 결합 속에 있다는 것을 우리는 이해하기 시작한다. 고대의 지혜는 우리에게 사랑이 그러한 결합의 상징임을 가르쳐 준다[주해 8]. 고대의 지혜는 길(道)의 이 구역을 특별한 용어(붓디)[27]로 지칭한다. 방법들, 선험적 형식들, 범주들, 규범

---

27)〔벨르이〕《신비적 교의》(Тайная Доктрина)에서 '붓디'(Buddhi)는 아트만(Atman, 참자아)의 덮개이며, '붓다'(Budda)는 그와 같은 지식을 터득한 자이다. '붓다'(Bôdha)는 이러한 지식을 마음으로 이해하는 것이고, '붓디'(Bôdhi)는 고차원적인 이해를 터득하게 되는 황홀경의 순간을 지칭한다.

들로 피라미드를 만들고 나면, 순수한 의미는 인식의 계열로부터 추출된다. 세계에 기초하는 인식의 피라미드는 허공에 떠 있거나, 아니면 자신의 정점에서 상징주의적이고 초월적인 단일성에 의해 결합되어 있음이 드러난다. 그리고 오직 이 단일성을 밝혀냄으로써 우리는 의미에 다가간다. 이 단일성은 인식의 규범이 아니다. 상징주의적 단일성(가치)은 규범 자체의 규범과도 같다. 단일한 규범은 우리가 형이상학에서 보았던 인식론보다 더 심오하다. 그러나 그것을 밝혀내는 일은 창조적 활동을 통해 가능하다.

이렇게 뜻하지 않게 인식론의 전환이 이루어진다. 인식론은 가치론이 되어야만 한다. 이를 위해 인식론은 드러난 가치들을 기술하고 분류해야 한다. 이렇게 우리는 뜻하지 않게 창조적 기념비들을 형식과 내용, 그리고 양자의 상호관계의 측면에서 연구하는 데 도달한다. 그런데 여기서 우리는 상승의 계단과 마주친다. 예술에서 멈춰 설 때 우리는 그 속에 있는 모든 것이 하나의 형식임을 알게 된다. 예술의 의미 역시 바로 그 본래의 고유한 영역으로부터 추출된다. 그것은 종교적 의미가 된다.[28]

예술을 그것을 구성하는 재료의 측면에서 보면, 우리는 창조과정에서 에너지 불변의 법칙과 물질의 저항의 법칙만을 정립하게 된다. 이때 예술세계는 우리에게 역학적 과정의 산물로 보일 뿐이다. 거기서 창조란 역학적 에너지로 이행하는 (예술가와 물질의) 잠재된 에너지들의 상호 충돌이다.

우리가 일깨운 감정들의 관점에서 예술을 고찰하면서 예술의 형상들을 분류해 본다면, 시공간의 요소들을 제외하고는 그 어떤 진정한 분류의 원칙도 발견하지 못할 것이다. 우리는 예술형상들이 조화를 지향하고, 그 조화는 멜로디에 종속된 음악의 원리라는 것을 알게 될 것이다.

---

28) 〔벨르이〕 이 문제는 "예술의 의미"(Смысл искусства)에서 자세히 다룬다.

그다음에 우리는 음악은 시간에 종속되는 순수한 운동이고, 시간은 내적 충동의 형식임을 알게 될 것이다. 29) 이 길에서는 아무것도 알아내지 못할 것이다.

체계화는 예술을 그노시스적 원리에 종속시킨다. 그런데 그 원리들은 형이상학에 의해 예정되어 있다. 그러므로 우리는 예술에서 발생하는 형상들을 다룰 때 그것을 통한 단일성의 현현이라는 관점을 취할 것이다. 예술 창조의 정점은 우리에게 인류의 완전한 형상을 제시하고, 우리를 의무의 정점으로 이끌 것이다.

그러나 형이상학 자체는 가치론으로 이행한다. 가치는 살아 있는 개별자의 활동으로 상징된다. 그리고 예술에서 가치의 표장들은 초인들과 신들의 형상이다. 단테의 베아트리체가 그러하고, 그리스도와 붓다의 형상이 그러하다. 이때 예술은 신화와 종교로 이행한다. 예술의 중심에는 로고스(логос)의 살아 있는 형상, 즉 **얼굴**(Лик)30)이 있어야 한다.

얼굴의 분류는 예술의 체계화를 완결할 것이다. 그러나 여기서 우리는 새로운 문제를 맞닥뜨린다. **얼굴**이란 무엇인가? **얼굴**은 규범의 표장이 된 인간의 형상이다. 여기서 미학은 우리에게 마치 윤리학과도 같다. 인식의 계단이 우리를 인식의 타율성을 인정하게 이끈 것과 마찬가지로 우리는 창조의 타율성과 마주하게 된다. 인식의 가치를 규정하면서, 우리는 창조에 인식의 기초를 두어야 한다. 창조의 가치를 규정하면서, 우리는 인식에 창조의 기초를 둔다. 형식윤리는 인식과 창조 간의 건널 수 없는 경계이다. 윤리적인 규범에 의한 인식의 제약성은 우리에게 당연한 일이다. 창조의 제약성 역시 당연한 일이다. 우리에게 명백하지 않은 것은

---

29) 〔벨르이〕 내 논문 "예술의 형식들"(Формы искусства)을 보라.

30) 〔옮긴이〕 원문에 대문자로 표기된 '얼굴'(Лик)은 일반적인 '얼굴'(лик)과 구분되는 것으로서, '성스럽고 고귀한 자의 얼굴'이라는 의미에 더하여 우주의 절대적인 존재, 그 어떤 유일자(신)의 얼굴이라는 의미를 내포한다.

오직 한 가지, 윤리적 규범 속에 인식의 규범이, 그리고 미적 인식의 초개인적 대상이 어떻게 합치되는가이다. 인식의 피라미드는 창조의 피라미드처럼 윤리에 의해 나뉜다. 윤리적 원리들의 규범은 선험적 규범이다. 이 원리들의 내용은 우리의 삶이다. 만일 우리가 규범을 이상으로, 즉 규범에 적합한 초월적 존재로 변화시키지 않는다면, 윤리적 삶은 목적 없는 합목적성이 될 것이다. 규범이 존재로 바뀌는 것 역시 우리에게 그 규범의 상징적인 **얼굴**을 제시해 줄 것이다. 그러한 변화가 일어날 때 우리는 길을 이탈하여 종교와 미학으로 미끄러지게 된다. 하지만 종교적-미학적 창조의 경계는 완전히 뒤집힌 방법으로 우리로 하여금 규범을 통해 **얼굴**의 기초를 놓을 것을 강제한다. 그렇게 기초를 놓으면서 우리는 윤리로, 즉 똑같은 목적 없는 합목적성으로 미끄러진다. 그다음 관점 (*standpunkt*) 을 탐색하면서 우리는 이 문제의 해결이 문제 자체를 인식함으로써 비판하지 않고는 불가능하다는 것을 알게 된다. 그리하여 윤리적 규범은 인식의 규범에 의존하게 된다. 우리는 다시 인식으로 미끄러진다. 한마디로, 모순의 새로운 사이클 속에 처하게 되는 것이다.

이 경우 모순은 아마 출구가 없을 것이다. 창조의 본질처럼 인식의 본질은 그것의 의미에 있다. 그런데 의미는 여기에도 저기에도 없다. 아니면 삶의 의미와 가치를 찾는 일은 내던져졌다. 인식의 측면에서는 창조로, 창조의 측면에서는 인식으로. 인식과 창조는 서로를 동일한 심연에서 끌어내지만, 그럼에도 불구하고 양자 모두 거기에 가라앉아 있다.

인식은 죽은 인식임이 드러난다. 창조는 죽은 창조임이 드러난다. 우주는 우리-미라가 갇혀 있는 카타콤이 된다. 따라서 경계 너머(인식의 편에서는 창조로, 창조의 편에서는 종교로)를 향하는 모든 출구는 허구의 출구이다. 우리의 지향은 스스로를 생동하는 지향인 것처럼 정당화하기 위해 속임수에 기초한 일련의 마술을 보여 준다. 그럼에도 불구하고 그것은 죽은 것이다. 여기서 또다시, 인식의 문제를 초월적인 실제를 통해 해결하려는 시도 속에서 진정한 그노시스학의 회의주의는 최종적으로 정당화되고, 진정한 예술가가 창조의 종교적 우위성을 인정하지 않는 것도 정당화된다. 예술가와 그노시스주의자는 초월적인 것에 대한 몽상으로 자신들을 속이려는 시도에 저항하는 것만 같다. 그런 점에서 건강한 본능이라 할 수 있다.

그렇지 않은가?

인식의 문제를 일원론적으로 해결하려는 시도들은 칸트의 이원론을 장식한다. 창조의 문제를 일원론적으로 해결하려는 시도들은 그 미학을 종교적 전제들로 장식한다. 양자의 방법 모두에서 우리는 두 개의 총체적인 세계관을 접한다. 그러나 이미 그 두 세계관은 극복되고 있는 이원론 위에서 상호 충돌함으로써 우리를 새로운 이원론으로 이끈다. 윤리는 두 개의 통약 불가능한 심연 사이에 자리함으로써 이 새로운 이원론을 화해시킨다. 본질적으로, 윤리는 결합시키는 것이 아니라 분리시키는 것이다.

인식의 심연에서 우리는 일련의 형이상학적 단일성들을 접한다. 또 다른 심연에서는 보편적이고 초개인적인 얼굴을 만난다.

우리에게 유일하게 남은 것은 결합시킬 가망이 전혀 없는 단일성 (Единство)과 얼굴을 나란히 두는 것이다. 모든 시대마다 비밀스러운 교의는 그런 일을 행했다. 오늘날 그것은 신지학(теософия)의 몫이다. 초월성의 정도에 따라 형이상학적 단일성을 배치하는 것은, 신지학에서 역시 초월성의 정도에 따라 종교의 중심 상징을 배치하는 것과 상응한다. 상응은 자주 합일로 이해된다. 그러나 여기서 합일은 평행으로 판명된다. 여기서 정직한 이원론이 일원론으로 빗나가면서 버티지 못하고, 우리가 극단적인 형이상학적 개념들로부터 극단적으로 창조적인 일련의 상징들을 도출하기 시작하면, 우리는 종교적 그노시스주의라는 낡은 이단에 빠지게 된다. 반대의 경우, 우리는 일원론으로 빗나가면서 형이상학적 개념들을 실제적이고 본질적인 상징들의 산물로 여기게 된다. 이때 우리는 마법과 테우르기아라는 이단에 빠진다. 두 경우 모두에서 우리는 그와 같은 빗나감은 이단이라고 말한다. 그렇게 말하면서 우리는 마법과 테우르기아의 그노시스적 의의를 전혀 축소시키지 않는다. 그와 반대로 현대의 인류는 그노시스, 마법, 테우르기아의 문제가 가장 커다란 의의를 갖는 시대에 들어섰다. 여기서 우리가 이단이라 규정함은 단지 두 경우 모두에서 가치의 근본문제 해결의 정도(正道)를 벗어나기 때문이다. 신지학은 그노시스와 마법, 테우르기아의 상위에 올라야 한다. 그러나 신지학 자체는 문제를 해결하지 못한다. 그것을 해결할 수 있는 수단이 신지학에는 없다. 신지학은, 두 극단을 합하는 단일성이 존재하지 않으며 자신이 텅 빈 폐허를 응시하고 있음을 자각하면서, 양쪽의 극단을 솔직하게 바라봐야 한다.

가장 고차원적인 역사적 종교들은 신지학의 정점에 오르는 과정에서, 때론 신비주의적 비판철학으로 이행하는 그노시스주의의 형식을, 때론 마법과 인접한 테우르기아의 형식을 띤다. 전자의 경우 역사적 종교들은 창조의 우위성을 부정하면서, 자신이 부정한 인식의 도구로써 창조의 우위성을 와해시키는 용기를 지닌다. 후자의 경우 역사적 종교들은 (마법처럼) 종교적 창조를 통해 인식을 배양하거나, 아니면 (테우르기아처럼) 신비행위를 통해 인식을 파괴한다. 불교는 너무 자주 신비주의적 비판철학의 뉘앙스를 띠고, 그리스도교는 전례에 관한 교의에 있어 테우르기아의 신비의식 형식을 자주 수용하는 것이 특징적이다.

신지학은 체계화의 체계화이다. 그것은 마치 세계와 인간 본성을 바라보는 세계 외적 시선과도 같다. 그것은 아무것도 변화시키지 않고 극복하지 않으며, 그 의미는 완성에 있다. 그것은 무의미를 완결 짓는다. 즉, 무의미하게 생겨난 형상, 형식, 규범들의 총합을 체계화한다. 현존하는 신지학은 그노시스적 종합의 형태를 띠기도 하고, 한때 존재했던 마법이나 테우르기아, 혹은 종교 시스템의 후예 같은 모습을 띠기도 한다. 신지학의 유효성은, 아직 그것이 진정한 신지학의 과제로까지 오르지 못했다는 데 있다. 오늘날 신지학은 때론 새롭고 때론 낡은, 현시점에는 아직 공고해지지 못한 일련의 부활하는 경향들의 시작 단계다. 그런 이유에서 무시무시한, 영혼을 얼어붙게 만드는 신지학의 의미가 아직은 우리로부터 감춰져 있다. 그것은 가치도 없고, 무의미의 고통도 없는 우리의 인식의 드라마를 체계화함으로써 장식하는 것이다. 신지학은 자신의 왕국을 향해 여전히 나아가고 있다. 두 눈이 감기고, 두 팔이 늘어지고, 심장이 멈춰진 그곳으로 ….

인식의 계단을 따라 올라간 우리는 그 계단이 심오한 가치로 충만하다는 것을 알게 된다. 비록 그 계단이 이 가치를 다른 것 속에서 찾도록 규정하기 때문이어도 말이다. 그러나 *다른 것*에 가치를 근거하면서 우리는 창조 외에는 아무것도 보지 못한다. 창조의 정점에 기초를 두면서도, 우리는 창조의 계단을 따라 아래로 급속히 미끄러져 내려온다. 그 반대 역시 가능하다. 계단을 따라 올라간 다음 우리는, 적어도 그 계단이 가치를 *다른 것*을 통해 규정하려 하기 때문에, 그것이 심오한 가치로 가득 차 있다는 것을 알게 된다. 이 *다른 것*을 탐색하면서 우리는 인식에 다가가고, 인식의 문제를 바꾸면서, 즉 인식에서 지식으로 거꾸로 가면서, 이번에는 무가치 상태에 처하게 된다. 우리는 운명의 수레바퀴에서 그와 같이 돌고 있다. 양쪽 계단은 그것들이 가치의 산물인 경우에만 자신의 힘과 가치를 보존한다. 어떤 가치가 그것들을 통합해야 한다. 그러나 창조의 조건들 속에 양쪽 계열을 통합하는 기초가 없듯이, 인식의 조건들 속에 그러한 기초는 없다. 이 기초는 *이것*과 *그것*을 통합하는 공리(公理)이다. 여기서, 인식도 창조도 아래에 놓인 높은 곳에서 우리는 완전한 고독과 방치 속에 남겨진다. 이 최후의 무의미를 죽음으로 받아들이느냐 혹은 최후의 시험으로 받아들이느냐는 우리에게 달려 있다. 그러나 인식과 창조활동 속에서 정상으로 오르는 사이에 떨어져 나간 꿈들을 기억하면서, 우리는 이것이 곧 시험이라는 생각을 하지 않을 수 없다. 그 어떤 참,

의무, 가치도 부재한 상황에서 우리의 결단의 자유는 바로 스스로를 가치에 종속시키는 것으로 귀결되며, 그노시스 자체가 우리에게 가정된 단일성이 실제적이라는 사실을 보증하는 역할을 한다. 그러나 인식에는 그러한 단일성을 표현할 수 있는 그 어떤 형식도 없다. 그렇기 때문에 우리의 단일성은 인식 불가능하고, 비(非) 인공적인 상징이다. 규범, 단일성, 주체는 형이상학의 용어로 된, 바로 그 상징의 상징들이다. *무제약, 심연, 파라브라만*31) 은 신비주의적 교의의 용어로 된 그 상징의 상징들이다. 창조는 우리를 창조물들의 계단을 따라 테우르기아의 정점으로 들어올림으로써, 무의미의 황야에서 인식 불가능한 단일성의 실제적인 강림을 기다릴 수 있도록 사랑, 소망, 믿음이라는 삼위일체의 불로 우리를 불태워야만 했다. 가정된 단일성을 자유로운 긍정을 통해 인식과 창조의 조건으로 변화시키기 위하여, 황홀경의 마법은 그노시스의 얼음과 결합되어야 한다. 우리는 상징을 육화로 받아들여야 한다. 우리의 인식이 아직 얼음처럼 얼어붙지 않았다면, 창조의 황홀경은 우리를 불꽃으로 만들지 못할 것이다. 우리는 마지막 시험의 정점에 올랐으며, 인식의 생수가 우리 안에 희미하게 타고 있는 창조의 목탄을 깊숙이 가라앉힐 것이다. 목탄은 물을 증기로 바꿀 것이다. 증기와 재(灾) 속에서 존재의 의미는 사라질 것이다. 그리고 우리가 그곳에서 얻게 될 유일한 답은 이러할 것이다: "고통, *땅 위에 사는 자들에게 고통…*." 여기, 무의미의 최후의 황야에서, 세상과 우리 위에 진정으로 최후의 심판이 내릴 것이다.

태초의 가치가 옮겨간 곳은 이러하다. 그것은 삶의 바깥, 인식의 바깥, 창조의 바깥에 처해 있음이 드러났다. 그러나 이는 존재에 관해 우리가 알고 있는 모든 것이 아직 가치가 아니기 때문이다. 인식을 통해 우리가 알게 된 모든 것은 전혀 가치가 아니다. 우리가 창조를 통해 획득한 모

---

31) 〔옮긴이〕 파라브라만(*parabrahman*): '최고의 신'이라는 의미.

든 것은 그 자체로 의미도 가치도 지니지 못한다. 그렇다면, 평범한 우리의 삶은? 과학이 바로 우리의 삶을 가루처럼 흩날려 버린다. 그렇다면, 삶의 가루들은? 그것은 우리의 인식의 유희이다. 인식은? 그것은 의무에 있다. 의무는? 의무는 창조에 있다. 창조적 형식은? 그것의 가치는 창조 과정을 이해하는 데 있다. 형식의 창조는? 그것은 자기 자신의 창조에 있다. 자기 자신의 창조는? 그것은 스스로를 형상으로, 신과 유사한 모습으로 바꾸는 데 있다. 그렇다면, 신들은? 그들은 또 다른 것의 표장들이다. 그렇다면, 또 다른 것은 대체 어디에 있는가?

여기서 우리가 꾼 모든 꿈들이 우리를 떠나간다. 존재, 과학, 인식, 예술, 종교, 윤리, 신지학, 그 모든 것이 날아간다. 그 모든 것은 우리에게 암시할 때만 가치가 있다. 우리가 절대적인 폐허에 남겨지고 공(空)이라는 열반 속에 가라앉고 있다는 것을. 우리가 더 깊이 침잠할수록 침묵은 우리에게 전언을 보낸다: "*이것이 나다.*"

삶의 단일성은 우리가 삶 속에 침잠하는 과정 속에 있다. 우리가 인식과 창조의 지대를 횡단할수록 우리의 삶은 소리와 빛깔, 형상으로 충만해진다.

인간이 경험한 분수령은, 삶의 시계가 오늘날 인식, 창조, 존재의 종을 울리면서, 창천(蒼天)의 심부가 태양빛으로 빛나는 위대한 정오를 알리는 바로 이 시점이다. 태양이 솟았다. 그것은 이미 오래전부터 우리를 눈부시게 비추고 있다. 인식, 창조, 존재가 우리의 눈동자에 검은 반점들을 형성한다. 오늘날 인식은 바로 우리의 앞에서 자신의 검은 반점을 찢고 있다. 그것은 자신의 언어로 우리에게 말한다: "나는 전혀 존재하지 않는다." 오늘날 창조는 우리의 눈앞에서 자신의 검은 반점을 찢고 있다. 그것은 말한다: "나는 전혀 존재하지 않는다." 우리의 평범한 삶은 우리의 눈앞에서 자신의 검은 반점을 찢고 있다. 그것은 말한다: "나는 전혀 존재하지 않는다."

존재하는 것들 중에서 무엇이 과연 진정으로 존재하는지, 해답을 찾는 것은 우리에게 달려 있다.

우리의 생각대로 말하자면, "아무것도 없다". 그러나 우리의 눈은 멀지 않았다. 우리는 지금 우리의 영혼 한가운데 서 있는 태양의 음악을 듣고, 그것이 창천의 거울에 반사되는 것을 본다. 그리고 우리는 말한다: "너는 있다."

9

인식의 정점(A_3)에서 우리는 창조의 정점(C_3)에서와 마찬가지로 어떤 단일성(B)을 가정하는데, 그것은 형이상학적 단일성(A_3)의 상징이기도 하고, 창조형상들의 단일성(C_3)의 상징이기도 하다. 형이상학적 단일성은 인식의 규범으로도, 인식의 형식으로도, 과학적 방법론의 형식으로도 정의되지 않는다. 그 자신이 열거된 것들을 정의한다. 창조적 형식의 단일성은 또한 뮤즈의 형상이나 상징화의 형식들, 형상과 내용의 형식들로 정의되지 않는다. 그러나 그것은 'B'로 표현된다. 'B'는 인식과 창조의 측면에서 정의된 상징이다. 역으로, 'B'를 매개로 정의될 때, 인식과 창조는 이 상징의 상징들이다. 따라서 상징 'B'를 우리는 구현이라고 부른다. 보다 넓은 의미에서 상징은 도해상으로 인식, 창조, 그리고 그들의 공리를 세 꼭짓점(A_3BC_3)으로 하는 삼각형으로 묘사된다. 이 삼각형의 중심에 삶의 가치와 의미가 존재한다. 존재의 의미와 가치의 상징적 삼각형이 우리가 흔히 생각한 것보다 얼마나 더 깊은 곳에 놓여 있는지를 〈그림 1〉이 보여 줄 것이다. 그러면 이 도안을 살펴보기로 하자.

삼각형 A_1BC_1은 과학보다 4단계나 위에, 인식론보다는 2단계 위에 있다. 이는 가치의 상징이 인식론적 전제들의 전제가 됨을 의미한다. 상징적인 삼각형(A_1BC_1)은 또 다른 삼각형(A_3BC_3)의 꼭대기를 장식한다.

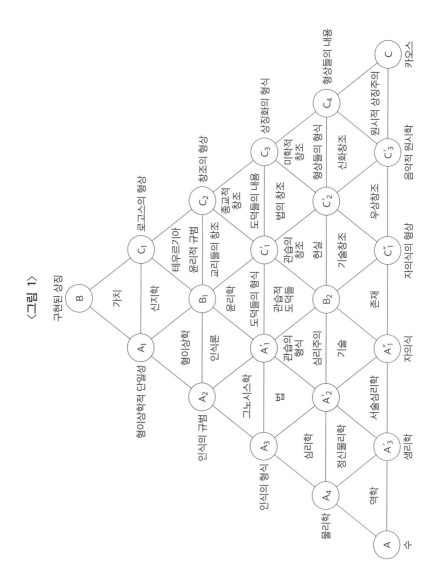

〈그림 1〉

이 삼각형 밑변의 양 모퉁이에 그노시스와 종교적 창조가 위치한다. 이는 활동의 가치가 종교적 창조의 '불'과 그노시스적 탐구의 '얼음'을 통합한다는 것을 의미한다. 인식론, 윤리학, 신학, 형이상학, 신지학, 테우르기아는 우리를 상징주의이론으로 이끄는 중간 고리를 형성한다. 오늘날 상징으로 향하는 이 중간 단계들에서 인식론, 윤리학 그리고 신학이 가장 많이 정련되고 있다. 단일성에 대한 그노시스적 형이상학과 신지학의 정립은, 우리 앞의 테우르기아적 창조가 그렇듯이, 아직 미래의 일이다. 따라서 상징주의이론은 오늘날 계획으로서만 가능하다. 인식론, 윤리학 그리고 신학에 대한 형이상학, 신지학, 테우르기아의 이론적 지위를 규정하는 게 중요하다. 그때에만 우리는 언급된 이론들에 대해 가치가 도안상에서 어떠한 지위를 차지하는지 설정할 수 있을 것이다. 과학연구, 윤리학, 신학을 통해 가치론을 정립해서는 안 된다. 가치론은 그러한 분과들을 예정한다.

삼각형 A_3BC_3는 세 개의 삼각형 — A_1BC_1, $A_3A_2A'_1$, $C_3C_2C'_1$ — 으로 상징된다. 두 번째와 세 번째 삼각형은 각각 두 개의 삼각형으로 상징된다. $A_3A_2A'_1$은 $AA_4A'_3$ (역학) 와 $A''_1B_2C''_1$ (존재) 으로 상징되고, $C_3C_2C'_1$은 $A''_1B_2C''_1$ (존재) 와 C'_3C_4C (원시적 상징주의적 창작) 으로 상징된다.

첫 번째 삼각형에서 이러한 관계는, 그노시스학이 인식과 윤리의 형식을 통해 존재와, 지식과, 인식을 모두 묘사한다는 것을 의미한다. 그노시스학과 존재 사이에서 일련의 인식의 그룹들 — 정신물리학, 서술심리학[32], 일반심리학, 법, 관습의 형식, 기술 — 이 생겨난다. 이는 이 모든 인식의 그룹들이 그 영역에 속함을 의미한다.

종교적 창작의 삼각형은 존재뿐 아니라 원시적인 상징적 창조를 예정

---

32) 〔옮긴이〕 기술심리학(*descriptive psychology*): 정신현상을 객관적으로 기술하는 일을 목적으로 하는 심리학.

한다. 여기서 중간 고리가 되는 것은 신화창조, 우상창조, 기술, 관습, 법, 예술형식의 창조와 같은 다양한 창작들이다.

상징주의적 단일성은 먼저 삼원일체성(триединство)으로, 그다음엔 세 개의 삼원일체성으로 나타난다. 그다음에는 세 개의 삼원일체성이 상징주의적 단일성에서 도출해 낸 삼각형들〔삼위일체(триад)〕의 피라미드를 형성하면서 세 번 반복된다.

피라미드를 가로질러 맨 위의 삼각형의 중앙까지 올라가는 수직선은 활동의 어느 단계에서 인식과 창조의 이원성이 종결되는지를 도식적으로 알려 준다. 상징주의이론은 단일한 총체에서 출발해야 한다. 이를 위해서는 그 총체의 이론적 지위를 찾는 게 불가피한데, 이는 종속된 삼각형들의 체계로 묘사되는 활동들을 연역해 내기 위해서이다. 도안에 묘사된 모든 삼각형들과 정상에 위치한 삼각형은 하위의 삼각형들을 지배한다. 이와 같이 미적 창조는 원시적인 상징창조, 신화창조, 우상창조를 지배한다. 종교적 창조는 이 모든 창조를 지배하며, 그 밖에도 기술, 풍속, 법 등의 창조를 지배한다. 나아가 그것은 존재를 지배한다. 테우르기아적 창조는 종교를 포함한 이 모든 활동들을 변화시킬 수 있는 힘을 지녔을 뿐 아니라, 심리학, 기술, 관습적 도덕, 신학, 윤리학도 바꾼다. 형이상학이 어떤 활동까지 뻗어 있는가를 알기 위해서는 그것의 하위에 있는 활동들을 나열하는 것으로 충분하다. 그러므로 형이상학에서는 테우르기아에 종속된 활동에서 비롯된 원시적 상징주의, 신화창조, 미학적·법적·종교적 창조가 떨어져 나간다. 그리고 거기에 인식론, 그노시스학, 심리학 등이 부가된다. 예를 들어 윤리학은 형이상학에도 테우르기아에도 의존함으로써 변모한다. 따라서 **상징**33) 이 활동의 피라미드들을

---

33) 〔옮긴이〕여기서 원문에 대문자로 표기된 '상징'(Символ)은 일반적인 상징과는 차원이 다른, 존재의 우주적인 단일성의 상징으로서, 절대적이고 종교적인

완성시킬 때까지, 우리에게는 이원론의 윤리학이 예정되어 있다. 이 이원론은 우리의 감정의 심리학, 기술, 관습의 형식들, 이 형식들의 창작에 반영된다. 관습적 도덕에 반영된다. 존재의 의식과 경험 자체에 반영된다.

우리는 이 모든 것을 완전한 상징주의이론의 표장인 우리의 도식에서 이끌어 낸다. 다양하게 인용되는 도식을 고찰하면서 우리는 상징주의이론이 어떻게 정립되어야 하는지에 관한 완전한 구상을 얻게 될 것이다.

10

단일성은 *상징*이다.

우리는 바로 이 명제에서 멈춰야 한다. **상징**을 형이상학적 용어로 어떻게 정의할 것인가? 상징의 형이상학적 정의는 우리에게 가장 임박한 과제이다(그림상으로는 상징주의의 삼각형에 형이상학적 단일성 역시 포함된다).

상징주의적 단일성은 무엇보다 먼저 우리가 인식론에서 내용과 형식이라고 칭했던 것의 단일성이다.

상징주의적 단일성은 내용과 형식의 단일성이다.

단일성에 대한 그러한 정의는 **상징** 개념 자체가 그런 것처럼 아직 제한적이다.

잠시 조건적 개념들의 특징을 짚고 넘어갈 필요가 있다.

먼저, 우리는 재현된 현실이 개념 속에 반영되어 있다고 생각한다. 그런 경우 진리는 대상과 대상에 대한 관념과의 일치에 있다. 조건적 개념들은 현실적 개념들과는 구분된다. 현실적 개념들은 재현과정에서 현실의 대상 자체와 부합한다. 반면, 조건적 개념들은 현실의 그 어떤 대상과

의미를 지닌다.

도 부합하지 않는다. 그것들은 대상으로부터 분리된 개념들의 맹목적인 유희의 산물이다. 그렇다면, 조건적 개념들은 현실적 개념들과 근본적으로 구분된다. 현실적 개념들은 참된 것을 반영한다. 조건적 개념들에는 그러한 반영이 일어나지 않는다. 그런 의미에서 조건적 개념들은 거짓 개념들이다. 만일 **상징**에 관한 개념이 조건적이라면, 상징주의적 개념층의 형성과 더불어 우리는 현실로부터도, 진리로부터도 멀어질 것이다. 상징의 세계는 허구의 세계이다. 모든 상징화는 그 무엇과도 부합하지 않는 용어들로 존재하는 대상들의 거짓된 표식이다. 이러한 견지에서 상징주의는 현실세계를 해체시킨다.

'*단일한 것은 상징이다*'라는 판단은 '*단일한 것은 존재하지 않는 것이다*'라는 판단과 같은 의미이다. 우리는 유전(流轉)하는 다양성과 함께 남겨진다. 이때 우리는 말한다. '만물은 유전한다'($\pi \acute{\alpha} \nu \tau \alpha \ \varphi \epsilon \acute{\iota}$).

상징주의에 대한 비난은 보통 그런 식이다. 상징주의의 기초를 확립하려는 모든 시도가 바로 이러한 단순한 판단에 부딪쳐서 무산되어 버린다.

그러나 그건 그렇지 않다.

조건적이고 현실적인 개념들 사이에는 대립이 아닌 의존관계가 형성되어 있다. 현실적 개념들이 조건적 개념층을 이루거나, 혹은 조건적 개념들이 현실적 개념층을 이루기도 한다.

조건적 개념은 반영된 대상에 직접적으로 근거하지 않는다. 이 개념과 대상 사이에는 일련의 과도적 개념들이 놓여 있다. 그러한 개념들은 현실적 개념들이다. 조건적 개념들은 그런 경우 간접적인 현실적 개념들이다. 그러나 직접적인 현실적 개념들로써 정신구조가 다 규명되지는 않는다. 이런 관점에서 모든 과학적 이론은 현실적 개념들의 분류화(классифи-кация) 혹은 이런 개념들, 즉 현실에 대한 개념들의 일종의 분류화이다. 현실에 대한 개념은 분류화의 근거가 될 수 없다. 만일 그것이 현실에 대한 개념들을 익숙한 순서대로 배치한다면, 그리고 그런 의미에서 현실적이게 된다면, 다른 한편으로 그것은 동시에 조건적 개념이기도 하다. 왜냐하면 그것에 상응하는 대상이 현실 속에 존재하지 않기 때문이다. 만일 그것이 현실에 대한 개념들의 분류화의 근거라면 그것은 참된 개념이다. 그러나 참된 개념은 현실적 대상에 상응하는 개념이다. 그러한 대상이 현실에 없다면 진리란 대상과 그것에 대한 관념의 일치가 아니거나, 혹은 대상이 현실의 대상이 아니거나, 혹은 분류화의 근거가 거짓된 개념인 것이다.

그런 의미에서 현실에 대한 개념들의 모든 분류화의 기초는 조건적 개념이다.

더 나아가 우리는 과학의 개념들을 인식론에 의해 정련할 필요성을 느낀다. 그노시스적 개념들은 현실에 근거하지 않는다. 반대로 그것들은 현실의 재현과정 발생 자체의 전제들이다. 과학적 분류화의 기초는 현실이라는 전제에 입각한다. 그뿐 아니라, 인식론은 현실을 뒤집는 지렛대이다. 그노시스적 개념은 조건적 개념으로서 경험을 예정한다. 차후에 경험의 조직화는 현실에 대한 개념층을 낳는다. 그런 측면에서 판단에 있어 조건적 개념들은 현실에 관한 개념들보다 더 현실적으로 나타난다. 조건적 개념들은 현실적 개념층의 특수한 부류이다. 혹은 심지어 그 이상이다. 처음에 현실적인 것이라고 여겨진 개념들이 간접적인 조건적 개념들임이 드러난다.

이런 측면에서 상징주의적 개념들은 학문에서 일반적인 개념들이기도 하고, 인식론에서 보편에 대한 개념들이기도 하다. 인식론은 모든 종류의 심리주의를 거부한다. 반면, 현실에 관한 모든 개념들은 심리학 개념들이다. 그런데 개념의 역사적 형성과정에서 모든 개념은 현실에서 취해진다. 이런 의미에서 모든 개념들은 심리적이다. 그노시스학은 심리학적 개념들('형식', '규범' 등)을 사용하면서도 그러한 개념에 심리학에 아무 의미도 없는 특별한 의미를 부가하고자 한다. 그리고 그러한 의미로써 개념의 심리학적 의미를 가리려고 한다. 그런 의미에서 그노시스학은 일관되게 조건적이다. 한편, 그노시스학의 필연성은 그것이 경험에 기초한 과학을 미리 규정한다는 데 근거한다. 그러므로 그노시스학의 조건적 개념들은 현실에 포함될 수 없는 것을 표시한다. 현실에 관한 조건적 개념들은 표장적 개념들이다. 현실적 개념들은 물론, 처음에 우리가 조건적이라고 칭했던 개념들도 그것들에 기초한다. 현실세계와 의식세계라는 우리에게 주어진 소여는 현실과 의식을 동일하게 내재적 존재의 형상으로 통합한다. 표장적 개념은 의식이나 존재만이 아니라 내용들 속에 주어진 임의의 소여와 관련된다. 규범적 개념들은 윤리학을 매개로 가치의 형상에 의거함으로써, 그리고 자기편에서 과학의 방법론적 개념들을 이끌어 냄으로써, 형상들의 세계와 용어들의 세계 사이에 다리를 놓는다. 표장이 형이상학적 용어로 된 형상들의 어떤 단일성을 설명할 경우 그것은 알레고리의 형태를 띤다. 한편 표장이 개념들의 일정한 체계를 미리 규정한다면, 그것은 규범적인 개념이 된다. 이런저런 경우에도 표장은 그런 체계들의 단일성이다. 형이상학과 윤리학에서 표장은 알레고리가 된다. 인식론에서 그것은 규범이 된다. 알레고리는 의식적으로 선택되고 배치된 형상들의 체계 속에 형성된 *관계*이다. 규범은 인식형식들의 관계이다. 그러나 우리는 가치의 규범과 형상이 상호 제약적이라는 사실을 이미 알고 있다. 알레고리는 그러한 형상의 형이상학적 해석이다. 표장은 어떤 도식으로, 그것을 매개로 규범은 알레고리가 된다[주해 9].

그러나 가치의 형상으로 간주되는 현실의 형상과 형상적 개념(알레고리) 사이에는 아직 단일한 원칙이 없다. 추상적 용어로 주어진 현실 전체의 형상은 형이상학적 개념이다. 반면 가치의 형상으로 주어진 현실은 세계적인 단일성이라는 **얼굴의 출현**이다.

더 추상적인 개념과 비교하여 덜 추상적인 개념이 형상이다. 개념들 간에는 명료성의 단계가 존재한다. 어느 정도 형상적인 개념이 존재한다. 과학적 개념은 이 계열의 한 극단이다. 반대로, 나는 엄격한 과학적 개념의 체계를, 과학적 개념들을 에워싸고 있는 더 형상적인 개념들의 체계로 교체할 수 있다. 이러한 의미에서 알레고리는, 조건적이고 과학적이고 그노시스적인 개념들을 현실의 형상들에 근접시키는 개념이다〔카오스의 형상은 끔찍한 무한성의 알레고리일 수 있으며, 무한성 그 자체는 수(數) 계열의 형상 혹은 알레고리일 수 있다〕. 알레고리적 개념들은 조건적 개념들을, 그것이 역사적·발생론적으로 기원하는 현실에 관한 개념으로 되돌리지 않는다. 반대로 알레고리적 개념들은 조건적 개념들을 현실에 관한 개념으로부터 더욱 멀리 몰아낸다. 그렇지만 사실 알레고리적 개념들은 이런저런 현실에 근거하는 형상들의 그룹에서 도출된 개념들이다. 이런 의미에서 알레고리적 개념들은 직접적 형상들이지만, 그러나 이미 조건적 개념들은 아니다. 조건적 개념은 현실의 개념들 속에 주어진 특징과 현실 속에 늘 현존하지는 않는 형상들의 특징을 자기 안에 결합한다. 알레고리는 현실의 형상들을 현실 속에 현존하지 않는 하나의 복합체로 제멋대로 결합시킨다. 이 복합체는 가치가 존재와 구분되듯이, 현존하는 객관 현실과 구분되는 새로운 현실의 형상이다. 따라서 현실 형상들의 변화(창조)는 알레고리의 전제이거나 혹은 알레고리의 형상적 결론이다. 알레고리는 한편으로는 인식에 의거하고, 다른 한편으로는 창작에 의거한다. 그러나 인식이 창작에 대해 그런 것처럼, 창작은 인식에 완전히 의거할 수 없다. 알레고리는 표장으로 귀결된다. 그러므로 표장, 즉 도식은 조건적·현실적·알레고리적 개념들의 분류화의 기초임이 드러난다. *이 세 그룹의 개념들이 모두 표장적인 개념들이다.*

표장은 항상 어떤 단일성의 표장이다. 표장적 개념들로 이루어진 체계의 정점은 표장성 자체가 단일성으로부터 도출되는 개념이 차지해야 한다. 그 단일성은 스스로 이미 표장이 아니며, 표장적 개념의 체계를 정립하라고 우리의 관념을 일깨우는 어떤 것이다. 앞에서 우리는 형이상학적 단일성은 그런 단일성이 될 수 없음을 확인했다. 따라서 형이상학적 단일성에 대한 개념 자체가 표장이다.

그러므로 단일성이라는 개념은 표장적 용어로 존재한다. 모든 종류의 개념 정립에서의 절대적인 경계로서, 표장의 표장을 우리는 인식의 측면에서 **상징**이라고 부른다.

이러한 의미에서 우리는 말한다. '*단일성은 상징이다.*'

이때 우리는 어떤 식으로든 과학, 심리학, 인식론, 형이상학의 용어로 단일성을 정의할 수 있는 권리를 박탈당한다. **상징**의 개념을 조건적 개념으로 정의하는 것은 조건적이다. 우리는 조건적 개념의 용어로 그런 정의를 내린다. 단일성으로서의 **상징**에 관한 개념이 바로 개념의 표장성의 조건이다. 조건적이고 현실적인 개념들은 표장적 개념이라는 일반 유형의 하위유형이다.

11

상징주의적 단일성은 형식과 내용의 단일성이다.

우선 우리는 이런 정의가 조건적 정의라는 것을 이야기해야 한다. 우리는 단일성을 형이상학의 평면에 투사한다. 이때 우리는 이미 진정한 인식의 대상은 그와 동시에 인식의 산물임을 알고 있다. 인식의 산물은 곧 인식의 내용이다. 인식의 주체는 형식과 동일시된다. 더 나아가 우리는 인식의 주체가 초개인적이라는 사실을 알고 있다. 따라서 개별적 인식의 발생론적 전개에서 주체의 산물은 해당 인식의 객체이다. 초개인적 주체는 판단하는 의식으로 나타난다. 이것이 바로 판단하는 의식으로서의 주체의 출현이 자기제한으로 귀결되는 이유이다. 자기제한을 통해 초개인적 주체의 산물은 객체와 같이 된다. 우리는 스스로를 활동의 산물이라고 상상한다. 우리의 발전은 산물들을 객체로 변화시킴으로써 초개인적 의식으로 상승하는 데 있다(신비주의자들의 표현을 빌면, 자기 자신 속에서 진정한 '나'를 발견하는 것에 있다). 어떤 경우에도 윤리적 명령은 인식을 제약하고 인식의 규범으로 형식을 예정함으로써 우리가 인식에 대해 그와 같은 태도를 취하도록 지시한다. 그러나 예정하는 것은 그것이 합목적적일 때에만 가능하다. 합목적성이 실제적인 합목적성이 되려면, 주체의 인식이 목적이고, 객체의 인식은 그런 목적으로 이끄는 수단이라고 가정해야 한다. 그렇게 되면 주체와 대상 간에 상호작용이 이루어진다. 내용의 요소들(수단들)은 이미 합목적성의 요인(즉, 형식)을 내포하고 있으며, 그 역도 마찬가지이다. 형식과 내용은 일종의 단일성의 발현이다. 독자들은 나에게 피히테와 셸링식의 반복을 요구한다. 그러나 피히테와 셸링의 철학은 직접적인 그노시스적 의미를 갖지 않은 반면, 심오한 미학적 의미를 지녔다. 그 어떤 형이상학도 그러한 반복 없이는 안된다. 한편, 그러한 형이상학의 필연성은 인식론의 가설이다.

반대로, 형식의 내용에 대한 그와 같은 관계는 그노시스학과 심리학에서는 불가능하다. 그노시스학과 심리학은 소여에서 출발한다. 전자의 경우 인식의 질료라는 소여와 인식론적인 원칙이라는 소여를 전제로 하고, 후자의 경우 물리적이고 심리적인 장(場)의 객관성을 전제로 한다.

인식론은 인식형식으로부터 내용(대상)을 구성한다. 그러나 그때 형식은 허공에 매달려 있다. 규범으로서 형식에 대한 관념을 통해 이론이성은 실천이성이 되고, 이성의 이념은 이상(理想)으로 변한다. 이상은 이념에 부합하는 본질이다. 그것은 즉, 형식과 내용을 불가분의 단일성 속에 유폐시키는 어떤 것이다. 단일성에의 요구는 이상을, 자기 안에 형식과 내용을 포함하는 단일성이라고 형이상학적으로 정의하게 한다.

우리는 그러한 정의의 제약성을 알고 있다. 우리는 또한 그것의 그노시스적 불충분성을 알고 있다. 그러나 우리는 또한 과학적 정의의 유효성이라 불리는 것의 커다란 제약성을 알고 있다. 우리는 그노시스학 자체의 그노시스적 근거 없음에 관해 알고 있다. 문제는 아무리 해도 사라지지 않는다. 그러나 우리는 이러한 형이상학적 문제가 불가피하며, 그것이 *다른 것*을 통한 가치의 탐색을 결정한다는 것을 기억한다. 우리는 그것을 **상징**에 근접시키는 표장으로 받아들인다.

우리는 형이상학적 문제의 필연성을 이렇게 이해한다. 우리는 늘 똑같은 모순의 숙명적인 원 속에서 형이상학적으로 순환할 수밖에 없는 필연성을 이해한다. 그로부터 유일한 출구는 **상징**의 개념을 향한 것이다[주해 10].

우리는 과거의 형이상학적 체계들이 내놓은 과도한 약속에 대해 알고 있다. 우리는 형이상학의 연이은 파산에 대해 알고 있다. 그러나 우리는 좁은 문이 우리를 구원의 자유로 이끈다는 사실을 기억하면서 이성의 자존심에 반하는 형이상학의 가로지르기를 수행해야 한다.

12

상징주의적 단일성은 창조의 계열 속에서 인식의 계열의 단일성이다. 그러나 이러한 계열을 형이상학적으로 정의함으로써 우리는 이미 단일성을 깨뜨린다.

똑같은 단일성이 인간의 형상, 혹은 비슷한 형상을 하고 나타나 창조의 계단을 완성한다. 인간의 창조의 계단이 그런 단일성에 인간을 비유하는 것으로 끝나는 이유가 여기에 있다. 종교의 언어를 빌자면, 창조는 우리를 신의 현현으로 인도한다. 세계의 로고스는 인간의 얼굴을 취한다. 창조의 정점은 묵시록의 말씀에서 언급된다. "내가 승리하여 아버지와 함께 그의 권좌에 앉을 때, 승리하는 자는 나와 함께 나의 권좌에 앉으리라."[34] 그렇기 때문에 우리는 형이상학의 측면에서 테우르기아를 정의하면서 그것의 과제, 즉 인간의 형상(**얼굴**)을 통해 형이상학적 단일성을 제시하는 것은 말씀(원칙)을 육신(우리 활동의 내용)으로 변화시키는 것이라고 말한다. 형상적 언어로 다음을 의미한다: "말씀은 육신이 될 것이다(Да, будет слово-плотью)." 이에 관해 사도는 다음과 같이 말했다: "태초에 말씀이 계셨다. 말씀은 하느님과 함께하셨으며, 하느님이시다."[35] "태초부터 있었던 일에 관하여 우리는 듣고, 두 눈으로 똑똑히 보고, 두 손으로 만져 보았습니다. 그것은 생명의 말씀에 관한 것입니다."[36]

창조의 계단, **상징**은 육신으로 나타나면서 가장 형이상학적인 정의들을 테우르기아적 실천에 종속시킨다.

우리가 일련의 인식과 일련의 창조를 통해 단일성을 표장적으로 재현하려고 하자마자, 그것은 이미 우리에게 이원성으로 나타난다. '*육신이 된 말씀*'(*Слово, ставшее Плотью*)[37]이라는 표현 자체가 우리에게 이원성의 운명을 부과한다. 단일성에 대한 모든 명제가 불가능하다. 모든 명제는 주어와 술어로 구성된다. '*말씀은 육신이다*'(*Слово есть Плоть*)라는 명제에서 동사 '이다'는 연결어이다. 이원성은 단일성을 예정한다. 따라서 단일성은 이원성으로 붕괴되면서 단일성의 첫 번째 삼원소를 제시한다. 삼원성은 단일성에 관한 최초의 정의이다. 그것은 단일성의 상징이다. 따라서 우리는 상징주의적 단일성을 **상징**이라고 부르고 그것을 삼원소로 묘사한다.

이 삼원소[말씀(*Слово*), 육신(*Плоть*), 이다(*Есть*)]는 **상징**이다. **상징**에 의해 확립되는 것은 **말씀**과 **육신**의 단일성이다. 리케르트가 지적한 대로, 모든 명제에서 우리는 ① 주어, ② 술어, ③ 연결어, ④ 정언명령(주

---

34) 〔편집자〕〈요한계시록〉 3장 21절.

35) 〔편집자〕〈요한복음〉 1장 1절.

36) 〔편집자〕〈요한 1서〉 1장 1절.

37) 〔편집자〕성서에 대한 암시이다: "말씀이 육신이 되어 행복과 진리로 충만하여 우리에게 꾀하신다"(〈요한복음〉 1장 14절).

장)이라는 네 가지 요소를 접하게 된다는 사실이 이로부터 명백해진다. '말씀은 육신이다'라는 명제는 본질적으로 다음과 같은 형식을 취한다: '진정 말씀은 육신이 되시리라'. 태초의 단일성의 상징적 의미는 바로 '진정 되시리라'에 있다. 그리고 이미 단일성은 이원성으로 해체된다: '말씀은 ― 육신이'.

그럼에도 불구하고 위의 명제는 상징주의적 단일성('진정 되시리라')은 물론, 이원성('말씀은 ― 육신이'), 삼원성('말씀은 ― 육신이 ― 되시리라'), 그리고 사원성('진정 ― 말씀은 ― 육신이 ― 되시리라')의 표장이다. 마지막 명제에서 '되시리라'의 연결은 단일성('진정')과 이원성(말씀은 ― 육신이)의 연결이다. '되시리라'는 '진정'('진정 ― 되시리라')과 '말씀은 ― 육신이'(말씀은 육신이 되시리라)와 똑같이 관계된다[주해 11].

이것이 바로 단일성의 형이상학의 측면에서 리케르트의 인식론이 인식의 세 가지 기본형식을 지적하는 게 당연하다고 여겨지는 이유이다. 규범(진정), 소여의 범주(이다), 그리고 초월적 형식(말씀 ― 육신)이 그 세 가지에 해당한다. 또한 우리에게 주어진 인식의 형식들(말, 원칙)과 우리에게 주어진 현실의 형상들(육신)이 왜 초월적 형식들인지도 분명하다. 규범, 소여의 범주, 그리고 선험적 형식은 단일성, 이원성, 나아가 삼원성을 상징하는 인식론의 불가피한 표장들일 뿐이다. 그러나 이것은 상징들이다. 피히테에게서 나타나는 모든 단일성의 상징들은 이런 단일성을 형이상학의 평면에 포함시키려는 시도들이다. 셸링의 '동일성의 철학' 또한 이원성을 띤다. 헤겔의 형이상학은 변증법적 발전의 형태를 취한 삼원성에 기초한다. 피히테, 셸링, 헤겔의 형이상학의 토대는 분명하다. 그러나 형이상학적인 것만으로 그들의 체계가 제시하는 명제들은 피히테와 셸링과 헤겔의 시도들이 완전히 실패할 수밖에 없도록 만들었다. 모든 형이상학의 상징주의를 이해하는 대신, 그들은 반대로 모든 형이상학에서 상징주의를 축출했다. 그런 교체의 결과는 과학의 견지와 창조의 견지에서 괴물로 나타나지 않을 수 없었다.

마찬가지로, 사람들은 모든 창조적 상징화(신의 현현)의 정점을 무언가 그 자체로서 현실적인 것이라고 생각하면서, 그런 새로운 현실을 존재세계에서의 인식을 통해 긍정하면서(새로운 현실은 단지 창조에 있어서만 유효한 반면), 테우르기아적인 단일성을 상징화의 규범(종교)과 도덕의 규범을 통해 분해시켰다. 그런 견지에서 테우르기아의 영역은 종교적 상징들의 창조의 영역(종교), 이런 상징들을 교리로 인정하는 영역(신학), 그리고 윤리의 영역으로 분리되었다. 이 영역들 중의 첫 번째 것을 체계화하려는 시도들은 소피아, 세계영혼, 그리고 그 밖의 다른 그노시스적 신학의 표장들에 대한 모든 가능한 교의의 계열로 우리를 이끈다. 두 번째 영역은 '*필리오크베 논쟁*'[38] 으로 변형되었다. 세 번째 영역은 행위의 규범에 관한 교의로 변형되었다.

모든 형태의 형이상학적 단일성의 뒤를 이은 똑같은 실패들이 결국 형이상학을 붕괴시켰다. 인식형식들 간의 관계로서의 형이상학의 필요성만이 형이상학 자체를 그노시스학, 인식론, 그리고 윤리학으로 바꿔 놓았다.

그런 식으로 윤리적 활동은 한편으로 창조에 의존했다. 그것은 창조의 형태로 변형되었다. 다른 한편으로 인식의 규범이 윤리 또한 규정할 수

---

38) 〔편집자〕 필리오크(라틴어 *filiogue*) : '아들'이라는 의미. 성령이 성부뿐 아니라 성자로부터 비롯되었다는 것을 인정하는 가톨릭교회의 교리.
　〔옮긴이〕 '필리오크베(*filioque*) 논쟁': 기독교 역사에서 동방교회와 서방교회의 분열에 결정적 역할을 했던 교리 논쟁. 필리오크는 '아들'을 뜻하는 라틴어이다. 그리스도교 교회의식의 니케아 신조(Nicene Creed)에 성령은 성부로부터 발출된다는 고백에 서방교회가 '그리고 성자로부터'(필리오크베)라는 구절을 삽입한 것이 논쟁의 발단이 되었다. 필로오크베 논쟁은 서방교회가 필리오크베 교리를 정식으로 채택한 581년 톨레도 회의 때부터 시작되었고, 이는 1054년 동방 교회와 서방 교회가 분리되는 결과를 가져왔다.

있었다. 따라서 윤리를 인식의 특별한 형태로 파악할 수 있었다. 인식과 창조 간의 분열의 선이 윤리학을 베어 냈다. 윤리학은 상징주의적 이원성(двуединство)에 의해 예정되었다.

상징주의적 삼원성(триединство)은 이원론을 통해 두 개의 삼원일체성, 즉 형이상학과 테우르기아로 쪼개진다. 첫 번째 삼원성의 영역에서 인식의 상징주의는 모든 표장들 아래 삼원성을 편성한다('무의식 ― 의지 ― 표상' 또는 '단일성 ― 주체 ― 객체').

두 번째 삼원성 영역에서 창조의 상징주의는 다양하게 구현된다: 나 ― 너 ― 그, 나 ― 신 ― 세계, 육신 ― 영혼 ― 정신.

그러나 두 개의 삼원성은 각각 불가피하게 새로운 삼원성의 계열로 나뉜다. 형이상학은 그노시스학, 인식론, 윤리학으로 나뉜다. 테우르기아적 삼원성은 종교적 상징들을 통해 교리론(신학)과 윤리학으로 분리된다.

그노시스학. 여기서 우리는 삼원성의 표장(인식의 형식, 인식의 내용, 규범)을 갖추고 있다. 예를 들어 칸트에게는 이러한 표장이 다음의 형태를 취한다: 인식의 활동, 범주, 자의식의 종합적 단일성.

인식론. 여기서 삼원성의 표장은 이미 다른 형태를 취한다: 인식의 규범, 행위의 규범, 도덕의 규범.

윤리학. 여기서 삼원성의 표장은 다음과 같다: 도덕의 형식, 도덕의 내용, 규범.

신학. 여기서 삼원성은 다음의 형태를 취한다: 도덕의 내용, 행위의 규범, 종교적 창조의 규범(삼위일체) [주해 12].

종교. 여기서 우리는 다음의 표장을 갖는다: 도덕의 내용, 창조적 상징화의 형식(예술의 정점), 창조의 규범(혹은 성령, 성자, 성부). 창조적 상징화의 형식 속에 예술과 종교의 합치가 일어난다는 것이 특징적이다. 아폴론-무사게테스[39]는 '아들'의 종교적 상징의 표장이다.

표장의 피라미드를 묘사한 그림으로 돌아온다면, 우리는 앞에서 기술된 삼각형들과 함께 최상위 삼각형의 상징화가 불가피하다는 것을 깨닫게 될 것이다. 삼각형들의 총합은 최초의 거대삼각형을 이룬다. 거대삼각형은 우리의 삼원성의 상징이다. 삼원성은 단일성의 상징이다. 단일성은 우리에게 상징의 형태로 나타난다. 따라서 인식의 용어 혹은 창조의 용어로써 그것을 언급할 때, 우리는 그에 대해 상징들의 언어로 말하는 것이다. 바로 그러한 의미에서 다음의 판단을 이해해야 한다. "**단일성**은 **상징**이다."

이 삼각형의 경계 내에서 의미와 가치의 영역을 찾을 때까지, 모든 상징화의 형태는 조건적이다. 따라서 우리는 그것을 향해 '*아니다*'(Hem) 라고 말할 권리가 있다.

인식의 형식이 사방에서 과학을 구속하고, 그와 함께 우리의 활동의 자유를 구속하고자 할 때 우리는 모든 그노시스적 해석에 대해 '*아니다*'로 응답한다. 이 '*아니다*'를 적절한 그노시스의 언어로 동기화하려 할 때, 우리는 그노시스의 완결은 인식론에서 이루어진다고 말한다. 규범이 우리의 실천적이고 이론적인 이성에게 합목적성을 지시한다면, 우리는 그 합목적성을 향해 '*아니다*'라고 말할 것이다. 합목적성의 부정의 형식은 인식론 자체의 형이상학적 전제를 강조하는 것이다.

마찬가지로 우리는 한편으로는 창조에 대한, 다른 한편으로는 형이상학에 대한 윤리학의 의존성을 지적하면서도 그것의 의미를 부정한다.

마찬가지로 우리의 자유는 종교와 신학을 부정한다. 그리고 사람들이 우리에게 성부(Отец), 성자(Сын), 성신(Дух)에 관한 교리의 용어로 말한다면, 우리는 그 이름들을 세 번 부정할 것이다. 우리는 성부를 부정한다. 왜냐하면 성부는 성자 속에 계시므로. 우리는 성자를 부정한다.

---

39) 〔옮긴이〕 아폴론-무사게테스(Apollo-Musagetes): '예술의 수호자' 아폴론이라는 뜻.

왜냐하면 그(Он)는 성령과 진리 속에 계시므로. 우리는 성령을 부정한다. 왜냐하면 성령은 우리 안에 계시며, 모든 것은 자기 안에 **단일한 얼굴**(Единый Лик)을 영원히 내포하고 있으므로. 그리고 그 **얼굴**은 우리를 향해 다가오고, 우리 안에, 우리 주위에 계시므로.

그러나 우리는 우리의 '*아니다*'를, 모든 형이상학적 단일성들을 향해 그랬던 것처럼, 바로 이 **얼굴**에게도 말한다. 그때 우리는 완전한 황야에 남겨지며, 거기서 '*아니다*'와 '*그렇다, 있다*'(Да, есть) 사이에서 선택을 한다.

'*그렇다*'를 선택한 자는 자신의 형안으로 모든 하위의 삼각형들을 통해 '*그렇다*'의 영역을 볼 수 있는 재능을 선사받게 된다. '*그렇다*'를 선택한 자는 형이상학이 자신의 조건적 단일성을 수단으로 삼아 말하고자 하는 게 무엇인지, 창조가 "*내가 승리하여 아버지와 함께 그의 권좌에 앉았던 것처럼, 승리한 자는 나의 권좌에 나와 함께 앉으리니*"라고 주장할 때 그것이 말하고자 하는 게 무엇인지를 온갖 회의를 품은 채 이해하기 시작한다. 모든 종류의 교리와 모든 종류의 분파들이 천 개의 빛깔을 지닌 무지개로 융합한다. 각각의 빛깔에서 환호하는 노랫소리가 들려온다: "*그렇다, 그렇다, 그렇다.*"

긍정을 얻어 내면서도, 나는 교리가 가치로 확립된 곳에서 모든 교리를 부정하고 비웃을 권리를 상실하지 않는다. 그러나 나의 유일한 교리는 인식의 교리가 아니다. 그것은 결코 삼위일체가 아니다. '*육신이 된 말씀*'도 '*말씀과 시력이 된 육신*'(많은 눈의 세라핌)도 나의 교리가 되지는 않는다. 나의 교리는 오직 한 가지이다: "*그렇다, 그렇다, 그렇다.*"

내가 이 교리를 발전시키고자 할 때 나는 이렇게 덧붙일 권리를 갖는다: "*그렇다, 그렇다, 있다.*" 그다음, 내가 딛고 일어서게 될 시간의 흐름을 측정하면서 바로 시간 속에 *그것이 있을 것이다*(Это-будет)라는 걸 나는 깨닫는다. 그리고 나는 웃으며 말한다. "그렇다, 그렇다, 있을 것이다."내가 눈으로 먼 과거를 헤아릴 때 나는 곧 다가올 주변 현실의 위대함을 본다. 현재 속에 인류의 수천 년 동안의 과거가 담겨 있다. 과거는 나와 함께 우리를 에워싸는 미소로써 말한다. 그것, 나의 과거는 나에게 역사로서, 종교와 예술의 기념비로서 미소 짓는다. 그리고 나는 그에게 대답한다: "그렇다, 그렇다, 있었다."(*Да, да, -было*)

더 이상은 내게 필요 없다.

무엇이 있을 것이며, 무엇이 있고, 무엇이 있었는가 ─ 이는 이미 표장의 언어이다. 바로 이 언어로 교리들이 나에게 말을 한다. 나는 그들에게 나의 "그렇다"로 응답한다[주해 13].

내가 나의 비밀스러운 기쁨의 영역에서 올라서자마자, 나의 정신은 정상의 중심을 걷는다. 그 중심을 삼각형의 측면들이 에워싸고, 시간의 선은 이 삼각형 주변에 원을 그린다. 태초의 과거는 미래가 된다, 미래가 태초의 과거가 되는 것처럼. 빛이 눈부시게 모든 것을 관통한다.

이때 앞에서 묘사된 도안은 또 다른 모습을 띤다. 우리는 정상의 작은 삼각형이 상위의 더 큰 삼각형에 의해 상징된다는 것을 확인했다. 그 상위의 삼각형 자신 또한 '존재'의 영역에서 모서리가 교차되는 두 개의 더 큰 하위 삼각형으로 나뉜다. 최상위의 삼각형에 관해 우리는 이렇게 기술한 바 있다: 그 안에 그노시스, 인식론, 윤리학, 신학, 종교, 형이상학, 테우르기아, 신지학이 포함된다. 그리고 가치는 그것을 화관으로 장식한다.

가치 있는 것을 향하여 상승하는 과정에서 가치가 아닌 모든 것의 의미는 가치를 상실한다. 이제 정상은 중심이 되었고 예전에 폐허로 여겨졌던 모든 것이 우리를 비춘다. 우리는 이미 이 영역에서 형식과 내용은 나눌 수 없음을 알고 있다. 형이상학과 테우르기아의 삼각형들을 가치의 삼각형과 결합된 상태로 남겨둔 채, 인식의 규범과 창조의 규범을 상징주의적 단일성으로 결합시키면서, 우리는 최상층의 삼각형을 둘러싼 세 개의 하위 삼각형을 배치하는 것이다.

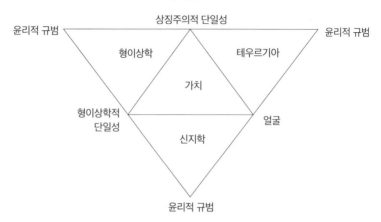

〈그림 2〉

이 도형(〈그림2〉)은 중요하다. 새로운 삼각형의 꼭짓점들에는 윤리적 규범들이 놓여 있다. 그 이유는 〈그림 1〉에서 테오소피아, 테우르기아, 형이상학의 모서리들이 윤리적 규범으로 한데 모였기 때문이다. 윤리적 규범은 우리가 테우르기아, 신지학, 형이상학에서 공통으로 관계했던 것이다. 따라서 삼각형들을 우리의 규칙에 맞게(인식과 창조의 규범이 부합하도록) 배치하면서, 꼭짓점에는 윤리적 규범이, 모서리에는 형이상학, 신지학, 테우르기아가, 그리고 중심에는 가치가 자리하는 새로운 삼각형을 얻게 되는 것이다. 이렇게 얻어진 표장을 우리는 윤리적 표장이라고 부른다[주해 14]. 이 표장의 의미는, 윤리란 가치의 외적 정의이며, 혹은 반대로, 가치가 윤리의 내적 정의라는 것이다. 윤리의 꼭짓점 중의 하나가 삼각형 안에서 테우르기아로 확장된다는 것은 윤리란 본질적으로 창조적인 몇몇 활동들의 형식임을 뜻한다. 또한 종교와 테우르기아가 예술 창조의 전제인 한, 미적 가치는 윤리적 형식을 취할 수 있다.

여기서 다시 〈그림 1〉로 돌아가면, 신지학의 자리에 윤리가 놓여 있음을 알 수 있다. 윤리 자체의 이원적 본성(인식의 상징으로서의 윤리와 창조의 상징으로서의 윤리)을 기억한다면, 우리는 윤리적 삼각형을 둘로 쪼개

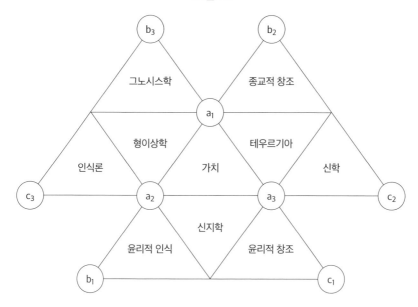

어 그것을 신지학의 주변에 있는 형이상학의 영역, 혹은 테우르기아의 영역에 옮겨 놓을 수 있다. 우리의 구성을 더욱 진척시켜 보면, 〈그림 2〉 같은 새로운 도안을 얻을 수 있다(〈그림 3〉을 보라).

새롭게 얻은 표장을 살펴보면 그것이 부분($a_1a_2a_3$)적으로 상호 융합되는 세 개의 삼각형($a_1b_1c_1$, $a_2b_2c_2$, $a_3b_3c_3$)으로 이루어졌음을 알 수 있다. $a_1a_2a_3$ 부분은 가운데에 가치가 있는 삼각형을 형성한다. 이는 가치가 활동의 세 가지 길을 비춘다는 것을 뜻한다. 그것은 인식적, 윤리적, 창조적 길이다. 인식의 삼각형($a_3b_3c_3$)은 형이상학의 도움으로 가치로 향한다. 이러한 점에서 상징화의 일종으로서 형이상학적 가치를 논할 수 있다. 그와 같은 식으로 종교적인 길($a_2b_2c_2$)은 테우르기아의 도움으로 동일한 가치로 향한다. 같은 의미에서 테우르기아적 가치를 말할 수 있다. 테우르기아는 가치를 상징화하는 수단들 중 하나이다. 마지막으로 신지학으로 상징되는 윤리적 가치에 대해서도 논할 수 있다. 이러한 길들의 삼원성은 심리학에서 의식활동의 삼원성 — 지성, 감정, 의지 — 으로 상징화된다. 우리의 표장론을 계속해 보면, 지성은 인식의 표장이며, 감정은 종교의 표장이고, 의지는 윤리의 표장이다. 그러한 배치는, 우리가 그것을 통합의 원리라는 차원에서 그릴 경우, 인식과 창조라는 최상의 활동들의 지위를 도해적으로 표시하는 삼각형을 취한다. 〈그림 3〉을 주의 깊게 살펴보면 그 속에 수직적으로 상호 전복되는 세 쌍의 삼각형이 포함되어 있는 것을 알 수 있다. 각각의 삼각형들의 꼭짓점은 뒤집힌 것에 기대고 있다. 이럴 경우 우리는 **상징**이 상징화로 표현된다고 말한다. 여기서 상징화에 해당하는 것은 형이상학, 신지학, 테우르기아이다. 상징화를 통해 **상징**을 확립하면서 우리는 상징화(가령, *신지학*)의 그림상의 지위를 이전할 수 있는 가능성을 지니며, 상징화의 지위는 때로 **상징**의 지위와 합치되기도 한다. 그럴 경우 여섯 개의 꼭짓점이 있는 세 개의 별이 얻어진다. 이제 왜 육각형의 별이 다른 신비주의적 표장들 가운데 그토록 중요한 지위를 점하는지 명백해졌다. 우리의 표장에서 육각형의 별은 상징화 속에서 상징주의적 단일성의 현현을 의미한다.

우리는 가치가 인식과 윤리, 종교를 통해 조건적으로 표현된다고 말할 수 있음을 알았다.

이제 우리가 테우르기아적 창조를 가치로서 대한다면, 가치 주변에 있는 테우르기아에 방향을 제시했듯이, 테우르기아 주변과 그 밑에 놓여 있는 삼각형들에도 방향을 제시할 수 있다. 만일 우리가 그것을 실행에 옮긴다면, 테우르기아가 창조의 세 가지 길 — 미학적, 윤리적, 그리고 관습적 창조 — 의 교차점이 되는 〈그림 3〉과 유사한 설계도를 얻게 될 것이다. 그중에서도 교리와 종교적 창작, 그리고 윤리를 통해 테우르기아의 가치가 상징화될 것이다. 종교적 창작은 미적 창조의 원동력임이 밝혀질 것이다. 더 나아가 미학 주변의 원초적 창조형식들에 방향을 제시할 때도 미적 가치들에 관해 말할 수 있다는 것을 알게 될 것이다.

인식과 창조의 피라미드(〈그림 1〉을 보라)는 모든 상징화의 체계임이 드러날 것이다. 형상적으로 표현하자면 다음과 같다. 상징주의적 단일성은 모든 종류의 활동을 내면으로부터 조명하면서 그것들을 가치의 계열로 변화시킨다.

상징주의이론의 과제는 다음과 같다. 첫째, 체계 정립의 출발점이 되는 이론적 지위를 지적하는 것, 둘째, 가치에 대한 기본 개념으로부터 일련의 방법론적 가치들을 도출해 내는 것.

우리의 과제는 왜 상징주의이론이 자연과학으로만, 혹은 심리학으로만, 혹은 인식론, 법, 관습만으로는 성립될 수 없는지를 분명하게 입증하는 것이다. 더 나아가 상징주의이론은 신화창작, 미학, 윤리학, 종교로부터 도출될 수 없다. 그뿐 아니라 상징주의이론은 형이상학도, 테우르기아도, 신지학도 아니다.

그렇다면 그것은 과연 무엇인가?

13

전문용어라는 말을 사용하면서 나는 거의 존재하지 않는 용어에 관한 학문을 염두에 둔다. 그러한 학문은 전문용어들의 발생론적 진화과정을 추적해야 한다(오이켄[40]이 용어론을 연구하기는 했다). 이 학문은 용어들을 체계적으로 분류해야 하며, 용어들의 사용법을 제시해야 한다. 이론적 논쟁의 대부분은 이념의 의미가 아니라 용어가 이념에 부가한 의미의 주변을 맴돈다. 철학적 체계의 교체는 주로 용어들의 교체이다. 처음에는 명료했던 용어가 개념의 조직이 복잡해지면서 모호해지기 시작한다. 그때 그것은 새로운 해명을 요구한다. 우리의 할아버지들도 칸트를 읽고

---

40) 〔옮긴이〕 오이켄(Eucken, R. C., 1846~1926): 독일의 작가이자 관념철학자.

이해했다. 그러나 우리는 《비판》을 여러 차례 읽으면서도 여전히 '물 자체'라는 용어의 의미에 관해 논쟁한다. 철학 발전의 요체가 전문용어에 있는 게 아니라면, 나토르프[41]가 플라톤을 선량한 로마인의 친척으로 만들어 버리지는 않았을 것이다. 용어의 모호함에 개의치 않고, 라이프니츠가 자신의 〈모나드론〉을 통해 말하고자 한 것을 알아보도록 하자.[42]

라이프니츠는 다음과 같이 말한다: "여기서 말하고자 하는 '모나드'(Monad)는 다름 아닌 *단순한 본질*이다. 단순한 본질은 복잡한 것들의 구성에 포함된다. 단순함이란, 즉 부분들을 갖지 않았다는 것이다. … 부분들이 없는 곳에는 거리도 형상도 없으며, 분리도 불가능하다. 그러한 모나드들은 자연의 진정한 원자, 사물의 요소들이다. … 각각의 모나드는 반드시 서로 구분되어야 한다. … 모나드의 변화는 *내적인 근원*에서부터 비롯된다. …"

우리는 '본질', '원자', '요소'와 같은 개념들의 용어상의 의미에 주의를 기울이지 않을 것이다. 다만 라이프니츠의 취지를 깊이 있게 탐구해 볼

---

41) 〔옮긴이〕 나토르프(Natorp, P. G., 1854~1924): 독일의 철학자이자 사회교육학자. 마르부르크대학 교수를 지내며 신칸트학파 중 마르부르크학파의 대표자로 활약했다. 철학적으로 코엔을 계승해 정밀과학의 성과를 참조하면서 이를 칸트철학의 정신에 따라 비판적으로 기초하는 철학적 사색을 전개했다. 주요 저서에 《사회교육학》(*Sozial-Pädagogik*, 1899), 《정밀과학의 논리적 기초》(*Die Logischen Grundlagen der Exakten Wissen-Schaften*, 1910), 《사회적 관념론》(*Sozial Idealismus*, 1920) 등이 있다.

42) 〔편집자〕 라이프니츠의 〈모나드론〉에 따르면, 모나드는 더 이상 쪼개지지 않는 정신적 본질로서 이성으로 이해 가능한 세계를 구성하며, 모나드로부터 현상계가 생겨난다.

〔옮긴이〕 라이프니츠(Leibniz, G. W., 1646~1716): 독일의 철학자, 수학자, 자연과학자, 법학자, 신학자, 언어학자, 역사가. 데카르트, 스피노자의 철학을 극복하고 '보편학'의 구상을 체계화한 《형이상학서설》(*Discours de Métaphy-sique*, 1686)과 그것을 둘러싼 논쟁을 통해 발전시킨 '표현'과 '표출', '실체' 개념의 결실인 유고(遺稿)《모나드》〔*Monadologia*(단자론), 1714〕가 유명하다.

것이다. 모나드는 거리, 분할 가능성, 부분을 벗어난다. 그러므로 라이프니츠가 모나드라는 말을 *단일성*이라는 의미로 이해한 것이 분명하다. 우리는 이 단일성이 상징주의적인 단일성으로 귀결됨을 보았다. 모나드는 *단일성이다*.

다른 한편, 라이프니츠는 모나드의 내적인 근원을 언급한다. 모나드가 가장 단순한 개체라면, 각각의 모나드의 내적 근원은 *그것의 변화의 규범*이나 다름없다. 모나드가 내적인 근원을 갖고 있으며 그것이 변화한다면, 모나드는 그런 점에서 이미 본원적인 단순함이 아니다. 모나드의 내적 근원을 말하면서 우리는 그것의 내적 근원이 아닌 어떤 것을 지목한다. 우리는 *이원성에 관해 이야기한다*. 따라서 라이프니츠의 모나드는 아직 분할 가능성의 한계가 아니다. 모나드를 예정하는 단일성이 존재하고, 이때 모나드들은 내적 근원을 규정하는 개별적 집합체이다. 모나드의 내적 근원은 상징주의적 단일성이고, 그것의 도해상의 지위는 우리의 피라미드의 정점에 있다. 그것은 한편으로 삼각형들의 총합이다. 모나드의 내적 근원은 또한 형상적으로 다음과 같이 정의된다: 그것은 소우주 속의 대우주이다. [43] 그리고 그 역도 성립된다. 모나드들의 내적 원리는 모나드들을 규정한다. 단일성에 의해 규정되는 모나드들은 다양한 상관관계 속에 진입한다. 모나드들의 내적 원리는 우리가 그것을 정의하자마자 2차원적 표장을 요구한다. 즉, 그것은 모나드 변화의 규범인 동시에 두 모나드 간의 관계의 규범이 된다.

여기서 〈그림 1〉로 돌아가자. 단일성의 모나드적 현현을 도형적으로 묘사하는 두 개의 선이 삼각형의 정점에서 뻗어 나간다. 상징주의적 단일성은 2차원으로도 3차원으로도 현현한다. 피라미드의 각각의 삼각형

---

43) 〔옮긴이〕 라이프니츠가 말하는 모나드는 각각의 독립된 실체로서 외부와 교류할 수 있는 창은 없지만, 그 자체로 우주 전체를 반영하고 있다.

들은 3차원을 형성한다. 그러나 임의의 모나드는 3차원을 파괴하지 않으면서 보다 복잡한 모나드들의 그룹에 진입할 수 있다. 이와 같이 인식의 단일한 본질로서의 모나드들에 대한 형이상학적 해석은, 그것의 지향이 보다 더 복잡한 총체가 되는 것임을 알려 준다. 모나드들은 3차원의 구성원에도 포함된다. 윤리적 활동의 단위로서 모나드들의 윤리적 해석은 그것을 육면체의 구성에 포함시킨다. 기타 등등.

그러나 단일성을 상징으로 이해할 때 우리는 모든 모나드들의 경계를 뛰어넘는다. 그와 반대로, 분리되지 않는 본질로서 모나드 개념은 **상징**의 개념에서 도출된다.

'*단일성은 **상징**이다*'라는 명제는 종합명제이다. 반대로 '**상징**은 *단일성이다*'라는 명제는 분석명제이다. 단일성의 개념은 이미 **상징**에 내포되어 있다. 그와 똑같이 상징의 개념에는 '*어떤 것*'의 개념이 내포되어 있다.

상징의 개념에 근거할 때 고대 종교의 상징주의적 관점은 명백해진다. '모든 존재의 이유 없는 이유'라는 의미의 인도인들의 '파라브라만'의 개념은 **상징**의 개념에 근접한다[주해 15]. 파라브라만은 *저것에도 이것에도 있고, 아비디아에도 비디아에도 있다.* 44) 여기서 '*저것*'은 존재하지 않는 것이다. 그것이 방출하여 브라마가 생겨난다. '*이것*'은 '*자체가*', '*하나*'('*단일한 것*'으로서의 **상징**) 이다. 45) 그것은 창조하지 않는다(창조 계열의 위에 있는 상징주의적 단일성의 지위). 46) 창조하지 않는 단일성은 최초의 로고스 (*logos*) 와 동일시된다. 최초의 로고스로부터 두 번째 로고스(형식 — 형이

---

44) 〔옮긴이〕 아비디아(*avidiyā*) 와 비디아(*vidiyā*): '아비디아'는 모호한 의식, 무지를, '비디아'는 높은 지혜와 절대 진리를 의미한다. 아비디아는 인간으로 하여금 순간적인 감각세계에 만족하여 진정한 초월세계를 인식하지 못하게 하는데, 이는 진정한 지식인 비디아에 의해서만 극복된다.

45) 〔옮긴이〕 브라마(브라흐마, Brahma): 인도 신화에서 세 최고신 중 하나. 창조의 신.

46) 〔벨르이〕 〈그림 1〉을 보라.

상학적 단일성, 푸루샤) 와 모든 내용 (프라크리티) 이 나온다. 47) 두 번째 로 고스로부터 인식의 규범(마하트), 48) 세계영혼과 동일시되는 세 번째 로고 스가 나온다. 세 개의 로고스로 이루어진 이와 같은 상부구조를 우리는 현 대의 신비학자들의 가르침에서 접하게 된다.

창조의 계단을 따라 올라가면서 요가49) 를 충분히 수행한 수련생은 내 적으로 알라이아(세계영혼) 50) 와 결합할 수 있는 능력을 얻었다. 알라이 아는 내적으로 변화하지 않으면서 존재의 다양한 영역에서 모습을 바꾸 기 때문이다. 아리오상51) 은 우리에게 이렇게 가르친다: 고도의 요가 수 련자는 '파라슈판나' 52) 의 상태, 즉 절대적 완성의 경지에 놓일 수 있었

---

47) 〔옮긴이〕푸루샤(purusha) 와 프라크리티(prakriti) : 인도철학 용어. 이 세계는 두 가지 근원적인 영역으로 구성되어 있는데, 그것은 정신과 물질이다. 이 세 계의 정신영역을 '푸루샤'라 하는데, 이는 보통 '영혼'(soul) 이라 불린다. 푸루 샤는 각각 무한자이고 완전한 실재로서 이 세계에는 존재만큼이나 많은 푸루샤 가 있다. 한편, 최초의 자연인 '프라크리티'는 이 세계의 물질 부분을 구성한 다. 프라크리티는 원인이 없지만, 그것은 물질, 에너지, 심지어 마음에 이르 기까지 이 우주의 모든 것의 원인이 된다. 상키아 학파에 따르면, 프라크리티 가 푸루샤로부터 의식을 빌려 와서 의식의 총체처럼 행동하기 시작할 때, 창조 의 과정이 시작된다.

48) 〔옮긴이〕마하트(mahat) : 상키아철학에서 이야기하는 우주창조과정과 관련된 것으로, 푸루샤와 프라크리티가 결합하여 마하트, 즉 법칙이 만들어진다.

49) 〔옮긴이〕요가(yoga) : 인도사상의 여섯 가지 기본방향의 하나. 금욕과 명상을 통해 높은 수준의 평정〔사마디(samadhi)〕에 도달하는 방법체계.

50) 〔벨르이〕산스크리트어로 '세계영혼'을 뜻한다. 스스로 신에게 헌제하는 자의 영혼은 세계영혼과 합치된다.
〔옮긴이〕알라이아(alayya) : 초월적 정신. 인간의 내면적인 물질기관에 들어 가서 육체를 분기시킨다.

51) 〔옮긴이〕아리오상(Ariosang) : 고대 인도철학자. 요가학파의 창시자. 순수의 식과 이성의 의미에 대한 사상을 전개했다.

52) 〔옮긴이〕파라슈판나(paraschpanna) : 절대적인 비존재. 인간이 모나드에 도달 한 상태.

다. 이때 인간의 영혼은 알라이아라고 명명되었다. 이때 인간은 이미 '아누파다카', 즉 자신의 형상으로 세계 속의 로고스를 드러내는 무한한 존재가 되어 있었다.

상징이 조건적 형상으로 묘사되는 경우를 우리는 역사 속에서 얼마나 자주 보았는가. 예술적 표현수단의 도움으로 상징의 개념에는 형상적 내용이 포함된다. **상징**은 상징화 없이 존재할 수 없다. 우리가 그것을 형상으로 구현하기 때문이다. **상징**(Символ)을 구현하는 형상을 우리는 보다 더 일반적 의미에서의 상징(символ)이라고 명명한다. 53) 예를 들어 존재하는 어떤 것으로서의 *신*이 그러한 상징이다(*상징*에 관해서는 그것이 존재한다고도, 존재하지 않는다고도 말할 수 없다. 그것은 당위의 규범에 관해 말할 수 없는 것과 마찬가지이다. 동양철학의 관점에서 사물의 이념은 현존하기를 멈출 수 있다. 그러나 그것이 존재하지 않을 수는 없다. 리케르트는 바로 이러한 견해에 동의했다!).

신에 의해 창조된 현실은 상징주의적 현실이다. 그러한 현실에 관해서 그것이 우리의 현실로 나타난다고 말해서는 안 된다. 그러나 '그것이 있다'라고 말할 수는 있다. 그러나 '*그것은 존재이다*'라고 말할 수는 없다. 그렇게 말함으로써 우리는 당위를 존재로 예정하게 되는 것이다. 인식론은 그 역에 도달한다. 그러나 상징주의적 현실에 관해 '그것은 없다'라고 말해서는 안 된다. 그럴 경우 가치는 당위를 예정하지 않게 될 것이다.

우리는 무신론적인 모든 형식을 극복해야 한다. 그러나 우리는 종교적인 모든 형식들 또한 극복해야 한다. 종교적 문화형식의 극복은 나름의 고유한(*sui generis*) 54) 종교를 특징으로 한다. 그러한 종교의 형상적 표현

---

53) 〔벨르이〕 둘 사이의 차이를 명확하게 하기 위해 문자 표기의 차이로 표시하기로 한다. 하나는 대문자로, 다른 하나는 소문자로 표기하겠다.
〔옮긴이〕 벨르이가 대문자로 표기한 '상징'은 고딕으로 옮겼다.
54) 〔옮긴이〕 '고유의', '독특한'을 의미하는 라틴어. 이 용어는 보다 난해한 혹은

은 종말론을 취한다. **상징**의 종교는 그러한 의미에서 세계의 종말, 지상의 종말, 역사의 종말의 종교이다. 그리스도교는 묵시록(*Apocalypse*)에서 종말의 종교로 고양된다.

14

상징주의적 현실에 관하여 그것은 '그 무엇'이라고 말할 수 있다. 우리의 의미에서 그 무엇은 노자의 도(道)이다. 55)

내재적 존재(의식의 내용)의 그노시스적 분석은 우리에게 그것의 구체적인 분해 불가능성의 측면에서 존재의 그림을 그려 준다. 그러나 그것이 존재가 무의식적이라는 사실을 의미하는 것은 결코 아니다. 우리가 현실을 과학적 방법론의 형식 밖에서 바라본다면 구체성, 개별성은 현실 세계를 특징지어 준다. 인식론에서 현실은 구조적 형식들에 의해 예정된다. 리케르트에 의하면 그러한 형식들은 규범(그렇다), 범주(있다) 그리고 선험적 형식이다. 그러나 현실은 갑자기 본질로 나타나지 않는다. 리케르트는 말한다. "현실의 내용의 본질에 관한 문제는 문제가 아니다. 왜냐하면 현실은 하나의 내용을 갖는 것이 아니기 때문이다."56)

이 말에는 현실의 성격을 규정하는 하나의 중요한 특징이 숨겨져 있다.

심원한 총체를 지칭하는 것으로 여러 학문 분야에서 사용되는데, 생물학에서는 다른 종들을 포함하는 속에 적합하지 않은 종들을 의미한다면, 예술에서는 관습적 장르의 경계를 벗어난 작품을 의미한다. 철학에서 *sui generis*는 하위 개념으로 축소되거나 상위 개념에 포함될 수 없는 사상, 혹은 실재를 의미한다.

55) 〔편집자〕 노자의 도: 도는 '길'의 뜻으로서, 고대 투란인과 몽골인의 종교에서 유일한 실재를 의미한다. 노자는 고대 중국의 학자로서 도교 서적에 주석을 달았다.

56) 〔편집자〕 리케르트(Риккерт, Г.)의 《초월철학입문》(Введение в трансцендентальную философию: Предмет познания, Киев, 1904, С. 234).

우리는 형이상학의 측면에서 **상징**을 형식과 그것의 내용의 단일성으로 정의했다. 상징주의적 내용은 단일한 것의 다양한 변화를 제시함으로써 내재적 현실의 내용들과 모순된다. 내재적 현실은 각각의 개별적인 복합체를 통해 새롭게 나타난다. 이러한 관점에서 세계는 개별자들의 집합이다. 우리는 개별적 내용의 시간적 형식을 순간이라고 부른다. 순간은 결코 시간 분할의 경계로서가 아닌 내용의 개별적 단일성에 의해 통합되는 순간들의 총합으로 나타난다. 그러한 단일성은 유폐된 세계로서 우리 앞을 지나간다. 그 세계에 침잠하는 것은 체험의 과정이다. *순간을 체험하는 것*은 사방이 닫혀 있는 과정으로서의 개별과정을 체험하는 것이다.

리케르트는 다음과 같이 말한다. "내용을 접하고 싶은 자는 방법론적 형식에 주목하지 말고, 가능한 한 많은 것을 체험해야 한다."[57] 이 말 속에는 개별 내용의 본질을 규정하는 한 가지 중요한 특징이 담겨 있다. 그 본질은 우리의 체험이다. 그러나 체험을 정리하면서 우리는 그것들을 하나의 연속적인 계열로 펼쳐 놓는다. 개별 체험들에 몰두하면서 우리는 우리의 체험이 우리에게 하나의 개별적 복합체로 보이는 일련의 단계를 통과하고 있음을 알게 된다. 체험의 심화과정은 그것을 응축하는 것과 같다. 체험은 더욱 강렬해진다. 우리는 그것을 다른 이들에게 전염시킬 수 있는 가능성을 얻는다. 체험의 깊이는 힘처럼 밖으로 표현된다. 개별 체험은 개별-집단적인 것(예술가, 시인들의 체험)이 된다. 개별-집단적 체험은 나중에 보편적인 것(그리스도교의 체험)이 될 수 있다. 이는 체험의 깊이로부터 체험의 표면을 쉽게 전취할 수 있기 때문이다. 즉, 체험의 깊이는 그것의 힘과도 같기 때문이다. 체험된 내용의 표면을 미끄러져 가는 개별성의 수많은 그룹들은 그러한 표면이 내부로부터 개인(*individuum*)의 영향력의 영역과 조우하게 될 때, 개별 과정에 관여하게 된

---

57) 〔편집자〕 앞의 책.

다. 개별 체험은 보편적인 것이 되고자 한다. 개별 과정들의 단일성은 그 모든 일련의 단일성의 상징이 된다. 개별 체험은 일련의 체험에서 규범이 된다. 그러한 '*체험된 규범*'은 여러 창조적 가치 중 하나이다. 개인은 가치의 상징이 된다. 그러한 개인은 자신의 규범을 지향해야 한다. 그는 자신의 인격을 재창조해야 한다. 체험된 순간은 그의 삶을 에워싼다. 그는 자기 자신의 형상을 과거의 순간에서 체험되는 그 순간까지 상상한다. 미래의 순간은 그의 영혼 속으로 내려오는 이해할 수 없는 어떤 **얼굴**로 나타난다. 체험의 분기점은 **얼굴**과의 결합의 경계이다. 개인적 '나' 속에서 영원한 '나'가 체험된다. "신처럼 되시오"라고 창세기는 말한다.

세계의 영원한 '나'는 인식의 관점에서 보면, 단지 초개인적 주체의 알레고리일 뿐이다. 따라서 인식론의 관점에서 본 종교는, 내재적 존재를 통한 초개인적인 것의 체험이다. 신은 주체의 상징이 된다.

"나는 이미 세계 속에 있지 않다. 그러나 그들은 세계 속에 있다. 그러나 나와 그분(Он)은 하나이다." 순간을 영원으로 바꾸신 분이 이렇게 말했다.

15

우리는 내재적 존재로 이루어진 형상을 형식으로 취하며, 어떠한 물질적 재료로 구현되는 것들을 대체로 미적 체험이라고 부른다. 예술형식은 재료에 의존하여 성장한다. 미학적 창조형식과 종교적 창조형식의 관계는 구조적 형식과 방법적 형식의 관계와 등가이다. 첫 번째(종교적 형식들)는 개체들의 형식이다. 두 번째는 보편적 형식이다. 미학적이고 종교적인 형식들은 신비극에서 통합된다. 한편으로 우리는 신비극에서 보편적 형식들의 종합을 접한다. 다른 한편으로 신비극에서의 체험의 형식은 개체의 형식이다. 개체(индивидуум)[58]의 형식은 보다 더 좁은 의미에서의 개체, 즉 개성이 된다. 개체와 미적 형식 사이에서 우리는 일련의 이행을 관찰한다. 가령, 그리스의 조각에서처럼 개체는 미적 창조의 규범이 될 수 있다. 더 나아가 드라마에서는 신화, 즉 개체에게 닥치는 사건들의 연관관계가 전제된다. 그러나 개체는 그러한 연관관계(규범)를 자기 안에 담지하고 있다. 개체는 그러한 의미에서 스스로의 운명이다.

신비극은 확대된 드라마이다. 그와 더불어, 미학의 측면에서 삶을 정의하려고 시도할 경우 개체의 삶은 확대된 신비극이다. 결국에는 인류의 모든 역사가 그러한 신비극이다. 우리의 삶은 따라서 미적 상징화의 대상이다. 그렇지만 그것은 한편으로 종교적 상징화의 대상이기도 하다. 미적 상징화는 우리의 삶을 예술형식들을 통해 세분화한다. 종교적 상징화는 우리에게 주어진 삶을 일정한 형식의 분해할 수 없는 내용으로 제시한다. 상징화의 이런저런 수단은 창조의 규범에 의해 결정된다.

상징은 또한 그노시스적으로 정의된다. 이때 상징은 상징화의 규범이다. 종교적 창조에서 상징화는 개체의 행동과 관련된다. 상징화의 규범은 동시에 행위의 규범이다. 규범철학의 조건적인 언어로 **상징**을 논하면서 우리는 그것에 대한 명제를 정언명령의 세 가지 공식으로 정립할 수 있다. "순수이성은 어떻게 실천이성이 될 수 있는가?" ─《도덕의 형이상학》에서 칸트는 묻는다 ─ "그렇게 되려면 인간의 이성은 완전히 무력해져야 하고, 모든 노력과 수고를 그것을 설명하는 데 쏟아야 한다, 그것도 헛되이."

정언명령의 내용은 그것의 공식화에 따르지 않는다. 내재적 존재의 모든 내용이 그런 것처럼, 상징주의적인 내용은 바로 그만큼 명령의 내용이다. 왜냐하면 내재적 존재의 내용은 우리의 의미에서 그만큼 상징적이

---

58) 〔벨르이〕 리케르트는 'individuum'을 모든 종류의 개별적인 복합체를 지칭하는 개념으로 사용한다.

기 때문이다. 의지로서의 실천이성의 정의 속에는 짐멜이 지적한 의지의 타율성이 포함되어 있다는 사실에 대해서는 언급하지 않기로 한다. 칸트의 도덕이 니체의 도덕과 맺는 관계는 대립적인 관계가 아니다.

테우르기아적 상징화는 그 자신이 칸트적 의미의 도덕적 규범을 모른다. 왜냐하면 그 **규범**은 **상징**의 **얼굴**이기 때문이다. 그것의 목적은 바로 이 **얼굴**에 가까이 가는 것이며, 그러한 지향 속에 테우르기아적인 창조의 도덕이 존재한다. '도덕'을 말하면서, 나는 내가 **상징**에 의해 규정된 표장에 의해 표현된다는 것을 기억한다.

그러나 테우르기아적 지향을 실현하는 규범들은 뜻하지 않게, 칸트의 세 가지 명령으로 표현됨으로써 도덕의 형식들과 부합한다. 도덕의 규범은 자유에 있다.[59] 그런데 자유는 오직 **상징** 속에 있다. 상징화, 즉 *순간의 체험들 간의 관계*는 형상들(상징들)로 표현된다. 인식의 측면에서 상징화는 '*자유로 이루어지는 인과관계*'이다. 인식이 모든 가능한 제한의 경계를 뛰어넘은 곳에서, 즉 자기 자신에게로 돌아온 지점에서 상징화가 작용하기 시작한다. 지식의 형식으로도, 인식의 형식으로도, 실천이성의 규범으로도 자유를 정의하는 것은 타율적이다. 칸트가 의지와 관련시킨 '*타율적*'이라는 용어를 우리는 상징화와 관련시킬 권리가 있다. 상징화는 체험에 근거한다. 그런데 체험은 이성이 지향하는 바로 그 단일성을 향해 상승한다. 실천이성의 용어도, 창조의 용어도 그것으로 자유를 정의하려고 시도할 때 그것의 자율성은 타율성이 된다. 오직 **상징** 속에

---

59) 〔옮긴이〕 칸트에게 자유란 도덕법칙에 복종할 수 있는 자유이며, 스스로 규율에 복종한다는 의미에서 자율을 의미하기도 한다. 그래서 칸트는 도덕법칙은 자유의 인식 근거이고, 자유는 도덕법칙의 존재 근거라고 말한다. 즉, 우리는 도덕법칙을 따름으로써 우리가 스스로 자유롭다는 것을 인식할 수 있으며, 우리가 그것에 따를 수 있는 자유가 비로소 도덕법칙을 존재하게 할 수 있도록 한다는 것이다.

자유가 주어진다. 상징주의적 현실로서 현실과 맺는 관계는 자유의 최대치를 제공한다. 이 자유의 *최대치*(*maximum*)는 창조의 목표가 되는 **얼굴**의 규범에 종속된다. 일정한 단일성으로서 상징의 개념은 그것을 모든 자율성의 원리로서 이해하는 것과 자연스럽게 관련된다. 가치에 종속되는 당위의 표장이 자유의 표장이 되는 이유가 여기에 있다. 어느 젊은 상징주의이론가의 다음과 같은 말이 우리를 멈춰 세우는 이유가 바로 여기에 있다: "'*나는 원한다*'(*я хочу*)는 '*나는 해야 한다*'(*я должен*)로 변화하고, 또한 '*나는 해야 한다*'는 '*나는 원한다*'로 변화한다." 가치의 표장들로서 인식의 모든 종류들을 끌어내어, 나는 인식 속에 존재하는 자율적 인식의 원천을 밝힐 것이다. 마찬가지로 가치들의 상징으로서 창조의 모든 종류들을 이해하면서, 우리는 자율적 창조의 원천을 밝힐 것이다. 상징은 모든 인식적, 창조적, 윤리적 규범들의 경계이다. 이런 의미에서 **상징**은 경계들의 경계이다.

16

이런저런 인식의 영역에서 그것을 성공으로 끝맺을 수 없다는 것을 입증할 때까지 우리의 삶의 의미와 가치의 탐색은 매번 헛된 것으로 나타났다. 그때 우리는 다음 영역에서 의미를 찾기 시작했다. 그리고 그 역시 헛된 일이었다. 우리의 상승의 계단은 커져 갔다. 우리 너머에 있던 모든 것이 다 죽은 것으로 나타났다. 도식적 피라미드의 정점에 오르면서 우리는 모든 지식의 피라미드가 죽은 것임을 확신했다. 오직 인식의 정점에서 우리 활동의 의미와 가치가 삶의 창조에 있는 것으로 나타났다. 그러나 우리가 자각한 삶을 체험하려고 할 때 우리는 카오스와 부딪혔다. 카오스는 모든 종류의 창조의 밑받침이다. **얼굴**에 의지하는 것처럼 구현된 코스모스의 형상에 의지하기를 희망하면서, 우리는 그러한 **얼굴**의 아름다움이 종교적 창조의 파도 머리에 인 거품이라는 것을 알게 된다. 종교로 시선을 돌리면서 우리는 그것이 미적 필요성에서 탄생한다는 것을 알게 된다. 종교는 미적인 파도 머리에 인 거품이다. 아름다움의 원시력으로 향함으로써, 이번에는 그 아름다움이 원시적 창조의 검은 파도 머리에 인 거품이라는 것을 알게 된다. 한편, 원시적 창조는 카오스의 파도 머리에 인 거품이다. 의식의 낭떠러지에 서서, 인식을 통해 창조를 우리가 체험해야 할 어떤 것으로 정의하면서, 우리는 그러한 창조의 **얼굴**이 미래의 카오스라는 대양 위를 뛰노는 태양광선의 놀이라는 것을 알게 된다. 인식의 얼음 낭떠러지에서 얼어붙길 원치 않는다면, 우리는 삶의 카오스에 달려들어야만 하는 불가피한 운명에 처해 있다. 가치가 이제 자신의 카오스적 얼굴을 우리에게 드러내고 있다. 이것이 우리의 첫 번째 시련이다. 우리가 그것을 이겨 낸다면, 말스트렘[60]의 소용돌이 속에 태연하게 몸을 던진다면, 어떤 힘이 우리를 다시 들어 올릴 것인지 알게 될 것이다. 체험의 카오스는 결코 카오스가 아님을 알게 될 것이다. 그것은 코스모스이다. 삶의 카오스적 파도의 울부짖음 속에서 세계의 음악적 원시력이 울린다. 그것은 아름다운 형상을 창조하도록 우리를 강제하는 어떤 힘의 내용이다. 그때 마치 어떤 형상이 삶의 소용돌이 깊은 곳으로 우리를 방문하여 자신을 따르라고 부르는 것처럼 여겨진다. 우리를 부르는 형상의 뒤를 쫓는다면 우리는 위험으로부터 벗어나게 된다. 시험은 지나갔다. 헌사(獻詞)의 첫 번째 단계가 끝났다.

창조 계열에서의 상승이 이와 같이 시작되었다. 높은 곳으로, 더 높은 곳으로 우리를 부르는 형상은 우리가 그것에 다가갈 때마다 매번 사라져 버린다. 우리는 테우르기아적 창조의 정상에 서게 될 때까지 창조의 계

---

60) 〔옮긴이〕 노르웨이의 로포덴 군도에 바닷물이 소용돌이치는 곳. 메시나 해협의 소용돌이와 더불어 유럽의 대표적인 해수의 소용돌이로 꼽힌다.

열로 창조적 형상을 극복한다. 그러나 거기서 우리를 자기 쪽으로 부르는 형상은 단지 규범임이 드러난다. 별이 뜬 창공은 그저 천장일 뿐이다. 언젠가 인식 속에서 죽었던 것처럼, 우리는 창조 속에서 두 번째로 죽는다. 창조는 그렇게 죽은 것으로 판명된다. 여기서 우리는 두 번째 헌사의 초입에 서 있게 된다.

우리에게 이미 출구는 없다. 인식의 피라미드는 창조의 피라미드처럼 이미 지나갔다. 우리가 의지할 것은 아무것도 없다. 세계의 삶이 우리 앞을 지나가며, 우리는 우리가 이미 인식한 모든 것들, 창조해 낸 모든 것들을 떠올려 본다. 우리의 과거에게 '*그렇다*' 혹은 '*아니다*'를 말할 것인지는 우리에게 달려 있다. 여기서 우리는 의미와 가치를 찾기 위한 우리의 편력 속에 우주의 삶이 상징적으로 반영되었다는 것을 깨닫는다. 우주의 삶에 '*그렇다*'와 '*아니다*'를 말할 힘을 우리는 스스로에게서 찾아야 한다.

만일 우리가 우리의 '*아니다*'를 말한다면, 우리는 파멸할 것이다. 우리의 전(全) 존재가 무의미에 저항하면서, 우리에게 무의미의 필연성을 설득하는 '*상식*'에 대항하면서 '그렇다'라고 말하면, 우리 앞에는 마지막 긍정의 불이 타오를 것이다. 우리는 너무나 영원한 우주의 호산나에게 충성하는 것이다.

두 번째 시험이 지나갔다. 우리는 두 번째 헌사를 통과했다.

이제 뒤를 둘러본다. 우리는 자신의 뒤에서 죽은 삶을 본다. 우리가 초입에 있는 동안, 모든 이름들이 사물로부터 날아가 버렸다. 모든 창작의 형태들이 와해되어 먼지가 되어 버렸다. 성당 안에 서 있는 동안 우리는 처음 부르심을 받은 아담처럼 언어의 음악으로 사물에 이름을 지어 주어야 한다. 오르페우스처럼 돌에게 춤을 추도록 종용해야 한다. 참되고 가치 있는 것의 마법적인 후광을 쓰고 선 채로 우리는 이 후광의 주변엔 오로지 죽음뿐임을 직관한다. 우리 앞에는 죽은 혼들이 있다. 소중한 죽은 이들에게 이름을 부여하면서 우리는 그들을 삶으로 부활시킨다. 피라미드 맨 위의 삼각형으로부터 쏟아져 나온 빛이 아래에 있는 모든 것을 관통하며 비추기 시작한다. 인식과 창조 속에서 우리가 죽인 모든 것들이 **상징** 속에서 삶으로 소환된다.

이제 우리는 마법사처럼 피라미드를 따라 아래로 내려간다. 우리가 발을 내딛는 그곳에서 인식은 인식이 될 수 있는 권리를 회복한다. 창조는 창조가 될 권리를 회복한다.

죽은 피라미드는 살아 있는 피라미드가 된다. 세 번째 단계에 바쳐진 사람은 생명의 지식, 부활하는 능력을 내면에 갖추고 있다.

신지학의 영역으로 내려가면서, 우리는 그것에 형이상학의 표장들과 창작의 상징들 간의 평행을 정립할 권리를 부여한다. 이런저런 표장들은 가치의 표장이다[주해 16].

형이상학의 영역으로 내려가면서, 우리는 모든 종류의 형이상학적 단일성을 조명하게 된다. 우리는 오직 한 가지 말을 원한다. 형이상학적 단일성은 인식의 규범과 윤리의 규범을 올바르게 이끌어 내야 한다. 왜냐하면 형이상학적 단일성은 이론적 인식의 규범을 미적 인식의 규범과 알레고리적으로 결합하는 교량이기 때문이다. 우리는 그러한 규범들과 그러한 단일성의 주변으로 형이상학의 방향을 정한다. 이렇게 해서 우리의 인식과 우리의 행위를 모두 예정하는 어떤 단일한 형이상학이 성립 가능하다는 확신이 생겨난다.

그노시스의 영역으로 더 내려가면서, 우리는 상징주의적 단일성이 형이상학의 단일성의 표장을 부여한 후 그노시스학을 위한 새로운 표장을 이끌어 내는 것을 알게 된다. 인식론에서 인식의 규범은 인식의 형식으로 혹은 윤리의 형식으로 붕괴되면서 가치의 표장이 된다. 인식론에서 인식의 규범은 이론철학과 실천철학을 결합하는 단일성이 된다. 따라서 현존하는 모든 종류의 그노시스적 구성들은 가치론의 관점에서 보면, 우리가 〈그림 1〉에서 지적한 도식의 주변을 향해야 한다. 그러한 도식을 통해 인식의 규범은 인식의 범주도, 윤리의 범주도 예정하는 역할을 해야 한다.

심리학의 영역으로 더 내려가면서, 우리는 상징주의적 단일성이 형이상학을 위한 단일성의 표장을 제공한 후 그노시스를 위한 새로운 표장을 도출한다는 것을 알게 된다. 심리학에서 가치의 표장은 심리학적인 것과 물리적인 것(외적인 것과 내적인 것)을 내재적 존재의 개념으로 통합하는 인식의 형식이며, 심리학적 단일성은 심리학적 요인들의 물리적 해석과 유기체의 물리적 외관의 내적인 해석으로 나뉜다. 심리적 일원론은 우리의 다른 모든 도식처럼 삼위일체(인식의 형식, 심리적인 것, 물리적인 것)의 구조를 갖춘 심리적 도식에 근접한다. 그러나 심리물리적 일원론(монизм)은 평행의 가설이다. 우리는 심리학이 심리물리학이 될 수 있는 권리를 검토하고 있다. 모든 종류의 심리적 구조는 가치론의 관점에서 단일성으로부터 도출되어야 하며, 심리적 도해의 주변을 지향해야 한다.

정밀과학의 영역으로 더 내려가면서, 우리는 상징주의적 단일성이 형이상학과 그노시스, 심리학에 단일성의 표장을 부여한 후 역학을 위한 새로운 표장을 도출해 낸다는 것을 알 수 있다. 정밀과학 영역에서 가치의 표장은, 측정의 도식(시간)으로서의 수(數)를 삶의 물리적 과정과 통합시키는, 자연의 물리적 해석의 원리이다. 따라서 삶의 과정들을 물리적(혹은 역학적) 용어를 사용하여 시간 속에서 측정하는 수단들을 통해 탐구하는 것이 정밀과학의 도식이다. 모든 종류의 정밀과학(식물학, 동물학, 생리학)은 물리적이고 수학적인 항수에 대한 의존성에 의해서 규정된다.

가치에서 도출된 각각의 표장은 〈그림 1〉에서와 같이 우리에게 삼위의 도해로 나타난다.

상징주의이론은 단일성(상징으로서)의 위치를 결정한 후, 그러한 단일성으로부터 일련의 표장의 분과들을 연역해 내야 한다. 각각의 분과들의 경계 안에서 존재의 의미와 가치에 대한 조건부의 결론들이 주어진다.

그와 똑같이 우리는 창조의 계단을 따라 내려가서 상징주의적 단일성이 테우르기아적 창조를 통해 신 자체의 **얼굴**을 제시하는 것을 본다. 상징은 살아 있는 신의 이름에 **얼굴**과 닮은 표장을 부여한다. 테우르기아에서 이 **얼굴**은 가치의 표장이다. 얼굴은 모든 도해의 삼위일체에 준하여 행동의 규범과 종교적 창조의 여성적 원시력을 규정하는 단일성이다. 이 원시력은 **영원한 여성성**(Вечная Женственность), **소피아**(София) 혹은 **천상의 교회**(Церквь Небесная)의 형상으로 상징화된다. 테우르기아적 창조의 모든 종류는 테우르기아적 도식 속에서 인식에 의해 방향이 설정되어야 하고, 그것이 소피아와 **로고스**(Логос)의 상징과 맺는 관계 속에서 고찰되어야 한다[주해 17]. 이와 같이 우리는 인식의 측면에서 테우르기아적 창조의 규범을 논할 수 있는 가능성이 있다는 것을 알게 된다. 그러나 우리는 여기서 표장의 언어로 말하고 있다는 것을 잊어서는 안 된다.

종교의 영역으로 더 내려가면서, 우리는 상징주의적 단일성이 그와 같은 단일성의 표장을 테우르기아에 부여한 후 새로운 표장을 도출해 내는 것을 본다. 이번에는 종교적 표장이다. 이 표장이 되는 것은 인간을 단일성으로 결합시키는 근원으로서 **소피아-지혜**(София-Премудрость)의 형상이다. 종교에서 가치의 표장이 되는 것은 신자들의 연관관계로서의 교회이다(교회는 지혜의 소피아의 형상과도 같다). 그러나 이 단일성은 종교적 상징화의 형식과 우리의 도덕적 체험의 내용으로 나누어진 이원일체로 우리에게 나타난다. 모든 종교는 종교적 단일성과의 관계 속에서 방향을 설정할 수 있다. 체험과 상징화의 상호관계와, 그것들을 제약하는 단일성과의 관계가 그러한 방향설정의 도식으로 기능할 수 있다. 도해의 삼위성은 그 자체로 신의 세 가지 근원에 대한 관념을 낳는다. 거기서 단일성은 성부이다. 성자는 단일성의 외화이고 성령은 종교적 형식의 내용이다.

미학의 영역으로 더 내려가면서, 우리는 상징주의적 단일성이 테우르기아와 종교에서 자신의 표장을 부여한 후, 미적 창조를 위한 새로운 표장을 세우는 것을 본다. 미적 창조를 더 높은 차원의 창조의 관점에서 정의하면서, 우리는 성자의 종교적 상징이 때론 아폴론의 형상(형상의 형식), 때론 디오니소스의 형상(형상의 내용)의 미적 창조 속에 반영된다는 것을 알게 된다. 한편 소피아-지혜의 형상은 뮤즈의 모습에 반영된다. 미학에서 아폴론과 뮤즈의 관계는, 테우르기아적 창조의 여성적 원시력(소피아)이 남성적 원시력(로고스의 **얼굴**)과 맺는 관계이다. 미적 창조의 표장을 인식의 측면에서 정의하면서, 우리는 불가피하게 이 표장을 상징화 형식의 단일성으로 연역한다. 미적 창조에서 상징화의 형식은 가치의 표장이다. 그런데 한편 그것은 예술적 형상 속에서 그것의 형식이자 내용으로 해체되면서 이원일체로 나타난다. 형상의 형식과 내용의 단일성은 모든 미학의 구성 도식이다. 그러한 미학을 우리는 미적 구성의 규범의 주변인 도식의 주변으로 향하게 해야 한다.

그다음 우리를 매혹시키는 예술의 형상들의 내용으로 내려가면서, 우리는 상징주의적 단일성이 테우르기아와 종교, 예술에서 자신의 표장을 부여한 후, 원시적 창조를 위한 새로운 표장을 도출해 내는 것을 본다. 형상들의 내용은 세계의 카오스와 영혼의 음악적 원시력의 단일성이다. 그들은 이원일체, 즉 음악의 정신과 우리를 둘러싼 존재의 무형의 카오스로 분리된다. 형상은 카오스를 방패처럼 가린 채 그것의 심연에 놓여 있다. 그러나 그것은 자신의 내용에 의해서 카오스와 유착되어 있다. 원시적 창조는 보다 고차원의 창조, 즉 미학적 창조의 측면에서 그와 같이 규정된다. 반면, 인식의 측면에서 그것은 모든 창조의 원천들을 제어하는 법칙으로 정의된다. 혈액순환의 리듬에 의해 제어되는 공허한 생리학적 과정은 우리에게서 활동에의 갈망을 불러일으킨다. 우리는 혈액의 그러한 박동을 형상들의 창조로 전이시킨다. 원시적 상징주의에서 형상의 내용은 가치의 표장이다.

이와 같이 우리는 가치의 견지에서 위로 솟아오르는 인식과 창조의 피라미드를 조명한다. 피라미드의 토대의 모서리에는 카오스와 그것을 통제하는 수(數)가 위치한다. 수와 카오스 속에서 우리의 가없은 존재는 파열된다. 그러나 상징주의적 단일성은 존재에게 가치와 의미를 모두 되돌려 준다. 존재가 변화한다. 존재가 고양된다.

이제 묘사된 표장의 피라미드를 간략하게 살펴보자. 삼각형의 도해상의 지위는 그 속에서 단일성에 의해 미리 확정되었다. 단일성을 절대적인 이름으로 지칭함으로써 우리는 모든 종류의 인식과 모든 종류의 창조를 순수한 의미의 표상체계로 변화시킨다. 어떤 경우든지 임의의 삼각형 내에서 우리가 우리의 삶에 근거를 부여하기 시작하자마자 우리는 일련의 조건적 개념과 일련의 조건적 창조를 취하게 된다. 그러나 우리는 인식의 미약함으로 인해 인식과 창조의 조건적 개념들을 현실적인 것으로 고찰한다.

그리고 이로 인해 우리는 우리의 인식영역에서 모든 경우 단일성을 **상징**으로 변화시킨다.

단일성의 첫 번째 정의는 **상징**으로서의 정의이다.

순수 의미의 표장은 이런 식으로 다음과 같이 세 부분으로 갈라진다. 첫 번째 부분에서 표장체계의 기초가 되어야 할 개념들을 위한 이론적 자리가 도출된다. 두 번째 부분에서 우리가 따라 올라갈 길들과 무관하게 표장 자체가 연역된다. 그런 후에 이제 세 번째 부분에서 우리는 모든 분과에 속하는 인식과 창조의 모든 표장적 지위를 체계화할 수 있다. 우리는 역학적 세계관의 방법들을 통해 창조적 가치들의 체계를 제시할 수 있다. 종교적·미학적·원시적 창조가 역학적 세계관의 영역에서 다양한 종류의 에너지의 상호 순환 형태를 취하는 것을 어렵지 않게 발견할 수 있다. 우리는 심리의 영역에서도 창조적 가치의 체계를 제시할 수 있다. 결국 우리는 창조적 체험의 체계화와 상관관계를 획득하는 것을 쉽게 찾아볼 수 있다. 우리는 창조적 가치들의 체계에 그노시스적 근거를 마련할 수 있다. 결과적으로 우리는 창조의 형식과 규범에 관한 교의를 얻는다는 것을 어렵지 않게 알 수 있다. 우리는 창조적 가치의 체계를 형이상학의 영역에서도 제공할 수 있다. 이러한 체계가 창조를 규정하는 형이상학적 본질에 관한 교의의 형태를 취하는 것을 어렵지 않게 볼 수 있다. 예를 들어 이념과 예술에 관한 쇼펜하우어의 교의가 그러하다. 61) 마침내 우리는 가치의 개념 자체에 입각해서 창조적 가치의 체계를 제시할 수 있다. 그런 체계가 순수 의미의 표장론, 즉 상징주의이론이라는 것을 어렵지 않게 알 수 있다.

그리고 그 역도 가능하다.

우리는 인식의 가치들의 체계를 원시적 상징주의의 형상으로 제시할 수 있다. 결과적으로 형이상학, 그노시스학, 심리학, 그리고 역학이 신화적 형상들을 취하게 되는 우주론과 존재론이 얻어진다는 것을 어렵지 않게 알 수 있다. 고대 그리스인들, 예를 들어 물리학파들의 철학이 그러하다. 우리는 인식의 가치체계를 미적 창조의 형상으로 제시할 수 있다. 형이상학의 구성 자체, 심리학의 지식이 자신의 해석을 인식의 미적 현상으로 받아들이는 것을 어렵지 않게 볼 수 있다. 세계는 우리에게 미적 현상으로 나타난다. 예를 들어 창조의 두 가지 원동력의 융합의 결과로서 그리스 문화를 해석하는 니체의 이론이 그러하다. 62) 우리는 인식의 가치체계를 종교적 상징주의의 용어로 제시할 수 있다. 우리의 작업의 총결산으로 모든 종류의 그노시스주의와 모든 종류의 스콜라주의가 얻어진다는 것을 어렵지 않게 알 수 있다. 그리스 문화의 알렉산드리아 시대가 이 그노시스주의로 채색되어 있다. 그리고 중세는 스콜라주의로 충만

61) 〔옮긴이〕 쇼펜하우어는 예술이 이념을 관조할 수 있게 해주고 그 상태에서 비로소 의지의 고통과 쾌락이 진정될 수 있다고 보았다. 이렇게 쇼펜하우어에게 예술은 현실세계에서 궁극적 구원을 예증하는 것으로 나타난다.

62) 〔옮긴이〕 자연적 충동으로서 아폴론적인 것과 디오니소스적인 것을 말한다.

하다. 그다음 우리는 인식의 가치를 테우르기아적 창조의 형상을 통해 체계화할 수 있다. 그리하여 우리 앞에는 다양한 종류의 마법과 신비철학, 연금술이 펼쳐진다. 끝으로 우리는 가치의 개념 자체에 입각하여 인식의 가치들의 체계를 제시할 수 있다. 그러한 체계가 상징주의의 체계가 될 것이라는 것을 어렵지 않게 알 수 있다.

상징주의이론은 모든 종류의 가치를 승인한다. 그것은 엄격한 방향설정만을 요구할 뿐이다. 각각의 삼각형의 경계 내에서 가치의 표장들은 그 뒤를 잇는 각각의 삼각형들의 경계 내에 있는 여전히 똑같은 가치의 표장들을 논박해서는 안 된다. 표장들을 도해의 영역 밖으로 끌어내서는 안 된다. 가치의 위계는 기본 삼각형, 즉 최상의 삼각형에 대한 해당 삼각형의 지위에 의해 결정된다.

17

현대의 그노시스학은 상징주의이론의 정립에서 그 해결의 실마리를 얻게 될 문제들에 진지하게 접근하고 있다.

우리는 판단형식으로서 존재의 관념 속에서, 모든 판단은 참으로서가 아닌 당위로서 실현된다는 주장 속에서, 참은 당위 그리고 가치와 일치한다는 점에서 그노시스적 분석의 토대를 벗어나고 있다. 인식론은 여기서 형이상학적 단일성에 가깝다.

"참된 것은 가치 있는 것이다"(*Истиное есть ценное*) 라는 명제의 성격을 잠시 살펴보자.

프라이부르크학파는 사실 두 개의 명제를 이 명제로 통합했다.

"참된 것은 당위적인 것이다."(*Истинное есть должное*)

"당위적인 것은 가치 있는 것이다."(*Должное есть ценное*)

이로부터 다음과 같이 귀결된다.

"*참된 것은 가치 있는 것이다.*"

프라이부르크학파가 대답을 주지 않은 일련의 문제들이 우리를 걱정하게 한다[주해 18].

첫째, 인용된 명제 속에서 주어와 술어는 어디에 있는가? 이 명제는 거꾸로 읽을 수도 있다. 그렇다면, 가치 있는 것은 참된 것이다.

둘째, 인용된 명제는 칸트적 의미에서 종합명제인가 아니면 분석명제인가? 즉, 술어가 주어에 포함되는 어떤 것으로서 관계하는가, 아니면 그것은 주어의 개념 밖에 존재하는가?

셋째, "*참된 것은 가치 있는 것이다*"라는 명제가 분석적인 것이라면, 참된 것의 개념은 주어의 개념이므로 술어는 이미 그 속에 포함되어 있다. 혹은 그 반대인가? 즉, 술어의 개념은 가치이고, 따라서 참은 바로 그것으로부터 도출되는 것인가? 전자의 경우 가치는 참됨의 속성 중 하나일 뿐이며, 후자의 경우 참됨은 단지 가치의 속성일 뿐이다.

넷째, 마지막으로 "*참된 것은 가치 있는 것이다*"라는 명제는 이렇게 구성될 수 있다: "*당위적인 것은 가치 있는 것이다.*" 이것은 한편 "*참된 것은 당위적인 것이다*"라는 형태를 취할 수 있다. 이 세 가지 명제들의 내용은 서로 어떻게 연관되는가? 그뿐 아니라 우리는 당위가 판단의 규범임을 알고 있다. "*참된 것은 당위적인 것이다*"는 당위 자체를 긍정하는 판단이다. 이 판단의 내용은 모든 여타의 긍정들의 규범을 승인하는 데 있다. 소여의 범주 내에서 이 판단의 내용이 되는 것은 판단들의 규범 자체이다. 그리하여 이상한 광경이 펼쳐진다. 모든 현존의 그노시스적 선행 [*prius*('*그렇다*')]이 소여('*이다*')의 토대가 된다. 소여의 규범은 단지 선험적 형식이 되는 것이다. '이다'의 범주는 규범(당위)에 적용될 수 없다. 그런데 그것은 위의 명제에 적용되고 있다.

여기서 우리는 규범 자체를 긍정하는 명제가 엄격한 그노시스적 특성을 띠지 않을 수 있음을 지적해야 한다. 선험적 규범은 소여('*이다*')의 범

410

주에 의해 존재하는 어떤 것으로 불가피하게 긍정된다. 우리는 선험적 규범을 형이상학적 실제로 여길 수 있다. 그러한 판단 속에서 당위는 형이상학적 단일성인 "참된 것은 당위적인 것이다"로 변하며, 어디에 주어가 있고 어디에 술어가 있는지에 상관없이 다음과 같은 존재의 긍정으로 변한다: 참된 것은 - 있다, 당위적인 것은 - 있다(истинное-есть, должное-есть). 이것이 바로 "참된 것은 당위적인 것이다"라고 주장할 때, 우리가 생각하는 것이다. 똑같은 명제에 기초하여 우리는 가치에 대해서도 "가치 있는 것은 - 있다"(ценное-есть) 라고 주장해야 한다. 판단의 성격(종합적이냐, 분석적이냐) 과는 무관하게 우리는 그것을 존재의 명제로서 긍정한다. 이로부터 모든 그노시스적 판단과 관련하여 극히 중요한 결론이 도출된다. 모든 그노시스적 판단은 우리의 인식에 형이상학적 판단으로 나타난다. 형이상학적 판단의 특징은 그것의 존재론적 성격에 있다. 입증되지 않은 존재론적 문제를 인식론의 도움으로 인정하면서, 우리는 본질적으로 우리의 인식 자체에 존재를 부여한다. 인식은 이미 존재론이다.

나에게 제기된 첫 번째 그노시스적 반박은 다음과 같을 것이다. 당위의 규범은 당위의 존재를 긍정하는 판단의 규범이 될 것이다. 그리고 그것은 그노시스적 관점에서 옳을 수도 있다. 그러나 근본적인 그노시스적 명제를 형이상학적 형식을 통해 긍정해야 할 필연성이 모든 그노시스적 분석에 선행한다.

우리는 그노시스적 명제의 성립을 부정하든지 혹은 그러한 명제를 구성하면서 내용의 규범 자체를 의식의 내용들의 형식을 통해 긍정하든지 해야 한다.

말 속에 내재하는 모든 심리적 특성을 배제함으로써 우리는 말 자체에 고유한(sui generis) 존재를 부여하게 된다. 말은 로고스가 된다. 가장 논리적인 활동은 고유한 존재론이다. 모든 내용에서 벗어나려는 인식론의 모든 시도들은, 내용을 명료하게(명제를 통해서) 표현하려 할 때마다 형식이 내용이 되어 버리는 것으로 귀결된다. 여기서 그노시스적 개념의 표장성이 특히 우리의 눈에 띈다. 이에 근거하여 우리는 인식론을 형이 상학이라고 주장한다. 즉, 그것의 존재론적 성격을 인정한다.

그렇다면 우리는 심리주의로 회귀하는 것 아닌가? 우리는 립스, 63) 슈툼 프 등이 원했듯이, 인식론 자체를 내용에서 이끌어 내야 하는 것 아닌가? 이 문제를 잠시 짚어 볼 필요가 있다.

우리가 '*심리주의*', '*심리학적*'이라는 용어를 사용할 때 우리는 이를 일 정한, 철저히 제한된 의미로 사용해야 한다. 그렇지 않으면 용어들의 모 든 정의는 아무 의미도 지니지 못한다. 우리가 심리라는 용어를 사용하는 것이 정신적 삶의 과정을 연구하는 과학이라는 의미에서인지, 아니면 그 저 정신에 관한 과학이라는 의미에서인지, 아니면 우리의 정신적 삶을 상 징적인 용어로 기술하려는 의도에서인지 검토해 봐야 한다.

만일 심리라는 말을 정신적 삶의 과정을 연구하는 과학이라는 뜻으로 사용한다면, 첫째, 심리적 탐색의 형식은 방법론적이며, 방법론적 인식 의 형식들은 그것들의 관계에 의해 규정된다. 그노시스학은 그러한 형식 들을 우리에게 주어진 인식활동에서 이끌어 냄으로써 철저하게 심리-과 학적 방법의 영역을 제한한다. 인식론이 그노시스적 개념에 관한 명제의 내용에 의해 그 결론이 예정되어 있다는 생각으로 우리를 이끈다고 해서, 그 내용이 과학적인 경험으로서의 심리적 경험의 내용임을 뜻하는 것은 아니다. 둘째, 만일 그렇다면, 정신적 삶의 과정이라는 개념은 과정의

---

63) 〔옮긴이〕 립스(Lipps, T., 1851~1914): 독일 관념론 철학자이자 심리학자. 의식 체험의 학으로서의 심리학을 철학의 기초학으로 간주했다. 직접 체험된 자아를 포함한 실재로서의 의식을 내관에 의해 파악하여 그 본질을 기술하는 '기술심리학'을 제창하고, '감정이입'(*einfühlung*) 개념을 토대로 독자적인 윤리 학과 미학을 수립해 다방면에 영향을 미쳤다. 대표작으로 《정신생활의 근본 사 실》(*Grundtatsachen des Seelenlebens*, 1883), 《심리학 연구》(*Psychologische Untersuchungen*, 1902), 《미학》(*Asthetik*, 1903~1906)이 있다.

개념을 반드시 용어로 정립할 필요성을 제기한다. 이 경우 과학에서 과정이라는 개념은 체험된 것의 분해될 수 없는 단일성의 형상적 알레고리가 되거나, 혹은 공식의 형태를 취한다. 그러한 공식에는 일과 힘에 관한 개념이 포함되어 있다. 이 개념은 활동의 개념을 통해 역동적 근거(칸트적인 의미에서)로서의 인과관계로 이끈다. 마지막 경우, 우리는 또다시 순조롭게 인식론의 기슭에 정박한다. 그노시스의 관점에서, 우리는 심리학에 접근한다. 심리학적 개념들의 명료성을 지향하면서 우리는 또다시 그것의 그노시스적 전제들에 접근한다.

만일 심리학이라는 말을 영혼(душа)에 대한 학문이라는 뜻으로 사용하고 싶다면, 모든 형이상학은 동시에 영혼에 대한 학문이 되는 것이다. 다른 한편, 정신과 과학은 상호 모순적인 개념들이다. 우리는 영혼의 개념을 '나'로서 체험된 심리적 내용의 소여와 연관시킨다. 학문의 개념은 연구 방법의 소여와 연관시킨다. *지식의 방법*은 심리적 내용과 괴리되지 않은 소여이다. 그뿐 아니라, '*심리학적*'이라는 용어 자체를 우리는 '*심리적*'이라는 용어로 바꿔 놓는다. 이 경우 19세기에 들어서 발전하게 된 심리학은 존재하지 않은 과학이 된다. 로크, 융, 헤르바르트, 베네크, 페히너, 베인, 분트 등의 저작들의 의미를 우리는 단번에 무(無)로 돌려 버린다.

만일 심리학이라는 말을 내용의 기술이라는 의미로 사용한다면 그러한 기술은 순전히 상징적 성격을 지닐 것이다. 립스는 다음과 같이 말한다. "의식의 내용은 규정될 수 없다. 그것들 대신 다른 표현을 사용할 수 있을 뿐이다. 의식의 내용은 내가 직접적으로 발견하거나 체험하는 것, 나에게 직접적으로 현존하는 것, 내 앞에 제공되는 것이다. 그것은 내가 품고 있는 형상들이다."[64] 립스는 인식의 세 가지 종류를 구분한다. 감각적 지각

---

64) 〔편집자〕 립스의 《심리학 입문》(Руководство к психологии, Спб., 1907, C. 5)에서.

을 원천으로 하는 사물들에 관한 인식, '나'에 대한 인식, 즉 '나'의 내면적 지각, 그리고 타자에 관한 인식이 그것이다. 그렇다면 서로 괴리되는 이 세 인식과정의 연구에 있어 학문으로서 심리학의 단일성은 어디에 있는가? 그와 같은 종류의 심리학은 붕괴된다. 감각적 지각의 심리학은 불가피하게 연상이론으로 변질된다. 즉, 똑같은 질책을 받게 되는 것이다. 두 번째 유형의 심리학은 독특한 신비주의로서, 심리학에서 어떤 복잡성으로 정의되는 '나'를 순수성과 분해 불가능성의 기준으로 삼는다. 세 번째 유형의 심리학은 타자의 '나'를 지각하고 수용하는 것에 관한 학문이다. 그런 견지에서 립스는 자신의 감정이입(*einfühlung*) 이론을 발전시킨다. 그러나 감정이입 이론은 독특한 상징주의이론이다. 립스의 《심리학 입문》은 뛰어난 저술이다. 그러나 그것은 '심리학'(*Psychologie*)이 아니라 '감정이입학'(*einfühlung's lehre*)이다. 립스의 신비주의와 상징주의를 심리학이라고 부른다면, 과학 분야로서의 심리학은 붕괴된다. 심리학이 논리가 아니라 직관이 되는 것이다. 립스의 관점이 탁월하다는 것은 인정한다. 그러나 그 관점은 이미 지적했듯이 인식론의 사이클을 닫힌 것으로 전제한다. 끝으로, 립스의 관점은 과학으로 간주되는 경험심리학과 구별되는 신비주의적 실재론의 관점이다.

심리학에 대한 이해의 이 세 가지 유형은 그노시스학이 근본적인 그노시스적 명제의 내용에 의존하고 있다고 보는 우리의 관점에 근접하지 않는다.

그러한 관점은 차라리 그노시스적 형이상학이라 할 수 있다. 그것은 다른 모든 형이상학과 구분된다. 그것의 내용은 근본적인 그노시스적 판단들이고, 형식은 합목적성의 원칙이다. 그리고 결론은 존재론적 존재의 특성을 지닌 논리적 판단임을 인정하는 것이다.

18

앞 절에서 우리는 한 가지 중요한 명제를 정립했다. 그것은 근본적인 그노시스적 개념은 그것이 존재한다는 조건하에서 성립될 수 있다는 것이다.

"*참된 것은 - 있다.*"

"*당위적인 것은 - 있다.*"

"*가치 있는 것은 - 있다.*"

이 개념들 간의 연관성은 소여의 범주임이 판명되었다. 그러나 소여라는 범주의 형이상학적 조건은 존재하는 단일성이다. 우리가 '존재하는'이라고 말할 때, 우리는 어떤 상상 밖의 존재를 떠올린다. 이런 점에서 우리는 *단일성*이 **상징**이라고 논증할 수 있다.

인식론에 반영된 상징적 존재는, 판단의 정언명령('그렇다, 있다, 있을 것이다, 있었다')처럼 참된 것(인식), 당위적인 것(윤리), 가치 있는 것(창조)으로서의 소여의 세 가지 승인형식 간의 형이상학적 관계이다.

언급된 세 가지 개념은 상호 예속되어 있다. 이 상호 예속의 성격을 규명하기 위해 의무와 진리의 개념이 가치의 개념과 어떻게 관계하는지를 밝혀야 한다.

판단의 진리성은 그것의 이론적 의의를 평가하는 규범이다. 당위는 진리성의 규범이다. 판단 "*참된 것은 당위적인 것이다*"는 종합판단이다. 판단 "*당위적인 것은 참된 것이다*"는 반대로 분석판단이다. 왜냐하면 당위의 개념 속에 이미 당위의 진리성에 대한 개념이 함유되어 있기 때문이다. 이제 "*당위적인 것은 가치 있는 것이다*"라는 판단을 해결할 일이 남아 있다.

인식이 표장적 성격을 지닌 것이 아니라 단지 표장이라면, 검토한 판단들에 대한 의혹에 빠지게 될 것이다. 우리는 이 판단들을 존재론적 판단으로 긍정하는 것이 근본적인 그노시스적 판단의 성립을 위한 전제라는 사실을 알았다. 여기에서 그노시스적 판단은 형이상학적(즉, 표장적) 실재로서 논증되고 있다. 그노시스적 판단을 현존하는 것으로 긍정하는 것 자체는 모든 판단들을 당위적인 것으로 긍정하는 것과 동일시될 수 없다. 판단의 상징적 존재는 판단을 당위적인 것으로 긍정한다. 판단의 가치는 판단의 존재 속에 있는 것이지 그것의 당위 속에 있는 것이 아니다. 반복하면, 판단의 존재는 초월적 존재이다. 복음서는 그러한 판단의 형상적 본질을 표현한다. "태초에 말씀이 계셨고, 말씀은 하느님과 함께하셨으며, 말씀은 하느님이셨다." 상징을 통한 판단의 존재를 우리는 가치라고 부른다.

이제 우리는 "당위적인 것은 가치 있는 것이다"라는 판단이 "가치 있는 것은 당위적인 것이다"라는 판단을 승인하는 것을 이해할 수 있다. 즉, 가치는 판단의 주어이고 당위는 그것의 술어이다. 반대로 읽는다면, 주어진 판단은 종합판단이다.

근본적인 그노시스적 판단들의 존재론은 다음과 같은 형태를 취한다: 당위와 진리성으로 발현되는 판단들의 가치만이 존재한다. 당위와 진리성은 가치의 속성이다. 우리는 다음과 같은 그노시스적 형이상학의 기본적인 판단들의 위계를 갖게 된다:

상징은 단일한 것(единое)이다(Символ есть единное).

단일한 것은 가치이다(Единное есть ценность).

가치는 당위이다(Ценность есть долженствование).

당위는 참이다(Долженствование есть ценность).

첫 번째 판단은 그노시스적 형이상학을 기반으로 한다.

두 번째 판단은 이 형이상학의 소여의 조건이다.

세 번째 판단은 이 형이상학을 인식론의 토대로 삼는다.

네 번째 판단은 근본적인 그노시스적 판단이다.

네 개의 판단은 모두 분석판단이다. **상징**의 개념을 구성하는 약호를 상기하면서 우리는 단일성에 대한 개념이 이미 **상징** 속에 내포되어 있다는 결론을 내려야 한다. 가치의 개념은 우리가 인식의 한계로 인해 이 개념에 존재를 부여하게 될 때, 상징주의적 단일성에 대한 개념 속에 이미 내포되어 있다. 당위의 개념은 이미 가치의 개념 속에 내포되어 있다. 진리는 당위 속에 내포되어 있다.

반대로, 개념의 형성과정에서 이 판단들은 종합적인 것이 된다.

19

판단의 내용으로서 모든 심리주의를 폐기하면서, 우리는 판단의 존재와 등가인, 형식에 대한 논증의 필요성을 인식하게 된다. 형식을 고찰하는 이 순간 선험적 논리는 존재 자체를 생성하는 유기체로서 우리에게 다가온다. '*유기체*'(*organизм*)를 논하면서 우리는 저 유명한 존재의 논리로 이행하게 된다. 우리는 공개적으로 표장을 구축하지만, 표장 없이 인식할 방도는 없다. 인식은 (그 본래적 성질로 인해) 닫힌 의미를 획득한다. 인식은 로고스이다. 명제의 내용은 마치 우리의 존재의 내용처럼 소여의 범주를 통합한다. 이것이 스토아학파가 말하는 기체역학적 에테르이다. 그러나 판단의 형식은, 헤라클레이토스의 로고스, 즉 모든 물질의 법규이다. 그것은 세계에 영혼을 깃들게 하고 그 내용(판단의 형식으로서의 존재) 면에서 세계와 동일하다. 형이상학적 이해를 도모하는 현대 인식론에서 판단의 형식의 과제는 스토아학파의 특징들을 회복시키는 것이다. 프라이부르크학파의 목적론에는 스토아학파의 합목적적 물질에 대한 연구의 흔적이 엿보인다. 이 합목적성은 트루베츠코이의 책에 따르면 "보편적 로고스의 이념에서 발원하여 아티카의 철학적 전통과 관련을 맺으며 스토아 철학에 의해 발전한다".[65]

이원성으로 분열된 피타고라스학파의 상징주의적 단일성의 이념은 세계의 두 시원 — 원인으로 작동하는 1과 실체의 시작으로서의 2 — 과, 1과 2가 낳은 산물의 본질에 대한 교의를 통해 표현된다. 이와 같이 단일성의 형이상학은 수의 형이상학으로 전환된다. 1은 때로 모나드에 비견된다. "선은 점에서, 면은 선에서, 육체는 면에서 흘러나온다." 더 나아가 "1은 점을 상징하고 2는 두 개의 점, 그리고 선은 이 두 개의 점 사이를 상징한다".

이러한 표장성은 토착종교의 상징들과 결합한다. 오르페우스 송가 역시 무의식적으로 스토아학파, 피타고라스학파 그리고 헤라클레이토스 철학의 특징과 종교적 상징 간의 일치를 표현한다. 노보사드스키66) 교수의 합당한 지적대로, 이러한 일치에도 불구하고 스토아학파와 오르페우스교의 신에 관한 알레고리적 묘사의 근거는 상이하다. 스토아학파는 신을 추상적인 힘(이와 같은 개념의 표장은 형상을 기반으로 한다)으로 파악했고, 오르페우스교는 이러한 추상적인 힘을 신의 발현으로 파악했다(상징화의 형상은 논리적 표장의 근거가 되었다). 상징으로서의 물질을 신격화했다는 점에서 스토아학파와 오르페우스교는 일치한다. 이 지점에서 인식과 창작의 타율성이 뚜렷하게 반영된 예를 접하게 된다. 신비의식 속에서 삶의 창작은 모든 인식에 *선행한다*(오르페우스교). 인식의 근본요인으로서 세계 이성은 모든 창작에 *선행한다*(스토아학파). 그러나 두 학파(스토

---

65)〔편집자〕트루베츠코이의 책 《로고스와 그 역사에 대한 강의》(Чтение о логосе и его истории, М., 1906, Т. 4, С. 48) 에서.

〔옮긴이〕트루베츠코이(Трубецкой, С. Н., 1862~1905): 러시아 종교철학자이자 사회활동가. 종교철학자 예브게니 트루베츠코이(Трубецкой, Е. Н.) 의 형이다.

66)〔옮긴이〕노보사드스키(Новосадский, Н. И., 1859~1941): 러시아-소비에트 인문학자, 철학자, 그리스 고전 연구가. 그리스 신화와 역사를 주로 연구했으며, 엘레우시스 신비의식에 관한 저술을 남겼다.

아학파, 오르페우스교) 의 근본적인 출발점은 동일하다. 인식의 상징으로서의 존재 (스토아학파) 이자 창작의 상징으로서의 존재 (오르페우스교) 가 그것이다.

우리는 이율배반적 인식을 극복해야 하는 데서 비롯된 형이상학적 로고스의 발생과정을 잘 알고 있다. 마치 이 형이상학이 인식의 문제를 종결시킨 것처럼 보인다. 규범 (그렇다), 소여 (있다) 의 범주, 그리고 인식의 근본적 형식으로서 초월적 형식을 주장하면서 프라이부르크학파는 불가피하게 로고스에 대한 형이상학적 탐구로 이행한다.

그러나 가장 논리적 형상 (로고스) 으로 이끄는 창조의 형이상학은 어떻게 발생하는가?

이 문제의 해결을 위해 리케르트에게 돌아가자.

그는 인식의 근본적 형식을 방법론에 대비시킨다. 방법론적 형식은 논리적 활동의 일반적 형식이다. 방법론적 형식의 분석은 일반적 논리의 과제와 관련된다. 일반적 논리는 개별 학문의 논리의 적용방법을 주로 고찰한다. 판단의 특별한 형식은, 어떤 범주하에 (칸트적 사고를 중심으로) 주어진 내용 (양의 범주를 다루면서 우리는 수의 범주로 이동한다) 을 사고하는가에 달려 있다.

한편으로, 우리 앞에는 과학적 방법들이 열을 지어 있다. 이 대열들은 경험 외적인 가설의 계열로 끝맺는다. 그러한 모든 가설은 경험적 가설의 계열에 접근한다. 논리적으로 정돈된 그러한 모든 가설은 순수한 이성적 행위의 산물인 것처럼 보일 수 있다. 이성의 범주와 방법론적 형식의 본질, 즉 인식의 일반적 형식은 과학적 경험의 규칙이다. 그러나 이성의 경험과 활동은 추출될 수 없다. 양자는 모두 주어진 소여이다. 경험은 그것의 원인이 되는 범주 없이는 주어질 수 없다. 경험의 조건은 경험에 *주어진다*. 이런저런 경우 모두 우리는 주어진 소여와 마주하게 된다.

인식의 본질적 형식은 이 소여 자체의 형식이다. 만일 방법적 형식이 보편적 형식이라면, 본질적 형식, 즉 소여의 형식은 '보편적인 것'의 형식이다. 그러나 그것은 '개별적인 것'의 형식이기도 하다. '개별'과 '보편'은 한 범주하에 수용된다. 양자 모두 주어진다.

그렇다면 보편적인 것과 개별적인 것은 어떻게 주어지는가?

이것들은 규범(긍정), 범주 그리고 형식을 통해 주어진다.

인식론의 영역은 무엇보다도 구성적 형식의 추출영역이고 과학의 영역은 방법적 형식의 적용영역이다.

인식론에서 모든 방법론적 내용은 형식(방법)으로부터 추출된다. 반대로 구성적 형식을 추출할 때 우리는 모든 과학적 방법을 폐기하면서 이 형식들의 내용을 마치 내재적 존재인 양 고찰할 수 있다. 보편과 개별은 우리에게 형식이 아닌 내용으로 나타난다. 존재의 세계는 내용의 세계이다. 형식이 있는 만큼 내용이 존재한다. 이때 형식은 형상으로 나타난다. 형상은 다른 형상으로 교체된다. 우리는 형상을 비합리적이고 분해할 수 없는 어떤 것으로 체험한다.

카오스적인 내재적 존재는 인식의 구성적 형식과 대립한다. 구성적 형식은 과학의 방법적 형식을 증명하듯 주어진 것에 내포되어 있는 카오스 역시 증명한다. 형상의 형식과 형상의 내용을 추출하는 방법의 형식은 이제 상호 간에 독립적이다. 과학적 사고의 가치가 추락한다. 형상의 세계가 카오스처럼 우리의 눈에 투영된다.

인식의 방법적 형식은 인식의 내용과 인식의 구성적 형식 사이에서 다리 역할을 한다. 이러한 방법적 형식에서 기원하는 인식은 자기 자신으로부터 형식을 추출해 낸다. 인식은 사물을 배격한다. 사물과 내용 간의 다리는 붕괴된다. 내용이 사물 자체가 된다.

인식의 방법적 형식은 인식의 내용과 그 규범 사이에서 파생되는 본질이다. 규범과 내용은 '물 자체'의 본질이다. 과학적 지식의 파생적 특징이 규명되자마자 인식은 로고스가 된다. 방법적 형식에 의해 가공되지 않은 내용 역시 다수의 개별적 본질이다. 규범에 대립되는 내용은 우리가 그것을 모두 다 체험할 때까지 본질의 카오스이다. 우리가 그것을 체험하자마자 세상은 '신, 악마, 정령'으로 가득한 것처럼 느껴진다. 체험되는 카오스는 더 이상 카오스가 될 수 없다. 카오스를 체험하면서 우리는 마치 내용을 자기 자신에게 투과시키는 것만 같다. 우리는 카오스를 조직하는 로고스의 형상이 된다. 우리는 카오스에 개별적 질서를 부여한다. 이 질서는 논리적 질서가 아니다. 이것은 우리 내부에서 체험되는 내용의 흐름의 질서이다. 여기서 그노시스적 인식은 우리 내부에서 희미해진다. 우리는 체험하며 인식한다. 이것은 인식이 아니다. 이것은 창조이다. 창조의 첫 행위는 내용들의 명명이다. 내용들을 명명하면서, 우리는 내용들을 *사물*들로 변모시킨다. 사물들을 명명하면서 카오스적 내용의 무정형성을 일련의 형상들로 변형시킨다. 우리는 이 형상들을 하나의 총체로 통합한다. 형상들의 총체성은 우리의 '나'다. 우리의 '나'는 신의 카오스로부터 신들을 불러낸다. 신은 나에게 감춰진 나의 '나'의 근원이다. 그것은 나로 하여금 상징의 피라미드를 건설하게 만들고, 피라미드의 정점으로 올라가는 인간과 유사한 형상으로 나 자신의 상징적 형상을 만들어 세우도록 종용한다. 여기서 '*무엇을 위하여*'는 여전히 부재하다.

이러한 창작행위는 초기단계에서 우상 숭배이다. 모든 내용은 사물 그 자체이다. 내용은 나의 영혼을 향해 폭발적으로 밀려든다. 사물 그 자체로서 내용은 영혼이다. 내용을 영혼으로 명명하는 것은 나의 창작의 첫 번째 행위이다. 첫 번째 내용을 체험하면서 나는 말한다: "나는 있다"(Я-есмь). 일련의 내용을 체험하면서 나는 말한다. "신은 계시다"(Есть Бог). 이렇게 말하면서 나는 신화를 창작한다. 신화로부터 역사가 탄생한다. 시간은 카오스와의 최초의 대면이다. 공간은 *사물 그 자체*(вещь в себе)로서의 내용에 대한 관조이다. 논리적 질서 속에서 첫 번째 관조가 연속성으로 표현되는 이유가 여기 있다. 두 번째 관조는 내용의 위치이다. 공간은 내용의 위치이다. 이 모든 것은 로고스로서 인식의 규범에 대립되는, 카오스의 심연으로 추락하는 단계이다. 이 모든 것은 인식에서 창작으로의 추락 단계이다. 창작 속에서 인식의 최초의 체험, 최초의 내용은 '나'의 창조이다. '나는 있다'라는 것은 갓 태어난 자의 무의식적 혀짤배기소리이다. 일련의 내용을 체험하면서 나는 그것의 흐름 속에 존재하는 질서를 주시한다. 연속성 위의 어느 지점으로서 나를 관통하는 모든 내용은, 또 다른 어떤 '나'가 나의 유년의 '나'에게 명령한 내용이 된다. 나는 말한다: "신은 있다."

세상은 나에게 동화이다. 불가사의한 명령에 종속된 유년의 '나'는 신화를 창조한다. 신통기(теогония)는 우주개벽론을 낳는다. '신'(θεός)은 '코스모스'(κόσμος)이다. 카오스는 모든 종류의 종교, 모든 종류의 현실, 모든 종류의 현실의 대상들을 창조한다.

창작의 정점에서 나의 유년의 '나'는 들끓는 내용의 바다를 자기 안에 뒤섞는다. 유년의 '나'는 자신의 창작을 창조한다. 그것은 로고스가 된다.

오직 논리적 인식의 정점에서만 카오스를 향한 시야가 열리고, 카오스를 체험할 권리가 주어진다. 카오스는 현실의 규범이 된다.

오직 카오스적 돌풍의 소용돌이를 통해 카오스는 형상이 되고 논리적 인식과 유사한 것이 된다. 인식은 통찰된 카오스이다. 카오스는 인식이라는 현실 그 자체로 판명된다.

이로부터 다음과 같은 결론이 도출된다. 모든 것이 영원한 꿈속을 유전하고, 그 무엇도, 카오스도, 로고스도, 인식도, 창조도 존재하지 않는다. 그게 아니라면, 카오스나 로고스는 현실이라는 꿈의 본질이다. 그러나 현실은 꿈으로 규정되지 않는다. 꿈의 형상은 존재의 현실을 예정한 논리적 현실의 순수성이다. 똑같은 꿈의 또 다른 형상은 논리적 현실 자체를 형상으로 그려 내고, 그러한 현실로써 존재를 규정하는 창조의 순수성이다.

그렇다면, 현실은 우리의 꿈의 언어 속에 존재하는 **상징**일 뿐이다.

형이상학적으로도 우리는 이와 똑같은 결론에 도달한다.

가치는 진리성을 예정한다. 가치는 진리 속에 조건적으로 내포되어 있다. 진리는 상징적 개념이다. 진리는 가치의 상징이다. 하지만 판단들의 당위로서 이해되는 진리는 세계의 흐름을 삼단논법의 흐름으로 변화시킨다. 세계는 거대한 삼단논법이다. 하지만 삼단논법이 가치는 아니다. 가치는 무엇이어야만 하는가?

가치는 당위로 정의되지 않는다. 가치는 존재하는 그 자체로서의 어떤 것이다. 가치가 존재한다고 말함으로써 우리는 그것의 존재를 긍정한다. 가치는 인식의 존재를 규정한다. 오직 표장만이 가치의 형상이 될 수 있다. 그러한 표장은, 한편으로 인식이다. 다른 한편으로 인식이 아닌 것도 존재로 나타난다. 비인식(непознание)은 내재적 존재이다. 체험된 내용의 측면에서 취한 것, 그것이 창조이다. 창조는 가치의 표장이다. 가치는 두 개의 극단적 표장을 내부에서 결합시킨다. 표장들의 결합으로서 가치는 **상징**이다.

우리는 **상징**을 무조건적인 명칭으로 명명하지 않는다. 무조건적인 것에 대한 개념은 모든 존재의 조건이나 모든 인식의 조건에 대한 개념으로 쉽게 대체된다. 창조는 존재의 조건으로 쉽게 대체된다. 창조의 조건은 무엇보다 표장이다. 더 나아가 **상징**을 무조건적인 것으로 명명함으로써 우리는 무조건적인 것과 신성을 쉽게 동일시한다. **상징**에 대한 개념 속에서 우리는 신성 자체를 상징들로써 제약한다.

① *상징은 단일성이다.*
② *상징은 표장들의 단일성이다.*
③ *상징은 창조와 인식의 표장들의 단일성이다.*
④ *상징은 체험내용의 창조의 단일성이다.*
⑤ *상징은 인식내용의 창조의 단일성이다.*

⑥ 상징은 체험내용의 인식의 단일성이다.

⑦ 상징은 그 인식내용의 창조 속에서 인식의 단일성이다.

⑧ 상징은 체험형식 속에서 인식의 단일성이다.

⑨ 상징은 인식형식 속에서 인식의 단일성이다.

⑩ 상징은 체험형식 속에서 창조의 단일성이다.

⑪ 상징은 인식형식의 창조 속에서 단일성이다.

⑫ 상징은 형식과 내용의 단일성이다.

⑬ 상징은 인식과 창조의 표장적 계열들 속에 드러난다.

⑭ 이 계열들은 표장들(전이된 의미에서 상징들)이다.

⑮ 상징은 표장들, 즉 형상적 상징들 속에서 인식된다.

⑯ 현실은 인식 또는 창조적 상징화 과정 속에서 상징에 가까워진다.

⑰ 상징은 이 과정 속에서 현실이 된다.

⑱ 인식과 창조의 의미는 상징 속에 있다.

⑲ 온갖 의미의 인식에 접근하면서 우리는 형식과 내용에 상징적 존재를 부여한다.

⑳ 우리 존재의 의미는 인식과 창조의 상징적 분파들의 위계 속에 드러난다.

㉑ 상징주의 체계는 순수한 의미의 표장이다.

㉒ 이러한 체계는 상징화들의 동위종속 위계로서 인식과 창조의 분류화이다.

㉓ 상징은 상징화 속에 드러난다. 그 속에서 상징은 창조되고 이해된다.

이것이 창조에 대한 모든 이론의 전제이다. **상징**은 모든 형이상학적, 신지학적, 그리고 테우르기아적 상징성의 가치를 규정하는 기준이다.

20

우리는 모든 인식과 창조의 경계로서 **상징**에 대한 개념을 다음의 항목들과 구별해야 한다.

① **상징** 그 자체로부터 (**상징**은 인식될 수 없고, 창조될 수 없고, 그에 대한
   그 모든 정의는 제약적이다)
② 상징적 단일성으로부터
③ 가치에 관한 규범적 개념으로부터
④ 가치에 관한 방법론적 개념으로부터
⑤ **상징**의 형상(얼굴)으로부터
⑥ 종교의 중심적 **상징**들로부터
⑦ 우리의 체험의 상징적 형상들로부터
⑧ 예술적 상징들로부터

상징 자체는 물론 상징이 아니다. **상징**에 대한 개념은 그 형상과 마찬가지로 이 **상징**의 상징들이다. 상징들과 관련하여 **상징**은 구현이다.

이제 우리는 상징주의적 단일성에 대한 개념을 자의식의 종합적 단일성(그노시스적 단일성), 단일성이라는 범주, 그리고 수(數)적인 표장(단위)과 구별해야 한다. 그노시스적 단일성, 범주, 그리고 수의 표장은 단일성으로서 **상징**에 대한 형이상학적 개념의 표장들이다.

상징에 대한 개념은 가치에 대한 개념이 아니다. 가치에 대한 개념은 규범적 개념이다. 혹은 가치에 대한 개념은 연속된 방법론적 개념들로 분해된다. 방법론적 개념의 가치는 그노시스적 진리성에 있다. 그노시스적 개념의 가치는 심리주의와의 단절 정도에 있다. 규범적 개념의 가치는 당위에 있다. 당위의 가치는 그것을 조건 짓는 그 무엇인가에 있다.

그러한 의무의 조건은 **상징**으로서 가치에 대한 개념이다.

상징의 형상은 어떤 근원의 **얼굴**의 현현 속에 있다. 이 **얼굴**은 종교들 속에 다양하게 나타난다. 종교에 관한 상징주의이론의 과제는 종교들의 중심 형상들을 단일한 **얼굴**로 인도하는 데 있다.

마침내 우리는 우리의 체험의 형상들을 상징들이라고 부른다. 우리는 체험의 형상들을 감정, 충동, 사유의 과정에 내재된 불가분의 단일성으로 이해한다. 우리는 이 단일성을 상징주의적 형상이라 부른다. 왜냐하면 이 단일성은 감정, 의지, 사고의 용어로는 정의할 수 없기 때문이다. 이 단일성은 매 순간 개별적으로 구현된다. 우리는 체험의 개별적 형상을 상징이라고 부른다. 우리는 순간의 교체와 더불어 순간을 구현하면서, 우리의 체험의 교체 속에서 단일한 리듬을 포착한다. 체험의 형상들은 상호 간에 질서 있게 배치된다. 이 질서를 우리는 체험된 상징들의 체계라고 부른다. 체계를 연장시키면서 우리는 체계가 우리의 삶을 포괄하는 것을 느낀다. 우리는 리듬적 형상 속에 인식되는 삶을 우리의 개별적 종교라 부른다. 우리의 체험과 다른 이들의 체험과의 관계라는 리듬은 종교의 개별적 이해를 집단적인 것으로 확장시킨다. 립스가 '감정이입' 이라고 부르는 인식의 과정을 통해 *우리는 무의식적으로 종교적 근원을 인지한다. 그리고 '감정이입'이* 미학적 체험에 기초하는 한, 예술적 창조는 종교적 창조 속에 규명될 수 있다.

21

마침내, 다양한 조형적·리듬적 형식 속에 표현된 체험의 형상은 우리로 하여금 가시적 형상과 내적 체험의 형상의 결합을 표현하는 도해의 이런저런 재료로써 구축하게 했다. 이러한 재료의 도해들은 예술적 상징들이다. 예술적 상징은 매우 복잡한 단일성이다. 그것은 예술적 재료들의 배치 속에 내재된 단일성이다. 우리는 예술적 묘사의 수단들을 연구하면서, 그 속에서 첫째, 재료 자체를, 둘째, 기법, 즉 재료의 배치를 분별해 내고, 묘사수단들의 단일성은 선택을 예정하는 배치의 단일성이라는 것을 인지한다. 더 나아가 예술적 상징은 개별적 형상 속에 구현된 순간의 체험의 단일성이다. 마지막으로, 예술적 상징은 이러한 단일성들의 단일성(즉, 작업 기법들을 통한 체험의 단일성)이다. 우리에게 구현으로 주어진 예술적 상징은 형식과 내용 간의 상호작용의 단일성이다. 여기서 형식과 내용은 수단일 뿐이다. 목적은 형상의 구현이다. 그러므로 형식의 측면에서 예술적 상징을 분석하면서, 우리는 일련의 조건적인 정의만을 알게 된다. 상징에 있어서 조야한 의미에서의 형식은 작업 기법에 의해 예정된다. 작업 기법은 시간과 공간의 조건에 의해 예정된다. 시간과 공간의 요소들은 창조과정의 형식에 의해 예정된다. 창조과정의 형식은 개별적 체험의 형식에 의해 예정된다. 이 체험은 창조규범의 매개로서 주어진다. 형식의 측면에서 예술적 상징을 분석하면서, 우리는 인식 불가능의 심연으로 사라져 가는 일련의 형식과 규범들을 얻게 된다. 내용처럼 보이는 것은 형식의 성분들 간의 질서일 뿐이다. 예술적 형상의 내용은 *인식되지 않은 단일성*, 즉 상징적 단일성으로 나타난다.

그 역도 마찬가지이다. 내용처럼 보이는 것에서 출발하면서, 우리는 그것이 우리의 알 수 없는 파동이며, 창조적 비전의 형식, 즉 우리의 영혼 속에 생성되고 있는 형상이 그것에 달려 있음을 인지하기 시작한다. 더 나아가 시간과 공간의 요소들의 선별 자체, 즉 리듬과 묘사수단의 선별 자체가 예정된다. 리듬도 묘사수단도 내용 자체의 성분들이다. 푸시킨의 약강격에 나타난 약약격을 논하면서, 우리는 본질적으로 푸시킨의 예술적 파동의 특징을 언급한다. 더 나아가 창조형식 자체가 리듬과 방법에 의해 예정된다. 예를 들어, 시에서 형식은 서정시나 드라마나 단편소설로서 예정된다. 그뿐 아니라, 내용의 *파동*은 예술의 형식 자체를 규정한다. 나는 시를 쓰지 않고 진흙을 이긴다. 왜냐하면 나의 파동은 펜보다 진흙으로 더 잘 표현되기 때문이다. 우리는 내용처럼 보이는 것에서 출발했지만, 결국 형식을 면밀하게 탐색하게 될 것이다. 진흙 자체가 내용 확장의 경계가 되어 버린다. 형식은 나의 작업의 인지할 수 없는 단일성, 즉 상징주의적 단일성임이 드러난다. 예술적 상징은 무엇보다도 묘사의 수단 속에 주어진 파동이다. 반대로, 묘사의 수단들은 파동 속에 주어진다.

예술에서 형식과 내용의 구분을 강조하는 일련의 미학적 관점이 존재한다. 이런 관점들은 우리가 예술적 형상의 형식과 내용을 조건적 개념이 아닌 현실적 개념으로 이해하는 한 그 근거를 갖지 않는다. 예술의 방법론적 정의는 형식적 정의이며, 따라서 일면적이다. 미학은 예술적 형상의 불가분한 총체성의 연구에 근거하는 자신만의 고유한 방법을 개발해야 한다. 예술 상징들의 형식과 내용의 단일성은 문학의 상징주의 유파가 공표했다. 이 슬로건은 상징주의이론의 전제들과 완벽히 상응한다.

"형식은 내용 속에 주어진다", "내용은 형식 속에 주어진다". 바로 이것이 예술에서의 상징을 정의하는 근본적인 미학적 판단이다.

17절에서 도출된 판단에 근거하여 우리는 이 두 가지 판단이 추론적 판단이라고 결론 내린다. 이 두 판단은 "형식은 내용이다"라는 판단에서 도출된다.

위의 판단은 종합적인 것인가, 아니면 분석적인 것인가?

'내용'을 판단의 주체로 이해하면서, 우리는 "내용은 형식이다"라는 명제를 분석판단으로 변화시킨다. 형식의 개념은 내용으로부터 도출된다. 이런 경우 한편으로 재료를 다루는 작업이, 다른 한편으로 허구적 형상을 상상하는 작업이 창조적 과정의 내용에 의해 통합된다. 그러나 우리는 창작과정을 연구하면서 딜레마에 봉착하게 된다. 창작과정의 연구는 기술이 관건인가, 분석이 관건인가? 다시 말해, 창작과정은 과학적 연구의 대상이나 예술적 묘사의 대상이 될 수 있는가? 알 수 없는 내용에서 비롯되어 영혼 속에 발생한 체험의 형상들을 묘사하면서, 나는 그것들을 창작한다. 이런 경우, 미학은 창작이다. 혹은 이와 다른 경우, 나는 그러한 발생의 차원에서 생성되는 형상을 다룬다. 이때 미학은 창작의 형상들의 분류화를 담당해야 한다. 그러나 원칙 없는 분류화는 불가능하다. 그와 반대로, 창작과정을 연구할 때 우리는 다양한 방법을 동원하여 과정의 형식만을 연구한다. 이러한 연구는 일련의 용어적 정의를 제공해 주며, 미학은 그것을 가공되지 않은 날것의 재료로서 참조할 뿐 그 이상은 아니다.

'형식'을 판단의 주체로 이해하면서, 우리는 "내용은 형식이다"라는 판단을 역으로 변화시킨다. "형식은 내용이다"라고. 이와 같은 형태에서 상징주의 미학의 근본 판단은 분석판단이다. '내용'의 개념은 형식으로부터 도출된다. 형상을 묘사하는 작업과, 재료를 다루는 작업은 창작의 모든 재료에 공통된 근본형식 속에 통합된다. 이 형식은 재료가 시간과 공간의 요소들과 맺는 관계이다. 그러나 예술형식에서 시간과 공간의 요소들을 연구하면서 우리는 다시 한 번 딜레마에 부딪친다. 우리의 과제는 형식의 기하학적이고 리듬적인 조화를 연구하는 것인가, 아니면 시간과 공간의 질서 속에 놓인 형식을 분류하는 것인가? 전자의 경우 우리는 수학, 공학, 그리고 정신물리학적인 일련의 용어적 정의들을 접하게 된다. 후자의 경우 우리는 상징들의 형식을 그 발생의 차원에서 기술한다. 전자의 경우 미학은 수학과 공학의 응용과제가 되고, 후자의 경우 미학은 예술의 민속학과 역사학이 된다. 두 경우 모두에서 미학의 의미는 실종된다.

"형식은 내용이다"라는 판단은 상징주의적인 판단이다. 형식을 내용으로 예정할 경우, 우리는 그러한 내용을 예술의 바깥에서 구해야 한다. 내용을 형식으로 예정할 경우, 우리는 예술의 단일한 형식을 전혀 찾을 수 없다. 상징주의 유파의 미학은 미학의 바깥에서 미학의 근거를 찾아야 한다.

상징주의이론에 대한 자신의 입장을 밝히지 않는다면, 그러한 미학은 고유한 의미를 갖지 못한다. 그런데 그러한 미학이 제기한 슬로건들은 근래의 형식적이고 심리적인 미학들의 슬로건을 보충하고 심화시킨다.

상징주의 유파의 지지자들은 반대자들과 마찬가지로 일련의 개념들을 지속적으로 뒤섞는다. 그 결과 우리는 여러 논쟁적인 논문들 속에서 엄청난 혼란을 접하게 된다.

경계로서의 **상징**의 개념과 형상으로서의 상징의 개념이 혼용되고 있다.

우리는 다음과 같은 용어들을 제안한다. 상징주의적 형상을 묘사수단들 속에 주어진 체험의 단일성으로 정의할 때, 우리는 이 단일성을 예술적 상징이라고 명명한다. 반면 우리의 영혼 속에 형상의 형식을 취하는 체험의 단일성은 *체험의 상징주의적 형상*이라고 명명하기로 한다. 과연 체험의 상징주의적 형상은 묘사수단들을 통해 주어지는 것이 아니지 않은가. 그것은 우리 영혼의 형상이고, 그 자체로서 그와 유사한 형상들의 체계 속에 자리한다. 체험의 상징적 형상들 체계가 의식적으로 인지될 때, 그것은 종교적 체계이다. 그것은 종교에서 완결된다.

체험의 상징주의적 형상은 미학적 상징주의보다 종교적 상징주의에 더 가깝다. *체험의 형상은 예술적 상징이 아니지만, 예술적 상징에 포함된다.* 예술적 상징에 포함될 때, 체험의 형상은 체험의 체계 속에서가 아니라 개별적으로 취급된다. 체험의 형상은 목적으로 이끄는 수단에서 목적으로 변모한다. 따라서 예술을 목적 없는 합목적성으로 보는 견해는 종교적 창조를 통한 예술 창조의 조건성을 강조한다.

우리는 묘사수단의 단일성(예를 들어 리듬, 언어적 기악편성, 예술적 비유의 재료가 지니는 상호조건성)을 양식화에 대립하는 양식으로 명명할 것을 제안한다. 열거한 요소들의 배열에는 무의식적 단일성이 내재한다. 그것의 정의는 항상 상징적이다. 그러한 무의식적 단일성은 예술적 상징에 포함되지만 *예술적 상징*은 아니다.

체험의 형상을 예술적 상징으로 명명할 경우, 우리는 체험 자체를 감정, 의지 혹은 인식이라는 용어로 해석함으로써 이후에도 계속 오류에 빠질 수 있다. 우리는 이 단일성이 의미하는 것을 명료하게 이해하고자 한다. 그리하여 합리적 용어로써 체험의 형상을 해석할 경우, 우리는 형상을 알레고리, 즉 이성의 용어를 통한 형상의 이해와 형상 자체 간의 알레고리로 변질시키고 만다.

알레고리는 상징이 아니라는 것을 명심해야 한다.

결국, 인식의 용어들을 통해 이루어지는 예술적 혹은 다른 상징들의 모든 정의를 우리는 표장들이라고 부른다. 인식의 용어로는 주어지지 않는 단일성으로서 **상징**의 정의를 우리는 표장이라고 부른다.

사람들은 보통 창조행위로서 상징주의와, 원칙적으로 상징을 허용하는 사유양식으로서 상징주의를 혼동한다. 때로 상징주의는 방법으로 간주된다. 그러나 이것은 옳지 않다. 상징주의이론은 일련의 **상징**의 표장들로서 방법론적 분과들을 추출해 내는 이론이다. 상징주의이론 역시 방법이 아닌데, 그 이유는 상징주의이론은 인식방법의 표장들을 열거하면서도, 각각의 방법이 있는 그대로의 자신이 될 권리를 보존하기 때문이다. 예술과 종교에서 상징주의이론은 창작이론이다. 상징주의이론의 보다 부분적인 정의는 이러하다: "*상징주의는 창작 그 자체이다.*"

보통 상징주의는 상징화와 혼동된다. 이 두 단어 속에 내재된 개념의 용어적 차이를 특징지어야 한다.

창조는 자신의 내적 지향의 변동 없이 활보할 수 있는 일정한 지대를 보유한다. 원시적 창작은 감정의 원초적 카오스 속에 전개되는 리듬적인 운동의 단일성이다. 이 단일성은 영혼의 음악적 원시력, 즉 리듬을 자신의 형식으로 삼는다. 이러한 단일성은 체험의 상징적 형상으로 표현된다. 영혼에서 추출되어 묘사의 재료 속에 각인된 체험의 상징적 형상은 보다 복잡한 단일성인 *예술적 상징*을 제공한다. 상징이 인간의 행위라는 언어로써 주문을 외우게 하기 위해서, 이 복잡한 단일성을 소생시키려는 시도는 보다 복잡한 단일성을 구성하게 된다. 그것은 종교적 상징이라는 단일성이다. 이는 예술가와 그 주변사람들 자체가 예술적 형식이 됨으로써 달성된다. 삶의 예술적 창작의 형식은 행위의 형식이다. 내용의 형상은 미학적 상징이다. 이때 형식과 내용의 불가분의 단일성은 종교이다. 더 나아가서, 종교적 상징, 즉 모든 행위의 규범으로 간주되는 인간의 아름다운 삶은 인간 본성이라는 단일성을 신인의 이원성의 형상으로 변모시킨다. 이렇게 해서 우리는 테우르기아적 창작을 향해 상승한다.

여기서 우리는 창작의 높이가 점점 더 많은 인간 활동의 영역을 인입함에 따라 결정되는 것을 알 수 있다. 원시적, 예술적, 종교적 그리고 테우르기아적 창작은 하나의 창작의 여러 단계이다. *단일성이라는 관점에서 창작을 정의하면서, 우리는 그것을 상징주의라고 명명한다.* 이러한 창작의 임의의 지대를 정의하면서, 우리는 그것을 상징화 지대라고 명명한다.

그러므로:

상징은 상징주의 속에 주어진다.

상징주의는 상징화 속에 주어진다.

상징화는 일련의 상징적 형상들 속에 주어진다.

상징주의가 개념이 아닌 것처럼, 상징은 개념이 아니다.

상징주의가 방법이 아닌 것처럼, 상징은 방법이 아니다.

22

여기서 잠시 멈추도록 하자. 우리의 과제는 상징주의의 미래의 체계를 위한 이정표를 제시하는 것이다. 그 체계는 이 이정표를 고려해야 한다. 그렇지 않다면 이런저런 독단론이 그것을 위협하게 될 것이다. 인식과 창조 사이의 이율배반을 미래의 상징주의이론이 어떻게 다루는가가 미래를 제시할 것이다. 미래의 상징주의이론은 운명적 선택과 만나게 될 것이다. 첫째, 형이상학에 근거한 인식론 자체의 필연성인데, 그 형이상학

은 창조에서 도출된 것이다. 둘째는 인식론을 검증하는 구성의 적확성의
필연성이다. 상징주의이론이 고유한 의미에서 이론이 될 수 있는가? 혹
은, 상징주의이론의 과제가 모든 이론의 이론적 반박이어야만 하는가?
후자의 경우, 상징주의이론은 단순히 일련의 창작들을 열거하는 것으로
환원된다. 혹은 그것은 특수한 종류의 창조적 체험의 기초가 될 것이다.
후자의 경우, 상징주의이론은 현존하는 인도철학의 체계 중에서 새로운
체계가 될 것이다. 베단타, 요가, 미맘사학파, 67) 상키아학파68) 등. 무
엇보다 분명한 것은, 상징주의이론은 결코 이론이 되지 않을 것이며, 서
유럽적 사유가 발전해 온 전(全) 과정에 의해 이미 예고된 새로운 종교적
교의가 되리라는 것이다. 솔로비요프는 이미 "서구 철학의 위기"에서 동
양의 입장에서 유럽인들의 의식의 전환에 관해 지적한 바 있다. 69) 인도
철학의 위대한 의의는 이 방면의 대가인 도이센 같은 철학자가 인정하고
있다. 솔로비요프의 오류는 하르트만의 설득력 없는 형이상학을 유럽사
상의 발전에서 그 전환점으로 간주한 것이다. 사실 유럽사상의 발전에서
그 전환점은 이원론에서 벗어나려 하면서도, 자신의 연구의 그노시스적
토대를 문제 삼지 않은 채 그대로 두는 오늘날 칸트주의의 무능력에서 무
르익고 있다. 이원론으로부터 벗어날 수 있는 모든 출구는 형이상학적이

---

67) 〔옮긴이〕 미맘사학파: '미맘사'(Mimamsa, Mīmāṃsā)는 산스크리트어로 '반
　　성'(reflection) 혹은 '비판적 연구'를 의미한다. 미맘사학파는 힌두이즘의 여섯
　　학파들 중 하나로서, 다르마(dharma)의 본질에 대해 베다(Vedas)의 해석(her-
　　meneutics)에 근거한 철학적 이론으로 잘 알려져 있다.
68) 〔옮긴이〕 상키아(Sankya)학파: 인도철학 학파 중에서 가장 먼저 체계를 형성
　　한 학파. 힌두 철학의 여섯 학파 중에서 가장 오래되었다. 상키아학파는 요가
　　학파와 가장 관련이 깊고 힌두이즘의 다른 철학 학파들에게 영향을 주었다. 상
　　키아학파의 기본적인 입장은 무신론인데, 신의 존재를 인정하는 다른 학파와
　　마찬가지로 영적 해방을 수용한다.
69) 〔편집자〕 "서구철학의 위기"(Кризис заиадной философиии, 1894)는 블라디미
　　르 솔로비요프의 석사논문이다.

거나 심리적이다. 우리가 이성의 이론적 구조 속에 형이상학적이고 심리학적이고 미학적인 계기를 끌어들이자마자, 그노시스적 의미에서 이론은 이론이기를 멈춘다. 다른 한편, 우리는 스스로에게 서슴없이 묻는다. 현상계와 본질계 사이의 이원성을 인정할 수밖에 없는 필연성이 이론의 성립조건이라고 할 때, 이론은 이론인 채로 남을 수 있겠는가? 제시된 임의의 이론의 근거를 따지는 대신, 우리는 '이론이란 대체 어떠해야 하는가'라는 질문을 던져야 한다. 이론은 단일한 인식의 원칙으로부터 체험 가능성의 조건들을 추출해야 하는가? 아니면, 이론은 내적으로 체험되고, 따라서 우리 안에 필연적으로 주입된 온갖 이론들의 정립과정을 기술해야 하는가? 이런 경우, *이론*은 우리가 사용하는 그리스 단어에 담긴 의미를 보존해야 한다. 그것은 *신*(θεός)*의 비전*(ορáω)이 되어야 한다. 그런데 이때 누군가 우리에게 반박한다. 정연하게 묘사되고 기술된 신비적이고 미학적인 체험의 체계로서 상징주의이론이 독특한 기술심리학으로 변질되었다는 것이다. 우리가 심리학이라는 용어를 소중히 여기지 않는다면, 어쩌면, 우리는 상징주의이론을 미래의 네오-심리학이라고 부를지도 모른다. 그러나 네오(neo)라는 접두사로 장난치는 것은 위험하다. 그것은 언제나 모종의 미지수 'X'이다. 상징화 과정의 기술과 열거를 미래의 심리학이라고 명명하면서, 우리는 그러한 열거를 이론이라고 명명할 때보다 훨씬 더 큰 개념적 혼란을 가져올 위험이 있다. 세라핌 사롭스키, 이삭 시리아닌, 혹은 샨카라차리아의 교훈을 '*심리학에 대한 주석*'이라고 부른다면, 분명 이상할 것이다.

우리가 왜 창조과정의 체계화를 이론이라 부르지 않을 수 없는지, 나는 잘 모르겠다.

반대로, 그노시스학의 기본 전제에서 추출된 이론만이 이론이 될 수 있다는 현대 그노시스주의자들의 견해에 동의한다면, 온갖 이론 정립은 불필요하고 우리 삶의 의미를 구성하는 실제적이고 생동하는 모든 것에 해롭기까지 하다는 것을 강조하게 될 뿐이다. 삶과 점잖게 어울리고, 그러면서도 끝까지 일관된 존재로 남기를 바라는 현대의 그노시스주의자들은 선량한 유머를 섞어 가며 자신이 체험한 비극에 관해 고백하고 있다. 그들은 삶의 가치를 동경한다. 그러나 그노시스학은 그들이 삶을 죽이기 전에는 그들에게 삶의 가치를 보장해 주지 않는다. 하지만 그들이 처한 상황의 어려움에 대한 이야기가 그들이 계속 즐거워할 것을 방해하지는 않는다. 둘 중 하나를 생각해야만 한다. 인식의 비극이 허구이고, 인식이 자신의 우월성에 비해 과대평가되고 있다는 것, 혹은 삶의 온갖 의미와 장난치는 것은 위험한 놀이라는 것이 그것이다. 그뿐 아니라 그노시스의 옹호자들은 박해의 망상에 감염되고 있다. 도처에서 무서운 심리주의의 유령이 그들을 괴롭힌다. 신칸트주의자들은 모든 종류의 심리주의를 배격하고자 애쓴다. 그들은 예를 들어 리케르트처럼, 그노시스적 개념들 자체가 심리적 의미를 보유한다고 개탄한다. 마침내는 리케르트에게서 '가련한 심리주의자'를 보는 이들(코헨의 흠모자들)이 나타난다. 심지어 그노시스학의 교황 코헨을 심리주의라 비난하기도 한다.

일관된 그노시스주의자는 자신이 이단으로 빠질지 모른다는 두려움을 떨치려는 유일한 방법으로 자신의 정교신앙을 입증해야 할 것이다. 유일한 방법이란 바로 완벽한 침묵이다. 모든 발화된 판단은 그를 심리주의의 구렁텅이에 빠뜨릴 것이므로.

침묵 — 이것은 완전히 일관되기를 원하는 그노시스주의자에게 유일한 탈출구이다. 또 다른 출구는 이와 같은 심리주의의 세계에서 자신의 불합리한 입장에 대한 조롱이다.

나는 그런 경우 왜 그노시스주의자들이 '이론', '이론적인', '순수 의미'라는 단어에 주입한 의미에 의문을 제기하지 않는지 잘 모르겠다.

그렇다면 존재의 의미와 가치에 관한 문제에 있어서 그노시스학이 무능하다고 여기는 모든 이론들은 '불순한 이론'이란 말인가?

23

모든 예술은 상징적이다. 과거, 현재, 미래의 예술이 그러하다. 현대의 상징주의의 의미는 무엇에 있는가? 그것은 어떤 새로운 것을 우리에게 주었는가?

아무것도 주지 않았다.

상징주의자들의 학파는, 미의 의미는 형상이 우리에게 불러일으키는 어떤 감정에 있는 게 아니라 예술적 형상에 있다는 예술가들과 시인들의 선언의 단일성으로 결집된다. 미의 의미는 또한 우리에게 감정을 불러일으킨 형상들에 대한 이성적 해석에 있는 것도 결코 아니다. 상징은 감정으로도 논리적 개념으로도 분해될 수 없다. 그것은 있는 그대로 있다.

상징주의자들의 학파는 예술 창조에 대한 우리의 관념의 틀을 확장시켰다. 그것은 미의 규범이 아카데미적인 규범만은 아니라는 것을 보여주었다. 이 규범은 낭만주의만의, 고전주의만의, 혹은 사실주의만의 규범일 수 없다. 상징주의자들의 학파는 이런저런, 그리고 세 번째 흐름도 모두 단일한 창조의 서로 다른 형태임을 입증했다. 이로부터 사실주의 영역으로 낭만주의적 환상이 침입했다. 그리고 역으로 낭만주의의 핏기 없는 그림자가 상징주의 유파에서 피와 살을 얻었다. 나아가 상징주의는 종교적 창작영역이 예술과 가깝게 접한다는 것을 강조하면서, 미적 창작의 틀 자체를 부수었다. 19세기 유럽의 폐쇄적인 예술 속에 동양의 신비주의의 강력한 흐름이 유입되었다. 그러한 신비주의의 영향하에 *중세*가 새롭게 부활했다. 현대예술의 혁신성은 한때 우리 앞에서 타올랐던 과거 전체라는 압도적인 양에 있다. 우리는 오늘날 예술 속에서 모든 시대와 모든 민족을 체험한다. 과거의 삶이 우리 곁을 지나간다.

그것은 바로 우리가 위대한 미래 앞에 서 있기 때문이다.

주해

[1] 실체와 우유성[70]의 문제 — 이는 중세의 스콜라학파 사람들이 그 주변을 맴돌았던 근본적인 문제이다. 이 문제의 핵심을 검토하면서, 오스트발트는 *실체*의 개념과 *우유성*의 개념을 에너지 개념에 통합시킴으로써 양자 간의 모순을 설명하려고 했다. 그러나 본질적으로 그와 같은 통합은 현대과학의 용어에 의해 손쉽게 위장되는 스콜라주의로의 복귀이다. 오스트발트에게 현상들의 근원이라는 *에너지*의 형이상학적 개념은 다른 모든 형이상학적 개념과 그 무엇으로도 구별되지 않는다. 왜냐하면 *에너지*에 관한 그의 개념은 불확정적인 의미를 획득하기 때문이다. 그것은 역학적 *에너지*도 아니고, 심리적 *에너지*도 아니다. 다수의 현상들에 대한 일원론적 설명은 파생 단어의 일원론에 의해 달성된다. 오스트발트의 *에너지*의 본질 속에는 서로 부합하지 않는 본질들이 공존하고 있다.

[2] 학문으로서의 천체학(астрология)은 중세 신비철학이나 마법의 교의체계와 매우 근접해 있었다. 헤르메스-토트의 교의에 따르면, *말씀*이 세계를 창조했다. *섭리*와 *말씀*은 전능함을 창조한다. 그로부터 일곱 개의 천구(天球)에서 출현하는 일곱 개의 영혼이 기원한다. 이 천구들에서 우주만물이 출현한다. 일곱 천구에서의 일곱 영혼의 출현이 운명을 이룬다. 이 천구들은 신의 섭리를 나타내는 동심원이다. 로고스에 대한 교의가 이미 점성술의 기초를 이루고 있었다는 것이 분명하다. 즉, 인간은 신

---

70) 〔옮긴이〕우유성(偶有性, *accident*) : 비본질적인 성질. 사물이 지니는 성질에는 그 성질이 없어지면 사물 자체도 스스로 존재를 잃어버리는 것과, 어떤 성질을 제거하여도 그 사물의 존재에 영향을 주지 않는 것이 있다. 이때 후자의 성질을 가리켜 '우유성'이라 한다. 우유성은 아리스토텔레스가 사용한 개념으로서 중세 스콜라철학을 거쳐 17~18세기에도 사용되었다.

의 형상을 본떠서 창조되었다는 것이다. 죽음 이후에 그의 영혼은 일곱 개의 원으로 승천한다. 그와 더불어 이미 인간 속에는 발전의 일곱 단계 가 내장되어 있다. 여기서 *천체학*은 인류학과 불가분의 관계를 맺는다. *대우주*는 소우주로 이행한다. 각각의 인간(지상의 아담)은 어떤 의미에 서는 아담-카드몬(코스모스)이다. 일곱 개의 수호자-영혼들은 중세 유 대의 일곱 엘로힘이고, 묵시록의 일곱 대천사이며, 셈족의 일곱 천사(가 브리엘, 라파엘, 아나엘, 미카엘, 사마엘, 자카리엘, 오리피엘)이며, 수천 사들의 일곱 품위(천사들, 아르한겔들, 원리들, 권세들, 권좌들)이며, 일 곱 행성71)의 수호신(피-이오, 피-헤르메스, 피-제우스, 수로트, 피-레이, 에르토지, 렘파)이다. 각각의 행성들은 수호신과 그 표장(*emblem*)이 있 다. 세계는 소우주와 대우주의 이념들이 결합된 것이다. 존재는 창조적 섭리의 상징이다(리케르트의 철학을 참조하라). 점성술의 기초에는 "모든 *무상한 것은 비유일 뿐이다*"라는 괴테의 언명에 부합하는 탁월한 상징체 계가 놓여 있다. 체험들의 체계로서 이해되는 이러한 상징체계는 신비의 식에서 발전되었다. 마법에도 적용된 이 체계는 중세 신비철학으로 확산 되었다. 그것이 인류학에 부가됨으로써 *점성이론(теория гороскопа)*의 기초가 확립되었다. 이런 의미에서 천체학은 형이상학적이고 신비철학 적이며 테우르기아적인 학문체계의 정화(精華)였다. 숙련된 학문들은 그 속에서 신비철학의 세례를 받고 단일한 불가분의 총체로 개종되곤 했 다. 따라서 이집트에서는 신비의식에서 수련기를 충분히 거친 신 개종자 들만 천체학 수업에 참석할 수 있었다. 이때 수업방식은 신관(神官)의 지도하에 구두로 진행되었다.

---

71) 〔옮긴이〕고대 천문학에서 행성이란 고정된 것처럼 보이는 배경의 별들에 비해 움직임이 관측되는 일곱 개의 천체를 지칭하는 것이었다. 즉, 태양과 달, 다섯 개의 행성들(수성·금성·화성·목성·토성)인데, 이들은 망원경이 발명되기 전에도 방랑하는 천체로서 눈에 쉽게 보였던 천체들이다.

연속적으로 발현되는, 그러나 인간 영혼의 소우주 속에 잠재적으로 존재하는 일곱 개의 인간발전의 원리에 따라 일곱 개의 천구가 상징화된다. 인간은 **코스모스**와 같이 그 어떤 단일성의 상징이다. 인류 발전의 모든 역사는 역사의 일곱 가지 시대적 국면을 겪는다. 고대의 신비한 지식의 계승자임을 자처하는 현대 신지학자들의 교의에 따르면 일곱 종류의 역사적인 인종이 차례대로 교체된다. 이 인종들은 전(前) 아담(preadamic) 인종, 레무리아 인종, 72) 히페르보레오이 인종, 73) 아틀란티스 인종이며, 다섯 번째 인종이 바로 현존하는 인종이다. 각각의 인종은 일곱 종류의 하위 인종을 갖는다. 현존하는 인종의 경우 신지학자들은 서로 다른 나라들과 관련된, 일곱 개의 발전단계를 꼽는다. 첫 번째 하위 인종은 인도와 관련된다. 두 번째는 중앙아시아, 세 번째는 이집트, 네 번째는 그리스와 관련되며, 다섯 번째 하위 인종은 우리의 하위 인종으로서 그 속에서 이집트가 발흥한다. 여섯 번째 하위 인종은 페르시아와 관련되며, 일곱 번째는 인도와 관련된다. 인종에 관한 이 모든 교의는 점성술에서 조화롭게 펼쳐진다. 각각의 인종에게는 메시아처럼 육화되는 자신만의 고유한 수호령(靈)이 있다. 그에 상응하여 짧은 주기들이 행성들의 비호(즉, 행성의 혼)를 받게 된다. 이 주기들은 36년간 지속된다. 행성들은

---

72) 〔옮긴이〕 레무리아(Lemuria): 아틀란티스 이전 시대 인도양에서 태평양까지 뻗어 있던 전설의 대륙. 레무리아인은 이 대륙에서 문명을 세우고 살았던 인종이다. 19세기 말 20세기 초 이 신화 속의 대륙과 그곳의 거주민에 대한 다양한 이론들이 생겨났는데, 그중 대표적인 것이 러시아에서 신지학회를 창설한 블라바츠카야(Блавацкая, Е. П.)의 이론이다.

73) 〔옮긴이〕 히페르보레오이(Hyperboreoi): 라틴어로는 Hyperborei, 영어로 Hyperborean. 그리스 신화에서 델포이의 아폴론 숭배 및 델로스의 아르테미스 숭배와 밀접한 관계가 있었던 신화적 민족이다. 북풍인 보레아스와 관련되어 '북방정토인'이라는 뜻의 이름이 붙었으며 이들의 본거지는 북풍 너머 낙원 지대에 있었다.

달, 토성, 목성, 화성, 태양, 수성의 순서대로 이어진다. 그와 같은 차례 속에서 36년이 차례로 교체된다. 36년 중 각각의 해(年)는 자신의 수호자를 갖는다. 만일 금성의 36년 중 첫해가 금성의 특징을 갖는다면, 그다음 해는 목성의 특징을 갖는다. 한 주의 요일들은 다음과 같이 배정된다: 월요일 — 달, 화요일 — 화성, 수요일 — 수성, 목요일 — 목성 등. 월요일 자정 이후 제1시(時)는 달에게 바쳐진다. 그에 준하여 제2시는 토성에 바쳐진다. 천궁도(天宮圖)로 별점을 치는 기본적인 조건들은 출생연도, 일(日), 시(時)를 아는 것이다. 행성들에는 금속과 광물들이 헌정된다. 토성에는 납, 마노, 석류석, 목성에는 주석, 토파즈, 사파이어, 자수정, 화성에는 철, 루비, 붉은 벽옥이, 태양에는 황금, 풍신자석, 귀감람석, 금성에는 구리, 에메랄드, 수성에는 수은, 홍옥수(紅玉髓), 달에는 은이 헌정된다. 각각의 행성은 자신의 표장을 지녔다. 토성의 표장은 칼을 물고 있는 뱀이고, 태양의 경우 왕관을 쓴 사자 머리의 뱀이며, 금성의 경우는 링감, 수성의 경우는 뱀으로 둘러싸인 왕의 홀(笏), 달의 경우는 잘려 나간 원이었다.

언급된 천체들 외에도 십이궁(зодиак)[74]의 열두 개의 별자리와, 열거된 천체들과 관련된 그들의 배치는 천체학에서 중요한 역할을 했다. 여기에 또한 십자가(십자형으로 벌려진 두 팔)와 원으로서 인간에 대한 표상이 더해졌다. 각각의 별자리는 인간 신체의 일정 부분에 상응하고, 각각의 별자리는 해당 신체 부분에 영향을 미친다. 예를 들어 게자리는 심장을 보호하고, 전갈자리는 생식기관을 보호한다. 열두 아들에게 남긴 야곱의 유언에서 드 뮈르빌[75]은 십이궁의 표장을 보았다. 블라바츠카야[76]

---

74) 〔옮긴이〕 십이궁(zodiac): 황도십이궁이라고도 한다. 천구상에서 황도 전체를 30도씩 12등분하여 각각에 별자리의 이름을 붙인 것이다. 태양, 달, 행성들이 이 별자리들 사이를 이동하는 것을 보고 고대 오리엔트에서 점성술을 위해 설정했다.

에 따르면 이스라엘인의 열두 혈통은 십이궁을 자신의 표장으로 한다는 언급이 있다. 르우벤77) 혈통의 표장은 물병자리이다. 성서에 이에 대해 언급되어 있다("너는 물이 소용돌이치는 것 같아서 … "). 유다 혈통의 표장은 *사자자리*이고("어린 사자, 유다", 〈창세기〉 49장), 스불론은 *물고기자리*("스불론은 해변에 살 것이니", 〈창세기〉 49장), 단은 *전갈자리*("단은 … 길가의 독사와 같아서"), 납달리는 *일각수자리*("납달리는 아름다운 암사슴이다"), 요셉은 *사수자리*("사수들이 그를 괴롭히고 활을 쏘고 공격하지만, 그의 활은 견고하고" 등), 시몬과 레위는 *쌍둥이자리*(두 사람에게 동시에 말을 전하므로) 이다. 크로이체르는 *신통기*(神統記) 가 십이궁과 관련이 있고, 신화들의 상당 부분이 별자리의 위치와 관련된다고 보았다. *신통기*에 대한 이러한 관점은 셈족과 그리스인들, 이집트인들의 천체학에 대한 표상과 일치한다.

십이궁에서 행성들의 위치는 복잡한 점성이론 구축의 원리가 되었다. 점성이 성립되기 위해서는 출생연도, 일, 시를 알아야만 했다. 별자리의 위치를 정하기 위해 천문학적(астрономический) 달력을 천체학적(астрологический) 달력으로 번역할 필요가 있었다. 천체학적 달력의 기초가 되는

---

75) 〔옮긴이〕 드 뮈르빌(de Murville) 후작: 19세기 바티칸 소속 가톨릭 역사학자. 그리스도교 이전의 종교와 중세 신비철학에 관해 연구했으며, 그리스도교의 모든 제의식과 신화적인 상징체계가 고대 그리스, 이집트, 바빌론, 인도의 신화와 종교에서 차용된 것이라는 학문적인 가설을 남겼다.

76) 〔옮긴이〕 블라바츠카야(Блавацкая, Е. П., 1831~1891): 러시아 출신 신비철학자. 어릴 때부터 초자연현상을 영시(靈視) 했던 그녀는 20세 무렵 당시 최고의 영매로서 유럽, 미국, 이집트에서 활약하는 한편, 세계 각지를 여행하면서 비교종교학, 인류학, 박물학을 연구하고, 티베트밀교, 가발라, 이집트 마술의 행법을 터득했다. 1875년에는 H. S. 올코트의 협력을 얻어 뉴욕에 신지학회를 설립했다.

77) 〔옮긴이〕 르우벤: 구약 〈창세기〉에 나오는 인물. 야곱의 장남. 이하 열거되는 이름은 모두 야곱의 아들이다.

행성의 기호

태양	☉
금성	♀
수성	☿
달	☾
토성	♄
목성	♃
화성	♂

십이궁의 기호

양자리	♈	천칭자리	♎
황소자리	♉	전갈자리	♏
쌍둥이자리	♊	궁수자리	♐
게자리	♋	염소자리	♑
사자자리	♌	물병자리	♒
처녀자리	♍	물고기자리	♓

것은 백양궁(白羊宮)의 중심에 달이 위치하는 것이었다. 이날은 천체학적 달의 첫째 날이다. 둘째 날에 달은 금우궁(金牛宮)에서 15도 기울어져 있다. 나머지 날들도 이런 식이다. 훗날 천문학적 달력을 천체학적 달력으로 계산하는 특별한 방법이 개발되었는데, 그것은 도구의 도움 없이 출생 순간의 천체도(天體圖)를 복원할 수 있게 해준다. 출생 시(時)의 달의 위치와 국면이 설정되면 천궁도로 별점을 칠 수 있다. 이를 위해 원은 (십이궁에 상응하여) 열두 부분으로 나뉘었다. 천궁도의 각 부분들은 별자리 기호들로 표시되었고, (원의 좌측 중간부터 계산되고, 숫자로 표시된) 첫 번째 부분 위에는 출생 시에 달이 위치하고 있는 바로 그 별자리 기호

가 새겨졌다. 이에 상응하여 천궁도의 나머지 부분들 위에는 (계산은 오른쪽에서 왼쪽으로 행해졌는데, 천궁도상의 위치는 그대로였지만 별자리 기호는 바뀌었다) 상응하는 십이궁 별자리들의 기호가 그려졌다. 원의 내부공간은 네 개의 상호 교차하는 삼각형들로 나뉘고, 삼각형 각각의 모서리는 천궁도의 열두 부분 중 어느 하나에 배당되었다. 특수한 점성일람표들은 (기억이 바뀌지 않는 한, 우리는 플로렌스의 준티니 일람표[78]에서 발췌된 것을 사용해 왔다) 천궁도의 열두 부분에 행성들을 배치했다. 천궁도의 열두 부분은 네 개의 그룹으로(한 그룹당 세 부분씩) 나뉘었고, 따라서 각 삼각형의 꼭짓점들에 해당하는 것은 다음과 같다: 첫 번째 삼각형은 천궁도의 제 1, 제 5, 제 9지점으로 구성된다. 두 번째 삼각형은 제 2, 제 7, 제 10지점으로 구성된다. 세 번째 삼각형은 제 3, 제 7, 제 11지점으로 구성된다. 네 번째 삼각형은 제 4, 제 8, 제 12지점으로 구성된다. 출생에 관한 천궁도에서 각각의 삼각형은 갓 태어난 자의 전생(前生)의 주기를 상징한다. 몇몇 지점은 특별한 의미를 지닌다(첫 번째 지점은 출생의 지점, 열 번째 지점은 운명의 지점, 열두 번째 지점은 불운의 지점 등). 중세시대 천체학은 출생연도와 장소의 글자 수(數)를 총합하여 각종 신비스러운 계산을 하는 것을 빼놓을 수 없었다. 수의 일정한 분할은 별자리상의 행성의 위치를 설정할 수 있게 해주는 점성일람표들에 대한 기본적인 해법을 제시해 주었다. 별자리들이 천궁도의 각각의 지점을 (다양한 사람들에게 개별적으로) 완성시키므로, 행성들은 천궁도의 서로 다른 지점에 놓이게 되었다. 출생연도와 이름, 출생지를 산출해 내는 방법은 그것들을 마법사의 알파벳으로 옮기는 데 있었다. 이집트의 신비의식에서는 삼중으로 표시되던 22개의 기본 상형문자가 풀이되었다. 각각의 상형문자는 모양,

---

78) 〔옮긴이〕 16세기 이탈리아 점성술가이자 수학자, 신학자인 프란체스코 준티니의 논문 "천궁도 작성을 위한 일람표"를 염두에 둔 것이다.

수(數), 마법어로써 표현되었다. 그뿐 아니라 각각의 표시는 발전의 세 층위(정신적, 지적, 육체적)에 상응하는 삼중의 의미를 지녔다. 가령, 마법어 'Mataloth'는 우리의 문자 'M'에 상응하며, 그것의 숫자는 40이고, 그것의 상형문자 표식은 고개 숙인 해골이다. 그것의 의미는 다음과 같다: ① 정신적 층위에서 — 영원한 신의 숨결(운동), ② 지적 층위에서 — 신의 영역으로의 상승, ③ 육체적 층위에서 — 자연사. 행성들이 천궁도에 배치된 후에 다음과 같은 견지에서 검토되었다: ① 십이궁 기호상에서의 위치, ② 천궁도 지점(제 1, 제 2, 제 3지점 등)에서의 위치, ③ 행성들 간의 상관관계, ④ 지배(낮, 밤), 추방, 파멸 등 행성들의 위치. 예를 들어 토성의 낮의 지배지점은 물병*자리*에 위치했고, 밤의 지배지점은 염소*자리*, 추방지점은 *게자리*, 파멸지점은 금우궁에 위치했다. 낮 혹은 밤의 지배지점에 행성이 위치하는 것은, 그것이 갓 태어난 인생에 부여한 전조(前兆)들을 더욱 강화했다. 행성이 추방과 파멸의 지점에 위치하는 것은 그러한 전조들의 의미를 약화시켰다. 간혹 행성들은 천궁도의 지점들 중 어느 하나에 존재하면서, 다른 지점들에 빛을 방출했다(도면상으로는 화살표로 표시된다). 이는 해당 지점의 전조가 행성이 방출하는 빛의 전조에 의해 굴절됨을 뜻했다(빛이 불길한 행성으로부터 오면 길한 전조는 약화되었고, 혹은 그 반대였다). 각각의 행성들과 십이궁 기호와의 결합은 저마다 특별한 의미를 지니고 있었다. 천궁도의 각 지점(제 1, 제 10 등)들과 행성의 결합은 십이궁 기호와 관계없이 고유한 의미를 지니고 있었다. 끝으로 행성들 상호 간의 배치 또한 고유한 의미를 지니고 있었다. 그러한 배치의 주요 유형들은 다음과 같다: 연결(행성들은 한집에 있다), 섹스틸리스(*sextilis*, 둘 혹은 그 이상의 행성들이 하나의 지점을 공유한다), *콰드라투라(quadratura*, 두 개의 지점을 공유한다), *트리곤(trigon*, 세 개의 지점을 공유한다), *대척*(다섯 개의 지점을 공유한다). 천궁도의 주요 지점들로 간주되었던 것은 제 1, 제 4, 제 7, 그리고 제 10지점이다. 이 지점들의 전위와 결합은 서로 다른 무한한 천체학적 예언을 낳았다. 화성과 토성은 불길한 행성으로 간주되었다. 태양, 금성, 목성은 상서롭다고 간주되었다. 수성과 달은 다른 행성과의 결합 여부에 따라 때론 천우(天佑)의, 때론 흉흉한 행성으로 간주되었다.

이상의 것이 천체운동의 짧막한 도해이다. 실제로는 인용된 도해를 대단히 복잡하게 만드는 숱한 계산법, 표식, 규칙이 더 있었다. 이 운동을 설명하는 것은 불가능하다. 천체학적 계산방법에 대한 (초보적일지언정) 소개만이 논쟁적이지만 훌륭하게 정비된 이러한 신비학 분야의 참된 모습을 알려 준다. 천궁도의 작성은 엄청난 끈기와 숙련, 주의력을 요구한다. 계산상의 사소한 실수가 여러 날에 걸친 작업을 망쳐 버린다. 언젠가 나는 천체학에 관한 기초정보를 접하게 되었다. 그 기초정보들은 어쨌든 그것을 연구하는 데 아침부터 저녁까지 꼬박 일주일이 걸렸다. 내가 나 자신의 출생 천궁도 작성에 착수했을 때, 나는 8일 동안 자리에 앉아 그 일에 매달려야 했다. 그 결과 남은 것은 천궁도가 아니라 천궁도 작성을 위한 원초적인 재료들이었다. 그럼에도 불구하고 나는 천체학에 바친 그 시간들을 결코 잊지 않을 것이다. 현대과학의 관점에서, 천체학을 지탱하는 신비로운 명제들은 논의의 여지가 있고 검증되지 않았지만, 나는 천체학 방법의 미학적 매력, 천궁도 작성 기법의 정확성과 추상성을 이해할 수 있게 되었다. 천체학 저작들의 대부분은(내가 활용하고 있는 자료들은 매우 빈약하다) 금성과 수성의 천체학적 기호가 여러 지점에서 고의적으로 뒤얽히는 바람에 그 내용이 애매하다. *진정한 천체학 연구는 구두로써만 전달이 가능하다.*

[3] 불, 물, 흙, 공기 — 이는 신지학과 종교적 상징체계에서 중요한 역할을 했던 사대(四大) 요소이다. 탈레스의 철학은 우리에게 모든 것이 물에서 나왔다고 말했다. 물은 세계가 떠 있는 유동하는 원시력이다. 아

낙시메네스는 아낙시만드로스의 '무한자'를 공기와 동일시했다. 헤라클레이토스는 불의 철학자이다. 중세의 신비주의자와 연금술사들은 하등(下等)한 정령(精靈)의 존재를 인정했다. 흙, 물, 불, 공기의 정령이 바로 그러한 정령들이었다. 첫 번째 것은 그놈(гном)으로 불렸고, 두 번째 것은 운다(ундина, 물의 정령), 세 번째 것은 실프(сильф, 공기의 정령), 네 번째 것은 살라만드라(саламандра, 불의 정령)로 불렸다. 현대의 신령학자들은 이 네 종류의 정령에 에테르(ether, 하늘의 정령)를 더하여 영계(靈界)의 거주자에 포함시키고, 이를 '자연적 엘리멘탈들'[естественные элементалы, '인공적인'(искусственные)과 구별되는]이라고 했다. 애니 베전트[79]의 표현에 따르면 이들은 자연의 각 영역에 존재하는 신의 에너지의 전파자들이다. 각각의 정령에게는 자신들의 두목이 있다. 힌두이즘 신자들에게 불의 정령의 두목은 아그니이고, 공기의 정령의 두목은 파바나이며, 물의 정령의 두목은 바루나, 흙의 정령의 두목은 크시티이다. 불, 흙, 공기에 대한 학설은 현대의 연금술에서 발전하고 있듯이 중세 연금술에서 발전했다. 과거의 탁월한 연금술사들 중에서 우리는 레이몽 르루아(13세기)와 니콜라우스 플라멜(14세기), 피사 출신의 베리가르, 헬베치아, 판 헬몬트(17세기), 하인리히 쿤라드, 이오시프 키르흐베거 등을 꼽을 수 있다. …

  [4] 슐라-샤리라[80]는 물질적 외피의 층위이다. 물질적 외피를 이루는 것은 물질의 일곱 가지 변형 혹은 연속적 변모이다. 물질의 일곱 가지 상

---

79) 〔옮긴이〕애니 베전트(Besant, A., 1847~1933) : 인도의 사회운동가이자 신비철학자. 1893년까지 자신의 출생지인 영국에서 정치적인 활동을 지속하다가 인도로 돌아가 신지학회를 창립했다. 제1차 세계대전 시기 인도의 자치를 위해 투쟁했다.

80) 〔옮긴이〕슐라-샤리라 : 산스크리트어로 물리적인 원리를 뜻한다.

태는 다음과 같다: ① 고체, ② 액체, ③ 기체, ④ 에테르 모양(эфирооб-разное, 제 1에테르), ⑤ 제 2에테르, ⑥ 제 3에테르, ⑦ 제 4에테르. 에테르가 변모하는 네 가지 단계는 본원적 에테르 원자들의 합성 정도에 따른 결합체이다. 과학에서 에테르 원자는 본원적 원자들로 구성된 본질상 더욱 복잡한 총체이다. 물리적 원자는 그 자신이 더 큰 복합체들의 결합체이다. 물리적 육체는 우리가 보통 말하는 몸, 즉 물질 변형의 최초의 세 단계의 결합으로 구성되며, 거기에 에테르적 분신이 더해진다. 에테르적 분신은 마치 육체에 스며드는 듯하다. 우리가 유령이라고 부르는 것은 본래 에테르적 분신이다. 그것은 보라색이나 하늘색 음영이 드리워진 안개 같은 흐릿한 빛을 띠고 있다. 에테르적 분신은 물질의 조야한 물리적 요소들을 감각적 세계(혹은 영계)와 연결하는 고리이다. 에테르적 분신은 육체에서 떨어져 나올 수 있다. 그것은 가시적 육체 위에 후광의 형태로 퍼지면서 육체의 경계 밖으로 나갈 수 있다. 이 후광이 이른바 *아우라*이다. 경건한 삶을 살아온 사람들의 아우라는 더욱 강도가 높다. 그것은 마치 가시적 육체를 변형시키는 것 같다(성자들의 후광). 죽음과 더불어 가시적 육체와 에테르적 분신 간의 최종적인 단절이 일어난다. 죽음 이후에 에테르적 분신은 허물어진다.

[5] 링가 샤리라 — 이는 감각적 세계의 단계(외관, 형식)이다. 이른바 하등한 정령들이 이 영역에 거주한다. 불, 물, 흙, 공기, 에테르의 정령이 여기에 속한다. 감각적 세계의 법칙들에 대한 학설은 이 세계의 거주자들을 인간의 의지에 종속시킨다. 마법의 원리가 그러하다(스타니슬라드 과이타[81]의 *Le Serpent de la Genèse*, 1897을 보라). 인간은 감각적 세계

---

81) 〔옮긴이〕 스타니슬라 드 과이타(de Guaita, S., 1861~1897): 프랑스 시인. 유럽 신비주의와 비교(秘敎)의 전문가로서 장미십자단원으로 왕성하게 활동하

의 단계에 준하여 이 세계 속에서의 발현 형식을 갖는다. 영체(астральное тело)라 불리는 것이 그것이다. 인간은 감각세계에서 물리적 세계로 침투하는 것처럼 일곱 개의 소(小)부문을 거느리는 영계(靈界)로 침투한다. 이 일곱 단계는 흡사 우리가 가로지르는 일곱 개의 동심원 같다. 이 단계들은 다음과 같다: ① *카마루파*82) 단계(무겁고, 슬픈 기운). 여기에 거주하는 형상들은 위협적인 모습을 띤다. 그것은 괴물들이다. ② 두 번째 단계에서 우리는 감각적 욕정을 느낀다. 죽음과 육체의 파멸 이후 그러한 욕정을 만족시킬 수 있는 가능성은 없다. ③과 ④는 이전 단계들보다는 덜 괴롭지만, 그래도 괴로운 단계들이다. ⑤ 이 단계는 낙원의 형상을 통해 표현되는 감각적 지복(至福)의 단계이다. 이 단계의 형상들은 영체를 지닌다. 베전트는 원시적 종교심을 지닌 사람들의 평정의 지점이 여기에 있다고 지적한다. 여기에 고대 그리스인들의 '엘리시움'83)이 있다. 여기에 발할라84)가 있다. ⑥ 좀더 정교한 단계. ⑦ 일곱 번째 단계는 최고 층위로의 이행 단계이다. 이러한 영계의 일곱 단계들이 이른바 *카마로카*85) 영역을 형성한다. 사후 인간의 영체는 바로 여기에 떨어진다. 최하 단계는 지옥에 해당하고, 중간 단계는 연옥에 해당한다.

며 마술과 심령학에도 심취했다.

82) 〔옮긴이〕 카마루파(*kamarupa*): 신지학 용어. 인간이 죽은 다음에 형성되는 물질적 신체. 산스크리트어로 '카마'는 욕망(*desire*), '루파'는 물질(*material*)을 의미한다.

83) 〔옮긴이〕 엘리시움(*elysium*): 고대 신화에서 선량하고 경건한 삶을 산 사람들이 죽은 후에 가는 곳. 극락.

84) 〔옮긴이〕 발할라(*walhalla*): 북방 전설에서 전투에서 죽은 전사들이 사후에 영원히 머무는 궁전. 540개의 문이 있다고 한다.

85) 〔옮긴이〕 카마로카(*kamaloka*): 힌두이즘에서 완전히 평등한 영체들이 산다고 여겨지는 반(反)물질적인, 과도적인 층위. 신지학 용어이다. '로카'는 산스크리트어로 '공간'(*space*)의 뜻으로 카마로카는 '욕망의 공간'을 의미한다. 인간이 죽은 후에 거처하는 곳으로 연옥에 해당한다.

우리의 욕망들은 바로 이 영역에서 자신의 흔적을 남기게 된다. 그것들은 우리와 분리되어 자립적인 존재로서 우리를 추격한다. 우리가 만들어낸 이러한 형식들은 신지학에서 '인공적 엘리멘탈'이라 명명된다. 베전트는 다음과 같이 썼다: "악의 폭발은 아름다운 색깔의 특정한 선을 지닌 강한 번개를 만들어 낸다. 그것은 화(禍)를 불러올 수 있는 날카로운, 혹은 갈고리 모양의 모서리를 지니고 있다"(《고대의 지혜》).86) 우리를 둘러싼 모든 영적 대기는 '인공적 엘리멘탈'들로 가득하다. 이것들은 단일한 전체를 이루면서 민족적, 계급적, 기타 등등의 환경을 형성한다. 즉, 삶의 물질적 환경에 역으로 영향을 미치면서, 보편 인류적인 이념과 감정을 개별자들에게 제각각 굴절시키는 프리즘을 형성한다. 이것들은 삶의 관습적 형식을 야기하고 그것을 강화시킨다.

[6] 프라나(prana)는 두 가지 층위에 속하는 지향의 힘이다. 그것은 마음의(ментальный) 층위와 원인(인과)의 층위이다. "마음의 영역은 사고로서 작용하는 의식의 영역이다"라고 애니 베전트는 《고대의 지혜》에서 말한다. 프라나는 물질적인, 살아 있는 사고라고 말할 수 있다. 마음의 물질 속에서 빠르고 복잡한, 유난히 세련된 진동이 퍼져 간다. 마음의 영역은 다시 일곱 단계로 나뉜다. 하위 네 단계는 일정한 형식과 형상을 가진다. 그것은 루파(Rûpa)라고 불린다. 마음세계의 상위 세 단계는 무형의 단계이다(아루파, Arûpa). 베전트에 따르면 루파의 국면은 발달되지 못한, 중간 정도 발달한, 그리고 정신적으로 깨어난 인간의 의식에 상응한다. 마음세계의 상위 세 단계는 지상에서는 볼 수 없는 아름다운 모습을 띠고 있다. 그 어떤 상상의 형상에도 비견될 수 없다. 인과론적 육체

---

86) 〔편집자〕애니 베전트(Безант, А.)의 《고대의 지혜》(Древняя мудрость: Очерк теософских учений, М., 1993, С. 46).

는 이미 마음 영역의 아루파 국면이다. 베전트는 그것을 "영원한 ⋯ 인간의 거처"라고 명명한다. 오직 그것만이 죽음 이후에도 끝까지 파괴되지 않는다. 이 국면은 마음의 층위의 제5단계에 위치한다. 마음의 형식의 세계는 *데바칸*(*девакан*), 또는 천국이다. 베전트에 따르면 인간의 영혼은 물리적 세계, 영적 세계, 그리고 마음의 세계에서 배회한다.

[7] '마나스'는 베전트에 따르면 세계이성(Мировый Разум), 제3의 로고스와 유사하다. 마나스와 그것이 발현되는 형식 간의 관계는 복잡하다. "인간의 모나드는 아트마(Atma) — 붓디(Buddi) — 마나스(Manas), 혹은 달리 표현해서 정신(Дух), 정신의 영혼(Духовная Душа), 인간의 영혼(Душа человеческая)이다. 이 셋 모두 신성한 '나'의 양상이라는 사실은 인간의 영원한 존재를 가능케 한다. 또한 이 세 양상이 따로 그리고 연속적으로 나타난다고 해도, 그것의 단일성은 본질적으로 인간영혼이 정신의 영혼과 합류하는 것을 가능하게 한다." ⋯ 제5의 근원(마나스)은 물리적 현상들의 세계와 접촉하기 위해 마음의 영역에서 자신의 육체를 만든다(《고대의 지혜》).

[8] '붓디' — 이것은 학술용어로 설명할 수 없는 상태이다. 붓디의 층위에 관한 가장 근접한 개념을 제공하는 것은 지혜와 사랑이 통합된 인간관계에 대한 관념이다. 베전트는 플로티노스가 붓디적인 것에 상응하는 상태를 적절치 않은 표현들로 정의하려 했던 것을 지적한다.[87] 플로티노스는 이렇게 말한다: "그는 모든 사물 속에서, 태어나도록 운명 지어진 것이 아닌 본질 자체를 본다. 그리고 그는 다른 사람 속에서 자신을 본다. 왜냐하면 거기서 모든 사물들은 투명하고, 그 어떤 어둡고 탁한 것도

---

87) 〔편집자〕《고대의 지혜》 C. 28~29에서.

없기 때문이다. 거기서 모든 것은 내적으로 꿰뚫어진 것처럼 보인다. 왜냐하면 빛은 어디에서나 빛과 만나는데, 각각의 사물은 자기 안에서 모든 나머지 것들을 보고, 각각의 다른 사물 속에서 또한 모든 나머지 것들을 보기 때문이다."…

　그다음 단계는 플로티노스의 표현에 의하면, '모든 *나머지 것들*', 즉 세계가 내 안에서 통일되고, '*각각의 사물*'(*나*)은 '모든 나머지 것들'이 되는 단계이다. 여기서 고차원적 인식의 개별적 변별성은 이미 종료된다. 이제부터 존재하는 것은 제3의 **로고스** 자체이다. 아트마의 층위는 인간 속에서 제1의 **로고스**를 상징화한다. 그러나 아트마의 층위가 전일적 삶과 융합하는 한, 여기서 **단일한 신**의 원리는 인간의 개별적 원리와 서로 맞닿으며 사실상 합류한다. …

　[9] 앞에서 지적했듯이, 예술의 형식을 재료에 의해 발현되는 일반적 조건이라는 관점에서 고찰하는 한, 예술의 본질은 오성의 개념들의 도식성으로 환원되고, 본질의 도식은 실제적인 것의 시간 속에서의 현존이 될 것이다. 그것은 우리로 하여금 현존을 시간 속에 놓인 그 무엇으로 생각하게 한다. 칸트는 이렇게 말한다: "형상은 생산적인 상상력의 숙련된 능력에 의해 창조되는데, 감각적 개념들(공간적인 형태)의 도해는 선험적(*a priori*) 순수 형상의 모노그램과도 같다. 그 도해에 의해서만 형상들의 성립이 가능하다. 왜냐하면 도해는 형상들을 그것과 완전히 동질적이지 않은 개념들과 결합시키기 때문이다. 따라서 오성의 순수한 개념들의 도해는 임의의 '형상'으로 묘사될 수 없다"(《순수이성비판》). 예술에서 도해와 알레고리 간에 설정된 관계는 오성의 순수한 개념들과 이성의 이념 간에 설정된 관계와 같은 의미를 갖는다. "오성의 개념들은 모든 경험들에 앞서〔*a priori*(선험적으로)〕사고된다. … 이성적 개념들이라는 명칭 자체가 그것이 경험의 경계 안에 제한되지 않는다는 것을 증명한다. 왜

냐하면 개념은 경험이 그 구성성분의 일부로서 포함되는 인식만을 다루기 때문이다. 이성의 개념들은 오성의 개념들을 통합하는 데 쓰인다"〔칸트, 《선험변증법》(Трансцендентальная диалектика)〕. 칸트는 순수이성의 개념들을 선험적 이념이라 부른다. "범주로서 표상되는 관계들의 유(類)가 존재하는 만큼, 이성의 순수한 개념들이 존재한다." … "모든 선험적 이념은 세 가지 부문에 귀속된다. *첫 번째*는 사유 주체의 무조건적 단일성이고, *두 번째*는 현상의 일련의 조건들의 무조건적 단일성이며, *세 번째*는 대체적으로 사유의 모든 대상들의 조건의 무조건적 단일성이다. 사유의 주체는 심리의 대상이고, 모든 현상들의 총합(세계)은 우주론(*kosmologie*)의 대상이며, 모든 사유되는 것의 존재 가능성(모든 존재들의 존재)이라는 일차적 조건을 구성하는 대상은 신학의 대상이다"〔《선험적 이념들의 체계》(Ситемы транцендентальных идей)〕.

이성의 개념은 불가피하게 형이상학의 기초를 이룬다. 모든 세계관은 무엇보다 형이상학이다. 예술작품의 근저에 놓여 있으며, *그것의 이념적 내용*을 구성하는 임의의 세계관은 그것의 존재 가능성의 조건들로 귀결된다. 그와 같은 존재 가능성의 조건이 되는 것은 선험적 이념(사유 주체의 단일성, 또는 현상의 조건들의 단일성, 또는 사유의 모든 대상들의 조건의 단일성)이다. 그런데 예술에서 이념적 내용은 형상을 통해 주어진다. 표장은, 칸트의 표현에 의하면, 창조형상들을 체계로 통합하는 순수한 상상력의 모노그램이다. 표장에 의해 이성의 이념들은 감각적인 형상으로써 사유된다. 한편, 예술에서 모든 이념은 이미 *알레고리*이다. 그러나 우리는 일반적으로 이념적인 내용이 의식적으로 주입된 형상만을 알레고리라고 부른다. 의식적 알레고리의 사용은 종종 예술작품을 망친다. 그러나 노련하고 예리한 알레고리 형식의 사용은 전적으로 합당하다. 예술의 의미는 형이상학적 가치들을 통해 우리의 의식에 계시된다. 예술에서 알레고리는 형이상학적 가치의 한 부류이다. 알레고리가 합리성을 표현한다는 것은 잘못된 생각이다. 일정한 관점에서 *알레고리*는 객관적 현실이나 예술작품에서 우리에게 보이는 그대로의 존재의 형상보다 더 실제적으로 여겨질 수 있다. 이때 알레고리적 형상은 해당 존재의 형상들에도 인식의 추상적 규범에도 대립한다. 알레고리적 형상은 어떤 관점에서 *구체적인 형이상학적 현실의 형상*으로 간주될 수 있다. 이에 대해 크리스티안센[88]은 다음과 같이 말한다: "예술, 조국, 그리고 이 모든 이념들은 경험론적 관점에서 파악되는 것과 같은 추상적 개념들이 아닐 뿐만 아니라, 창조하는 자에게 구체적인 형이상학적 현실로 간주된다"〔크리스티안센, 《예술철학》(*Philosophie der Kunst*)〕.

[10] 물론 우리는 지금 형이상학적 요구를 예전과는 다르게 인식한다. 우리는 인식론의 형이상학적 전제로부터 연역되는 체계를 형이상학이라고 부른다. 현대의 형이상학은 일정한 논리적 항수들 위에 놓인 의식적 상부구조이다. 그것은 논리적 범주들의 의식적 확장이다. 칸트는 형이상학의 문제를 세 가지 부류의 선험적 이념들에서 이끌어 낸다. 이때 그는 합리적 심리학과 우주론의 파산을 논증한다. 칸트 이후 우리는 좋았던 옛날의 형이상학체계로도, 후대의 형이상학체계를 수용할 가능성으로도 복귀하지 못하고 있다. 예를 들어 로체[89]의 형이상학에서 우리는 의식의 단일성에 대한 고찰을 접하게 된다. 로체는 말했다. "우리는 정신적 삶의 해명에 있어 물질적 요소들이 아닌 초감각적 근원이 현상의 담지자라고 인정하도록 하는 경험의 결정적 사실과 같은 의식의 단일성을 제시해야 한다. 그러한 단일성 없이 우리의 내적 상태들의 총체는 자기관

---

88) 〔옮긴이〕 크리스티안센(Christiansen, B., 1869~1958): 독일의 철학자, 신칸트주의자.
89) 〔옮긴이〕 로체(Lotze, R. H., 1817~1881): 독일의 철학자이자 의사.

찰의 대상조차 될 수 없을 것이다"〔《소우주》(Микрокосм), 1권〕. 여기서 우리는 대상에 대한 이론적 시각이 주관적이고 심리적인 체험에 기초하게 되는 형이상학화의 나쁜 사례를 접하게 된다. 이와 유사한 헛소리로 가득한 것이 무슨 까닭에서인지 블라디미르 솔로비요프가 자신의 논문 "서구철학의 위기"(Кризис Западной философии)에서 높이 평가했던 하르트만의 '무의식의 철학'(Философия бессознательного) 90) 이다. 언제나 관례적이고 이월 가능한 인식의 경계를 초월적 실제의 절대적 개념으로 과도하게 부풀리는 *교조주의적 형이상학*에 대항하여, 오늘날 우리는 새로운 유형의 형이상학의 탄생(그노시스적 형이상학의 탄생이라고도 할 수 있을 것이다)을 목도하고 있다. 그것의 근거가 되는 것은 바로 인식론의 전제들이다. 그 전제들은 다음과 같다: 논리적인 문제는 *존재론적 문제*와 마찬가지로 인식된다(파르메니데스와 엘레아학파의 *유일자*). 논리적 문제는 윤리적 문제처럼 된다(인식은 총체적이고, 일관되어야 한다. 인식에는 규범이 있다. 이로부터 목적론이 발생하고 피히테와의 근접성이 생겨난다). 논리적 문제는 가치의 문제와 불가분으로 연결된다(논리적 가치는 가치 전반과 일치되지 않는다). 논리적 가치로서 진리는 가치 전반에 의해 규정된다. 가치에 대한 이와 같은 교의는 잡지 〈로고스〉(Логос)의 창간호에 실린 스테푼91)의 논문에서 명백하게 제시된다. 스테푼은 *규범의 가치*와 *상황의 가치*는 서로 일치하지 않지만, 그럼에도 불구하고 각자는 독립적으로 존재한다고 주장한다. 그러나 두 개의 독립적 가치가 공존할 수 있다면, 우리는 그것들이 단일한 가치의 규범에서 비롯된 것이라고 말할 수 있다. 인식의 규범은 아직 가치의 규범이 아니다. 그노시스의 문제는

---

90) 〔편집자〕하르트만의 《세계과정의 본질 혹은 무의식의 역사》(Сущность мирового процесса, или философия бессознательного, М., 1873~1875)를 보라.

91) 〔옮긴이〕스테푼(Степун, Ф. А., 1884~1965) : 러시아의 철학자, 역사학자이자 문화사회학자.

우리의 인식에 의해 가치의 초월적 규범이 긍정되는 순간 그노시스적 형이상학의 문제가 된다. 왜냐하면 이때 인식의 규범이 가치의 규범에 종속되기 때문이다. 이러한 종속의 특징을 정립하는 작업은 인식론과 가치론 사이의 학제 간 분야들을 구성한다.

[11] 요한복음은 신플라톤주의적이고 헤르메스주의[92]적인 요소들로 가득하다.

[12] 행위의 규범은 **성자**의 윤리적 표장이다("아버지와 같이 완전해지리니"). 종교적 창작의 규범은 **성부**의 표장이다. 윤리의 내용은 **성령**의 표장이다("성령이 뜻대로 임하노라"). 그리스도교 교리의 삼위일체론은 **로고스**들의 삼위일체가 아니고, 첫 번째 **삼원소**도 아니다. 도상적으로 그것의 영역은 첫 번째의 삼원소와 세 가지 **로고스**의 자리보다 낮은 곳에 위치한다. 그리스도교의 신은 교조주의적 신학에서 논증되는 그대로의 존재이다. 그는 범신론의 신이 아니다(자연은 훼손되었으므로). 신의 존재의 형이상학적 논거(우주론, 존재론, 목적론 등)는 종교적 교리의 기초를 이룬다. 파스칼은 다음과 같이 말한다. "신의 존재에 대한 형이상학적 논거는 너무도 모호하고, 인간의 사고와 너무 멀리 떨어져 있다. 따라서 그것은 아주 미미한 인상을 불러일으킬 뿐이다. … 그리스도교인들의 신은 기하학적 진리와 원시력들의 질서만을 관장하는 신이 아니다. 그런 신은 이교도들과 에피쿠로스학파의 신이다"(《종교에 대한 사색》). [93]

---

92) 〔옮긴이〕 헤르메스주의: 18세기 독일 가톨릭 신학자 헤르메스가 그리스도교의 합리적인 필요성을 논증하고자 주창했던 신학체계. 헤르메스 신학은 칸트와 피히테의 철학에서 깊은 영향을 받았다.

93) 〔편집자〕 파스칼(Паскаль)의 《종교에 대한 사색》(Пысли о религии, M., 1892, C. 135)에서.

[13] 바로 이 "*그렇다*"에 상황의 가치들(ценности положения, 스테푼의 용어)은 물론 *상태의 가치들*(ценности состояния)과 같이 이해하기 어려운 단일성이 내포되어 있다. 여기서 논리적 가치라는 의미의 교리는 아직 주어지지 않는다. 논리적 가치는 그것을 긍정하는 조건하에서만 성립 가능하다. 긍정의 "*그렇다*"가 있는 곳에는 모순의 법칙이 작용하지 않는다. 이와 함께 "*그렇다*"는 아직 상황의 가치가 아니다. 왜냐하면 모든 상황의 가치는 그것을 긍정할 때 성립 가능하기 때문이다. 긍정된 "*그렇다*"는 **상징**의 또 다른 표장이다. **상징**은 "*그렇다*" 속에 구현된다고 말할 수 있다.

[14] 본질적으로 니체와 빈델반트는 모두 이것을 염두에 두었다. 비록 그들의 윤리학이 외적인 표현상으로는 정면으로 대립하는 것처럼 보이지만 말이다. 니체가 〈서문〉에서 윤리학의 종교적 전제들을 지적하고 윤리적 규범에 초인을 대립시킬 때, 빈델반트의 윤리적 규범은 뜻하지 않게 표장으로 변화한다. 그러나 니체의 초인은 어떤 창조적 규범의 형상적 모습이다.

[15] 파라브라만은 신이 아니라, 원인 없는 신성이다. 어떤 이들은 파라브라만을 무한과 영원 속에 존재하는 우주적 잠재력의 집성체로 정의한다. 파라브라만은 창조의 원리가 아닌 수동적 원리이다. 이와 함께 파라브라만에게서 모든 지식은 부정된다.

[16] 블라바츠카야에 의해 부활하고 전파된 사조로서 현존하는 신학은 당연히 존재해야 하는 학문분야로서 신학에 대한 우리의 관념과 직접적으로 연관되지 않는다. 현존하는 신학은 방법들에 대한 비판을 경시한

〔벨르이〕 파스칼은 큰 오류를 범하고 있다.

다. 그로 인해 현대 신학의 여러 귀중한 명제들이 그 어떤 인식적 가치도 창출하지 못하고 있다. 방법론적 비판 없이 과학, 철학, 종교를 통합하려는 지향은 현대 신학을 완전한 불임상태로 만들었다. 현대 신학은 그것이 고대의 잊혔던 귀중한 세계관들에 대한 관심을 부활시키는 만큼만 관심을 끌게 될 것이다. 우리에게 흥미로운 것은 세계관들의 종합이 아닌 세계관들 자체이다.

[17] 신의 지혜 소피아와 로고스의 관계는 블라디미르 솔로비요프의 독창적인 신비주의적 개념을 통해 우리 시대에 고찰되었다.

[18] 프라이부르크학파의 철학에는 명료한 그노시스적 용어를 제공하고자 하는 지향이 있다. 그러나 그노시스적 개념이 점점 더 명료하게 규명됨에 따라 일반적인 용어체계에서 기초가 되는 일련의 용어들이 강조되고, 그들은 점차적으로 형이상학적 의미를 띠게 된다. 리케르트 사상의 그노시스적 전제들은 점점 더 형이상학적 전제들에 합류한다. 철학이 형이상학 없이 안 된다면, 그노시스의 독자성을 부정하지 않으면서 그것과 형이상학 간의 경계를 새롭게 설정해야 할 필요성이 더욱 커진다. 형상적으로 표현하자면, 프라이부르크학파에서 그노시스의 전제정치는 현대의 새로운 형이상학적 탐색에도, 모든 종류의 상징주의에 근거를 마련하고자 하는 현대 상징주의이론가들의 지향에도 헌법을 선사해야 할 것이다.

예술의 형식들*

1

예술은 현실에 근거한다. 현실의 재현은 예술의 목적이 되기도 하고 출발점이 되기도 한다. 예술에 대한 현실의 관계는 양식과 같아서 그것이 없이는 존재가 불가능하다. 모든 양식은 생명 유지에 쓰이고, 그러려면 소화가 필수적이다. 현실을 예술언어로 번역하는 것 또한 일정한 가공과정을 수반한다. 이 가공은 그것의 내적인 의미에서 종합이면서도 주변 현실의 분석으로 귀결된다. 현실의 분석은, 외적 기법을 통해서는 주변 현실의 모든 요소들의 다양성과 충만함을 전달하는 것이 불가능하다는 것에서 도출된다.

예술은 현실의 충만함, 즉 시간 속에서 현실의 표상과 교체를 전달할 수 없다. 예술은 현실을 공간적 형식이나 시간적 형식으로 묘사하면서

---

* 〔편집자〕〈예술세계〉(Мир искусства, No. 12, 1902, С. 343~361)에 처음 발표되었다. 벨르이의 《상징주의》 147~174쪽에 수록되었다. 벨르이는 1902년 인문학 학생모임에서 "예술의 형식들에 대하여"(о формах искусства)란 보고서를 발표하였다. 저자 스스로 말하듯이, 이 논문은 쇼펜하우어의 미학에 근거하고 있다.

이를 분해한다. 따라서 예술은 표상 혹은 표상들의 교체에 그친다. 전자의 경우 예술의 공간적 형식들이 발생하고, 후자의 경우 시간적 형식들이 발생한다. 현실을 충만한 상태 그 자체로 다루는 게 불가능하다는 데 현실을 도식화하는(특히, 예를 들어 양식화하는) 이유가 있다. 예술작품의 힘은 종종 표현의 단순함과 관련된다. 그러한 도식화 덕분에 예술작품의 창조자는 비록 덜 충만하더라도, 더 정확하고 더 분명하게 말할 수 있는 가능성을 지닌다.

표상의 재현에는 시간과 별개로 엄청난 어려움이 따른다. 그것은 한편으로는 다양한 공간적 형식들을 제시하는 것의 어려움이고, 다른 한편으로 외적인 수단들로써 빛과 색채의 온갖 뉘앙스들을 전달하는 일의 어려움이다. 이 문제를 예술적 묘사를 통해 현상들을 포착해 낼 가능성은 표현의 단순함에 달려 있다는 사실과 결부시킨다면, 우리는 공간적 현실을 그것의 형식과 색채로 분해해야 할 필요성을 납득할 수 있다.

우리는 형식에서 빛과 그림자의 관계를 파악하는 데 머물지 않는다. 우리는 형식의 색깔과 형식의 질(質), 즉 형식의 소재(素材)에 주목한다. 형식의 색깔은 형식의 예술을 회화와 결합시키는 고리이다. 형식의 소재는 우리로 하여금 또 하나의 예술, 말하자면 소재의 예술이 존재할 수 있음을 강조하게 한다. 소재의 질, 그것의 특성은 예술의 대상이 될 수 있다. 여기서 우리는 미술[1]의 경계 위에 서게 된다. 여기서 우리는 미술에서 과학과 예술 산업으로 나아가는 두 개의 근원을 감지한다. 여기서 바로 예술에 대한 개념의 연속적 확장이 시작된다. 그것은 우리에게 점점 더 숙련성(인공성)으로 다가온다. 여기서 또한 예술의 과제의 깊이와 높이가 사라진다.

---

1) 〔옮긴이〕 미술(изящные искусства): 영어의 'fine art'에 해당하며, 주로 조형예술(건축, 조각, 회화)을 지칭하는 데 쓰인다.

형식의 예술들에서 소재의 질이 지니는 의의를 강조한 다음, 이러한 형식들의 분류에 주목하자. 하나의 부류를 유기적 형식들의 예술로 규정하고 다른 부류를 비(非) 유기적 형식들의 예술로 규정할 때, 조각을 유기적 형식들의 예술이라 부르고 건축을 비유기적 형식들의 예술이라 부른다면 그리 틀린 말은 아닐 것이다.

건축과 조각에 대한 그러한 정의는 역설적으로 들린다. 예를 들어, 과연 기둥에는 나무줄기를 묘사하고자 하는 지향이 담겨 있지 않단 말인가? 만일 기둥의 유형이 나무줄기의 모방에서 생겨난 것이라면, 그러한 모방은 외적으로 형식적으로(본질적으로가 아닌) 오랫동안 주의를 끌 만한 것은 아니다. 건축의 유일하고 변함없는 주제는, 쇼펜하우어에 따르면, 지주(支柱)와 하중(荷重)이다. "이러한 주제의 가장 순수한 표현이 기둥과 대들보이다. 따라서 기둥의 양식은 모든 건축술의 계속저음2)과 같다."3) 이어서 쇼펜하우어는 지주와 하중 간의 상관관계라는 공간적 규범성4)으로부터 유래하는 미적 쾌락에 대해 언급한다. 이로부터 기둥은 무엇보다 규범적인 지주(支柱)의 이념을 묘사하고, 그것은 나무줄기의 모방으로 나타난다는 것이 명백해진다.

이렇게 해서 우리는 예술의 세 가지 공간적 형식의 승인에 이르렀는데, 그것은 회화, 조각, 건축이다.

색채는 회화에 특징적이다. 형식의 소재와 질은 조각과 건축에 특징적이다. 그렇다고 해서 회화에서 형식과 선(線)이 경시되거나, 건축과 조

---

2) 〔옮긴이〕계속저음(*general bass*) : 17~18세기 유럽 음악에서 건반악기 연주자가 주어진 저음 외에 즉흥적인 화음을 곁들여 반주성부를 완성시킨 일 혹은 그 저음부를 말한다.

3) 〔옮긴이〕쇼펜하우어의 《의지와 표상으로서의 세계》, 43장에서 인용된 문장.

4) 〔옮긴이〕'법공간' 혹은 '정규공간'(нормальное пространство, *normal space*)이라는 위상학적 개념을 염두에 둔 것이다. 법공간은 분리의 공리를 충족시키는 공간을 지칭한다.

각에서 색채가 경시되는 것은 아니다. 세계에는 표상들의 교체가 존재한다. 예술의 시간적 형식은 주로 이러한 교체에 주의를 기울이고, 운동의 의의를 강조한다. 음악, 즉 순수한 운동의 예술에 나타나는 시간적 연속성으로서 리듬의 역할이 바로 여기에서 비롯된다. 만일 음악이 비(非) 인과론적이고 비관례적인 운동의 예술이라고 한다면, 시(詩)5)에서의 운동은 관례적이고 제한적이며 인과론적이다. 시는 과연 공간에서 시간을 향해 놓인 다리가 아니겠는가. 여기서 이른바 공간성에서 시간성으로 이행이 일어난다. 시의 몇몇 장르에서 이러한 이행적 특성은 특히 뚜렷하게 나타난다. 그러한 장르들은 근본적이고 중요하다(예를 들어 드라마). 장르의 지위가 갖는 이러한 중요성은 장르 자체에 대한 관심을 낳는다. 여기서 장르와 인류의 정신적 발전 간의 긴밀한 관계가 비롯된다.

이와 같이 시는 시간과 공간을 연결하는 주요 형식이다. 시간과 공간의 결합은 쇼펜하우어에 의하면 물질의 본질이다. 쇼펜하우어는 그것을 작용의 인과법칙으로 규정한다.6) 여기서 '충족이유율'7)의 형식이라 할 수

---

5) 〔옮긴이〕여기서 시(поэзия)는 시 장르만이 아니라 넓은 의미에서 언어예술 전반을 뜻한다.

6) 〔옮긴이〕쇼펜하우어는 우리가 표상하는 세계는 인식되기 위해 시간, 공간, 인과성을 통해 개체로 구분되고 나누어진다고 보았다. 그는 이 시간, 공간, 인과성(인과법칙, 인과관계)을 개별화 원리(principium individuationis)라고 규정했다. 이 원리는 물론 의지에는 해당되지 않는 것이다.

7) 〔옮긴이〕충족이유율(principle of sufficient reason): 우연적 진리나 사실적 진리를 지배하는 원리로서 라이프니츠에 의해 처음 제창된 개념이다. 쇼펜하우어는 철학사에 등장한 여러 사상가들이 충족이유율을 다룬 방식을 비판적으로 검토한 뒤 《충족이유율의 네 겹의 뿌리에 관하여》(Ueber die Vierfache Wurzel des Satzes vom Zureichenden Grunde, 1813)에서 자신의 입장을 펼치는데, 그것은 각각 '생성의 충족이유율'(principium rationis sufficientis fiendi), '인식의 충족이유율'(principium rationis sufficientis cognoscendi), '존재의 충족이유율'(principium rationis sufficientis essendi), '행위의 충족이유율'(principium rationis sufficientis agendi)로 나타난다. 쇼펜하우어에 의하면, 충족이유율은

있는, 시에서의 인과관계와 동기화의 필연성이 비롯된다. 이런 인과관계는 다양하게 표현될 수 있다. 그것은 시적 형상들 속에 명백하게 드러날 수도 있고 내적 근거로 주어질 수도 있다. 논리적 연속성이란 형상적으로 표현하자면 인과관계를 우리의 의식의 표면에 투사한 것이다. 이때 우리의 의식은 쇼펜하우어가 정의한 이성적 인식을 의미한다. "안다는 것은, 자신의 정신 속에 자의식적인 사용을 위한 판단들을 갖고 있다는 것인데, 그 판단들은 무언가 자신을 초월한 충분한 인식 근거를 갖고 있다."

우리의 의식을 각성시키는 시적 형상들은 다른 모든 예술형식들에 비해 더 많은 인과관계를 수반한다. 비평 분야에서 일어나는 예술적 형상에 대한 중대한 오해들이 바로 이로부터 기인한다. 이러한 오해는 시의 형상들이 인과관계의 투사라는 이성적 명료성에 대한 요구를 다른 요구들보다 중요시할 때 가장 심각해진다. 이때 협화음과 유사한 현상이 발생한다. 공기층을 통해 동일한 음 높이의 일련의 현(絃)들에 전달되는 하나의 현의 진동은 다른 음 높이의 현들에는 전달되지 않는다. 일련의 시적 형상들을 연결하는 내적인 의미는 종종 외적인 의미, 즉 형상들 간에 존재하는 의도된 연관관계의 표현을 그림자처럼 수반한다. 이로부터 시적 창조의 불가결한 조건으로서 의도적 명료성이라는 결론을 도출해서는 안 된다. 그러나 그와 같은 추론들은 아주 빈번히 일어난다. "의식이란 ― 쇼펜하우어에 따르면 ― 영혼의 표면일 뿐으로, 우리는 그 내적인 핵심은 알 수 없다." 나아가 의식에 "단일성과 연관성을 부여하는 것은 의식에 의해 제약될 수 없다". 시적인 작품들에 의식적 연관성을 요구하는 것은 쇼펜하우어가 규정한 두 가지 이유율, 즉 추상적 관념의 층을 지배하는 인식의 이유율과 구체적 현상들의 층에 적용되는 존재의 이유율을 혼동하는 데서 비롯된다. 의식이 창조를 주관하는 게 아니라 창조가 의

완전히 상이한 네 가지 관계들을 하나의 공통된 표현으로 나타낸 원리이다.

식을 주관한다. 괴테에 따르면, 이성적 예술작품들에서는 "의도를 감지하고 실망하게 된다". 예술(*Kunst*)은 단어 *können*(능력이 있다)에서 기원한다. "능력이 없는 사람에게는 의도가 있다." "예술의 그 모든 풍부한 수단들로부터 명백하고 한정된, 냉정하고 진지한 개념이 내비치고 마침내 바깥으로 드러나고 만다면 우리는 혐오와 분노를 느끼게 된다." "예술작품은 우리 의식의 이해 능력으로 포착할 수 없는 부분들로써 우리를 희열과 환희로 이끈다. 우리가 완전하게 분석할 수 있는 부분들이 아니라, 바로 여기에 예술적 아름다움의 강력한 작용이 달려 있다. …"

하르트만에 의하면, 천재적 구상에서 전체는 일순간에 주어진다. 반면 의식적 결합은 부분적인 것을 어렵게 접합함으로써 전체를 만들어 낸다.

위대한 학자, 두 명의 저명한 철학자, 시인, 그리고 유명한 음악비평가의 말을 나는 이와 같이 기꺼이 인용하는 바이다. 많은 사람들이 의식에 대한 예술 창조의 독립성에 관해 이론적으로 동의한다. 그러나 실제에서는 정반대이다. 창조의 자유에 대한 승인은 단지 시적인 대화의 허용으로 대체될 뿐이다.

> 너는 황제 — 홀로 살아라. 자유로운 길을 따라
> 가라, 자유로운 지성이 너를 이끄는 곳으로 … 8)

우리는 시적 자유에 관한 이 구절을 허용한다. 그러나 그러한 창작의 자유가 실현된 시구(詩句)라면(예를 들어 페트9)의 경우) 그게 어떠한 것이든지 *인정하기를 두려워한다.* 창조의 자유에 대한 이러한 본능적인 두

---

8) 〔편집자〕푸시킨의 시 〈시인에게〉(Поэту, 1830)의 부정확한 인용.
9) 〔옮긴이〕페트(Фет, А. А., 1820~1892): 19세기 러시아 시인. 명상적이고 철학적이며 음악성이 뛰어난 서정시들을 남겼다. 예술의 순수성을 중시했던 그의 문학관과 시학은 러시아 상징주의 시인들에게 큰 영향을 끼쳤다.

려움 속에는 광기와 천재를 구분하는 군중의 허약함이 드러난다. 사유의 분방함은 사유의 비약과 다르지 않고, 근시안적인 사람들은 시각의 명철함을 환각이라 부르곤 한다. 비웃음은 항상 보다 안전하므로 … .

묘사의 간접성은 시의 가장 전형적인 특성 중 하나이다. 다른 예술 분야에서 우리는 공간적 형식들을 관조하거나, 연속적으로 교체되는 소리를 듣는다. 즉, 관조한다. 두 경우 모두 우리의 관조는 직접성을 띤다. 시에서 우리는 읽히는 것에 근거하여 형상들과 그것들의 교체를 *재현한다*. 우리의 관조의 충실함은 기술되는 형상들과 현상들에 대해 의식으로써 얼마나 충실하게 재현하는가에 달려 있다. 시는 모든 것을 포괄하지만 직접적이지는 않다. 바로 여기에 건축에서 시작되는 예술의 도정이 있다. 그것은 마치 드넓은 호수가 되어 넘쳐흐르면서도 얕아지지 않으며, 드라마와 오페라를 지나 교향악의 순수하고 심오한 궤도를 향해 한데 모일 때까지 수많은 지류로 갈라지는 것만 같다.

쇼펜하우어에 의하면 예술의 과제는 이념의 표현이다. 한편, 그는 음악이 의지, 즉 사물의 본질을 표현한다고 말함으로써 그것을 다른 모든 예술에 대립시킨다.[10] 현상 자체(*an sich*)[11]를 이해하는 것 ─ 이는 그것의 음악을 듣는 것을 의미한다. 즉, *여기서 우리는 그러한 이해의 가능성에 가장 근접한다.*

공간은 3차원을 점하는 반면, 시간은 1차원만을 점한다. 예술의 공간적 형식에서 시간적 형식(음악)으로의 이행은 엄격한 단계를 거친다. 그

---

10) 〔옮긴이〕 쇼펜하우어, 《의지와 표상으로서의 세계》, 52장.

11) 〔옮긴이〕 사실 '현상 자체'라는 철학 용어는 존재하지 않는다. '물 자체'(*Ding an sich*)에서의 '물'과는 달리 현상의 개념은 단독으로 쓰이기 때문이다. 그렇지만 음악을 본질, 물 자체의 반영으로 보는 쇼펜하우어의 사상을 논하면서, 벨르이는 현상에 '물 자체'(вещь в себе)의 개념을 도입하여 '현상 자체'(явление в себе, явление *an sich*)라는 표현을 시도한 것으로 간주된다.

와 똑같은 단계적 특성이 수학적(비율동적) 관점을 취하고자 하는 과학의 지향 속에도 존재한다. 쇼펜하우어에 따르면, 학문과 예술의 이러한 지향에 평행을 도입할 수 있다. *음악은 영혼의 수학이고, 수학은 지성의 음악이다.* 우리는 현상들에 대한 이해(음악)와 현상들의 양적인 변화의 영역에서 유사성과 차이에 대한 연구(수학) 사이에 존재하는 그런 접근성과 대립성의 공조를 그 어디에서도 보지 못한다. "우리의 자의식은 공간이 아닌 시간만을 자신의 형식으로 갖는다"라고 쇼펜하우어는 말한다. 세계에는 시간을 인식의 형식으로 삼는 운동이 지배적이며, 표상이란 이 현상들의 간단없는 변환, 그 영원한 운동의 찰나적 사진이다. 모든 공간적 형상은 우리의 의식에 도달함으로써 시간과 불가피하게 연관된다. 인식의 법칙은 쇼펜하우어에 따르면 공간과 시간의 결합인 인과율에 뿌리를 둔다. 예술의 공간적 형식이 시간적 형식에 접근함에 따라 가시성(공간성)을 설명하는 인과관계의 의의가 증대한다. 공간적 형상들로부터 인과관계를 요구하는 것은 이미 음악적 연관성을 전제한다. 소리들의 연속적 진동을 통해 시간과 필연적으로 연관되는 음악이 없다면, 우리는 공간에 종속된 형식들 속에서 형상들의 인과관계를 파악하지 못할 것이다. 여기서 모든 예술형식에 대해 독립적인 음악이 그 형식들에 미치는 영향에 대한 생각이 처음으로 발생한다. 더 나아가 모든 예술형식은 현실을 자신의 출발점으로 삼고, 순수한 운동으로서의 음악을 종착점으로 삼는다.

칸트의 표현에 따르면 모든 예술은 현상적인 것에서 출발하여 '실체적'인 것으로 심화된다. 쇼펜하우어의 말로 우리의 생각을 정식화하면, 모든 예술은 우리를 세계의지에 대한 순수한 관조로 이끈다. 혹은 니체식으로 말해, 모든 예술형식은 *음악정신*이 그 속에서 발현되는 정도에 따라 규정된다.[12] 아니면 스펜서의 말대로 모든 예술은 미래를 지향한다.

---

12) 〔편집자〕 니체의 《음악정신으로부터 비극의 탄생》의 제목에 대한 암시.

예술을 종교-상징적 관점에서 파악할 때 마지막 명제가 지니는 보편적 의미는 매우 중요하다.

예술을 완성도에 따라 배치한다면, 다섯 가지 주요 형식들 — 건축, 조각, 회화, 시, 음악 — 이 주어진다.

각각의 예술형식은 완전히 닫혀 있지 않다. 각각의 형식들이 지닌 고유한 요소들은 모든 형식 속에 경이롭게 얽혀 있다. 그것들은 제1층위로 부상하면서 해당 형식의 중심을 형성한다. 색채라는 요소가 회화의 중심 요소로 간주됨에도 불구하고, 비구상적 회화나 부조리한(즉, 외형적 의미를 결여한) 회화는 어느 정도 장식을 통해서만 실현된다. 한편으로 장식은 자신에게 부가된 의미로부터 얻을 이익이 전혀 없는데, 그러한 의미 없이도 민족의 개성을 표현할 수 있다. 다른 한편으로 회화에서 장식성만을 요구하는 것은 있을 수 없는 일이다. 역사적이고 장르적이며 종교적인 회화에서 우리의 주의를 끄는 것은 묘사된 것의 *의미*이다. 여기서 우리는 또한 형식에 주목한다. 우리에게는 라파엘로와 조토,[13] 산드로 보티첼리의 합리성과 영성이 중요하기도 하지만, 미켈란젤로의 형식에 탄복하기도 한다. 인과관계, 동기화 — 이는 시의 가장 중요한 요소이다. 회화에서 인과적 요소는 회화를 보다 완전한 예술인 시에 근접시킨다.

형식의 아름다움과 명료함 — 이는 회화를 상대적으로 불완전한 예술, 즉 형식의 예술과 결합시키는 고리이다. 시에서 우리는 공간적 형식과 시간적 형식에 고유한 요소들을 발견한다. 그것은 표상들과 *그것들의 교체*, 형식적인 것과 음악적인 것의 결합이다. 고유하지 않은 의미에서 시적 작품의 음악성과 별개로 고유한 의미에서 음악성을 논할 수 있다. 우리는 시어들의 특성과 배치방식에서 크고 작은 음악성들을 발견한다. 또

---

13) 〔옮긴이〕 조토 디 본도네(di Bondone, G., c1266~1337) : 이탈리아의 화가, 조각가, 건축가. 피렌체 회화의 창시자.

한 시어들의 특성과 배치방식에서 종종 자신의 고유한 시적 형상에 대한 작가의 직접적인 태도가 드러나기도 한다. 시인 혹은 작가의 스타일은 시적 형상들의 언어적 표현에 수반되는 무언의 반주(伴奏)이다. 깊이 있는 작가가 나쁜 스타일을 지닐 수 없다. 나쁜 작가에게는 스타일이 아예 없다. 스타일은 음악 반주처럼 뚜렷한 역할을 해야 한다. 구술 작품에서 시적 형상들의 음악성은 증대된다. 호메로스와 베르길리우스의 많은 대목들이 구두 낭송을 연상케 한다. 노래에서 음악적 의미는 형식적 의미를 앞지른다. 우리에게는 '무엇을 노래하는가'보다 무엇을 '어떻게 노래하는가'가 더 중요하다. 노래는 시와 음악 사이에 놓인 다리이다. 시도 음악도 노래에서 성장한다.

"역사적 관점에서, 음악은 노래에서 발전했다"라고 헬름홀츠는 자신의 저서 《청각적 감각들에 관한 교의(敎義)》에서 말한다. 14) 니체에 따르면 민요는 "우리에게 무엇보다 세계의 거울이자, 상응하는 꿈(즉, 형상)을 찾아 시로 표현하는 자생적 멜로디로서 의의를 지닌다. 그러니까 우리는 시 속에서 민요가 전력을 다해 음악을 모방하려 하는 것을 보게 된다". 15) 우리는 반주의 발전을 통해 음악적 발전의 특징과 노래에서 시작되는 음악의 향후 분립과정을 추정할 수 있다. 음악의 다양한 형식들이 이로부터 유래했다. 이러한 형식들의 통합은 비교적 최근에 교향곡과 소나타(하나의 악기를 위한 교향곡)에서 이루어졌다. 노랫말의 발전을 통해 서사적이고 서정적이며 드라마적인 모든 시 형식들이 발생했다. 디오니소스를 찬양하는 주신찬가에서 우리는 미래의 드라마와 오페라의 맹아를 본다. 오늘날 드라마는 점점 더 음악으로(입센, 마테를링크 등의 경우), 오

---

14) 〔옮긴이〕 헬름홀츠(Гельмгольц, Г.)의 저서 《음악이론의 생리학적 기초로서의 청각적 감각들에 대한 교의》(Учение о слуховых ощущениях как физиологическая основа для теории музыки, Спб., 1875)에서.

15) 〔편집자〕 니체의 《음악정신으로부터 비극의 탄생》에서.

페라는 음악극으로 향하고 있으며, 이러한 경향은 상당 정도 실현되었다
(바그너의 경우).

위에서 언급된 것으로부터 한 가지 의심할 바 없는 결론이 도출된다.
예술의 형식들은 어느 정도까지 서로 융합되고, 인접한 형식의 특성이 거
기에 침투할 수 있다. 보다 더 완전한 형식의 요소들이 덜 완전한 형식으
로 침투할 수 있고, 그것을 고양시킬 수 있으며, 그 역도 가능하다. 가령,
쉴리-프뤼돔16) 이나 호세 헤레디아17) 시들의 두드러지는 회화적 특성은
시에 냉랭함을 불어넣는다. 회화에서 두드러지는 형태묘사의 지향은 러
스킨18) 에 의해 비난받고 있다. 기독교의 확산에 따라, 공간적 형식의 예
술들에서 무게중심은 보다 더 완전한 형식으로 이동한다. 기독교의 확산
에 따라, 가장 고급한 예술인 음악은 시로부터 완전히 해방되어 독립과
발전을 이룬다. 오늘날 인간의 영혼은 기로에 서 있다. 베토벤에 이르기
까지 음악의 놀라운 성장과, 베토벤에서 바그너에 이르기까지 그 영향력
이 미치는 영역의 확장 — 바로 이것이 그러한 기로의 원형이 아니던가?

위에서 언급된 것으로부터 두 가지 확실한 결론을 내릴 수 있다.

첫째, 모든 예술의 형식적 요소들은 인접예술의 형식적 요소들로 구성
된다.

---

16) 〔옮긴이〕 쉴리-프뤼돔(Sully-Prudhomme, 1839~1907) : 프랑스 시인. '파르
나수스' 그룹 회원이었다.

17) 〔옮긴이〕 헤레디아(Heredia, J. M., 1842~1905) : 쿠바 태생의 프랑스 시
인. 소네트의 대가이자 '파르나수스' 그룹 회원이었다.

18) 〔옮긴이〕 러스킨(Ruskin, J., 1819~1900) : 영국의 작가이자 예술이론가.
예술미의 순수감상을 주장하며, 낭만파의 풍경화가인 터너를 변호하기 위해
쓴 《근대 화가론》(Modern Painters, 5권, 1843~1860) 에서 '예술의 기초는
민족 및 개인의 성실성과 도의에 있다'는 자신의 미술원리를 구축해 나갔다.
대표작으로 《건축의 칠등(七燈)》(The Seven Lamps of Architecture, 1849),
《베니스의 돌》(The Stones of Venice, 1851~1853) 등이 있다.

둘째, 모든 예술형식의 부흥은 보다 완전한 형식이 그것에 미치는 영향에 의해 좌우된다. 그 역방향의 작용은 해당 형식의 붕괴로 귀결된다.

그러나 이로부터 미적 발현의 덜 완전한 형식이 먼저 발생한다는 결론이 도출되는 것은 아니다. 모든 발현은 잠재적으로 노래 속에 유폐되어 있다. 이로부터 무한한 분화가 일어난다. 회화, 조각, 건축의 진보는 인류의 심리적 발전뿐 아니라 기술적 수단들의 발전에 좌우되었다.

모든 상위 예술이 하위 예술들을 자신의 언어로 번역함으로써 자기 안에 함유하고 있다는 것은 특기할 만하다. 그러한 의미에서 물적 소재의 예술은 회화에 포함되어 있는데, 그것은 물적 소재를 표면적으로 드러낼 수 있다는 점에서 미적 표현의 가능성 또한 얻게 된다. 시는 그 속에 현실의 모든 묘사를 포함함으로써 공간적 형식 또한 포함하게 된다. 음악은, 아래에서 확인하겠지만, 현실의 모든 가능한 조합들을 포괄한다.

오늘날 예술의 주요 형식들이 이미 규정되었음을 지적해야 한다. 그것들의 향후 발전은 가장 선두에 놓인 예술, 즉 미(美)의 모든 발현 형식에 점점 더 위력적으로 자신의 흔적을 남기는 음악과 관련된다. 오늘날 음악과 음악극은 급격하게 발전하고 있다. 예술에 미치는 음악의 영향력이 드러낼 향후 특성에 대해 생각하지 않을 수 없다. 아름다움의 모든 발현 형식들이 점차 기본 음조, 즉 음악에 대해 배음의 지위를 얻으려 하지 않을까?

그러나 미래는 알 수 없다 ….

2

모든 예술의 형식 속에 그것의 미학적 의의가 보인다. 우리는 예술의 형식을 외적 표출의 일정한 단일성에 의해 상호 연관된 미적 표현수단들로 이해한다.

수많은 시 장르에서 그러한 단일성은 언어이고, 회화에서는 색채, 음악에서는 소리, 조각과 건축에서는 물적 소재(素材)이다. 형식에 필수적인 재료의 질과 양에 관해 말할 가능성이 있다.

형식을 위한 물적 재료의 최소량이 최상의 방식으로 내용을 표현할 수 있도록 하는 것이 중요하다. 예술적 내용에 대한 표현의 완전성은 재료의 양뿐 아니라 질에도 달려 있다. 간결성은 예술의 본질적 특성이다. 너무 많이 말하는 것보다 다 말하지 않는 게 좋다. 형식과 내용은 서로 반비례 관계에 놓여 있다.

형식에 구속된 예술적 내용은 우리에게 구체적 형식들과 그것의 교체라는 외피를 쓴 채 나타난다. 예술의 몇몇 형식들은 이러한 예술적 내용을 소량의 물질적 재현을 매개로 인식할 수 있는 여지를 준다. 이들은 예술의 사명에 가장 부응하는 것들이다.

이러한 관점에서 예술의 가장 중요한 형식들을 살펴보자. 이러한 고찰의 결과로 과연 어떠한 결론이 주어질 것인가?

예술의 가장 불완전한 형식들에서 현실의 형식적 재현은 가장 충만하다. 이 형식들은 건축과 조각이다. 공간 속에서 현실의 모든 형상은 3차원으로 규정되는 지위를 차지한다. 조각과 건축에서 예술적 형상들은 다름 아닌 3차원으로 구현된다. 이러한 형식들에 대한 본질적인 고찰은 그것들이 현실을 가장 일면적으로 취한다는 것을 필연적으로 인정한다. 형식의 예술은 때로 다양하고 표현성이 두드러지는 현실의 형상들과 그것들의 교체를 고려하지 않음으로써 그 형상들의 선택의 폭 자체를 좁게 만든다. 묘사의 대상이 되는 것은 단지 현실의 몇몇 형상일 뿐인데, 더 나아가 그것은 추상적이고 관례적인 형식을 띤다.

회화에서 우리는 현실을 평면에 투사하는 데 관심이 있다. 높이와 길이, 넓이로 측정되는 공간적 형식들을 평면에 묘사하면서 우리는 바로 그것을 통해 3차원에서 2차원으로 이행한다. 여기서 우리는 현실의 외적 이상화(理想化)에 관심이 있다. 그런데 그러한 이상화는 해당 현실을 보다 확대된 규모로 묘사하는 것을 가능하게 한다. 이는 건축과 조각에서 불가능한 것이다. 공간적 표상을 평면으로 이전하는 것은 우리를 순수히 물리적 작업으로부터 상당 정도 자유롭게 한다. 그러한 물리적 작업은 건축과 조각 작품들을 구현할 때 필수적인 조건이다. 부수적인 장애들로 인해 궤도를 이탈하지 않은 내적 에너지는 그림과 벽화에 더 강하게 전달된다. 붓으로 그린 작품들 중에서 우리는 현실의 가장 예민한 정신적 측면들을 전달하는 형상들을 발견한다. 말하자면 1차원에서 벗어남으로써 현실을 미적 측면에서 전취해 낼 가능성을 획득하는 것이다. 채색(彩色)에 의한 현실의 묘사는 회화의 가장 전형적인 특징이다. 조각에서 물질을 매개로 묘사되는 현실의 형식은 종종 빛과 그림자의 유희라는 관점에서 우리의 관심을 끈다. 회화에 우리의 관심을 끄는 것은 현실의 색채적 측면이다.

예술에서 중요한 것은 예술가가 그 속에 담고자 하는 내용을 최소한의 재료로 최대한 충실하게 표현하는 것이다. 건축과 조각, 회화에서 예술적 구상의 구현을 위해 요구되는 재료의 양과 질에 대한 일관된 고찰을 통해 우리는 다음과 같은 결론에 도달했다. 즉, 예술의 공간적 형식들 가운데 가장 완전한 것은 회화이다. 그리고 회화와 건축 사이에는 조각이 자리 잡고 있다.

실제로 소량의 물감으로 우리는 개별 형상이나 일단의 형상들뿐 아니라 전체적인 사건들을 완전하게 묘사할 수 있다. 건축과 조각은 거대한 공간을 묘사할 수 없다. 회화에서는 그러한 묘사가 가능하다(예를 들어 풍경화). 외적 장애들의 축소는 창조의 자유와 직접적으로 관련된다. 내적 에너지는 이러한 장애들을 극복하는 데 낭비되지 않을 때만 구현된 형상으로 보다 충실하게 이행한다. 이 형상은 거대한 잠재력을 지닐 수 있다. 맹목적인 현실묘사는 묘사와 묘사대상의 동일시에 도달할 수 없다. 표현된 대상의 내적 진실이 묘사의 가장 중요한 대상이다. 그림 자체가 아니라, 이런저런 자연의 그림들에 의해 우리 안에 솟구치는 감정과 기분의 진실성이 제1층위로 부상해야 한다. 현실묘사에 주어진 과제에 대한 이와 같은 이해는 결코 현실에 대한 경시에서 비롯된 것이 아니라, 자연에 대한 깊은 애정에서 비롯된 것이다. 자연의 진실은 보기보다 훨씬 더 복잡하고 혼란스러운 문제이다.

묘사되는 것의 내적 진실은 다양하게 이해될 수 있다. 여러 화가들에 의해 묘사된 동일한 정경은, 에밀 졸라의 표현에 의하면, 그들의 영혼을 통해 굴절된다. 모든 화가들이 그 속에서 서로 다른 측면을 본다. 이러한 점에서 회화에서의 개인주의는 일정 정도 불가피하다. 화가들도 개별적이고 학파도 개별적이다. 모든 학파는 재능 있는 화가도 재능 없는 화가도 낳을 수 있다. 회화의 과제에 대한 문제는 학파와는 관련이 없다. 그것은 모든 학파를 초월해 있다. 아름다움에 관한 문제 역시 회화의 조류와 관련이 없다. 아름다움은 다양하고 아름다움에 대한 감정은 많은 이들이 생각하는 것보다 훨씬 더 복잡하다. "아름다운 대상들은 우리가 그것들을 아름답게 여긴다는 것을 제외하고는 서로 아무런 공통점이 없다 해도 아름다운 채로 존재한다. 이러한 이론들(즉, 아름다움의 통합을 너무 성급하게 지향하는 이론들)에 존 스튜어트 밀은 그와 같은 선고를 내렸다."[19] 이는 트로이츠키가 자신의 저서 《금세기 독일 심리학》에서 언급한 것이다. 회화는 수공예가 아니다. 그것은 사진이 아니다. 회화는 묘사되는 대상의 내적 진실에 대한 개인적 이해라는 면에서 채색사진이나 유색판화와 구별된다. 자연의 빛과 색채의 뉘앙스에 대한 연구에 생을 바친 사람들과, 아주 드물게 자연에 주의를 기울이게 된 사람들의 자연에 대한 태도가 늘 일치하는 것은 아니다. 일상적 발화는 과학적 혹은 철학적 발화와

---

19) 〔편집자〕 트로이츠키의 《금세기 독일 심리학》(Немецкая психология в текущем столетии, М., 1867, С. 212)에서.

같지 않다.

한편 우리는 우리에게 미처 이해되지 않는 예술형식을 단호히 거부한
다. 과연 여기에 나름의 철학이 있을 수 없는 것인가? 과연 우리에게 그
의미에 대한 일정한 통찰을 요구하는 예술작품은 존재할 수 없는 것인가?
예술적 관조의 심오함은 관조된 것의 묘사에 일정한 흔적을 남기지 않겠
는가? 회화의 문외한이 전시회에서 브루벨[20]과 갈렌[21]을 비웃고는 보티
첼리나 렘브란트 같은 화가의 예술작품은 깊이 통찰하겠는가? 물론, 내
심 그는 자신이 보기에 더 정확하고 생생하게 그려진 베레샤긴[22]의 민속
학적 스케치들(지성에 유용한 스케치들)을 선호한다. 그는 순진하게 라파
엘로, 렘브란트, 벨라스케스라는 반쯤 부패한 친애하는 깃발로 무장하고
새로운 예술에 대하여 출정을 선포한다. 그는 새로운 예술이 회화의 오랜
전통들의 진정한 복원일지도 모른다는 의심을 품지 않는다. 그는 아카데
미즘과 자연주의에 대항한 몇몇 예술형식의 반란을 모든 낡은 것에 대한
반란으로 받아들인다 …. 이 얼마나 거룩한 단순함인가!

형식의 예술들에서 우리는 3차원의 현실을 묘사했다. 2차원의 현실묘
사로 이행하면서 우리는 묘사되는 것의 질과 양의 면에서 많은 것을 확보
했다. 그 덕택으로 창조의 내적 에너지를 구현하는 형상으로 이행하는
것이 수월해진다. 이후의 정확성을 선험적으로 전제하면서, 우리는 시
에서 1차원(시간)에서만 묘사로 이행한다고 생각할 수 있다.

면은 2차원의 공간을, 선(線)은 1차원의 공간을 특징짓는다. 이런저

20) 〔옮긴이〕 브루벨(Врубель, М. А., 1856~1910): 러시아 화가. 주로 러시아
   민담과 문학작품에서 모티프를 취하여 낭만적이고 상징주의적인 화풍을 개척
   했다. 레르몬토프의 서사시 《악마》를 주제로 한 연작으로 유명하다.
21) 〔옮긴이〕 갈렌-칼레라(Gallen-Kallela, A., 1865~1931): 핀란드 화가. 주로
   핀란드 민중들의 삶을 엄격한 사실주의 화풍으로 그려 냈다.
22) 〔옮긴이〕 베레샤긴(Верещагин, В. В., 1842~1904): 러시아 화가. 이동파
   화가들과 유사한 사실주의 화풍을 구사했다.

런 형상의 직접적인 전달은 면에서 여전히 가능하다. 그러나 그 형상을 선에서 표현하는 것은 불가능하다. 우리가 시(詩)라는 명칭을 가진 바로 그러한 예술형식의 특성을 몰랐다면, 시적 형상들의 묘사가 지니는 평범함을 선험적으로 예언할 수 있었을지도 모른다.

시에서 가시적인 것의 직접적 묘사란 없다. 가시적인 것의 언어적 기술(記述)이 그것을 대체한다. 한 줄로 펼쳐지는 단어들의 총합은 시의 1차원성을 상징한다. 묘사하는 것보다 기술하는 것이 더 쉽다. 묘사되는 형상들을 기술로 대체하는 덕택에 시적 재현의 대상들이 될 수 있는 형상들의 영역은 현저하게 확장된다.

조각가의 창작은 묘사의 좁은 틀에 의해 상당히 마비되었다. 화가는 커다란 창작의 자유를 누린다. 그럼에도 불구하고 많은 형상들(예를 들어 별이 있는 하늘이나 밤 풍경 등)은 붓으로 표현될 수 없다. 시는 그러한 것들을 기술할 수 있다.

시인의 내적 에너지는 외적 장애로 인해 파괴되는 정도가 훨씬 덜하다. 조각가는 건축 재료의 상당량을 활용한다. 그 재료는 그의 창작의 자유를 제한한다. 화가는 이러한 재료의 보다 적은 양(아마포, 붓으로 칠하는 염료)을 사용한다. 시인은 이미 그것들을 거의 사용하지 않는다. 그렇지만 그에게는 현실의 위대한 형상을 기술할 수 있는 가능성이 주어진다. 그는 공간에 의해 위축되지 않는다. 회화는 일정 정도만 공간을 취급한다.

선의 측량은 그 위에 다른 선들, 단위로 간주되는 더 짧은 선들을 연속적으로 분절하는 것으로 이루어진다. 측량에서 나누기는 중요한 역할을 한다. 계산을 결정하는 시간적 계기들의 나열은 모든 측량의 기본이다. 모든 종류의 나누기를 통한 직접적인 측량은 1차원의 공간, 즉 선에서 가장 선명하게 이루어진다. 반면 3차원의 공간에서는 예정된 좌표가 측량에 선행한다. 측량, 즉 공간적 관계의 시간적 관계로의 전이는 그다음에 일어난다. 선은 높이와 넓이의 정의를 요구하지 않고, 단지 길이의 정의만을 요구한다. 우리는 단번에 선을 측량한다. 즉, 그것을 단번에 시간의 언어로 번역한다. 시간은 이유율(理由律)의 가장 단순한 형식이다. 선은 1차원의 공간의 상징이다. 1차원의 공간은 시의 상징이다. 1차원의 공간은 시간과 관련된다. 이로부터 우리는 순수하게 시간적 형식인 시와 음악 간의 근친성을 선험적으로 이끌어 낸다. 이로부터 또한 우리는 시에서 운동의 의의를 추정해 낸다.

실제로 표상들의 교체를 묘사할 수 있는 가능성은 시의 본질적 특성이다. 표상은 공간 없이 불가능하다. 표상의 교체는 시간을 전제한다. 시는 표상들 및 그것들의 교체를 묘사함으로써 시간과 공간을 연결하는 중요한 예술형식이다. 쇼펜하우어에 따르면 인과관계는 시간과 공간 사이를 잇는 마디이다. 시에서 인과관계는 중대한 의의를 지닌다. 이러한 의미에서 시적 묘사의 대상은 이미 현실의 어떤 특징이 아닌 모든 현실이 된다. 이러한 묘사의 넓이에 회화, 조각, 건축에 대한 시의 모든 우월성이 있다. 시간의 요소들이 등장하고, 자신의 직접성을 상실한 공간적 형상들이 또한 아른거린다. 우리는 그 시간적 교체의 의의 증대에 따라 공간적 형상들의 선명함이 빛을 잃어 가는 때에 있다. 여기서 이러한 형식의 변형과 에너지의 변형 간의 유사관계가 처음으로 도출된다. 이 경우 시는 열의 기계적 등가물처럼, 음악의 공간적 등가물로서 역할을 수행한다. 시는 공간적 형식의 예술에 음악의 정신을 불어넣는 통풍구이다. "그는 원하는 곳에서 숨 쉬고 그의 음성이 들리지만, 어디서 와서 어디로 가는지는 모른다"(〈요한복음〉). 23) 이는 모든 예술형식에 주어지는 동일한 원동력을 암시한다. 이러한 형식들에 주어진 과제들의 차이는 그들

---

23) 〔편집자〕〈요한복음〉 3장 8절의 부정확한 인용.
〔옮긴이〕 본래의 구절은 다음과 같다: "바람은 불고 싶은 대로 분다. 너는 그 소리를 들어도 어디로 불어와서 어디로 가는지 모른다. 성령으로 난 사람도 이와 같다."

의 서로 다른 성질에서 기인한다. 우리가 성냥불을 1파운드의 돌과 1파운드의 나무, 1파운드의 솜, 1파운드의 화약에 일정 시간 동안 갖다 댔을 때 그 효과는 동일하지 않다. 비록 그 열량은 동일하다 할지라도 돌은 금방 데워지고, 화약은 엄청난 에너지를 발산하며 폭발한다.

시는 시간과 공간을 연결함으로써 인과관계와 동기화의 법칙을 전면에 드러낸다. 시의 중심은 형식도 색채도 아닌, 주변 현실의 형상들로 통합되는 색채와 형식의 인과론적 교체 속에 있다. 쇼펜하우어의 다음과 같은 말을 상기하자. "물질 혹은 인과관계의 상관성은, 양자가 동일한 것이므로 지성(Verstand)이다." 칸트는 시간과 공간의 상관성을 순수감성(чистая чувствительность)으로 명명했다. 쇼펜하우어에 의하면, 세계의 관조는 지성의 발현이다. 이성(Vernunft)은 지성에 의해 직접적으로 이해된 것을 개념으로 조직한다. 이러한 개념들의 결합은 추론의 연쇄를 낳는다. 시는, 쇼펜하우어적 의미에서, 지성적이지만 결코 이성적이지는 않다(즉, 우리 식으로 말하면 오성적이지 않다). 시에서 합리성의 존재는 관조 대상과 관조 주체 사이에 존재하는 일종의 감응(отзывичвость)으로 파악될 수 있다. 소설에서 드러나듯이 감응은 개별 인물이나 전체 민족의 사회적이고 지성적인 삶을 묘사하는 시의 몇몇 형식에서 특히 강하게 일어난다. 이러한 시 형식들은 크게 발전한다. 그들의 특수한 과제는 예술의 중요한 목표를 보이지 않게 가린다. 이로 인해 경향성(тенденциозность)이 예술의 중요한 목표로 선언되는 커다란 오류가 생겨난다.

예술을 위한 예술(искусство для искусство)이라는 불안정한 원칙은 정반대의 일면성을 바로잡는 또 다른 일면성으로서 잠정적 의의를 지닌다. 이 기치 아래 진정한 예술가들이 분기했다. 이는 예술의 진정한 원칙에 대한 불명확한 인식에서 유래했다. 경향성도 그것의 부재도 보다 상위의 원칙에 의해 규정되는 개별적인 종(種)일 뿐이다.

우리에게는 시의 본질적 문제 중 하나를 규명해야 할 일이 남아 있다.

그것은 바로 다음과 같다. 합리성은 어떤 방식으로 시 속에 자신을 각인시켰으며, 그 결과 어떻게 다른 예술에도 확산되었는가?

쇼펜하우어는 이유율의 두 가지 형식의 혼합에 주목했다. "오직 개념이나 추상적 표상에 관계하는 이유율의 형식이 관조적 표상들과 실제적 대상들로 이전되며, *존재의 근거*만을 지닐 수 있는 객체들로부터 *인식의 근거*를 요구한다. 이유율이 추상적 표상들을 지배한다는 것은, 그 표상들이 각각 자신의 가치, 의미, 그리고 모든 존재를 취한다는 의미에서인데, 그 존재는 자기 외부에 있는 그 무엇, 인식의 근거에 대한 판단에서 제외된, 유일하게 진실한 것이다. 실제적 대상들, 관조적 표상들을 지배하는 이유율은 이와 반대로, *인식의 근거*의 법칙이 아니라 인과율로서 존재의 법칙일 뿐이다. 따라서 이 경우에 인식의 근거에 대한 요구는 전적으로 다른 부류의 객체에 관계하므로 의의도 의미도 없다."

현실에 대한 시적 묘사는 *인과율과 동기화의 법칙*에 종속된다. 현실에 대한 과학적 탐구는 *인식의 이유율*에 종속된다. 시적 형상들의 교체는 그것들의 논리적 근거에 대한 인식을 수반할 수도 있고 그렇지 않을 수도 있다. 비논리적 근거는 주어진 형상들의 교체가 존재할 권리를 제시한다.

그럼에도 불구하고 그 형상들의 교체가 존재한다는 사실은 종종 시적 형상들의 의의를 규정한다. 이러한 치명적인 오해는 시적 작품들의 가치를 판단하는 데 혼란을 가져온다.

우리의 삶은 많은 경우 합리적인 면이 최우선으로 대두된다. 이로부터 삶의 모든 현상들을 인식의 이유율이라는 프리즘을 통해 파악하려는 우리의 관성이 비롯된다. 우리는 예술이라는 영역이 이러한 법칙의 권한 밖에 위치한다는 사실을 잊곤 한다. 우리는 항상 예술에 본질적이지 않은 특성들을 그것에 속박시키거나, 미적인 현상들을 거부하려 한다. 전자의 경우 예술은 우리에게 뭔가 하찮고 불필요한 것이 되고, 후자의 경우 그것은 우리를 놀라게 한다. 우리는 예술의 현상을 무언가 무의미하고 비이성적이며 거의 정신착란적인 것으로 보지만, 사실 그것은 이른바 초이성적인 것이다. 예술과 충돌하면서 우리는 종종 안내자 없이 홀로 길에 남겨진 장님에 비견되곤 한다. 이때 논리적 법칙들은 그 완결성에도 불구하고 감정 체험의 영역에 관하여 아무것도 설명해 주지 못한다.

예술은 논리적인 것도 비논리적인 것도 아니며 다만 이념적인 것일 뿐이다. 이념성은 논리성의 개념도, 비논리성의 개념도 모두 자기 안에 포함한다. 이념은 예술의 유일하게 본질적인 원칙이다. 이 원칙은 형식적 원칙들을 위배하지 않으며, 그것들에 대한 아주 중요한 주석이 된다.

현실의 이런저런 측면들에 대한 직접적 표현, 이것이 예술의 공간적 형식의 영역이다. 시에서 우리는 모든 현실의 간접적 표현과 마주한다. 가장 전형적인 음악의 형식 속에서 가시적 현실은 사라진다 ….

"소리를 재료로 삼아 무엇을 표현할 것인가라고 묻는다면, 음악적 이념이다라고 대답해야 한다"라고 한슬리크는 말했다.[24]

가장 전형적인 음악의 형식은 비(非) 형상적이다. 음악은 공간적 형태들의 묘사와 아무 관련이 없다. 그것은 마치 공간을 벗어나 있는 듯하다.

현실은 우리에게 보이는 바와 같지 않다. 과학적 관점을 지지하든 철학적 혹은 종교적 관점을 지지하든, 우리는 한 가지 결론에 도달하게 된

---

24) 〔편집자〕한슬리크(Ганслик, Э.)의 《음악적 아름다움에 대하여》(О музыкально-прекрасном: Опыт проверки музыкальной эстетики, 1895, С. 33)를 보라.
〔옮긴이〕한슬리크(Hanslick, E., 1825~1904): 오스트리아의 음악가이자 음악비평가. 빈대학에서 음악사를 강의했다. 한슬리크는 음악에 대한 정서적인 반응의 중요성을 부인하고 형식주의를 강조했으며, 음악과 감정이 교류한다는 생각을 반박하여 후기 비평가들의 비난을 불러일으켰다. 대표적 논저는 《음악적 아름다움에 대하여》(Vom Musikalisch-Schönen, 1854)로서, "음향의 역동적인 형식 — 이것이 음악의 유일하고 배타적인 내용이자 대상이다"라는 그의 테제는 형식주의 음악미학의 근본원리가 되었다.

다. 그것은 우리가 알고 있는 바로 그러한 현실이 사실은 그와 다르다는 것이다.

우리는 현실의 형상들에 대한 어느 정도 주의 깊은 관조를 통해 그것들이 변하지 않는다는 확신에 도달한다. 운동은 현실의 기본 특징이다. 운동이 형상들을 지배한다. 운동이 형상들을 창조한다. 형상들은 운동에서 비롯된다.

우리를 둘러싼 세계는 우리가 만들어 낸 속임수의 그림이다. 고유한 의미에서 표상이란 없다. 다시 말해, 우리가 비록 알아채지 못한다 하더라도 그 어떤 표상의 변화가 일어나지 않는 시간의 두 계기는 없는 것이다. 오직 운동만이 존재한다. 표상은 순간적인 사진이다. 표상의 교체는 처음과 끝으로 한정되는 그와 같은 일련의 사진들이다. 인도인의 말로 하면, 세계와 우리 사이에 마야의 거짓 덮개가 펼쳐져 있는 것이다.

모든 종교에는 차안의 세계와 그보다 나은 어떤 피안의 세계 간의 대립이 존재한다.

예술 속에서 우리는 그와 똑같은 공간적이고 시간적인 형식들 간의 대립을 본다. 건축, 조각, 회화는 현실의 형상들을 다루고, 음악은 이러한 형상들의 내적인 측면, 즉 그들을 조종하는 운동을 다룬다. 한슬리크는 말했다. "악곡(樂曲)의 아름다움은 특수한 음악적 아름다움이다. 그것은 음악적 이념의 세계 밖에 존재하는 이질적인 것과의 모든 관계를 배제한, 음조들의 결합 속에 유폐된 아름다움이다…. 진실로 음악의 왕국은 현세에서 유래하지 않는다."

가장 저급한 예술형식에서 시작해서 음악에 이르기까지 우리는 현실의 형상들이 천천히, 그렇지만 확실하게 약화되는 것을 지켜보았다. 그 형상들은 건축과 조각과 회화에서 중요한 역할을 한다. 음악에서 그것들은 부재한다. 예술작품은 음악에 가까워짐으로써 깊어지고 넓어진다.

앞서 이야기한 것을 반복할 필요가 있다. 모든 예술형식은 현실을 출발점으로 삼으며, 그것의 종착점은 순수한 운동으로서의 음악이다. 혹은 칸트의 말을 빌면, 모든 예술은 '실체적인 것'으로 심화된다. 혹은 쇼펜하우어에 따르면, 모든 예술은 우리를 세계의지에 대한 순수한 관조로 이끈다. 혹은 니체의 말로 하면, 모든 예술의 형식은 음악정신이 그 속에 발현되는 정도에 따라 규정된다. 혹은 스펜서에 따르면, 모든 예술은 미래를 지향한다. 혹은 마지막으로 "진실로 음악의 왕국은 현세에서 유래하지 않는다".

오늘날 인간의 정신은 기로에 서 있다.

그 기로 너머에서, 종교적인 문제로 강하게 이끌리기 시작한다. 음악은 모든 예술의 형식에 점점 더 강하게 작용한다. 음악은 미래에 관한 것이다.

"귀 있는 자는 들을지어다 … ."

내용의 관점에서 예술을 파악할 때, 실체의 세계를 반영하는 예술로서 음악의 의의가 강조된다.

현대성과 종교의 관점에서 예술을 파악할 때, 음악은 영적인 삶의 새로운 형식을 표현하는 예술로서 주목된다.

나의 논문에서 예술 상호 간의 형식적 의존성과 그들의 연속성은 제 1층위로 부상한다. 순수한 운동으로서의 음악 — 이것이 이해의 시금석이다.

음악 속에서 운동의 본질이 포착된다. 모든 무한한 세계에서 이 본질은 동일하다. 과거에 존재했고, 현재 존재하며, 미래에 존재하게 될 세계들을 연결하는 단일성이 음악에 의해 표현된다. 무한한 생성은 점진적으로 우리를 이 본질에 대한 의식적 이해로 이끈다. 미래에 그러한 이해에 접근할 수 있기를 희망해야 한다. 음악 속에서 우리는 무의식중에 이러한 본질에 접근한다 … . 음악 속에서 미래의 완성에 대한 암시가 들려온다. 바로 그 때문에 우리는 음악이 미래에 관한 것이라고 말하는 것이다. 〈요한계시록〉에서 우리는 세계의 운명을 그리는 예언적 형상들을 발견한다. "나팔소리가 들리고, 죽은 자들이 부활하고, 우리는 변화될 것이다. …" 아르한겔의 나팔소리, 이 묵시(默示)의 음악이 우리에게 세계의 현상들에 대한 궁극적인 이해를 일깨워 주지 않겠는가?

음악은 미래에 관한 것이다….

음악은 천체(天體)의 공간과, 부분적으로 시간을 압도한다. 시인의 창조적 에너지는 자신의 이념들을 구현하기 위해 형상들을 선별하는 데 몰두한다. 작곡가의 창조적 에너지는 이러한 선별로부터 자유롭다. 이로부터 음악의 사로잡는 작용이 비롯된다. 음악의 정점은 시의 정점을 뛰어넘는다.

모든 예술에서 우리는 일정한 현상들 혹은 그들의 교체의 일정함에 주목한다. 음악에서 중요한 것은 분위기의 일정함이다. 음악에서 우리는 소리들의 결합의 일정함에 주목하는데, 그것은 몇몇 환상곡에서 그 소리들에 맞추어지는 형상들 혹은 사건들이 아니다. 일정한 분위기는 A에게 그와 유사한 분위기를 띠는 일련의 사건들에 대한 표상을 불러일으킨다. B는 공통의 사건으로 묶인 일군의 사람들을 떠올린다. C는 자연의 풍광 등을 떠올린다. 기타 등등.

만일 이 인물들이 악곡의 프로그램을 구성한다면, 해당 모티프의 의미를 이해하는 데 불일치가 눈에 띌 것이다. 그러나 이 불일치는 주어진 모티프와는 상관없다. 모티프가 불러일으킨 영혼의 운동이 모티프의 다양한 해석으로 인해 바뀌지 않을 것이다. 알려진 형상들과 사건들은 삶과 음악을 잇는 다리의 역할을 할 수 있을 것이다. 그것들은 일정한 모티프의 목적이 될 수 없다. 음악 속에서 이런저런 영혼의 운동은 그 무엇으로도 차단되지 않는다. 그것은 보편적인 성격을 띤다. 그것은 우리와 얼굴을 마주하고 있다. 다른 예술로 구현되면서 그것은 개별화된다.

다른 예술들에서 이런저런 예술적 형상들은 영적 파동을 담지한다. 형상은 우리의 영혼에 작용하는 만큼 예술적이다. 이 형상들을 관조함으로써 우리는 그 분위기에 취하게 된다.

음악에서는 그와 반대로 형상들이 존재하지 않는다. 형상들 대신 우리는 유사한 분위기를 불러일으키는 모티프를 갖게 된다.

모티프와 알려진 형상 간의 유사성의 의식은 부차적인 현상이다. 여기서 우리는 해당 형상이 소전제가 되는 연역적인 추론에 관심을 갖는다. 다른 예술에서는 간접적으로 전달되는 것이 음악에서는 직접적으로 전달된다.

한슬리크는 이에 관해 다음과 같이 말한다. "지배적인 리듬이 어떤 은밀한 첨가나 일단의 콘트라스트들에 의해 끊어져 버리는 현대의 음악작품들이 칭송되는데, 그 이유는 음악이 그 작품들 속에서 좁은 경계를 무너뜨리고 말(言)의 표현 가능성으로까지 격상되기 때문이다. 그러한 칭송은 우리에게 이중적 의미로 다가온다. 음악의 경계는 결코 협소하지 않다. 그러나 그 대신 아주 예리하게(예리하지 않은가?) 표시되어 있다. 음악은 결코 말로 격상될 수 없다. 음악적 관점에서, 격하된다고 말해야 한다. 왜냐하면 음악은 분명 말보다 훨씬 더 고양된 언어이기 때문이다."

소리들의 직접적인 비인과론적 교체에는 충분한 근거가 있다. 왜냐하면 시간 — 이유율의 가장 단순한 형식 — 은 음악의 유일하게 불가피한 조건이기 때문이다.

음악적 모티프는 유사한 분위기의 다양한 그림들을 통합한다. 그것은 이 그림들 속에 존재하는 유의미한 모든 것의 정수(精髓)를 자기 안에 품고 있다. 음악의 언어는 통합의 언어이다.

한편으로 각각의 예술 간에, 다른 한편으로 음악의 이런저런 형식적 특징들 간에 전적인 평행관계가 존재한다.

형상들의 인과론적 교체는 다양한 음들의 리듬으로 대체된다. 유럽식 음계의 7옥타브는 무지개의 일곱 빛깔에 상응한다. 재료의 질은 음의 높낮이에 상응한다. 재료의 양은 음의 강약에 상응한다, 등등. 모든 예술은 음악에서 자신과 유사한 속성을 발견한다. 그러나 음악의 언어는 예술을 통합하고 종합한다.

음악작품의 깊이와 강도는 가시적 외관을 덮고 있던 거짓 덮개가 벗겨졌음을 암시하지 않는가? 운동의 비밀들, 세계를 지배하는 본질이 음악 속에 드러난다.

우리는 총체적인 우주에 관심이 있다. 시에서 우주는 현실의 현상들에 대한 기술(記述)로 표현된다. 회화에서 그것은 현실의 시각적으로 인상적인 측면의 묘사로 표현된다. 쇼펜하우어와 니체가 강조했던, 음악과 모든 예술 간의 대립이 의미하는 것이 이제 명백해졌다. 예술의 중심이 시에서 음악으로 점점 더 큰 폭으로 이동하고 있는 것 또한 분명하다. 이러한 움직임은 우리의 문화가 성장함과 더불어 진행된다. 결국 우리는 베를렌의 반의식적인 외침을 이해한다.

무엇보다 음악에 관하여,
무엇보다, 그리고 언제나 음악에 관하여. 25)
De la musique avant toute chose,
De la musique avant et toujours.

교향악에서 현실의 가공은 종결된다. 더 이상 나아갈 곳이 없다. 그럼에도 불구하고 음악의 모든 힘과 깊이는 교향곡에서 최초로 펼쳐진다.

교향악은 오래지 않은 과거에 발전했다. 이때 우리에게 주어진 것은

25) 〔편집자〕폴 베를렌의 시〈시의 기법〉(*Art Poetique*, 1874)의 1연 1행과 8연 1행의 혼효.
〔옮긴이〕폴 베를렌(Verlaine, P. -M., 1844~1896): 19세기 프랑스 상징파의 시인. 낭만파나 고답파에서 탈피하여 음악을 중시하고 다채로운 기교를 구사했다. 세기말의 대시인으로 숭앙되었다. 생전에 발표된 시집으로《좋은 노래》,《무언가》(無言歌),《예지》등이 있다.

예술의 마지막 말이다. 가장 완전한 형식으로서 교향악에서 예술의 과제는 보다 선명하게 결정화(結晶化) 된다. 교향악은 예술이 전체적으로 나아갈 길을 제시하고, 예술의 진화의 특성을 규정하는 깃발이다.

교향악은 현상적인 현실과는 관련이 없다. 형상들은 음악에서 반성(反省)의 산물이다.

음악의 설명에 대한 요구는 총체적인 경향을 낳았다. 이러한 경향의 스타일로 쓰인 개별적인 성공한 작품들이 그 오류를 메울 수 없다.

음악의 중심은 이전과 마찬가지로 교향곡에 있다. 음악을 설명하려는 이와 같은 지향 속에서 앞서 이야기된, 시에서의 경우와 유사한 오류가 생겨난다.

음악의 깊이와 음악 속에서 외적 현실의 부재는 운동의 비밀, 존재의 비밀을 해명하는 음악의 상징적 특성으로 우리의 사고를 이끈다.

> 찰나의 암시로부터
> 삶의 심저(心底)가 솟아올랐다 ….
> 운명적 비밀이
> 말없이 떠올랐다. 26)

— 블라디미르 솔로비요프

> 예전의 순간들이 소리 없는 걸음으로
> 다가와서 문득 눈(眼)의 덮개를 벗겼다 ….
> 영원한 그 무엇, 늘 함께하는 그 무엇을 본다 ….
> 흘러간 세월은 하나의 시간처럼 …. 27)

— 블라디미르 솔로비요프

---

26) 〔편집자〕솔로비요프의 시 〈청춘의 벗에게〉(Другу молодости, 1896) 의 부정확한 인용.
27) 〔편집자〕솔로비요프의 시 〈레버넌트〉(Les Revenants, 1900) 의 일부.

여기서 예술은 학문과 똑같은 목표를 지향하는데, 그러나 이는 맞은편이나 반대편과 같은 다른 측면에서이다. 예술과 학문의 연대는 과제들을 혼합하거나 과학의 목표에 예술을 외적으로 맞추거나 방법들을 뒤섞는 것이 아니라, 학문과 예술 사이에 일정한 경계를 설정하는 것으로 귀착되어야 한다. 그러한 경계는 학문과 예술의 대립을 낳는다. 이 대립은, 우리를 우주의 인식으로 인도하는 길들의 다양성에 대한 생각을 익히게 한다.

위에서 언급된 것으로부터, 음악에의 근접성에 따라 형상들을 통해 음악의 비형상적 직접성을 전달하고자 하는 예술형식의 가치가 결정된다는 결론이 도출된다. 예술의 각각의 종(種)은 전형적이고 영원하며 시간과 장소로부터 독립적인 무언가를 형상으로 표현하고자 한다. 이러한 영원성에의 충동은 음악에서 가장 잘 표현된다. 그다음으로 형상들과 사건들의 다양한 결합들이 여기에 부합한다. 종(種)의 개념이 속(屬)의 개념에 귀속되듯이 각각의 결합은 자신의 음악적 원형에 귀속된다.

논리적 사고의 영역에서 개념의 외연과 내포는 반비례관계에 있다. 예술적 관조의 영역에서 넓이(외연)와 깊이(내포)는 마치 정비례하는 듯하다. 음악에서 우리는 모든 가능한 현실들의 결합들을 갖는다. 음악의 외연은 무한하다. 그것의 내포는 곧 가장 심오한 내포이다. 음악은 비이성적이다. 그러나 그것의 영역이 오직 감정의 영역만은 아니다.

어떤 사상가들은 이념을 개념에 맞추지 않는다. 그들은 개념을 실제적인 본질로 간주하지 않는다. 그들의 견해에 따르면 이념 속에는 추상적 요소들뿐 아니라 구체적 요소들도 담겨 있다.

예술작품의 가치는 그것의 지적 속성이나 감정적 속성만으로 결정되지 않는다.

예술작품에서 우리는 두 가지를 다 갖는다. 여기서 우리는 예술작품에 대한 모든 추론을 벗어나 있는 현상들을 본다. 우리는 이러한 현상들의 예술작품들 속에서 영원한 그 무엇을 발견한다. 그러한 영원성의 요소는

외적 조건들과 무관하게 어떤 사상가들로 하여금 그것을 이념적 요소로
서 변별하게 하는 것이 아니겠는가? 여기서 처음으로 예술의 본질은 그
것의 이념적 속성에 있다는 희미한 예감이 일어난다. 이로부터 우리는
예술가들이 자주 사용하는 표현의 의미를 이해하게 된다. 그들은 말하기
를, 대상을 보는 것만으로는 부족하고, "보는 능력이 있어야 한다". 보는
능력이 있다는 것은 형상들 속에서 그것들의 영원한 의미, 그것들의 이
념을 이해하는 능력이다. 이와 관련되는 것이 천체의 음악 아니겠는가?
그러나 예술의 이념적 속성에 대한 고찰이 우리의 과제는 아니다.

우리는 예술을 형식의 관점에서 파악한다. 우리가 예술의 이념적 속성
을 언급하는 것은 단지 형식과 내용의 관점에서 이루어지는 예술에 대한
고찰의 상호의존성 때문이다.

음악에서 이러한 의존성은 특히 뚜렷하게 나타난다. 이로 인해 우리에
게는 예술 창조에 대해 오성과 감성이 양자를 제약하는 어떤 것으로의 종
합이라는 사고가 생겨난다. 오성과 감성 간에 존재하는 이원성은 예술적
형상들을 관조할 때 사라진다. 가이벨[28] 에 따르면, 여기서 감성은 "소리
의 흐름이 솟구치고 가라앉으면서 위로 향하는 고요하고 투명한 샘물처
럼 된다".

예술에 있어 합리적 일면 혹은 감정적 일면만으로는 불완전하다는 전
제에서 유래하는 그와 같은 생각은, 예술의 이념성에 대한 사고에 더할
나위 없이 상응한다.

각각의 예술작품에서 우리는 형상과, 그 형상을 예술적인 것으로 만드
는 어떤 것에 관심을 갖는다. 《음악정신으로부터 비극의 탄생》에서 니
체는 앞에서 언급된 예술들 간의 대립, 아폴론적인 것과 디오니소스적인
것 간의 대립에 관해 자세히 살핀다. 비극에서 그는 이러한 서로 다른 종

---

28) 〔옮긴이〕 가이벨(Geibel, F. E., 1815~1884) : 독일의 시인, 극작가.

류의 원리가 적용되는 것을 발견한다. 그는 디오니소스가 인도에서 유래
했다고 추정한다. 여기서 음악이 현대 드라마에 점점 더 침투하게 될 것
임이 암시되고 있다. 우리가 깊이 확신하는바, 이러한 음악의 침투는 드
라마에 그치지 않는다. 그것은 모든 예술에 확산되고 있다. 그러한 영향
에 관한 자세한 고찰은 현대성의 관점에서 예술을 고찰하는 것과 관련되
어 있다. 이미 오래전에 모든 의미를 상실했던 '분위기'라는 표현이 오늘
날에는 대단히 유행하고 있다. 훔친 옷에서나 일어날 수 있는 일이, 더구
나 적절치 못한 때에 일어난 것이다. 사람들은 '분위기'라는 말을 어디에
적용시켜야 할지 모른다. 그것은 마치 물건에 붙어 있다가 떨어진 상표
와도 같다. 그럼에도 불구하고 '분위기'라는 표현은 심오한 의미를 품고
있다. 그것은 음악을 향한 예술의 진화를 나타낸다. 이런저런 형상의 분
위기는 그 형상의 '분위기성'(настроенность)으로, 즉 '음악적 풍조'로서
이해되어야 한다 ···. 입센의 상징적 드라마들, 이른바 *분위기극*에 심취
하게 되면, 그것들이 지닌 의미의 이중성, 때로는 삼중성에 충격을 받게
된다. 평범한 드라마들의 경우 여기저기서 알레고리가 드러난다. 그런
알레고리로 드라마의 모든 깊이가 다 규명되지는 않는다. 드라마적이고
알레고리적인 사건 전개의 배경이 되는 것은 그 드라마들의 '분위기성',
즉 음악성, 무형성, 그것들의 '무한성'(無限性)이다. 시간적인 것과 비시
간적인 것을 결합하고, 일상적 사건들 속에서 그 의미의 비일상성을 보
여 주려는 창조적 시도들이 여기저기서 발견된다. 이러한 결합의 시도들
은 음악정신으로 충만하려는 드라마의 지향에서 비롯된다. 이러한 드라
마적 특성과 음악성의 공존, 서로 다른 요소들의 결합은 필연적으로 상
징주의로 향한다.

　　메레시콥스키[29]는 상징을 다양한 것들의 단일한 것으로의 결합으로 정

---

29) 〔옮긴이〕 메레시콥스키(Мережковский, Д. С., 1866~1941): 러시아 작가,

의한다. 솔로비요프와 메레시콥스키, 그리고 다른 이들의 견해에 따르면 앞으로 우리는 현실에 대한 종교적 이해로 회귀해야 한다. 현대 드라마들의 음악성, 그들의 상징주의는 신비의식이 되려는 드라마의 지향을 가리키지 않는가? 드라마는 신비의식에서 나왔다. 30) 드라마는 신비의식으로 회귀해야 하는 운명이다. 드라마가 신비의식에 가까워지고 신비의식으로 회귀한다면, 그것은 필연적으로 극장의 무대에서 내려와 삶 속에 확산된다. 바로 여기에 삶의 신비의식으로의 변형이라는 암시가 있지 않은가?

삶 속에서 그 어떤 우주적 신비의식이 벌어질 것 같지 않은가? ….

오페라, 특히 바그너의 오페라가 바로 그러한 드라마이다. 이 드라마에서 음악성은 전이된 의미에서가 아닌 말 그대로 제 1층위로 부상한다.

바그너에게서 우리는 처음으로 의식적으로 비극에 손을 뻗은 음악가를 발견하는데, 이는 마치 음악 비극의 마지막 진화를 보다 쉽게 하려는 목적인 것 같다.

아직은 음악가인 바그너의 뒤를 이어 아직은 시인이지만 음악을 지향하는 입센의 드라마가 나타난다. 바그너가 시 쪽으로 내려간 음악가라면, 입센은 음악을 향해 올라간 시인이다. 두 사람 모두 시에서 음악으로

문예비평가, 종교철학자. 1890년대 러시아 상징주의운동을 주도했다. 러시아 상징주의 시인 지나이다 기피우스(Гиппиус, З.)와 결혼했다. 러시아 문학에서 역사소설의 새로운 장르를 개척했고 문학 비평에서 종교적-철학적 접근을 시도한 선구자였다. 대표작으로는 역사소설 3부작 《그리스도와 안티그리스도》(Христос и Антихрист Христос и Антихрист)와 《이탈리아 소설들》(Итальянские новеллы, 1895~1897), 이 밖에 《파벨. 어거스틴》(Павел. Августин, 1936)을 비롯한 수많은 역사 에세이를 썼다.

30) 〔옮긴이〕 신비의식으로서의 드라마(신비극)는 예술과 종교를 통합하려는 러시아 상징주의의 독특한 기획이다. 상징주의의 신비극은 디오니소스 신을 기리는 종교의식이자 디오니소스가 주인공으로 등장하는 드라마로서의 그리스 비극을 모델로 한다. 신비극에 참여하는 대중은 이른바 디오니소스적 황홀경을 체험하고 창조의 에너지를 얻는다.

향하는 다리를 현저히 확장시켰다.

모든 음악작품은 일련의 소리들의 진동으로 이루어진다. 귀를 통해 이러한 진동을 음들로 지각하는 것은 진동들의 관계의 단순함에 의해 결정된다. 음악에서 진동들 간의 모든 관계가 허용되는 것은 아니다. 무한히 다양한 관계들 중에서 아주 단순한 것들만을 선택해야 한다. 이러한 관계들의 선별 속에 포함된 멜로디의 표현성은 다른 예술에서 우리에게 이상화, 또는 전형성, 또는 양식화, 또는 도식화와 같은 것으로 나타난다.

뵈클린의 《죽은 자들의 섬》[31] 에서 우리를 놀라게 하는 것은 흰 옷에 싸인 인물과, 절벽, 삼나무, 어두운 하늘(또 다른 변주는 노을빛 하늘) 간의 상응이다.

이렇게 일정한 대상들만을 선택하는 것은 동종(同種)의 그 무엇을 표현하려는 지향을 표현한다. 다른 색채들, 다른 음들은 우리에게 불만족의 감정을 일깨울 것이다. 이러한 불만족은 다른 음으로의 근거 없는 이행이 불러일으키는 불만족과 일치할 것이다. 최근 들어 그 모든 불협화음에 대한 불평이 점차 더 심해지고 있다. 여기서 우리는 음악에 고유한 그 무엇을 다른 예술들로 전이시킨다. 이러한 전이는 다시 음악의 점차적인 확산과, 그것이 다른 예술들에 미치는 영향에 의해 좌우된다.

19세기에 음악은 빠르게 그리고 힘 있게 발전했다. 이제 그것은 본의 아니게 자기 자신에게 주목한다. *그것은 영향을 미친다.*

이러한 영향의 이후 특성에 대한 본의 아닌 생각이 나타난다. 예술의 모든 형식들은 기본음, 즉 음악에 대하여 점점 더 배음(背音)의 자리를 차지하려 하지 않겠는가?

그러나 미래는 알 수 없다 ….

---

31) 〔편집자〕 스위스 화가 아르놀트 뵈클린(Böcklin, A., 1827~1901)의 작품
〈죽은 자들의 섬〉(1880, 바젤미술관)을 염두에 둔 것이다.

예술의 의미 *

1

예술이란 무엇인가?

이 질문에 답하는 것은 쉽다. 혹은 거의 불가능하다.

많은 뛰어난 지성들이 예술에 대해 정의했고 앞으로도 그럴 것이다. 우리 앞에는 예술이란 무엇인가에 대한 수많은 답변이 있다. 삶에서 예술이 지니는 의미는 명확한 반면, 그것의 목적은 불명확하고 불확실하다. 우리는 모두 예술의 본질에 대한 예술가들이나 사상가들의 견해를 접했지만 종종 전혀 만족하지 못했다. 그런데 우리는 예술의 본질에 대한 이런저런 견해들이 왜 잘못된 것인지 진단할 능력이 없다. 우리는 예술에 대한 다른 정의가 너무 넓거나 너무 좁다는 것을 희미하게 이해할 수 있을 뿐이다. 전자의 경우 우리 앞에는 희미하게 말해지는 정의가 있다. 후자의 경우 몇몇 특징들의 확실한 분석이 있지만, 모든 특징은 아니다.

---

* 〔편집자〕 벨르이의 《상징주의》 195~230쪽에 처음 발표된 이 논문은 1909년 9월에 쓰였다. 작가에 따르면, 모스크바, 페테르부르크, 키예프에서 형태를 달리하며 대중 강연이 행해졌다.

삶의 문제를 어느 정도 완전히 장악한 모든 세계관들은 미학의 문제에 자리를 할당한다. 미(美)에 대한 근본 개념을 제시하지 않는 형이상학적 체계는 존재하지 않는다. 칸트, 피히테, 셸링, 헤겔, 쇼펜하우어, 하르트만, 니체 등 모든 형이상학적 철학자들이 예술에 대해 정의했다. 예술에 대한 그들의 판단은 종종 깊이와 진지함으로 구별된다. 그러나 그들의 미학은 오늘날 논박의 여지가 있거나 혹은 아예 폐기된 사상 체계로부터 출발했다는 문제가 있다. 따라서 예술의 본질에 대한 가장 깊은 시각들조차 공공연히 혹은 비밀스럽게 우리를 만족시키지 못하는 세계관들의 빛으로 채색되어 있다.

마침내 우리 앞에는 형이상학으로부터 독립된, 혹은 그것에 부분적으로만 종속된 일련의 미학들이 펼쳐진다. 그러나 그러한 미학들은 서로를 논박한다. 그것들은 미학적 현상의 분류화나 현존하는 형식의 분석에 기초한다. 이런 경우 분류화의 원칙은 예술의 바깥, 즉 당대의 사회, 윤리, 종교, 형이상학, 혹은 과학적 견해 속에 존재한다. 이러한 미학들은 미의 본질에 대한 자신의 결론에서 과학, 종교, 형이상학 등에 의존하게 된다. 모든 미학과 현실에 대한 근본적인 관념과의 연관은 불가피하다. 세계와 인간의 본성에 대한 지배적인 시각에 독립적으로 예술 현상들을 고찰하는 미학이, 그러한 시각에서 도출된 미학보다 우월하다는 것은 의심의 여지가 없다. 첫 번째 부류의 미학은 실증적 논거들에 근거한다. 두 번째 부류의 미학은 애초부터 지배적인 체계의 근본원리에 의해 규정된다. 이때 실증적 논거들은 그 논거들 간의 관계가 체계를 증명할 수 있도록 선별된다. 우리는 기지와 통찰력을 발휘하여 보편적 원리에 대한 예술의 논거들을 여러 차례 다양하게 배치한다.

그러나 독립된 미학들도 분류화를 피하지 못한다. 방법론적 원리는 분류의 원칙이 될 수 없다. 과학적이고 철학적인 방법들의 개발은 어렵다. 우리는 보편적인 결론을 내리고자 할 때 방법이 지니는 의의에 대해 점점 더 확신을 갖게 된다. 사실들의 이런저런 집합들은 그 배치방식에 따라 단일성으로 귀결되지 않는 일련의 결과들을 부여한다. 우리는 사실들 간의 논리적 연관에 따라, 혹은 상호생성(발생론적) 관계에 따라, 혹은 사실을 동반하는 (주관적-심리적) 체험 정도에 따라, 혹은 순수하게 도덕적이거나 종교적인 고려에 따라 집합을 배치한다. 결국 우리는 인과율의 법칙 자체를 보다 넓거나 보다 좁은 의미에서 선택함으로써 일련의 물리적, 물리-화학적, 역학적 관계들, 심지어 수학적 공식들을 얻게 된다. 예를 들어, 쇼펜하우어와 니체, 한슬리크, 헬름홀츠, 스펜서의 음악에 대한 전반적인 시각에는 유사점이 존재한다. 1) 이 사상가들은 모두 음악에 일차적 의의를 부여한다. 그러나 쇼펜하우어는 음악 속에서 세계의지를 발견한다. 니체는 음악을 고대 디오니소스 숭배에 귀착시킨다. 스펜서는 음악 속에서 심적 체험의 변별원리를 발견한다. 한슬리크는 음악사에 주목한다. 헬름홀츠는 일련의 수학적 계산을 생산한다. 이때 음악에 대한 정의들의 차이는 연구방법의 차이에 기인한 것이다. 쇼펜하우어는 형이상학자이고, 니체는 인문학자이며, 스펜서는 생물학자이자 사회학자이고, 한슬리크는 음악비평가, 헬름홀츠는 물리학자이자 생리학자이다. 그들의 방법이 다른 것은 당연하다. 그리고 우리가 예술에 대한 정의의 방법 자체를 비판하거나 혹은 가능한 방법들을 규정하지 않는 한, 우리는 비교의 보편적 수준을 상정하지 않을 것이다. 즉, 방법론적 결과들을 단일한 결과(방법론적이든 아니든)에 귀착시키지 않을 것이다. 우리는 언급된 사상가들이 서로 합치한다고도, 서로 갈라진다고도 말할 수 없다.

---

1) 〔옮긴이〕 본문에 열거된 사상가들의 음악에 대한 진술은 주로 다음의 저서에서 찾아볼 수 있다: 쇼펜하우어, 《의지와 표상으로서의 세계》(1819~1844), 2권 39장 "음악의 형이상학에 관하여"; 니체, 《비극의 탄생》(1872); 한슬리크, 《음악적 아름다움에 관하여. 음악미학에 관한 비평시론》(1853); 헬름홀츠, 《음악이론의 생리학적 토대로서 청각에 관한 교의》(1862).

또 다른 예가 있다. 저명한 화학자 빌헬름 오스트발트는 어느 화가에게 보내는 편지에서 미학적 인상의 전달기법과 관련하여 색채의 속성을 관찰한 것을 언급하고 있다. 여기서 그 기초가 되는 것은 시각적 인상과 화학적 속성 간의 연관성이다. 회화의 미학 역시 그런 관계로부터 도출해 낼 수 있다. 그것은 회화에서 *고요한 체험*이 격렬한 체험보다 더 아름답다고 주장했던 존 러스킨의 미학적 관점과 어떤 관련이 있는가?[2] 아니, 전혀 아무런 관련도 없다. 드가, 마네, 모네와 일본 우키요에 학파와의 관련성을 입증한 프셰스므이츠키는 러스킨과 오스트발트에 정면으로 대립한다.[3] 이들의 관계는 우선 첫째, 조용한 심적 체험을 전달하는 데

---

2) 〔옮긴이〕 벨르이는 러스킨의 다음과 같은 진술을 염두에 둔 것으로 보인다: "⋯ 강력하고 엄혹한 원시력의 현상들이나, 무시무시한 천둥벽력 혹은 회오리바람의 질주에 지고한 분의 가장 뚜렷한 특징들이 존재하는 게 결코 아니다. 신은 지진이나 화염 속이 아니라 고요하고 온화한 소리 안에 계신다. ⋯ 오직 위대하고도 겸허한 존재의 고요하고 온화한 부름 속에 심오하고 평온하며 영원한 것이 존재한다. ⋯ 고상한 목표를 지닌 예술가는 바로 그러한 것들을 연구해야 한다"〔러스킨, 《현대의 예술가들 I : 예술의 보편적 원리와 규칙》(Современные художники I : Общие принципы и правила в искусстве, М., 1901, С. 247)〕.

3) 〔편집자〕 폴란드 잡지 〈키메라〉(Chimera, 1901, No. 1)에 실린 제논 프셰스므이츠키〔Зенон Пшесмычкий, 일명 미리암(Мириам)〕의 논문을 염두에 둔 것이다. 이 논문은 일본 판화, 그리고 인상주의자들과 일본 예술의 관계에 대해 논하고 있다〔Przesmycki, Z. (Miriam). "Pro Arte. Uwagi o sztuce i kulturze". Warszawa, (б. г.) S. 323~378〕.
〔옮긴이〕 우키요에는 '일상세계의 이미지'를 뜻하는 일본어이다. 17세기 말 일본 화단에 형성된 우키요에 유파는 회화와 서예에 민주주의적인 경향을 불러일으켰다. 마타베이, 모로노부, 우타마로, 히로시게, 호쿠산과 같은 우키요에 장인들의 작품은 주로 도시의 세태와 풍경을 묘사했다. 러시아에서는 잡지 〈삶의 제문제〉(Вопросы жизни) 1905년 2월호에 우키요에 유파의 발생과 발전을 다룬 폴란드 예술학자 프셰스므이츠키의 논문 번역본이 게재되었는데, 이 논문에서 그는 19세기 후반에 나타난 일본 예술에 대한 유럽인들의 관심을 지적하면서 일련의 화가들에게 그와 같은 경향이 영향을 미쳤다고 결론짓고

유용한 화학적 성질을 지닌 안료가 발견되고, 둘째, 일본 화가들에게 경도된 드가, 모네, 마네가 회화에 대한 러스킨과 오스트발트의 견해를 인정할 경우, 즉 화학적 성질과 인상, 심적 체험, 회화사(繪畫史) 간에 연관관계가 성립될 경우 밝혀지게 될 것이다. 그러한 연관관계는 창조의 문제에 대한 방법론적 고찰 속에 방법으로만 해석될 수 없는 그 무엇이 있다고 할 경우 찾을 수 있다. 예술의 문제들에 대한 그노시스적 연구가 부재하는 한 우리는 그 무엇도 정확하게 말할 수 없다. 예술에서 진실에 대한 준비되지 않은 탐구자는 이를 감지한다. 바로 이 때문에 그는 반복하여 자신에게 "예술이란 무엇인가?"라는 질문을 하는 것이다.

사실들의 선별에 기초하는 실증미학들은 상반되는 측면에서 취약하다. 우리는 사실들의 다양성을 단일성으로 귀결시킴으로써 임의의 예술 형식을 수반하는 특수한 과제들을 비껴가게 된다. 화가는 평생 색채를 연구한다. 색채의 과제를 깊이 이해할수록 그는 색채의 과제들과 예술의 보편 문제들 간의 관련성을 더 깊이 통찰할 수 있게 된다. 음악가 역시 마찬가지이다. 음악가는 교향악의 장점이 주제의 개발이라고 규정한다. 예술의 의미에 대한 보편적인 문제보다 대위법의 특수한 문제들이 음악가에게 더 중요한 이유는 그가 편협하기 때문이 아니라, 자신에게 소중한 예술의 범위 내에서 근거를 갖고 이론가들의 딜레탕티즘을 의심할 수 있는 능력이 있기 때문이다. 언젠가 나는 음악 전문가인 한 학자에게 차이코프스키의 오페라 중 어떤 곡이 가장 마음에 드느냐고 물었는데, 그는 몹시 당황하며 다음과 같이 말했다. '*마음에 든다*'라고 얘기하는 건 간단한 일이지만, 의견을 말하기 위해서는 여러 요소들을 종합해야 하므로, 내 질

있다. 프셰스므이츠키에 따르면 드가는 "환상적이고 자유로운 결합과 구성의 믿기 어려운 대담함"을 차용했으며, 마네는 "신선함과 생기로 충만한 광채"를, 모네는 "조화롭고 눈부신 색채의 불꽃"을 빚졌다.

문에 대해서는 음악에 관한 논문으로써만 답할 수 있다는 것이다. 나는 내가 던진 질문의 단순함이 부끄러웠다. 시의 장점이란 형식 분야에서 얻어진 일련의 기법들에 적응할 수 있는 능력이라는 것을 알면서도 나 역시 이런저런 시들의 장점에 대한 다른 사람들의 피상적인 견해를 들으면서 줄곧 침묵해야만 하는 입장에 놓였기에 더욱 부끄러웠다.

예술이론가들은 동시에 전문가이어야만 한다. 만일 한 가지 예술 분야에서만 전문가라면, 그가 자신의 분야를 중시하는 것은 불가피하다. 이때 예술형식의 분류는 한쪽으로 치우치게 된다.

어떻게 예술을 정의해야 할까?

첫째, 예술에 대한 모든 형이상학적·종교적·과학적 견해를 알아야 하고, 둘째, 그러한 견해들을 비판적으로 대할 줄 알아야 하고, 셋째, 예술적 현상들을 배치하는 모든 가능한 수단들(방법론)을 고려해야 하고, 넷째, 창조의 모든 분야에서 전문가가 되어야 한단 말인가? 하지만 예술에 대한 판단들은 무한하다. 예술의 형식들은 무한하다. 이 형식들의 새로운 형식으로의 해체는 무한하다. 이제 포용할 수 없는 것을 포용하는 것이 진정으로 요구된다.

그리고 이로 인해 예술의 본질에 대한 올바른 견해가 존재할 수 없게 된다. 여기서 우리는 딜레탕티즘에 처하게 된다. 그렇다면 남는 것은 개인적인 판단의 영역이다: "나는 이게 마음에 든다…. 나는 이게 마음에 들지 않는다…." 취향에 대해서 논쟁하지 않는다. 이 경우 설교와 논문, 논저들은 더더욱 적절하지 못하다.

그리고 나는 내 논문을 독자들 앞에 발표함으로써 난처한 입장에 놓이게 되었다. 왜냐하면 내가 비록 많은 것을 읽고 많은 것을 생각하고 일정한 성과를 내긴 했지만, 이론가에게 요구했던 사항들 중 어느 하나도 스스로 만족시킬 수 없었기 때문이다.

2

 예술의 본질에 대한 문제는 해결되지 않은 채 남아 있다. 그렇지만 예술의 의미에 대해서는 이야기할 수 있다. 이를 위해 본질과 의미 간의 관계에 대해 설명할 필요가 있다.

 예술의 본질은 이런저런 미적 형식들을 통해 드러나는 절대적 원리이다. 예술의 *의미*는 그러한 원리를 목적으로 발현되는 것이다. 창조형식들의 상관관계 속에 합목적성을 찾을 수 있다. 그다음에는 보다 더 보편적인 원리들과 그러한 합목적성을 연결할 수 있다. 기억해야 할 것은 그러한 문제설정에서 미학의 의미의 심화는 불가피하게 예술을 보다 더 보편적 규범들에 종속시킨다는 점이다. 미학 속에서 초미학적 규범이 드러난다. 여기서 예술은 기술(τέχνη, 테크네)일 뿐 아니라 삶의 형식의 창조적 발견과 변형이 된다. 그러한 방향으로 나아가면서 우리는 예술의 *의미*를 수용하지 못하고, 그러한 의미 속에 수용될 수 없는 수많은 현존하는 형식들과 기법들을 접하게 된다. 따라서 예술의 의미와, 역사적으로 형성된 예술의 다양성 속에서 의미가 발현되는 형식들을 구분해야 한다. 예술형식의 진화는 변별과 통합, 그리고 다시 변별의 시대를 겪으면서 합목적성이라는 공통적 규범에 의해 조정될 수 있다. 만일 우리가 예술이 우리를 이끌고 가야 하는 최종적인 길에서부터 현재 시점까지 선을 긋고 다양한 형식들의 장점을 궁극적인 의미로써 계량한다면, 우리는 불가피하게 예술을 합리주의의 틀 속에 끼워 넣게 될 것이다.

 그렇기 때문에 **예술**의 *의미*로는 현존하는 예술의 형식들이 정의될 수 없다.

 예술의 형식들이 의미로써 정의될 수 없다면, 본질로써 정의될 수 있을까? 그러나 창조의 형식들은 예술이 자율적인 것처럼 고찰되어야 한다. 예술의 본질은 정의될 수 없다. 그러나 그 이유가 본질에 관한 문제를 해결하는 듯이 보이는 기존의 어느 정도 흥미로운 도식들을 본질 대신 제시해서는 안 되기 때문에 그런 것은 아니다. 예술의 본질에 대한 문제는 과학과 철학의 방법들로 해결할 수 없다. 왜냐하면 그 방법들로는 본질에 대한 문제들을 해결할 수 없기 때문이다. 바로 여기서 우리는 *실체에 대한 문제*와 부딪치게 된다.

실체의 개념은 현상들의 불변하는 근거에 대한 개념과 관련된다. 스피노자는 사유(мышление, 정신의 원리)와 연장(протяжение, 육체의 원리)은 신의 실체가 지니는 속성이라고 말했다.[4] 로크에 의하면, 그것은 *경험 외적으로 발생하는 실체에 대한 개념*이다.[5] 분트는 실체를 특징짓는 두 가지 지표, 즉 그것의 *무조건적 실제성*과 *경험 외적 발생*을 지적함으로써 실체의 개념을 훌륭하게 정의했다.[6] 그러나 실제적 본질로서 실체의 개념은 모순적이다. 실체가 실제적 본질이라면, *그것의 개념은 신빙성 있는 것이어야 한다.* 경험 외적 발생이라는 것은 그러한 신빙성을 의심하게 만든다. 선험철학은 실체의 존재에 대한 기본적인 개념을 *경험의 영역으로 제한한다.*[7] 경험의 내용이 실체의 개념을 규정한다. 그러나 여기서 현상들의 현존하는 본질로서 실체에 대한 관점은 무너져 버리거나 혹

---

4) 〔옮긴이〕스피노자(Spinoza, B., 1632~1677): 네덜란드 철학자. 단일한 신적인 실체의 속성으로서 정신적인 것과 육체적인 것, 사유(*thought*)와 연장(*extension*)의 동일성은 스피노자의 존재론의 중심사상으로, 이는 주요 저서 《기하학적 방식으로 다룬 윤리학》(*Ethica in Ordine Geometrico Demonstrata*, 1675)에서 정식화되고 있다.

5) 〔옮긴이〕로크에 따르면 이론적이든 실제적이든, 천부적으로 타고나는 이념이란 존재하지 않는다. 그 대신 이성의 활동 덕택에 지식의 일부로서 실체의 개념과 관련된 복잡한 혹은 보편적인 이념들이 형성된다. 로크의 《인간오성론》(*Essay Concerning Human Understanding*, 1690)을 보라.

6) 〔옮긴이〕분트의 《철학의 체계》(*System der Philosophie*, 1889)를 참조하라.

7) 〔옮긴이〕칸트의 다음 진술을 보라: "우리는 사물 속에서 오직 그들 속에 우리 스스로 이입한 것만을 선험적으로 인식한다"(《순수이성비판》).

은 실체의 개념이 항상성의 원리를 통해 질료의 개념과 융합되어 버린다. 그리하여 실체에 대한 견해들의 발전과정에서 중요한 단계가 설정된다.

실체는 이제 질료와 동일시된다. 그러나 몇몇 사상가들(쇼펜하우어, 분트 등)은 질료의 원리 자체를 인과관계와 동일시한다. 그리고 더 나아가 인과관계를 이유율(理由律)의 형식으로 파악한다. 8)

이렇게 해서 본질에 대한 질문은 논리적 법칙에 의해 미리 예정된다. 우리가 보편논리에 근거하여 이런저런 지식 영역의 논리(학문과 예술의 부분적인 논리들)를 세우는 한, 예술의 본질에 관한 문제는 결코 *예술의 내적 본질*에 주목함으로써 해결되지 않는다. 그것은 예술의 *논리*(방법론)를 구축함으로써 해결될 것이다[주해 1]. 그러나 그러한 논리가 성립되기 위해서는 보편적 논리로부터 그것의 필수적인 전제를 이끌어 내야 한다. 더 나아가 그러한 전제들을 이러저러하게 그룹 지어진 실험재료(미학적 형식의 현존)와 연결해야 한다. 우리는 실험재료들을 다양한 기법들(과학적, 윤리적, 종교적, 미학적)에 따라 그룹화해야 한다. 근원적 의미에서 예술의 본질에 대한 문제는 우리가 예술에 대한 견해를 명확히 구분지어 표현하려고 할 때 순번에서 제외된다.

본질에 대한 문제 대신 우리는 예술에 대한 방법들의 문제를 제기하고 방법들의 수량을 밝히고 방법론적 결과들을 나란히 배열해야 한다. 그런 다음 임의의 방법론적 계열을 예술의 이론적 전제와 관련지어야 한다. 그러한 사전 준비작업 없이 예술의 자유 혹은 부자유 등을 주장할 권리를

---

8) 〔옮긴이〕여기서 '이유율'이란 (공리를 제외한) 모든 판단이 그것의 진리성에 대한 근거제시에 의해 입증되어야 한다는 논리적인 원칙이다. 이유율을 최초로 정식화한 사람은 라이프니츠인데, 그는 이 법칙에 논리적인 것뿐 아니라 존재론적인 성격도 부여했다. 여기서 벨르이의 진술의 핵심은 이유율에 질료, 인과관계와 같은 범주들을 포함시킴으로써 그 법칙의 배타적인 지위를 논증하고자 하는 것이다.

가질 수 없다. 오늘날 미학의 방법론은 아직 정비되지 않았다. 예술의 특수한 논리는 아직 존재하지 않는다. 코헨과 나토르프는 특정 학문의 논리에 대해 많은 연구업적을 남겼다. 우리는 예술의 보편적인 문제들을 기대했던 경지로 끌고 갈 학식 있는 이론가들이 나타나기를 기다리고 있다. 그러나 당분간은 예술에 대해 판단할 때 조심스러워야 한다. 이것이 자신의 개념을 제시하는 이론가에게 우리가 요구할 수 있는 전부이다. 우리는 예술의 이런저런 본질을 긍정할 수 있다. 그러나 그러한 본질은 *우리의 믿음*으로 긍정되는 것이다. 실제로 믿음은, 특히 예술의 의미를 언급하면서 그것을 더욱 북돋울 경우, 직접적인 확신의 표식을 지니게 된다. 이때 우리의 종교적 *신념*(credo)은, 특히 그것이 예술적 형상 속에 발화될 경우, 자신의 권리를 행사하게 된다. 이때 우리가 상대하는 것은 *예술의 논리*가 아닌 예술적 통찰, 예술의 형이상학, 종교이다. 그러한 논리에 의해서만 미학은 일련의 인접한 방법론들로부터 하나의 독립된 분야로 주어질 수 있다.

다른 한편, 우리는 예술의 실체를 경험으로 제한함으로써 현존하는 형식들의 다양성을 실험대상으로 고찰해야 하고, 형식의 진화, 분화, 통합의 법칙을 연구해야 한다. 예술의 순수한 형식적 특징들이 점점 더 우리의 주의를 끄는 이유가 바로 여기 있다. 내용은 오직 형식 속에 정의된다. 예술의 형식 — 이것은 내용의 구현이다. 따라서 예술의 '*감각적*' 내용(그 육신)과 감각의 형식들(공간 혹은 시간) 간의 연관관계를 파악해야 한다.

모든 미학은 또한 칸트적 의미에서 선험적 미학이다. 즉, 그것은 시공간과 관련된다. 미학적 형식의 가능성의 공통적 조건들의 배치에 관한 연구는 시간과 공간 속에서의 배치에 관한 연구이다. 그래서 우리는 형식의 복잡화 속에서 내용이라는 것을 규정한다. 이런 관점에서 내용은 형식에서 도출된다. *의미*, 즉 모든 창조의 최종목적은 여기서 미학의 형식적 조건들을 이런저런 종교적 빛으로 비추는 보조수단이 된다.

예술의 엄격하게 고안된 논리(이론가들의 당면한 연구대상)가 부재하므로 우리는 어쩔 수 없이 자율적 총체인 미학영역을 인식론과 형이상학(본질상 늘 종교적인)의 영역을 통해 설명한다. 여기서 우리는 예술의 내용을 때론 형식으로 때론 *의미*로 파악해야만 한다. 전자의 경우, 우리는 논거들의 다양한 형상을 시공간의 논리적 관계들의 단일한 형상에서 이끌어낸다. 후자의 경우, 그러한 다양한 형상을 창조의 목표라는 관점에서 조명한다. 마침내 우리는 간결함을 위해 관계의 양쪽 수단을 통합한다. 즉, 예술 발전의 형식적 법칙들 속에서 상징주의적 의미를 예측한다. 그럼으로써 우리는 결코 길의 제약성에 대해 오해하지 않게 된다. 그러나 레싱에서 니체까지 모든 미학이 이러한 길을 가지 않을 수 없었다. 예술사를 포함한 예술에 대한 학문적 설명은 미학적 현상들을 결코 의미화하지 못한다. *과학도 역사도 우리에게 의미에 대해 말하지 않는다.* 오늘날 다른 방법을 찾는다는 것은 미학 분야에서 코페르니쿠스가 되는 것을 의미한다.

앞으로 나는 상술한 것에서 비롯되는 불가피한 문제들을 고찰하고, 그것들에 대한 도식적인(제약적인) 해답을 제시할 것이다.

나는 정해진 경계 안에서 정확성을 기하려고 노력할 것이다. 비록 그 경계라는 것이 제약적이라 할지라도 말이다. 이것은 나의 잘못이 아니다. 예술의 논리가 부재한 곳에서 정확할 수는 없다. 정확성은 일정한 방법의 경계 내에서만 있을 수 있다. 나는 방법론적 설명은 하지 않겠다. 나의 과제는 예술의 있을 법한 의미를 암시하는 것이다. 그렇지만 *의미와 방법은 공생할 수 없다.*

3

예술의 본질에 대한 객관적 고찰은 오늘날의 정신 속에서 일련의 방법론적 해결책을 세우는 것으로 환원된다.

방법의 정확성이 해답의 절대성을 보장하는 것은 아니다. 여기서 절대성의 조건은 방법의 개선이지 방법에 도입된 어떤 것이 아니다. *내용과 방법* 사이에는 건널 수 없는 심연이 존재한다. 이런 의미에서 예술의 본질과 관련된 문제들은 제약적이다. 그것들은 연구방법의 *발전과정*에 의거한다. 예술의 발생이 제기된 문제의 답인 것처럼 제시될 수도 있다. 그러나 예술의 유래는 예술의 의미와도 본질과도 관련이 없다. 여기서 자연과학, 심리학, 문화사, 종교사, 예술사가 자신의 권리를 행사한다. 그리하여 예술이란 무엇인가라는 질문에 대한 대답은 자연과학, 심리학 등에 의해 예술을 조명하는 것으로 끝난다. 이 문제에 대한 논의는 잠시 보류하겠다.

예술을 이해하기 위한 다른 접근방식이 존재한다. 그것은 예술이 현실에 기초한다는 명백한 사실에서 출발한다. 각각의 예술형식은 그것이 가장 충실하게 반영하는 현실의 본질적인 특징을 중심으로 정의된다.

여기서 과연 현실이란 무엇인가라는 문제가 제기된다.

순진한 의식의 소유자는 현실을 현상들의 외형적 지각 가능성과 일치시킨다. 가시적 외관과 현실이 뒤섞여 버린다. 외관의 외연과 내포가 불안정하게 변동한다. 우리가 공간 속에서 대상들을 볼 때, 생리학자는 그것들을 2차원(평면)에 고정시킨 채 3차원은 근육의 감각에 귀속시킨다.

외관 — 공간 — 이라는 전제 자체가 우리에게 조건적으로 지각된다. 우리는 공간의 필수조건으로서 연속성을 생각한다. 그러나 "운동의 연속성이라는 하나의 사실에서 곧바로 공간의 보편적 연속성이라는 결론에 도달해서는 안 된다"라고 수학자 칸토어[9]는 말한다. 가우스와 로바쳅스키,[10] 벨트라미, 푸앵카레[11]의 평행선의 교차 불가능성에 관한 견해와,

---

9) 〔옮긴이〕 칸토어(Cantor, G. F. L., 1845~1918): 러시아에서 태어난 독일계 수학자. 무한집합 이론을 정립했다.

실베스터, 클리퍼드, 헬름홀츠의 4차원 공간에 대한 견해를 상기하자. 12) 《가시적인 것의 기하학》(Геометрия видимого)에서 리드는 헬름홀츠와 맞닿는다. 제번스13)는 또 다른, 상상할 수 없는 공간 속에서 우리가 유클리드 기하학의 원리에 도달할 수 있음을 일목요연하게 입증했다. 마침내 우리는 기하학을 초월하여 인식의 형식으로서 공간에 대한 견해를 정립한다. 14)

그러나 가시적 외관이라는 조건 속에서 경계는 무조건적일 수 있다. 그리고 사실은 그렇지 않다. 스펙트럼의 경계를 설정해 보라, 당신이 설정한 것은 다른 사람들이 설정한 것과 일치하지 않을 것이다. 사이렌에서 방출되는 소리들이 점점 높아질 때, 모든 사람이 동시에 그 소리를 듣지 않으려 하지는 않는다. 시간도 마찬가지이다. 기억의 폭을 확장시키려 했던 로쉬의 경험들을 상기해 보자. 외관은 조건적이다. 그것의 경계 역시 조건적이다. 외관은 외적 현실을 덮지 못한다. 외관은 내적 현실(어떤 사람에게는 더 좁고, 다른 사람에게는 더 넓은, 체험의 세계)을 덮지 못한다.

---

10) 〔옮긴이〕 로바쳅스키(Лобачевский, Н. И., 1792~1856): 러시아의 수학자. 자신의 이름을 딴, 비유클리드 기하학의 일종인 로바쳅스키 기하학을 창시했다. 영국의 수학자 윌리엄 클리퍼드는 로바쳅스키를 '기하학의 코페르니쿠스'라고 일컬었다.

11) 〔옮긴이〕 푸앵카레(Poincare, J. -H., 1854~1912): 프랑스의 수학자, 천문학자, 과학철학자. 우주진화론, 상대성이론, 위상수학에서 중요한 기본원리를 확립한, 프랑스가 낳은 위대한 과학자 중 한 명이다.

12) 〔옮긴이〕 여기서 벨르이는 비유클리드 혹은 '허구의' 기하학에 대한 자신의 견해를 펼치고 있다. 벨르이에게 중요한 것은 "비유클리드 기하학은 상징주의 기하학이다"라는 결론이다. 열거된 이들은 다차원적 공간을 탐구한 수학자들이다.

13) 〔옮긴이〕 제번스(Jevons, W. S., 1835~1882): 영국의 경제학자, 통계학자, 철학-논리학자. 한계효용론의 창시자 중 한 사람.

14) 〔옮긴이〕 벨르이는 여기서 공간의 선험성을 제기한 칸트의 사유의 궤적을 재현하고 있다. 《순수이성비판》, 3~14절을 보라.

만일 현실이 외관으로 정의된다면, 현실은 비현실이 될 것이다. 그런데 현실이란 무엇인가? 현대 심리학의 관점에서 *현실은 있을 수 있는 경험들(외적, 내적)의 총합이다.* 인식론은 그러한 경험을 *우리 의식의 내용으로* 정의한다. 외적 경험은 시공간적 형식을 띤 내적 경험의 일부이다. 외관은 현실의 작은 부분이다.

외관은 예술을 통해 체험된다. 즉, 그것은 내적 경험에 귀속된다. 내적 경험에 대한 외적 경험의 종속은 우리에게 직접적으로 인지되지 않지만 현대 심리학과 인식론의 방법에 의해 확증되었다. *예술은 그러한 종속성을 명료하게 표현한다.*

표현방법은 예술적 상징주의이다. 그것은 외관의 형상에 대해 내적 경험의 무정형적 체험 모델처럼 대하는 자유 속에 실현된다. 자유는 형상들의 선택과 이런저런 방향으로 그것의 변형 속에 말해진다. 그러한 변형은 형상들의 변화의 방향과 일치하지 않는다. 외형을 변화시키면서 혹은 그것을 자신의 내적 체험들로 채우면서 예술가는 현실에 충실하게 된다. 왜냐하면 그는 심적 체험에도, 외관의 형상들을 구축하는 기본 도식에도 충실하기 때문이다. 외관의 형상을 변화시키면서 예술가는 본질적으로 형상의 기본 특징들을 강조한다. 그러한 강조의 방법과 외관의 기본 특징들의 묘사하는 방식은 내적 체험이 알려 준다. 따라서 외관의 경계 안에 머물면서 그리고 *마치 비현실적인 듯한* 방법들을 강구하면서, 예술가는 현실에 대해서는 리얼리스트가 되고, 동시에 외관에 대해서는 상징주의자로 변형된다.

의식의 체험된 내용은 단지 감정 혹은 의지의 과정, 혹은 사유의 과정이라는 영역으로 한정되지 않는다. 그것은 내적 감정의 형식인 시간에 종속되는, 해당 과정들의 분해될 수 없는 단일성이다. 우리의 내적 감정 속에는 내적 경험의 내용으로서의 체험에도, 그리고 가시적 현상들에도 모두 속하는 그 무엇이 있다. 이때 전자의 후자로의 귀속이 가능해진다. 오성과 관계되는 이 능력은 *오성적 개념들의 도식주의, 즉 보다 넓은 의미에서 상징주의를 낳는다.* 15) 외적 경험의 사실들과 내적 경험의 사실들 간의 상관성을 지향할 경우 이 능력은 보다 좁은 의미에서 상징주의를 낳는다. *외관의 형상들을 통한 체험 모델의 구축 과정은 상징화의 과정이다.*

　예술에 대해 그것이 사고, 감정, 혹은 의지를 표현한다고 말해서는 안 된다. 예술이란 형상화된 사유라고 말할 수 있는 근거가 점점 줄고 있다. 그렇게 말할 경우 우리는 예술에 대해 그리고 칸트에게 죄를 짓게 될 것이다. 칸트는 그 속에서 사상도, 감정도, 실천을 향한 호소도 발견할 수 있는, 정신적 과정들의 분해할 수 없는 총체로써 우리에게 말을 한다. 이로부터 예술의 형상들이 실천이성의 이념들을 표현한다고 정당하게 결론을 내린다. 그런 다음 (이미 완전히 부당하게) 이념과 경향들을 표현하는 데 예술의 의미가 있다고 결론을 내린다. 이와 같이 체험의 분해할 수 없는 총체성은 체험의 일면으로 바뀐다. 예술의 형상들은 종종 이념을 표현한다. 그러나 그러한 이념들은 흔히 (사회적, 종교적, 형이상학적) 보편성과 필연성을 띤다. 시간과 환경(관습)의 조건들은 이념으로 이해된 예술적 형상의 주변적 의미를 구성한다. 그러나 그 이면에는 보다 넓고 깊은 의미가 내비친다. 그러한 의미 없이 환경, 시간, 장소는 어떤 의의도 갖지 못한다. 이념으로서 형상을 이해하는 것은 이제 충분하지 않다. 여기서 형상은 알레고리, 즉 모델에 대한 모델이 된다(상징-형상은 체험의 모델이므로).

　이와 동일하게, 예술에서 도덕이 도출되는데, 그것은 예술형상이 의

---

15) 〔옮긴이〕 "보다 넓은 의미에서의 상징주의"라는 표현에서 벨르이가 염두에 두고 있는 것은 오성의 범주들의 도식성에 대한 칸트의 교의이다. 그것은 감정적인 표상을 오성의 범주 속에 귀속시킬 수 있는 가능성을 제공한다. 그러한 관점에서 볼 때 오성 자체는 선험적으로 주어진 표상의 다양한 내용을 일정한 통일체로 선험적으로 엮어 내고 귀속시키는 능력이나 다름없다.

지를 일깨운다는 사실에 의거하여 우리에게 고상한 행동을 실행하라고 호소한다. 그러나 의무의 정상(頂上)과 창조의 정상이 형식 면에서 동일하다고 결론을 내린다면, 그때 우리는 그러한 정상을 우리의 눈에 지나치게 근접시키는 광학적 속임수에 빠진다.

창조의 정상을 에워싼, 우리를 미혹시키는 운무가 사라진다. 운무 속에는 예술의 모든 매력과 모든 황홀함이 있다. 그것이 없다면 예술은 너무 쉽게 도달할 수 있는 것이 될 것이다. 그렇다면 예술은 도대체 무엇을 위해 존재하는가? 그것은 도덕적 명령의 전서(全書)가 아닌가?

예술의 소명은 우리 감정의 표현이라 할 때 이는 예술이 또한 감정을 표현한다는 것에 의거한다. 이때 창조의 정점은 일상적이고도 고귀한 삶의 곁을 떠다니면서 매 순간 모습을 바꾸는 구름의 정상으로 변화한다. 그리하여 우리는 완전한 카오스에 도달하게 된다.

아니다!

예술형상은 그 비탈이 이념들의 포도밭으로 덮인 산과 같다. 그 비탈에서 사람들은 새로운 포도주, 새로운 삶의 포도주를 만든다. 그러나 여기서 이념들은 포도주처럼 주어지지 않는다. 그것들은 형상에서 곧바로 얻어지지 않는다. 예술의 수용자 편에서 변형, 이해, 추측하는 작업이 필요하다. 이러한 작업은 *사후적이다*(post-factum). 형상이 주어져 있다. 그것은 포도나무이거나, 혹은 열매 없는 무화과나무이다. 아니면 그것이 *또 다른 어떤 것*인지, 오직 시간만이 결정할 수 있다. 산 정상은 감정의 구름들로 뒤덮여 있고, 그로부터 우레가 번쩍이고 천둥이 친다. 갈라진 구름 사이로 얼음에 뒤덮인 의무의 정상이 아른거린다. 그러나 그것은 하늘에 불을 내뿜는 분화구, *새로운 의무*의 비탈이 새로운 이념의 동산으로 자랄 수 있도록 이념들의 포도밭을 땔감으로 태우는 분화구가 될 수 있다. 진짜 심오한 예술작품을 평가하려면 *작업을 완수해야* 한다. 포도를 포도주로 만들고(이해하고), 감정의 카오스를 지나 추락의 위험을 무릅쓰고 의무의 정상으로 나아가야 한다. 예술의 진정한 형상, 상징-형상은 바로 이런 것에 비유된다. 화산 같은 형상의 힘은 우리 앞에 항상 새로운 가치의 절벽들을 쌓아 올린다. 한편 산의 능선은 의무의 규범이다.

예술에서 분해할 수 없는 총체적 체험은 이와 같이 표현된다. 상징의 알레고리적 의미는 그것이 표현하는 바로 그 이념들에서 유래한다. 소박한 사실주의적 의미는 줄거리, 장소, 시간, 세태에 의해 규정된다. 각각의 상징은 이해의 세 단계를 거친다. 이해의 형식은 변화한다. 저지대에서 정상으로 올라가는 길은 다양하다. 그 길들은 정상에서 모두 만난다. 길들(알레고리적 의미들)의 총합만이 상징의 *기복*을 제시한다. 각각의 시대, 각각의 민족, 각각의 개인들이 상징을 해석할 수 있다. 의미들의 총체, *더하기* 그 무엇만이 상징을 해명한다. 이것이 진정으로 상징주의적 예술작품들이 우물에 비유되는 이유이다. 그 안의 생생한 물은 다 퍼낼 수 없는 것이다.

창조는 살아 움직이는 활동과정이다. 단일한 목적을 실현하는 정신적 능력들의 총체가 거기에 투입된다. 상징만이 그러한 총체를 표현한다. 예술가의 창작활동은 상징주의에 의해서만 표현될 수 있다.

4

예술은 재료를 극복하는 일정한 방법의 도움으로 실현되는 영혼의 창조활동이다.

그러나 창조는 또한 인식이지 않은가?

인식은 창조에 포함된다. 때로 창조는 *특수한 종류의* 인식이라고 한다. 그렇게 말한다면 인식을 지식과 혼동하고 있는 것이다. 지식의 영역은 방법에 의해 구성된 이런저런 경험의 영역이다. 그것은 지식의 수단, 즉 방법을 탐구한다. 그러나 경험의 방법론적 계열의 경계는 경험의 실현

가능성의 이런저런 조건에 의해 예정된다. 경험의 조건은 경험 외적으로 발생한다. 그것은 이런저런 범주이다. 한편, 범주의 단일성이 자의식의 단일성에 있는 한, 경험 외적 범주는 언제나 오성의 범주이다. 지식에 대한 지식은 자의식, 즉 판단의식에 근거한다. 16) 그러므로 인식은 자의식일 뿐이다. 즉, 그것은 인식활동의 법칙에 대한 탐구이다. 인식은 그노시스의 영역이다. 두 개의 인식활동은 있을 수 없다. 예술이 특수한 종류의 인식이라는 주장은 직접적인 논리적 의미를 지니지 않는다. 그것은 미사여구이거나 아니면 두 영역, 즉 인식과 지식의 혼동이다. *그러한 언명의 유일한 의미는 예술이 지식이라는 데 있다. 결론적으로 예술이 자각된 과학이라는 것이다. 이 결론에서 도출되는 결론들은 모든 생동하는 예술에 치명적이다. 살아 있는 예술이 죽은 예술이 되어야 하는 것이다.* 17)

다른 한편, 예술이 인식방법이라고 주장함으로써 인식의 개념을 최상위에 두고 창조의 개념은 그로부터 끌어내리곤 한다. 그러나 *인식의 우위*를 인정함으로써 문제를 해결할 때 우리는 일련의 의혹들에 부딪힌다.

첫째, 실증과학의 영역에 머물러 있으면서 우리는 모든 과학적 규명이 현실을 현실에 관한 일련의 *개념들*로 분해하는 것을 목격한다. 현실에 대한 과학적 개념들은 우리를 보편논리적 개념들로부터 멀리 떼어 내고, 전혀 그것에 근접시키지 않는다. 과학의 특수한 논리는 개념의 특수한 부류들을 개발한다. 그러한 개념들의 인식론적 의미는 보다 명료한 게 아니라, 반대로 더 모호해진다. 방법의 보편논리적 *의미와 정확성*은 조율되지 않는다. 만일 우리가 모든 종류의 생물중심주의를 부정하고 원자를 이성의 이념으로 이해할 경우, *원자는 이성의 이념*보다 더욱 이해하기 어

---

16) 〔옮긴이〕 칸트는 대상 자체보다 대상에 대한 인식의 형태들과 관련된 인식을 선험적 인식이라고 지칭했다.

17) 〔벨르이〕 나는 여기서 "*예술은 특수한 종류의 인식이다*"라는 테제를 자세히 다루는데, 이는 요즘 이 말이 자주 들리기 때문이다.

려워진다. 경험적 해석의 조건으로서의 원자와, 인식론적 이념으로서의 원자는 전혀 별개이다. 예를 들어, 광물을 정의하기 위해 나는 그것의 화학적 구조를 알아야만 한다. 구조는 구성요소들 간의 상호관계에 의해 결정된다. 나는 구성요소들의 화학적이고 물리적인 속성들을 알아야 하고, 그것들을 원자량에 따른 체계 속에 배치해야 한다. 여기서 원자는 질량관계에 의해 규정된다. 즉, 광물 대신 일련의 질량적 관계들을 취급하게 된다. 그러나 질량 계량의 영역(정역학)은 또 한편으로 힘에 대한 표상에 의해 규정된다. 왜냐하면 균형이란 대립적으로 작용하는 두 힘의 균형이기 때문이다. 동역학의 경우 물질은 힘의 체계로 전화한다(예를 들어, 광물의 경우 이런저런 힘의 계열들의 연합으로 전화한다). 힘의 작용은 일로 정의된다. 그렇다면 그것은 *무엇의, 누구의* 일인가? 여기서 우리는 파악될 수 없는 비밀 앞에 서게 된다. 광물의 정의는 해당 광물을 통찰하지만, 파악될 수 없는 비밀로서 파악된다. 역학적 해석작업은 언제나 모델을 구축하는 일이다. 그러나 이때 모델의 *의미*(보편논리적)는 사라진다.

$Mv^2/2$ — 이는 생생한 힘의 공식이다. 이것이 과연 인식인가? 아니다, 이는 단지 조건에 대한 *지식*이다. 그렇다면, 누구의, 무엇의 조건인가? 사실의 조건인가? 그렇다면, *이와 같은* 내용의 인식의 대상은 어디 있는가? 물론 그것은 경험의 세계에도, 심지어 존재의 세계에도 없다. 에너지의 결합으로 간주되는 광물은 이념도 알레고리도 아닌, 모델이나 과학적 상징으로 전화한다. 그러므로 지식은 모델을 창조하는 일로 우리를 이끈다. 만일 현상(광물)의 기저에 상징주의적 표상이 놓여 있다면, 그 표상은 논리적으로 현상에 앞선다. 표상이 현상을 창작하는 것이다. 그러나 이때 창조된 현상 뒤에는 그것을 창작하는 근원이 있다. 이원론(현상계와 물 자체)이 이렇게 시작되며, 이제 우리는 특수한 지식의 관점에 서게 된다. 그러나 가장 보편적인 역학적 관념이 인식활동의 형식에 의해 미리 설정된 것임을 알게 될 때, 우리는 인식의 관점에 서게 된다.

물 *자체*는 대상들을 예정하는 우리의 판단의식임이 드러난다. 이렇게 판단의식은 자신의 총체적이고 필연적인 판단에 있어 이성의 법칙에 따라 조건들의 결합을 예정하는데, 이 조건들의 총체는 광물에 대한 표상을 나에게 야기시킨다. 이러한 무지(無智)가 판단의식 자체인 한, 나는 나의 판단의식의 법칙으로 회귀할 것이다. 이렇게 인식에 대한 시각이 바뀐다. 인식은 자의식이 된다.

둘째, 현대의 인식론은 인식의 개념 자체의 이면에 있는 실천적 성격을 정립한다. *인식개념은 자신의 목표를 실현해야 한다.* 따라서, 나는 무언가를 위해 그 무엇을 인식한다. 이렇게 인식행위 속에 투입된 윤리적 계기가 없다면 인식활동도, 인식활동의 대상(방법)도, 그리고 방법론적 탐구의 대상(실험대상)도 소여일 뿐이며 그 이상 아무것도 아니다. 소여로부터 그 어떤 의미도 이끌어 낼 수 없지만, 의미는 존재해야만 한다. 그렇지 않으면 인식은 무목적의 인식이 된다. 인식은 단일한 규범에 종속되는데, 이 규범은 당위이다. 그러나 당위가 공허한 형식이 아니려면 그것은 어떠한 것이든 소여와 결합해야 한다. 당위는 인식의 소여와 결합됨으로써 형이상학적 가치를 형성한다. 또한 그것은 방법과 결합됨으로써 과학적 가치를 제공한다. 당위는 외적 경험대상과 결합되어 윤리적 가치를 제공하고, 내적 경험대상(체험의 총체성을 지닌)과 결합되어 일련의 종교적 가치들을 형성한다. 당위는 체험과 형상의 단일성을 표현하는 관계들, 즉 미학적 상징들과 결합되어 미학적 가치들을 형성한다. 이렇게 미학은 윤리와 종교의 접경지대를 점한다. 오직 가치의 발현수단만이 종교와 윤리로부터 미학을 구분한다. 윤리와 미학, 종교는 과학적이고 형이상학적인 가치에 대립하여 인식의 대상들이 아닌 소여의 대상들과 관계한다. 그렇기 때문에 종교는 합목적적으로 형식화된 체험들을 통해 실현되고, 윤리는 합목적적으로 형식화된 행위를 통해, 미학은 합목적적으로 배치된 일련의 형상들을 통해 실현된다. 예술은 행위의 규범(형식적인 합목적성)과 체험의 규범(내적으로 실제적인 합목적성)의 중간지대를 점하면서 윤리와도 종교와도 구분되는 특징을 갖는다. 형상적인 합목적성은 형식적이지도, (직접적으로 종교적인 의미에서) 내적으로 실제적이지도 않다. 그래서 칸트는 예술 속에서 목적 없는 합목적성을 천재적으로 밝혀낸 것이 아니겠는가?18)

이렇게 당위와 이런저런 소여와의 결합은 가치를 낳는다. 그러한 결합의 행위, 발단은 개성의 자유로운 의지에 달려 있다. 따라서 과학적 지식도, 철학도, 윤리도, 미학도, 종교도 다양한 종류의 창조일 뿐이다. *인식은 창조에 의해 예정된다.*

창조는 인식과 마찬가지로 존재를 실현한다. 창조행위 없는 인식과 존재는 모두 모든 종류의 죽은 소여들로 이루어진 재료일 뿐이다. 그것은 세계 발생의 기원이 되는 태초의 카오스이다. 예술은 삶의 형상들을 가치의 형상들로 변형시킴으로써, 비록 그 가치들을 (종교처럼) 실현하지는 못할지라도, 그 실현의 길을 지시한다. 예술에서 시작된 것은 종교에서 끝난다.

그러므로 예술은 창조의 이념을 우리에게 주어진 삶의 형식들보다 더 명료하게 표현한다. 예술은 가치를 창조한다.

예술의 최종적인 목표는 그러므로 인류의 최종적인 목표와 합치된다. 개별적 성장의 최종적인 목표는 부분적으로 윤리에 의해 시사되지만, 그 개별적인 목표를 집단적인 것으로 변화시키는 것은 종교가 더하다. 예술

---

18) 〔옮긴이〕 칸트에 의하면 목적 없는 합목적성은 아름다운 것에 대한 판단의 특징으로서 그것은 본질적으로 인식의 경계를 뛰어넘는 인식능력의 자유로운 유희에 기초한다. "모든 것은 상상력의 자유로운 합법칙성에 따라 대상을 판단하는 능력으로서의 취향의 개념으로 귀착된다." 그와 동시에 "이상은 윤리적으로 선한 것 속에 존재한다." 또한 취향은 "감정적인 고양에서 익숙해진 도덕적인 이해관계로의 이행을 가능케 한다"(칸트, 《판단력비판》).

은 종교와 윤리와 함께 동일한 가치들의 그룹을 형성하지만 윤리보다 종교에 더 가깝다. 그러므로 예술이 제기하는 목표의 깊이에는 종교적 목표가 숨어 있다. 그 목표는 인류의 변용(變容), 새로운 형식의 창조이다. … 그것은 무엇의 형식인가? 예술의 형식인가?

그렇다면 예술의 형식이란 무엇인가?

5

예술은 창조적 활동이다. 그러나 모든 창조적 활동이 예술은 아니다. 예술은 특수한 종류의 활동이다. 그것은 일정한 외적 경험의 대상과 심적 체험 간의 연관관계를 창조함으로써 실현된다. 그러한 관계는 예술형식을 취한 외관과 현실의 결합으로 특징지을 수 있다. 이때 현실의 진실성은 예술형상의 형식 속에 포함되는 외관의 요소들의 자유로운 조합으로 실현된다. 외관은 다름 아닌 외관을 구성하는 요소들, 즉 소리, 색채, 단어 등의 재료들 덕택으로 보존된다.

여기서 예술의 형상이란 무엇인가에 대한 그노시스적 고찰은 적절하지 않다. 예술적 상징주의의 그노시스적 정당화는 현실에 대한 개념들의 근본적인 고찰 또한 수반하게 될 것이기 때문이다.

그러나 심리학적 관점에서 예술적 상징주의를 정당화하는 것은 가능하다.

회프딩에 따르면, 정신과 물질은 "단일성으로 환원될 수 없는 이원체이다".[19]

그러나 그 역으로 말할 수도 있다. 단일성으로 환원될 수 없는 이원체

---

19) 〔옮긴이〕 회프딩은 《철학 문제들》의 제1장에서 정신과 물질의 상관성을 중점적으로 고찰했다.

는 외적, 외적 용어, 내적 용어 속에 있는 그 어떤 단일성에 대한 관조의 결과로서, 여기서 현상들의 관계(a)는 그들의 기능적 의존(b)이거나 주관적, 능동적 동기화(c)이다.

창조는 의식 기능의 창조적 우위에 대한 교의의 형태를 띤 관조를 예정한다. 예술적 상징은 항상, 단일성(a)이 'b'와 'c'의 이원성을 규정한다는 것에 대한 상징이다. 예술적 상징은 항상 'abc' 삼위일체이다. 여기서 'b'는 형식의 요소들 간의 기능적 의존관계를 뜻하고, 'c'는 주관적(체험된) 종속관계, 'a'는 창작의 형상을 뜻한다. 예술가에게 'a'가 창조의 '선행적인 것'(prius, 플라톤의 이데아)인지, 아니면 '사후적인 것'(postfactum, 활동의 산물)인지에 따라 예술적 상징주의에 대한 이해가 달라진다. 'bc는 곧 a'일 때, 예술가는 이러한 단일성의 창조자가 된다. 'a는 곧 bc'일 때 단일성은 (영매와도 같은) 예술가의 활동에 의해 형상으로 실현된다. 그뿐 아니라 예술가의 형상 자체가 그 어떤 단일성(질료 + 체험)으로 구현된 것으로 볼 수 있으며, 혹은 그러한 단일성의 상징으로 볼 수도 있다. 후자의 경우, 형상으로 나타나는 'a'는 오직 'b'와 'c'의 평행일 뿐이다. 후자의 경우 형상-상징은 단일성의 표장이며, 형상은 상징의 상징이다. 삼위일체는 다음과 같이 묘사된다: $bc(a)$ (이때 괄호 안의 'a'는 'b'와 'c'의 일치에 대한, 아직 형식으로 구현되지 않은 공리이다) 그뿐 아니라 일치는 'b' — 사변이라는 외관에 근거하여, 또는 'c' — 체험이라는 현실에 근거하여 확립될 수 있다.

결과적으로 다음과 같은 상징들의 결합이 얻어진다.

① $a - bc$, ② $a - cb$, ③ $bc - a$, ④ $cb - a$,
⑤ $(a)bc$, ⑥ $(a)cb$, ⑦ $bc(a)$, ⑧ $cb(a)$

① $a - bc$. 그 어떤 실제적인 단일성(신)은 예술가에게 외관의 형상 (인간 혹은 동물의 모습)으로 계시되고, 그에 상응하는 체험을 예술가의

영혼에 불러일으킨다. 예술가는 재료(돌)에 신의 비전을 조각한다. 이때, 첫째, 예술가는 상징주의적 사실주의자이다. 왜냐하면 그에게 신은 실제이기 때문이다. 둘째, 그는 말 그대로 사실주의자이다. 왜냐하면 창작을 할 때 그는 자연 속에 주어진 형상에서 출발하기 때문이다. 종교적 우상 숭배가 바로 그러하다. 예술가는 여기서 계시된 신을 접한 신관과도 같다. 바로 그런 식으로 올림포스 신들의 예술적 형상들이 탄생했다.

② $a - cb$. 그 어떤 실제적인 단일성(신)은 예술가의 체험을 통해 그에게 계시됨으로써 신에 관한 체험을 (자신과 타인들에게) 형상으로 묘사할 필요성을 불러일으킨다. 예술가는 주어진 형상과 일치하는 자연의 형상이 존재하는지에 대해 유념하지 않으면서 재료(돌)에 신을 조각한다. 이때 예술가는 첫째, 상징주의적인 사실주의자이며, 둘째, 낭만주의자이다. 왜냐하면 창조과정에서 그는 그의 내면에서 노래하는 체험으로부터 출발하기 때문이다[주해 2]. 종교적 환상이 그러하다. 이때 예술가는 아직 외관을 갖추지 못한 새로운 세계의 예언자이다. 모든 신화에 나타나는 환상적 형상들이 바로 그와 같다.

상징주의적 창조의 앞선 두 경우는 순수히 종교적 창조에 속한다. 그러나 그것들과 다른 상징화 수단들 간에 본질적인 경계는 없다.

③ $bc - a$. 예술가는 이런저런 외관의 대상(b)에 집중한다. 이 대상은 그에게 예술적 지각을 심화시키는 그 어떤 체험(c)을 불러일으킨다. 외관의 대상은 변화한다. 예술가는 말, 혹은 색채라는 재료를 통해 체험에 의해 변화된 지각을 재현한다. 재현된 형상(a)은 그에게 그 어떤 숨겨진 본질의 계시이다. 여기서 계시는 창조 이전이 아니라 그 과정 속에서 완성된다. 예술가는 상징주의적 사실주의자인 채로 남아 있으면서, 여전히 창조된 상징을 내적 진실의 정확한 재현으로 보지 않는다. 여기서 형상은 암시이다. 그와 동시에 예술가는 자신의 형상을 통해 자연에 충실하고자 한다. 이탈리아 화가들(라파엘로)의 마돈나들, 뒤러와 홀바인 등

의 초상화들이 바로 이러하다.

④ $cb - a$. 예술가는 이런저런 체험에 집중하고, 체험은 예술적 형상을 불러일으킨다. 우리는 그 형상의 특징을 살피면서 해당 형상이 얼마나 환상적이건, 그 속에서 외관의 특징들을 접한다. 그러나 그 특징들은 독특하게 변형된 것이다. 예를 들어, 용을 보면서 우리는 두개골, 목, 날개의 구조가 실제로 존재하는 해부학적 형식들의 구조이며, 단지 그것들이 자유롭게 결합된 것임을 알게 된다. 여기서 예술적 통찰은 창조과정 속에 이루어지지만, 그 과정은 밖에서 안으로가 아니라 반대로 안에서 밖으로 진행된다. 단테가 그렇고, 몇몇 낭만주의자들이 그러하며, 화가들 가운데는 보티첼리, 고야, 브루벨이 그러하다.

살펴본 네 가지 창조의 상징화 방법은 사실주의적 상징주의로서 통합될 수 있다[주해 3]. 여기서 예술적 형상 (a) 은 그 자체로 실제적인 어떤 것이거나 그 어떤 확실한 실제의 반영이다. 여기서 상징주의의 사실주의는 예술작품이 사실주의, 고전주의 혹은 낭만주의 유파에 속하게 될지를 똑같이 관장한다. 이와 같이 상징주의적 관념의 '$a - bc$'와 '$bc - a$' 유형은 본질적으로 사실주의적이다. 반면 '$a - cb$'과 '$cb - a$' 유형은 언제나 낭만주의적이다. 창조과정의 형식들을 예술작업의 재료와의 관계 속에서 고찰할 때, 학파로서의 사실주의와 낭만주의가 학파로서의 고전주의(보다 정확하게 고답파)와 맺는 관계는 분명해진다.

상징들의 위와 같은 부류가 내포하는 의미는 명백하게 종교적이다. 그것은 예술이 본질적으로 상징적이라는 결론을 내린다. 예술은 '*그 무엇을 위한*' 연속성의 두 질서(가시적 세계의 현상들의 연속성과 체험된 의식의 연속성)를 결합하는 것이다. 이 '*그 무엇을 위한*'은 외적 경험의 세계와 내적 경험의 세계를 연결한다. 연결의 의미는 세계와 인간의 변화, 즉 새로운 형식의 창작방법에 대한 지표로서 종교적 형이상학과 신비주의를 통해 드러난다.

⑤ *(a) bc.* 내적이고 외적인 경험형식들의 단일성에 대한 규명이 부재하다. 내면적 실제의 형상은 현상계에서 제외된다. 예술가의 영혼 속에 계시의 음성은 들리지 않는다. 그에게는 단지 희미한 의식만이 있을 뿐이다. 이것이 그를 괴롭히는 이원성의 유일한 원인이다. 그 이원성은 그의 내부와 그의 주위에 있을 수 있는 최대한의 힘을 발휘하며 존재한다. 그는 온통 모순된 세계를 본다. 세계는 그의 체험과의 모순을 불러일으킨다. 그가 창조한 형상은 주어진 외형적 대상과 내적 체험의 평행을 표현할 뿐이다. 예술가의 내적 체험을 통해 외관의 형상으로 최대한 접근하는 것이 가능하다. 이러한 최대한의 접근은 *일치*이다. 그러나 그것이 가능하기 위한 조건은 내적 체험으로도, 외관에 있어서도 드러나지 않는 단일성이다. 그러한 단일성은 예술가에 의해 창조되지만, 신의 환영으로서나 이성의 이념으로서 창조되는 것은 아니다. 예술가는 범신론을 믿을 수 있고, 자기 자신을 신비주의자, 사실주의자로 부를 수 있다. 단일성의 창조는 이상주의적이다. 예를 들어, 괴테, 셰익스피어, 바이런이 그러하고, 푸시킨 역시 그러하다[주해 4].

⑥ *(a) cb.* 여기서 일치를 찾는 과정은 체험에서 출발한다. 상징주의의 이상주의적 낭만성이 이러하다. 현대 상징주의 유파의 대표자들 대부분 (가령, 베를렌, 프시브이솁스키, 마테를링크)이 그러하다.

⑦ *bc (a).* 예술가에게 형상과 체험의 단일성에 대한 표상은, 이상주의적인 것이라도, 부재하다. '*b*'를 그리면서 '*c*'에 따라 '*b*'를 정립하고, '*c*'는 창조과정에서 '*a*'를 드러내는데, 그것은 형상으로서가 아니라 구현될 수 없는 단일성에 대한 모델로서이다. 여기서 단일성이란 그 어떤 근원적인 조화를 향한 창조의 무의식적 지향이다. 이른바 사실주의라는 문학학파가 그러하다. 톨스토이, 체홉이 그러하다.

⑧ *cb (a).* 단일성에 대한 관념이 부재하다. 예술가는 모순된 내적 체험들의 카오스에 투신하여, 그 체험들의 일치를 색채, 냄새, 소리에서

발견한다. 예술적 상징(a)은 그러한 일치(단일성이 아닌)의 표현이다. 그러나 일치 자체는 단일성이라는 조건하에서만 가능하다. 보들레르, 호프만, 에드거 포가 그러하다.

또다시, 위에서 살펴본 상징의 부류처럼 창작과정에 대한 ⑤, ⑥, ⑦, ⑧번 모델에서 낭만주의, 고전주의, 사실주의적 기법들이 있을 수 있다. 그러나 과정 자체가 상징화, 즉 모델의 구축이다. 나는 상징주의적 창작의 이러한 두 번째 부류를 이상주의적 상징주의로 칭하고자 한다. 사실주의와 이상주의는 여기서 'b', 즉 외관으로서 자연에 관계되지 않으며, 'a', 즉 외관과 그것의 체험 간의 일치라는 조건과 관계된다는 점을 기억해야 한다. 창조과정의 두 번째 부류는, 사실, 정확한 의미에서 예술의 영역을 설정한다. 예술을 사실주의적 상징주의로부터 떼어 놓는 것은 예술가에게 단일성이라는 세계의 비밀을 가리는 덮개(마야의 덮개)와 같다. 여기서 신의 형상은 마치 이상주의의 베일에 가려 있는 것과 같다. 예술은 그런 식으로 은밀한 종교적 의미를 얻게 된다.

이런저런 경우에 예술의 의미는 (명백하게 혹은 은밀하게) 종교적이다. 세계, 혹은 자기 자신, 혹은 인류에 대한 종교적 태도는 모든 창조의 조건이다. 모든 상징은 'a'의 상징, 즉 단일성이다. 'b'와 'c'는 예술 창조의 발현수단이다.

그러나 'a'(단일성)는 일련의 'b'(외적 자연)와 'c'(내적 자연)를 통해 발현될 수 있다. 이에 따라 'abc' 삼위일체는 'ab'(자연의 단일성) 혹은 'ac'(체험들의 내적 자연의 단일성)의 양위일체가 된다. 첫 번째 경우 'a'는 원칙들의 단일성이다. 두 번째 경우 'a'는 인간의 지향들의 단일성(인간 속에 내재하는 신, 초인)이다. 따라서 예술의 의미를 어떤 단일성을 향한 지향으로 규정하면서 우리는 아직 그것의 고유한 의미를 정의하지 못한다. 그 의미는 'b'와 'c'의 상관관계에 대한 분석을 통해 밝혀진다. 그렇지 않으면 예술의 의미는 종교의 의미와 일치하거나, 혹은 예술은 과학의 독특한 형식이 될 것이다.

　예술의 내용은 다양하다. 이에 관해 많은 것을 이야기할 수 있다. 예술의 내용에 대한 해답은 역사적 예술의 형상들이다. 슈제트, 신화의 분류가 우리의 과제에 포함된다. 예술의 내용은 모든 현실의 내용이다. 특수한 내용이란 특수한 형식을 취한 내용이다.

　따라서 형식의 문제는 예술이란 무엇인가를 규명하는 초석이 된다.

　창조의 기법 자체가 예술의 형식이 될 수 있다. 창조과정을 연구하면서 우리는 창조과정의 몇 가지 규범을 기본적 특징들에 따라 정립한다. 이때 예술의 형식들은 규범에 의해 결정된다. 이런 식으로 예술 창조의 방법 자체를 분류하는 원리를 얻게 된다[주해 5].

　창조의 과정들 자체는 주어져 있으며, 우리는 그것들을 기술할 수 있다. 여기서 이런저런 실험이 가능하다. 창작과정들의 규범은 미학적 실험을 가능하게 하는 조건들을 미리 규정하는 실천이성의 이념들이다. 창조규범을 정립하기 위해서는 창조형식에 대한 지식이 필수적이다. 이 형식은 낭만주의, 고전주의, 사실주의적 창작형식이다. 우리는 이미 심리적으로 '*abc*' 삼위일체의 구성요소들의 결합을 고찰함으로써 그런 형식들을 대략 설정했다.[20]

　간략하게 반복하면, 모델(상징) 창조의 두 가지 형식이 존재한다. 첫째, 형상이 의식의 체험된 내용을 불러일으키고, 둘째, 체험이 형상을 불러일으킨다.

　두 번째 경우, 외관은 환영들의 세계로 이해된다. 엔돌의 신접한 여인[21]이 사무엘을 불러오듯이, 이 세계로부터 체험은 필요한 형상을 불

---

20)〔벨르이〕이 문제에 대한 보다 자세한 고찰은 별도의 논문을 필요로 한다.
21)〔편집자〕엔돌의 마녀: 《구약성서》에 따르면, 엔돌에서 온 여인이 이스라엘의 초대 왕인 사울의 주문에 따라 죽은 선지자 사무엘의 영혼을 불러내고, 사울이 블레셋과의 전투에서 패하여 아들과 함께 죽을 것을 예언한다(〈사무엘상〉 28

러온다.

첫 번째 경우, 자연의 형상 자체가 이 신접한 여인임이 드러나고, 체험은 단지 그 위에 자신의 그림자를 드리울 뿐이다.

우리는 첫 번째 경우를 고전주의적 창조라 하고, 두 번째 경우를 낭만주의적 창조라 한다.

그토록 단순 소박한 그리스의 원주(圓柱)는 기둥으로서 나무줄기에 대한 이념으로부터 생겨났다. 이것이 바로 예술형식이 자연형상에서 비롯되는 것의 범례이다. 그리스 조각상들, 레오나르도, 만테냐,[22] 미켈란젤로의 그림, 호메로스의 시, 베르길리우스 — 이 모든 것이 고전주의적 창작의 전범들이다.

그리스의 원주에 대립되는 고딕 양식은 낭만주의적 창조의 산물이다.

낭만주의와 고전주의의 형이상학은 체험된 의식의 내용과 형식에 대한 그노시스적 표상에서 비롯된다. 체험된 의식의 형식은 초개인적 주체이다. 체험된 의식의 내용은 객체이다. 예술가-고전주의자는 외관의 형식에서 출발하여 본능적으로 형식에 대한 개념을 확장시킨다. 대상의 형식은 공간 속에 주어진다. 공간은 직관의 형식이다. 판단의식의 법칙들은 자연형상에 법칙성을 명령한다. 세계의 객관적 원리로서 법칙성은 뜻하지 않게 실천이성의 황제가 된다. 반면, 예술가는 실천이성의 주체를

장을 보라).

〔옮긴이〕《구약성서》에 등장하는 이 에피소드에서, 죽음 이후의 영혼의 존재와 엔돌의 여인이 마법으로 불러낸 영의 실체(선지자의 영혼 혹은 악령)를 둘러싸고 그리스도교와 유대교에서 수많은 해석을 낳았다.

22) 〔옮긴이〕 만테냐(Mantegna, A., 1431~1506): 이탈리아의 화가, 판화가. 북부 이탈리아 최초의 진정한 르네상스 화가로 알려져 있다. 지금까지 남아 있는 그의 작품 가운데 가장 유명한 것은 두칼레 궁에 있는 카메라 델리 스포시〔*The Camera degli Sposi*, 결혼의 방(*bridal chamber*), 1474〕이다. 벽화로 장식한 이곳에서 그는 자신의 일관된 이상을 펼쳐 보였다.

통해 자기 자신을 구현한다. 그의 자아 속에 세계의 자아가 계시된다. 그는 자신의 세계의 데미우르크이다. 예술세계는 존재의 세계 속에 새로운 세계를 창조하는 원리이다.

예술가-낭만주의자는 반대로, 의식의 내용에 대한 개념을 확장시킨다. 그럼으로써 첫째, 그 개념을 통해 자신의 자아를 구현하고, 둘째, 현상계에서 그러한 자아의 반영을 발견한다. 고전주의자가 창조의 원리를 통해 자신의 자아를 구현한다면, 낭만주의자는 창조의 내용을 통해 자기 자신을 구현한다. 그의 자아 속에 세계의 카오스가 드러난다. 전자, 즉 고전주의는 육신 없는 말씀이요, 후자, 즉 낭만주의는 말씀 없는 육신이다. 전자는 자신의 영혼의 내용과 모순되고, 후자는 자신의 의식의 법칙과 모순된다. 고전주의적이고 낭만주의적 창조의 정점이 비극으로 전화한다. 이러한 모순은 창조의 형식과 내용 간의 이율배반 속에 반영된다. 이러한 모순은 또한 존재의 세계와 예술의 세계 간의 이율배반 속에 반영된다. 전자의 모순으로부터의 출구는 창조의 형식과 내용의 통일이다. 후자의 모순으로부터의 출구는 예술 창조의 형식을 삶으로까지 혹은 예술에 의한 삶의 변화로까지 확장시키는 것이다. 전자의 모순으로부터의 탈출은 예술가가 스스로를 자신의 예술형식으로 인지하고, 자신의 삶을 창조로 인지할 때 가능하다. 후자의 모순으로부터의 탈출은 삶의 종교적 변화를 통해 예술과 삶 사이의 경계를 지울 때 가능하다. 예술과, 삶의 내용과 형식 간의 단일성은 모든 상징주의의 공리이다. 예술의 의미는 오직 종교적이다.

6

창조의 산물에서 출발하면서 우리는 문자 그대로 예술형식 자체를 분석할 수 있다. 분류화의 원칙이 되는 것은 시간과 공간이라는 조건이다.

음악. 이것의 기본요소는 리듬, 즉 시간 속에서 연속성이다.

시. 이것의 기본요소는 단어를 통해 주어진 형상과 그 형상의 시간 속에서의 교체이다. 즉, 그것은 신화(슈제트)이다.

회화. 이것의 기본요소는 안료와 2차원의 공간으로 눈앞에 명백하게 주어진 형상이다.

조각과 건축. 이것의 기본요소는 3차원적 공간으로 주어진 형상이다.

이러한 네 가지 예술그룹을 시간성과 공간성의 요소에 따라 고찰하면서 우리는 한 가지 요소의 축소가 다른 요소의 확대를 가져오고 그 역도 마찬가지라는 것을 알게 된다.

이 예술그룹들은 다음과 같은 세 방식으로 나뉜다: ① 직접적 혹은 간접적으로 지각되는 예술: 음악, 회화, 건축, 조각은 소리, 안료, 소재를 통해 직접적으로 주어진다. 반면, 관례적으로 시로 명명되는 그룹(여기에는 여러 계열의 예술이 속한다)은 언어로써 구현되고, 시간과 공간은 여기서 상상 속에 주어진다(우리는 두 그룹의 종합을 시도하려는 형식으로 드라마를 구분한다). ② 예술형식은 또한 시간적인 것(음악)과 공간적인 것(회화, 건축, 조각)으로 나누어진다. 시는 시간적 요소를 공간성과 결합시키는 형식이지만, 보다 더 시간적인 예술이다. 여기서 우리는 공간성을 상상으로 창조한다. ③ 마지막으로 예술을 자연적인 것과 인공적인 것으로 나눌 수 있다. 자연적인 예술들은 삶과 (예술뿐 아니라) 직접적인 연관을 갖거나, 혹은 발생적으로 다른 예술들에 선행하는 것들로서 간접 예술에 대한 표상 자체를 낳은 예술들이다. 전자에 속하는 것은 예배의식과 신비의식(즉, 비극)이고, 후자에 속하는 것은 노래와 춤이다.

노래는 시와 순수음악을 낳았다. 춤은 음악적 리듬과 동작운동, 즉 조형적 요소들의 의의를 강조했다. 다른 한편으로 음악은 극적인 신화를 창조했다. 노래에는 'a'와 'abc' 삼위일체의 상징주의적 단일성이 담겨 있다. 여기서 'b', 즉 외관의 형상은 공간적 예술을 통해 강조되고, 'c', 즉 무형의 체험은 음악을 통해 강조된다. 따라서 관례적으로 말하자면, 음악은 (낭만주의자들도, 헤겔도 모두 지적한 바와 같이) 가장 낭만주의적 예술이고, 조각은 가장 고전주의적 예술이며, 노래는 가장 상징주의적 예술이다.

인공적인 형식들(즉, 고유한 예술들) 을 고찰하면서, 우리는 조각에서 외관의 형상에 대한 최대의 근접을 알아차릴 수 있다. 그러나 조각은 시간적 요소에서 완전히 벗어나 있으므로 묘사되는 것의 범위가 좁다. 회화에서 우리는 형상들을 이상화하면서(즉, 3차원에서 떼어 내어 2차원의 평면에 묘사함으로써) 물감을 통해, 그리고 묘사의 커다란 자유를 통해 재료를 극복한다. 그림에서 우리는 이미 시간의 도식을 갖게 된다. 칸트에 의하면, 시간의 도식이란 시각적 직선이다. 물감은 음악의 음조에 상응한다. 시에서 공간을 보다 더 이상화하면서(공간을 상상 속으로 전이시킴으로써) 우리는 모든 공간 묘사에서 더 큰 자유를 획득한다. 이와 함께 여기에는 시적 신화의 시간적 연속성, 리듬, 시어의 기악편성 등 모든 요소들이 현존한다. 마침내 교향악에서 공간적 관계는 상징적으로 (음정으로) 나타나고, 색조는 음조로써 소재의 물성(物性)은 소리의 강도로써 상징화된다. 시간은 리듬을 통해 직접적으로 구현된다.

예술의 보편형식에 대한 교의는 시간과 공간에 대한 교의에 의거해야 한다. 어떠한 형식적 부분일지라도 보편원리에서 비롯되어야 한다. 그러한 보편원리는 시간 혹은 공간이다. 음악에서 보편원리는 리듬이론이고, 시에서는 묘사방법, 리듬, 언어적인 기악편성에 대한 이론이다.

묘사방법에 대한 교의는 시에 공간적 도식(직유, 제유, 은유, 환유, 과장 등) 을 적용하는 것에 대해 논하거나, 혹은 시간적 도식(주기, 병치) 을 적용하는 것에 대해 설명한다. 리듬에 대한 교의는 시간에 기초한다. 시어의 기악편성에 대한 교의는 음악이론의 시론(詩論) 에의 적용에 근거해야 한다.

회화에서 형식에 대한 교의는 원근법에 근거한다.

창조의 세부사항들에 대한 미학적 판단에서 시간과 공간의 요소들이 지니는 의의를 규명하는 데 한 가지 실마리를 얻을 수 있다. 그러나 나는 그것은 다루지 않겠다. 마침내 우리는 이런저런 예술형식의 구성에 관여하는 재료, 즉 단어, 물감, 소리를 연구할 수 있게 되었다. 이러한 연구는 우리에게 예술성의 요소들에 대한 개념을 제공한다. 기술이 완성되어 감에 따라 예술그룹들은 점점 더 많은 수의 하위그룹으로 분화된다. 예술의 차이에는 학문의 차이와 마찬가지로 정해진 한도가 없다. 이때 실험미학은 학문의 체계일 수 있다. 그러나 학문의 체계로서 실험미학은 아직 존재하지 않는다. 정밀한 방법의 중요한 요소들은 아직 미학에 부재하다. 관찰, 기술(記述), 실험, 창조의 재료(좁은 의미의 형식)는 전혀 연구되지 않았다. 따라서 형식의 재료와, 그것의 시간과 공간과 관련된 배치 사이에는 관련이 없다.

창조의 형상은 재료를 통해 구현된다. 더 나아가 형상의 표현은 재료의 능숙한 사용에 달려 있다. 체험은 형식을 갖춘 창조의 재료를 매개로 하여, 앞에서 검토했던 'abc' 삼위일체 속에 'c'에서 'b'로 향하는(혹은 그 반대의) 다리를 놓는다. 당분간 우리는 이 재료를 연구하지 않을 것이고, 그것을 창조과정의 형식들과 규범들에 대면시키지 않을 것이다. 우리에게 예술의 특수한 의미는 아직 정립되지 않았다. 우리는 그 문제를 벗어나면서 예술과 종교 사이의 경계를 지운다.

우리는 형식이라 불리는 요소들의 총체가 우리 의식의 내용이고, 따라서 내용의 형식에 대한 형이상학적 대립은 허구적 대립이라고 말할 수 있을 뿐이다. 예술의 형식들은 그 자체로 내용을 지니고 있다. 형식 밖에서는 어떤 내용도 존재할 수 없다.

그러한 내용은 이성의 이념이 될 수 없다. 왜냐하면 이성의 이념은 형식적이기 때문이다. 이성의 이념은 결코 내용으로 정의되지 않지만, 창조의 조건들의 합목적성을 윤리적 측면에서 규정한다.

인식의 가치들의 표현 속에서 예술의 의미는 더 찾기 어렵다. 인식의 가치들은 앞에서 살펴보았듯이, 전혀 다른 가치그룹과 관련된다.

지식은 내용도, 예술형식도 될 수 없다. 왜냐하면 지식으로 이해된 예술은 창조기법을 자유롭게 사용할 수 있는 능력〔τέχνη(테크네)〕이기 때문이다. 여기서 우리는 예술을 학문으로 변화시킨다.

예술형상의 내용에 대한 통찰이라고 여겨지는 것은, 우리가 순수히 예술적 관점에 서 있는 한, 단지 우리가 형식으로 간주했던 것의 경계를 확장시키고 심화시키는 과정일 뿐이다.

그러므로 일련의 기술적 방법들 — 바로 이것이 형식에 대한 가장 협소한 개념이다. 그 내용은 마치 그러한 방법들의 이면에서 희미하게 내비치는 것만 같다. 특수한 내용이란 공간 혹은 시간 속에 통합된 기술적 방법들의 합목적적 연결이다. 우리가 형식에 대한 개념을 확장하자마자, 내용처럼 보이는 것은 또다시 우리에게서 빠져나가 형식의 경계 너머로 사라질 것이다. 그러나 우리는 형식의 경계에 대한 개념을 좀더 확장시킬 필요가 있고, 이때 내용은 창조과정의 형식임이 판명될 것이다. 즉, 내용은 체험을 외적 경험의 대상과 결합시키는 방법이라는 것이 드러날 것이다. 여기서 내용처럼 보이는 것은 역시 형식이다. 시적 형상, 멜로디, 아름다운 문장의 심오함은 창조과정에서 시간과 공간의 요소들을 배치함에 있어 합목적성의 여부에 따라 결정된다. 바로 이 때문에 음악의 명장, 한슬리크는 음악의 이념은 음악적인 의미, 즉 소리의 울림의 조화로운 결합이라는 의미 외에 그 어떤 의미도 갖지 않는다는 자신의 견해를 그토록 고수했던 것 아닐까? 바로 이 때문에 모든 시대의 시인들이 그토록 형식에 의미를 둔 것 아닐까? 바로 이 때문에 칸트는 예술을 목적 없는 합목적성이라고 정의한 것 아닐까?

우리는 가시적 형상 혹은 체험의 의미를 탐색하는 과정을 통해서만 예술의 진정한 의미를 정의하게 될 것이다. 그런데 그 의미는 종교적이다. 예술은 종교적 상징주의의 초입이다. 상징주의는 모든 교조주의에 대항하면서 자기 자신과 세계의 창조적 재창작의 이정표를 제시한다. 상징주의에서 "하늘나라는 침노를 당하나니"라는 예언의 말씀이 정당화된다.

예술은 종교적 의미 외에 그 어떤 고유한 의미도 갖지 않는다. 미학의 영역에서 우리는 형식만을 다룰 뿐이다. 예술의 종교적 의미를 부정할 때 우리는 그것의 모든 의미를 상실하게 된다. 그때 예술의 운명은 소멸하거나 아니면 학문으로 변질되는 것이다. 그러나 예술은 그것이 학문으로 간주될 경우, 언젠가 존재했던, 혹은 존재할 가능성이 있는 학문들 가운데 가장 맹목적인 것이 된다.

아니다, 예술은 그 어떤 종교적 교리에도 종속되지 않는다. 반대로, 생동하는 창조과정 속에서 종교의 상징들이 창조된다. 그리고 그다음에야, 죽으면서, 그것들은 교리가 된다.

체험된 예술형상의 의미는 (정의되는 것이 아니라) 우리 안에 반영될 것이다. 예술의 의미는 우리의 개성의 본성을 재창조하는 것이다. 그러나 임의의 형상이 일련의 기술적 방법들을 통해 나무랄 데 없이 구현될 때, 그때에만 그 형상의 의미가 우리 안에 반영될 것이다.

현재라는 조건 속에서 인류에게 가능한 것은 예술 창조의 비밀에 대한 내적, 논리적으로 규정되지 않는 언급뿐이다. 창조형상들의 분석은 오직 일련의 형식들만을 제공한다.

아마 인류의 본성의 변화가 현존하는 예술을 형식의 권력으로부터 해방시킬 수도 있다. 그때는 전혀 상상할 수 없는 예술이 출현할 것이다.

지금 음악은 여전히 음악으로 조각은 여전히 조각으로 남아 있으며, 예술의 종교적 본질에 대한 침묵 어린 언급만이 가능하다.

예술의 종교적 의미는 밀교(密敎)적이다. 이때 예술의 내용은 변화된 삶에 대한 내용이다. 이러한 삶을 향해 예술은 부르짖는다.

그러나 아직 때가 되지 않았는데, 과연 우리가 상징을 통해 일어나는 그러한 개성의 변화의 진정한 의미를 알고 있다고 말할 수 있을까? 그런 유의 예언은, 만일 그것이 분명하다면, 좋지 않은 예언이다. 그것은 종교적 비밀을 모욕하고 예술을 파멸시킬 것이다.

그러므로 현존하는 미학의 과제는 예술의 의미를 지적하는 것이 아니라 예술의 형식을 분석하는 것이다.

7

상징주의는 예술학파들만이 아니라 예술형식들에도 방법론적 토대를 제공한다. 상징주의는 예술을 동결된 자족적 형식이 아닌 우리를 이런저런 형식 혹은 이런저런 학파로 이끄는 일정한 방법론적 기법들의 결합으로 간주한다. 이런저런 예술학파의 경우 우리의 방법론적 결과에서 출발하여 방법의 인지로 향한다면, 상징주의의 경우 일정한 접근방법으로 인도하는 창조의 에너지 자체에서 출발한다. 상징주의는 이런저런 학파의 교조주의자들에게 방법에 본질이 있는 게 아니라는 것을 알려 준다. 상징주의는 현존하는, 혹은 가능한 방법론적 형식들의 모든 학파들을 제시한다. 우리는 방법을 다만 수단으로 간주하기 시작한다. 예를 들어 사실주의학파의 방법은 경험적 현실의 묘사이다. 사실주의는 그 방법을 목표로 변화시킨다. 상징주의이론은 예술에서의 사실주의, 낭만주의, 고전주의의 전제들을 분석함으로써 각각의 형식의 목적을 수단으로, 창조의 에너지를 구현하는 기술적 방법으로 변화시킨다. 상징주의는 자신의 현 발전단계에서 창조의 원천, 즉 체험의 에너지를 규범과 형식의 권력으로부터 해방시킨다. 여기서 이론적 토대는 이런저런 미학이 아닌 과학적 심리학의 자료들이다. 심리적 활동 — 감정, 의지, 사고 — 의 단일성은 그 역시 창조적 상징이 되는 생생한 형상-모델 속에 포함되어야 한다. 그러므로 예술적 상징은 이념을 표현하지만, 그것은 이념으로 다 설명될 수 없다. 상징은 감정을 표현하지만, 감정으로 환원되지 않는다. 의지를 불러일으키지만, 명령의 규범으로 전화되는 것은 아니다. 예술의 생생한 상징은 수 세기 역사에 걸쳐 자기 안에 다양한 감정과 이념들을 굴절시킨다. 상징은 이념, 감정, 의지의 총체적 계열의 잠재력이다. 이로부터 상징의 삼항식이 다음과 같이 전개된다: ① 외관의 형상으로서의 상징. 주변 현실을 통해 잘 알려진 해당 형상의 구체적 특징들로써 우리의 감정을 일깨운다. ② 알레고리로서의 상징. 철학적·종교적·사회적 의미를 포함하는, 형상의 이념적 의미를 표현한다. ③ 삶의 창조를 향한 호소로서의 상징. 그러나 상징적 형상은 첫째도, 둘째도, 셋째도 아니다. 그것은 의식의 체험된 내용의 살아 있는 총체이다. 이와 같은 상징에 대한 삼항식의 이해에 의거할 때 예술가들의 상징체계의 다양성을 납득할 수 있다. 예술가는 자신의 지적이고 도덕적인, 혹은 감성적인 자산에 의지하여 상징을 창조하면서, 자신의 창조작업과 병행하여 이런저런 상징을 정신활동에 의해 의식한다. 예를 들어, 묵시록의 형상들은 현실에 대한 감각적 지각의 풍부함을 분명하게 표현하는 상징들이다. 현실에 대한 감각적 지각의 풍부함은 형상의 상징적 총체성을 직접적으로 에워싼다. 반대로, 오딜롱 르동[23]의 환상적인 작품이나 마테를링크의 드라마는 이념-철학적이고 형상적 내용이 극도로 빈약한 상징들이다. 해독(解讀) 작업, 즉 상징을 알레고리로서 이해하는 작업은 우리의 몫이다. 그럼에

---

23) 〔옮긴이〕 오딜롱 르동(Redon, O., 1840~1916) : 프랑스의 화가, 판화가. 프랑스 상징주의 회화를 대표하는 화가이다. 환상적인 존재들의 세계를 창조함과 동시에 그 속에 사실적인 디테일들을 부가하여 꿈과 현실이 융합되는 효과를 만들었다. 〈꿈의 세계에서〉(1879), 〈에드거 포〉(1882), 〈밤〉(1886), 〈성 요한의 묵시록〉(1889) 등의 석판화를 남겼다.

도 불구하고 그것은 상징이다. 경험론의 계곡과 산의 정상에서 빛나는 찬란한 햇빛 사이에서 성장한 이데올로기의 절벽이 우리 앞에 니체, 입센의 상징들을 높이 들어 올린다. 니체는 상징주의자인데, 무엇보다 자신의 저작에서 상징주의자이다. 그러나 그는 또한 심오한 의식을 소유한 인간으로서, 자신의 저작에서 상징과 나란히 일련의 알레고리들을 구축하지 않을 수 없었다. 심지어 그는 알레고리들을 여러 이념-철학적 경향으로 분해시킨다. '초인', '영원회귀', '행복한 자들의 섬', '차라투스트라의 동굴' ─ 이는 종교-예술적인 상징일 뿐이다. 그리고 바로 여기에 니체의 모든 힘이 있다. 이 상징들은 알레고리의 그 얼마나 풍부한 재료를 제시하는가! 그리고 이 알레고리들은 그 얼마나 손쉽게 이런저런 철학적 일반화를 생산하는가! 이러한 상징의 의미해독의 손쉬움이 니체에게 철학자의 영예를 선사했다. 그러나 엄정한 방법론적 탐구에 의해 니체의 특징인 현란함을 결코 용납하지 않는 현대 신칸트주의의 관점에서, 니체가 대체 무슨 철학자란 말인가?

종종 예술가-상징주의자는 세 가지 상징구조 중 한 가지 요소에 집중한다. 상징구조는 다음과 같다: ① 형상(육신), ② 이념(말씀), ③ 이념과 형상을 모두 예정하는 생생한 관계(육화된 말씀). 예를 들어, 세 가지 공식의 첫 번째 요소의 이상 비대를 보이는 예술가-상징주의자는 브류소프이다. 두 번째 요소의 이상 비대를 보이는 예술가-상징주의자는 니체와 입센이다. 그 모든 의미가 형상도 아니고 이념도 아닌 형상-이념에 있는 경우의 예술가-상징주의자는 블록이다. 세 가지 공식의 각각의 요소가 관계 맺는 방식은 상징주의적 창조의 다양한 방법을 창출한다.

낡은 예술과 새로운 예술의 형식들을 연구하면서 우리는 그런 형식들이 체험을 형상으로 구현하는 방법의 영향뿐 아니라, 이상적으로 구현된 환상적 형상을 지각 가능한 실제〔입상(立像), 그림, 두루마리에 적힌 시〕로 전이시키는, 현실의 감각적 재료〔물감, 대리석, 현(絃)〕의 영향 아래에서도 결정화되었다는 것을 알게 된다. 방법이 창조의 에너지를 형식화한다면, 형식화된 창조는 조야한 형식을 취하게 된다. 공간과 시간, 그리고 그 속에 포함된 재료의 관점에서 예술을 분류하는 이 형식은 예술 분류의 출발점이 된다. 창조는 방법으로 나타나고, 방법은 형식으로 나타난다. 형식은 창조의 에너지를 응결시킨다. 그리고 예술의 굳건한 바위를 창조한다. 형식은 분화되어 왔고, 기술은 발전되어 왔다. 상징은 창조 에너지의 표현으로서 특화되고 고립된다. 그리하여 예술의 세계가 탄생했다. 창조는 태양신 아폴론에 대한 신화를 만들었다. 조각술은 대리석으로 아폴론을 조각했다. 그리하여 우상이 탄생했다. 예술은 그렇게 대리석으로 된 신을 숭배했다. 이렇게 예술을 위한 예술이 생겨났다. 이제 우리는 구현의 감각적 재료들, 즉 물감, 소리, 소재에 근거해서 예술의 과제를 정하는 데 익숙해졌다. 미학 구성을 위한 이 모든 요소들은 거대한, 순수과학적 의의를 지닐 수 있을 것이다. 소리와 색채의 본성과 물성의 법칙을 연구함으로써, 화음의 법칙을 연구함으로써 우리는 과학적 미학의 근거를 갖게 될 것이다. 그러나 그와 같은 미학은 아직 존재하지 않는다. 다른 일이 벌어졌다. 미학적 현상들의 분류는 형이상학의 숙명이 되었다. 형이상학은 예술을 이런저런 이데올로기적 개념에 종속시키면서 형이하학적 기호들, 예를 들어 아폴론 석상과 미켈란젤로의 그림 속에서 그 확증을 찾고자 했다. 자신의 영혼 속에 영감이 떠오른 순간부터 그 영혼을 그림으로 구현한 미켈란젤로의 최후의 붓질까지 창조과정을 연구하는 것을 과제로 삼는 대신, 형이상학은 구현과정을 생략했다. 이로 인해 형이상학적 미학은 이중의 성물 모독을 저질렀다: ① 생생한 창조의 결과를 이데올로기의 차가운 하늘에 예속시켰고, ② 예술에 주목하면서, 사고의 별빛 사원을 창조적 용암의 숨결이 아닌 이 용암의 재 — 죽은 동상들 — 로 에워쌌다. 〈라오콘 군상〉²⁴⁾에 대한 레싱²⁵⁾의 유명한 논평과 그에 대한 쇼펜하우어의 부가적인 지적은 상징적이거나 혹은 궤변적이다. 좋게 말해 그것은 타인의 창작의 서정적 충동에 대한 졸렬한 철학적 서정시일 뿐이다.

그러므로 헬름홀츠의 음악에 대한 작업이나 오스트발트의 회화기법에 대한 고찰은 레싱의 철학 전체를 모은 것보다 예술가에게 더 소중하다.

생리학자의 작업은 결코 창조의 자유를 구속하지 않을 것이다. 형이상학적 미학은 그것이 얼마나 훌륭하든지, 언제나 예술가에게 '멍에'이다.

형이상학적 미학은 예술에 있어 언제나 '보잘것없다'. 이는 예술 속에 종교적 창조의 생생한 불이 타오르고 있기 때문이다. 형이상학은 좋게 말해 냉동된 종교이다.

창조의 구현을 위한 모든 재료를 우상 숭배로 끌어올리는 형이상학적 미학과 함께 창조방법을 예술 분류의 기초로 삼으려는 경향이 발전해 왔다. 그리하여 창조에 이런저런 방법을 처방하는 교리주의자들이 출현했다. 여기서 이론가들은 보다 올바른 길에 서 있었다. 형식을 보다 저급한 의미에서 예술가와 학자들에게 남겨 두고, 그들은 창조에 다른 것이 아

---

24) 〔옮긴이〕 〈라오콘 군상〉〔*Laocoön Group*; 라오콘과 그의 아들들(*Laocoön and His Sons*)〕: 헬레니즘 시대의 최고 걸작으로 평가받는 조각상. 트로이의 신관이었던 라오콘은 목마를 들여놓으면 트로이 성이 함락될 것이라고 경고하여 포세이돈의 노여움을 샀다. 라오콘은 어린 그의 두 아들과 함께 갑자기 바다에서 나타난 두 마리의 뱀 피톤에 의해 죽었는데, 조각상은 이때의 고통스러운 모습을 묘사하고 있다. 1506년 로마의 에스퀼리노 언덕에서 발굴되어 현재 바티칸 박물관 정원에 전시되어 있다. 라오콘 군상은 바티칸에서 가장 인기 있는 조각상의 하나이다.

25) 〔옮긴이〕 레싱(Lessing, G. E., 1729~1781): 독일의 극작가, 비평가, 철학 및 미학 저술가. 저서 《라오콘: 미술과 문학의 경계에 관하여》(*Laokoon: Oder über die Grenzen der Malerei und Poesie*, 1766)에서 라오콘 군상의 분석을 통해 회화(조형예술)는 공간적인 물체 형태를 표현(表現)하고 시(문학)는 시간적인 행동 형태를 표현한다고 하면서 조형예술과 문학의 제재 및 그것의 취급방법의 차이점을 논했다. 레싱의 이 저서는 독일 근대 예술이론의 초석이 되었다.

닌 바로 그 방법을 처방하는 독점권을 가졌다. 통상적으로, 방법에서 창조로 향하는 하나의 방법이 인정되었다. 이렇게 해서 사실주의, 낭만주의, 고전주의학파가 탄생했는데, 이번에는 이들이 엄격하지 않은 이런저런 비판적 세계관의 교리에 의거하고 있었다. 결국 바로 얼마 전에야 창작조의 방법론 자체에 관한 관심이 일어났고, 이때 결국 창조의 에너지는 형식에 대한 조야한 우상 숭배와 방법에 대한 좀더 세련된 우상 숭배에서 해방되어 그 자체로 다양한 창조의 방법론의 원천으로 의식되었다. 그리고 이런 의미에서 상징주의이론은 우리에게 주어진 예술세계 속에 존재하든 존재하지 않든 창조적 구현의 가능한 형식들을 열거하는 이론이다. 상징주의학파의 이론가들은 예술세계 자체를 모두가 아닌 이런저런 창조의 방법들을 적용한 결과로 보아야 한다. 그들은 현존하는 예술형식들을 그대로 두거나 심화시키면서, 현존하는 형식들에 상관없이, 주어진 창조의 조건들과 과제들의 실현을 자신의 과제로 삼는다. 그들은 예술형식의 가치에 대한 문제를 자기 가치적인 창조의 에너지로 이동시킨다. 형식과 방법은 아직 가치가 아니다. 그러므로 그들 앞에는 예술세계 속에 응결된 형식들보다 더 넓은, 실현되지 못한 형식들의 총체적인 연속이 나타난다. 이로 인해 그들 앞에는 예술로부터, 즉 현존하는 예술의 저주받은 원으로부터 출구가 열리게 된다. 동시에 상징주의이론가들은 "창조란 무엇인가"라는 근본적인 질문을 제기한다. 그러나 이 질문은 또한 현대의 인식론에 의해 제기되고 있다.

상징주의이론이 이런저런 예술학파의 의의에 관한 문제에 대답하듯이, 인식론은 이런저런 과학의 의의에 관한 문제에 대답한다. 상징주의는 모든 학파의 교조주의를 혁파하면서도, 해당 학파에게도 이런저런 상징화의 기법과 같은 존재의 상대적인 권리가 있음을 인정할 준비가 되어 있다. 인식론은 과학적 실험의 재료를 형식화할 수 있는 권리를 과학에 남겨 두면서 우리에게 있을 수 있는 방법들의 학파를 시사하고, 우리 의식 속에서 이런저런 방법들의 발생 수단을 연구한다. 이와 함께 인식론은 모든 교조주의와 판단의식의 법칙들 사이에 마법의 원을 그린다. 인식론은 닫힌 원으로서, 이로부터 방법론 분과체계의 빛줄기가 분출된다. 예술에서 상징주의이론은 첫 번째 원과 평행을 이루는 원으로서, 이로부터 빛줄기가 창조의 방법론적 형식들을 방사한다. 인식론은 지식에 대한 지식이다. 창조이론은 창조형식의 정립에 대한 이론이다. 창조가 자기 가치적이라면, 상징주의이론은 인식론을 예정하는 가치론이다. 이런 의미에서 종교적 창조는 형식들 중 하나이다. 상징주의이론은 신비주의적이고 미학적인, 그리고 그 밖의 모든 창조법칙들과 마찬가지로 신화적 창조의 법칙도 위와 같은 견지에서 동일하게 연구한다. 이때 해당 법칙들을 미학에 종속시키지 않고, 그 역도 행하지 않는데, 예를 들어 미학을 종교에 종속시키지 않는다. 상징주의이론은 과학에도, 형이상학에도, 종교에도, 예술에도 대립되지 않고, 오직 인식론에 대립된다.

상징주의이론은 다음과 같은 근원적인 문제에서 인식론에 접촉한다: 인식은 창조인가? 혹은 역으로, 창조는 인식활동의 특수한 형태인가? 이 문제를 제기한 현대의 인식론은 상징주의 방향으로 단호하고도 예상치 못한 발걸음을 내디뎠다. 나는 지금 그런 식으로 문제를 해결했던 빈델반트, 리케르트, 라스크의 학파에 대해 말하고 있다. 이제부터 상징주의 이론가들은 인식에 대한 창조의 우위에 관한 문제에서 프라이부르크학파와 뜻하지 않게 접촉하게 된다.

주해

[1] 이러한 논리의 보편적 법칙을 정립하기 위해 미학적 판단의 대상을 정확하게 설정해야 한다. 이러한 미학적 판단의 대상은 한편으로, 물질과 무관하게 취해진 미적 체험들이 형성할 수 없는데, 그렇지 않을 경우 미학은 심리학의 수장(首長)으로 변질될 것이다. 다른 한편으로, 형식으로 주어진 미학적 재료는 미학적 판단의 대상이 될 수 없다. 칸트에 의하면, 미학적 가치에 대한 판단을 내릴 때 평가대상, 미학적 가치의 규범, 그리고 미학적 가치평가의 특수한 형식이 반드시 요구된다. 미학적 가치의 규범이 인식의 가치의 규범과 연관되는 한, 미학적 범주의 도출은 형식적인 것이다. 또한 그러한 범주가 미학적 실험의 전제인 한, 심리학적 계기들은 자신의 권리를 행사하게 된다. 예술의 심리적 소여들이 미학적 범주로부터 연역되거나 그 역이 성립될 수 있도록 미학적 분석의 심리학적이고 그노시스적인 방법들을 통합하는 것은 불가능하다. 따라서 미학적 연구의 대상들이 아니라, 그러한 연구의 방법들을 분류하는 것이 불가피하게 된다. 형식미학은 ① 연구방법에 대한, ② 미학적 연구대상에 대한 미학 분야들의 분류학으로서만 가능하다. 이런 점에서 미학은 학문의 특별한 종류의 분류학이 된다. 학문으로서의 미학에 대해 말해서는 안 된다. 하지만 학문들의 체계로서의 미학에 대해 말할 수는 있다. 오늘날 인식론은 실험적 연구의 방법들을 탐구하는 분야가 되었다. 이 방법들 자체가 인식론의 존재를 위해서 필연적이다. 오늘날 고유한 미학적 실험은 아직 제대로 정비되지 못했으며, 따라서 이 분야에 대한 그노시스적 명제들의 질서 정연한 체계를 생각하기에는 아직 이르다. 미학에 의해 통합되는 학문들은 오늘날 중세 스콜라철학 시대와 유사한 시대를 겪고 있다. 미학에서 코페르니쿠스는 아직 출현하지 않았다.

[2] 우리에게는 이러한 예술 창작의 원칙을 낭만주의적이라고 부를 만한 근거가 있다. 왜냐하면 이른바 낭만주의자들의 학파는 예술 창작과정에서 체험의 역할을 특별히 첨예하게 강조하기 때문이다. 니체와 베를렌 같은 낭만주의자들은 예술 창작에서 무엇보다 영혼의 음악적 리듬의 발현을 보았다. …

베를렌은 새로운 시의 선언문으로 내세워지는 자신의 시에서 낭만주의 시의 유훈을 부활시켰다. 프랑스 상징주의 그룹이 이후 '*기악편성주의자*'[26]의 독자적 분파를 형성한 것은 이유가 있었던 것이다.

바그너와 니체는 드라마에서 음악 숭배를 새롭게 부흥시켰다. 그 자신이 문자 그대로의, 또한 전의된 의미에서도 음악가였던 니체에게 낭만주의자들의 유훈이 구현되었다는 것은 주목할 만하다. 전이된 의미에서, 그는 문체의 음악가였고, 음악의 신 디오니소스의 예언자였다. 문자 그대로의 의미에서, 니체는 알려진 것처럼, 뛰어난 즉흥 연주가였으며, 우리는 그가 작곡까지 했다는 것을 알고 있다. 페터 가스트[27]는 내 친구와의 대화 중에 이미 병든 니체를 요양소에서 처음 만난 일을 얘기해 주었다. 니체는 대충 인사를 한 후 그랜드피아노에 앉아서, 음악가 가스트가 확신하는바, 단 하나의 이론적인 실수도 없이 황홀하고 난해한 즉흥곡을 연주했다. 그렇게 할 수 있었기에 니체는 고전 인문학의 *방법*을 그처럼 습득하고, 또한 고전 인문학의 도움으로 그리스에 대한 당대의 표상을 한 번에 영원한 것으로 바꿔 놓을 수 있었던 것 아닐까. 노발리스처럼 그

---

26) 〔옮긴이〕 기악편성주의자(инструменталист): '기악편성'(инструментовка)은 벨르이가 처음 사용한 용어로서 시에서 음악성을 강화하기 위해 도입된 유사한 소리들의 반복을 통칭하는 개념이다. 벨르이는 프랑스 상징주의자들 가운데 특히 시 텍스트의 음악적 구성에 몰두했던 이들을 '기악편성주의자'라고 지칭했다.

27) 〔옮긴이〕 페터 가스트(Gast, P., 1854~1918): 유대계 음악가로서 프리드리히 니체의 가까운 친구였다. 니체 사후 그의 저서를 출간했다.

에게도 방법은 음악적 *리*듬이었다. 낭만주의자들은 종교 자체를 음악적으로 이해했다. 니체에게 종교는 음악으로 변형되었고, 모든 종교적 형상과 교리는 불필요한 강령이 되었다. 그것은 교향악 연주를 위한 텍스트일 뿐이었다. 니체는 적으로서가 아닌 특정 종교의 광신도로서 종교와 싸웠다고 말할 수 있다. 그는 교향악 숭배자가 음악강령에 맞서 싸우듯이 싸웠다. 니체는 삶 속에서 음악을 습득하고자 했다. 그의 차라투스트라는 걸어 다니는 게 아니라 춤을 추며 다닌다. "너에게 세상은 완전해 보이지 않는단 말인가?"—차라투스트라 속에서 음악이 울려 퍼진다. 피타고라스학파의 학설 속에는 세계를 악기처럼 간주하는 교리적 표상이 이미 존재했다. 그들에게 세계는 조화로운 우주였다. 우주적 조화의 법칙은 피타고라스학파의 유일한 인식대상이다. 수(數)는 그런 인식을 위한 상징적 도구이다. 수의 계열은 우주의 현(絃)의 음계이다. 그것의 도움으로 인식하는 자는 세계로부터 음악소리를 이끌어 낸다. 그러한 수는 단순한 양이 아니다. 그것은 비밀이다. 우리는 수에서 음악적 조화의 속성을 발견한다. 따라서 수학 속에 도입된 비밀의 계기는 비밀을 음악으로 변화시키고, 인식하는 자들은 단일한 교향악에 의해 연결된 사람들의 오르케스트라(연합)로 변화시킨다. 세계의 교향악은 신비의식으로 울려 퍼진다. 그리고 피타고라스학파는 오르페우스의 신비주의를 받아들인다. 이때 음악을 통한 인식은 마법으로 변형된다. 오르페우스는 알려진 것처럼 돌에게 춤을 추게 했다. 그러므로 니체는 최초로 디오니소스에게 희생제물을 바친 자가 되지 않을 수 없지 않은가? 그러므로 그는 우리 시대 최초의 진정한 오르페우스주의자이다. 그는 그 자체로 봉헌된 제물이었다. 니체는 안개 화관을 썼다. 그런데 이 화관은 언제나처럼 가시관임이 드러났다. 니체는 디오니소스에 비유되었다. 그런데 거인들이 디오니소스를 찢어 버렸다. 니체는 우리의 비(非)음악적인 과거의 거대한 거인들에 의해 찢겼다. 그러나 그는 이미 우리를 헌제에 대한 꿈으로 불태웠다. 이 꿈은 거인들을 불태울 것이다. 우리는 니체, 신전을 불태운 헤로스트라토스[28]의 숭배자들이다. 우리는 이미 낡은 삶의 기반을 흔들고 있다. 거인들의 재(災)와 디오니소스의 피에서 사람들이 생겨났다. 과거의 거대한 건축물의 잔해로부터, 그리고 니체가 홀린 순교의 피에서 새 시대의 사람들이 걸어 나올 것이다. 그들에게서 고뇌에 찬 니체-디오니소스의 영혼이 구현될 것이다. 니체-디오니소스는, 미래를 향하며, 현대의 조건 속에서 오직 과거의 예언자만 될 수 있을 것이다. 미래의 조건 속에서 그는 우리의 현재를 흘러간 과거로 대하면서 부활을 가르치는 교사가 될 것이다. 낭만주의학파의 심리학은 점차 확장되면서 필연적으로 해당 학파를 예술의 경계 너머로, 종교로, 혹은 학파 자체의 확장으로 이끈다. 이는 당면한 현재를 처음에는 음악적으로 울리는 현실로서, 그다음에는 단지 현실 그 자체로서 개인의 의식 속에 주입하는 방식으로 이루어진다. 낭만주의에서 사실주의로의 전환이 바로 그러하다. 그러한 전환을 우리는 고골, 바로 그 전형적인 낭만주의자에게서 목격한다. 이후 사실주의는 자연주의가 되고, 자연주의는 인상주의 속에서 해체된다. 인상주의는 우리를 낭만주의로 되돌려 놓는다.

[3] 뱌체슬라프 이바노프는 상징주의에서 우리가 두 가지 원시력, 즉 사실주의적 원시력과 이상주의적 원시력과 관계한다는 것을 전적으로 올

---

28) 〔옮긴이〕 헤로스트라토스(Herostratos): 아르테미스 신전을 불태운 사람.
아르테미스 신전(Artemision): 아시아의 아르테미스 여신 숭배의 중심지였던 에페수스에 기원전 6세기 중엽부터 약 100년에 걸쳐 건축된 이오니아식의 디프테로스(二重周柱式) 신전이 세워졌다. 이는 바닥 면적이 약 55.10×115.14m² (쾰른 대성당의 약 1.5배), 기둥이 총 127개인 거대하고 화려한 신전이었으나 기원전 356년(알렉산더 대왕이 탄생한 날) 헤로스트라토스의 방화로 타 버렸다. 옛 건물의 설계대로 즉시 같은 규모의 재공사가 시작되어 기원전 3세기 중엽 새 건물이 완성되었다. 이 건물은 '세계 7대 불가사의'의 하나로 간주된다.

바르게 지적하고 있다. 사실주의적 원시력을 통해 예술 창조는 명백하게 종교적 창조와 접촉한다. 이상주의적 원시력의 경우 우리는 동일한 종교적 창조와 관계하지만, 이때 그것은 의식되지 않은 창조이다. 나는 자신의 통찰을 종교적 영감을 불어넣는 행위로 간주할 수 있다. 나에게 떠오른 형상들은 나에게 영원한 본질들로 나타난다. 그러나 그것으로는 아직 위대한 예술가가 될 권리가 나에게 확립되지 않는다. 예술의 기능적인 면은 내 안에 들어오지 않는다. 그런데, 예술은 기술이다. 'res'[29] (이바노프의 표현) 의 관조에 있어서의 영감이 있고, 'res'의 형식적 구현에 있어서의 영감이 있다. 후자의 경우는 나에게 기술로 간주되며, 따라서 나에게 떠오른 형상들이 어디서 어떻게 유래하는지(그것들이 실제로 피안의 세계에 현존하는 대상들인지 아니면 내 상상의 산물인지)는 중요하지 않다. 중요한 것은 그것들의 구현이다. 예를 들어, 나는 형상을 보고 그것을 나의 상상에서 진정한 종교적 본질의 출현으로 체험한다. 그러나 그 현상 하나로부터 3음보로 된 서사시가 나오는 것은 아니다. 나는 현상의 형상을 보존한다. 나는 그것을 말이라는 재료로써 구현한다. 구현의 순간, 나에게 떠오른 형상이 종교적 형상인지는 이미 문제가 되지 않는다. 나에게 문제가 되는 것은 운율, 압운, 리듬, 그리고 묘사수단이다. 이 모든 것은 이제 내가 형상을 구현하는 동안 나에게 진실이 된다. 'res'로 지각된 형상은 불가피하게 형식의 전적으로 실제적인 조건들을 분류하는 주요 원칙이 될 뿐이다. 내 작업의 이상주의적 순간이 개시되는 때는 기술의 장인성이 나에게 *진실*이 될 때이다. 기술적인 영감의 순간이 찾아온다. 단어와 묘사수단을 고르는 과정에서 나는 희열에 사로잡힌다. 때로 이 두 가지 영감(관조의 영감과 관조된 것의 기술적 구현의 영감) 은 하나로 융합된다. 첫 번째 부류의 영감은 나를 수용자로 변화시킨다. 내 존재의 여성적

---

29) 〔편집자〕 *res*: 라틴어로 사물, 대상, 세계, 우주를 뜻한다.

충동에 의해 나는 나에게 환영을 불러일으킨 신적인 원리로 향한다. 두 번째 부류의 영감은 능동적이다. 내 영혼의 남성적 측면은 대리석과 단어, 물감에 여성적으로 지각된 환영을 새기려고 한다. 이때 나는 마치 죽은 물질을 소생시키는 **로고스**와 같다. 만일 이 순간이 나를 신에 비유하면서 나의 인격의 개별성과 신 밖에서의 자기 확립을 강조한다면, 그 순간이 창조의 모든 것을 담아낼 수 없다는 것을 잊지 말아야 한다. 그 순간은 단지 예술 창작이라 불리는 신곡(神曲)의 1막일 뿐이다. 세 번째 순간은 나에 의해 창조된 환영을 관조하는 순간이다. 이러한 관조를 통해 나는 자신의 우상에게 '그렇다' 혹은 '아니다'를 말한다. 이 순간 속에 창조의 이상주의적이고 사실주의적인 본질이 융합된다. 나는 나의 작품에게 "*그것이 있을 것이다*"라고 말한다. 그렇게 말함으로써 나는 그것을 창조적 원리(이상주의적 본질)로서 긍정한다. 그러나 나는 나의 피조물을 내 영혼의 남성적 충동이, 신에게 드러난 내 영혼의 여성적 측면을 덮어 버린 환영을 물감과 대리석에 재현한 만큼만 긍정한다. 나는 나에게 떠오른 형상을 창조의 순간 이전에, 혹은 창조된 작품을 관조하는 순간에, 그 어떤 실제로 *받아들였다*. 모든 예술가에게는 세 가지 순간이 살아 있다(형상의 지각, 형상의 전달, 전달된 형상의 관조). 여기서 예술가는 강신술식으로 지각된 것의 영매이자 해석자이며 목격자이다. 목격자로서 그는 자기 안에 사실주의와 이상주의의 계기들을 통합한다. 예술 창조의 특수성은 순수한 종교적 창조와는 달리 형상의 기술적 구현에 있다. 구현과정에서 형상 자체는 단지 기술적 작업의 주된 원리가 된다. 이 작업은 자족적인 어떤 것이 된다.

　그러므로 최고급의 예술작품들에는 이상주의의 도장이 찍혀 있다. 이는 그 예술작품들이 예술가의 전횡이라는 뜻은 아니다. 예술에서 이상주의적이고 사실주의적인 상징주의는 순수한 형태로 존재하지 않는다. 모든 예술작품은 *어느 정도* 이상주의적이다. 그리고, 그것은 어느 정도 사실주의적이다. 이것이 바로 순수히 종교적인 '정신'의 작품에 사실주의적 상징주의가 각인되어 있는 이유이다. 그러한 작품으로는 〈산상수훈〉을 들 수 있다. 그러나 단테의 〈천국〉에서 우리는 이미 순수한 사실주의가 아닌 (어느 젊은 상징주의이론가의 용어에 따르면) 독특한 *이상-사실주의* (*идео-реализм*) 를 접하게 되는데, 단테의 〈천국〉은 여전히 *예술작품*이기 때문이다. 단테의 〈천국〉과 그리스 조각상의 이상주의적 형상들 사이에는, (뱌체슬라프 이바노프의 표현대로) 단테의 〈천국〉과 성서 사이보다 더 많은 유사점이 존재한다. … 비록 이상주의적 계기가 한 작품에서는 중요한 역할을 하고 다른 한 작품에서는 거의 아무런 역할도 못한다 해도, 〈천국〉에도, 조각상에도 '*이상-사실주의*'의 도장이 찍혀 있다.

뱌체슬라프 이바노프가 창조의 두 가지 원시력을 구분하면서 창조의 산물들이 이상주의적이라고 간주하는 경향을 보였음은 주목할 만하다. 반면, 단테는 자신의 추상적 의식으로써 창작의 산물들을 오로지 환상의 결과로만 간주한다. 마치 예술가의 추상적 의식이 진정한 창조에서, 어떤 것이든 결정적 역할을 할 수 있다는 식이다. 푸시킨과 레르몬토프는 상당한 수준의 회의주의자이다. 양자의 의식 속에는 '창조의 악마'가 들어 있었다. 물론, 이는 알레고리이다. 뱌체슬라프 이바노프는 양자가 모두 이상주의자라고 주장하게 될까? 알려진 바대로 괴테는 스피노자주의자였다(말년에 그는 칸트사상에 경도된다). 스피노자의 무신론에 관해 논쟁이 일고 있다. 뱌체슬라프 이바노프의 관점에서 보면, 괴테는 예술에 대해 이상주의자이어야만 한다. 그럼에도 불구하고 이바노프는 그를 사실주의자라고 부른다. 어떤 근거로 그렇게 부르는가? 괴테의 추상적 세계관이 실은 가면이라는 것 때문이 아닐까? 그러나 모든 예술은 가면 없이는 존재할 수 없다. 가면은 창작의 이상주의적 근원이다.

이바노프에 따르면, 괴테와 낭만주의자들은 사실주의자들이다. 그렇다면 괴테는 왜 낭만주의를 극복하는 데 수년이 걸렸다고 말했을까? 괴테는 어떤 방향으로 낭만주의를 극복했을까? 물론, 고전주의 방향으로, 즉 형상구현의 정확성을 향해서였다. 괴테에게서 창조의 공예적 계기가 확대되었다. 그런 경우 괴테는 사실주의에서 이상주의로 이행했는가? 그렇단 말인가?

결국, 낭만주의자들은 진정 이바노프적 의미의 사실주의자들이었던가? 항상 그렇지는 않았다. 노발리스는 *이시스*30)를 덮고 있는 것을 벗긴다면, 덮개 아래 ··· 폐허가 있다라는 말을 했다. 이렇게, '*res*' 대신 폐허가 있다.

그러나 예술가들이 행하는 그들 자신의 종교적 혹은 반(反)종교적 의식에 대한 고해성사는 그들의 창조를 정의하는 데 아무런 역할도 하지 못한다.

그러므로 모든 진정한 예술가는 발생하는 형상을 지각하는 과정에서 사실주의자이고, 구현하는 과정에서 이상주의자이다. 창조의 사실주의적 계기가 없다면 의미는 사라질 것이다. 이상주의적 계기가 없다면 창조는 형식이 될 것이다. 양자의 계기 모두 끊임없는 연속성 속에서 예술의 창조과정을 형성한다.

[4] 이상주의적 상징주의자는 낭만주의자도, 고전주의자도 될 수 있다. 나는 이미 위에서 뱌체슬라프 이바노프에게 동의하지 않는 우리의 입장의 본질적인 면을 언급했다. 여기서 이상주의와 사실주의가 창조과

---

30) 〔옮긴이〕 이시스의 덮개: 이시스(Isis)는 아내와 어머니의 모범이 되는 여신으로, 고대 이집트 및 그리스·로마 등지에서 최고의 여신으로 숭배된다. 이집트의 사이스에 있는 이시스 신전에는 "나는 존재했고, 존재하고 있으며, 존재하게 될 그것이다. 죽을 운명의 인간들 중에서 그 누구도 내 덮개를 들추지 못하리라"라는 구절이 적혀 있는데, 이로부터 감춰진 진실, 내밀한 비밀을 뜻하는 '이시스의 덮개'라는 비유가 유래했다.

정의 계기이지 창조방법이 아니라는 것을 다시 한 번 지적하고자 한다. 물론 어떤 예술가에게는 이상주의적 계기가 더 발전되고 다른 예술가에게는 사실주의적 계기가 더 발전된다. 순수한 형태의 이상주의자와 사실주의자가 예술에서 존재할 수 있다면, 예술형식과 내용의 통합과정으로서 상징주의에 대한 정의 자체는 근거를 상실한다. 이때 이상주의자들은 상징주의자들이 아니다. 다시 말해 전혀 예술가들이 아닌 것이다. 사실주의자들은 상징주의자들이지만 역시 예술가들이 아니며, 전이된 의미가 아닌 문자 그대로 사실주의교(敎)의 사제들이다. 이 경우, 모든 현존하는 예술은 결코 예술이 아님을 인정해야 한다. 혹은 반대로, 예술의 본질은 상징주의와 부합할 수 없음을 인정해야 한다. 예술에서 유일하게 정확한 상징에 대한 공식은 형식과 내용의 단일성이라는 정의이기 때문이다. 예술에서 형식에 대한 기술적 접근을 배제함으로써 우리는 형식의 존재 자체를 부정해야 한다. 만일 형식(즉, 물감, 소재, 소리, 단어 속에 주어진 창조의 재료)을 포함시킨다면, 형식에 대한 작업도, 그리고 그 작업이 재료의 타성의 극복이라는 법칙에 종속되는 것도 포함시키게 된다. 즉, 우리는, 뱌체슬라프 이바노프에 따르면, 이상주의자가 되는 것이다.

그러므로 모든 예술 창조는 *이상 - 사실주의적*이다. 예술의 공예적 측면이 꽤 커다란 역할을 할 때 우리는 이러한 창조를 *이상주의적*이라고 한다(물론 공예적인 면은 모든 천재에게서 그러한 역할을 한다). 창조의 공예적 측면이 *가능한* 만큼 최소화될 때, 우리는 그것을 *사실주의적*이라고 한다. 물론, 양쪽 정의 모두 조건적이다.

[5] 창조의 이와 같은 방법들은 체험에서 형상으로 이행하는 길(관례적으로 낭만주의)이자 형상에서 체험으로 이행하는 길(관례적으로 고전주의)임이 판명된다. 이 길들이 이상주의나 사실주의와 맺는 관계는 다양하다. 창조의 기술적인 면에 비교적 적은 공물을 갖다 바치는 전형적인 고

전주의자를 떠올릴 수 있다. 한편, 역으로 우리는 형식의 문제에 완전히 몰입해 있는 낭만주의자를 수없이 보게 된다. 그뿐 아니라 'res'에 대한 양자의 관계는 다양하다. 낭만주의자들 — 바이런, 호프만, 셸링 — 에게 내면에서 일어난 형상은 의심할 바 없이 예술적 환영이다. 베를렌은 술 속에서 그러한 환영을 찾고자 했다. 여기서 에드거 포까지는 한 발 거리이다. 왜 에드거 포가 낭만주의자가 아닌지, 나는 이해할 수 없다. 역으로, 호메로스에게 신들은 정말 현실의 상징이지 않았을까? 베르길리우스는 지하세계를 묘사하고 재현하면서 과연 내적으로 체험된 신비의식의 상징들을 지하세계의 형상들과 이상주의적으로 관련지을 수 있었을까? 우리는 뱌체슬라프 이바노프에게서 '상징주의적 사실주의'의 형상들을 선호하고, 그러한 창조의 유형에 낭만주의자들을 지나치게 근접시키는 경향을 발견한다. 그러나 그것은 헛된 일이다. 우리는 바로 이 낭만주의자들에게서 자기 자신의 형상들을 조롱하는 강한 습성을 목격하기 때문이다. 낭만주의적 아이러니의 의미를 깊이 연구한 사람은 그 속에서 냉소적인 비웃음을 듣지 않을 수 없다. 그것은 결코 모든 존재의 원기를 북돋우는 신의 경박함이 아니다.

현재 우리의 의식에 제기된 의미에서 신비의식은 예술의 형식과 관련된다. 형식의 측면에서 정의되는 신비의식은 그 속에 온갖 요소들 — 조형예술, 음악, 시, 예술 — 이 포함된다는 의미에서 예술의 종합이다. 신비의식의 무대장치에는 회화 역시 관여한다. 신비의식의 내용은 종교적이다. 다시 말해 신비의식은 예배의식이다. 발생론적으로 신비의식에서 드라마가 유래했다. 단어의 보다 정밀한 의미에서 신비의식이 아니라 신비의식들이라고 해야 한다. 우리에게 전해 내려온 이집트의 신비의식에 대한 정보와 미트라[31]의 신비의식을 비교할 때, 이집트의 신비의식에서

31) 〔옮긴이〕 미트라(Mitra) : 고대 인도·이란 신화에 등장하는 태양신. 우주의

는 신비의식의 중심이 내적으로 실제적인 의미에서 무대장치적 의미로 이행한다는 것을 알 수 있다. 미트라의 신비의식에서는 희생물이 진정으로 위험을 감수하는 반면, 이집트의 신비의식에서는 그러한 위험의 상당 부분이 허구였다. 희생물은 죽음의 환영을 보았다. 그렇지만 그것은 사실 해골이었다. 희생물은 낭떠러지로 떨어질 수도 있었다. 그러나 만일 그가 추락한다면 장애물이 펼쳐져 충격을 약화시킬 것이었다. 희생물은 불 속을 통과해야 했다. 그러나 불에 근접했을 때 그 불은 시각적 속임수라는 것이 드러났다. 그에게는 두 개의 잔이 주어지고, 그중 하나를 선택해야 했다. 그중 하나에 독이 들어 있는 것처럼 보였다. 그러나 실제로 양쪽 모두에 독은 없었다. 무대장치, 형식은 희생물이 죽음의 환영을 죽음처럼 겪는 쪽으로 경도된다. 엘레우시스 신비의식에서 무대장치는 더 비중 있는 역할을 했다. 이때의 신비의식은 의식이 제정신으로 돌아오면서 끝나는 독특한 심령 드라마이다. 몇몇 드라마들이 신비의식을 계시하는 것도 그런 이유에서다. 예를 들어, 아이스킬로스는 카베이로이[32] 숭배를 차용한 드라마 〈카베이로이〉(Κάβειροι)를 썼다〔벨케르[33]에 따르면 이 드라마는 3부작 〈오레스테이아〉(Ἰασδνεια)의 일부이다〕.

신비의식에 관한 문제의 또 다른 측면은 여기서 비교(秘敎)적 교의에 대한 설교가 있었는지 아닌지에 대한 의혹을 밝히는 것으로 귀착된다. 모든 경우에 오르페우스 숭배자들의 신비의식과 사모트라키섬의 카베이

지배자이자 법질서의 유지자이다.

32) 〔옮긴이〕 카베이로이(Kabeiroi) : 고대 그리스의 초기 신화에 등장하는 풍요와 다산의 신. 단수형은 '카베이로스'이다. 대장장이 신 헤파이스토스가 '바다의 노인' 프로테우스의 딸 카비로와 관계를 맺어 태어났다고도 하고, 제우스와 칼리오페의 자식들이라는 설도 있다. 임로즈, 렘노스섬, 사모트라키섬 등지에서 숭배되었다.

33) 〔옮긴이〕 벨케르(Welcker, F. G., 1784~1868) : 독일의 문헌학자이자 고고학자.

로이 신들을 기념하는 제의식에서 그랬듯이, 엘레우시스 신비의식에서
가르침의 설교는 교리로서 미미한 역할을 했다. 비밀의 계시와 설교의
순간은 엘레우시스와 사모트라키의 신비의식에서보다 이집트의 신비의
식에서 더 강하게 표현되었다. 앞의 두 신비의식은 그리스의 정신적 삶
에 강한 신비주의적 흐름을 도입했다. 셸링은 카베이로이에 대한 교의를
밝혀내려 했다. 노보사드스키는 비교의 설교가 사모트라키 신비의식에
서 이루어졌음을 입증하려 한다. 34)

　종교와 신비의식의 문제, 그리고 특히 카베이로이 숭배에 대한 문제를
다룬 광범위한 문헌들이 존재한다. …

---

34)〔옮긴이〕노보사드스키(Новосадский, H.)의 저서《고대 그리스에서 카베이로
　　이 숭배》(Культ Кавиров в древней Греции, 1891)를 염두에 두고 있다.

단어의 마법*

1

언어는 가장 위력적인 창작의 무기이다. 내가 어떤 대상을 단어로 명명할 때, 나는 그것의 존재를 긍정한다. 모든 인식이 명명에서 비롯된다. 인식은 단어 없이 불가능하다. 인식과정은 단어들 간의 관계설정이다. 그러한 관계들은 이후 단어에 상응하는 대상들에 전이된다. 문장 자체의 성립 가능성을 제약하는 문법적인 형식은 단어가 있을 때만 성립 가능하다. 그런 다음에야 발화의 논리적 분절이 이루어진다. 창조가 인식에 앞선다고 말할 때, 나는 창조의 우위를 그것의 그노시스적 선차성에서뿐 아니라 발생론적 연속성의 의미에서 긍정하는 것이다.

형상적 언어는 논리적으로 표현될 수 없는 주변 대상에 대한 나의 인상을 표현하는 말들로 구성된다. 생생한 발화는 항상 표현 불가능한 것의

---

* 〔편집자〕 벨르이의 《상징주의》 429~448쪽에 처음 발표되었다. 이 논문은 1909년 9월에 집필되어 자유미학협회에서 보고서 형태로 발표되었다.
〔옮긴이〕 논문 "단어의 마법"은 러시아 상징주의이론에 대한 가장 중요한 논문의 하나로 간주된다. 여기서 '마법'은 전이된 의미가 아니라 문자 그대로의 의미로 사용되는데, 벨르이는 언어에 의한 예술 창조를 마법(주술)과 동일시한다.

음악이다. "발설된 사고는 거짓이다"[1] 라고 튜체프는 말했다. 이때 그가 사고를 일련의 용어적 개념을 통해 진술된 것이라고 이해했다면, 그는 옳다. 그러나 생생한, 발화된 단어는 거짓이 아니다. 그것은 나의 내밀한 본성의 표현이다. 그리고 나의 본성이 일반적인 본성인 한, 단어는 본성의 내밀한 비밀의 표현이다. 모든 단어는 소리이다. 나의 바깥에서 유동하는 공간적이고 인과론적인 관계는 단어의 도움으로 이해 가능해진다. 만일 단어가 없다면 세계도 존재하지 않을 것이다. 나의 자아는 모든 주변세계로부터 단절된 채로는 결코 존재하지 않는다. '*자아*'와 '*세계*'는 그것들을 소리로 결합하는 과정에서만 발생한다. 초개인적 의식과 초개인적 자연은 명명의 과정에서만 상호 접촉하고 상호 결합한다. 따라서 의식, 자연, 세계는 인식하는 자가 명명을 할 수 있을 때만 그에게 출현한다. 말을 벗어나서는 자연도, 세계도, 인식하는 자도 존재하지 않는다. 단어 속에 최초의 창조가 있다. 단어는 나의 개인적 의식의 깊은 무의식에서 부유하는 무명(無名)의 비가시적인 세계를 나의 개성 밖에 존재하는 무명의 무의미한 세계와 연결한다. 단어는 새로운 제3의 세계, 음성상징들의 세계를 창조한다. 이 세계의 도움으로 내 밖에 놓여 있는 세계의 비밀들과 내 안에 유폐된 세계의 비밀들이 밝혀진다. 외부세계가 내 영혼 속으로 유입된다. 내부세계는 내 바깥으로, 노을과 나무들의 웅성거림으로 흘러나온다. 단어 속에서, 그리고 단어 속에서만 나는 안과 밖에서 나를 둘러싼 세계를 나 자신에게 재현할 수 있다. 왜냐하면 나는 *단어*이고, 오직 *단어*일 뿐이기 때문이다.

그러나 단어는 상징이다. 단어는 나에게 두 개의 알 수 없는 본질의 결

---

1) 〔편집자〕 튜체프의 시 〈침묵〉(*Silentium!*, 1830년 이전)에서.
　　〔옮긴이〕 튜체프의 시에 등장하는 이 구절은 벨르이를 비롯한 상징주의자들에게 언어의 본질을 압축하고 있는 명제로 간주되었다.

합인데, 나의 시야에 들어온 공간과 내 안에서 둔탁하게 울리는 내적인 감정이 그것이다. 나는 후자를 조건적으로(형식적으로) 시간이라고 부른다. 말 속에서 두 개의 유사관계가 동시에 창조된다. 시간은 외적 현상-소리로 표현되고, 공간 역시 동일한 현상 - 소리로 표현된다. 그러나 공간의 소리는 이미 공간의 내적 재창조이다. 소리는 시간과 공간을 결합한다. 그러나 이는 공간적 관계들을 시간적 관계들로 전이시키는 것이다. 이 새롭게 창조된 관계는 일정한 의미에서 나를 공간의 위력으로부터 해방시킨다. 소리는 시간과 공간의 객관화이다. 그런데 모든 단어는 무엇보다 소리이다. 의식의 최초의 승리는 음성상징의 창조로써 실현된다. 소리를 통해 새로운 세계가 재현되고, 그 경계 안에서 나는 스스로를 현실의 창조주로 느낀다. 그때 나는 대상들을 명명하기 시작한다. 즉, 나를 위해 이차적으로 대상들을 재현하는 것이다. 나의 시야에 들어오는 모든 것을 명명하면서, 나는 본질적으로 나에게 적대적인, 내가 이해할 수 없는, 사방에서 나를 압박해 오는 세계로부터 스스로를 방어한다. 나는 단어의 소리로써 이 원시력을 잠재운다. 시간적·공간적 현상들을 단어로 명명하는 과정은 주문(呪文)을 외우는 과정이다. 모든 단어는 주문이다. 현상에 주문을 걸면서 나는 본질적으로 그것을 길들인다. 따라서 단어들의 연결, 문법적이고 표현적인 형식은 본질상 주문이다. 나를 위협하는 우렛소리를 '우레'라고 명명함으로써 나는 우레를 모방하는 소리(우르르르)를 창조한다. 그러한 소리를 창조하면서 나는 우레를 재현하기 시작한다. 재현의 과정은 인식이다. 본질적으로 나는 우레에 주문을 건다. 시간 속에서 단어들의 결합, 소리들의 연속은 이미 항상 인과관계이다. 인과관계는 공간과 시간의 결합이다. 소리는 공간의 상징이자 시간의 상징이다. 외부로부터 규정되는 소리는 이런 의미에서 시간과 공간을 결합한다. 소리의 발성은 시간적 계기를 필요로 한다. 그뿐 아니라, 소리는 항상 환경 속에서 울려 퍼지는데, 그것은 발성하는 환경이기 때문이다. 소리 속에서 공간과 시간이 접하는데, 따라서 소리는 모든 인과 관계의 근원이다. 음성적 표장들의 관계는 언제나 시공간적 현상들의 관계를 모방한다.

그러므로 단어는 항상 인과관계를 창출한다. 그것은 이후에 인식되는 인과관계들을 창조한다.

인과론적 설명은 인류발달의 초기단계에서 단어의 창조 자체였다. 마법사는 누구보다 단어를 많이 알고 누구보다 말을 많이 하는 사람이었다. 따라서 그는 주문을 외운다. 마법이 단어의 위력을 인정하는 데에는 그 까닭이 있다. 생생한 말 자체가 끊임없는 마법인 것이다.[2] 나는 잘 고안된 단어만으로 분석적인 사고과정에서보다 현상의 본질을 더 깊이 관통한다. 나는 사유로써 현상을 분별한다. 나는 단어로써 현상을 종속시키고 그것을 길들인다. 생생한 말의 창조는 항상 인간과 그를 둘러싼 적대적 원시력과의 투쟁이다. 단어는 나를 둘러싼 어둠을 승리의 빛으로 타오르게 한다.

따라서 생생한 말은 인간 자체의 존재 조건이다. 그것은 인류의 정수이다. 그러므로 태초에 시, 인식, 음악 그리고 말은 단일성이었다. 따라서 생생한 말은 마법이었고, 생생하게 말하는 사람들은 신과 접한 봉인이 있는 존재들이었다. 옛날이야기들이 자연을 길들이고 종속시키는 마법적 언어의 존재를 다양한 방식으로 암시하고 있는 것은 바로 이런 이유에서이다. 이집트의 각각의 상형문자가 삼중의 의미를 지니는 것도 이런 이유에서이다. 첫 번째 의미는 상형문자적 형상에 이름을 부여하는 단어의 소리(시간)와 결합되었다. 두 번째 의미는 소리의 공간적 윤곽(형상), 즉 문자와 결합되었다. 세 번째 의미는 단어를 상징화하는 신성한 숫자

---

2) 〔옮긴이〕 '주문을 외다'에 해당하는 러시아어는 'заговаривать'이다. 이 동사는 '말을 많이 하다'라는 뜻도 지닌다.

에 귀결되었다. 파브르 돌리베3)는 유대신의 명명이 지니는 상징주의적 의미를 성공적으로 해석했다. 인류에게 최고의 계시를 전하는 어떤 성스러운 언어, 젠자르에 대한 신화가 전해 내려오는 것도 이런 이유에서이다. 자연스러운 추론들과 언어에 관한 신화는 그것의 객관성 정도에 상관없이 단어의 마법적 위력을 상징화하려는 무의식적 지향을 표현한다.

포테브냐와 아파나시예프는 민담에서 일련의 흥미로운 예들을 도출했다.4) 거기서 추론과정은 단어의 소리로써 제약된다. 5월 11일 *차르그라드*(*Царьград*) 재건 기념일. 이날 농사일을 해서는 안 된다는 관념이 민중들에게 굳게 자리 잡고 있는데, 이는 '우박 황제(*Царь град*)5) 가 곡물을 *망치지 않게*' 하기 위한 것이다〔아파나시예프, 《슬라브인들의 시적(詩的) 세계관》(Поэтические воззрения славян) II〕. 6월 16일 티혼(Тихон)의 날. "태양은 *고요히*(*тише*) 저물고 지저귀던 새들도 *고요하다*(*затихают*)"

---

3) 〔옮긴이〕 파브르 돌리베(d'Olivet, A. F., 1767~1825) : 프랑스의 드라마작가, 신비철학자. 산스크리트어, 그리스어, 라틴어가 고대 히브리어에서 발생했다는 학설을 지지했고, 고대 그리스의 음악체계를 규명하는 데 공을 세웠다. 후기에 신비주의에 경도되어 성서의 형상들과 알파벳 등에서 상징적인 의미를 해독하는 데 심취했다.

4) 〔편집자〕 다음을 참조하라: А. А. Потебня, Из замисок потеории словесности, Харбков, 1905; А. Н. Афанасьев, Поэтииеские воззрения славян на природч, М., 1865~1869, Т. 1~3.
　〔옮긴이〕 포테브냐(Потебня, А. А., 1835~1891) : 우크라이나 태생의 러시아 언어학자. 러시아가 낳은 가장 뛰어난 언어학자로 평가받는다. 슬라브 민요에 나타난 언어상징들을 분석했으며, 러시아에서 최초로 시학적인 측면에서 언어 연구를 시도했다.
　아파나시예프(Афанасьев, А. Н., 1826~1871) : 슬라브 민속학자. 슬라브 민요 채취와 신화연구에서 탁월한 업적을 남겼다.
5) 〔옮긴이〕 위의 민담의 예는 러시아어에서 도시 '차르그라드'(Царьград) 와 '우박 황제'(царь град) 의 단어의 유사성에 근거한 것이다. 이후에도 이와 유사한 사례들이 제시된다.

〔달(Даль)〕. 6) 11월 1일 "*코지마(Козьма)가 못으로 (추위를) 박는다(заку-ет)*"〔달(Даль)〕. 2월 2일 "*봉헌일(Сретение)* 7) — 겨울이 여름과 *만났다(встретились)*".

기타 등등. 8)

인류의 소명은 삶의 생생한 창조에 있다. 인간의 삶은 개체들의 소통을 예정한다. 그런데 소통은 단어 속에 있고, 단어 속에만 있다. 모든 소통은 삶의 비밀을 묘사하고 창조하는 내밀한 형상들을 영혼끼리 주고받는, 생생한 창조적 과정이다. 소통의 목적은 두 개의 내면세계를 접촉시킴으로써 소통하는 자들이 공유하는, 그리고 영혼의 개별 형상들을 예기치 않게 깊이 있게 변화시키는 제3의 세계가 불붙게 만드는 것이다. 이를 위해 소통의 단어가 추상적 개념이어서는 안 된다. 추상적 개념은 이미 행해진 인식행위들을 일정하게 결정화(結晶化)한다. 그런데 인류의 목표는 인식의 대상 자체를 창조하는 것이다. 소통의 목적은 점점 더 새로운 창조과정으로 소통의 약호(단어)에 불을 지피는 것이다. 생동하는 소통의 목표는 미래를 지향하는 것이다. 따라서 추상적 단어가 소통의 약호가 될 때 그것은 사람들 간의 소통을 과거로 회귀시킨다. 반대로 우리에게 들리는 생생한 형상적 발화는 새로운 창조, 즉 새로운 단어 형성의 불꽃으로 우리의 상상력에 불을 붙인다. 새로운 단어 형성은 항상 새

---

6) 〔옮긴이〕 달(Даль, В. И., 1801~1872): 러시아의 작가, 어휘학자, 민속 수집가, 민족지학자이자 종군 의사였다. 가장 커다란 업적은 '달 사전'으로 불리는, 53년에 걸쳐 완성한 《러시아 대사전》(Толковый словарь живого велико-русского языка)의 편찬이다.

7) 〔옮긴이〕 정교의 '봉헌일'을 뜻하는 'сретение'는 본래 '조우', '만남'이라는 의미를 지녔다.

8) 〔옮긴이〕 벨르이는 민속적인 관념에서 말의 소리와 의미가 결합되는 모든 예들을 포테브냐의 《문학이론에 관한 수기》(Из записок по теории словесности, 1905)의 '시적이고 신화적인 사유' 장에서 인용했다.

로운 인식들의 근원이다.

시적 언어는 고유한 의미의 언어이다. 그것의 커다란 의의는 단어로써 아무것도 입증하지 않는다는 데 있다. 단어들은 여기서 그들의 총합이 형상을 이룰 수 있도록 무리를 짓는다. 그러한 형상의 논리적 의미는 일정하지 않다. 그것의 시각적 명료함 또한 일정하지 않다. 우리는 스스로 생생한 말을 인식과 창조로 충만하게 해야 한다. 생생한 형상적 말의 지각은 창조를 향해 우리를 고무시킨다. 살아 있는 모든 사람들에게 그러한 발화는 일련의 활동을 불러일으킨다. 시적 형상은 각각의 사람들에 의해 완전하게 창작된다. 형상적 발화는 형상을 많이 생산한다. 생생한 말을 들으며 각각의 사람들은 어느 정도 예술가가 된다. 생생한 말(은유, 직유, 수식어)은 영혼 속에 발아하는 씨앗이다. 그것은 수천 송이의 꽃을 피울 것을 약속한다. 어떤 사람에게 그것은 흰 장미처럼 자라나고, 다른 사람에게는 푸른 수레국화처럼 자라난다. 생생한 말의 의미는 결코 그것의 논리적 의미에 있지 않다. 논리 자체가 말의 산물이다. 그러므로 가장 논리적인 주장이 되기 위한 조건은 일정한 목적을 위해 그것을 논리적인 것으로 간주하도록 창조적으로 명령하는 것이다. 그러나 그러한 목적은 소통기관으로서 언어의 목적을 다 아우르지는 못한다. 말의 중요한 과제는 새로운 형상을 창조하는 것, 그것의 빛나는 유려함으로 세계를 덮을 수 있도록 인간의 영혼 속에 그것을 불어넣는 것이다. 언어의 진화는 언어로부터 모든 형상적 내용들을 단계적으로 모두 이끌어 내기 위한 것이 아니다. 이끌어 낸 말은 추상적 개념이다. 추상적 개념은 자연을 인간에게 길들이는 과정을 종결시킨다. 이와 같은 의미에서 발전의 일정 단계에서 인류는 생생한 말로써 인식의 성전을 쌓아 올린다. 그다음 창조에 대한 새로운 요구가 시작된다. 무의식 깊숙이 사라진 씨앗-단어가 부풀어 올라 메마른 껍질(개념)을 터뜨리고 새로운 싹을 틔운다. 이러한 단어의 소생은 문화의 새로운 시대를 시사한다. 문화의 노장들이 새로운 언어의 압력하에 자신의 사원을 버리고 숲과 들판으로 뛰쳐나가 새로운 정복을 위해 또다시 자연에 주문을 건다. 단어는 스스로 개념의 껍질을 떼어 낸다. 그러자 순결한 야생의 얼룩이 빛나며 반짝인다.

그러한 시대는 시가 학술어의 영역으로 침투하고 음악의 정신이 시에 침투하는 것을 수반한다. 또다시 단어 속에 소리의 음악적 힘이 부활한다. 또다시 우리는 단어의 의미가 아닌 소리에 유혹된다. 그러한 매혹 속에서 우리는 바로 그 소리와 형상의 표현 속에 단어의 깊이 있고 생생한 의미가 감춰져 있다는 것을 무의식적으로 느낀다. 단어는 창조의 단어가 된다. 창조의 단어는 세계를 창작한다.

창조의 단어는 구현된 단어이다(말-육신). 이런 의미에서 창조의 단어는 실제적이다. 인간의 살아 있는 육신은 그것의 상징이다. 단어-용어는 뼈이다. 골학(骨學) 연구의 의의를 그 누구도 부정하지 않을 것이다. 골학은 우리의 삶에서 실제적으로 필요하다. 해부학적 지식은 무엇보다 질병을 완화하기 위한 조건 중 하나이다(돌출과 탈골을 바로잡을 수 있어야 한다). 그러나 그 누구도 해골이 문화의 중심축이라고 주장하지 않을 것이다. 단어의 용어적 의의에 부차적이고 보조적 의미가 아닌 일차적 의미를 부가할 때 우리는 언어, 즉 생생한 단어를 죽이게 된다. 생생한 단어 속에는 언어의 창조적 힘의 부단한 단련이 있다. 음성적 이미지를 창조하고 그것을 결합하면서, 우리는 본질적으로 힘을 단련한다. 그러한 단련이 유희라고 말하더라도 내버려 두자. 유희는 창조를 통한 단련이 아니란 말인가? 형식들의 그 모든 구체적 다양성은 유희에서 비롯된다. 유희 자체가 삶의 본능이다. 우리는 장난스러운 유희를 통해 근육을 단련하고 강화시킨다. 전사(戰士)가 적과 마주칠 때 유희는 필요하다. 생생한 언어 속에서 정신의 창조적 힘이 강화되고 단련된다. 그 힘은 인류를 위협하는 위기의 순간에 요구된다. 그러므로 단어들의 음성적 결합 속에서 미숙한 귀에는 불합리한 것처럼 들리는 정신의 단련은 거대한 의의를 지닌다. 단어들을 창작하고 미지의 현상들을 소리로 명명함으로써 우리는 그러한 현상들을 길들이고 마법을 거는 것이다. 삶 전체가 말의 생생한 힘에 의해 유지된다. 말 이외의 그 어떤 직접적인 소통의 약호도 우리에게 없다. 다른 모든 약호들은 (생생한 몸짓 혹은 추상적 표장이라도) 말의 부수적이고 보조적인 수단들이다. 그 모든 것들은 생생한 말 앞에 서는 아무것도 아니다. 생생한 말은 영원히 유동하고, 현실을 창조하며 우리 앞에 수많은 형상과 신화들을 선보인다. 우리의 의식은 그러한 형상들에서 힘과 확신을 얻는다. 그것들은 암흑을 꿰뚫는 무기이다. 암흑은 정복되고 형상들은 분해된다. 단어의 시(詩)가 산화한다. 그때 우리는 이미 단어를 추상적 개념으로 인지한다. 하지만 그것은 결코 언어의 형상들이 맹목적이라고 확신하기 때문이 아니다. 우리는 살아 있는 말을 수천 권의 고서(古書)에 밀어 넣고, 문서보관소와 도서관의 먼지 속에 가둬 놓기 위해 그것을 삶에서 떼어 낸다. 그때 생생한 단어를 빼앗긴 생생한 삶은 우리에게 광기와 카오스로 변모한다. 시공간은 또다시 우리를 위협하기 시작한다. 새로운 미지의 구름이 인식의 지평으로 떠내려와 번개와 불로 우리를 위협하고, 인간을 전장으로 불러내며, 인간의 땅의 탄생을 죽음이 위협한다. 이른바 퇴화의 시대가 도래한다. 인간은 용어들이 자신을 구해 내지 못했다는 것을 알게 된다. 닥쳐온 파멸에 눈이 먼 인간은 공포 속에서 미지의 위험에 단어로써 주문을 건다. 그러고는 놀랍게도 진정한 주문의 수단을 단어 속에서만 발견한다. 그때 산화된 말들의 껍질을 뚫고 새로운 언어의 의미들이 빛줄기가 되어 내리치기 시작한다. 퇴화는 건강한 야성으로 전화한다. 퇴화의 원인은 생생한 단어의 죽음이다. 퇴화와의 투쟁은 새로운 단어의 창조이다. 모든 문화의 쇠퇴기에 부흥은 단어들의 특별한 숭배를 동반했다. 단어의 숭배가 부흥을 선행했다. 단어의 숭배는 새로운 창작의 실제적 원인이다. 제한된 의식은 여전히 원인을 작용과 혼동했다. 작용(단어의 숭배를 통한 죽음에 대한 반작용)을 불러일으킨 원인(생생한 단어의 죽음)이 작용과 혼동되었다. 단어의 창조적 숭배가 여전히 퇴화와 연결되었다. 반대로, 퇴화는 단어의 멸종의 결과이다. 단어의 숭배는 부흥의 여명이다.

단어-용어는 아름답지만 죽은 결정(結晶)이다. 그것은 생생한 단어의 산화과정이 완료된 덕택에 형성되었다. 생생한 단어(단어-육신)는 개화하는 유기체이다.

감각기관으로 느낄 수 있는 내 안의 모든 것은 내가 죽을 때 부패한다. 내 몸은 악취를 풍기는 썩은 시체로 변한다. 그러나 부패과정이 끝나면 나는 나를 사랑했던 수많은 아름다운 결정체들의 눈앞에 서게 된다. 관념적 용어는 오직 최종적 부패를 통해서만 얻어지는 영원한 결정체이다. 단어-형상은 생생한 인간을 닮았다. 그것은 창조하고 작용하고 자신의 내용을 바꾼다. 평범한 산문어, 즉 청각적이고 회화적인 형상성을 상실했으면서 아직 관념적 용어가 되지 못한 단어는 악취를 풍기며 썩어 가는 시체이다.

생생한 단어가 줄어드는 것처럼 관념적 용어는 많지 않다. 우리의 모든 삶은 참을 수 없는 악취를 풍기는 썩어 가는 단어들로 가득하다. 그러한 단어들의 사용은 우리를 시체의 독으로 중독시킨다. 단어는 삶의 직접적인 표현이기 때문이다.

그러므로 삶이 우리에게 강제하는 유일한 것, 그것은 단어의 창조이다. 우리는 단어들을 창조하면서 자신의 힘을 단련해야 한다. 그와 같이 우리의 활동영역에 스며드는 살아 움직이는 시체들과 싸우기 위해 우리는 무기를 연마해야 한다. 주변을 돌아다니는 단어들에게 생명을 불어넣을 수 없다면, 우리는 그것을 처형하는 야만인, 형리가 되어야 한다. 말-용어는 별개의 문제이다. 그것은 생생한 것이 아니다. 그저 존재하는 것일 뿐이다. 그것을 우리는 삶으로 부활시킬 수 없다. 그러나 그것은 무해하다. 시체의 독은 관념적 용어 속에 분해되었고, 따라서 그것은 이미 아무도 중독시키지 못한다.

악취를 풍기는 반(半) 형상-반(半) 용어 또한 별개의 문제이다. 이도 저도 아닌 것 — 이는 산 것으로 가장하는 썩어 가는 시체이다. 그것은 마치 귀신처럼 우리의 일상 속으로 숨어들어 우리의 창조가 쓸데없는 단어의 조작이라고 비방하면서 우리의 창조력을 약화시키고, 우리의 인식은 쓸데없는 전문용어집이라고 비방하면서 우리의 인식능력을 약화시킨다. 혹은 언어의 형상성은 단어의 맹목적인 유희라고 주장하는 자들이 옳을지도 모른다. 왜냐하면 우리는 청각적이고 형상적인 언어의 선별에서 뚜렷한 의미를 발견하지 못하기 때문이다. 그러한 선별의 합목적성은 목적 없는 합목적성이다. 그런데 이 얼마나 이상한가. 천재적인 사상가 칸트는 예술작품을 높이 평가하면서 예술을 바로 그렇게 정의했다. 또한 뛰어난 음악비평가 중 한 사람(한슬리크) 역시 그와 유사하게 음악을 정의했다.[9] 한슬리크와 칸트가 정신병자이든가 아니면 그들의 진술이 예술의 그 어떤 완전히 실제적인 측면을 지적하고 있거나 둘 중 하나이다. 예술에서 합법칙성의 목적은 예술의 경계 안에 없다. 왜냐하면 예술의 목적은 인식대상 자체의 창조에서 유래하기 때문이다. 삶을 예술로 변화시키거나 예술을 살아 있는 것으로 만들거나 둘 중 하나이다. 바로 그때 예술의 의미가 밝혀지고 정화된다. 예를 들어, 시의 경우에도 시의 목적이 언어의 창조라는 점에서 마찬가지이다. 우리가 순수하게 미학적 관점에 서 있는 한, 단어유희는 목적이 없다. 그러나 우리가 미학이라는 것은 단지 삶의 창조를 고유하게 굴절시키는 각면(各面)이고, 그러한 창조를 벗어나서 그 자신은 그 어떤 역할도 할 수 없다는 것을 인지한다면, 단어의 맹목적인 유희는 의미로 충만해진다. 단어들의 조합은 논리적 의미와

---

9) 〔옮긴이〕 한슬리크의 다음과 같은 진술을 보라: "아름다운 것은 결코 목적을 갖지 않는다. 왜냐하면 그것은 순수한 형식이기 때문이다. 본질상 그것은 자기 자신이 목적이다"(《음악적 아름다움에 대하여》).

상관없이 인간이 미지(未知)라는 압력으로부터 자신을 보호할 수 있는 수단이다. 단어의 방패로 무장한 인간은 미지의 것의 경계를 뚫고 들어가면서 자신이 본 모든 것을 재창조한다. 만일 그가 승리한다면 그의 단어는 우레처럼 울려 퍼지고 별빛처럼 타오르고 청자(聽者)들을 우주의 어둠으로 감싸서 미지의 행성으로 던져 버릴 것이다. 거기에는 무지개가 빛을 발하고 시냇물이 졸졸거리고 거대한 도시들이 솟아 있을 것이다. 그 도시에서 청자들은 마치 꿈속에서처럼 방이라고 불리는 사각의 공간에 있게 되고, 거기서 그들은 누군가 말을 하는 듯한 꿈을 꾸게 된다. 그들은 화자의 *단어*가 화자로부터 비롯되며, 그것이 실제라고 생각한다. 만일 그렇게 생각된다면, 단어의 마법이 창작된 것이다. 그러고는 인식의 환상이 작용하기 시작한다. 바로 그때부터 말의 이면에는 어떤 의미가 숨겨져 있으며, 인식은 말과 별개인 것으로 여겨지게 된다. 그런데 사실, 인식의 모든 꿈은 단어로써 창작되고, 인식하는 자는 항상 혹은 겉으로 혹은 속으로 말을 한다. 모든 인식은 단어에 뒤따르는 환상이다. 단어들의 조합과 청각적인 유비〔類比(예를 들어, 공간을 시간으로, 시간을 공간으로 대체하는 것)〕는 말의 형상적 형식으로부터 이미 비롯된다. 말이 은유, 환유, 제유라는 형식들로 구성되지 않는다면, 오성의 순수한 개념들의 도식성에 대한 칸트의 교의는 존재하지 않았을 것이다. 그것은 교의도 인식도 아닌 언어적 진술이기 때문이다. 창조하는 자는 말을 한다. 그가 확신을 가지고 말을 할 때, 그는 자신이 인식하고 있다고 여기게 된다. 반면, 말을 듣는 상대는 자신이 배우고 있다고 여긴다. 그러나 사실은 교사도 학생도 없고, 인식하는 자도 인식되는 것도 없다. 인식하는 자는 언제나 말 없는 영혼의 막연한 울부짖음이다. 인식되는 것은 삶의 원시력이 화답하는 울부짖음이다. 두 개의 건널 수 없는 심연의 경계에서 발생하는 언어의 폭죽만이 인식이라는 환상을 창조한다. 그러나 그때의 인식은 인식이 아니라 소리를 통한 새로운 세계의 창조이다. 소리는 나누어지지 않고, 전능하며, 불변한다. 그러나 회상이 불러일으킨 소리들의 혼합, 흐릿한 메아리들은 영원한 환상의 베일을 날조하기 시작한다. 우리의 인식이 소리를 완전히 분해시킨 후 우리에게 침묵의 단어 혹은 침묵의 수학 기호가 되지 않는 한, 우리는 그러한 환상을 인식이라 부른다.

인식은 말 없는 공허한 단어들의 사전이 된다. 말 없는 이유는, 아무것에 대해서도 말하지 않기 때문이다. 공허한 이유는, 모든 내용이 제거되었기 때문이다. 기본적인 그노시스적 개념들이 그러하다. 혹은 적어도 그렇게 되고자 한다. 그것들은 모든 심리주의로부터 자유로워지고자 한다. 그러나 심리주의를 벗어나서 소리도, 단어도, 삶도, 창조도 없다. 인식은 무지로 나타난다.

솔직하게 인식을 무지로 환원하는 것은, 솔직하게 소리를 위해 소리를 결합하는 것과 마찬가지로, 썩은 내를 풍기는 단어와 형상적인 단어를 겁을 내며 고수하는 것보다 더 강직하고 정직한 일이다. 모든 과학은 솔직하게 수학이 아니고, 솔직하게 *전문용어*가 아니라면, 우리를 기만으로, 퇴화로, 거짓으로 인도할 것이다. 모든 생생한 말은 그것이 소리의 언어의 폭죽에 솔직하게 몰두하지 않을 경우, 생생한 말이 아니라 시체의 독으로 오염된 말이다.

직접적으로 말해, 단어로써 현상들을 설명한다는 의미로서의 인식은 그 어떤 것도 존재하지 않는다. 따라서 실험에 기초한 과학적 발견은 밖으로 드러나고 실행에 옮겨진 음성적 유사관계들의 창조에서 기원한다. 실험이란 무엇인가? 그것은 자연의 조건들을 나름대로 결합하는 활동이다. 자석을 가져온다(활동). 그것을 철사 꾸러미에 넣는다(활동). 전자기 현상을 얻어 낸다(활동). 여기에는 아직 아무 단어가 없다. 그러나 사람들은 전자기 현상이 언어로써 설명이 가능하다고 할 것이다. 우리는 설명이 불가능하다고 솔직하게 답할 것이다. 설명의 영역은 언어적 유비관계를 설정하는 영역이다. 실험의 언어적 설명은 공식으로 설명하는 것으로 이행한다. 그런데 공식이란 이미 제스처, 말 없는 표장이다. 단어로써 공식을 설명하는 것은 유비를 통해 설명하는 것이다. 그런데 유비는 아직 인식이 아니다.

역으로, 실험이 언어에서 비롯된다는 것을 증명한다고 할 때, 그것은 아직 추상적 개념에서 정밀과학이 비롯된다는 것을 증명하는 것은 아니다. 모든 생생한 단어는 주문의 마법이다. 단어에 의한 최초의 실험은 불러내기, 즉 그 어느 때도 없었던 현상들을 주문으로 불러내는 것이다. 단어는 활동을 낳는다. 활동은 지속적으로 신화를 창조하는 것이다.

추상적 개념들의 세계는 본질들의 세계처럼 — 우리가 그 본질들을 뭐라고 부르든지(물질, 정신, 자연) — 비(非) 실제적이다. 그것은 단어 없이는 존재할 수 없다. 단어는 우리가 그것을 타고 하나의 미지에서 또 다른 미지로 항해하는 유일하게 실제적인 배이다. 그것을 타고 우리는 땅, 하늘, 에테르, 허공 등으로 불리는 미지의 공간을 항해하고, 신, 악마, 영혼이라 불리는 미지의 시간을 항해한다. 우리는 물질, 땅, 하늘, 공기가 무엇인지 모른다. 우리는 신, 악마, 영혼이 무엇인지 모른다. 우리는 그 어떤 것을 '나', '너', '그'라고 부른다. 미지의 것을 단어로 명명하면서 우리는 자기 자신과 세계를 창조한다. 단어는 사물에 거는 주술이다. 말은 신을 불러내는 것이다. '나'라고 말하면서 나는 음성적 상징을 창조한다. 나는 이 상징을 현존하는 것으로 긍정한다. 오직 이 순간 나는 스스로를 자각한다.

모든 인식은 단어의 폭죽이다. 나는 그것으로 나를 둘러싼 허공을 채운다. 나의 단어가 여러 색으로 반짝일 때 그것은 빛의 환상을 창조한다. 이 빛의 환상이 인식이다. 그 누구도 누군가를 설득할 수 없을 것이다. 그 누구도 누군가에게 입증할 수 없을 것이다. 모든 논쟁은 단어들의 투쟁이자 마법이다. 나는 오직 주문을 외울 때만 말을 한다. 논쟁의 형태를 띠는 단어들의 싸움은 무엇인가로 폐허를 채우는 일이다. 지금은 부패한 단어들로 적의 입을 공격하는 것이 인정된다. 그러나 그것은 설득이 아니다. 논쟁이 끝난 후 집으로 돌아가는 적은 부패한 단어들로 구역질을 한다. 허공에서 형상의 불꽃들이 타올랐다. 이것이 신화창조의 과정이었다. 단어는 형상적인 상징 — 은유를 낳았다. 은유는 실제적인 존재로 나타났다. 단어는 신화를 낳았다. 신화는 종교를, 종교는 철학을, 철학은 학술어를 낳았다.

목적 없이 단어의 폭죽을 쏘아 올리는 게 허공에 먼지를 날리는 것보다 낫다. 전자는 생생한 말의 활동이고, 후자는 죽은 말의 활동이다. 우리는 종종 후자를 선호한다. 우리는 반은 죽고 반은 살아 있다.

2

창조적 상징화의 전 과정은 언어의 천성인 표현수단들 속에 이미 들어 있다. 활동과 마찬가지로 언어에서 근본적인 토대는 표현수단이다. 한 편으로 그것은 문법 형식의 성립에 영향을 미친다. 수식어(*epitheton ornans*)[10]에서 형용사로의 이행은 눈에 띄지 않게 이루어진다. 모든 형용사는 일정한 의미에서 수식어이다. 모든 수식어는 본질적으로 더 복잡한 이런저런 형식들(은유, 환유, 제유)에 가깝다. 포테브냐는 모든 수식어(*ornans*)가 동시에 제유라는 것을 근거를 가지고 입증한다. 다른 한편, 그는 제유가 환유를 포괄하는 경우를 제시한다. 우리는 환유를 통해 인식 자체를 창조하고자 하는 경향을 드러낸다. 우리가 확립해 놓은 수많은 인과론적 상호관계의 내용은 형상들의 몇몇 환유적 결합에서 최초로 발생한다. (그러한 결합에서 공간은 시간으로, 시간은 공간으로 전이된다. 환유적 형상의 의미는 그 작용 속에 이미 원인이 내포되어 있거나 원인 속에 작

---

10) 〔편집자〕 *epitheton ornans*: (그리스어 + 라틴어) 수식어, 시어.

용이 내포되어 있다는 데 있다.) 다른 한편, 아리스토텔레스는 제유와 환유의 경우를 은유의 일부로서 고찰한다.

포테브냐는 은유, 환유, 제유에 대해 추론의 전형적인 경우들을 제시한다. 그중 몇 가지 경우를 들어 보겠다.[11]

은유의 영역에서: ① 'a'는 'b'와 유사하다. 따라서 'a'는 'b'의 원인이다〔звон (소리) 은 청각적 현상이다 → 부재하는 인물의 귀에 들리는 звон (소문) 은 그에 관한 이야기의 결과이다; 휘파람 — 바람 → 마법의 휘파람으로 바람을 불러낸다〕. ② 형상이 현상의 원인이 된다. 진주는 이슬과 유사하다. 따라서 이슬은 진주를 낳는다, 등. 모든 신화적 사유는 언어창조의 영향 아래 형성되었다. 신화에서 형상은 외형의 존재의 원인이 된다. 이로부터 언어의 창조는 철학의 영역으로 전이된다. 철학은 그러한 의미에서 신화의 성장이자 분열이다.

표현형식들은 상호 분리될 수 없다. 그것들은 하나에서 다른 하나로 이행한다. 몇몇 표현형식에서는 여러 형식들이 융합된다. 수식어에서 은유, 환유, 제유가 합쳐진다. 다른 한편, 은유에 대한 넓은 의미의 정의에 따르면, 그것은 제유와 환유를 포괄한다. 수식어에서 제유는 자기 안에 은유와 환유를 통합한다. 끝으로, 직유와 은유 사이에는 수많은 과도적인 경우들이 존재한다. 예를 들어, "산 같은 먹구름"(туча, как гора) 이라는 표현은 전형적인 직유이다. "하늘의 산"(небесная гора, 먹구름을 지칭) 이라는 표현은 전형적인 은유이다. "먹구름산이 하늘을 떠다닌다"(туча горою плывет по небу) 라는 표현에서 우리는 직유에서 은유로의 이행을 보게 된다. "먹구름산"(туча горою) 이라는 구절에서 직유는 은유와 마주한다. 혹은 "무서운 눈동자"(грозные очи), "뇌우 같은 눈동자"(очи, как гроза),

---

11) 〔옮긴이〕 이하 표현수단들의 분류에 관한 서술은 포테브냐의 《문학이론에 관한 수기》에서 인용된 것이다.

"뇌우의 눈동자"(*очи грозою*), "눈동자의 뇌우"(*гроза очей*)라는 표현에서 우리는 직유를 매개로 한 수식어에서 은유로의 이행을 본다. 따라서 시간 속에서 이루어지는 대상으로부터 그것의 형상적 비유로의 심리적 이행이라는 관점에서 표현수단들의 분열은 흥미롭다.

표현형식들에는 어떤 공통점이 존재한다. 그것은 주어진 형상의 언어적 관념을 확대하고, 그 경계를 불확정적이게 하며, 언어창조의 새로운 계열을 창출하고, 즉 단어의 통상적 표상에 충격을 주고, 단어의 내적 형식의 움직임을 알리고자 하는 지향이다. 언어의 내적 형식의 변화는 형상의 새로운 내용을 창조하게 된다. 바로 여기서 우리의 창조적 현실지각의 여지가 생긴다. 그러한 여지의 확장은 형식적 측면에서 대상에 대한 관념을 분석할 때 일어난다. "*달은 하얗다*"라고 말할 때 우리는 달에 여러 특징 중 하나를 부여한다. *달은 금빛일 수도, 붉을 수도, 둥글 수도, 뾰족할 수도 있다.* 우리는 달을 여러 자질로 분해할 수 있다. 그러나 특징들의 복합체12)로서 달에 대한 관념을 분해하는 것은 전 과정의 시작일 뿐이다. 이는 달에 대한 관념을 용해시키는 것과 같다. 그런 다음 복합체를 구성하는 각각의 요소들을 용해된 다른 관념들의 복합체와 결합하는 것이다. 여기서 분석은 종합을 위해 예정된다. 우리는 달의 여러 특징들 중에서 흰색을 골라내고 그것에 주의를 기울인다. 그 이유는 오직 그것이 창조과정의 방향을 정하기 때문이다. 출발점으로서 *달의 흰색*을 고른 다음 우리는 이 특징의 주변에 다른 특징들을 집결시킨다. 주로 초승달이 뜨는

---

12) 〔옮긴이〕'특징들의 복합체'로서의 사물에 대한 관념은 일정한 의미에서 벨르이를 당대의 경험일원론과 경험상징론에 근접시킨다. 벨르이의 논문 "단어의 마법"은 보그다노프(Богданов, А. А.)와 루나차르스키(Луначарский, А. В.), 유시케비치(Юшкевич, П. С.) 등이 공동 저술한 《마르크스주의 철학에 관한 수고》(Очерки по философии марксизма)가 발표된 이후 1909년에 쓰였다. 이 책의 저자들은 벨르이가 이 논문에서 다루는 것과 유사한 문제들을 인식론과 심리학을 결부시켜 분석했다.

저녁에 달이 하얗다는 것을 알고, 우리는 새로운 수식어들을 부가하면서 그것을 *하얗고 뾰족한* 달이라고 정의한다. 이렇게 달에 대한 관념은 좁혀지고 구체화된다. 그리고 우리는 은연중에 달을 다른 하얗고 뾰족한 대상들(하얀 뿔, 하얀 송곳니 등)과 대비시킨다. 이때 우리는 두 가지 대립적 대상들을 하나 혹은 두 개의 특징들로 연결시킨다. ① 하얀, 뾰족한 (어떤 동물에 속한) 뿔, ② 하얀, 뾰족한 (천상의, 동물에 속하지 않는) 달. 우리는 달과 뿔을 대비시킨다: *하얗고 뾰족한 뿔 같은 달*. 이와 같이 수식어에서 *비유*로의 이행은 불가피하다. 비유는 형상창조의 다음 단계이다.

하나 혹은 몇 가지 특징에 따른 대상들의 비유는 우리를 새로운 단계로 이끈다. 우리는 비유를 통해 특징들의 복합체를 우리의 시야 속에 끌어들인다. 우리 앞에는 두 개의 대상, 두 개의 상호 투쟁하는 관념이 있다. 이 경우 우리는 포테브냐가 지적한 투쟁의 결말의 세 가지 경우를 이미 알고 있다. 'A'는 완전히 'X' 속에 포함된다(제유). 'A'는 부분적으로 'X'에 포함된다(환유). 'A'와 'X'는 서로 직접적으로 일치하지 않으며, 제 3자인 'B'를 통해 합치된다(은유). 투쟁의 결과 은유의 두 가지 형식이 얻어진다. 수식어 형식은 대비되는 대상에 대한 관념이, 첫 번째 대상(달)과 대비되는 대상을 제압할 때 얻어진다(하얀 뿔 같은 달). 수식어 '하얀 뿔 같은'(белорогий)은 달의 *흰색*을 뿔의 *흰색*과 대비시킴으로써 얻어졌다. 여기서 다음과 같은 도식이 도출된다.

(A) 달 — (a1) 하얗고 (a2) 뾰족하다.   하얀 뿔 같은 달
                                          (Белорогий месяц)
(B) 뿔 — (b1) 하얗고 (b2) 뾰족하다.   (a1, b2, B — A)

수식어의 전반부(하얀, бело-)에서 이종(異種)의 복합체(달, 뿔)의 두 가지 동종(同種)의 특징들이 얽힌다. 수식어의 후반부(뿔 같은, -рогий)

에서 특징들의 복합체(뿔)는 다른 대상(달)의 특징들 중 하나가 되어 버린다. 수식어 '하얀 뿔 같은' 자체가 제유이다. 왜냐하면 여기서 종(種)개념(하얀 뿔)은 유(類)개념(노랗거나, 하얗거나, 검을 수 있는 뿔)과 동일시되기 때문이다. 우리는 수식어 '하얀 뿔 같은'에 대상의 명칭인 '달'을 부가함으로써 은유를 얻는다. 제유적 수식어 '하얀 뿔 같은'이 달에 대한 관념과 결합되기 때문이다. 그 결과 '하얀 뿔 같은'이라는 의미가 여기서 새로운 대상에 부가된다('하얀 뿔 달린 염소' 대신 '하얀 뿔 달린 달').

혹은, 우리는 다음과 같은 은유의 또 다른 형식을 얻게 된다: '달은 하얀 뿔이다'(месяц — белый рог) 혹은 '하늘에 있는 하얀 뿔'(белый рог в небе). 여기서 달의 몇 가지 자질들과 대비되는 대상이 그 대상 자체를 밀어낸다. 새로운 형상의 형성과정은 두 가지 방향으로 진행될 수 있다. 하늘에 있는 하얀 뿔에 대한 관념이 뿔(지상의 존재에 속한 것)에 대한 일반적 관념뿐 아니라, (어떤 것의 일부로서가 아닌 총체로서) 달에 관한 일반적 관념까지 밀어낸다. 그 결과 달과 뿔, 각각의 것으로 귀착되지 않는 그 어떤 상징이 주어진다. 아니면, 하늘의 하얀 뿔에 대한 관념이 다음과 같은 새로운 형식을 취한다: '하늘에 있는 달처럼 하얀 뿔'(месячно-белый рог в небе). 다시 도식으로 돌아가면, 다음의 것이 주어진다.

(A) 달 — (a₁) 하얗고 (a₂) 뾰족하다.	달처럼 하얀 뿔
	(Месячно-белый рог)
(B) 뿔 — (b₁) 하얗고 (b₂) 뾰족하다.	(A, a₁, b₂ — B)

수식어의 전반부(месячно-)에서 특징들의 복합체(달)는 비유대상(뿔)의 특징들 중 하나로서 부가된다. 수식어의 후반부(-белый)에서는 이종의 대상들의 두 가지 동종의 특징들이 얽힌다. 수식어 '달처럼 하얀'(месячно-белый)은 제유이다. 달처럼 하얀 뿔은 은유이자 동시에 환유이다(달의 뿔

이므로 환유이다). 은유적 비유과정을 완결된 것이자 뿔에 귀속되는 것으로 가정할 때, 대체(*замена*)는 다음을 강조한다: ① 종개념(하얀 뿔)에 의한 유개념(뿔)의 정의, ② 대상의 질적인 차이(달 같은 뿔은 모든 다른 뿔과 질적으로 구별된다).

동일한 묘사과정이 다양한 국면을 거치면서 때로는 수식어로, 때로는 직유로, 때로는 제유로, 때로는 환유로, 때로는 은유로 나타난다.

하나의 형식이 또 다른 형식으로 연속적으로 이행하는 심리적 단계들을 몇 가지 도식으로 표현하면 다음과 같다.

달 = A, 뿔 = B; 하얀 = a_1b_1; 뾰족한 = a_2b_2
전제:
A — a_1, a_2
B — b_1, b_2

복합적 수식어의 경우:
$a_1 a_2$ — A = 희고 뾰족한 달(белоострый месяц).
$b_1 b_2$ — B = 희고 뾰족한 뿔(белоострый рог).

직유의 경우:
A — a_1, B = 하얀 뿔 같은 달(месяц, как белый рог).
B — b_1, A = 하얀 달 같은 뿔(рог, как белый месяц).
그렇지만 '$a_1 = b_1$'이다(белый = белому).

이로부터 도출되는 은유의 경우:
$A = B$ 달 — 뿔
$B = A$ 뿔 — 달

직유와 은유 사이에서 단어 형성의 부차적 과정이 진행될 수 있다(제유와 환유의 경우).

제유의 경우:

a_1 $B - A$ = 하얀 뿔 달린 달(белорогий месяц).

b_1 $A - B$ = 하얀 달의 뿔(беломесячный рог).

후자의 경우는 동시에 *환유*이기도 하다.

환유의 경우:

b_1 $A - B$ = 하얀 달의 뿔(беломесячный рог).

마침내 수식어 형식 AB = '달 같은 뿔 달린'(месячнорогий)에서 우리는 동시에 모두 세 개의 형식을 얻는다. 그것은 수식어의 부가방법에 따라 은유, 환유, 제유로 구분된다. '달 같은 뿔 달린'이라는 수식어 자체는 은유적 수식어이다. 모든 *수식어*(epitheton ornans)처럼, 그것은 포테브냐에 따르면, 제유이기도 하다. '달 같은 뿔 달린 염소'라고 말하면서 우리는 단지 종개념(염소)을 유개념(뿔 달린 가축)에 귀속시키는 것이 아니라 해당 유개념에 일정한 새로운 질적인 특징을 부가하는 것이다. 따라서 이때의 염소는 단지 뿔 달린 것이 아니라 달의 귀퉁이와 닮았다.

모든 단어 형성은 심리적으로 다음과 같은 발전의 세 단계를 겪는다: ① 수식어 단계, ② 수식어가 새로운 대상을 불러들이는 비유의 단계, ③ 비유되는 두 대상 간의 투쟁이 양자에 내포되지 않은 새로운 대상을 만들어 내는 연상(암시, 상징주의)의 단계. 연상의 단계는 양적(제유), 질적(환유) 의미의 전이가 이루어질 때와 대상 자체의 대체(은유)가 일어날 때 다양한 국면들을 겪는다. 후자의 경우 *상징*, 즉 분해되지 않는 단일성이 주어진다. 이러한 의미에서 형상성에 근거하는 수단들은 상징화, 즉 인식에 의해 분해되지 않는 가장 원초적 창조활동의 수단들이다.

언어적 은유(상징, 즉 두 가지 대상의 하나로의 결합)의 창작은 창조과정의 목표이다. 그러나 이 목표가 표현수단들에 의해 달성되고 상징이 창조되자마자, 우리는 시적 창조와 신화적 창조의 경계에 서 있게 된다. 새로운 형상 'a'(완성된 은유)가 그것을 창출해 낸 형상들('a'가 'b'의 'c'로의 전이에 의해서, 혹은 그 역에 의해 얻어질 때의 'b', 'c')에 대해 지니는 독립성은, 창조가 우리의 의식과 무관하게 그 형상에 존재론적 실재를 부여하는 것으로 표현된다. 전 과정이 순환한다. 실재를 얻은 목표(은유-상징)는 실제적으로 작용하는 원인으로 변한다(창조에서 비롯되는 원인). 상징은 구현이 된다. 그것은 자율적으로 소생하고 활동한다. 달의 하얀 귀퉁이는 신화적 존재의 하얀 뿔이 된다. 상징은 신화가 된다. 달은 이제 비밀스럽게 숨겨진 천상의 황소나 염소의 외적 형상이다. 우리는 이 신화적 동물의 뿔을 보면서 그 동물 자체는 보지 못한다. 예술 창조의 모든 과정이 이러한 의미에서 신화적이다. 그러나 의식은 '창조된 전설'에 이중적으로 관계한다. 포테브냐는 이렇게 말한다: "형상은 객관적인 것으로 간주된다. 따라서 그것은 온전히 의미로 전이되고, 지칭된 것의 속성에 관한 차후의 결론을 도출하는 근거가 된다. 아니면, 형상은 의미로 이행하기 위한 주관적 수단으로 간주되며, 차후의 결론 도출에 아무런 역할도 하지 않는다."[13]

신화 창조는 미학적 창조에 선행하거나(표현수단의 의식적 사용은 오직 신화의 해체 단계에서만 가능하다), 그 뒤에 온다(인식의 해체기, 총체적 회의와 문화의 쇠퇴기에). 후자의 경우, 그것은 신화적 자산을 통해 과학, 예술, 철학에서 신뢰를 잃었으나, 여전히 무의식중에 창조의 생생한 원시력을 은닉하고 있는 자들을 의식적으로 사람들 사이에 부활시킨다.

---

13) 〔옮긴이〕 포테브냐의 《문학이론에 대한 수기》 287쪽에서.

우리는 그러한 시대를 겪고 있다. 종교적 세계관은 우리에게 낯설다. 14) 철학은 상징을 통해 체험되는 종교를 형이상학적 체계의 교리들로 오래전에 바꿔 버렸다. 다른 한편으로 과학은 종교를 살해했다. 신은 존재하고, 영혼은 불멸이라는 교조적 주장들 대신 과학은 우리에게 현상들의 상호관계에 대한 수학적 표상들을 제공한다. 어제만 해도 우리는 그 현상들의 신비적 본질을 믿었지만, 그것들을 지배하는 역학적 법칙들을 인지하고 있는 오늘날 그러한 본질은 믿을 수 없다.

시는 언어창조와 직결된다. 그리고 그것은 신화창조와 간접적으로 연결된다. 형상의 힘은 해당 형상의 존재에 대한 믿음(무의식적일지라도)에 정비례한다. 내가 "달은 하얀 뿔이다"라고 말할 때, 나는 내가 하늘에서 본, 달 모양의 뿔을 지닌 신화적 동물의 존재를 의식적으로 긍정하는 것은 물론 아니다. 그러나 나의 창조적 자기긍정의 심오한 본질에 있어 나는 그 어떤 실제의 존재를 믿지 않을 수 없다. 그것의 상징 혹은 구현은 내가 창조한 은유적 형상이다.

시적 발화는 신화창조와 직결된다. 언어의 형상적 결합에의 지향은 시의 근본적 특징이다.

창조의 실제적 힘은 의식으로 측정할 수 없다. 의식은 언제나 창조 뒤에 온다. 단어 형성에 대한 지향과, 새로운 단어 형성에서 비롯되는 형상 창조에 대한 지향은, 그것이 의식에 의해 정당화되느냐 아니냐에 상관없이, 삶의 창조적 긍정의 근원이 살아 있다는 데 대한 지표이다. 이와 같은 단어 속에서 창조의 힘의 긍정은 종교적인 긍정이다. 그것은 의식에 반(反)한다.

---

14) 〔옮긴이〕벨르이는 여기서 문집 《상징주의》에서 매우 드물게 나타나는 무신론적인 세계관을 언급하고 있다. 그럼에도 불구하고 벨르이의 문집과 논문의 과제는 새로운 종교적인 의식의 유형으로서 상징주의를 제시하고 그 이론적 기반을 제시하는 데 있다는 것을 상기해야 한다.

그러므로 삶의 새로운 단어는 총체적인 쇠퇴기에 시 속에서 잉태된다. 우리는 단어에 심취한다. 왜냐하면 우리 앞에 드리워진 밤의 어둠을 주술을 외워 자꾸자꾸 쫓아 버릴 수 있는 새로운 마법의 단어의 의미를 인지하기 때문이다. 우리는 아직 살아 있다. 단어를 고수하기 때문에 우리는 살아 있는 것이다.

　단어의 유희는 젊음의 징표다. 우리는 게을러진 문화의 잔해들에서 단어의 소리들을 주문을 외워 불러낸다. 우리는 그것이 아이들에게 이로울 유일한 유산이라는 것을 안다.

　우리의 아이들은 빛나는 단어들로 새로운 믿음의 상징을 만들어 낼 것이다. 그들에게 인식의 위기는 단지 낡은 단어의 죽음일 뿐이다. 언어라는 시(詩)가 존재하는 한 인류는 살아 있다. 언어라는 시는 살아 있다.

　우리는 살아 있다.

미래의 예술*

우리는 미래의 예술이 발전해 나갈 길을 분명히 알고 있다. 그 길에 관한 표상은 우리가 현대예술 속에서 보는 이율배반에 의해 생성되었다.

예술의 현존하는 형식들은 분열로 향하고 있다. 그것들은 끝없이 분화한다. 이것은 기술의 발전에 의해 가능하다. 기술 진보에 대한 개념은 예술의 살아 있는 의미에 대한 개념을 점점 더 대체해 가고 있다.

다른 한편, 예술의 다양한 형식은 서로 융합된다. 종합을 향한 이러한 지향은 결코 두 개의 인접한 예술을 가르는 경계를 없애는 것으로 나타나지 않는다. 종합에의 지향은 형식들 중에서 중심적인 것으로 여겨지는 것 주변에 나머지 것들을 배치하려는 시도로 나타난다.

다른 예술들에 대한 음악의 우위가 그와 같이 실현된다. 모든 가능한 형식들의 종합으로서 신비극에의 지향 역시 그와 같이 발생한다.

---

* 〔편집자〕 벨르이의 《상징주의》 449~453쪽에 처음 발표되었다. 이보다 앞선 1907년 10월 6일 키예프의 코메르체스키 모임에서 〈미래의 예술〉이란 강연이 행해졌다.
  〔옮긴이〕 '미래의 예술'이란 개념을 통해 벨르이가 궁극적으로 제기하는 문제는 예술의 과제가 무엇인가라는 질문이다. 벨르이는 이 논문에서 과제의 해결을 위해 예술가에게 첫 번째로 요구되는 것은 바로 화석화된 미학적 규범들을 버리는 것임을 강조하고 있다.

그런데 음악은 인접한 예술형식들을 부양하는 만큼 다른 한편 분해시킨다. 음악정신의 잘못된 침투는 쇠락의 지표이다. 우리의 질병이 바로 그것이다. 터지기 직전 비누거품은 온통 무지갯빛을 띠면서 쏟아져 나온다. 이국성(экзотизм)의 무지갯빛 양탄자가 충만과 공허를 모두 가린다. 미래의 예술이 음악을 모방하여 자신의 형식을 창조한다면, 미래의 예술은 불교와 같은 특성을 지니게 될 것이다.[1] 예술에서 관조는 수단이다. 그것은 삶의 창조에의 호소를 알아듣기 위한 방법이다. 음악 속에 용해된 예술에서 관조는 목적이 된다. 그것은 관조하는 사람을 자신의 고유한 체험의 개성 없는 관객으로 변형시킨다. 미래의 예술은 음악 속에 가라앉은 채 예술의 발전을 영원히 제지할지도 모른다.

미래의 예술을 현존하는 형식들의 종합으로 이해한다면, 창조적 종합의 원리는 무엇일까? 물론 배우의 의상을 걸치고 희생물 앞에서 기도를 할 수도 있다. 이때 합창단은 당대의 뛰어난 서정시인들이 쓴 디티람보스[2]를 노래할 수도 있다. 음악은 디티람보스의 반주가 될 것이다. 춤이 음악에 동반될 것이다. 당대의 뛰어난 화가들이 우리 주변에 환상들을 창조해 낼 것이다. 그런데 이 모든 것은 무엇을 위함인가? 생의 몇 시간을 꿈으로 변모시키고, 그런 다음 다시 그 꿈을 현실로 깨버리기 위함인가?

"신비의식이 목적이 아닐까?"라고 사람들이 답할 것이다.

그러나 과거의 신비의식은 생생한 종교적 의미를 지녔다. 미래의 신비의식이 동일한 의미를 지니려면 우리는 그것을 예술의 경계 밖으로 꺼내야만 한다. 그것은 모든 이들을 위한 것이 되어야 한다.[3]

---

1) 〔옮긴이〕 모든 구체적인 존재형식들을 초월하는 순수음악의 관조적이고 무목적인 특성을 암시한다.
2) 〔옮긴이〕 디티람보스(dithyrambos): 디오니소스 신의 영예를 노래한 찬가. 디오니소스의 별명이기도 하다.
3) 〔옮긴이〕 고대의 신비의식은 숭배의 대상이 되는 신에 관한 신화를 재현하는

아니다, 미래 예술의 근본원리는 예술의 종합이 아니다!

예술가는 무엇보다 먼저 인간이다. 그다음에야 그는 자신의 직업에서 전문가가 된다. 그의 작품은 삶에 영향을 미칠 수도 있다. 그러나 창조를 동반하는 기술적 조건들은 그러한 영향을 제한한다. 현대의 예술가는 형식에 얽매여 있다. 그에게 노래하고, 춤추고, 그림을 그리라고 요구하거나, 혹은 온갖 종류의 미적 섬세함을 즐기기라도 하라고 하는 것은 불가능하다. 그러므로 그에게 종합에의 지향을 요구하는 것은 불가능하다. 그러한 지향은 야생성으로, 머나먼 과거의 원초적 형식들로 회귀하는 것으로 나타날 것이다. 원시적 창조는 자연스럽게 발전하면서 예술을 복잡한 형식들로 이끌었다. 과거로의 회귀는 그러한 과거를 또다시 현재로 귀착시킬 수 있다.

먼 과거로의 회귀에 토대를 둔 예술의 종합은 불가능하다. 기계적 재통합에 토대를 둔 예술의 종합은 예술을 생명 없는 절충주의로 이끌 것이다. 예술의 성전은 뮤즈들의 밀랍인형이 전시된, 더 이상은 아무것도 없는 예술의 박물관으로 변질될 것이다.

외적인 재통합이 불가능하고, 과거로의 회귀 역시 불가능하다면, 우리는 현재라는 난국에 직면하게 된다. 과연 미래의 예술에 대해 말할 수 있는가? 그것은 어쩌면 현재보다 더 복잡한 상태가 아닐까?

그러나 그렇지 않다.

오늘날 예술작품의 평가는 예술적 기술(技術)의 특수한 조건들과 관련된다. 재능이 얼마나 대단하든지 그것은 해당 예술 분야의 모든 기술적 과거와 연관된다. 지식이라는 계기, 자신의 예술 분야에 대한 연구는

드라마적인 장면들로 구성되었으며, 거기에는 오직 사제와 선택받은 자들만 참여할 수 있었다. 신비의식을 예술의 경계 밖으로 끌어내고 모두가 참여하도록 해야 한다는 벨르이의 요청은 당대 러시아의 정교미학과 세속미학의 사상과 부합한다.

재능의 발전을 점점 더 규정한다. 방법의 권력, 창조의 발전에 미치는 방법의 영향력은 매일이 아니라 매시간 증대한다. 오늘날 창조의 개인주의는 종종 작업방식의 개인주의를 의미한다. 그러한 개인주의는 해당 예술가와 관련된 학파의 창조방법의 개선을 의미할 뿐이다. 이런 의미의 개인주의는 다름 아닌 전문화이다. 그것은 예술가의 개성과 역관계를 맺는다. 예술가는 창조하기 위해 먼저 지식을 쌓아야 한다. 지식은 창조를 분해하고, 예술가는 운명적 모순의 고리에 갇히게 된다. 예술의 기술적 진화는 예술가를 자신의 노예로 만든다. 기술적 과거를 포기하는 것은 불가능하다. 오늘날 예술가는 점점 더 학자로 변해 가고 있다. 그러한 변화의 과정에서 예술의 최종목적은 그로부터 사라진다. 기술적 진보는 예술의 영역을 점점 더 지식의 영역에 근접하게 한다. 예술은 특수한 지식의 집합이 된다.

창조방법의 인식이 창조의 자리를 대신한다. 그러나 창조의 인식에 앞선다. 그것은 인식의 객체들을 창조한다.

창조를 현존하는 예술형식들로 유폐시킴으로써 우리는 그것을 방법의 권력 아래 두게 된다. 창조는 대상 없는, 인식을 위한 인식이 된다. 예술에서 '무(無) 대상성'(беспредметность)은 인상주의의 신앙고백이 아닐까? '무대상성'이 예술에 정주하게 되자, 창조방법은 '그 자신이 대상'이 되고, 이는 고유한 방법을 찾는 극단적인 개별화를 초래하는데, 바로 거기에 창조의 목적이 있게 된다. 창조에 대한 이러한 관점은 필연적으로 예술형식의 완전한 해체로 귀결된다. 이때 각각의 작품은 각각의 고유한 형식이 된다. 이런 조건하에서 내적인 카오스가 예술에 정주하게 된다.

붕괴된 성전의 폐허 위에 새로운 성전을 세울 수 있지만, 현존하는 형식들을 내버리지 않은 채 그것들을 주조해 내는 무한한 원자-형식들 위에 그 성전을 올리는 것은 불가능하다. 이렇게 우리는 예술의 목적에 관한 문제를 창조의 산물에 대한 고찰에서 창조과정 자체로 이행시킨다.

예술의 산물은 재와 마그마이다. 창조과정은 흘러나오는 용암이다.

인류의 창조 에너지는 오늘날 우리를 매혹시키는 모든 형식들이 만들어졌던 바로 그 길을 선택함으로써 오류를 범한 것 아닐까? 예술이 우리에게 형식의 모습을 하고 나타날 때 그러한 예술과 합의하기 이전에 먼저 창조법칙부터 분석해야 하지 않을까? 그러한 형식들은 창조의 먼 과거가 아닐까? 오늘날 창조의 조류는, 최상단에 음악이 있고 최하단에 건축이 있는 화석의 단층들을 따라 삶 속으로 낙하해야 하지 않을까? 그러한 형식들을 인지한 우리는 그것들을 창조를 동결시키는 기술적 수단들로 변형시킨다. 우리는 창조를 인식으로 변형시킨다. 혜성을, 창조가 질주하는 길을 비추는 혜성의 빛나는 꼬리로 변형시킨다. 음악, 회화, 건축, 조각, 시 — 이 모든 것은 이미 낡은 과거일 뿐이다. 거기서 돌, 물감, 소리, 단어를 통해 삶을 변형시키는 과정이 실현되었다. 그 삶은 언젠가는 살아 있었으나 이제는 죽어 버렸다. 음악의 리듬 — 이는 영혼의 하늘을 가르는 바람이다. 창조에 대한 기대로 뜨겁게 달아오른 하늘을 질주하면서 음악의 리듬 — '조용하고 여린 소리'4) — 은 시적인 신화의 구름을 응축시켰다. 그리고 신화는 영혼의 하늘을 뒤덮고, 수천 가지 색으로 빛나기 시작했다. 그리고 그것은 마침내 화석이 되었다. 창조의 조류는 구름으로 된 자신의 신화를 창작했다. 그러나 신화는 굳었고 색채들과 돌들로 분해되었다.

무덤 위에 세워진 생생한 창조의 성전처럼 예술의 세계가 탄생했다.

창조과정을 형식 속에 단단히 고착시키면서 우리는 재와 마그마 속에서 형식을 발견하라고 자신에게 명령한다. 그러므로 미래의 예술에 대한 우리의 전망은 절망적이다. 우리는 바로 그 미래에게 재가 되라고 명령

---

4) 〔옮긴이〕《구약성서》의 〈열왕기상〉 19장 12∼13절에서 인용된 구절. 선지자 엘리야가 성산(聖山) 호렙의 어느 동굴에서 듣는 신의 음성에 대한 묘사이다.

한다. 우리는 창작의 잔해들을 하나의 덩어리로 뭉치거나(예술의 종합),
그 형식들을 무한하게 갈라놓으면서(예술의 분화) 똑같이 창조를 죽이고
있다.

그러나 여기저기서 과거는 부활한다. 우리는 여기저기서 친애하는 사
자(死者)들의 권력 아래 놓인다. 《구약성서》의 절묘한 교향악 소리와
디오니소스 제전의 디티람보스의 웅장한 소리(니체), 이 모든 것은 죽은
소리이다. 우리는 그것이 아마포에 싸인 황제들이라고 생각하지만, 실
은 그것은 향유를 바른 시체들일 뿐이다. 그것들이 죽음으로 유혹하고자
우리를 찾아온다.

예술에서도 삶에서도 문제는 우리가 생각했던 것보다 훨씬 더 심각하
다. 우리 아래 놓인 나락은 훨씬 더 깊고 더 어둡다.

이 저주받은 모순의 고리를 벗어나기 위해 우리는 그게 무엇이든, 예
술이든, 인식이든 혹은 삶 자체이든 그에 관해 말하는 것을 그만두어야
한다.

우리는 현재를 잊어야 한다. 우리는 모든 것을 새롭게 재창조해야 한
다. 이를 위해 우리는 자기 자신을 창조해야 한다.

우리가 올라가야 하는 유일한 절벽은 우리 자신이다.

그 정상에서 우리의 '나'가 우리를 기다리고 있다.

예술가에게 전하는 대답은 다음과 같다. 만일 예술가로 남기를 원하고
인간이 되기를 포기하지 않는다면, 그는 자신의 고유한 예술형식이 되어
야 한다.

그러한 창조형식만이 우리에게 구원을 약속할 것이다.

바로 여기에 미래의 예술의 길이 있다.

찾아보기

지은이

안드레이 벨르이 (Андрей Белый, 1880~1934)

본명은 보리스 니콜라예비치 부가예프이다. 러시아 상징주의의 대표적인 작가이자 이론가, 사상가이다. 모스크바의 상류 집안에서 태어났다. 19세기 말 20세기 초 러시아 '은세기'의 문예부흥을 주도하였던 제2세대 상징주의자 중 한 사람으로, 네 편의 연작 《심포니야》["드라마" (1902), "영웅" (1904), "귀환" (1905), "눈보라의 잔" (1908)]에서 시와 산문, 음악, 그리고 부분적으로 회화까지 결합된 새로운 문학적 형식의 창작을 시도하였다. 세 권의 시 창작집 《쪽빛 속의 황금》(1904), 《재》(1909), 《유골항아리》(1909)를 출간하였고, 장편소설 《은빛 비둘기》(1909)와 《페테르부르크》(1916)를 발표하였다. 《페테르부르크》는 벨르이의 대표적인 작품으로서 20세기 위대한 모더니즘 소설의 하나로 간주된다. 이론가로서 벨르이는 상징과 상징주의사상에 관해 많은 논문을 썼는데, 이는 《상징주의》(1910), 《녹색 초원》(1910), 그리고 《아라베스크》(1911)로 출간되었다.

옮긴이

이현숙

모스크바국립대에서 러시아 상징주의 전공으로 인문학 박사학위를 받았다. 안드레이 벨르이의 소설 《페테르부르크》를 번역하였다. 주요 논문으로는 "러시아 상징주의와 니체: 가치의 재평가와 미래의 문화 창조", "러시아 상징주의자들의 페테르부르크 텍스트", "소설 《페테르부르크》의 라이트모티프", "러시아 미래주의 시학의 현대성" 등이 있다.

이명현

고려대 노어노문학과를 졸업하고 동대학 대학원에서 석사 및 박사학위를 받았으며, 모스크바국립대에서 박사학위를 받았다. 상징주의를 비롯한 러시아 모더니즘 시와 은세기 문화를 주로 연구해 왔으며, 현재 고려대 노어노문학과 부교수로 재직 중이다. 주요 논문으로 "종교적 르네상스로서의 러시아 은세기", "러시아 상징주의의 영성에 관한 일 고찰" 등이 있으며, 역서로 《삶은 시작도 끝도 없다: 러시아 현대대표시선》, 《안나 까레니나》 등이 있다.

Les aveux de la chair

육체의 고백

성性의
역사 4

미셸 푸코 지음
오생근(서울대 명예교수) 옮김

미셸 푸코 사후 34년 만에 공개된 《성의 역사》 완결편
육체와 욕망, 그 진실을 밝히는 미셸 푸코의 마지막 메시지

미셸 푸코는 《성의 역사》의 핵심인
이 책에서 초기 기독교 윤리가
오늘날 서양인의 삶의 태도와
주체의 형성에 미친 영향을
근원적 관점에서 분석한다.
인간의 본성과 현재의 삶에 대한
푸코의 빛나는 통찰력은 많은 시간이
흘러도 변함이 없다.

신국판·양장본 / 656면 / 32,000원

나남
nanam

Tel : 031-955-4601
www.nanam.net